情史 정사

中

중 국 인 의 사 랑 이 야 기

情 정
史 사

馮夢龍 評輯
유 정 일 역주

中

學古房

■ 일러두기 ■

- 이 책은 上海古籍出版社本, 《馮夢龍全集》《情史》(影印本, 1993.)를 저본으로 삼아 265화와 권말 평어를 뽑아 번역한 《情史》選譯本이다.
- 원문은 저본을 바탕으로 하되 春風文藝出版社本 《情史》(張福高 等 5人 校點, 《情史》, 春風文藝出版社, 1986.), 岳麓書社本 《情史類略》(《情史類略》, 岳麓書社, 1983.), 岳麓書社本 《情史》(朱子南 等 標點, 《情史》, 岳麓書社, 1986.), 鳳凰出版社本 《情史》(魏同賢 主編, 《情史》, 《馮夢龍全集》, 鳳凰出版社, 2007.) (1993년에 출간된 江蘇古籍出版社本과 동일) 등의 판본과 각 작품에 해당하는 현존 최고 출처를 찾아 교감해 확정했다.
- 주석 가운데 校勘註는 【校】로 표시했고 저본이 된 上海古籍出版社 影印本은 [影]으로, 春風文藝出版社本은 [春]으로, 岳麓書社本 《情史類略》은 [類]로, 岳麓書社本 《情史》는 [岳]으로, 鳳凰出版社本은 [鳳]으로 표시했으며 이들 《情史》 판본 모두를 지칭할 때에는 《情史》라고 표시했다.
- 역문에서는 각 작품마다 첫 번째 註釋에서, 해당 작품의 출처와 문헌적 전승 과정, 그리고 이본들 간의 문자출입 정도에 대해 설명했다. 인명, 지명, 관직명 등은 가급적 해당 작품을 이해하는 데 도움이 되는 내용을 중심으로 주석을 가했다. 원문에서는 校勘註를 중심으로 역문에서 다루기 어려운 典故性 註釋, 節錄한 문헌의 출처 등에 대해 주석을 가했으며 가급적 간명하게 할 수 있도록 본서의 모든 주석은 한자를 사용했다.
- 姓氏와 號가 함께 붙어 지칭된 경우, 띄어쓰기를 원칙으로 하되 호가 이름보다 보편화된 경우에는 성과 호를 붙여 쓰기도 했으며, 성씨와 관직명이 함께 붙어 지칭된 경우에도 띄어쓰기를 원칙으로 하되 작품 안에서 혼동이 될 수 있는 경우 붙여 쓰기도 했다. '-씨'의 경우, 성을 나타낼 때에는 편의상 띄어 썼고 인명 지칭인 경우에는 붙여 썼다.

《정사(情史)》 한국어 역주본 간행에 즈음하여

리젠궈(李劍國)

　유정일 박사는 동국대학교에서 박사학위를 마친 후, 2007년에 남개대학(南開大學) 문학원으로 와서 연수를 했으며 나의 지도를 받았다. 그는 매우 부지런해 남개대학에 있으면서 적잖은 책을 읽었으며, 내 강의도 들으면서 나의 학생들과 학문을 교류하고 서로 화목하게 지냈다. 이 기간에 그는 《정사(情史)》라는 책에 대해 깊은 관심을 갖게 되어 이 책에 대해 더 깊이 있게 살펴보고서 한국의 독자들에게 소개하려는 마음을 품게 되었다. 그 후 그는 이 작업을 위해 다시 중국으로 와서 북경제2외대에서 객원교수로 있으면서 2년에 걸쳐 《정사》의 여러 판본과 다량의 연구 자료를 수집했고 대부분의 기초 작업을 완성했다. 8년이 지난 오늘 《정사》의 선역(選譯)과 주석 작업이 완성되어 서울 학고방 출판사에서 출간하게 되었다. 올해 11월 그가 내게 서신을 보내 《정사》의 역주 상황을 알리며 서문을 청했다. 최근 십여 년 사이에 나는 제자들의 저서를 위해 늘 서문을 써주었는데 모두 합쳐 17부가 되고 아직도 2부가 남아 있다. 유정일 박사도 나의 사숙제자인 셈이어서 그의 저서를 위해 서문을 써주는 것은 당연한 일이라 흔연히 붓을 들었다. 그는 내게 서문에서 《정사》의 상황과 가치에 대해 소개를 해달라고 했다. 내 비록 《정사》에 대해 익숙해 항상 써왔지만 전문적으로 깊이 연구해 본 적이 없어 간단하게 천근한 견해를 쓸 수밖에 없다.

　《정사》는 전칭(全稱)이 《정사류략(情史類略)》이고 일명 《정천보감(情天寶鑑)》이라 불리기도 하며 강남(江南) 첨첨외사(詹詹外史)가 평집(評輯)한

것으로 되어 있다. 책머리에 오인(吳人) 용자유(龍子猶)의 〈정사서(情史敍)〉
와 강남 첨첨외사의 〈서(敍)〉가 있다. 첨첨외사는 미상의 인물이고 용자유는
풍몽룡(馮夢龍)의 별호이다. 이 책의 편자에 대해 첨첨외사의 서문에서
분명히 밝히면서 이렇게 말했다.

　　"나는 견문이 넓지 못하고 식견이 뛰어나지 못하지만 그나마 보고 기억한 것에
　의존해 억측하여 이 책을 만들었으니 가작(佳作)이 되기에는 심히 부끄럽고 그저
　해학적인 사승(史乘)이 될 만하다. 이후에 다시 지을 자가 있으면 내가 도움이 되고자
　제목을 《유략》이라 했으니 박학하고 품행이 방정한 자가 골라서 쓰기를 기다린다."

분명 편자는 다름 아닌 첨첨외사 본인이었다. 용자유의 서문에서 또한
이렇게 말했다.

　　"또한 일찍이 정에 관한 고금의 이야기들 가운데 아름다운 것들을 택하여 각각
　소전(小傳)을 지어 사람들로 하여금 정이 오래 갈 수 있다는 것을 알게 하려고 했다.
　…… 내가 실의에 빠져 있고 분주하여 벼루가 말라 있었으므로 첨첨외사 씨가
　나보다 먼저 해냈다."

풍몽룡도 고금의 정사(情史)에 관한 책을 편찬하려 했으나 이런저런 연고
로 못하고 있었는데 첨첨외사가 먼저 해냈다는 말이다.

하지만 많은 연구자들은 첨첨외사를 풍몽룡이라 하며 용자유와 첨첨외사
의 서문은 모두 풍몽룡이 고의로 꾸민 것이라고 했다. 연구자들의 주요
논거는 명말청초 황우직(黃虞稷)의 《천경당서목(千頃堂書目)》 권12 잡가류
와 《동치소주부지(同治蘇州府志)》 권136 〈예문지(藝文志)〉에 모두 《정사》의
편자를 풍몽룡이라고 기록했다는 것이다. 그리고 《정사》에서 《고금담개(古
今譚概)》를 인용했고 풍몽룡이 창작한 〈장윤전(張潤傳)〉, 〈애생전(愛生傳)〉,

〈만생전(萬生傳)〉을 수록하고 있으며, 또한 어떤 이야기들은《태평광기초 (太平廣記鈔)》에 보인다는 것과《정사》에서 39편의 이야기가 '삼언(三言)'의 본사(本事)와 관련이 있다는 것이다. 그리고《정사》에 수록된 만력(萬曆) 시기의 소설들 가운데에는 풍몽룡의 고향인 소주(蘇州) 장주현(長洲縣) 봉문(葑門) 일대에서 발생한 이야기가 많다는 것이다. 사실 이런 것들은 모두 유력한 증거라고 할 수는 없다.《정사》는 창작이 아닌 전인들의 책에서 이야기를 집록한 것이다. 풍몽룡은 만명(晩明) 때 저명한 통속문학 작가로 매우 많은 저술들을 남겼으니, 소설의 경우《신열국지(新列國志)》,《삼수평 요전(三遂平妖傳)》, '삼언' 등의 통속소설을 썼고《고금담개》,《지낭보(智囊 補)》,《태평광기초》,《연거필기(燕居筆記)》 등의 소설집을 편찬하기도 했다. 《정사》에서 풍몽룡의 저작이 보이는 것은 자연스러운 일이다. 옛 사람들이 풍몽룡의 명성을 듣고《정사》를 풍몽룡의 명하로 편입시킨 것은 사실 잘못된 것이다.

　나의 제자 천궈쥔(陳國軍) 교수가 명대문언소설 연구에 힘써 저술로《명대 지괴전기소설연구》가 있는데 이 책 제6장 〈지괴전기소설의 쇠락〉 제2절 〈지괴전기소설평점과《정사》의 출현〉에서《정사》의 편자와 편찬연대에 대해 전문적으로 검토했다. 그는《정사》의 편찬자와 집평자는 바로 '강남 첨첨외사'이지 풍몽룡이 절대 아니라고 보았다. 이런 결론은 그가《정사》의 두 서문을 분석하고《정사》와《태평광기초》간의 차이 등의 방면에서 얻은 것으로 믿을 만하다고 여긴다.《정사》의 편찬연대에 대해 여러 가지 설이 분분한데 만력부터 숭정(崇禎) 연간까지 다양한 설이 모두 있었다. 천궈쥔 군은 관련 문헌의 상세한 고증을 통해《정사》의 성서연대 상한선을 천계(天 啓) 7년(1627)으로, 하한선을 숭정 10년(1637)으로 보았다. 이 기간에 풍몽룡 의 행적은 서문에서 말한 것처럼 "실의에 빠져 있고 분주하여 벼루가 말라 있지"는 않았었기에 용자유의 〈정사서(情史敍)〉도 위탁일 수가 있다. 이로 볼 때 《정사》는 첨첨외사가 독자들을 불러 모으기 위해 풍몽룡의 이름을 빌어 편찬하고 간행한 소설집이라 할 수 있다. 천궈쥔 박사의 이런 고증과 논술은 자못 참고할 만한 가치가 있는 것이니 독자들은 그의 책을 읽으면 자세한 정황을 알아볼 수 있을 것이다.

첨첨외사가 《정사》라는 소설집을 편찬한 것에는 충분한 사회문화적 배경이 있었다. 주지하는 바와 같이 명대는 소설과 희곡이 고도로 발달한 시대였다. 소설 방면에서 전국시대부터 명말까지 이미 2000여 년 동안 발전해왔고 육조의 지괴 · 지인소설, 당전기, 송원화본, 명대 의화본과 장회소설 등은 모두 중국소설사상의 찬란한 별들로 심원하고 거대한 영향을 끼쳤다. 명나라 사람들은 이런 풍부하고 귀중한 문학적 재산에서 영양을 흡수해 문언소설과 통속소설을 아울러 번영시켰다. 바로 이러한 배경과 우세로 인해 명나라 사람들은 문인으로부터 민간에 이르기까지 보편적으로 소설을 좋아했고 소설에 대해 큰 열정을 보였다. 독자들은 소설을 읽으려 했고 문인들은 소설을 창작하려 했다. 민간 예인(藝人)들과 희곡가(戲曲家)들도 역대 소설에서 소재를 찾으려 했으며 출판가들은 소설을 통해 이윤을 얻으려 했다. 이런 다양한 수요로 인해 명대에는 소설집을 편찬하는 열풍이 일었다. 명초의 소설가였던 구우(瞿佑)가 《전등록(剪燈錄)》 40권을 편찬한 바가 있는데 이 책은 구우의 〈전등신화서(剪燈新話序)〉에 의하면 "고금의 괴기한 일들을 기록했다"고 했지만 오래지 않아 실전되었다. 대략 정덕(正德), 가정(嘉靖) 연간 즈음에 육채(陸采)가 《우초지(虞初志)》 8권을 편찬했고 가정 23년(1544)에 육즙(陸楫) 등이 《고금설해(古今說海)》 4부 총142권을 편찬했다. 그 이후로 모방한 자들이 매우 많아, 예를 들면 《염이편(豔異編)》, 《광염이편(廣豔異編)》, 《속염이편(續豔異編)》, 《청담만선(淸談萬選)》, 《일견상심편(一見賞心編)》, 《국색천향(國色天香)》, 《만금정림(萬錦情林)》, 《연거필기》, 《수곡춘용(繡谷春容)》, 《화진기언(花陣綺言)》, 《일사수기(逸史搜奇)》, 《패가수편(稗家粹編)》, 《고금담개》, 《지낭보》, 《합각삼지(合刻三志)》, 《오조소설(五朝小說)》, 《녹창여사(綠窗女史)》, 《전등총화(剪燈叢話)》, 《중편설부(重編說郛)》, 《속설부(續說郛)》, 《설창담이(雪窗談異)》 등과 같은 것들이 끊임없이 나왔고, 또한 한 주제를 중심으로 한 소설휘편들도 적잖이 나왔으니 《검협전(劍俠傳)》, 《청니련화기(青泥蓮花記)》, 《재귀기(才鬼記)》, 《호미총담(狐媚叢談)》, 《호원(虎苑)》, 《호회(虎薈)》 등이 그것이다. 첨첨외사의 《정사》는 바로 이런 배경 속에서 나온 것이다.

이상 제시한 소설집들과 달리 《정사》는 두 가지 특징이 있다. 하나는 취재 범주가 광범위하고 내용이 풍부하며 춘추전국부터 명나라 때까지의 이야기를 모두 포함시켜 전체 책을 24권으로 나누고 이야기 882개를 수록해 놓았다는 점이다. 다른 하나는 전문적으로 사랑이야기만을 취재했다는 점이다. 편자가 '정(情)'을 주제로 삼은 것은 그의 독특한 관념에서 나온 것이다. 그는 서문에서 '정교(情教)'라는 개념을 드러내 "육경(六經)은 모두 정으로 사람을 교화한다."고 했다. 유가의 경전들을 인용하면서 유가에서는 정의 존재에 대한 합리성을 인정한다고 보았고, "정은 남녀 간에서 비롯되어", "군신과 부자와 형제와 붕우 사이로 흘러 들어간다."고 했으며, 사람에게 있는 정상적인 정애욕구를 억제하려는 주장은 '이단의 학문'이라고 했다. 이른바 용자유가 썼다는 서문은 더욱 정(情)의 기치(旗幟)를 들어 〈정게(情偈)〉에서 이르기를 "만약 천지간에 정이 없다면 일체의 만물은 생기지 않을 것이며 일체의 만물에 정이 없다면 잇달아 돌며 상생할 수 없도다. 끊임없이 생겨나 절멸하지 않는 것은 정이 불멸한 연고이리라.……"라고 말했다. 이와 같이 정을 '천도(天道)'와 자연 본성의 높이까지 끌어올렸다. 만명(晚明) 때 사회 사조는 개성의 해방을 표방하고 정주(程朱) 이학을 반대했는데 이런 관점은 성리학자들의 '천리를 보존하고 인욕을 멸한다(存天理, 滅人慾)'는 사상과 대립했기에 시대 진보적 의미가 있다. 첨첨외사가 이 책을 편찬하여 이것이 "정이 있는 자들에게는 맑은 거울"과 "정이 없는 자들에게는 자석"이 되어 사람들 마음속에 오랫동안 억눌려 있었던 정애를 점화시키려 했다. 동시에 또한 유가의 도덕규범을 준수하여 "음탕함을 막으려고" 했다. 용자유의 서문에서 "이 책은 비록 남녀 간의 일만 다루어 고상하지는 못하지만 종국에는 요지가 올바른 것에 귀착된다."고 했는데 여기서 말하는 '올바른 것'이란 바로 전통적 유가의 도덕관을 이르는 것이다.

《정사》는 24권으로 분류해 편찬되었으며 매권은 한 부류이고 제목에는 모두 '정(情)'자가 붙어 '정정류(情貞類)'로 시작해 '정적류(情蹟類)'로 마무리된다. 수록되어 있는 이야기들은 주로 당시에 있었던 소설집에 도움을 받아 편찬한 것으로 그 원래의 출처는 역대 문언소설과 필기, 사서(史書) 등이었다. 수록된 작품들은 절록된 경우가 많지만 대체적으로 완전하며 일부 작품들에는 출처를 밝히고 있다. 명대에는 소설 평점이 성행했기 때문에 이야기 뒤에는 제가들의 평어들이 달려 있는 것이 많다. 예를 들면 장경씨(長卿氏; 屠隆), 이화상(李和尙; 李贄), 자유씨(子猶氏; 馮夢龍) 등이 그것인데 이런 평어들도 다른 책에서 베껴온 것들이다. 각 권의 말미에도 정사씨(情史氏)의 총평이 있는데 그 정사씨와 정주인(情主人), 외사씨(外史氏) 등의 명호는 응당 편자인 첨첨외사를 가리키는 것일 것이다. 또한 이름이 밝혀져 있지 않은 대량의 평어도 있는데 아마도 이 또한 첨첨외사가 쓴 것일 것이다. 평어는 이야기를 이해하는 데에 도움이 되며 그것을 통해 평자의 사상적 관점을 알아볼 수도 있다. 《정사》는 자고이래 정에 관한 대량의 이야기들을 수집하여 한 책으로 두루 다 살펴볼 수 있게 했다. 풍부하며 다채롭고, 슬프거나 기쁘거나 기기괴괴한 이야기들이 가득 수록되어 있어 독자들은 이를 통해 열독의 쾌감을 느낄 수 있을 것이다. 그리고 이 책 안에 수록된 대량의 역대 소설작품들은 소설연구자들에게 일문(逸文)을 수집하고 교감할 수 있는 풍부한 자료를 제공해 주었다. 내가 《송대전기집

《宋代傳奇集》》과《당오대전기집(唐五代傳奇集)》을 교감할 때에도 항상《정사》를 교감의 참고로 삼았다. 이상 언급한 여러 가지가 모두《정사》의 기본적인 가치라고 생각된다.

유정일 박사는《정사》를 번역함에 있어 상해고적출판사에서 나온《풍몽룡전집》가운데 있는《정사》영인본을 저본으로 삼았고, 동시에 악록서사본 (岳麓書社本)《정사》, 악록서사본(岳麓書社本)《정사류략》, 봉황출판사(鳳凰出版社)의《풍몽룡전집》에 있는《정사》, 춘풍문예출판사본(春風文藝出版社本)《정사》등 다종의 판본을 참고했으니《정사》의 판본을 거의 다 갖췄다고 할 수 있다. 그의 역본은 선역(選譯)으로 대략《정사》총 분량의 삼분의 일이 된다. 뽑은 작품 목록으로 볼 때 그가 초점을 두고 있는 것은 주로 '삼언'의 본사(本事)와 관련이 있는 작품과 명인명사(名人名士)에 관한 작품, 그리고 권말 정사씨 평어에서 언급하고 있는 작품들이었다. 이런 선목(選目) 원칙에 제한되어 선택된 작품들은 대부분 편폭이 짧아 적잖이 좋고 긴 작품들이 뽑히지 못하기도 했다. 하지만 당송원명(唐宋元明) 때의 많은 전기소설(傳奇小說) 작품들이 수록되어 있으니 예컨대 당전기(唐傳奇)로는 〈양창〉(〈楊娼傳〉), 〈위고〉(《續玄怪錄》), 〈제요주녀〉(《續玄怪錄》), 〈장로〉(《續玄怪錄》), 〈두옥〉(《續玄怪錄》), 〈허준〉(〈柳氏傳〉), 〈고압아〉(〈無雙傳〉), 〈곤륜노〉(《傳奇》), 〈정덕린〉(《傳奇》), 〈낙신〉(《傳奇》), 〈장운용〉(《傳奇》), 〈풍연〉(〈馮燕傳〉), 〈이장무〉(〈李章武傳〉), 〈장천낭〉(〈離魂記〉), 〈최호〉(《本事詩》), 〈위고〉(《雲溪友議》), 〈이행수〉(《續定命錄》), 〈배월객〉(《集異記》), 〈비연〉(〈非煙傳〉), 〈앵앵〉(〈鶯鶯傳〉), 〈매비〉(〈梅妃傳〉), 〈하간부〉(〈河間傳〉), 〈직녀〉(《靈怪集》), 〈동정군녀〉(〈洞庭靈姻傳〉), 〈소군〉(〈周秦行紀〉), 〈원정〉 가운데 구양흘의 이야기(〈補江總白猿傳〉), 〈호정〉 가운데 임씨의 이야기(〈任氏傳〉), 〈호정〉 가운데 신도징의 이야기(〈河東記〉) 등이 있으며, 송전기(宋傳奇)로는 〈범희주〉(《撫青雜說》), 〈단비영〉(《撫青雜說》), 〈녹주〉(〈綠珠傳〉),

〈장사의기〉(〈義妓傳〉), 〈사마재중〉(《雲齋廣錄》), 〈황손〉(《北窗志異》), 〈금명지당로녀〉(《夷堅志》), 〈만소경〉(《夷堅志》), 〈이장사〉(《夷堅志》), 〈여사군낭자〉(《夷堅志》), 〈유과〉(《夷堅志》), 〈손조교녀〉(《淸尊錄》), 〈왕괴〉(〈王魁傳〉) 등이 있고, 명전기(明傳奇)로는 〈유기〉(《花影集》), 〈심견금석〉(《花影集》), 〈연리수〉(《剪燈餘話》), 〈최영〉(《剪燈餘話》), 〈왕경노〉(《剪燈餘話》), 〈자죽〉(〈紫竹小傳〉), 〈大別狐〉(《耳談》), 〈楊幽姸〉(〈楊幽姸別傳〉), 〈두십낭〉(《九籥別集》), 〈珍珠衫〉(《九籥別集》), 〈주정장〉(〈浙湖三奇傳〉), 〈동소미인〉(《庚巳編》) 등이 있다. 명나라 사람 호응린은 일찍이 말하기를 "〈비연〉은 전기(傳奇)의 시초다.(《少室山房筆叢》卷二九〈九流緖論下〉)"라고 했다. 〈비연〉은 〈조비연외전〉을 이르는 것으로 대략 동한부터 위진 사이에 지어졌다. 《정사》권17에 수록되어 있는데 〈비연합덕〉으로 개제되었으며 역본(譯本)에도 수록되어 있다. 전기(傳奇)는 당대(唐代)에 형성된 문언소설의 신문체(新文體)로 문언소설의 성숙을 표시했으며 후대의 문언소설에도 막대한 영향을 끼쳤다. 이상은 모두 전기소설 가운데 훌륭한 가작들이기에 독자들이 자세히 읽기를 권한다.

유정일 박사의 역본에서는 뽑은 작품들의 원시 출처를 힘써 밝혀 참고로 삼을 수 있게 했고 동시에 《태평광기》와 《염이편》 등과 같은 소설 유서(類書)와 소설집을 참고했다. 한국 독자들에게 도움이 되도록 상세한 주석을 달았는데 그 주석은 모두 5000여 개나 되었다. 고서에 주석을 다는 일은 매우 쉽지 않은 일이고 넓은 범주를 섭렵해야 한다. 훈고학과 문헌학 방면의 지식이 필요할 뿐만 아니라 다방면의 역사와 문화적 지식이 요구된다. 주석을 다는 작업은 고된 일이지만 독자들에게 유익하니 이는 큰 사명감과 책임감을 갖춰야 할 수 있는 일이다. 유정일 박사가 여기에 힘을 기울인 것은 실로 장한 일이라 할 수 있다. 요컨대, 유정일 박사가 《정사》를 역주하는 데 큰 힘을 기울였는데 그 노력은 헛되지 않아 한국 학계에 유익한 공헌을

할 것이라고 믿는다. 그는 나에게 '삼언'과 송대전기(宋代傳奇) 등의 역주
작업을 계속하려 한다고 했다. 그렇게 하는 것도 뜻이 원대한 일이지만
지금의 기초 위에서 《정사》를 완역하는 작업을 하여 한국의 독자와 연구자들
에게 《정사》의 전모를 보여주기를 희망한다.

한국 고대문학과 중국문학 사이의 연원은 매우 깊어 중국문학을 체계적으
로 깊이 있게 살펴보는 것은 틀림없이 한국 고전문학연구에 크게 도움이
될 것이다. 많은 한국 학자들이 중국문학을 소개하고 연구하는 데 힘써왔으
며 적잖은 중국의 학자들도 한국한문학을 연구하려고 노력해왔으니 이는
학계의 바람직한 교류라고 할 수 있다. 중한(中韓) 관계가 날로 밀접해지는
오늘날 양국의 학자들은 모두 중한 문화교류와 학술교류 속에서 자신들의
재능을 발휘할 책임이 있다. 나도 십여 년 전에 한국에서 《신라수이전
집교(輯校)와 역주》, 《신라수이전 고론(考論)》 이 두 책을 출간했으며, 또한
한국의 박사생과 연수생, 그리고 고급방문학자들도 지도했다. 유정일 박사
와 다른 한국 학자들이 중국문학의 연구와 전파 방면에서 부단히 공헌해
주기를 간절히 바란다.

2014년 12월 1−3일
남개대학 조설재(釣雪齋)에서 쓰다.

《情史》韓文譯注本序

李劍國

柳正一博士，原是韓國東國大學博士．2007年他來南開大學文學院進修，由我指導學業．他很勤奮，在南開讀了不少書，也聽了一些我講的課，常和我的學生們交流學問，關係融洽．此間他對《情史》一書產生濃厚興趣，萌生了深入瞭解此書，並將此書介紹給韓國讀者的意願．爲此他後來再度來華，執教於北京第二外國語學院．在北京的兩年間，他搜集了《情史》的多種印本和大量研究資料，並完成了大部分的基礎工作．八年過去了，如今《情史》的選譯和注釋工作已經基本完成，將由韓國首爾學古房出版社出版．今年11月，他致函於我，報告了他對《情史》的譯注情況，並求我作序．近十幾年來，我常爲弟子們的著作作序，算來總共17部，還有兩部的序未寫．正一博士也算是我的私淑弟子吧，爲他的書作序義不容辭，故欣然命筆．他希望我在序中對《情史》的情況和價值作些介紹．我對《情史》雖很熟悉，經常使用，但並沒有作過深入的專門研究，只能談點粗淺看法．

《情史》全稱《情史類略》，又名《情天寶鑑》，題江南詹詹外史評輯．書前有吳人龍子猶〈情史敘〉和江南詹詹外史〈敘〉．詹詹外史不詳何人，龍子猶則是馮夢龍的別號．關於此書的編者，詹詹外史的序說得很清楚，他說："耳目不廣，識見未超，姑就覩記，憑臆成書．甚媿雅裁，僅當諧史．後有作者，吾爲裨諶．因題曰《類略》，以俟博雅者擇焉．"分明編者就是詹詹外史本人．龍子猶的敘也說自己"嘗欲擇取古今情事之美者，各著小傳，使人知情之可久……而落魄奔走，硯田盡蕪，乃爲詹詹外史氏所先"．就是說馮夢龍也曾打算編一本關於古今情事的書，只不過因故耽擱下來，詹詹外史就祖鞭先著了．

但是許多研究者認爲詹詹外史就是馮夢龍，所謂龍子猶和詹詹外史的敘都是馮夢龍在故弄玄虛．研究者們的論據主要是：明末清初黃虞稷《千頃堂書目》卷一二雜家類、《同治蘇州府志》卷一三六《藝文志》都將《情史》編者著錄爲馮夢龍. 《情史》中引用了《古今譚概》, 收入了馮夢龍所創作的〈張潤傳〉、〈愛生傳〉、〈萬生傳〉, 還有些故事見於馮夢龍編的《太平廣記鈔》,《情史》中有39篇故事與"三言"的本事有關. 再就是《情史》所敘萬曆時期的小說故事, 多發生在馮夢龍的家鄉蘇州長洲縣葑門一帶. 其實, 這些都算不上是有力證據,《情史》不是創作, 編纂前人書中的故事而成. 而馮夢龍是晚明著名通俗文學作家, 著作極多, 就小說而言, 編寫過《新列國志》、《三遂平妖傳》、"三言"等通俗小說, 編纂有《古今譚概》、《智囊補》、《太平廣記鈔》、《燕居筆記》等小說彙編. 從《情史》中窺見馮夢龍著作的某些跡象, 是自然而然的事情. 前人懾於馮夢龍的大名, 而也將《情史》歸在馮夢龍名下, 其實是錯誤的.

我的學生陳國軍教授致力於明代文言小說研究, 著有《明代志怪傳奇小說研究》(天津古籍出版社2005年版). 書中第六章《志怪傳奇小說的式微》第二節《志怪傳奇小說評點與〈情史〉的出現》, 專門探討考證了《情史》的編者和編纂年代. 他認爲《情史》的編纂者、輯評者就是"江南詹詹外史", 絕非馮夢龍. 這個結論, 是他從分析《情史》的兩篇序, 從分析《情史》與《太平廣記鈔》的差異等方面得出來的, 我認爲結論是可靠的. 關於《情史》的編纂年代, 眾說紛紜, 從萬曆到崇禎間都有. 國軍通過對相關文獻的詳實考證, 認爲《情史》的成書上限當爲天啓七年(1627), 下限爲崇禎十年(1637). 而在此期間, 根據馮夢龍的行跡, 並非什麼"落魄奔走, 硯田盡蕪", 所以所謂龍子猶的《情史敘》也可能是僞託. 因此,《情史》可能是詹詹外史爲廣招徠而假馮夢龍大名編纂梓行的小說彙編. 國軍博士的這些考證和論述, 無疑是頗有參考價值的, 讀者可以讀他的書瞭解詳情.

詹詹外史之所以編纂《情史》這本小說、故事彙編, 是有著充分的社會文化背景的. 我們知道, 明代是小說、戲曲高度發達的時代. 在小說方面, 從戰國算起, 到明末已經發展了2000多年. 六朝志怪、志人小說, 唐傳奇, 宋元話本, 明代擬話本和章回小說, 都是中國小說史上的璀璨明星, 有著深遠巨大的影響. 明人擁有這筆極爲豐富寶貴的文學財富, 吸取它們的營養, 才造成明代文言小說和通俗小說的共同繁榮. 也正因爲有這樣的背景和優勢, 明人從文人到民間普遍喜歡小說, 對小說表現出高度的熱情. 讀者要閱讀小說, 文人要創作小說, 民間藝人和戲曲家也需要從歷代小說中汲取素材, 出版家要借小說獲取利潤. 出於這種種需求,明代出現了一個編纂小說彙編的熱潮. 早在明初, 小說家瞿佑就編過《剪燈錄》四十卷, 此書乃"編輯古今怪奇之事"(瞿佑《剪燈新話序》)而成, 但不久即失傳. 約在正德、嘉靖之際, 陸采編纂《虞初志》八卷, 嘉靖二十三年(1544)陸楫等編纂《古今說海》四部, 共142卷. 此後, 仿效者甚多, 諸如《豔異編》、《廣豔異編》、《續豔異編》、《清談萬選》、《一見賞心編》、《國色天香》、《萬錦情林》、《燕居筆記》、《繡谷春容》、《花陣綺言》、《逸史搜奇》、《稗家粹編》、《古今譚概》、《智囊補》、《合刻三志》、《五朝小說》、《綠窗女史》、《剪燈叢話》、《重編說郛》、《續說郛》、《雪窗談異》等等便紛紜而出, 還有不少專題性的小說彙編, 如《劍俠傳》、《青泥蓮花記》、《才鬼記》、《狐媚叢談》、《虎苑》、《虎薈》等. 詹詹外史的《情史》就是在這樣的大背景中出現的.

　　和以上小說彙編有所不同, 《情史》有兩個特點. 一是它取材極爲廣泛, 極爲豐富, 從春秋戰國到明代的故事都有. 全書二十四卷, 共收錄故事882個. 二是它專取情愛故事, 故以《情史》爲名. 編者之所以以"情"爲主題, 是出於他的獨特理念. 他在敘中提出"情教"概念, 說"六經皆以情教也". 他引述儒家經典, 認爲儒家肯定情的合理存在, 說"情始于男女", 而"流注于君臣、父子、兄弟、朋友之間". 那種壓制人的正當情愛欲求的主張, 乃是"異端之學". 所謂龍子猶的敘, 更是高揚情的大旗, 偈語曰:"天地若無情, 不生一切物. 一切物無情, 不能環相生. 生生而不滅, 繇情不滅故.……"這就把情提高到"天道"、自然本性的高度. 晚明社會思潮張揚個性解放, 反對程朱理學, 這種觀點, 分明與理學家"存天理, 滅人慾"的荒謬思想嚴重對立, 是有着時代進步意義的. 詹詹外史編此書, 要使之成爲"有情者之朗鑑", "無情者之磁石", 點燃人們內心中久被壓抑的情愛. 但同時也遵循儒家傳統的道德規範而"窒其淫", 即情而不穢. 龍子猶的敘評論說此書"雖事專男女, 未盡雅馴, 而曲終之奏, 要歸於正". 這"正"就是傳統的儒家道德觀.

　　《情史》二十四卷分類編纂, 每卷一類, 類目都含"情"字, 以"情貞類"開首, 以"情蹟類"收束. 全書的故事應當是主要借助現成的小說彙編擇編的, 而其原出, 則是歷代文言小說以及筆記、史書等. 所錄作品雖常有刪節, 但大體完整, 一部分作品注明出處. 明代興盛小說評點, 因此故事末常常附有各家評語, 如長卿氏(屠隆)、李和尚(李贄)、子猶氏(馮夢龍)等等, 這些評語也都是從他書中鈔來的. 各卷之末又皆有情史氏的總評, 情史氏及評語所冠的情主人、外史氏名號, 應當就是編者詹詹外史. 還有未加冠名的大量評語, 大抵也出於詹詹外史之手. 評語有裨於對故事的理解, 也可從中瞭解評者的思想觀點.《情史》搜輯了古來大量涉情故事, 一編在握而盡覽無餘. 豐富多彩, 琳瑯滿目, 悲悲喜喜, 怪怪奇奇, 讀者從中可獲得閱讀快感. 而書中收錄的大量歷代小說作品, 更為治小說者提供了用於輯佚和校勘的丰富資料. 我輯校《宋代傳奇集》與《唐五代傳奇集》, 就常利用《情史》作爲文本校勘的參考. 我想, 以上所說諸點, 都是《情史》的基本價值所在.

正一博士翻譯《情史》, 底本是上海古籍出版社《馮夢龍全集》中的《情史》影印本, 同時參考了岳麓書社本《情史》, 岳麓書社本《情史類略》, 鳳凰出版社《馮夢龍全集》中的《情史》, 春風文藝出版社本《情史》等多個版本, 比較齊備. 他的譯本是選譯, 約佔《情史》總量的三分之一. 從選目來看, 他選擇條目的關注點, 主要是與"三言"本事有關的作品, 關於名人名士的作品, 以及卷末情史氏評語所涉及到的作品. 限於選目原則, 所選譯的故事大多篇幅短小, 許多較長的好作品未能入選. 即便如此, 唐宋元明不少優秀的傳奇作品也選了進來. 如唐傳奇〈楊娟〉(〈楊娟傳〉)、〈韋固〉(《續玄怪錄》)、〈齊饒州女〉(《續玄怪錄》)、〈張老〉(《續玄怪錄》)、〈竇玉〉(《續玄怪錄》)、〈許俊〉(〈柳氏傳〉)、〈古押衙〉(〈無雙傳〉)、〈崑崙奴〉(《傳奇》)、〈鄭德璘〉(《傳奇》)、〈洛神〉(《傳奇》)、〈張雲容〉(《傳奇》)、〈馮燕〉(〈馮燕傳〉)、〈李章武〉(〈李章武傳〉)、〈張倩娘〉(〈離魂記〉)、〈崔護〉(《本事詩》)、〈韋臯〉(《雲溪友議》)、〈李行脩〉(《續定命錄》)、〈裴越客〉(《集異記》)、〈非煙〉(〈非煙傳〉)、〈鶯鶯〉(〈鶯鶯傳〉)、〈梅妃〉(〈梅妃傳〉)、〈河間婦〉(〈河間傳〉)、〈織女〉(《靈怪集》)、〈洞庭君女〉(〈洞庭靈姻傳〉)、〈昭君〉(〈周秦行紀〉), 以及〈猿精〉中的歐陽紇故事(〈補江總白猿傳〉)、〈狐精〉中的任氏故事(〈任氏傳〉)、〈虎精〉中的申屠澄故事(《河東記》)等;宋傳奇〈范希周〉(《撫青雜說》)、〈單飛英〉(《撫青雜說》)、〈綠珠〉(〈綠珠傳〉)、〈長沙義妓〉(〈義妓傳〉)、〈司馬才仲〉(《雲齋廣錄》)、〈黃損〉(《北窗志異》)、〈金明池當壚女〉(《夷堅志》)、〈滿少卿〉(《夷堅志》)、〈李將仕〉(《夷堅志》)、〈呂使君娘子〉(《夷堅志》)、〈劉過〉(《夷堅志》)、〈孫助教女〉(《清尊錄》)、〈王魁〉(〈王魁傳〉)等;明傳奇〈劉奇〉(《花影集》)、〈心堅金石〉(《花影集》)、〈連理樹〉(《剪燈餘話》)、〈崔英〉(《剪

燈餘話》)、〈王瓊奴〉(《剪燈餘話》)、〈紫竹〉(〈紫竹小傳〉)、〈大別狐〉(《耳談》)、
〈楊幽妍〉(〈楊幽妍別傳〉)、〈杜十娘〉(《九籥別集》)、〈珍珠衫〉(《九籥別集》)、
〈周廷章〉(〈浙湖三奇傳〉)、〈洞簫美人〉(《庚巳編》)等. 明人胡應麟曾說:"〈飛
燕〉, 傳奇之首也."(《少室山房筆叢》卷二九〈九流緒論下〉)〈飛燕〉指的是〈趙飛
燕外傳〉, 約作於東漢至魏晉之時, 《情史》卷一七輯入, 改題〈飛燕合德〉, 譯本也
選入此篇. 傳奇是唐代形成的文言小說新文體, 標誌着文言小說的成熟, 對後世
文言小說有重大影響, 以上都是傳奇小說的精品佳作, 建議讀者好好讀讀.

　　正一博士的譯本對入選作品盡量找出它的原始出處, 以用作參考, 同時也參
考了《太平廣記》、《豔異編》等小說類書和彙編. 為有助於韓國讀者閱讀, 還作了
詳盡的注釋, 注釋多達5000多個. 為古書作注很不容易, 涉及廣泛, 不僅需要訓
詁、文獻方面的知識, 還需要多方面的歷史、文化知識. 作注很辛苦, 但對讀者
有益, 這是需要具備高度的事業心和責任心的. 正一博士致力於此, 實屬難能可
貴. 要之, 正一博士譯注《情史》下了很大功夫, 功夫不負有心人, 相信他的努力會
對韓國的學術事業作出有益的貢獻. 正一博士對我說想再接再厲, 進行"三言"和
宋代傳奇等的譯注工作. 這很好, 可謂志向高遠. 不過我倒是希望能在此基礎上,
完成《情史》的全譯工作, 以使韓國讀者和研究者覩其全璧.

　　韓國古代文學與中國文學淵源至深, 深入系統地瞭解中國文學, 無疑會對韓
國古代文學的研究大有裨益. 許多韓國學者致力於介紹和研究中國文學, 而不少
中國學者也致力於研究韓國古代的漢文學, 這是一種良好的學術互動. 在中韓關
係日益密切的今天, 中韓學者都有責任在中韓文化交流、學術交流中發揮自己
的才能. 我十多年前曾在韓國出版過《〈新羅殊異傳〉輯校與譯注》和《〈新羅殊異
傳〉考論》兩本書, 也曾指導過多名韓國博士生、進修生和高級訪問學者. 我也熱
切希望柳正一博士和其他韓國學者在對中國文學的研究和傳播中不斷作出貢獻.

2014年12月1－3日

草於南開大學釣雪齋

역주자 서문

"예부터 썩지 않는 것 세 가지가 있다 했는데 지금 와서 보니 정(情) 또한 그 하나가 된다. 무정한 사람이자니 차라리 정이 있는 귀신이 되련다. 다만 죽은 뒤 지각이 없을까 두려울 뿐이다. 만약 죽어서도 지각이 있다면 살아서 이루지 못했던 정을 귀신이 되어 이룰 수 있으므로 나는 정이 있는 귀신이 정이 없는 사람보다 낫다고 여긴다.(古有三不朽, 以今觀之, 情又其一矣. 無情而人, 寧有情而鬼. 但恐死無知耳. 如有知, 而生人所不得遂之情, 遂之於鬼, 吾猶謂情鬼賢於無情人也.)"

이는 《정사》의 평집자인 풍몽룡(馮夢龍)이 그의 산곡집(散曲集) 《태하신주(太霞新奏)》 권1 〈정선곡(情僊曲)〉 서(序)에서 한 말로, 정(情)이 이른바 삼불후(三不朽)라고 하는 입덕(立德)과 입공(立功)과 입언(立言)과 같이 영원히 썩지 않음을 잘 드러내고 있다. 생각건대, 덕을 세우고 공을 세우며 저술을 남기는 일은 보통 사람들이 쉽게 할 수 없는 일이지만 지고지순한 사랑으로 사람들에게 칭송되는 일은 사실 누구나 할 수 있는 범사라고 할 수 있다. 그럼에도 불구하고 정으로 명성을 얻는 경우가 그 무엇보다 쉽지 않으니 이는 정이라는 것, 진정한 사랑이라는 것의 궁극이 죽음을 불사할 수 있어야 하기 때문이다. 그리하여 원나라 때 문인인 원호문(元好問)은 〈안구사(雁丘詞)〉에서 "묻노니 세상의 정이란 것이 무엇이기에 생사를 함께하게까지 하느뇨?(問世間情爲何物, 直敎生死相許.)"라고 읊었던 것이다. 남녀 간에 있어 목숨도 나누게 하는 것이 사랑이고 정인 것이다. 사랑이 오래되고 익어 거기에 의로움이 더해지면 정이 되는 것이니 남녀 간에 있어 정은 일종의 의리이며 도덕이며 시간이라고 할 수 있다. 역사 이래로 남녀 간의 사랑에 대한 기록은 원초적인 감각에 대한 것으로부터 숭고한 인간 정신의 고갱이까지 그 편폭이 넓어 다양한 문학의 주요 소재가 되어 왔다. 그 가운데 어떤 시문(詩文)들은 염정(艷情)으로 빠져 백안시되기도 했고, 또 어떤 시문들은 끝없는 찬사를 받으며 지금까지 많은 사람들에게 회자되고 있다. 중국 문헌들 가운데 명나라 때까지 전해져 오던 사랑에 관한 이런 시문들과 다양한 기록들을 모두 집대성해 놓은 책이 풍몽룡이 평집(評輯)한 《정사》이다. 《정사》 전후로 이와 비슷한 종류의 문헌이 없지 않으나 《정사》처럼 광범위한 작품들을 일목요연하게 절록(節錄)하고 평집해 체계적으로 분류한 책은 없으니, 가히 《정사》를 사랑이야기의 경전(經典)이라고 해도 무방할 것이다.

　한창경(韓長耕)(〈中國編纂文集之始和現存最早的詩文總集《昭明文選》的研究與流傳〉, 《韓長耕文集》, 岳麓書社, 1995.)에 의하면, 중국 고대문헌은 현존하는 것과 산일된 것을 합쳐 대략 15만 종이 넘고 그중 현존해 검증할 수 있는 문헌만 해도 12만종이 넘는다고 하는데 그 하고많은 책 가운데 《정사》와 인연을 맺고 짧지 않은 세월을 동고동락하며 역주하게 된 계기는 햇수로 따져 벌써 9년 전 쯤의 일이 되었다. 나는 해외 포스트닥터 과정을 위해 2006년 12월 24일 베이징(北京)에 도착한 뒤, 오랜 친구인 리우따쥔(劉大軍)의 집에서 두 달 동안 기거를 하며 그가 근무하는 북경대학 도서관 선본실에 나가 책 보는 일로 소일하다가 두 달 뒤인 2007년 2월에 다시 톈진(天津)에 있는 남개대학(南開大學)으로 내려가 박사 후 지도교수인 리젠궈(李劍國) 선생께 문언소설과 도교사상 방면의 지도를 받았다. 매주 강의가 끝난 뒤에는 선생의 연구실에 있는 모든 책들을 구경하며 복사해 볼 수 있었는데 그때 우연히 《정사》를 만나게 되었다. 이 책은 중국문헌들 가운데 명나라 때까지 전해지고 있던 사랑에 관한 이야기들을 모두 모아 24권으로 분류해 놓은 책으로 내용도 재미있는 데다가 소설연구에서 비중 있게 다뤄지는 종요로운 문헌이라서 공부한다는 마음으로 번역을 해봐야겠다는 생각을 갖게 되었다. 하지만 이 책은 수백 종의 다양한 문헌을 대상으로 절록해 놓은 일종의 유서(類書)이고 교감과 주석 작업조차 되어 있지 않은 상태라서 역주를 한다고 할 때 도대체 몇 년이 걸릴지, 해낼 수는 있는 것인지, 어떤 방법으로 접근해야 좋은 것인지 등에 대해서 당시 어떤 확신도 가질 수 없었다. 그즈음 리젠궈 선생으로부터, 막 출간되어 나온 《당송전기품독사전 (唐宋傳奇品讀辭典)》(李劍國 主編, 新世出版社, 2007.)이란 책을 선물 받았 는데 그 책은 정밀한 고증적 주석이 각별하여 내 작업을 진행해나가는 데 있어 모범으로 삼기에 충분했다.

2008년 2월에 귀국했지만 한국에서는 필요한 자료조차 손쉽게 찾아볼 수 없었기에 나는 다시 그해 8월에 한국국제교류재단의 도움을 받아 북경제2 외대로 갔다. 이때 《정사》는 물론이고 소설 방면의 문헌을 역주하는 데 필요한 기초자료 일체를 수집하는 한편, 중국사와 중국민속사, 그리고 중국 고대문학에 관한 다양한 문헌들을 학생들과 함께 짬짬이 읽어 나갔다. 숙소였던 북경제2외대 좐쟈로(專家樓)에서 나는 2년 동안 이른 아침부터 늦은 밤까지 거의 하루도 빠짐없이 그렇게 보냈던 것으로 기억한다. 무리한 탓에 비록 건강은 안 좋아지고 몸은 말라있었지만 《정사》로 인해 의미 있고 행복한 시간을 보낼 수 있었다.

2010년 8월 하순에 자료를 완비해 바탕을 마련한 뒤 귀국했다. 그다음 날부터 다시 두문불출하고 모든 시간과 역량을 《정사》 역주에 쏟아 부었으니 지금 생각해보면 그야말로 《정사》와 수년 간 사투를 벌인 셈이다. 내가 할 수 있는 모든 것들을 바쳐야 일이 후회 없이 제대로 끝날 것이란 사실을 잘 알고 있었기 때문이다. 《정사》라는 책의 원형을 갖출 수 있도록 권말 평어에서 언급하고 있는 작품들을 모두 뽑고, 당·송·명대 전기소설(傳奇小 說) 및 화본소설과 밀접한 관련이 있는 작품도 넣고서, 고대 유명 인사들의 사랑 이야기들도 모두 싣고 보니 분량도 대략 《정사》 전체 분량의 삼분의 일 정도가 되어 그야말로 정화본(精華本) 《정사》가 되기에 손색이 없었다. 거기에 해당 작품과 관련된 현전 최고(最古) 문헌과 《정사》 주요 판본들을 대상으로 정밀히 교감해 원문을 확정한 뒤, 작품을 이해하는 데 긴요한 내용에 대해 가급적 원시(原始) 출처를 명시해 가며 세밀히 주석하고 이를 바탕으로 번역해 이 책을 만들었다. 2014년 10월 말에 이르러 탈고를 한 뒤, 곧장 나는 리젠궈 선생께 그간의 사정들을 메일로 알려드리고 지난날 입었던 은혜에 감사드리며 서문을 청했다. 주석 작업을 하기 시작한 초기부터 부닥친 문제는 《정사》의 평집자가 구체적으로 누구이며 언제 만들어진 책인지 학설이 분분해 정론이 없다는 것이었다. 역주자로서 여기에 대해 책임 있는 논설을 내놓아야 하기 때문에 차제에 이 껄끄러운 문제에 대해서도 분명히 해둘 필요가 있다고 여겼다. 그래서 금년 4월에 〈《정사》의 평집자와 성서연대 고증〉(《中國小說論叢》제45집, 韓國中國小說學會, 2015.)이란 제하의 논문을 학계에 제출하여 기왕의 제설(諸說)에 대해 시비를 논한 뒤, 교감 작업을 통해 얻은 문헌적 감각과 신자료를 바탕으로 새로운 대안을 제시했다. 리젠궈 선생의 견해와도 다른 이 논점에 대해서 독자 제현의 질정을 구한다.

이 책은 물심양면으로 나를 지지해준 아내 해란이 없었더라면 결코 존재할 수 없었을 것이다. 아내는 내가 학문적 방랑자가 되어 마음껏 공부할 수 있도록 항상 지지해 주었으며 무엇도 과감히 버릴 수 있고 무엇도 다시 시작할 수 있도록 용기를 주었다. 불혹(不惑)을 넘긴 나이에 시작해 지명(知命)을 앞둔 인생의 길목에서 힘겹게 얻은 이 책을 나의 사랑하는 아내 해란에게 바친다. 아울러 아무런 연고도 없는 나를 논문과 메일 한 통을 보고 리젠궈 선생께 추천해 주신 영남대학교 최환 교수님과 이 작업의 초기부터 내내 격려해준 김동하 선배님, 후배인 박경우 교수, 그리고 바쁜

와중에도 마다하지 않고 적잖은 원고를 꼼꼼히 일독해 준 이대형 선배께 진심으로 감사드린다. 남개대학에 있을 때 교유했던 망년지우들과 북경제2 외대에서 만났던 나의 학생들의 다정했던 모습이 마치 어제의 일처럼 아직도 눈에 선하다. 모두 다 오늘의 이 책을 만들 수 있게 해준 소중한 인연들이다. 이 책이 나오기까지 일각을 다투며 원고로 승화시켜야만 했던, 나의 열정과 희열로 뒤범벅된 삶의 고락을 여기 서문에 묻어둔다.

2015년 7월 25일
삼산동 지지재(止止齋)에서 유정일 쓰다.

목 차

11. 情化類 ● 653

12. 情媒類 ● 707

13. 情憾類 ● 743

14. 情仇類 ● 827

15. 情芽類 ● 969

16. 情報類 ● 1015

上

3. 情私類 ● 173

4. 情俠類 ● 237

5. 情豪類 ● 337

6. 情愛類 ● 411

7. 情癡類 ● 461

8. 情感類 ● 503

下

17. 情穢類 ● 1085

18. 情累類 ● 1193

19. 情疑類 ● 1231

20. 情鬼類 ● 1329

21. 情妖類 ● 1381

附錄 ● 1547

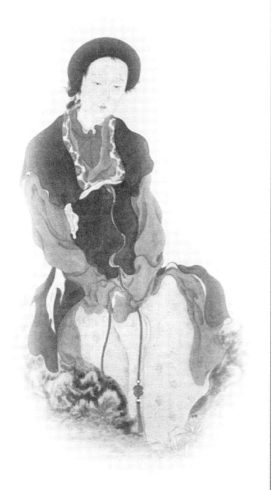

9

情_정
幻_환
類_류

'정환류'에서는 정으로 인해 환상(幻像)이 나타난 이야기들을 싣고 있다. 세부적으로 보면 '꿈에서 환상이 나타난 이야기들(夢幻)', '혼백이 몸에서 벗어난 이야기들(離魂)', '혼백이 다른 사람의 몸에 붙은 이야기들(附魂)', '혼을 불러온 이야기들(招魂)', '그림 속의 여자가 나타난 이야기들(畫幻)', '환상이 드러난 이야기들(事幻)', '도술로 나타난 환상(術幻)' 등에 대한 이야기들을 다루고 있다. 그 가운데 '꿈에서 환상이 나타난 이야기들(夢幻)'과 '혼백이 몸에서 벗어난 이야기들(離魂)'이 가장 많고 혼백이 다른 사람의 몸에 붙은 이야기들(附魂)이 가장 적게 실려 있다. 권말 '정사씨(情史氏)' 평론에서, 꿈이란 혼(魂)이 떠돌아다니는 것으로 신령스러운 것이며, 있지 않은 일을 능히 만들어 낼 수도 있고, 없었던 생각을 능히 열어줄 수 있다고 했다.

103. (9-1) 사마재중(司馬才仲)1)

  사마재중2)[이름은 유(楢)이고 섬주(陝州)사람이다.]이 일찍이 낙양에 있
었을 때 낮잠을 자다가 한 미인이 휘장을 걷고 노래하는 꿈을 꾸었는데
그 노래는 이러했다.

첩은 원래 전당(錢塘) 강변에 살면서	妾本錢塘3)江上住
꽃이 지고 피어도	花落花開
세월이 흘러가는 것에 관심 두지 않았어요	不管流年度
제비가 춘색(春色)을 물고 가니	燕子衔將春色去
사창밖엔 매우(梅雨)가 몇 차례 내렸네요	紗窗幾陣黃梅雨4)

  사마재중이 그 사를 좋아해 곡명을 물었더니 〈황금루(黃金縷)〉5)라고

---

1) 여기에 있는 세 이야기는 《西湖遊覽至餘》 권16 〈香奩艶語〉와 《靑泥蓮花記》
   권9 〈蘇小小〉 그리고 명나라 梅鼎祚의 《才鬼記》 권8 〈蘇小小〉에 모두 보인
   다. 司馬才仲의 이야기는 송나라 宋何薳의 《春渚紀聞》 권7, 원나라 陶宗儀의
   《輟耕錄》 권17, 《艶異編》 권22에도 보이고 蘇小小의 이야기는 송나라 吳曾의
   《能改齋漫錄》 권1, 《互史》 外紀 권11에도 보이며 于景瞻과 馬浩瀾의 이야기는
   명나라 姜南의 《容塘詩話》 권17 〈箕仙詩〉에도 실려 있다.
2) 사마재중(司馬才仲): 송나라 때 사람인 司馬楢를 가리킨다. 자는 才仲이고 陝
   州 夏縣(지금의 山西省 夏縣)사람으로 司馬光의 從孫이다. 蘇軾의 추천으로 賢
   良方正能直言極諫科에 응시하여 五等으로 급제했다. 河中府司理參軍 등의 벼
   슬을 지내다가 임지였던 항주에서 죽었다. 그의 행적을 적은 張耒의 〈書司馬
   楢事〉(《張右史集》 권47)가 전하며 《全宋詞》에 그의 詞 2수가 수록되어 있다.
3) 전당(錢塘): 錢唐이라고 쓰기도 하며 지금의 浙江省 杭州市이다.
4) 황매우(黃梅雨): 매실이 누렇게 익는 초여름에 長江 淮河 유역에 내리는 장맛
   비를 이른다. 이때는 장마로 다습해 옷가지 등에 곰팡이가 쉽게 피기에 黃黴
   天이라고도 한다.
5) 황금루(黃金縷): 詞牌名으로 〈蝶戀花〉, 〈鵲踏枝〉, 〈鳳棲梧〉, 〈卷珠簾〉, 〈一籮
   金〉이라고도 한다. 청나라 陳廷敬의 《詞譜·蝶戀花》에 따르면, 南唐 馮延巳의
   〈蝶戀花〉 詞에 있는 "버드나무에 봄바람이 가볍게 스치니, 황금빛 줄기가 모

답했다. 또 말하기를 "나중에 전당 강변에서 만나요."라고 했다.

사마재중은 소동파의 추천으로 응제(應製)⁶⁾해 중등으로 뽑혀 전당(錢塘) 지방의 막료가 되었다. 사마재중이 위관(尉官)이었던 진소장(秦少章)⁷⁾에게 그 일을 말하자 진소장은 그 사에 이어 다음과 같이 읊었다.

무소뿔 빗 비스듬히 꽂고 머리카락 반쯤 늘어뜨린 채	斜插犀梳雲半吐
박자판을 가볍게 두드리며	檀板⁸⁾輕敲
〈황금루〉를 불렀네	唱徹黃金縷
꿈 깨어 보니 빛 고운 구름은 찾을 길 없고	夢斷彩雲無覓處
밤기운은 차가운데 밝은 달만 남포에 떠오르네	夜凉明月生南浦⁹⁾

잠시 후에 다시 꿈을 꾸었는데 미인은 웃으면서 그를 맞이하며 말하기를 "저의 숙원이 이루어졌습니다."라고 한 뒤, 곧 그와 더불어 동침했다. 이로부터 매일 저녁이 되면 어김없이 찾아왔다. 사마재중이 이를 동료에게 얘기하자 모두가 말하기를 "관아 뒤편에 소소소(蘇小小)¹⁰⁾의 무덤이 있는데 혹시 귀신이 아닐까요?"라고 했다. 한 해도 넘기지 못하고 사마재중은 병에 걸렸

두 펼쳐지네.(楊柳風輕, 展盡黃金縷.)"라는 구절에서 비롯된 것이라 한다.

6) 응제(應制): 황제의 명을 받아 시문을 짓거나 혹은 그렇게 해서 지은 시문을 가리킨다.

7) 진소장(秦少章): 秦觀를 가리킨다. 송나라 때 시인 秦觀의 동생으로 자는 少章이며 江蘇 高郵사람이다. 진사 급제를 한 뒤 臨安主簿를 제수받았다. 시사에 능했으며 풍격은 진관과 유사했다.

8) 단판(檀板): 檀木(박달나무)으로 만든 拍板 즉 박자판을 가리킨다. 박판은 歌板이라고도 하며 노래할 때 박자를 맞추는 악기이다.

9) 남포(南浦): 《楚辭·九歌·河伯》에 있는 "남쪽 물가에서 미인을 전송하네.(送美人兮南浦.)"라는 구절에서 나온 말로 남쪽 물가라는 뜻이며 송별하는 장소의 대명사로 많이 쓰인다.

10) 소소소(蘇小小): 南齊 때 錢塘의 기녀로 전설에 따르면 명문가의 아들이었던 阮郁을 매우 사랑했으나 완욱이 부친의 명을 받고 고향집으로 돌아 간 뒤로 울울해 하다가 열아홉 살에 죽었다고 한다.

다. 그가 탔던 놀잇배가 하천 제방에 정박하고 있었는데 사공은 사마재중이
아리따운 여인 한 명을 데리고 배에 오르는 것이 문득 보이기에 앞으로
가서 인사를 했다. 말이 끝나자 선미에서 불이 나 사공이 황급히 사마재중의
관서로 보고를 하러 갔더니 사마재중은 죽어 있었고 가족들은 이미 통곡을
하고 있었다.

청대(淸代) 나빙(羅聘), 〈소소소상(蘇小小像)〉

소소소는 전당(錢塘)의 유명한 기녀였으며 남제(南齊) 때의 사람이었다.
그의 무덤은 어떤 사람에 의하면 호수 변에 있다고도 하고, 또 어떤 사람에
의하면 강변에 있다고도 한다. 옛 사(詞)[11]에서 이렇게 읊었다.

---

11) 이 노래는 《玉臺新詠》 권10에는 〈錢唐蘇小歌一首〉로 수록되어 있고, 명나라
   馮惟訥의 《古詩紀》 권73 雜歌謠辭에는 무명씨의 〈蘇小小歌〉로 실려 있으며,

첩은 유벽거(油壁車)를 타고	妾乘油壁車12)
낭군은 청총마(靑驄馬)을 탔었죠	郎跨靑驄馬13)
어디서 한마음 되었던가요	何處結同心
서릉교(西陵橋) 옆 송백(松柏) 아래죠	西陵14)松柏下

이 서릉은 전당에 있으니 초지(楚地)에 있는 서릉(西陵)15)이 아니다.
이장길(李長吉)16)은 〈소소소묘(蘇小小墓)〉에서 이렇게 노래했다.

난 꽃에 맺힌 이슬은	幽蘭露
눈물 어린 눈망울과 같구나	如啼眼
동심결을 맺을 것이 없으니	無物結同心
안개 속에 핀 꽃을 꺾을 수 없어라	煙花17)不堪剪
풀은 깔개요	草如茵
소나무는 덮개 같아라	松如蓋
바람은 치마	風爲裳

청나라 沈季友의 《檇李詩繫》 권34에는 〈西陵歌〉라는 제목으로 수록되어 있다.

12) 유벽거(油壁車): 수레의 일종으로 壁에 기름칠로 단장했으므로 유벽거라고 불리었으며 油壁이라 하기도 했다. 《西湖佳話·西泠韻跡》에 의하면 蘇小小가 "이에 사람을 시켜 자그마한 수레를 만들어서 탔는데 사방에 휘장이 드리워져 있었으며 이를 油壁車라고 이름 붙였다."고 한다.

13) 청총마(靑驄馬): 검은 털과 백색 털이 섞여 있는 준마를 가리킨다.

14) 서릉(西陵): 지금의 杭州市 孤山 서북쪽에 있는 다리로 고산에서 北山으로 가는 통로이며 西泠橋 혹은 西林橋라고도 한다.

15) 서릉(西陵): 다양한 설이 있으나 지금의 湖北省 宜昌市 일대의 지역이 아닌가 싶다.

16) 이장길(李長吉): 당나라 때 시인인 李賀(790~816)를 가리킨다. 자는 長吉이며 李長吉, 鬼才, 詩鬼 등으로 불리었고 이백 그리고 李商隱과 더불어 당나라 때 '三李'라고 일컬어졌다. 福昌 縣昌谷(지금의 河南省 宜陽縣)사람으로 九品의 낮은 벼슬인 奉禮郎을 지냈고 병약하여 27세에 병으로 죽었다. 中·晚唐 詩風轉變期의 중요한 시인으로 평가되며 《新唐書》 권203과 《舊唐書》 권137에 그에 대한 傳이 있다.

17) 연화(烟花): 안개 속에 핀 꽃이라는 뜻으로 기생을 가리키기도 한다.

물은 옥패인 양 하구나	水爲珮
유벽거만 남아서	油壁車
기다린 지 오래	久相待
도깨비불은	冷翠燭[18]
애처로이 광채만 빛나	勞光彩
서릉 아래는	西陵下
비가 바람에 흩날리누나	風吹雨

명나라 홍치(弘治)[19] 연간 초, 우경첨(于景瞻)[20]은 경도에서 항주(杭州)로 돌아가 마 호란(馬浩瀾)[21]을 불러 함께 서호(西湖)[22]를 유람하다가 세 번째 다리 밑에 배를 댔다. 우경첨이 말하기를 "서호에 오지 못한 지 20년이 되었군요. 산천이 옛날 같고 풍경도 변하지 않았으니 마땅히 시를 지어 보셔야지요."라고 하기에 마호란이 지었다. 다음 날, 기선(箕仙)[23]을 부르며

---

18) 냉취촉(冷翠燭): 도깨비불을 가리킨다. 청나라 王琦가 《李賀詩歌集注》에서 이르기를 "翠燭은 도깨비불이다. 불빛은 있지만 불꽃이 없으므로 冷翠燭이라 한다.(翠燭, 鬼火也, 有光而無焰, 故曰冷翠燭.)"고 했다.

19) 홍치(弘治): 명나라 孝宗 朱右樘의 연호로 1488년부터 1505년까지이다.

20) 우경첨(于景瞻): 명나라 때 名臣이었던 于謙(1398~1457)의 아들인 于冕을 가리킨다. 자는 景瞻이고 錢塘(지금의 杭州)사람이었다. 아버지 우겸이 冤死한 뒤, 山西 龍門으로 유배 갔다가 成化 2년(1466)에 고향으로 돌아온 후에 상소문을 지어 아버지의 누명을 벗겨 주었다.

21) 마호란(馬浩瀾): 명나라 正德 · 嘉靖 연간의 詞人이었던 馬洪을 가리킨다. 자는 浩瀾이고 호는 鶴窗이었다.

22) 서호(西湖): 지금의 杭州市 서쪽에 있는 호수로 당나라 때부터 서호라고 불리었다. 蘇堤春曉, 曲院風荷, 南屛晚鐘 등 10대 勝景이 있는 명승지로 수많은 문인들이 이곳을 유람하며 작품을 남겼다. 서호에 대한 자세한 기록은 송나라 吳自牧의 《夢梁錄 · 西湖》에 보인다.

23) 기선(箕仙): 吳地의 옛 풍속에서 정월 보름날에는 키에 옷을 입혀 젓가락 하나를 꽂은 뒤, 두 사람이 각각 그 키의 양쪽을 잡고 흔들어서 가루를 담은 접시 위에 글씨나 그림을 그리게 하여 점을 쳤다. 이때 강림하는 신선을 일러 箕仙이라 했는데 그에게 길흉 등을 물어 볼 수 있다고 한다. 《歲時廣記 · 卜飯箕》 등에 이에 관한 기록이 보인다.

묻기를 "옥 술잔을 받쳐 든 남국 가인의 섬섬옥수(捧瑤觴 南國佳人 一雙玉手)'
라는 이 구는 오랫동안 대구(對句)가 없었습니다."라고 하자, 바로 "보좌
위에 가부좌한 서방 대불(大佛)의 장육금신24)(趺寶座 西方大佛 丈六金身)"이
라고 씌어졌고 키가 나는 듯이 흔들리더니 다시 율시 한 수가 지어졌다.
그 뒤에 또, "전당의 소소소가 어제 호수에 있는 다리에서 마 선생이 수창(首
唱)25)하신 시에 화답해 드립니다."라고 씌어졌다. 두 사람26)은 자실(自失)하
여 서로 마주 보기만 했지 그 연고를 알 수 없었다.

정사씨는 말한다.

"그런 즉, 고금에 재화(才華)가 있는 자는 남녀를 막론하고 모두 죽지
않는다."

[원문] 司馬才仲

司馬才仲[名槱27), 陝州人.]初在洛下, 晝寐, 夢一美姝, 搴帷而歌曰:

---

24) 장육금신(丈六金身): 부처의 三身(法身·報身·化身) 가운데 하나인 화신은 大
身과 小身으로 드러나는데 그 중 小身은 現身할 때 높이가 대략 1丈 6尺이고
순금색이므로 丈六金身이라 한 것이다. 《觀無量壽經》에서 이르기를 "(부처는)
혹은 大身으로 現身하여 虛空에 가득하거나, 혹은 小身으로 現身하여 丈六이
나 八尺의 크기가 되기도 한다. 現身한 형상은 모두 순금색이다.(或現大, 滿
虛空中, 或現小身, 丈六、八尺. 所現之形, 皆真金色.)"라고 했다.
25) 수창(首唱): 首倡과 같은 말로 먼저 시를 지어 읊는 것을 이른다.
26) 《情史》에서는 일부 내용이 삭제되어 있어 "두 사람(二公)"이 于景瞻과 馬浩瀾
을 가리키는 것으로 보이지만, 《西湖遊覽志餘》에 기록되어 있는 자세한 내용
을 보면 실제로 두 사람은 馬浩瀾과 王天璧이다. 《西湖遊覽志餘》에 따르면,
馬浩瀾은 于景瞻과 西湖를 유람한 다음 날, 다시 王天璧과 함께 西湖를 유람
했는데 王天璧이 箕仙術을 잘했으므로 馬浩瀾이 그에게 부탁해 箕神을 불러
詩의 대구를 얻었다고 한다.

"妾本錢塘江上住, 花落花開, 不管流年度. 燕子銜將春色去, 紗窗幾陣黃梅雨." 才仲愛其詞, 因詢曲名, 云是 《黃金縷》. 且曰: "後日相見於錢塘江上."

及才仲以東坡先生薦應制, 擧中等, 遂爲錢塘幕官. 爲秦尉少章道其事, 少章續其詞後云:

"斜揷犀梳雲半吐, 檀板輕敲28), 唱徹 《黃金縷》. 夢斷彩雲無覓處, 夜凉明月生南浦29)."

頃之, 復夢美姝笑迎曰: "夙願諧矣." 遂與同寢. 自是每夕必來. 才仲爲同宗談之, 咸曰: "公廨後有蘇小小墓, 得非妖乎?" 不逾年, 而才仲得疾. 所乘遊舫, 艤泊河塘. 柁工遽見才仲攜一麗人登舟, 即前聲喏30). 聲斷, 火起舟尾, 蒼31)忙走報其衙, 則才仲死而家人已慟哭矣.

蘇小小, 錢塘名娟也, 南齊時人. 其墓或云湖曲, 或云江干. 古詞云:

"妾乘油壁車, 郞跨靑驄馬. 何處結同心, 西陵松柏下." 今西陵在錢塘, 非楚之西陵也. 李長吉 《蘇小小墓》歌云:

"幽蘭露, 如啼眼, 無物結同心, 烟花不堪剪. 草如茵, 松如蓋. 風爲裳, 水爲珮. 油壁車, 久相待. 冷翠燭, 勞光彩. 西陵下, 風吹雨."

國朝弘治初, 于景瞻自都歸杭, 邀馬浩瀾同游西湖, 泊舟第三橋. 景瞻曰: "不到西湖二十年矣. 山川如故, 風景不殊. 子當賦之." 浩瀾乃作詩. 翌日, 召箕仙問32)

---

27) 【校】 橅: [影], 《西湖遊覽志餘》에는 "橅"로 되어 있고 [春]에는 "楂"로 되어 있으며 [鳳], [岳], [類]에는 "樢"로 되어 있다.

28) 【校】 敲: 《情史》, 《西湖遊覽志餘》에는 "敲"로 되어 있고 《春渚紀聞》에는 "籠"으로 되어 있다.

29) 【校】 南浦: 《情史》, 《西湖遊覽志餘》에는 "南浦"로 되어 있고 《春渚紀聞》에는 "春渚"로 되어 있다.

30) 聲喏(성야): 옛날에 上官이나 손님을 만났을 때 두 손으로 읍을 하며 소리 높여 인사하는 것을 이르는 말로 聲諾이나 唱諾 혹은 唱喏라고도 했다.

31) 【校】 蒼: [影]에는 "蒼"으로 되어 있고 [鳳], [岳], [類], [春], 《西湖遊覽志餘》에는 "倉"으로 되어 있으며 《春渚紀聞》에는 "狼"으로 되어 있다.

32) 【校】 問: [影], [鳳], [岳], [類]에는 "問"자가 있고 [春]에는 "問"자가 빠져 있다.

曰: "捧瑤觴, 南國佳人, 一雙玉手.' 此句久未有對." 即書云: "趺寶座, 西方大佛,
丈六金身." 箕運如飛, 復成一律. 後書云: "錢塘蘇小小和馬先生昨日湖橋首倡."
二公相顧若失, 莫測所以.

　　情史氏曰: "然則古今有才情者, 勿問男女, 皆不死也."

104. (9-2) 장천랑(張倩娘)33)

　　당나라 천수(天授)34) 연간 3년에 청하(淸河)35)사람인 장일(張鎰)은 관직
때문에 형주(衡州)36)에 살고 있었다. 그는 성격이 얌전하고 차분하여 친한
친구가 많지 않았다. 아들 없이 딸만 둘이 있었는데 맏딸은 일찍 죽었고
작은 딸 천랑(倩娘)은 단정하고 곱기가 비할 데 없었다. 장일의 생질인
태원(太原)37)사람 왕주(王宙)는 어려서부터 총명하고 풍채가 뛰어났다. 장
일은 그를 항상 중시하며 매번 말하기를 "나중에 천랑을 네게 시집보내야겠
다."라고 했다. 후에 왕주와 천랑은 제각기 성장하며 꿈속에서 남몰래 그리워
하곤 했지만 집안사람들은 그 상황을 알지 못했다.

---

33) 이 이야기는 당나라 陳玄祐(약 779년 전후)의 傳奇小說 〈離魂記〉로 《太平廣記》
　　권358과 《太平廣記鈔》 권60에 〈王宙〉라는 제목으로 수록되어 있다. 《綠窗新
　　話》 권上과 《繡谷春容》 雜錄 권4에는 〈張倩娘離魂奔婿〉로, 《玉芝堂談薈》 권6
　　에는 〈倩女離魂〉으로, 《艶異編》 권20과 《虞初志》 권1에는 〈離魂記〉로 보이며
　　《唐宋傳奇集》 권1에도 〈離魂記〉로 수록되어 있다. 이와 유사한 離魂 모티프
　　의 이야기는 劉義慶의 《幽冥錄・龐阿》에 처음으로 보이며 《情史》 권9 情幻類
　　에 〈石氏女〉로 수록되어 있다.
34) 천수(天授): 당나라 武則天의 연호로 690년부터 692년까지이다.
35) 청하(淸河): 당나라 때 郡名으로 지금의 河北省 淸河縣이다.
36) 형주(衡州): 衡陽郡이라 불리기도 했으며 지금의 湖南省 衡陽市이다.
37) 태원(太原): 당나라 때 府名으로 지금의 山西省 太原市이다.

그 뒤, 막료 가운데 관리로 선발된 자가 구혼하자 장일은 이를 허락했다. 천랑은 이 말을 듣고 울적해했으며 왕주도 심히 분노하며 원망했다. 왕주가 관직에 나가야 한다는 핑계를 대며 경도(京都)에 가겠다고 하자 장일은 말리다가 막지를 못하고 결국 노자를 후하게 주어 보내게 되었다. 왕주는 마음속에 한이 맺혀 슬퍼하며 결별한 뒤 배에 올랐다. 해가 저물 때 산성(山城)에서 몇 리(里) 떨어진 곳에 이르렀다. 자정이 되도록 왕주는 잠을 이루지 못하고 있었는데 갑자기 강기슭에서 한 사람이 아주 빨리 걷는 소리가 들리더니 순식간에 배에 이르렀다. 누구냐고 물었더니 바로 천랑이었는데 맨발로 걸어서 왔다고 했다. 왕주는 놀라면서 미칠 듯이 기뻐하며 천랑의 손을 잡고 자초지종을 물었더니 천랑이 울면서 이렇게 말했다.

"낭군의 정이 이같이 두텁기에 자나 깨나 잊지 못하고 있었어요. 이제 아버님께서 제 뜻을 빼앗으려고 하시는 데다가 낭군의 깊은 정이 변하지 않으리라는 것 또한 알기에 목숨을 바쳐 보답해야겠다고 생각하고 이리 도망쳐 왔습니다."

왕주는 바라지도 않았던 일이라서 뛸 듯이 기뻐하며 곧바로 천랑을 배에 숨기고 그날 밤으로 도망을 갔다. 뱃길을 재촉해 몇 달 뒤에 촉지에 이르러 5년 동안 아들 둘을 낳았으며 장일과는 소식을 끊고 지냈다. 그의 처는 항상 부모를 그리워하여 눈물을 흘리면서 말했다. "제가 그때 당신을 저버릴 수가 없어서 대의를 버리고 도망쳐 왔습니다. 그리고 지금까지 5년 동안 부모님과 소식을 끊은 채 살아왔습니다. 하늘을 이고서 홀로 무슨 낯으로 살겠습니까?"

왕주가 그녀를 가엾게 여기며 말하기를 "장차 돌아갈 것이니 가슴 아파하지 마시오."라고 한 뒤, 곧 그녀와 함께 형주로 돌아갔다.

형주에 도착하자 왕주는 먼저 장일의 집으로 혼자 가서 지난 일을 사죄했다. 장일은 매우 놀라며 말하기를 "천랑은 병에 걸려 몇 년 동안 규방 안에

있었는데 무슨 터무니없는 말인가?"라고 하기에, 왕주가 말하기를 "지금
배 안에 있습니다."라고 했다. 장일은 크게 놀라 곧바로 사람을 시켜 급히
확인해 보도록 했다. 과연 배 안에 천랑이 있는 것이 보였으며 안색은
밝았고 하인에게 "부모님께서는 편안하신가?"라고 묻는 것이었다. 하인은
이상하다고 여겨 급히 뛰어와서 장일에게 이를 알렸다. 방 안에 있던 딸은
이를 듣고 기뻐하며 일어나서 몸단장을 하고 옷을 갈아입은 뒤에 웃기만
하고 아무 말도 하지 않았다. 나가서 맞이하니 두 여자는 홀연히 한 몸으로
합쳐졌고 그 옷도 모두 겹쳐졌다.

　그 집안에서는 이 일을 이상하다고 여겨 비밀로 부쳤기에 오직 그 친척
사이에 암암리 알고 있는 자만 있을 뿐이었다. 그 후 40년 동안 부부는
함께 지내다가 모두 세상을 떠났고, 두 아들은 나란히 효렴(孝廉)38)으로
과거 급제하여 현승(縣丞)39)과 현위(縣尉)40)의 벼슬까지 올랐다. 이 이야기
로 당나라 사람이 〈이혼기(離魂記)〉를 지었다.

[원문]　張倩娘

　　天授三年, 清河張鎰, 因官家於衡州. 性簡靜, 寡知友. 無子, 有女二人, 其長早
亡. 幼女倩娘, 端妍絕倫. 鎰外甥太原王宙, 幼聰悟, 美容範, 鎰常器重, 每曰: "他時
當以倩娘妻之." 後各長成, 宙41)與倩娘嘗私42)感想於夢寐, 家人莫知其狀.

---

38)　효렴(孝廉): 효는 孝悌한 자를 이르고 廉은 청렴한 자를 가리키는 말로 효렴
　　은 한나라 때부터 있었던 추천에 의한 인재 선발의 과목들이다. 자세한 내용
　　은 《情史》 권1 정정류 〈戚大將軍妾〉 '효렴' 각주에 보인다.
39)　현승(縣丞): 秦漢 때부터 설치한 관직으로 현령을 보좌하는 관직이다.
40)　현위(縣尉): 秦漢 때부터 설치한 관직으로 주로 縣의 치안을 관장하는 관직이다.
41)　【校】 宙: 《太平廣記》, 《唐宋傳奇集》에는 "宙"자가 있고 《情史》에는 "宙"자가
　　빠져 있다.

後有賓寮之選者求之, 鎰許焉. 女聞而鬱抑, 宙亦深恚恨, 託以當調, 請赴京.
止之不可, 遂厚遣之. 宙陰恨悲慟, 決別上船. 日暮至山郭數里, 夜方半, 宙不寐.
忽聞岸上有一人行聲甚速, 須臾至船. 問之, 乃倩娘, 步行跣足而至. 宙驚喜發狂,
執手問其從來. 泣曰: "君厚意如此, 寢食相感. 今將奪我此志, 又知君深情不易,
思將殺身奉報, 是以亡命來奔." 宙非意所望, 欣躍特甚. 遂匿倩娘于船, 連夜遁去.
倍道兼行, 數月至蜀. 凡五年, 生兩子, 與鎰絶信. 其妻常思父母, 涕泣言曰: "吾曩
日不能相負, 棄大義而來奔君. 今向五年, 恩慈間阻. 覆載之下, 胡顏獨存也?" 宙哀
之, 曰: "將歸, 無苦." 遂俱歸衡州.

既至, 宙獨身先至鎰家, 首謝其事. 鎰大驚曰: "倩娘疾在閨中數年, 何其詭說
也?" 宙曰: "見在舟中." 鎰大驚, 遂促使人驗之, 果見倩娘在船中, 顏色怡暢, 訊使者
曰: "大人[43]安否?" 家人異之, 疾走報鎰. 室中女聞, 喜而起, 飾粧更衣, 笑而不語.
出與相迎, 翕然而合爲一體, 其衣裳皆重.

其家以事不常[44], 秘之, 唯親戚間有潛知之者. 後四十年間, 夫妻皆喪. 二男
並孝廉擢第, 至丞尉. 唐人作《離魂記》.

---

42) 【校】 私: [影], 《太平廣記》, 《唐宋傳奇集》에는 "私"로 되어 있고 [春], [鳳], [岳],
   [類]에는 "思"로 되어 있다.
43) 大人(대인): 부모 혹은 숙부나 백부 등과 같은 집안 어른에 대한 존칭이다.
44) 【校】 不常: 《情史》에는 "不常"으로 되어 있고 《太平廣記》, 《唐宋傳奇集》에는
   "不正"으로 되어 있다.

105. (9-3) 석씨 집 딸(石氏女)[45]

거록군(鉅鹿郡)[46]에 방아(龐阿)라는 자가 있었는데 용모와 풍채가 아름다
웠다. 같은 군(郡)에 사는 석씨 집에 딸이 있었는데 일찍이 방아를 슬쩍
본 뒤로 마음속으로 그를 좋아하게 되었다. 얼마 후에 방아는 아내를 찾아온
그 여자를 만나게 되었다. 방아의 아내는 매우 질투가 심한지라 이를 듣고
시녀를 시켜 그 여자를 포박해 석씨의 집으로 돌려보내도록 했다. 가는
도중에 여자가 연기로 변해 사라지자 시녀는 곧바로 석씨 집에 이 일을
알렸다. 석씨의 아버지는 매우 놀라며 말하기를 "내 딸은 문밖으로 나가지도
않았는데 어찌 이같이 비방을 할 수가 있는가?"라고 했다. 이로부터 방아의
아내는 그녀를 항상 유심히 살펴보았다.

하룻밤이 지난 뒤, 마침 그 여자가 자기 집 방 안에 들어와 있기에 방아의
아내는 직접 그녀를 잡아서 석씨 집으로 찾아갔다. 석씨 아버지가 그것을
보고 놀라 말하기를 "내 방금 안에서 나올 때 딸이 제 어미와 함께 일하고
있는 것을 보았는데 어찌 여기에 있단 말인가?"라고 하고, 곧 시녀를 하여금
안에서 딸을 불러오라고 했더니 묶여 있던 여자가 갑자기 사라져 버렸다.
석씨가 이상하다고 생각되어 아내로 하여금 딸에게 캐물어 보도록 했다.
그러자 딸이 말하기를 "전에 방아가 우리 집 대청에 와있을 때 그를 훔쳐본
적이 있었습니다. 그때부터 마치 꿈속에서 그를 찾아간 것 같았는데 문
안으로 들어가자마자 곧 그의 아내에게 포박을 당했습니다."라고 하니,

---

45) 이 이야기는 《幽明錄》에서 나왔다. 《太平廣記》 권358 〈龐阿〉, 《太平廣記鈔》
    권60 〈龐阿〉, 《廣艷異編》 권10 〈龐阿〉로 수록되어 있으며 《玉芝堂談薈》 권6
    과 《廣博物志》 권19에도 보인다. 당나라 陳玄祐가 지은 傳奇小說 〈離魂記〉는
    이 이야기와 유사하다.
46) 거록군(鉅鹿郡): 秦漢 때 郡名으로 지금의 河北省 平鄕, 任縣에서부터 晉縣, 槁
    城 일대까지의 지역이다.

석씨가 말하기를 "세상에 이런 기이한 일이 다 있는가?"라고 했다. 대저 순일한 정에 감화되어 영혼이 그녀를 위해 은미하게 나타난 것이고 사라진 것은 아마도 그녀의 넋이었을 것이다. 그 후 석씨의 딸은 시집을 가지 않겠다고 마음속으로 맹세를 했다. 이듬해 방아의 아내가 갑자기 몹쓸 병에 걸려 의원과 약을 써도 효험이 없이 죽자 방아는 석씨의 딸에게 납폐를 보내고 그의 딸을 아내로 맞이했다.

이 이야기는 《유명기(幽明記)》[47]에 보인다.

《광기(廣記)》[48]에 이런 이야기가 있다.

한(漢)나라 때 어떤 늙은 점쟁이가 발을 걷어 올리고 손님들을 받아 점을 치려고 하고 있었다. 홀연 한 늙은이가 사주팔자를 들고 점을 보러 왔기에 점쟁이가 한참을 따지다가 "목숨이 얼마 남지 않았군요."라고 말하자 그 늙은이는 걱정스런 얼굴을 하고 가는 것이었다. 점쟁이가 그 팔자를 찬찬히 살펴봤더니 바로 자기가 태어난 날이었다. 이에 생각하기를 "그 늙은이의 생김새와 옷차림이 내 자신과 다르지 않으니 혹시 내 혼백이 아니었나?"라고 했다. 얼마 지나지 않아 과연 그 점쟁이는 죽음을 맞이하게 되었다.

또 《속수신기(續搜神記)》[49]에는 이런 이야기도 있다.

---

47) 유명기(幽明記): 남조 송나라 劉義慶의 志怪小說集인 《幽明錄》을 가리킨다. 《隨書·經籍志》에는 총 20권으로 되어 있다고 했고 《唐書》에는 총 30권으로 되어 있다고 했다. 《太平御覽》과 《太平廣記》 등에 많은 일문들이 수록되어 전하고 있을 뿐이다. 명청 때 輯錄本들이 있었으며 魯迅의 《古小說鉤沉》에 그 일문 260여 條가 정리되어 있다.

48) 광기(廣記): 《太平廣記》를 가리키는 것 같으나 《太平廣記》에는 이 일에 관한 기록이 보이지 않는다.

49) 속수신기(續搜神記): 干寶가 찬한 《搜神記》의 續書로 《搜神後記》라고 불리기도 했다. 작자는 東晉사람 陶潛(365~427)이라고 되어 있으나 陶潛 死後의 일

송(宋)나라 때 어떤 사람이 있었는데 그의 성명은 기억이 나지 않는다. 아내와 함께 잠을 자다가 날이 밝을 때 아내가 일어나 밖으로 나간 뒤에 그도 얼마 안 있다가 밖으로 나갔다. 아내가 돌아와서 보니 아직도 남편은 이불 속에서 잠을 자고 있었다. 잠시 후 하인이 밖에서 들어와서 말하기를 "주인어른께서 거울을 찾으십니다."라고 했다. 아내가 하인이 거짓말을 한다고 생각하여 하인에게 침상을 가리키며 보라고 했더니 하인은 "방금 주인어른이 계신 곳에서 왔는데요."라고 말을 하고서 남편에게로 달려가 아뢰었다. 남편이 매우 놀라 곧장 방으로 들어와서 부부가 함께 이불 속에 있는 사람을 보았더니 그 사람은 베개를 높이 베고 편하게 잠을 자고 있었는데 확실하게 남편의 형상이었으며 전혀 남편과 다름이 없었다. 혼백이라고 생각하여 함부로 놀라게 해서 움직이게 할 수 없었다. 그래서 함께 손으로 침대를 서서히 만지며 조금씩 자리로 들어갔더니 그것이 점차 사라졌다. 이에 부부는 깜짝 놀라며 무서워했다. 이와 같은 일이 있은 지 얼마 안 되어 남편은 병에 걸려 정신착란으로 결국 죽게 되었다. 혼백이 몸에서 이탈하는 일도 종종 있는데 더욱이 정신과 마음을 쏟으면 홀연히 날아가는 것은 자연스런 이치거늘 또한 무엇이 괴이하겠는가?

[원문] 石氏女

鉅鹿有龐阿者, 美容儀. 同郡石氏有女, 曾內覩阿, 心悅之. 未幾, 阿見此女來詣阿妻. 妻極妒, 聞之,[50] 使婢縛之送還石家, 中路遂化爲烟氣而滅. 婢乃直詣石

이 기재되어 있으므로 僞書나 혹은 後人의 증보가 있었던 것으로 보인다. 원래의 책은 전하지 않고 여기 인용된 이야기는《法苑珠林》권97에도 수록되어 있으며《續搜神記》에서 나왔다고 했다.

50)【校】阿見此女來詣阿妻 妻極妒 聞之: [影], 四庫全書本《太平廣記》에는 "阿見此

家, 說此事. 石氏之父大驚曰: "我女都不出門, 豈可譏謗如此?" 阿婦自是常加意伺
察之.

居一夜, 方値女在齋中, 乃自拘執以詣石氏. 石氏父見之, 愕然51)曰: "我適從
內來, 見女與母共作, 何得在此?" 即令婢僕於內喚女出, 而所縛者奄然滅焉. 父疑
有異, 遣其母詰之. 女曰: "昔年龐阿來廳中, 曾竊視之. 自爾仿佛即夢詣阿, 及入戶,
即爲妻所縛." 石曰: "天下逡有如此奇事!" 夫精情所感, 靈神爲之冥著52). 滅者蓋
其魂神也. 既而女誓心不嫁. 經年, 阿妻忽得邪病53), 醫藥無徵. 阿乃授幣石氏女
爲妻. 事見《幽明記》.

《廣記》: 漢時, 有老日者54)開簾鬻術, 忽見一老人持八字來問. 日者推筭良
久, 曰: "壽不永矣!" 此老愀然而去. 日者徐玩其命, 乃己之生辰. 因思: "此老面貌衣
服與己無二, 豈身魂乎!" 未幾, 日者果死. 又《續搜神記》: 宋時, 有一人, 忘其姓名.
與婦同寢, 天曉, 婦起出後, 夫尋出外. 婦還, 見其夫猶在被中眠. 須臾, 奴子外來云:
"郎求鏡." 婦以奴詐, 乃指床上以示奴. 奴云: "適在郎處來." 于是馳白其夫. 其夫大
愕, 便入. 夫婦共視被中人, 高枕安寢, 的是其形, 了無一異. 慮是魂神, 不敢驚動.
乃共以手徐徐撫床, 逐冉冉入席, 漸漸消滅. 夫婦惋怖. 如此少時, 夫得病, 性理乖
錯, 于是終卒. 離魂之事, 徃徃有之. 況神情所注, 忽然而翔, 自然之理, 又何怪也.

<hr>

女來詣阿妻 妻極妒 聞之"로, [鳳], [岳], [類], 《廣博物志》, 《廣豔異編》에는 "阿見
此女來詣 阿妻極妒 聞之"로, [春]에는 "阿見此女來詣 阿妻妾極妒 聞之"로, 《玉芝
堂談薈》에는 "阿見此女詣阿 阿妻聞之"로, 明鈔本 《太平廣記》에는 "阿見此女來
詣阿 阿妻極妒 聞之"로 되어 있다.

51) 【校】 愕然: 《情史》에는 "愕然"으로 되어 있고 《太平廣記》, 《廣博物志》, 《廣豔
異編》에는 "愕眙"로 되어 있으며 《玉芝堂談薈》에는 "愕"으로 되어 있다. 愕眙
는 깜짝 놀라 눈을 둥그렇게 뜨고 보는 것을 이른다.

52) 【校】 冥著: [影], 《太平廣記》, 《廣博物志》, 《廣豔異編》에는 "冥著"로 되어 있고
[春], [鳳], [岳], [類]에는 "冥然"으로 되어 있다.

53) 邪病(사병): 바람에 의해 생긴 병인 風邪나 부정한 方術로 인해 생긴 병을 이
른다.

54) 日者(일자): 옛날 점을 치는 것을 생업으로 삼는 자를 가리킨다.

106. (9-4) 이 부인(李夫人)[55]

한(漢)나라 무제(武帝)[56]가 이부인(李夫人)[57]을 잊지 못하고 추모하기를
그치지 않자 제(齊)나라 지방 사람 이소옹(李少翁)[58]이 이부인의 영혼을
불러올 수 있다고 자언했다. 이에 밤에 휘장을 둘러놓고서 촛불을 밝히고
술과 음식을 벌여 놓은 뒤에 황제로 하여금 다른 휘장 안에 있도록 했다.
멀리서 바라보니 아름다운 여자가 보였는데 용모가 이부인과 같기에 황제가
가까이 가서 보려고 하자 이소옹이 그를 말렸다. 황제는 이런 시를 지었다.

그인가	是耶
그가 아닌가	非耶
멀리 서서 바라보니	立而望之
느릿느릿 오는 것이 어찌 그리 더딘가	偏何姍姍[59]其來遲

---

55) 이 이야기는 《漢書》 권97 〈孝武李夫人〉에 보인다. 晉나라 干寶의 《搜神記》
　　권2에는 〈李少翁致神〉으로, 《青泥蓮花記》 권7과 《艷異編》 권6에는 〈孝武李夫
　　人傳〉으로 보인다.

56) 무제(武帝): 한나라 武帝 劉徹(기원전 156~기원전 87)을 가리킨다. 자세한 내
　　용은 《情史》 권6 정애류 〈麗娟 李夫人〉 '한무제' 각주에 보인다.

57) 이부인(李夫人): 한무제가 총애했던 후궁이었다. 이부인의 이야기는 《情史》
　　권6 정애류 〈麗娟 李夫人〉에도 보인다. 《史記 · 孝武本紀》에서는 李少翁이 招
　　魂하는 대상이 王夫人으로 되어 있다.

58) 이소옹(李少翁): 한무제를 方術로 현혹시킨 方士로 《漢武故事》에 의하면 "齊
　　나라 지방 사람인 이소옹은 나이가 2백 여 살이 되었어도 얼굴색이 동자와
　　같았으며, 文成將軍으로 제수되었다."고 한다. 齊는 전국시대 제나라의 강역
　　을 의미하는 것으로 지금의 山東省 泰山 이북 黃河 유역과 膠東半島 지역이
　　다.

59) 산산(姍姍): 《漢書》 顔師古 注에서 "姍姍은 걸어가는 모습이다.(姍姍, 行貌.)"라
　　고 했다. 姍姍은 동작이 느릿느릿한 모양을 묘사하는 말이며 나중에는 '姍姍
　　來遲'로 여자가 차분하게 천천히 걸어가는 자태를 형용하게 되었다.

또 이런 부(賦)[60]도 지었다.

호리호리한 아름다운 자태여	美聯娟[61]以脩嫭兮
하늘이 주신 명이 짧아 오래 살지 못했네	命天絶而弗長
용모를 꾸미고 오래도록 우두커니 서 있음이여	飾莊容以延佇兮
사라져 고향으로 돌아오지 않는구나	泯不歸乎故鄕
답답한 이 마음 참울(慘鬱)하기도 하여라	慘薔薔其悶感兮
그대가 어두운 곳에 있으니 상심이 가득하네	處幽隱而懷傷
산릉(山陵)에 올라 말을 풀어 놓고 있으려니	稅餘馬於上椒兮
몰려오는 기나긴 밤 밝지를 않는구나	掩脩夜之不陽

일설(一說)[62]에 의하면 다음과 같다.

암해(暗海)에 잠영(潛英)이란 돌이 있었는데 색깔은 푸르고 깃털같이 가벼웠다. 추위가 성할 때면 따뜻했고 더위가 성할 때면 차가웠다. 사람 모습으로 깎아 놓으면 신통한 영기가 있어 진짜 사람과 다르지 않았다. 이소군(李少君)[63]은 이 돌을 구해서 이부인의 모습으로 조각한 뒤에 얇고 가벼운 비단 휘장 안에 놓아두었는데 멀리서 보면 살아 있을 때와 같았다.

---

60) 이 賦는《漢武故事》에서 보이는 것과 동일하다.《漢書》권97〈孝武李夫人〉에 있는 무제의〈悼李夫人賦〉에서 節錄해 고친 것으로《漢書》에는 이렇게 되어 있다. "美連娟以脩嫭兮, 命樧絶而不長. 飾新宮以延佇兮, 泯不歸乎故鄕. 慘鬱鬱其蕪穢兮, 隱處幽而懷傷. 釋輿馬於山椒兮, 奄脩夜之不陽."

61) 연연(聯娟): 連娟과 같은 말로 가늘고 유약해 호리호리한 모습을 형용하는 말이다.

62) 일설(一說): 이 부분의 이야기는《拾遺記·前漢上》에 보인다.

63) 이소군(李少君):《漢書》권25上〈郊祀志上〉의 기록에 따르면, 이소군은 한무제 때의 方士로 祠竈(竈神에게 제사 지냄), 穀道(長生術), 卻老方(노쇠함을 물리치는 方藥) 등을 가지고 무제를 알현했다고 한다. 본래 深澤侯의 집에서 方藥을 주관하는 사람이었는데 나이와 자라난 곳을 숨기고 스스로 70세라 하면서 귀신을 부르고 장생의 단약을 만들 수 있다고 했다 한다.

황제가 매우 기뻐하며 이소군에게 묻기를 "가까이 갈 수 있겠느냐?"라고 하자 이소군이 말했다.

"비유하자면 한밤중에 홀연 꾸었던 꿈과 같은데 대낮에 가까이서 볼 수 있겠사옵니까? 이 돌은 독이 있어서 멀리서 바라보시는 것이 마땅하옵고 가까이 가시면 아니 되옵니다." 이에 무제는 그의 간언에 따랐다. 이소군이 이 석상을 빻아서 환약으로 만들도록 했다. 황제는 이것을 복용한 뒤에 다시는 이부인을 그리워하며 꿈에서 보려 하지 않았다.

[원문] 李夫人

武帝追念李夫人不已, 齊人李少翁自云能致其神. 乃夜張帳, 明燭, 陳酒食. 令帝居他帳中, 遙望見好女, 如李夫人之貌, 帝欲就視, 少翁止之. 帝爲詩[64]曰:

"是耶? 非耶? 立而望之, 偏何姍姍其來遲!"

復作賦曰:

"美聯娟以修嫭兮, 命天絶而弗長. 飾莊容以延佇兮, 泯不歸乎故鄕. 慘鬱鬱其悶感兮, 處幽隱而懷傷. 稅餘馬于上椒兮, 掩修夜之不陽."

一說: 暗海有潛英之石, 其色靑, 輕如毛羽. 寒盛則石溫, 暑盛則石冷. 刻爲人像, 神悟不異眞人. 李少君致此石, 刻作李夫人形, 置于輕紗幙內, 望之宛若生時. 帝大悅. 問少君曰: "可得近乎?" 少君曰: "譬如中宵忽夢, 而晝可得近觀乎? 此石毒, 宜遠望, 不可邇也." 帝乃從其諫. 少君令春此石人爲丸. 帝服之, 不復思夢.

---

64) 이 시는 《搜神記·李少翁致神》에는 "是耶? 非耶? 立而望之, 偏. 娜娜何冉冉其來遲!"로 되어 있다.

107. (9-5) 양태진(楊太眞)65)

마외병변(馬嵬兵變)66) 이후, 당나라 명황(明皇)67)은 조석으로 양귀비를
그리워하여 형안이 초췌해졌다. 왕주(王舟)라는 도사가 있었는데 이소군의
초혼술(招魂術)68)을 들어 알현을 청했다. 황제는 그를 극진히 대접해 죽은
양귀비와 다시 만나려 했고, 그리되면 죽어도 한이 없다고 여겼다. 도사는
소매 안에서 필묵을 꺼내 노란 비단을 달라고 한 뒤에 주문을 외우며 붓에
입김을 불어넣고 여인의 초상 한 폭을 그렸다. 그것은 천사(天師)69)들이
그린 부적과 같았으며 사람과는 겨우 형상만 비슷할 뿐이었다. 황제로
하여금 재계를 하게하고 그 그림을 가슴에 품은 채 정신을 집중하여 마음을
안정시킨 뒤에 평시의 양귀비를 생각하도록 했는데 이를 사흘 동안 밤낮으로
계속했다. 도사가 "다 되었사옵니다."라고 말하기에 황제가 그림을 꺼내

---

65) 이 이야기는 원나라 伊世珍의 《琅嬛記》 권下에도 보이며 문후에 《玄虛子仙志》
　　에서 나왔다고 했다. 《說郛》 권111下과 《玉芝堂談薈》 권6에도 수록되어 있
　　다. "白樂天〈長恨歌〉敍" 이하 부분은 당나라 陳鴻의 〈長恨傳〉에서 節錄한 것
　　으로 보이며, 악사의 傳奇小說 〈楊太眞外傳〉과 《艶異編》 권11 및 《虞初志》
　　권2에도 수록되어 있다.
66) 마외병변(馬嵬兵變): 마외는 지금의 陝西省 興平縣에 있는 역이다. '안사의 난'
　　이 일어나 현종이 촉지로 도망가다가 마외역에 이르렀을 때 수행 병사들이
　　楊國忠을 죽인 뒤 현종을 협박해 양귀비도 죽이도록 한 일을 가리킨다. 자세
　　한 내용은 《情史》 권6 정애류 〈楊太眞〉 '양태진' 각주에 보인다.
67) 명황(明皇): 당나라 현종 李隆基(685~762)를 가리킨다. 이융기는 예종 李旦의
　　셋째 아들로 712년부터 756년까지 재위했다. 시호가 至道大聖大明孝皇帝이었
　　기에 明皇이라고도 불리었다. 《新唐書》 권5, 《舊唐書》 권8에 그에 대한 傳이
　　있다.
68) 초혼술(招魂術): 한무제 때의 方士인 이소군이 방술로 죽은 사람의 혼을 불러
　　올 수 있었다고 한다. 《拾遺記·前漢上》에서 나온 이야기로 '少君術'을 말하여
　　초혼의 법술을 가리킨다. 자세한 이야기는 《情史》 권9 정환류 〈李夫人〉에 보
　　인다.
69) 천사(天師): 도술이 있는 자에 대한 존칭이다.

보았더니 정말 양귀비의 얼굴이었다. 황제가 매우 기뻐하자 도사가 웃으면서 말하기를 "아직은 아니옵니다. 청컨대 오색 휘장을 마련해 제단을 세우고 이 그림을 바치도록 하시옵소서."라고 하고 열대여섯 살 된 총명하고 단정한 여자 스물네 명을 구해 조자건(曹子建)[70]의 〈보허사(步虛詞)〉[71]를 모두 함께 노래하도록 했다. 도사는 다시 부적을 태우고 주문을 외우면서 연기를 들이마셨다가 그림에 불어넣은 뒤에 여자들에게 명하여 한 사람 한 사람씩 그가 한 것처럼 연기를 불어넣도록 했다. 해질녘에 이르자 황제로 하여금 스스로 촛불을 들고 휘장 안으로 들어가도록 청했다.

이보다 앞서 도사는 오색석(五色石)[72]을 황제에게 보이며 이르기를 형요(衡遙)라고 했다. 그것의 조금을 곱게 갈아 여러 약과 섞어서 초를 만들게 하고 그 겉에 오색화(五色花)를 그려 넣고서 환형촉(還形燭)이라 불렀다. 황제가 들어가자 도사는 시종들에게 나가라고 명한 뒤에 금문(金門)을 밖으로 닫고 위유쇄(葳蕤鎖)[73]로 잠갔다. 이때 양태진이 휘장 안에서 황제를

---

70) 조자건(曹子建): 삼국시대 魏나라의 시인이었던 曹植(192~232)을 가리킨다. 자는 子建이고 建安文學의 대표적 인물로 그의 아버지인 曹操, 형인 曹丕와 더불어 "三曹"로 칭해졌다. 생전에 陳王으로 봉해졌으며 시호가 '思'였으므로 陳思王으로도 불린다.

71) 보허사(步虛詞):《樂府詩集》권78에서《樂府解題》를 인용하면서, "보허사는 도가의 곡으로 신선들이 가볍게 登仙하는 아름다움에 대해 자세히 얘기한 것이다."라고 했다. 남조 송나라 劉敬叔의 《異苑》에서는, "진사왕 조식이 산에서 유람할 때 갑자기 공중에서 독경소리가 들렸는데 맑고 우렁찼다. 음악을 아는 자가 그것을 적어두었는데 신선의 소리였다. 도사들이 그것을 모방하여 步虛聲을 만들었다."고 했다.

72) 오색석(五色石): 중국 고대 신화에서 女媧가 오색석을 녹여 하늘을 메웠다고 한다.《淮南子‧覽冥訓》에 이런 기록이 보인다. "옛날에 사방의 끝이 무너지고 九州가 쪼개지자 (중략) 이에 女媧가 오색석을 녹여 하늘을 메웠고 큰 자라의 다리를 잘라 사방에 세웠다."

73) 위유쇄(葳蕤鎖): 菱葵鎖라고도 하는 자물쇠로《太平廣記》권316에 수록된《錄異傳‧劉照》에 나온다. 금실로 서로 연결되어 있으며 사람에 따라 잠기고 열린다고 한다.

보고 울면서 말했다.

"천하의 주인으로 연약한 여자 하나도 지키지 못하셨는데 무슨 면목으로 다시 첩을 보시는 것이옵니까? 침향정(沈香亭) 달빛 아래서 하셨던 맹세는 어디에 있사옵니까?"

황제 또한 눈물을 흘리면서 마외병변은 뜻밖에 일어난 일이라고 말했다. 그런 말을 많이 해주자 양태진은 마음이 조금 풀려 황제와 정을 곡진히 나누었는데 그 친밀함은 평소보다 더했다. 그리고 나서 팔에 끼고 있던 옥팔찌를 빼어 황제의 팔에 끼워 주었다.

날이 아직 밝지 않았을 무렵에 도사가 문을 열며 말하기를 "작별하셔야 하옵니다."라고 했다. 황제가 휘장 밖으로 나가서 뒤돌아보니 더 이상 보이지는 않았고 오로지 옥팔찌만이 완연히 팔에 끼워져 있을 뿐이었다. 도사는 양태진이 시해(尸解)[74]를 하여 지금은 어떤 선인(仙人)이 되었다는 말을 자세히 해 주었는데 그 이야기 가운데에는 비밀스런 것이 많았다.

백낙천(白樂天)의 〈장한가(長恨歌)〉에서 서술한 내용은 다음과 같다.

태상황이 끊임없이 양귀비를 추모하고 있었는데 양통유(楊通幽)라고 하는 어떤 도사가 촉지에서 올라와 자신에게 이소군의 초혼술(招魂術)이 있다고 했다. 태상황이 크게 기뻐하며 양태진의 혼령을 부르도록 명했다. 도사가 모든 술법을 다 써도 그녀의 혼령을 찾아내지 못했다. 또 스스로의 영혼을 몸에서 빠져나오게 하여 바람을 타고 천상계를 올라갔다가 저승에 들어가서 찾아봐도 끝내 볼 수가 없었다. 다시 천지사방을 찾아보고 동쪽 끝 바다를 건너 봉래산(蓬萊山)[75]을 넘으니 홀연히 가장 높은 산이 보였고 그 산 위에는

---

74) 시해(尸解): 수도하는 자가 죽은 뒤 해골을 남기고 혼백이 신선이 되어 떠나는 것을 가리킨다. 물에 빠져 죽은 경우는 水解라 하고 兵器에 의해 죽은 경우에는 兵解라 한다.

75) 봉래산(蓬萊山): 전설 속에 나오는 神山이다. 자세한 내용은 《情史》 권4 정협류 〈崑崙奴〉 '봉래' 각주에 보인다.

많은 누각들이 있었다. 서쪽 사랑채에 이르러 멈춰서 보니 동쪽으로 난 문호(門戶)가 있었는데 닫혀 있었으며 편액에는 '옥비태진원(玉妃太眞院)'이라고 씌어 있었다. 도사가 비녀를 뽑아 문을 두드리니 푸른빛 옷을 입은 시녀가 나와서 그가 어디서 왔는지를 물었다. 이에 도사가 천자의 사자로 자칭하여 그의 말씀을 전달하러 왔다고 했다. 시녀는 "옥비께서 지금 막 취침에 드셨으니 잠시 기다려 주십시오."라고 말한 뒤, 조금 있다가 그를 데리고 들어갔다. 옥비가 나왔는데 그녀는 금으로 된 봉관(鳳冠)76)을 쓰고 자주색 비단으로 된 어깨걸이를 걸친 채, 홍옥을 차고 봉석(鳳舄)77)을 신고 있었으며 옆에는 시녀 일고여덟 명이 있었다. 옥비는 도사에게 읍한 뒤, "황제께서는 편안하신지요?"라고 물었다. 천보(天寶) 14년 이후의 일을 그다음에 물었고 도사가 말을 마치자 가엾게 여기는 모습을 보였다. 푸른빛 옷을 입은 시녀에게 금비녀와 전합(鈿合)78)을 가져오게 하여 그 반을 나눠 사자에게 주며 말하기를 "저 대신 태상황께 감사드린다고 말씀해 주십시오. 이 물건들을 삼가 올려 옛 정을 되새기려고 합니다."라고 했다. 도사가 떠나려고 하면서 다시 그 앞에서 무릎 꿇고 말하기를 "태상황께 검증받을 수 있도록 당시 남들에게 알려지지 않은 일 하나를 알려 주십시오. 그렇지 않으면 신원평(新垣平)79)처럼 사기를 치는 것으로 보일까 두렵습니다."라고

---

76) 봉관(鳳冠): 고대에 귀족의 부녀가 썼던 禮帽로 위에 금옥으로 만든 봉황 모양의 장식이 있다. 자세한 내용은 《情史》 권5 정호류 〈石崇〉 '봉관' 각주에 보인다.

77) 봉석(鳳舄): 선녀가 신었다고 하는 봉황 무늬가 있는 신발로 후비가 신는 꽃신을 가리키기도 했다.

78) 전합(鈿合): 金銀이나 玉貝로 상감하여 장식한 장신구를 넣는 작은 함을 이른다. 陳鴻의 〈長恨傳〉에 의하면, 전합과 금비녀(金釵)는 현종이 양귀비에게 선물해 주었던 사랑의 증표라고 한다.

79) 신원평(新垣平): 한나라 문제 때의 方士이다. 속임수로 문제의 믿음을 얻었다가 이후에 들통이 나서 滅三族에 처해졌다. 구체적인 이야기가 《史記·孝文本紀》에 보인다.

했다. 그러자 옥비가 천천히 말했다.

"옛날 천보 14년에 황제와 함께 수레를 타고 여산(驪山)의 궁전으로 피서를 갔었습니다. 7월 가을, 견우와 직녀가 서로 만나는 저녁에 황제께서 제 어깨에 손을 얹으시고 저 멀리 바라보시며 은밀히 서로에게 맹세하기를, 세세생생(世世生生)에 부부가 되기를 원한다고 하셨습니다. 이 일은 오직 군왕만 알고 계실 뿐입니다."

연이어 말하기를 "태상황께서도 인간 세상에 얼마 머무르시지 못할 것이니, 바라건대 스스로 옥체를 보중하셨으면 합니다."라고 했다. 사자가 돌아와 모든 것을 아뢰자 태상황은 경악하고 비통해했다. 이 이야기는 앞의 이야기와 다르다.

[원문]　楊太眞

馬嵬變後, 明皇朝夕思惟, 形神憔悴. 有道士王舟者, 以少君術求見. 上極其寵待, 冀得復見, 雖死不恨. 道士出袖中筆墨, 索細黃絹, 誦呪呵筆, 畵一女人像. 若天師所畵將符, 僅類人形而已. 使上齋戒懷之, 凝神定慮, 想其平日, 三日三夜不懈. 道士曰: "得之矣." 上出像觀之, 乃眞貴妃面貌也. 上喜甚. 道士笑曰: "未也, 請具五色帳, 結壇供之." 索十五六聰慧端正之女二十四人, 齊聲歌子建《步虛詞》. 道士復焚符誦呪, 吸煙呵像上. 次命諸女一一如方呵之. 至定昏[80]時, 請上自秉燭入帳中.

先是, 道士以五色石示上, 謂之衡遙. 以少許研極細, 和以諸藥, 令作燭. 外畵五色花, 謂之還形燭. 上既入, 道士命侍者出, 反閉金扉, 以葳蕤鑰[81]鎖之. 于是太

---

80) 定昏(정혼): 해가 곧 저물 때를 이른다.《淮南子 · 天文訓》에서 이르기를, "해가 虞淵에 이를 때를 黃昏이라 하고 蒙谷에 이를 때를 定昏이라 한다.(至于虞淵, 是謂黃昏; 至于蒙谷, 是謂定昏.)"고 했다. 虞淵은 전설 속에 나오는 해가 지는 곳이며 蒙谷은 북방에 있는 산 이름으로 해가 들어가는 곳이다.

眞在帳中, 見上泣曰: "以天下之主, 不能庇一弱女, 何面顔復見妾乎! 沉香亭下月中之誓何在也?" 上亦淚下, 言馬嵬之變, 出于不意. 其言甚多, 太眞意少釋, 與上曲盡綢繆, 勝于平日, 脫臂上玉環內上臂.

　　天未明, 道士啟扉曰: "宜別矣!" 上出帳回視, 不復更見, 惟玉環宛然在臂耳. 道士具言太眞所以尸解, 今見爲某洞仙⁸²⁾甚悉, 多所秘.

　　白樂天《長恨歌》敍云: 上皇追念貴妃不已, 有道士楊通幽自蜀來, 云有李少君之術. 上皇大喜, 命致其神. 方士竭其術以索之, 不能至. 又游神馭氣⁸³⁾, 出天界、入地府求之, 竟不見. 又旁求四虛⁸⁴⁾之上下, 東極絶大海, 跨蓬萊. 忽見最高山, 山上多樓閣. 泊⁸⁵⁾至西廂下, 有洞戶東向, 闔其門, 額署曰: "玉妃太眞院." 方士抽簪叩門, 有碧衣侍女至, 詰其所從來. 方士因稱天子使者, 且致其命. 碧衣云: "玉妃方寢, 請少待." 踰時, 碧衣延入, 玉妃出. 冠金鳳冠, 披紫綃霞帔, 佩紅玉, 曳鳳舄. 左右侍女七八人. 揖方士問曰: "皇帝安否?" 次問天寶十四載已還事, 言訖憫然. 指碧衣侍女取金釵鈿合⁸⁶⁾, 折其半, 授使者曰: "爲我謝太上皇, 謹獻是物, 尋舊好也." 方士將行, 復前跪致詞: "請當時一事不聞于他人者, 驗于太上皇. 不然, 恐負新垣平之詐也." 玉妃徐言曰: "昔天寶十四載, 侍輦避暑驪山宮. 秋七月, 牽牛織女相見之夕, 上凭肩而望, 密相誓心, 願世世爲夫婦, 此獨君王知之耳." 因言: "太上皇亦不久居人間, 幸自珍愛." 使者還, 具奏太上皇, 皇心震悼. 其說與此不同.

---

81)【校】葳蕤鎖:《情史》,《說郛》,《玉芝堂談薈》에는 "葳蕤鎖"로 되어 있고《嬾嬛記》에는 "葳蕤鑰"으로 되어 있다.

82) 洞仙(동선): 仙人을 이른다. 전설 속에 仙人이 깊은 산속 동굴에 사는 것을 좋아한다고 하여 洞仙이라 이른 것이다.

83) 游神馭氣(유신어기): 游神은 정신을 몸 밖으로 나가게 하는 것을 말하고 馭氣는 雲氣나 바람을 타는 것을 말한다.

84) 四虛(사허):《列子 • 天瑞》에서 나온 말로 사방 혹은 사방의 하늘을 가리킨다.

85)【校】泊: [影], [鳳], [岳], [類]에는 "泊"으로 되어 있고 [韓]에는 "泊"로 되어 있다.

86)【校】金釵鈿合:〈長恨傳〉및〈長恨歌〉에는 "金釵鈿合"으로 되어 있고《情史》에는 "金鈿合"으로 되어 있다.

108. (9-6) 진진(眞眞)[87]

당나라 때 진사인 조안(趙顔)이 화공에게서 족자 하나를 얻었는데 그 그림에는 매우 아름다운 한 여인이 그려져 있었다. 그가 화공에게 말하기를 "세상에 이런 사람은 없을 것이오. 어떻게 살아나게 할 수만 있다면 그녀를 아내로 삼고 싶소이다."라고 했다. 화공이 말했다. "저의 이 그림은 신령스러운 그림입니다. 이 여인도 이름이 있는데 진진(眞眞)이라고 하지요. 그녀의 이름을 밤낮없이 백일 동안 부르시면 반드시 응답을 할 것이고 응답을 하거든 백가채회주(百家彩灰酒)[88]를 먹이세요. 그러면 그녀가 반드시 살아날 것입니다."

조안이 그의 말대로 백일 동안 밤낮을 그치지 않고 불렀더니 마침내 "예"라고 응답을 했다. 재빨리 백가채회주를 먹이자 곧 살아나서 아래로 걸어 내려와 담소를 나누고 음식을 먹었는데 보통 사람과 다름이 없었다. 그 여자가 말하기를 "님께서 첩을 불러 주셔서 감사합니다. 원컨대 님의 아내가 되어 집안일을 해 드렸으면 합니다."라고 했다. 그리고 1년 뒤에 아들 하나를 낳았다.

그 아들이 두 살이 되었을 때 조안의 친구가 말하기를 "이는 요괴이니 반드시 자네에게 화가 될 것이네. 내게 신검(神劍)이 있는데 가히 그를 벨 수 있을 것이야."라고 했다. 그날 밤 조안에게 검을 건네주었는데 그 검이 조안의 방에 이르자 진진은 곧 흐느끼며 이렇게 말했다.

---

87) 이 이야기는 당나라 杜荀鶴의 《松窓雜記》에 보인다. 《太平廣記》 권286에 〈畫工〉으로, 《太平廣記鈔》 권8에는 〈眞眞〉으로 수록되어 있는데 모두 《聞奇錄》에서 나왔다고 했다. 이외에도 《類說》 권50에 〈南岳地仙〉으로, 《艶異編》 권25에 〈畫工〉으로 수록되어 있으며, 《說郛》 권46下와 《天中記》 권19, 《古今圖書集成·明倫彙編·閨媛典》 권359에도 보인다.
88) 백가채회주(百家彩灰酒): 魂을 불러오게 한다는 술이다.

"첩은 남악(南嶽)⁸⁹⁾에 사는 지선(地仙)⁹⁰⁾입니다. 어찌 된 일인지 사람에 의해 제 모습이 그려지더니 낭군께서는 또 첩의 이름을 부르셨습니다. 낭군의 소원을 저버리지 않았는데도 이제 첩을 의심하시니 머물 수가 없습니다."

말을 마치자 그녀는 아들을 데리고 족자 속으로 돌아가더니 일찍이 마셨던 백가채회주를 토해내 버렸다. 그 족자를 보았더니 단지 아이 하나만 더 들어가 있었을 뿐이었고 모두 이전의 그 그림대로였다. 이 이야기는《문기록 (聞奇錄)》⁹¹⁾에 나온다.

[원문] 眞眞

唐進士趙顏, 于畵工處得一軟障, 圖一婦人甚麗. 顏謂畵工曰: "世無其人也. 如何令生, 某願納爲妻." 畵工曰: "余神畵也. 此亦有名, 曰眞眞. 呼其名百日, 晝夜不歇⁹²⁾, 必應. 應則以百家彩灰酒灌之, 必活."

顏如其言, 遂呼之百日, 晝夜不止, 乃應曰: "諾." 急以百家綵灰酒灌, 遂活, 下步言笑, 飮食如常. 曰: "謝君召妾, 妾願事箕帚." 終歲生一兒.

兒年兩歲, 友人曰: "此妖也, 必與君爲患. 余有神劍可斬之." 其夕乃遺顏劍, 劍纔及顏室, 眞眞乃泣曰: "妾南嶽地仙也. 無何爲人畵妾之形, 君又呼妾名. 既不奪君願, 君今疑妾, 妾不可住." 言訖, 携其子卻上軟障, 嘔出先所飮百家彩灰酒. 覩其障, 唯添一孩子, 皆是畵焉. 出《聞奇錄》.

---

89) 남악(南嶽): 五嶽 가운데 하나로 지금의 湖南省 衡陽市에 있는 衡山을 가리킨다.

90) 지선(地仙): 인간 세상에 살고 있는 선인을 가리킨다. 晉나라 葛洪의 《抱朴子 · 論仙》에 이런 내용이 보인다. "살피건대 《仙經》에서 이르기를, '上等의 도사는 형체를 들어 올려 허공으로 올라 天仙이라 하고, 中等의 도사는 名山에서 노닐어 地仙이라 하며, 下等의 도사는 먼저 죽은 후에 육체에서 이탈해 尸解仙이라 한다.'고 한다"

91) 문기록(聞奇錄): 당나라 開元 연간 사람 于逖이 지은 神奇怪異한 일을 기록한 책으로 1권으로 되어 있다.

92) 【校】歇: [影], [鳳], [岳], [類], 《太平廣記》에는 "歇"로 되어 있고 [春]에는 "息"으로 되어 있다.

109. (9-7) 황손(黃損)[93]

수사(秀士)[94]였던 황손(黃損)[95]이라는 자는 풍채가 뛰어나 일찍부터 미명(美名)을 떨쳤다. 벌족의 집안이었으나 그의 대에 이르러 쇠락했다. 황손에게 옥마추(玉馬墜)[96]가 있었는데 고운 빛깔에 윤이 났고 조각이 정교했으며 어렸을 때부터 패용해 온 것이었다. 하루는 시장을 노닐다가 백발홍안(白髮紅顏)의 한 노인을 만났는데 득도한 사람인 듯했다. 황손이 그와 더불어 온종일 이야기해 보니 그의 말에 현묘한 데가 많았다. 그가 옥마추를 달라고 하기에 황손은 아낌없이 풀어 주었으며 노인은 감사해하지도 않고 가버렸다.

형양(荊襄)[97]을 지키는 장수가 황손의 재망(才望)을 사모해 기실(記室)[98]

---

93) 이 이야기는 《北窗志異》에서 나온 것이나 《北窗志異》는 失傳된 문헌으로 지은이와 창작 연대 모두 미상이다. 《宋史·藝文志》에서 이르기를 無名氏의 《北窗記異》 1권이 있었다고 했는데 《北窗志異》와 《北窗記異》는 같은 책이 아닌가 싶다. 이 이야기는 《古今圖書集成·明倫彙編·閨媛典》 권359와 《古今閨媛逸事》 권4에 〈玉馬姻緣〉이라는 제목으로 보인다. 《醒世恒言》 권32 〈黃秀才徼靈玉馬墜〉의 本事이고 후대에 명나라 王元壽의 〈玉馬墜〉, 청나라 路術淳의 〈玉馬佩銀箏記〉, 청나라 劉方의 〈天馬媒〉 등과 같은 희곡 작품으로 각색되기도 했다.

94) 수사(秀士): 덕행과 才藝가 뛰어난 사람을 이른다. 《禮記·王制》에 "각 고을에서 빼어난 인사를 논하여 司徒에게 올리게 하는데 이를 選士라고 했다.(命鄕論秀士, 升之司徒, 曰選士.)"라는 구절이 있는데 鄭玄의 注에서 이르기를 "秀士는 鄕大夫가 고핵한 덕행과 재능이 있는 자이다.(秀士, 鄕大夫所考, 有德行道藝者.)"라고 했다. 明清 시대에는 秀才를 秀士라 칭하기도 했다.

95) 황손(黃損): 五代 梁나라 連州(지금의 廣東省 連縣)사람으로 자는 益之였으며 龍德 2년(922)에 진사 급제한 뒤, 尚書左僕射의 벼슬까지 올랐다. 《全唐詩》에 의하면 《桂香集》이 있고 시 4수가 전한다고 했다.

96) 옥마추(玉馬墜): 옥으로 된 말 모양의 장신구를 이른다. 墜는 목걸이와 귀고리 같은 장신구나 부채 같은 소지품 등에 모양새를 내기 위해 늘어뜨려 다는 작은 세공품을 뜻한다.

97) 형양(荊襄): 荊州와 襄陽 지역을 아울러 이르는 말로 대략 지금의 湖北省 일대이다.

98) 기실(記室): 동한 때부터 있었던 관직으로 주로 章表, 書記, 文檄 등을 관장했

로 초빙했다. 황손은 그의 초빙에 응해 길을 가다가 강변에 이르러 강기슭에
정박해 있는 배 한 척을 보았다. 창문은 풍치가 있고 깔끔했으며 주홍색
난간에는 기름을 먹인 장막이 쳐져 있었다. 가서 물어봤더니 초지에서
장사하는 사람으로 형양을 거칠 것이라 하기에 황손이 편승을 청하자 주인은
기꺼이 허락했다. 해가 저물어 황손이 막 옷을 풀어헤치고 잠깐 잠을 청하려
할 때 갑자기 구슬프고 은은한 쟁소리가 들렸는데 설경경(薛瓊瓊)99)이 타는
것과 매우 비슷했다. 기생집 여자였던 설경경은 쟁 다루는 법을 학선소(郝善
素)100)로부터 전수받아 당시 제일인자였으며 평소부터 황손과 친밀했고
입궁하여 황제의 시중을 들고 있었다. 황손이 급히 옷을 걸치고 일어나
창으로 엿보니, 열다섯 살이 안 된 어린 여자가 붉은 빛이 도는 노란색
얇은 비단옷을 입고 새까만 쪽진 머리를 반쯤 풀어헤친 채, 유등을 켜
놓고 향유를 태우면서 섬섬옥수로 쟁을 타고 있었다. 아리땁고 고운 용모와
온유하고 아름다운 자태는 지금까지 본 적이 없는 모습이었다. 얼마 지나지
않아 쟁소리가 적막해지더니 향유도 다 타고 향불의 연기도 사라졌다.
황손이 그녀를 보고 정신이 나가 마음을 어찌할 수 없어 등불을 돋우고
이런 사101)를 지었다.

다. 후대에 이르러 記室督, 記室參軍 등으로도 칭했다.

99) 설경경(薛瓊瓊): 송나라 張君房의 《麗情集》의 기록에 따르면 薛瓊瓊은 개원
    연간 궁중에서 첫째로 꼽히는 箏手였다고 한다. 狂生 崔懷寶가 몰래 설경경
    을 보고서 그를 좋아하게 된 이야기도 함께 기록되어 있다. 《麗情集》에는
    後文에 나오는 黃損이 裴玉娥를 위해 지은 詞가 최회보가 설경경을 보고 지
    은 것으로 되어 있다.

100) 학선소(郝善素): 《醒世恒言》 권32 〈黃秀才徼靈玉馬墜〉에 "당나라 때 제일의
    琵琶手는 康昆侖이었고 제일의 箏手는 郝善素였다.(唐時第一琵琶手是康昆侖,
    第一箏手是郝善素.)"는 내용이 보인다.

101) 이 詞는 《麗情集》에서 崔懷寶가 薛瓊瓊을 보고 지었다고 하는 詞와 동일하
    며, 《全唐詩》에 수록되어 있는 崔懷寶의 〈憶江南〉 詞牌의 詞와 흡사하다.
    《全唐詩》에는 이렇게 되어 있다. "平生願, 願作樂中箏, 得近玉人纖手子, 砑羅

평생 원하는 게 없었는데	生平無所願
원컨대 악기 가운데 쟁이 되어	願作樂中箏
가인(佳人)의 섬섬옥수와 가까이하며	得近佳人纖手子
비단 치마 위에서 고운 소리 낼 수 있다면	硏羅裙[102] 上放嬌聲
설령 죽어도 영광이겠네	便死也爲榮

황손은 결국 엎치락뒤치락하며 좀처럼 잠들지 못했다. 아침에 일어나서 그녀를 엿보니 막 화장을 마쳐 용모가 더욱 선명하고 아름다웠다. 대야에 손을 씻고 있었는데 옥 같은 손목은 마치 난초의 새싹과 같아 짙은 향기가 창살 밖으로 뿜어 나왔다. 황손은 뱃사공이 알까봐 두려워 감히 오래 보지 못하고, 틈을 타 전날 밤 지어둔 사에 이름을 써서 문틈으로 던져 넣었다. 여자는 그 사를 주워 읽고 오랫동안 찬탄하며 말하기를 "어찌 유 자산(庾子山)[103]이 오늘날 다시 나타날 줄을 짐작이나 했겠는가!"라고 하고, 곧 창을 반쯤 열고 그를 몰래 엿봤다. 황손의 풍채가 고결하고 훤한 것을 보고서 그녀가 말하기를 "평생 장사꾼 부부가 되는 것을 부끄럽게 여겼는데 만약에 이 분과 더불어 부부가 된다면 소원이 없겠네!"라고 했다. 이로부터 여자는 주홍색 문을 열고 상반신을 내밀어 빈번이 눈빛으로 유혹했으나 아버지가 배에 있는 것이 두려워 재빨리 문만 열고 닫았지 끝내 말 한마디도 걸지 못했다.

정오가 되자 주인은 노를 수리하기 위해 갑판으로 나갔다. 여자가 창

裙上放嬌聲, 便死也爲榮."

102) 아라군(硏羅裙): 硏羅는 돌로 만든 도구로 누르거나 문질러서 윤을 낸 비단을 가리키며 硏羅裙은 그 비단으로 만든 치마를 말한다.

103) 유자산(庾子山): 北周 때의 庾信(513~581)을 가리킨다. 자는 子山이고 南陽 新野(지금의 河南省 新野縣)사람으로 어렸을 때부터 부친인 庾肩吾를 따라 남조 양나라 簡文帝 蕭綱의 궁정을 출입했다. 徐陵과 함께 소강의 東宮學士가 되었으며 宮體文學의 대표적인 작가가 되었다. 이들의 문풍을 徐庾體라고 불렀다. 문집으로 《庾子山集》이 있다.

사이로 황손을 불러 은밀히 말하기를 "밤에 먼저 잠자리에 드시지 마세요. 첩이 드릴 말씀이 있습니다."라고 하자, 황손은 기쁨을 스스로 이기지 못해 오직 해가 빨리 떨어지지 않은 것만 원망했다. 밤이 되어 초승달이 희미하게 비추고 산들바람이 가볍게 스쳤다. 여자가 문을 반쯤 열고 그에게 말하기를 "댁에 부인이 있으세요?"라고 하자, 황손이 말하기를 "아직 없습니다."라고 했다. 그러자 여자가 이렇게 말했다.

"첩은 상인의 딸로 아명은 옥아(玉娥)이며 어려서부터 글깨나 좋아했습니다. 보여 주신 훌륭한 사(詞)는 문사(文思)가 산뜻하고 아름답더군요. 님은 생각이 깊으신 분이니, 원컨대 양홍(梁鴻)104)과 같은 분을 좇아 맹광(孟光)이 되는 것에 만족하고 싶습니다. 만약 소원대로 되지 않는다면 오직 저승에서 나 따를 수밖에 없습니다. 님의 재능을 사모하기에 스스로 바쳐도 부끄럽지 않습니다. 님이 후일에 부귀를 누리게 된다면 부디 첩을 잊지 마십시오."

황손이 말하기를 "그대의 좋은 뜻을 양후(陽侯)105)와 하백(河伯)106)이 확실히 들었으니 맹세한 대로 하지 않는 자는 강물을 건널 수 없을 것이오."라고 했다. 여자가 이렇게 말했다.

"뱃사공이 앞에 있고 아버님께서 옆에 계시니 이루 다 말씀 드리기 어렵습니다. 모월 모일 배가 부주(涪州)107)에 이르면 아버님께서 뱃사공들과 함께

---

104) 양홍(梁鴻): 한나라 때 사람으로 자는 伯鸞이다. 양홍은 가난한 집에서 태어났으나 학문을 좋아했으며 벼슬을 하지 않고 아내 孟光(자는 德耀)과 함께 霸陵山으로 들어가 은거했다. 맹광은 양홍의 덕행을 존경하여 남편에게 밥상을 올릴 때마다 밥상을 눈썹까지 들어 올렸다고 한다. 자세한 이야기는 《後漢書·逸民傳·梁鴻》과 《情史》 권2 정연류 〈孟光〉에 보인다.

105) 양후(陽侯): 伏羲를 보좌했던 여섯 명의 신하들 가운데 江海를 맡았던 자로서 나중에 파도의 신으로 일컬어졌다.

106) 하백(河伯): 《莊子·秋水》에 나오는 황하의 수신이다. 그는 성은 馮氏이고 이름은 夷였으며 水仙의 도를 터득했다고 한다. 江河의 水神들을 모두 河伯이라고도 한다.

107) 부주(涪州): 당나라 武德 원년(618)에 설치한 州로 지금의 重慶市 涪陵區, 長

수신(水神)에게 제사를 올리러 가셨다가 오후 신시(申時)에야 비로소 돌아오실 것입니다. 님께서 그때 오셔서 계책을 마련해 주십시오. 먼 길을 돌아오느라 기일을 놓쳐 첩으로 하여금 공연히 눈이 빠지도록 기다리게 하지 마세요."

이에 황손은 "삼가 약속대로 하겠소이다."라고 했다. 그리고 그의 손을 잡으려 했지만 여자가 삼가며 피하기에 범할 수 없었다. 아버지가 부르자 여자는 급히 문을 닫고 잠자리에 들었다. 황손은 마치 남가일몽(南柯一夢)[108]에 빠져 있는 듯이 황홀하여 오경까지 눈을 붙이지 못했다.

다음 날 배가 형강(荊江)[109]에 정박해 사람들이 황손에게 길 재촉을 했지만 그는 배회를 하며 차마 떠나지 못하고 있었다. 서너 차례 재촉하기에 황손은 비로소 짐을 챙겨서 강기슭으로 올라오기는 했으나 다시 오랫동안 우두커니 서서 바라보기만 했다. 여자도 창을 통해 목송(目送)했는데 흰 분과 눈썹먹에 눈물이 줄줄 흘러내린 흔적이 있었다. 황손은 탄식해 목이 메었으며, 잠깐 사이에 가벼운 배는 돛을 올리고 날듯 빠르게 떠나가자 더욱 정을 이길 수 없었다. 형양을 지키는 장수를 배알했는데 마음은 걸려 있는 깃발처럼 흔들리고 있었으므로 장수가 여러 차례 물어도 대답을 하지 못했다. 장수에게 옛 친구를 방문하러 가고자 한다는 핑계를 대고 며칠 뒤에 다시 오겠다고만 했다. 장수가 말하기를 "군무가 복잡하고 긴박하여 급히 계책을 세울 사람이 필요하니 당분간 다른 곳으로 가지 마시오."라고 했다. 그리고 하인들에게

壽縣, 武隆縣 일대이다.

108) 남가일몽(南柯一夢): 당나라 李公佐의 傳奇小說 〈南柯太守傳〉에서, 순우분은 槐安國에 가서 그 나라 공주를 맞이하고 南柯郡 태수로 부귀영화를 누리다가 단라국 군대가 쳐들어오자 이에 대항하다 패한 뒤, 공주도 병사하고 자신도 왕에게 의심을 받아 파면되어 꿈에서 깨어난다. 마당에 있는 회화나무 밑의 개미굴이 바로 괴안국이고 남가군은 그 회화나무 남쪽 가지 밑에 있는 다른 개미굴이었다고 한다.

109) 형강(荊江): 湖北省 枝江으로부터 湖南省 岳陽縣 城陵磯까지 이르는 장강의 한 줄기이다.

명해 객방을 깨끗이 하고 기물(器物)을 마련하게 하여 그에게 머물도록
했다. 황손은 주저하면서 객사로 가 보니 성곽의 수비가 심히 엄격했다.
그는 빠져나가지 못할 것이라 짐작하고 전에 약속한 기한을 어길까 염려해
담장을 넘어 달아났다. 길을 물어가면서 곡절과 험난함을 겪으며 기약한
대로 부주에 다다랐다. 강에는 객선들이 운집해 있었는데 물가를 보니
강기슭에 녹음이 드리워져 있었고 그 아래 여자의 배가 외로이 정박해
있었다. 여자는 홀로 창문에 기대어 있었으며 무엇을 기다리고 있는 듯했다.
황손이 온 것을 보고 희색이 만면하여 그를 불러 말하기를 "낭군은 미쁘신
분이라 할 수 있겠네요."라고 하며, 물살이 세니 밧줄로 배를 묶고 승선하라고
당부했다. 황손은 손으로 밧줄을 풀고 타려다가 물살이 솟구쳐 그의 힘으로
배를 붙잡을 수 없었다. 배가 물결에 따라 떠돌아 출렁거리며 순식간에
흐르는 대로 내려가 번개처럼 떠내려갔다. 황손은 강기슭에서 소리치며
부르고 여자는 배에서 흐느껴 울었다. 황손이 강가를 따라 수십 리를 미친
듯이 달려가서 배를 바라보니 사라지는 듯 침몰하는 듯하더니 다시는 보이지
않았다. 날이 저물어 여자의 아버지가 돌아와 배를 찾아봐도 보이지 않았다.
어떤 사람이, 배의 밧줄이 끊겨 배가 물결 따라 떠내려간 지 오래되었다고
말했다. 여자의 아버지는 급히 배를 구해 쫓아가 찾아보았으나 종적이
없기에 눈물을 흘리며 고향으로 돌아갔다.

　　마침 설경경의 기생어미인 설온(薛媼)은 경경이 입궁을 했으므로 그를
따라 장안(長安)으로 갔다. 도중에 한수(漢水)[110]에 이르러 배 하나가 물
가운데 뒤집혀 있는 것을 보고 급히 뱃사공을 시켜 밧줄로 매어 끌어내도록
했다. 배 안에 한 어린 여자가 있었는데 절색이었으며 숨이 곧 끊어질
듯했다. 설온이 그녀를 솜이불로 덮어주고 소합(蘇合)[111]으로 몸조리를

---

110)　한수(漢水): 漢江이라고 불리며 陝西省과 湖北省을 거쳐 흐르는 장강의 가장
　　큰 지류이다.

해주었더니 다음 날이 되자 깨어났다. 그에게 성씨를 묻자 이렇게 답했다.

"저는 성이 배 씨이고 아명은 옥아입니다. 아버지를 따라 촉지로 가는 길에 부주에 이르러 아버지와 뱃사공들은 제사를 지내러 가셨습니다. 저 홀로 배 안에 있다가 닻줄이 풀려 물결에 휩쓸려서 여기에 이른 것입니다."

설온이 "혼약은 하였느냐?"라고 묻자, 여자는 황손과 맹약을 했다고 말한 뒤, 그가 지은 사를 꺼내 신표(信標)로 보여 주었다. 설온은 평소부터 황손을 아껴왔던 터라 여자를 잘 봐주며 장안으로 데리고 들어갔다. 그리고 그녀에게 이렇게 말했다.

"황생은 내가 평소부터 향모해 온 사람인데 올해 과거시험이 있으니 그는 반드시 장안으로 들어올 게다. 너를 위해 수소문을 해보면 이전의 맹약을 이룰 수 있을 것이다."

여자는 감사하기를 그치지 않았다. 이로부터 여자는 몸단장도 하지 않는 채로 문을 닫아걸어 몸을 깊게 숨기고 수를 놓아 스스로의 생계를 꾸렸다. 황손을 그리워하는 생각에 침식을 잊었고 어떤 때에는 자기도 모르게 꿈에서 황손의 이름을 부르기도 했다.

하루는 어떤 호승(胡僧)이 여자의 방으로 곧장 들어와 동냥을 했다. 여자가 그 스님의 남다른 모습을 보고 무릎을 꿇고 경건히 절하며 말하기를 "제가 불구덩이에 떨어져, 다하지 않은 전생의 인연이 있으니 대사께서 잘못 든 길을 인도해 주시길 바랍니다."라고 했다. 호승이 말하기를 "너는 진심으로 귀의할 생각이겠으나 네게는 진겁(塵劫)112)이 있기에 내 너에게 옥추(玉

---

111) 소합(蘇合): 소합향을 가리킨다. 소합향나무 樹脂을 蘇合香이라고 하며 살충과 疥癬 치료에 쓰인다. 중의학에서 소합향은 邪氣를 제거하고 울결을 풀며 氣를 조리하는 데 쓰인다.

112) 진겁(塵劫): 본래 불교에서 나온 말로 一世는 一劫이고 無量無邊劫(셀 수 없고 끝이 없는 劫)을 塵劫이라고 한다. 후에 일반적으로 속세의 재난을 가리키기도 한다.

墜)를 줄 터이니 패용하면 풀 수 있을 것이다. 함부로 옷자락에서 떼지 말거라."라고 하며 여자에게 주고 나갔다. 여자는 마음속으로 이를 이상히 여겨 설온에게 감히 누설하지 않았다. 황손은 여자를 두루 찾아봐도 종적이 묘연하여 술에 취한 듯하기도 하고 미친 듯하기도 했으며 더 이상 공명을 마음에 두지 않았다. 갈 길이 막히고 돈도 다 떨어져 늘 인가가 보이는 대로 들어가 묵곤 했다. 우연히 그는 황폐한 숲에 이르렀다가 고찰(古刹)이 보이기에 투숙을 하러 들어갔다. 어떤 노승이 가부좌를 틀고 앉아 입정(入定)을 하고 있기에 황손은 그에게 오체투지(五體投地)의 예를 올렸다. 노승이 묻기를 "선생은 생사(生死)에 대해 알고 싶으십니까?"라고 하자 황손이 말했다.

"아닙니다. 예전에 한 여자와 부주에서 만나기로 한 약속이 있었는데 그녀가 용솟음치는 물살에 휩쓸려갔습니다. 대사께서는 성승(聖僧)이시라, 감히 이 일을 여쭤보겠습니다."

노승이 말하기를 "이 늙은 중의 마음은 사그라진 재와 같은데 어찌 아녀자들의 일을 알겠소? 당장 나가시오, 나를 괴롭히지 말고."라고 해도 황손이 거듭해 간구하니 스님은 석장(釋杖)으로 그를 내쫓았다. 그가 더욱 결연하게 예를 갖추어 절을 하자 스님이 말하기를 "잠시 그대가 과거시험을 치른 후까지 기다리면 천천히 찾아서 줄 터이고 마땅히 회답이 있을 것이오."라고 했다. 황손이 말하기를 "부귀는 제가 원래부터 갖고 있는 것이지만 가인은 다시 얻기 어렵습니다. 원컨대 자비와 연민을 베푸시어 속히 알려 주십시오."라고 했다. 노승은 말하기를 "대장부는 출사해 고관이 되어 가문을 빛내고 부모를 드러내는 것이 본분이니 미혹된 생각으로 애욕에 빠져 있다면 대장부가 아니오."라고 했다. 그리고 황손을 여러 번 재촉했으며 게다가 수 금(金)[113]을 꺼내 행장을 꾸리도록 도왔다. 황손은 어쩔 수 없이 하룻밤을 묵은

---

113) 금(金): 화폐를 세는 단위로 명나라부터 근대까지 銀 1량 혹은 은화 하나를 1金이라 했다.

뒤 길을 떠났으나 끝내 옥아에 대한 그리움을 떨쳐버릴 수 없었다. 마지못해 응제하여 처음으로 환로에 나가 금부랑(金部郞)114)의 벼슬을 받았다.

당시에는 여용지(呂用之)115)가 정권을 쥐고 조정 내외로부터 원망을 사고 있었다. 황손이 그의 위법함을 상소(上疏)하여 여용지는 면직되어 집으로 돌아갔다. 황손이 젊은 나이에 과거에 급제하자 장안에서 혼담을 꺼내는 자가 끊임없이 있었다. 하지만 그는 모두 사절했는데 당초 옥아와의 맹세를 차마 어길 수 없었기 때문이었다. 여용지는 한거하면서 희첩들을 두루 구하다가 설온에게 고운 계집애가 있다는 소리를 듣고는 돈 500 민(緡)116)을 준 뒤, 곧바로 남녀 시종 수십 명을 보내 강제로 옥아를 집으로 끌고 갔다. 여용지가 그녀의 자태와 용모를 보고 기뻐하며 말하기를 "내가 얻은 이 계집은 석숭(石崇)의 녹주(綠珠)117)와 비교해도 손색이 없을 것이다."라고 했다. 옥아가 소박한 옷을 입고 머리도 단장하지 않고 있으니 여용지는 오색비단 끈과 고운 비단을 내어 꾸밈새를 바꾸라 명했다. 옥아가 계속해 울며 그것들을 땅에 던져 버리자 여용지는 여러 시녀들로 하여금 그녀를 끌고 내실로 들어가도록 했다. 빈객들이 여용지가 절세미인을 얻은 것을 축하하기에 여용지는 술자리를 마련해 성대한 연회를 베풀었다. 가축을

---

114) 금부랑(金部郞): 삼국시대 魏나라 때부터 있었던 관직명으로 庫藏, 金寶, 貨物, 權衡, 度量 등에 관한 일을 관장했다. 그 후 晉나라와 南朝, 수나라 등에도 있었다.

115) 여용지(呂用之, ?~887): 당나라 말년의 方士로 시정에서 丹藥을 팔던 사람이었다. 幻術을 좋아했던 淮南節度使 高駢의 신임을 얻어 그의 책사가 되면서부터 권세를 부렸다. 이후 廬州刺史인 楊行密에게 멸족을 당했다.

116) 민(緡): 돈을 세는 양사로 一緡은 千文이다. 남북조 이후 엽전 한 닢을 一文이라 했다.

117) 녹주(綠珠): 晉나라의 대부호 석숭이 총애했던 시첩으로 용모가 매우 뛰어났으며 피리를 잘 불었다고 한다. 손수에게 강요를 받자 누각에서 투신해 죽었다. 후대 시문에서 널리 미녀를 가리키기도 한다. 자세한 이야기가 《晉書·石崇傳》에도 보이고 《情史》 권1 정정류 〈綠珠〉에도 수록되어 있다.

돌보는 어떤 자가 미친 듯이 외치기를 "백마 한 필이 갑자기 마구간에 들어와 말구유통의 여물을 놓고 다투다가 다른 말들을 물어 상처를 입혔습니다."라고 했다. 백마가 대청을 거쳐 내실로 달려들어가자 여용지는 그 말을 찾도록 명했지만 아무것도 보이지 않고 적막하기만 했다. 모두들 놀라 술자리를 파했다. 여용지는 옥아의 침실로 들어가 큰 소리로 시녀들을 물린 뒤에 좋은 말로 그녀를 위로하여 말하기를, "네가 나에게 순종하면 어찌 부귀를 누리지 못할 것을 근심하겠느냐?"라고 하자 옥아가 말했다.

"첩은 본래 여염집 여자로 무명치마를 두르고 쪽진 머리를 하고서 소박하게 사는 것을 늘 달갑게 여겨 부귀를 원하지 않습니다. 상공께서는 아름다운 첩들이 뒷방에 있는데 어찌 계집 하나가 모자라십니까? 첩도 나부(羅敷)[118] 처럼 본래 지아비가 있습니다. 만약 상공께서 겁박하시면 목에서 터져 나오는 피를 상공의 옷에 기꺼이 뿌릴지라도 이 뜻을 빼앗으실 수 없습니다."

여용지가 직접 옥아의 옷을 벗기자 그녀는 온 힘으로 저항했지만 벗어날 수가 없었다. 갑자기 한 장(丈) 남짓한 백마 한 마리가 침상에서 뛰어나와 여용지를 향해 발길질을 하며 물어뜯었다. 여용지는 옥아를 놓아주고 방을 뛰어 돌며 급히 시녀들을 불러 들어오도록 했다. 말이 시녀들을 물어뜯자 여러 명이 다쳐 바닥에 넘어졌다. 여용지가 놀라 허둥대며 침실 밖으로 재빨리 나갔더니 말이 바로 사라지기에 여용지는 "이는 요괴로다."라고 했다. 그러나 옥아의 용모에 미련을 두어 차마 그녀를 내쫓지도 못하고 감히 방으로 다시 들어가지도 못한 채, 단지 요괴를 쫓아낼 방법을 두루 구하기만 했다.

어떤 호승이 요괴를 쫓아낼 수 있다고 자언(自言)하자 여용지는 그를

---

118) 나부(羅敷): 한나라 때 미인의 이름으로 성은 秦氏이며 남편의 이름은 王仁이었다. 趙王의 유혹을 단호히 거절하며 〈陌上桑〉 시를 지어 스스로의 뜻을 밝혔다. 자세한 내용은 《情史》 권1 정정류 〈羅敷〉에 보인다.

안으로 맞이했다. 호승이 말하기를 "이것은 상제의 옥마(玉馬)로 그대의 집에서 앙화(殃禍)를 끼치고 있습니다. 사람의 힘으로 쫓아낼 수가 없어 조짐이 주인에게 불리합니다."라고 했다. 여용지가 묻기를 "장차 이것을 어찌해야 하오?"라고 하자, 호승이 말하기를 "다른 사람에게 옮기면 재앙을 대신하게 할 수 있습니다."라고 했다. 여용지가 묻기를 "누가 내 대신하겠소?"라고 하니, 호승이 한참 있다가 말하기를 "장안의 귀인들 중에 상공이 평소 원한을 갖고 있던 자에게 이 여자를 주면 그가 재앙을 당할 것입니다."라고 했다. 여용지는 황손이 자기의 죄를 들추어낸 것에 앙심을 품고 있었기에 통쾌하게 복수할 생각으로 말하기를 "마땅한 사람이 있소이다."라고 하고, 금과 비단으로 호승에게 보답하려 했으나 호승은 받지 않고 옷소매를 떨치며 떠났다.

여용지가 설온을 불러와 말하기를 "내가 너의 딸을 옛 친구에게 주려고 하니 너도 함께 가거라."라고 했다. 설온이 "옛 친구가 누구이옵니까?"라고 묻자, 여용지가 답하기를 "금부랑인 황손이다."라고 했다. 설온이 이를 듣고 마음속으로 기뻐하며 방으로 들어가서 옥아에게 일러 말하기를 "상공이 너를 옛 친구에게 보내려고 하니 너의 소원이 이루어졌구나."라고 하자 옥아가 말했다.

"바로 죽지 않은 이유는 오직 황랑이 장안에 들어와 옛 맹세를 이룰 수 있지나 않을까 싶어서였습니다. 저의 님은 이제부터 저와 관계없는 사람이 되어 이 몸은 죽은 바와 다름없는데 어찌 물건처럼 저를 내치는 것인지요?"

설온이 말하기를 "황랑이 금부랑이 되었는데, 상공은 네가 주인에게 해가 된다고 생각해 너를 그에게 주려는 것이다. 이는 호승의 힘이니 너는 서둘러 가야 한다."라고 했다. 곧 여용지는 뒷방에 있던 경대와 장신구들을 모두 옥아에게 주었다. 먼저 하인으로 하여금 명첩(名帖)을 들고 가서 황손에게 올리도록 했으나 황손은 극력으로 거절하며 허락하지 않았다. 마침 설온이 이르니 황손이 말하기를 "이 설씨 어미께서 무슨 일로 여기에 오셨습니까?"라고 묻자, 설온이 말하기를 "상공께서 저희 딸을 첩으로 두시라며 보내셔서 딸과 함께 왔습니다."라고 했다. 황손이 말하기를 "어미의 딸은 이미 궁중에서 황제의 시중을 들고 있지 않소."라고 하자 설온은 "전에 한수(漢水)에서 다시 딸 하나를 얻었습니다."라고 말한 뒤, 사를 꺼내 그에게 보여주었다. 황손이 "이것은 배옥아라는 자에게 준 것인데 어미의 딸이 어찌 옥아란 말이오?"라고 말하자, 설온은 "수레가 문에 도착해 있습니다."라고 답했다. 황손은 뛰어나가 옥아를 안으로 맞이했으며 그들은 서로 안고 흐느껴 울었다. 황손이 "오늘의 만남이 꿈이오, 생시오?"라고 말하자, 옥아가 옥마(玉馬)를 꺼내며 황손에게 일러 말하기를 "이것이 아니었으면 첩은 저승 사람이 되었을 것입니다."라고 했다. 황손이 묻기를 "이것은 내가 어렸을 때 노인에게 준 것인데 어디서 얻었소?"라고 하자, 여자는 호승이 준 것이라고 했다. 이별한 뒤 다시 만나게 된 것이 모두 호승의 힘이었다는 것을 비로소 알게 되었다. 호승은 진실로 신인(神人)이요, 옥마는 진실로 신물(神物)이었던 것이다. 이에 향과 촛불을 마련해 옥마를 받들어 모시고 절을 하자, 말이 홀연히 탁자 위에서 뛰어 일어나 길이가 한 장 남짓하게 되더니 곧장 구름 속으로 올라갔다. 이전의 그 노인은 공중에서 말에 올라타고 갔는데 어디로 갔는지는 알 수 없었다. 이 일은 《북창지이(北窓志異)》에 보인다.

[원문] 黃損

秀士黃損者, 丰姿韶秀, 早有雋譽. 家世閥閱, 至生旁落. 生有玉馬墜, 色澤溫栗, 鏤刻精工, 生自幼佩帶. 一日遊市中, 遇老叟, 鶴髮朱顔[119], 大類有道者. 生與談竟日, 語多玄解[120]. 向生乞取玉墜, 生亦無所吝惜, 解授. 老人不謝而去.

荊襄守帥, 慕生才名, 聘爲記室. 生應其聘, 行至江渚, 見一舟泊岸, 篷窗雅潔,
朱闌油幕. 訊之, 乃賈于蜀者, 道出荊襄. 生求附舟, 主人欣然諾焉. 抵暮, 生方解衣
假寐, 忽聞箏聲悽惋, 大似薛瓊瓊. 瓊瓊狹邪¹²¹⁾女, 箏得郝善素遺法, 爲當時第一
手¹²²⁾, 此生素所狎昵者也, 入宮供奉矣. 生急披衣起, 從窗中窺伺, 見幼女年未及
笄, 衣杏紅輕綃, 雲鬓半嚲, 燃蘭膏¹²³⁾, 焚鳳腦¹²⁴⁾, 纖手撫箏. 而嬌豔之容, 婉媚之
態, 非目所睹. 少選, 箏聲闃寂, 蘭銷篆¹²⁵⁾滅. 生視之, 神魂俱蕩, 情不自持. 挑燈成
一詞云:

"生平無所願, 願作樂中箏. 得近佳人纖手子¹²⁶⁾, 砑羅裙¹²⁷⁾上放嬌聲. 便死
也爲榮." 遂展轉不寐. 早起伺之, 女理粧甫畢, 容更鮮妍. 以金盆潔手, 玉腕蘭芽,
香氣芬馥, 撲出窗櫺. 生恐舟人知之, 不敢久視. 乘間以前詞書名字, 從門隙中投
入. 女拾詞閱之, 歎賞良久, 曰: "豈意庾子山復見今日耶!" 遂啟半窗窺生, 見生丰姿
皎然, 乃曰: "生平恥爲販夫販婦, 若與此生偕伉儷, 願畢矣!" 自是啟朱戶, 露半體,
頻以目挑. 畏父在舟, 倏啟倏閉, 終不通一語.

---

119) 【校】顏: 《古今閨媛逸事》에는 "顏"으로 되어 있고 《情史》, 《古今圖書集成·
明倫彙編·閨媛典》에는 "標"로 되어 있다.

120) 玄解(현해): 사물에 대한 오묘한 이해나 심오하고 이해하기 어려운 이치를
말한다.

121) 狹邪(협사): 좁고 꼬불꼬불한 거리나 골목을 가리키는 말로 妓房이나 기생
을 이른다.

122) 第一手(제일수): 기예가 가장 뛰어난 사람을 이른다.

123) 蘭膏(난고): 澤蘭(쉽싸리) 씨로 만든 기름을 말하는 것으로 옛날에는 등잔기
름으로 쓰기도 했다.

124) 鳳腦(봉뇌): 봉황새의 뇌라는 뜻으로 王嘉의 《拾遺記·周穆王》에 따르면 周
나라 穆王이 이를 등잔기름으로 썼다고 한다. 이로 인해 등잔기름에 대한
미칭으로 쓰인다.

125) 篆(전): 향의 일종으로 모양이 篆書體 글씨와 같이 구불구불하다 하여 붙여
진 이름이다. 그런 모양의 향이나 향을 태울 때 나는 연기를 가리켜 篆이
라 한다.

126) 【校】纖手子: [影], [春], 《醒世恒言》에는 "纖手子"로 되어 있고 [鳳], [岳], [類],
《古今圖書集成·明倫彙編·閨媛典》, 《古今閨媛逸事》에는 "纖手指"로 되어 있다.

127) 【校】砑羅裙: 《全唐詩》, 《醒世恒言》, 《古今圖書集成·明倫彙編·閨媛典》에는
"砑羅裙"으로 되어 있고 《情史》에는 "呀羅裙"으로 되어 있다.

停午, 主人出舟理楫. 女隔窗招生密語曰: "夜無先寢, 妾有一言." 生喜不自
勝, 惟恨陽烏[128]不速隆也. 至夜, 新月微明, 輕風徐拂, 女開半戶, 謂生曰: "君室中
有婦乎?" 生曰: "未也." 女曰: "妾賈人女, 小字玉娥, 幼喜弄柔翰. 承示佳詞, 逸思新
美. 君一片有心人也. 願得從伯鸞, 齊眉德曜足矣. 倘不如願, 有相從地下耳. 慕君
才華, 不羞自獻. 君異日富貴, 萬勿相忘." 生曰: "卿家雅意, 陽疾、河伯實聞此言,
所不如盟者, 無能濟河." 女曰: "舟子在前, 嚴父在側, 難以盡言. 某月某日, 舟至涪
州, 父偕舟人往賽水神[129], 日晡[130]方返. 君來當爲決策. 勿以紆道失期, 使妾望眼
空穿也." 生曰: "敬如約." 生欲執其手, 女謹避不可犯. 其父呼女, 女急掩門就寢.
生恍惚如在柯蟻夢中, 五夜目不交睫.

次日, 舟泊荊江, 輩從促行, 生徘徊不忍去. 促之再三, 始簡裝登岸. 復竚立顧
望. 女亦從窗中以目送生. 粉黛涇涇, 有淚痕矣. 生唏噓哽咽. 頃之, 輕舟挂帆,
迅速如飛, 生益不勝情. 入謁守帥, 心搖搖如懸旌. 帥屢扣之, 不能擧詞. 惟齎帥欲
往謁故友, 數日復來. 帥曰: "軍務倥傯, 急需借箸[131], 且無他往." 命使潔幸舍[132],

---

128) 陽烏(양오): 전설 가운데 해 속에 있다는 三足烏를 가리키는 말로 해의 대칭
으로 쓰인다. 《文選‧蜀都賦》李善의 注에서 이렇게 풀었다. "《春秋元命包》
에서 이르기를 '陽은 三에서 이루어지므로 해 속에 세 발이 달린 까마귀가
있는 것이다. 烏는 陽의 精氣이다.'(《春秋元命包》曰: '陽成於三, 故日中有三足
烏, 烏者, 陽精.')"

129) 賽水神(새수신): 水神에게 제사를 올리는 것을 이른다.

130) 日晡(일포): 날이 곧 저물려 할 때를 가리키는 말로 日餔라고 쓰기도 한다.
晡는 申時 즉 오후 3시부터 5까지의 시간을 이른다.

131) 借箸(차저): 유방과 항우가 천하를 다툴 때 酈食其라는 謀臣이 유방에게 초
나라를 약화시킬 계책으로 전국시대 六國의 후손을 다시 봉하라고 권하자
유방은 이를 허락해 관인을 만들도록 한다. 유방이 막 식사를 하던 중에
마침 장량이 외지에서 들어왔기에 그에게 역이기의 말을 하자, 장량은 "신
이 청컨대 앞에 있는 젓가락을 빌려 대왕을 위해 하나하나 설명해 드리겠
사옵니다.(臣請藉前箸爲大王籌之.)"라고 하며 불가한 까닭 여덟 가지를 들어
설명한다. 마침내 유방은 장량의 말을 듣고 황급히 관인을 녹여버리도록
했다 한다. 자세한 이야기는 《史記‧留侯世家》에 보인다. 借箸는 젓가락을
빌려 하나하나 설명한다는 말로 남을 위하여 謀劃하는 것을 가리킨다.

132) 幸舍(행사): 전국시대에 귀족들이 문객들에게 숙식을 제공했던 곳을 幸舍라
고 했는데, 본래는 門客의 上, 中, 下 등급에 따라 傳舍, 幸舍, 代舍로 나누
었다. 후대에 이르러 幸舍는 빈객을 접대하는 장소를 가리키기도 한다.

治供具, 館生. 生逡巡就旅舍, 陣守甚嚴. 生度不得出, 恐失前期, 踰垣逸走. 沿途問
訊, 間關險阻, 如期抵涪州. 客舟雲集, 見一水崖, 綠陰拂岸, 女舟孤泊其下. 女獨倚
篷窗, 如有所待. 見生至, 喜動顏色. 招之曰: "郎君可謂信士矣." 囑生水急, 絏纜登
舟, 生以手解維欲登, 水勢洶湧, 力不能持. 舟逐水漂漾, 瞬息順流, 去若飛電.
生自岸叫呼, 女從舟哭泣. 生沿河渚狂走十餘里, 望舟若滅若沒, 不復見矣. 晚,
女父至, 覓舟不得. 或謂纜斷, 舟隨水去多時矣. 女父急覓舟, 追尋無跡, 涕泗而回
故里.

適瓊瓊之假母薛媼者, 以瓊瓊供奉內庭, 隨之長安. 行抵漢水, 見舟覆中流,
急命長年133)絏起. 舟中一幼女, 有殊色, 氣息奄奄. 媼負134)以紵絮, 調以蘇合,
踰日方甦135). 詰其姓氏, 曰: "妾裴姓, 玉娥小字也. 隨父入蜀, 至涪州, 父偕舟人賽
神, 妾獨居舟中, 纜解漂沒至此." 媼曰: "字人無也?"女言與生訂盟矣, 出其詞爲信.
媼素契重生. 乃善視女, 攜入長安. 謂之曰: "黃生, 吾素所向慕也, 歲當試士, 生必
入長安. 爲女偵訪, 宿盟可諧也."女哂謝不已. 自此女修容不整, 扃戶深藏, 刺繡自
給. 思生之念136), 寢食俱廢. 或夢呼生名而不覺也.

一日, 有胡僧直抵其室募化, 女見僧有異狀, 胡跪膜拜137)曰: "弟子墮落火
坑138), 有宿緣未了, 望師指迷津." 僧曰: "汝誠念皈依, 但汝有塵劫, 我授汝玉隆,

---

133) 長年(장년): 옛날에 四川省 三峽 일대 지역에서 상앗대로 배를 젓는 사람(篙
師)을 높여 長年이라 했고 배의 키를 잡는 사람(舵手)을 높여 三老라 했다.
134) 【校】負: [影], [鳳], [岳], [類], 《古今圖書集成·明倫彙編·閨媛典》,《古今閨媛逸
事》에는 "負"로 되어 있고 [崙]에는 "覆"로 되어 있다.
135) 【校】甦: [影], [鳳], [岳], [類], 《古今圖書集成·明倫彙編·閨媛典》,《古今閨媛逸
事》에는 "甦"로 되어 있고 [崙]에는 "醒"으로 되어 있다.
136) 【校】念: [影], [鳳], [岳], [類], 《古今圖書集成·明倫彙編·閨媛典》,《古今閨媛逸
事》에는 "念"으로 되어 있고 [崙]에는 "面"으로 되어 있다.
137) 【校】胡跪膜拜: [影], [鳳], [岳], [類]에는 "胡跪膜拜"로 되어 있고 [崙]에는 "女跪
膜拜"로 되어 있으며 《古今圖書集成·明倫彙編·閨媛典》,《古今閨媛逸事》에
는 "乃跪拜"로 되어 있다. 胡跪(호궤)는 스님들이 경의를 표할 때 오른쪽 무
릎은 땅에 꿇고 왼쪽 무릎은 세워 상반신을 바르게 하는 예절로, 피곤하면
두 다리를 서로 바꾸기도 한다 하여 互跪라고 부르기도 한다.
138) 火坑(화갱): 佛敎에서 나온 말로 六道輪回 가운데 地獄, 餓鬼, 畜生 등 세 가
지 惡道가 고생이 가장 심하기에 佛經에서 이를 비유적으로 火坑(불구덩이)

佩之可解, 勿輕離衣裾." 授女而出. 女心竊異之, 未敢泄于媼也. 然生遍訪女, 杳然
無踪, 若醉若狂, 功名無復置念. 窮途資盡, 每望門投止139). 適至荒林, 見古刹,
生入投宿. 有老僧跌坐入定, 生以五體投地. 老僧140)曰: "先生欲了生死耶?" 生曰:
"否否. 舊與一女子有約涪州, 爲天吳141)漂沒. 師, 聖僧也, 敢以叩問." 僧曰: "老僧
心若死灰, 豈知兒女子事. 速去, 毋溷我!" 生固求, 僧以杖驅之使出. 生禮拜益堅.
僧曰: "姑俟君試後, 徐爲訪求, 當有報命." 生曰: "富貴吾所自有也, 佳人難再得.
願慈悲憐憫, 速爲指示." 僧曰: "大丈夫致身靑雲, 亢宗顯親, 乃其事也. 迷念慾海,
非夫142)矣." 迫之再三, 復出數金, 以助行裝. 生不得已, 一宿 戒行, 終戀不能捨.
勉强應制, 得通籍143), 授金部郞.

時呂用之柄政, 斂怨144)中外. 生疏其不法, 呂免官就第. 生少年高第, 長安議
婚者踵至, 悉爲謝却, 蓋不忍背女初盟也. 呂閑居, 遍覓姬妾, 聞薛媼有女佳麗,
以五百縞爲聘, 隨遣婢僕數十人劫之歸第. 呂見女姿容, 喜曰: "我得此女, 不數石
家綠珠矣." 女布素縞衣, 雲髻不理. 呂出纂組紈綺, 命易粧飾. 女啼泣不已, 擲之于
地. 呂令諸婢擁女入曲房. 諸客賀呂得尤物, 置酒高會. 有牧夫狂呼曰: "一白馬突
至殿爭櫪, 嚙傷群馬." 白馬從堂奔入內室, 呂命索之, 則寂無所見. 衆咸駭異, 因而
罷酒. 呂入女寢室, 叱去諸婢, 好言慰之曰: "女從我, 何患不生富貴乎!" 女曰: "妾本

이라 이른다. 비유적으로 극도로 비참한 처지 특히 기생집을 많이 가리키
기도 한다.

139) 望門投止(망문투지): 인가가 보이면 가서 투숙한다는 뜻으로 극도로 곤궁한
처지를 이른다.

140) 【校】老僧: [影], 《古今圖書集成 · 明倫彙編 · 閨媛典》, 《古今閨媛逸事》에는 "老
僧"으로 되어 있고 [奎], [鳳], [岳], [類]에는 "僧"으로 되어 있다.

141) 天吳(천오): 水神의 이름이다. 《山海經 · 海外東經》에 따르면, "朝陽谷에 있는
신을 天吳라고 하는데 水神이다. 쌍무지개의 북쪽 두 강물 사이에 있다. 그
는 짐승 모양을 하고 있는데 사람 얼굴을 한 여덟 개의 머리가 달려 있으며
여덟 개의 다리와 여덟 개의 꼬리를 갖고 있고 등은 청황색이다."고 한다.

142) 【校】夫: 《情史》에는 "夫"로 되어 있고 《古今圖書集成 · 明倫彙編 · 閨媛典》,
《古今閨媛逸事》에는 "丈夫"로 되어 있다.

143) 通籍(통적): 관원의 名籍에 이름을 올린다는 뜻으로 처음 벼슬하는 것을 이
른다.

144) 斂怨(염원): 《詩經 · 大雅 · 蕩》에 보이는 말로 원망을 산다는 뜻이다.

闖闤女子, 裙布椎作[145], 固所甘之, 無願富貴也. 相公後房玉立, 豈少一女子耶? 羅敷自有夫[146], 如若相迫, 願以頸血濺相公衣, 此志不可奪也." 呂自爲解衣, 女力拒不得脫. 忽有白馬長丈餘, 從床笫騰躍, 向呂蹄囓. 呂釋女環室而走, 急呼女侍入. 馬囓女侍, 傷數人倒地. 呂驚惶趨出寢所, 馬遂不見. 呂曰: "此妖孼也." 然貪戀女姿, 不忍驅去, 亦不敢復入女室矣. 惟遍求禳[147]遣.

有胡僧自言能禳妖, 呂延僧入. 僧曰: "此上帝玉馬, 爲崇女家, 非人力所能遣也. 兆不利於主人." 呂曰: "將奈之何?" 僧曰: "移之他人可代也." 呂曰: "誰爲我代耶?" 僧良久曰: "長安貴人, 相公有素所仇恨者, 贈以此女, 彼當之矣." 呂恨生刺己, 思得甘心, 乃曰: "得其人矣." 以金帛酬僧, 僧不受, 拂衣而出.

呂呼薛媼至曰: "我欲以爾女贈故人, 爾當偕往." 媼曰: "故人爲誰?" 呂曰: "金部郎黃損也." 媼聞之私喜, 入謂女曰: "相公欲以汝贈故人, 汝願酬矣." 女曰: "所不即死者, 意黃郎入長安, 了此宿盟耳. 蕭郎從此自路人[148]矣. 我九原[149]死骨, 奈何驅之若東西[150]也?" 媼曰: "黃郎爲金部郎, 相公以汝不利于主, 故欲以贈之. 此胡僧

---

145) 裙布椎作(군포추작): 裙布는 무명 치마의 뜻으로 가난한 집 부녀의 옷차림을 나타내는 말이다. 椎는 椎髻(상투 모양으로 쪽을 진 머리 모양)를 가리키는 말로 소박한 머리 모양을 이르는 말이며 作은 일을 한다는 뜻이다. 裙布椎作은 무명치마에 쪽진 머리를 하고서 소박하게 사는 것을 이른다.

146) 羅敷自有夫(나부자유부): 한나라 樂府詩 〈陌上桑〉에서 나온 구절로 나부에게는 지아비가 있다는 뜻이다.

147) 禳(양): 사악 혹은 재앙을 제거하는 것을 말한다.

148) 蕭郎從此自路人(소랑종차자로인): 崔郊의 〈贈去妃〉라는 시의 마지막 구에서 나온 말이다. 〈贈去妃〉는 《全唐詩》 권505에 수록되어 있다. 당나라 최교는 고모의 시녀를 사모하고 있었는데 이후 그 시녀가 팔려가게 되자 최교가 시를 지어 그에게 주었다고 한다. 그 시의 전문은 이러하다. "公子와 王孫들이 그 뒤를 쫓으니, 녹주는 눈물을 떨구며 비단 수건 적시네. 제후의 저택 문에 한번 들어가면 바다처럼 깊으니, 이제부터 소랑은 아무 상관없는 길 가는 사람이 되겠구나.(公子王孫逐後塵, 綠珠垂淚滴羅巾. 侯門一入深如海, 從此蕭郎是路人.)" 이후 蕭郎이란 말은 사랑하는 남자의 대칭으로 쓰였다.

149) 九原(구원): 《禮記·檀弓下》注에 따르면, 春秋時代 晉나라 卿大夫의 묘지가 九原에 있었다고 한다. 이로 인해 원래 산 이름이었던 것이 묘지를 가리키는 말로 쓰이게 되었다.

150) 【校】東西: 《古今圖書集成·明倫彙編·閨媛典》, 《古今閨媛逸事》에는 "東西"로

之力也, 女當急去151)." 呂乃以後房奩飾, 悉以贈女. 先令長鬚152)持刺投生, 生力
拒不允. 適薛媼至, 生曰: "此薛家媼也, 何因至此?" 媼曰: "相公欲以我女充下
陳153), 故與偕來." 生曰: "媼女已供奉內庭矣." 媼曰: "昔在漢水中, 復得一女."
遂出其詞示生. 生曰: "是贈裴玉娥者, 媼女豈玉娥耶?" 媼曰: "香車及于門矣." 生趨
迎入, 相抱嗚咽. 生曰: "今日之會, 夢耶, 眞耶?" 女出玉馬謂生曰: "非此物, 妾爲泉
下人矣!" 生曰: "此吾幼時所贈老叟者, 何從得之?" 女言是胡僧所贈. 方知離而復
合, 皆胡僧之力. 胡僧眞神人, 玉馬眞神物也. 乃設香燭供玉馬而拜之, 馬忽在案上
躍起, 長丈餘, 直入雲際. 前時老叟於空中跨去, 不知所適. 事見《北窓志異》.

110. (9-8) 기이한 잉태(孕異)154)

어떤 현위(縣尉)의 딸이 시집을 가지 않은 채 아버지를 따라 임지에서
살고 있었다. 피부가 희고 사랑스런 어떤 젊은 아전을 보고 그를 좋아하게
되었으나 가까이 할 수 없어 그지없이 그리워하기만 했다. 시녀를 시켜

되어 있고《情史》에는 "東西水"로 되어 있다.

151) 【校】女當急去: [影]에는 "女當急去"로 되어 있고 [春], [類], [岳]에는 "女當即去"
로 되어 있으며 [鳳]에는 "汝當即去"로 되어 있고《古今圖書集成 · 明倫彙編 ·
閨媛典》,《古今閨媛逸事》에는 "汝當急去"로 되어 있다.

152) 長鬚(장수): 남자종을 가리킨다.

153) 下陳(하진): 殿堂 아래, 예물을 늘어놓거나 婢妾이 서있는 곳을 이르는 말로
널리 姬妾을 가리킨다.

154) 〈孕異〉의 첫 번째 이야기인 某縣尉女에 관한 이야기는《太平廣記》권359에
〈零陵太守女〉로 보이는데 문후에《搜神記》에서 나왔다고 했다.《太平廣記鈔》
권72에도 같은 제목으로 수록되어 있고《誠齋襍記》권上에도 유사한 이야
기가 수록되어 있다. 〈孕異〉의 두 번째 이야기인 伯仲同居에 관한 이이야기
는 명나라 祝允明의《枝山野記》권4 〈鄞縣民〉과《耳聽》권3 〈感孕〉 '鄞縣民'
에 보인다.

그 아전이 손 씻은 물을 훔쳐오게 하여 몇 모금을 삼켰더니 감응하여 임신을 하게 되었다. 부모가 연고를 캐묻자 딸은 숨길 수 없어 실정을 털어놓았으나 아무도 그것을 믿지 않았다. 출산할 때가 되어 낳은 것은 오직 물뿐이었다.

또 다른 이야기가 있다.

어떤 형제가 함께 살고 있었는데 동생이 외지에서 장사를 하느라 오래 되어도 돌아오지 않자 그의 아내는 그를 그리워하다가 병이 나서 곧 죽게 되었다. 집안사람들이 함께 의논해 동생이 돌아왔다고 거짓말을 하여 그녀를 위로하려고 했다. 그리하여 형을 동생으로 가장하게 하여 손으로 그녀의 몸을 살짝 만지게 했더니 병이 좀 나았고 그로부터 임신을 하게 되었다. 얼마 지나지 않아서 동생이 돌아와 이를 이상하게 여겨 캐묻기에 집안사람들은 그에게 연유를 말해주었다. 동생은 이를 믿지 않고 관아에 고소를 하여 형을 감옥에 넣었다. 출산할 때가 되어 낳은 것은 오직 손 하나뿐이었으므로 비로소 그 일이 풀리게 되었다.

[원문] 孕異

某縣尉女未嫁, 隨父在任. 見一少年胥吏, 白晳可愛, 悅之而不得近, 思慕不已. 使侍婢竊其淨手之水, 咽之數口, 遂感而孕. 父母窮詰其故, 女不能諱, 爲述其故, 莫肯信. 及産, 惟淸水耳.

又有伯仲同居, 仲商于外, 久不歸, 其婦思之成病, 且死. 家人共議, 乃詐言仲歸, 欲以慰之. 使伯僞爲仲, 以手畧撫其體, 病遂稍愈. 自此遂孕. 未幾仲歸, 恠而詰之, 家人語故. 仲不信, 訟于官, 遂置諸獄. 及産, 惟一手焉. 其事始解.

情史氏曰

　꿈이란 것은 혼(魂)[155]이 떠돌아다니는 것이다. 백(魄)은 신령스럽지 않지만 혼은 신령스럽다. 그러므로 형체(形體)는 신령스럽지 않고 꿈은 신령스러운 것이다. 있지 않은 일을 꿈은 능히 만들어 낼 수 있고, 없었던 생각을 꿈은 능히 열어줄 수 있다. 실현되지 않으면 꿈이고 실현되었다면 꿈이 아니다. 꿈이 꿈이 되면 환상이 곧 진실이 되고, 꿈이 꿈이 아닌 것이 되면 진실은 곧 더욱더 환상이 된다. 남은 내 꿈을 알 수 없지만 내 스스로는 알고 있으며, 나는 내 스스로의 혼을 볼 수 없으나 남은 혹 볼 수도 있다. 나는 스스로 내 꿈을 느낄 수는 있지만 스스로 풀 수는 없으니 이는 혼에게 물을 수 없기 때문이다. 남이 나의 혼은 볼 수 있지만 혼은 스스로 알아차리지 못하니 또한 꿈꾸는 것과 같을 뿐이다. 살아 있어도 혹 몸과 떨어질 수 있고 죽어서도 혹 불러올 수도 있으며 다른 사람의 몸에 붙을 수도 있으니 혼은 몸에 있어서 객거하는 것과 같음이라. 지인(至人)이 꿈을 꾸지 않는 것은 정에 구속받지 않으며 그 혼이 안정되어 있기 때문이다. 지극히 우둔한 사람도 꿈을 꾸지 않는 것은 그 정이 어리석고 그 혼이 고갈되었기 때문이다. 보통 사람들이 꿈을 많이 꾸는 것은 그 정이 번잡하고 그 혼이 동요되기 때문이다. 세속에 구속받지 않는 사람들이 특이한 꿈을 꾸는 것은 그 정이 한결같고 그 혼이 맑기 때문이다. 그림에 정통한 자는 혼이 그 그림에 함께 있고 방술에 정통한 자는 혼이 그에게 사역된다. 아! 아득한 우주에 또한 무엇이 혼이 하는 바가 아니겠는가?

---

155) 혼(魂): 사람의 형체에 붙어 존재하는 精氣를 일러 '魄'이라 하고, 사람의 형체에서 이탈해 존재할 수 있는 精氣를 이르러 '魂'이라 한다.

情史氏曰: "夢者, 魂之遊也. 魄不靈而魂靈, 故形不靈而夢靈. 事所未有, 夢能造之; 意所未設, 夢能開之. 其不驗, 夢也; 其驗, 則非夢也. 夢而夢, 幻乃眞矣; 夢而非夢, 眞乃愈幻矣. 人不能知我之夢, 而我自知之; 我不能自見其魂, 而人或見之. 我自覺其夢, 而自不能解, 魂不可問也. 人見我之魂, 而魂不自覺, 亦猶之乎夢而已矣. 生或可離, 死或可招, 他人之體或可附, 魂之于身, 猶客寓乎. 至人無夢156), 其情忘, 其魂寂. 下愚亦無夢, 其情蠢, 其魂枯. 常人多夢, 其情雜, 其魂蕩. 畸人157)異夢, 其情專, 其魂淸. 精于畫158)者, 魂與之俱. 精于術者, 魂爲之使. 嗚呼, 茫茫宇宙, 亦孰非魂所爲哉?"

---

156) 至人無夢(지인무몽): 至人은 사상과 도덕적 수양이 극도록 뛰어난 사람을 가리킨다. 명나라 倪元璐의 《兒易外儀》 권13에도 "지인은 잠 잘 때도 꿈을 꾸지 않으며 어리석은 사람도 잠 잘 때 꿈을 꾸지 않는다.(至人無夢, 愚人亦無夢.)"는 말이 보인다. 《莊子 · 大宗師第六》에서 이르기를 "옛날의 眞人은 잠 잘 때도 꿈을 꾸지 않고, 잠에서 깨어서도 근심이 없다.(古之眞人, 其寢不夢, 其覺無憂.)"고 했다.

157) 畸人(기인): 독특한 뜻을 품고 있으며 세속과 어울리지 않은 사람을 가리킨다. 《莊子 · 大宗師第六》에서는 "기인이란 보통 사람과 다르며 하늘과 같이 자연 그대로인 사람이다.(畸人者, 畸於人而侔於天.)"고 했다

158) 【校】畵: [影], [萄]에는 "畵"로 되어 있고 [鳳], [岳], [類]에는 "情"으로 되어 있다.

10

情정
靈령
類류

'정령류'에서는 사랑으로 인해 영험이 있었던 이야기들을 싣고 있다. 세부적으로 보면 '병을 치유한 이야기들(瘉病)', '다시 살아난 이야기들(再生)', '함께 죽은 이야기들(同死)', '죽은 뒤에 소원을 이룬 이야기들(死後償願)', '죽은 뒤에 약속을 지킨 이야기들(死後踐盟)', '죽은 뒤에 사랑하는 이를 찾아간 이야기들(死後尋歡)', '다음 생에 소원을 이룬 이야기들(再世償願)', '다음 생에 관한 소식을 전하는 이야기들(再世傳信)', '죽은 뒤에도 형체를 드러낸 이야기들(死後見形)', '죽은 뒤에도 서로 즐긴 이야기들(死後行戱)', '신령스런 영구에 대한 이야기들(靈柩)' 등을 다루고 있다. 그 가운데 다시 살아난 이야기(再生)를 다룬 작품이 가장 많고 '병을 치유한 이야기(瘉病)'와 '죽은 뒤에 약속을 지킨 이야기(死後踐盟)'를 다룬 작품이 가장 적게 실려 있다. 권말 '정사씨(情史氏)' 평론에서, 산 사람도 정으로 인해 죽을 수 있고 죽은 사람도 정으로 인해 되살아날 수 있으며 되살아나지 못한다 해도 살아있을 때 지키지 못한 약속을 혼령으로나마 다음 생에서 이행할 수 있을 만큼 정의 영험함이 매우 크다고 했다.

111. (10-1) 진수(陳壽)[1]

  분의(分宜)[2]사람인 진수(陳壽)는 모씨(某氏)에게 납폐(納幣)를 했는데 혼례를 올리기 전에 문둥병에 걸리게 되었다. 여자의 아버지는 중매쟁이로 하여금 사절을 하라고 했지만 여자는 울며 따르지 않고 있다가 마침내 진수에게 시집을 갔다. 진수는 자신이 악질에 걸렸으므로 여자를 감히 가까이 하지 않았으나 여자는 3년 동안 그를 섬기는 일에 게을리하지 않았다. 진수는 악질을 고칠 수 없는데도 하루 이틀 더 연명해 아내에게 짐이 되자니 차라리 죽는 것만 못하다고 생각해 남몰래 비상(砒霜)을 사서 스스로 목숨을 끊으려 했다. 아내가 그것을 엿보고 남몰래 그 반을 먹고서 남편과 함께 죽으려 했다. 진수는 비상을 먹고 심하게 토하더니 즉시 문둥병이 나았으며 아내 또한 토하여 죽지 않았다. 부부는 해로하며 두 아들을 낳았고 집안도 날로 융성해졌다. 사람들은 모두 그것을 그 아내의 정렬(貞烈)에 대한 보응이라고 생각했다.

[원문] 陳壽

  陳壽, 分宜人. 聘某氏, 未成婚而壽得癩疾. 其父令媒辭絶, 女泣不從, 竟歸. 壽以己惡疾, 不敢近, 女事之三年不懈. 壽念惡疾不可瘳, 而苟延[3]旦夕以負其婦,

---

1) 이 이야기는 명나라 許浩의 《復齋日記》 권上에 보이고 《稗史彙編》 권48에 〈陳壽妻貞烈〉이란 제목으로도 보인다. 《醒世恒言》 권9 〈陳多壽生死夫妻〉의 本事이며, 明末 范文若과 淸人 무명씨에 의해 〈生死夫妻〉, 〈義貞緣〉 등과 같은 傳奇 희곡 작품으로 각색되기도 했다.
2) 분의(分宜): 지금의 江西省 分宜縣이다.
3) 苟延(구연): 억지로 延命하는 것을 이른다.

不如死, 乃私市砒, 欲自盡. 婦覘知之, 竊飮其半, 冀與俱殞. 壽服砒大吐, 而癩頓愈;
婦亦吐, 不死. 夫婦偕老, 生二子, 家道⁴⁾日隆. 人皆以爲婦貞烈之報.

112. (10-2) 최호(崔護)⁵⁾

  박릉(博陵)사람 최호(崔護)⁶⁾는 용모가 뛰어났으며 어려서부터 성품이
고고하고 깨끗해 남과 쉽게 투합하지 않았다. 진사 시험에 급제를 하고
청명절(淸明節)⁷⁾에 홀로 도성 남쪽에서 노닐다가 한 별장을 보았는데 1무
(畝)⁸⁾의 가옥에 꽃과 나무들이 우거져 있었으며 고요하여 마치 사람이
없는 듯했다. 한참 동안 문을 두드리니 한 여자가 문틈으로 그를 엿보며
"누구십니까?"라고 물었다. 최호가 이름을 대고 말하기를 "봄을 찾아 홀로
길을 가다가 술을 마셔 목이 마르니 물 좀 구하겠습니다."라고 하자, 여자는
들어가서 물 한 잔을 가져다주었다. 그녀는 문을 열고 좌상을 마련해 앉게

---

4) 家道(가도): 집안 형편을 이르는 말로 보통 경제 상황을 뜻한다.
5) 이 이야기는 《本事詩》 情感第一에서 나온 이야기로 《歲時廣記》 권17에는 〈訪
莊婦〉라는 제목으로, 《太平廣記》 권274와 《太平廣記鈔》 권19 그리고 《艶異編》
권20에는 〈崔護〉라는 제목으로, 《綠窓新話》 권上에 〈崔護覓水逢女子〉라는 제
목으로 수록되어 있고 《說郛》 권80에도 보인다.
6) 최호(崔護): 당나라 때 시인으로 자는 殷功이고 博陵(지금의 河北省 安平縣)사
람이었다. 貞元 12년(796)에 진사 급제했고 京兆尹, 御史大夫, 嶺南節度使 등
의 벼슬을 역임했다. 시풍은 婉麗淸新했으며 《全唐詩》에 그의 시 6수가 수록
되어 있다. 본편의 〈題都城南莊〉은 그의 대표작으로 손꼽힌다.
7) 청명절(淸明節): 24절기의 하나로 양력 4월 4일이나 5일 혹은 6일에 즈음이
다. 중국에서 淸明節에는 踏靑을 하거나 성묘를 하는 습속이 있다.
8) 무(畝): 토지 면적의 단위로 朝代마다 차이가 있었다. 당나라 때에는 너비가
1步이고 길이가 240步인 면적을 1畝라고 했다. 1보는 5척이었다.

한 뒤, 작은 복숭아나무에 홀로 비스듬히 기대어 한참을 서 있었는데 정의가 매우 깊어 보였고, 어여쁜 용모와 자태는 아름답기 그지없었다. 최호가 말로 그녀를 유혹했으나 대답은 않고 오랫동안 바라보기만 했다. 인사를 하고 나가자 그녀는 대문까지 마중을 하고 정을 이기지 못하는 것처럼 하며 집으로 들어갔다. 최호 또한 연연해하여 뒤를 돌아보며 왔으나 그 후에는 전혀 그곳에 다시 가지 않았다.

　이듬해 청명절이 되자 최호는 갑자기 그 여자가 생각나 정을 가누지 못하고 곧바로 그녀를 찾아갔다. 대문과 담장은 예와 다름없었으나 문이 잠겨 있었다. 이에 최호가 왼쪽 대문짝에 이런 시9)를 썼다.

작년 오늘 이 문 안에서	去年今日此門中
그 얼굴과 복숭아꽃이 서로 비춰 불그레했었지	人面桃花相映紅
그 얼굴은 지금 어디 갔느뇨	人面祇今何處去
복숭아꽃은 예와 같이 봄바람에 웃고 있는데	桃花依舊笑春風

　며칠 후 우연히 도성 남쪽에 이르렀을 때, 다시 가서 그녀를 찾아보았더니 집안에서 울음소리가 들렸다. 문을 두드리며 묻자, 어떤 노인이 나와서 말하기를 "그대가 혹시 최호가 아니오?"라고 하기에 최호는 "예"라고 대답했다. 노인이 다시 울면서, "당신이 내 딸을 죽였소."라고 말하자 최호는 놀라 두려워하며 어찌 대답해야 할지 몰랐다. 그 노인이 이렇게 말했다.

　"내 딸은 계년(笄年)이었고 글을 알고 있었으며 시집을 가지 않고 있었소이다. 작년부터 항상 무엇인가 잃은 듯 멍하게 있더니만, 근자에 나와 함께 나갔다 돌아와서 왼쪽 대문짝에 쓰인 글을 보고 들어가 병에 걸린 뒤, 마침내 며칠 곡기를 끊더니 죽었소이다. 내가 늙고 오직 이 딸 하나뿐인데

---

9) 이 시는 〈題都城南莊〉이란 제목으로 《全唐詩》 권368에 수록되어 있다.

시집을 보내지 않은 것은 장차 좋은 신랑감을 구해 내 몸을 의탁하려 했기 때문이었소. 이제 불행하게도 죽었으니 그대가 죽인 것이 아니겠는가?"

노인이 다시 최호를 붙잡고 크게 울자 최호 또한 애통하여 들어가서 곡하기를 청했다. 여자는 엄연히 침상에 있었으며 최호는 그녀의 머리를 받쳐 일으키고 그녀의 허벅지에 기대어 울면서 "내가 여기 있소"라고 말했다. 잠깐 뒤에 여자는 눈을 뜨더니 반나절이 지나고 나서 다시 소생했다. 그녀의 아버지는 기뻐하며 마침내 딸을 최호에게 시집보냈다.

[원문] 崔護

博陵崔護, 姿質甚美, 少而孤潔寡合. 擧進士第10). 淸明日, 獨遊都城南, 得居人莊. 一畝之宮, 而花木叢萃, 寂若無人. 扣門久之, 有女子自門隙窺之, 問曰: "誰邪?" 護以姓字對11), 曰: "尋春獨行, 酒渴求飮." 女入, 以杯水至. 開門設牀命坐, 獨倚小桃斜柯佇立, 而意屬殊厚, 妖姿媚態, 綽有餘妍. 以言挑之, 不對, 目注者久之. 崔辭去, 送至門, 如不勝情而入. 崔亦睠盼而歸, 爾後絶不復至.

及來歲淸明日, 忽思之, 情不可抑, 徑往尋之. 門院如故, 而已局鎖矣. 崔因題詩於左扉曰:

"去年今日此門中, 人面桃花相映紅. 人面祇今何處去? 桃花依舊笑春風."

後數日, 偶至都城南, 復往尋之, 聞其中有哭聲. 扣12)門問之, 有老父出曰: "君非崔護耶?" 曰: "是也." 又哭曰: "君殺吾女." 護驚怛, 莫知所答. 父曰: "吾女笄年

---

10) 【校】 擧進士第: 《情史》,《太平廣記》에는 "擧進士第"로 되어 있고 《本事詩》, 《歲時廣記》에는 "擧進士下第"로 되어 있다.

11) 【校】 護以姓字對: [影], [鳳], [岳], [類],《歲時廣記》에는 "護以姓字對"로 되어 있고 [春]에는 "崔以姓氏對"로 되어 있으며 《本事詩》,《說郛》에는 "以姓字對"로 되어 있다.

12) 【校】 扣: [影], [春],《本事詩》에는 "扣"로 되어 있고 [鳳], [岳], [類]에는 "叩"로 되어 있다.

知書, 未適人. 自去年已來, 常恍惚若有所失. 比日與之出, 及歸, 見左扉有字, 讀之,
入門而病, 遂絶食數日而死. 吾老矣, 唯此一女, 所以不嫁者, 將求君子以託吾身.
今不幸而殞, 得非君殺之耶?" 又持崔大哭, 崔亦感慟, 請入哭之. 尙儼然在牀. 崔擧
其首, 枕其股, 哭而祝曰: "某在斯." 須臾開目, 半日復活. 父喜, 遂以女歸之.

113. (10-3) 축영대(祝英臺)13)

　　양산백(梁山伯)과 축영대(祝英臺)는 모두 동진(東晉)사람으로 양산백의
집은 회계(會稽)14)에 있었고 축영대의 집은 상우(上虞)15)에 있었다. 일찍이
동문수학을 하다가 축영대가 먼저 집으로 돌아갔다. 양산백이 나중에 상우를
거쳐갈 때 그를 찾아가 보고서 비로소 그가 여자인 것을 알게 되었다.
돌아가 곧 부모에게 아뢰어 그녀를 처로 맞이하려 했으나 축영대는 이미
마씨 집 아들에게 혼약을 한 터였다. 양산백은 무엇을 잃은 듯이 창연해하였
다. 3년 뒤 양산백은 은현(鄞縣)16)의 현령을 지내다가 병을 앓다 죽으면서
청도산(淸道山)17) 밑에 묻어 달라고 유언했다. 그 이듬해 축영대가 마씨에게

---

13) 이 이야기는 《稗史彙編》 권47에 〈梁山伯祝英臺〉로 보이고 명나라 陸容의 《菽
園雜記》 권11과 《天中記》 권19에도 보이며, 명나라 徐樹丕의 《識小錄》 권3에
는 〈梁山伯〉으로 수록되어 있다. 《古今圖書集成·明倫彙編·閨媛典》 권341과
청나라 王初桐의 《奩史》 권96에도 보이며 《古今情海》 권13 情中靈에는 〈死則
同穴〉이란 제목으로 실려 있다. 《古今小說》 권28 〈李秀卿義結黃貞女〉의 入話
부분에서도 이 이야기를 바탕으로 하고 있다.
14) 회계(會稽): 지금의 浙江省 紹興市 일대이다.
15) 상우(上虞): 지금의 浙江省 동북부 上虞市이다.
16) 은현(鄞縣): 지금의 浙江省 鄞縣이다.
17) 청도산(淸道山): 지금의 浙江省 寧波市에 있는 산이다.

시집가는 길에 그곳을 지나는데 풍랑이 크게 일어 배가 앞으로 나가지
못했다. 이에 양산백의 무덤에 가서 목놓아 통곡을 하자 홀연히 땅이 갈라지
기에 축영대는 그 속에 몸을 던져 죽었다. 마씨가 이 일을 조정에 아뢰었더니
승상인 사안(謝安)18)이 청원하여 그녀를 의부(義婦)라고 봉했다. 남제(南齊)
화제(和帝)19) 때 양산백이 다시 영이함을 드러내 공로를 끼쳐 의충(義忠)이라
봉해졌고 유사(有司)20)가 은현(鄞縣)에 그의 사당을 세웠다. 이 일은《영파지
(寧波志)》21)에 보인다.

오지(吳地)22)에는 오색나비가 있는데 그것은 귤나무 벌레가 변한 것이다.
여인네와 어린애들은 노란색 나비를 양산백이라 했고 검은색 나비를 축영대
라고 불렀다. 속전(俗傳)에 의하면 축영대가 죽은 후에 그의 가족들이 양산백
의 무덤에 가서 그녀의 옷을 태웠더니 불 속에서 그 옷이 두 마리의 나비로
변했다고 한다. 아마도 호사가들이 만들어 낸 이야기일 것이다.

---

18) 사안(謝安, 320~385): 자는 安石이고 호는 東山이며 浙江 紹興사람이다. 東晉
　　때 吏部尚書, 尚書僕射 등의 벼슬을 역임했으며 사후에 太傅兼廬陵郡公에 추
　　봉되었다. 후세에 謝太傅, 謝相, 謝公이라 불리었고《晉書》권79에 그에 대한
　　傳이 있다.
19) 화제(和帝): 남조 제나라 화제 蕭寶融(488~502)을 가리킨다. 자는 智昭이고 江
　　蘇 丹陽사람이며 제나라 明帝 蕭鸞의 아들로 남제의 마지막 황제였다.《南齊
　　書》권8에 그에 傳이 있다.
20) 유사(有司): 관련 관리를 말한다. 司는 주관한다는 뜻으로 옛날에 관리들은
　　각각 나누어 맡은 직책이 있었으므로 이렇게 칭한 것이다.
21) 영파지(寧波志):《寧波府志》를 이른다.《寧波府志》는 寧波府(지금의 浙江省 寧
　　波市)의 지방지로《千頃堂書目》에 의하면, 嘉靖 庚申年(1560)에 鄞縣 사람인
　　張時徹이 修撰한 것이며 42권으로 되어 있다고 한다.
22) 오지(吳地): 옛날에 吳나라 강역이었던 지역을 말하는 것으로 지금의 중국 동
　　남쪽 江蘇省 남부과 浙江省 북부 일대를 가리킨다.

[원문] 祝英臺

梁山伯、祝英臺, 皆東晉人. 梁家會稽, 祝家上虞. 嘗同學, 祝先歸. 梁後過上虞, 尋訪之, 始知爲女. 歸乃告父母, 欲娶之, 而祝已許馬氏子矣. 梁悵然若有所失. 後三年, 梁爲鄞令, 病且死, 遺言葬淸道山下. 又明年, 祝適馬氏, 過其處, 風濤大作, 舟不能進. 祝乃造梁塚, 失聲哀慟. 忽地裂, 祝投而死. 馬氏聞其事于朝, 丞相謝安請封爲義婦. 和帝時, 梁復顯靈異效勞[23], 封爲義忠, 有司[24]立廟於鄞云. 見《寧波志》.

吳中有花蝴蝶, 橘蠹所化. 婦孺呼黃色者爲梁山伯, 黑色者爲祝英台. 俗傳祝死後, 其家就梁塚焚衣, 衣於火中化成二蝶. 蓋好事者爲之也.

114. (10-4) 금명지 주점에서 술을 파는 여자(金明池當壚女)[25]

조응지(趙應之)는 남경(南京)[26]의 종실이었다. 동생인 조무지(趙茂之)와

---

23) 梁復顯靈異效勞(양부현령이효로): 양산백이 영이함을 드러내 전쟁을 도운 것을 말하는 것이다. 效勞는 힘을 쓴다는 뜻이다. 《識小錄》에서는 "和帝 때 梁山伯이 다시 영험함을 드러내 전쟁을 도왔다.(和帝時, 梁復顯靈異, 助戰伐.)"라고 했고, 淸나라 邵金彪의 〈祝英臺小傳〉에서는 "齊나라 和帝 때 梁山伯이 다시 영험함을 드러내 전쟁을 돕는 공로가 있었기에 有司가 그를 위해 鄞縣에 사당을 세우고 梁山伯과 祝英臺에게 함께 제사를 지냈다.(齊和帝時, 梁復顯靈異, 助戰有功, 有司爲立廟於鄞, 合祀梁祝.)"고 했다.

24) 【校】 有司: [影], [春], [鳳], 《天中記》에는 "有司"로 되어 있고 [岳], [類]에는 "有事"로 되어 있다.

25) 이 이야기는 《夷堅志》甲志 권4에 〈吳小員外〉라는 제목으로 실려 있고, 《艶異編》권40에도 같은 제목으로 수록되어 있으며, 명나라 李濂의 《汴京勾異記》권三 鬼怪에는 제목 없이 실려 있다. 《警世通言》권30 〈金明池吳淸逢愛愛〉의 本事이다.

26) 남경(南京): 지금의 河南省 商丘縣 남쪽 지역이다. 북송 大中祥符 7년(1014)에 應天府가 송 태조 조광윤이 절도사 시절에 다스렸던 곳이었기에 이를 남경으로 삼았다. 남송 때 수도는 臨安府(지금의 浙江省 杭州市)였고, 後文에서 도성

함께 경도(京都)²⁷⁾로 들어가 부자인 오(吳) 원외(員外)²⁸⁾의 아들과 더불어 날마다 마음껏 노닐었다. 하루는 금명지(金明池)²⁹⁾에 이르러 오솔길을 걷다 가 술집 하나를 보게 되었다. 꽃과 대나무가 무성했으며 그릇들이 정갈하고 예뻤다. 적막하니 사람은 없고 단지 술을 파는 어여쁜 젊은 여자만 있었다. 세 사람은 걸음을 멈추고 술을 마셨다. 조응지가 여자를 불러 함께 술을 마시자고 했더니 오생(吳生)은 매우 기뻐하며 자리에서 그 여자를 말로 꾀었다. 여자는 흔쾌히 응낙을 하고서 함께 자리에 앉아 술잔을 들었다. 그녀의 부모가 밖에서 돌아와 여자가 급히 일어나자 세 사람은 흥이 깨져 곧 자리를 떠났다. 그때는 봄이 이미 다 지나 다시 그곳으로 놀러 가지는 않았지만 오생은 사모하는 마음으로 인해 여러 차례 꿈에서도 그 여자를 보았다.

다음 해 세 사람이 함께 전에 노닐던 곳을 찾아가 그곳에 이르러 보니 대문은 적막하고 술을 팔던 여자는 이미 보이지 않았다. 이에 잠시 앉아서 술을 달라고 한 뒤, 그 집에 있는 사람에게 "작년에 여기를 지나가다 한 여자를 보았는데 지금은 어디에 있습니까?"라고 물었더니 노부부가 눈썹을 찌푸리며 이렇게 말했다.

"그 애는 바로 우리 딸입니다. 작년에 온 가족은 성묘를 하러 가고 딸만 집에 남아 있었습니다. 우리가 돌아오기 전에 어떤 경박한 총각 세 명이 와서 술을 마셨는데 그들과 자리를 함께 했기에 우리가 딸을 조금 나무랐더니

안에 있다는 金明池는 북송의 도성이었던 汴京(지금의 河南省 開封市)에 있던 것이므로 이 이야기의 시대적 배경은 북송이다.

27) 경도(京都): 북송 때의 수도인 汴京(지금의 河南省 開封市)을 가리킨다.

28) 원외(員外): 본래 정원 이외의 관원을 가리키는 말이었는데 나중에 이런 관 직은 돈으로 살 수 있었으므로 부호들을 모두 원외라고 불렀다.

29) 금명지(金明池): 북송 때 수도인 汴京(지금의 河南省 開封市)의 鄭門 서북쪽에 있는 연못으로 둘레는 대략 9리가 되었다고 한다.

며칠을 우울해하다가 죽었지요. 집 곁에 있는 작은 흙더미가 바로 딸애의 무덤입니다."

세 사람은 더 이상 묻지 않고 서둘러 술을 마신 뒤, 돌아오는 도중에 슬퍼 탄식하기만 했다.

대문에 막 이르렀을 때 한 여자가 머리를 덮어 가리고 흔들거리며 다가오는 것이 보이더니 그들을 부르며 이렇게 말했다.

"저는 작년에 금명지에서 만난 사람입니다. 원외께서 혹시 저희 집에 가셔서 저를 찾지는 않으셨는지요? 부모님께서 당신을 단념시키려고 거짓말로 제가 죽었다고 하고 빈 무덤을 만들어 당신을 미혹시킨 겁니다. 봄 내내 당신을 기다렸는데 다행스럽게도 서로 만나게 되었네요. 지금 저는 성 안에 있는 작은 골목으로 이사해 살고 있는데 온 누각이 매우 넓고 깨끗하니 함께 가지 않으시겠는지요?"

세 사람은 매우 기뻐하며 말에서 내려 여자와 함께 갔다. 여자의 집에 당도한 뒤, 이들은 함께 술을 마셨으며 오생은 그곳에서 유숙을 했다. 왕래한 지 세 달이 넘으면서 오생의 얼굴색이 점차 초췌해지자 그의 아버지가 조응지 형제에게 나무라며 말하기를 "너희들이 접때 내 아들을 꾀어 어디로 갔었느냐? 지금 이렇게 병들어 있는데 만일 낫지 않으면 관아에 너희들을 고소할 것이다."라고 했다. 조응지 형제는 서로 바라보면서 두려워 땀을 흘렸으며 마음속으로 여자를 의심했다. 황보(皇甫) 법사(法師)가 귀신을 잘 다스린다는 소리를 듣고 찾아가서 그를 만나 함께 오생을 보러 가자고 부탁했다. 황보가 오생을 보자 크게 놀라며 말하기를 "귀신의 기운이 매우 성하여 끼친 재앙이 깊도다! 빨리 서쪽 300리 밖으로 피해야만 합니다. 만약 120일이 되면 반드시 귀신에게 해를 당하여 고칠 수 없게 될 것이옵니다."라고 했다. 세 사람은 곧 수레를 준비하게 하여 서쪽으로 떠났는데 매번 밥 먹을 때면 여자가 먼저 방에 있었으며 밤이 되면 침상을 차지하고 있었다.

낙양(洛陽)에 이른 지 얼마 안 되어 마침 120일이 되자 이들은 술집에 모여 상의를 했는데 한편으로는 걱정이 되기도 했고 한편으로는 두렵기도 했다. 마침 황보가 당나귀를 타고 그 밑을 지나가기에 세 사람은 그에게 읍하며 부탁을 했다. 황보는 단(壇)을 만들고 법술을 행한 뒤, 오생에게 검을 주면서 이렇게 말했다.

"그대는 장차 죽게 될 것이오. 돌아가서 문을 단단히 닫고 저녁때 문을 두드리는 자가 있거든 누구인지 묻지도 말고 곧장 그를 베어 버리시오. 다행히 그가 귀신이면 혹시 살 수도 있겠으나 불행히 사람을 죽이게 된다면 마땅히 목숨으로 대가를 치러야 할 것이오이다. 죽는 것은 마찬가지이니 그리하면 혹시 벗어날 수 있소이다."

오생은 그의 말대로 했으며, 저녁때가 되자 과연 문을 두드리는 자가 있었다. 검으로 그를 베었더니 손길대로 땅에 엎어졌다. 촛불을 밝히고 비춰보라 했더니 바로 그 여자였으며 피가 쏟아져 흐르고 있었다. 오생은 가졸(街卒)30)에게 붙잡혔으며 아울러 조응지 형제와 황보 법사도 모두 투옥되었다. 송안을 판결할 수 없어 관부에서 아전을 보내 금명지에 있는 무덤을 살펴보게 했더니 여자의 부모가 딸은 이미 죽었다고 알려주었다. 그 무덤을 파헤쳐 검사해 보니 매미의 허물처럼 옷만 있었지 육신은 없었으므로 마침내 죄에서 벗어날 수 있었다.

[원문]　金明池當罏女

　趙應之, 南京31)宗室也. 偕弟茂之入京師, 與富人吳小員外日日縱遊. 一日,

---

30) 가졸(街卒): 길거리의 치안과 청소를 담당하는 아전이다.
31) 【校】南京: 《夷堅志》, 《汴京勾異記》에는 "南京"으로 되어 있고 《情史》, 《艶異

至金明池上. 行小徑, 得酒肆. 花竹扶疎, 器用整潔可愛, 寂然無人, 止一當鑪少艾32). 三人駐輂飮酒, 應之招女侑觴. 吳大喜, 坐間以言挑之, 欣然相允, 共坐擧杯. 其父母自外歸, 女亟起. 三人興既敗, 輒捨去. 時春已盡, 不復再遊. 但思慕之心, 屢形寤寐.

明年, 相率尋舊遊, 至其處, 則門戶蕭然, 當鑪人已不見. 乃少坐索酒, 詢其家曰: "去年過此, 見一女子. 今何在?" 翁媼顰蹙曰: "正吾女也. 去歲擧家上冢, 是女獨畱. 吾未歸時, 有輕薄三少年來飮共坐. 吾薄責之, 女悒怏數日而死. 屋側小丘, 乃33)其冢也." 三人不復問. 促飮言旋, 沿路傷歎而已.

將及門, 見一女冪首搖搖而來, 呼曰: "我去歲池上相見人也. 員外得非往我家訪我乎? 我父母欲君絶念, 詐言我死, 設虛冢相疑. 我一春望君, 幸而相値. 今徙居城中委巷, 一樓極寬潔, 可同往否?" 三人喜甚, 下馬偕行. 旣至, 則共飮, 吳生畱宿. 往來逾三月, 顔色漸憔悴. 其父責二趙曰: "汝向誘吾子何往? 今病如是, 萬一不起, 當訴于官." 兄弟相顧悚汗, 心亦疑之. 聞皇甫法師善治鬼, 往謁之, 邀請同視吳生. 皇甫望見, 大驚曰: "鬼氣甚盛, 祟深矣! 宜亟避之西方三百里外. 倘滿百二十日, 必爲所害, 不可治矣." 三人卽命駕往西路, 每當食處, 女先在房, 夜則據榻. 到洛未幾, 適滿十二旬, 會談酒樓, 且憂且懼. 會皇甫跨驢過其下, 拜揖祈請. 皇甫爲結壇行法, 以劍授吳曰: "子當死. 歸試緊閉門, 黃昏時有擊者, 無問何人, 卽斫之. 幸而中鬼, 庶幾可活. 不幸殺人, 卽當償命. 均爲一死, 或有脫理." 吳如其言, 及昏, 果有擊門者. 斫之以劍, 應手仆地. 命燭照之, 乃女也, 流血滂沱34). 爲街卒所錄, 並二趙皇甫師皆繫獄. 獄不能具35), 府遣史審池上之塚. 父母告云已死. 發瘞視驗, 但衣服如蛻, 無復形體. 遂得脫.

編》에는 "南宋"으로 되어 있다.
32) 少艾(소애): 나이가 젊고 아름다운 여자를 가리킨다.
33) 【校】乃: [影], [鳳], [岳], [類], 《艶異編》, 《汴京勾異記》에는 "乃"로 되어 있고 [春]에는 "正"으로 되어 있으며 《夷堅志》에는 "卽"으로 되어 있다.
34) 滂沱(방타): 피가 많이 흘러나오는 것을 형용하는 말이다.
35) 【校】具: [影], 《艶異編》, 《汴京勾異記》에는 "具"로 되어 있고 [鳳], [岳], [類], [春]에는 "決"로 되어 있다.

115. (10-5) 시장의 오 씨 집 딸(草市吳女)36)

악주(鄂州)37) 남쪽 시장에 있는 찻집에 팽선(彭先)이라고 하는 점원이 있었는데 비록 가게에서 일하는 상민이긴 했지만 용모는 허여멀건 미남과 같았다. 맞은편에 사는 부자 오(吳) 씨의 딸이 발 안에서 그를 항상 엿보면서 사모하다가 깊은 정을 통할 길이 없어 그리움이 사무쳐 병이 되었다. 그의 어머니가 가엾게 여겨 남몰래 묻기를 "애야, 혹시 마음에 들지 않는 것이라도 있느냐?"라고 하자, 대답하기를 "실은 그러합니다만 부모님께 수치가 될까 두려워 감히 말씀을 드리지 못하겠습니다."라고 했다. 어머니가 몇 번을 억지로 묻기에 사정을 고했다. 어머니가 아버지에게 말을 하자 아버지는 가문이 너무 달라 고을의 웃음거리가 될 것이라고 하며 허락하지 않았다. 병이 위중해졌을 때에 이르러 친지 중에 이 일을 알고 있는 사람이 오 영감에게 억지로라도 딸의 뜻을 따르라고 권했다. 오 영감은 팽선을 불러다가 자신의 뜻을 알려주고는 매우 좋아할 것이라 생각했으나 팽선은 그때 이미 의혼(議婚)한 데다가 여자가 한 행동을 경멸하여 단호한 말로 거절을 했다. 결국 여자는 죽은 뒤, 백 리(里) 밖에 있는 자기 집 산에 묻혔는데 장례가 매우 풍성하게 치러져 보는 사람들이 놀라며 감탄할 정도였다.

그 산 밑에 사는 젊은 나무꾼이 부장품이 많을 것이라 생각하고 그 무덤을 파내려 했다. 관을 열고 나서 여자의 시신을 일으켜 앉히고 옷을 벗기자 여자가 갑자기 눈을 뜨고 그를 보았는데 몸이 따뜻하고 부드러웠다. 여자가

---

36) 이 이야기는 《夷堅志》 支志庚 권1에 〈鄂州南市女〉로 실려 있으며 文尾에서 《清尊錄》의 〈大桶張家女〉와 조금 비슷하다고 했다. 《廣豔異編》 권9에도 〈鄂州南市女〉라는 제목으로 수록되어 있다. 《醒世恒言》 권14 〈鬧樊樓多情周勝仙〉의 本事이다.

37) 악주(鄂州): 지금의 湖北省 鄂州市이다.

말했다.

"내 당신의 힘을 입어 다행히도 살아났으니 절대로 저를 해치지 마세요. 해 질 무렵까지 기다렸다가 당신의 집으로 안고 가서 쉴 수 있도록 해 주십시오. 만약 나아질 수 있다면 당신의 아내가 되겠습니다."

나무꾼은 그의 말대로 하고서 무덤도 다시 메워 놓은 뒤에 돌아갔다. 그리고 여자의 병이 낫자 그녀를 자신의 아내로 삼았다. 여자는 무명옷을 입고 짚신을 신어 더 이상 옛날의 용모가 아니었다. 하지만 팽선을 사모하여 잠시라도 그를 잊은 적이 없었다.

건도(乾道)38) 5년 봄에 여자는 나무꾼을 속이며 이렇게 말했다.

"내 남산을 떠난 지도 오래 되었으니 당신이 배를 마련해 나를 태우고 유람 한번 시켜주세요. 만약 우리 집 사람들이 보게 되면 내가 죽었다가 다시 살아난 것이 기뻐서 필시 캐묻지는 않을 겁니다."

나무꾼이 그와 함께 가서 시장으로 막 들어서자 여자는 곧장 찻집을 찾아가 누각으로 올라갔다. 마침 팽선이 물병을 들고 올라오자 여자는 나무꾼에게 아래로 내려가서 술을 사오라고 했다. 그리고 급히 팽선을 불러다 무릎을 나란히 하고 앉아서 다시 살아난 연유를 얘기하며 그와 결합하려고 했다. 팽선은 본래 그녀를 경멸한 데다가 이미 죽은 줄로만 알고 그의 뺨을 때리며 말하기를 "죽은 귀신이 어찌 감히 백주 대낮에 모습을 드러내는 게냐!"라고 했다. 여자가 울면서 달아나기에 팽선은 그녀를 쫓아갔다. 여자가 누각 밑으로 떨어져 팽선이 살펴보았더니 이미 죽어 있었다. 나무꾼은 술을 들고 돌아와서 팽선을 잡아 이보(里保)39)에게 갔다.

---

38) 건도(乾道): 남송 孝宗 趙眘의 연호로 1165년부터 1173년까지이다.
39) 이보(里保): 地保와 같은 말로 향리에서 관부를 대신해 일을 처리하는 사람을 이른다. 秦漢 때의 亭長과 隋唐 때의 里正에 대략 가까우며, 재물을 징수하고 役夫를 모집하는 등의 일을 담당했다.

오씨 집 사람들이 소식을 듣고 모두 다 와서 시신을 지키며 슬피 울었다. 다시 살아난 연고를 전혀 몰랐으므로 아울러 나무꾼도 잡아서 관부로 데리고 갔다. 관부에서 현위(縣尉)를 보내 묘지로 가서 살펴보게 했더니 무덤은 아무것도 없이 텅 비어 있었다. 판결이 내려져 나무꾼은 관을 뜯고 시신을 드러낸 죄로 사형에 처해졌고 팽선은 가볍게 처벌을 받았다. 운거사(雲居寺)의 스님인 요청(了淸)이 당시 탁발을 하다가 악주에 이르러 마침 그 특이한 일을 목격했다.

[원문] 草市吳女

鄂州南草市[40]茶店僕彭先者, 雖塵肆[41]細民, 而姿相白皙若美男子. 對門富人吳氏[42]女, 每于簾內窺覷而慕之, 無緣可通繾綣, 積思成瘵. 母憐之, 私扣曰: "兒得非心中有所不愜乎?" 對曰: "實然. 懼爲父母羞, 不敢言." 强之再三, 乃以情告. 母語其父, 父以門第太不等, 將貽笑鄕曲, 不聽. 至于病篤. 所親或知其事, 勸吳翁勉使從之. 吳呼彭僕諭意, 謂必歡喜過望. 彭時已議婚, 且鄙女所爲, 出辭峻却. 女遂死, 即葬于百里外本家山中[43], 凶儀豐盛, 觀者歎詫.

山下樵夫少年, 料其瘞藏豐備, 遂謀發冢. 旣啓棺, 扶女屍起坐剝衣, 女忽開目相視, 肌體溫軟. 謂曰: "我賴爾力, 幸得活, 切勿害我. 候黃昏抱歸爾家將[44]息, 若能安好, 便爲爾妻." 樵如其言, 仍爲補治壙穴而去. 及病瘳, 據以爲妻. 布裳草履,

---

40) 草市(초시): 향촌에서 정기적으로 열리던 시장을 가리킨다.

41) 塵肆(전사): 시장 안에 있는 상점을 가리키는 말이다.

42) 【校】氏: [影], [有], 《夷堅志》, 《廣豔異編》에는 "氏"로 되어 있고 [鳳], [岳], [類]에는 "市"로 되어 있다.

43) 【校】山中: 《情史》에는 "山中"으로 되어 있고 《夷堅志》, 《廣豔異編》에는 "喪中"으로 되어 있다.

44) 【校】將: [影], [有], 《夷堅志》, 《廣豔異編》에는 "將"으로 되어 있고 [鳳], [岳], [類]에는 "安"으로 되어 있다.

無復昔日容態. 然思彭生之念, 未嘗暫忘.

乾道五年春, 詒⁴⁵⁾樵云: "我去南山久, 汝辦船載我一遊. 假使我家見時, 喜我死而復生, 必不窮問." 樵與俱行. 纔入市, 徑訪茶肆登樓. 適彭攜餠上, 女使樵下買酒, 亟邀彭並膝, 道再生緣繇, 欲與之合. 彭既素鄙之, 仍知其已死, 批其頰曰: "死鬼爭敢白晝見形!" 女泣而走, 逐之, 墜于樓下. 視之, 死矣. 樵以酒至, 執彭赴里保. 吳氏聞而悉來, 守屍悲哭, 殊不曉所以生之故, 並捕樵送府. 遣縣尉詣墓審驗, 空無一物. 獄成, 樵坐破棺見屍論死, 彭得輕比⁴⁶⁾. 雲居寺僧了清, 是時抄化⁴⁷⁾到鄂, 正覩其異.

116. (10-6) 위고(韋皐)⁴⁸⁾

당나라 때 서천절도사(西川節度使)⁴⁹⁾였던 위고(韋皐)⁵⁰⁾가 소시에 강하(江

---

45) 【校】詒: [影]에는 "詒"로 되어 있고 [鳳], [岳], [類], [春], 《夷堅志》, 《廣艶異編》에는 "紿"로 되어 있다. 詒(이)와 紿(태)는 모두 '속이다'라는 뜻이다.
46) 輕比(경비): 比는 법에 의해 논죄하여 형벌을 내린다는 뜻으로 輕比는 가볍게 처벌하는 것을 의미한다.
47) 抄化(초화): 化는 탁발을 하는 것을 뜻하여 抄化는 승려가 동냥하는 것을 의미한다.
48) 이 이야기는 당나라 范攄의 《雲溪友議》 권中에 〈玉簫化〉로 보이며 《太平廣記》 권274에는 〈韋皐〉로, 《太平廣記鈔》 권19에 〈玉簫〉로 수록되어 있다. 또한 《唐詩紀事》 권48에는 〈韋皐〉로, 《玉芝堂談薈》 권10에는 〈轉世情緣〉으로, 《分門古今類事》 권4에는 〈韋公玉簫〉로 실려 있다. 《堯山堂外紀》 권28과 《艶異編》 권20에도 〈韋皐〉로 수록되어 있다. 《紺珠集》에 〈玉簫之約〉이라는 제목으로, 《綠窓新話》 권上과 《繡谷春容》 雜錄 권4에는 〈玉簫再生爲韋妾〉이란 제목으로 간략히 실려 있다. 이 이야기를 바탕으로 한 話本小說로는 《石點頭》 권5에 수록되어 있는 〈玉簫女再世玉環緣〉이 있으며, 희곡으로 각색된 작품으로는 원나라 喬吉의 〈玉簫女兩世姻緣〉과 명나라 楊柔勝의 〈玉環記〉 등이 있다.
49) 서천절도사(西川節度使): 서천은 지금의 四川省 西部 지역이다. 당나라 肅宗

夏)51)를 유람하다가 강 사군(姜使君)52)의 객사에 머문 적이 있었다. 강
사군의 어린 아들은 이름이 형보(荊寶)라 불리었는데 이미 《시경(詩經)》과
《서경(書經)》을 습득하고 있었다. 비록 위고에게 형이라고 부르기는 했지만
공순하게 섬기는 예의는 아버지를 모시는 것과 같았다. 형보에게 옥소(玉簫)
라 부르는 어린 시녀가 있었는데 나이가 겨우 열 살이었다. 형보는 항상
그녀로 하여금 위고를 섬기게 했으며, 옥소 또한 부지런히 시중을 들었다.

2년 후 강 사군은 벼슬자리를 구하러 관(關)53)으로 들어갔는데 집안
식구들은 함께 가지 않았다. 이에 위고는 두타사(頭陀寺)에 머물게 되었으며
형보는 자주 옥소를 보내 시중을 들도록 했다. 옥소는 나이를 좀 더 먹으면서
위고와 정분이 들게 되었다. 그때 진(陳) 염사(廉使)54)는 위고의 작은아버지
로부터 서신을 받았는데 거기에는 "제 조카 위고는 오랫동안 귀지(貴地)에서
기거하였으니, 간절히 바라건대 그가 부모님을 뵈올 수 있도록 보내주십시
오."라고 씌어져 있었다. 진 염사는 서신을 펼쳐 본 뒤, 위고에게 배와

至德 2년(757)에 劍南道에는 東川과 西川에 각각 절도사를 두었으므로 東川과
西川을 아울러 兩川이라고 일컬었다. 절도사는 道나 州의 軍政民事와 재정을
관장하는 직책이다.
50) 위고(韋皐, 746~804): 자는 城武이고 시호는 忠武이며 京兆府 萬年縣(지금의
陝西省 西安市)사람이다. 당나라 때 隴州刺史와 左金吾衛將軍을 역임했고 劍
南西川節度使로 20여 년 동안 蜀地를 다스렸으며 南康郡王으로 봉해졌다. 《全
唐詩》에 그의 시 3수가 수록되어 있으며 《舊唐書》 권140과 《新唐書》 권158
에 그에 대한 傳이 실려 있다.
51) 강하(江夏): 江夏郡을 가리키고 지금의 湖北省 鄂州市 일대 지역이다.
52) 강사군(姜使君): 《雲溪友議》에는 "姜使君" 뒤에 "相國인 姜輔의 從兄이다.(姜輔
相國之從兄也.)"라고 적혀 있다. 姜輔는 당나라 때 左相을 지낸 姜公輔(?~805)
인 듯하다. 使君은 본래 州郡의 장관인 太守나 刺史를 이르는 말로 사람에
대한 존칭으로도 널리 쓰였다.
53) 관(關): 都城인 長安으로 들어가는 關門을 이른다.
54) 염사(廉使): 관찰사를 말하며 절도사의 하위 관직으로 中唐 이후에는 절도사
가 겸임하기도 했다. 刺史의 직위를 겸임하기도 했으며 각 道나 여러 개 州
의 軍事와 民政을 모두 다스렸으므로 권력이 매우 컸다.

행장을 챙겨 주었다. 그리고 더 머무를까 걱정되어 형보와 옥소를 만나지 말라고 했으며 배를 강여울에 대게 하여 사공을 시켜 위고에게 빨리 길을 가도록 재촉하게 했다. 눈앞이 캄캄해져 위고는 눈물을 닦으며 곧바로 형보와 작별하는 편지를 썼다. 그리하여 경각간에 형보가 옥소와 함께 찾아오자 슬프기도 하고 기쁘기도 했다. 형보는 시녀에게 위고를 따라가라고 명했으나 위고는 부모님을 뵌 지 오래되어 감히 함께 갈 수가 없었으므로 이를 한사코 사양했다. 마침내 언약하기를 "짧으면 5년, 길면 7년 안으로 옥소를 맞이하겠다."라고 하고 옥 반지 하나와 시 한 수를 남겨주었다. 5년이 지난 이후에도 위고가 오지 않자 옥소는 앵무주(鸚鵡洲)[55]에서 조용히 기도를 올렸다. 또 몇 년이 지나 8년째 봄이 되자 옥소는 한숨을 쉬며 말하기를 "위씨 댁 낭군과 이별한 지 7년이나 되었으니 이는 안 오시는 게야."라고 하고 드디어 음식을 끊더니 죽어 버렸다. 강씨네 사람들은 그녀의 절조를 가엽게 여겨 중지에 옥 반지를 끼워주고 묻었다.

나중에 위고가 촉지를 다스리게 되어 관아에 도착한 지 사흘째 되는 날, 옥에 갇혀 있는 죄수를 심문했는데 가벼운 죄를 지은 죄인부터 중죄인까지 거의 삼백여 명이 되었다. 그중 한 명이 형구에 묶인 채 몰래 대청을 엿보며 낮은 소리로 중얼거리기를 "복야(僕射)[56]가 이전의 위씨 형님이네."

---

55) 앵무주(鸚鵡洲): 지금의 湖北省 武漢市 서남쪽 장강 가운데에 있던 모래섬이다. 동한 말년에 禰衡이 지은 〈鸚鵡賦〉로 인해 앵무주라 이름 붙여졌으며 역대에 걸쳐 문인들은 앵무주에 관한 시문을 남기기도 했다. 한나라 이후 강수의 침식으로 여러 차례 침몰되었다. 지금의 앵무주는 송나라 이전의 것이 아니라 청나라 건륭 연간 새로 형성된 것이다.

56) 복야(僕射): 秦나라 때부터 두었던 관직으로 한대에도 있었으며 송나라 이후에 폐지되었다. 한나라 成帝 때 尙書令 다음의 관직으로 복야를 둔 뒤로 점차 직권이 높아졌다. 한나라 獻帝 때 다시 左右僕射를 두었고 당송 때 이르러 좌우복야는 재상과 같은 지위였다. 《漢書·百官公卿表上》에 의하면, 복야는 侍中, 尙書, 博士, 郎에 모두 있었던 것으로 고대 사람들이 무관을 중시했으므로 활 쏘는 것(射)을 주관하는 자로 하여금 그들을 감찰하게 한 것이라고 한다.

라고 했다. 그리고 곧 소리를 지르며 말하기를 "복야 나리, 복야 나리, 강씨 집 형보를 기억하고 계신지요?"라고 했다. 위고가 답하기를 "분명하게 기억하고 있지."라고 하자 그가 말하기를 "바로 제가 형보입니다."라고 했다. 위고가 말하기를 "무슨 죄를 지었기에 그리 무거운 형구를 차고 있느냐?"라고 묻자, 형보가 답하기를 "형님과 작별한 후 얼마 안 되어 명경과(明經科)⁵⁷⁾에 급제해 청성현(靑城縣)⁵⁸⁾ 현령에 등용되었는데 집안 하인의 실수로 관아 창고의 패인(牌印)⁵⁹⁾ 등이 불탔습니다."라고 했다. 위고가 말하기를 "집안 하인이 범한 것이니 당연히 자네 탓이 아니네."라고 하며 바로 그의 억울함을 씻어주고 묵수(墨綬)⁶⁰⁾를 되돌려준 뒤, 이를 미주목(眉州牧)⁶¹⁾에게 아뢰었다. 명령이 내려왔는데 부임시키라고는 하지 않았고 사람을 시켜 지켜보게 했으므로 위고는 형보를 막료로 잠시 남게 했다. 그때는 마침 전란이 막 끝난 뒤라서

---

57) 명경과(明經科): 한나라 때부터 明經과 射策으로 士人을 選用하다가 수나라 양제 때 이르러 明經과 進士 두 과목을 둔 뒤, 經義의 通曉를 기준으로 선별하는 것을 明經이라 했고 詩賦로 뽑는 것을 進士라고 했다. 송나라 때에 이르러서 經義와 論策으로 進士 시험을 보면서 明經이 폐지되었다.

58) 청성현(靑城縣): 지금의 四川省 靑城縣이다.

59) 패인(牌印): 令牌와 印信(官印)을 아울러 이르는 말이다. 《資治通鑑 · 唐僖宗中和四年》에 보이는 "牌印" 대한 胡三省의 注에서 이렇게 일렀다. "옛날에 관직을 수여할 때 印綬를 하사했는데 관리는 항상 그것을 몸에 차고 있다가 관직을 그만둘 때에 이르러 그것을 풀었다. 당나라 때에 이르러 職印을 두기 시작했는데 그 직위를 맡은 자는 그것을 이어받아 썼다. 관인은 갑에 담아서 관직을 맡은 자의 침실에 두었다. 별도로 패(令牌) 하나를 만들어 아전으로 하여금 그것을 담당하게 하여 관인의 출입을 삼가게 했다. 관인을 가지고 나가게 되면 패가 들어와 있어야 했고 패가 나가 있으면 관인이 들어와 있어야 했으므로 牌印이라 이른 것이다."라고 했다.

60) 묵수(墨綬): 검은색 인끈이라는 뜻으로 縣官 혹은 그 직권을 상징한다. 고대 印章의 윗부분에 묶여 있는 끈은 신분과 직위에 따라 색깔이 달랐다. 《漢書 · 百官公卿表上》에 의하면 "현령과 縣長은 모두 秦나라 때 관직으로 현을 다스렸는데 萬戶 이상이 되면 현령으로 봉록은 식량 600石에서 1000石까지였고, 萬戶 이하가 되면 縣長으로 봉록은 300石에서 500石까지였다. 봉록이 600石 이상이면 모두 검은색 비단 끈이 묶인 구리 인장을 썼다."고 한다.

61) 미주목(眉州牧): 眉州는 지금의 四川省 眉山市이다. 牧은 州郡의 長官을 이른다.

여러 가지 일들을 새로 일으키느라 공무가 바빠 위고는 몇 달이 지나서야 비로소 옥소가 어디에 있는지 물었다. 그러자 형보가 이렇게 말했다.

"복야 나리께서 떠나시려고 배를 띄우시던 그날 저녁, 그에게 약속하시기를 7년을 기약하셨지요. 때가 지나도 오시지 않자 옥소는 음식을 끊고 죽어 버렸습니다."

그는 곧 위고가 옥소에게 옥 반지를 주면서 남긴 시[62]를 읊었다.

꾀꼬리가 물어다준 지 이미 몇 해가 지나	黃雀啣來[63]已數春
이별에 앞서 그 반지 빼어 가인에게 주노라	別時留解贈佳人
장강(長江)을 건너오는 서신은 보이지 않으니	長江不見魚書[64]至
사모하는 마음 달래고자 꿈속에서 진땅으로 들어가네	爲遣相思夢入秦[65]

위고는 이를 듣고 더욱 슬퍼 탄식하며 널리 사경(寫經)을 하고 불상을 건조해 평소의 소원을 풀려고 했다. 한편으로는 옥소를 그리워하는 마음이 있었지만 다시 만날 길이 없었다.

---

62) 이 시는 《全唐詩》 권314에 韋皐의 〈憶玉簫〉로 실려 있다.

63) 황작함래(黃雀啣來): 꾀꼬리(黃雀)가 물어다 준 것이라는 의미로 보통 報恩의 의미로 쓰인다. 남조 양나라 吳均의 《續齊諧記》에 이런 이야기가 보인다. 東漢 사람 楊寶가 아홉 살 때 華陰山 북쪽에서 상처를 입은 꾀꼬리 한 마리를 가져와 치료해 주었다. 백일 후에 꾀꼬리가 날아갔는데 그날 밤 노란 옷을 입은 동자가 서왕모의 사자라고 자칭하며 白玉環 네 개를 양보에게 주면서 이르기를 "마땅히 이 白玉環처럼 그대의 자손을 결백하게 하여 三公까지 오르게 할 것입니다."라고 했다 한다.

64) 어서(魚書): 물고기 뱃속에서 나온 편지라는 뜻으로 서신을 뜻한다. 《樂府詩集 · 相和歌辭十三 · 飮馬長城窟行》에 보이는 다음과 같은 詩句에서 나온 말이다. "나그네가 멀리서 와서 내게 잉어 한 쌍을 주었다네. 아이를 불러 잉어를 삶으라 했더니, 뱃속에서 한 자가 되는 비단 편지가 나왔네.(客從遠方來, 遺我雙鯉魚. 呼兒烹鯉魚, 中有尺素書.)"

65) 진(秦): 위고의 고향인 京兆府 萬年縣(지금의 陝西省 西安市)은 옛날의 秦나라 강역 안에 속해 있었으므로 그 지역을 일러 '秦'으로 칭한 것이다.

당시 조산인(祖山人)이라고 불리는 자가 있었다. 그에게 이소옹(李少翁)[66]의 법술이 있어 세상을 떠난 사람과 만나게 할 수 있었는데 그는 위고에게 이레 동안 재계(齋戒)하라고만 했다. 맑고 고요한 밤에 옥소가 드디어 와서 감사하며 이렇게 말했다.

"복야 나리께서 불경을 베껴 쓰고 불상을 건조하신 덕분에 열흘 지나면 곧 탁생(託生)할 수 있을 것입니다. 십삼 년이 지난 뒤, 다시 시첩이 되어 홍은에 보답하겠습니다."

그리고 떠나기 전에 미소를 지으며 말하기를 "사내가 박정하여 생사로 사람을 갈라놓았네요."라고 했다.

후에 위고는 주차(朱泚)의 난 때 농우(隴右)[67]에서 세운 공으로 덕종(德宗)[68]의 재위 기간 끝까지 계속해 촉지를 다스렸다. 이로 인해 긴 기간 동안 여러 번 승진하여 벼슬이 중서령(中書令)까지 올라갔다. 천하의 사람들이 호응하여 서남쪽 소수민족도 심복했다. 이로 인해 위고의 생일을 경축해 절도사들은 하례품으로 모두 진기한 것들을 올렸다. 오직 동천(東川)의 노(盧) 팔좌(八座)[69]만 가희(歌姬) 한 명을 선물로 보냈는데 그녀는 아직

---

66) 이소옹(李少翁): 한나라 武帝 때의 方士였다. 招魂術로 무제가 총애했던 이부인의 혼을 불러왔다고 한다. 자세한 이야기는 《漢書》 권97과 《情史》 권9 정환류 〈李夫人〉에 보인다.

67) 농우(隴右): 고대에는 서쪽을 오른쪽으로 삼았으므로 隴山 以西 지역을 隴右라고 일컬었다. 위고가 隴州行營留後로 있을 때 당시 涇原節度使였던 朱泚가 반란을 일으키고 위고에게 수하를 보내 귀순하도록 종용했으나 위고는 순종하는 척하면서 계략을 써서 보내온 사자를 모두 죽였다. 덕종이 이를 듣고 위고를 어사대부와 농주 자사로 봉했다. 이에 대한 자세한 내용이 《舊唐書·韋皋傳》에 보인다.

68) 덕종(德宗): 당나라 德宗 李適(742~805)을 가리킨다. 代宗의 아들로 779년부터 805년까지 재위했다.

69) 팔좌(八座): 중앙정부의 여덟 가지 높은 벼슬을 가리킨다. 역대의 제도에 따라 내용이 달랐으나 당나라 때에는 六部尚書와 左·右僕射를 일러 팔좌라고 했다.

열여섯 살도 되지 않은 나이였다. 또한 옥소라고 불리었기에 살펴보았더니 정말 강씨 집의 옥소였다. 중지(中指)에는 반지 모양의 살이 희미하게 드러나 있었는데 작별할 때 그가 옥소에게 남겨준 옥 반지와 다름이 없었다. 위고가 감탄하며 말하기를 "내 이제 삶과 죽음의 본분이 하나가 가면 하나가 오는 것을 알겠다. 옥소가 한 말을 이것으로 증험할 수 있구나."라고 했다.

이 이야기는 훌륭한 한 권의 책 〈옥환기(玉環記)〉[70]의 줄거리이다.

[원문] 韋皐

　　唐西川節度使[71]韋皐, 少遊江夏, 止於姜使君之館. 姜氏孺子曰荊寶, 已習二經. 雖兄呼韋, 而恭事之禮如父也. 荊寶有小靑衣[72]曰玉簫, 纔十歲, 常令祗事韋兄, 玉簫亦勤於應奉.

　　後二載, 姜使君入關求官, 而家累不行. 韋乃居止頭陀寺[73], 荊寶亦時遣玉簫往役給奉. 玉簫年稍長大, 因而有情. 時陳廉使[74]得韋季父書云: "侄皐久客貴州, 切望發遣歸覲". 廉使啓緘, 遺以舟楫服用, 仍恐淹留, 請不相見. 泊舟江瀨, 俾篙工

---

70) 옥환기(玉環記): 명나라 楊柔勝의 傳奇戲曲 작품인 〈玉環記〉를 이른다.

71) 【校】 西川節度使: 《雲溪友議》, 《太平廣記》에는 "西川節度使"로 되어 있고 《情史》, 《艶異編》에는 "兩川節度使"로 되어 있다. 《舊唐書》와 《新唐書》에 있는 〈韋皐傳〉에 "貞元元年, 拜檢校戶部尚書, 兼成都尹、御史大夫、劍南西川節度使."로 되어 있다.

72) 靑衣(청의): 시녀나 시종을 이른다. 옛날에 婢僕들은 모두 靑衣를 입었기에 이렇게 불린 것이다.

73) 【校】 頭陀寺: 《情史》, 《太平廣記》, 《艶異編》에는 "頭陀寺"로 되어 있고 《雲溪友議》에는 "頭陁寺"로 되어 있다. 頭陀(두타)는 頭陁로 쓰기도 하며 범어 dhūta의 음역이다. '털다, 씻다'의 뜻으로 塵垢와 煩惱를 제거한다는 뜻이며 승려를 가리킨다.

74) 【校】 陳廉使: 《情史》에는 "陳廉使"로 되어 있고 《雲溪友議》, 《太平廣記》에는 "廉使陳常侍"로 되어 있으며 《艶異編》에는 "陳廉使韋常侍"로 되어 있다.

638 • 정사(情史)

促行. 韋昏瞑拭淚, 乃裁書以別荊寶. 寶頃刻與玉簫俱來, 既悲且喜. 寶命靑衣從
往, 韋以違覲日久, 不敢俱行, 乃固辭之. 遂與言約: "少則五載, 多則七年, 取玉簫."
因留玉指環一枚, 并詩一首遺之. 暨五年, 既不至, 玉簫乃靜禱于鸚鵡洲. 又逾年,
至八年春, 玉簫歎曰: "韋家郎君, 一別七年, 是不來耳." 遂絶食而殞. 姜氏愍其節
操, 以玉環著於中指而殯焉.

後韋鎭蜀, 到府三日, 詢獄囚, 其輕重之繫, 近三百餘人, 其中一輩五器75)所
拘, 偸視廳事76), 私語云: "僕射是當時韋兄也." 乃厲聲曰: "僕射, 僕射, 憶姜家荊寶
否?" 韋曰: "深憶之." 曰: "即某是也." 公曰: "犯何罪而重繫?" 答曰: "某辭別之後,
尋以明經及第, 再選靑城縣令. 家人誤褺77)廨舍庫牌印等." 韋曰: "家人之犯, 固非
己尤." 即與雪冤, 仍歸墨綬, 乃奏眉州牧. 敕下, 未令赴任, 遣人監守, 且罷賓幕.
時屬大軍之後, 草創事繁, 凡經數月, 方問玉簫何在. 姜曰: "僕射維舟之夕, 與伊啻
約七載是期. 既逾時不至, 乃絶食而終." 因吟啻贈玉環詩曰:
"黃雀啣來已數春, 別時啻解贈佳人. 長江78)不見魚書至, 爲遣相思夢入秦."
韋聞之, 益增悽歎, 廣脩經像, 以報夙心. 且相念之懷, 無由再會.

時有祖山人者, 有少翁之術, 能令逝者相親. 但令府公齋戒七日. 清夜, 玉簫
乃至. 謝曰: "承僕射寫經造像之力, 旬日便當託生. 却後十三年, 再爲侍妾, 以謝鴻
恩." 臨去微笑曰: "丈夫薄情, 令人死生隔矣."

後韋以隴右之功, 終德宗之代, 理蜀不替. 是故年深, 累遷中書令. 天下響附,
瀘僰79)歸心. 因作生日, 節鎭80)所賀, 皆貢珍奇. 獨東川盧八座81)送一歌姬, 未當

---

75) 五器(오기): 죄수의 몸을 묶는 刑具를 이른다.
76) 廳事(청사): 공무를 처리하고 사건을 심문하는 관서의 대청을 이른다. 원래
    聽事라고 썼던 것을 魏晉 이래로 廳事로 썼다.
77) 【校】褺: [影], [春], [鳳], 《太平廣記》, 《艷異編》에는 "褺"로 되어 있고 [嶽], [類]
    에는 "褺"으로 되어 있다.
78) 【校】長江: 《情史》, 《全唐詩》, 《太平廣記》, 《艷異編》에는 "長江"으로 되어 있
    고 《雲溪友議》에는 "長吟"으로 되어 있다.
79) 瀘僰(노북): 瀘는 南朝 梁나라 때 설치된 州名으로 지금의 四川省 瀘州市이다.
    僰은 고대 서남지역에 살았던 소수민족 가운데 하나이다.
80) 節鎭(절진): 節度使를 이른다.

破瓜82)之年, 亦以玉簫爲號. 觀之, 乃眞姜氏之玉簫也. 而中指有肉環隱出, 不異
疇別之玉環也. 韋歎曰: "吾乃知存歿之分, 一往一來. 玉簫之言, 斯可驗矣."

絶好一本《玉環記》見83)成情節.

117. (10-7) 이행수(李行脩)84)

집안에서 열한 번째인 이행수(李行脩)85)는 처음에 강남서도(江南西道)86)
의 염사(廉使)87)인 왕중서(王仲舒)88)의 딸을 아내로 맞이했다. 그녀가 품행

---

81) 【校】八座: [影], [春], [鳳],《太平廣記》,《艷異編》에는 "八座"로 되어 있고 [岳],
    [類]에는 "入座"로 되어 있다.
82) 破瓜(파과): '瓜'자를 쪼개면 '八'자 두 개가 되기에 여자 나이 열여섯을 破瓜
    라고 한다.
83) 【校】見: [影]에는 "見"으로 되어 있고 [鳳], [岳], [類], [春]에는 "現"으로 되어
    있다.
84) 이 이야기는 당나라 溫畬의 작품으로《太平廣記》권160〈李行脩〉에 보이며
    文後에《續定命錄》에서 나왔다고 되어 있다.《太平廣記鈔》권21〈李行脩〉와
    《廣豔異編》권17〈李行脩〉,《續艷異編》권16〈李行脩〉에도 보인다. 또한《玉
    芝堂談薈》권9〈返魂攝魂〉條에 간략하게 수록되어 있으며,《紺珠集》권10
    〈稠桑老人〉과《海錄碎事》권14〈稠桑老人〉(後註出《異聞集》),《說郛》권77下
    〈如平生〉,《氏史》권5 (後註出《古今合璧事類備要》) 등에는 아주 간략하게 수
    록되어 있다.《初刻拍案驚奇》권23〈大姊魂游完宿愿〉入話의 本事이기도 하다.
85) 이행수(李行脩):《新·舊唐書》에 이행수에 대한 傳은 보이지는 않는다.《歷代
    名臣奏議》등과 같은 문헌에 분산되어 있는 기록에 따르면, 그는 당나라 憲
    宗 元和 4년(809)에 진사 급제를 했고 穆宗 長慶 3년(823)에 刑部員外郎을 지
    냈으며 벼슬이 諫議大夫까지 올랐다.
86) 강남서도(江南西道): 지금의 江西省 전역과 湖南省, 安徽省, 湖北省 등의 일부
    지역이 이에 해당한다. 줄여서 江西라고도 하며《新唐書·地理志》에 의하면
    19州가 소속되어 있었다고 한다.

이 정결하고 아름다웠으므로 이행수는 손님을 대하듯 그녀에게 예의를
갖춰서 대했다. 왕씨는 어린 여동생이 있어 항상 그를 데리고 자신을 따라다
니게 했으며 이행수 또한 그를 매우 어여삐 여겼다.

원화(元和)⁸⁹⁾ 연간에 낙양에서 명망이 있는 어떤 사람이 회남(淮南)⁹⁰⁾
절도사인 이용(李鄘)⁹¹⁾의 집안과 혼담을 했다. 혼례를 올릴 날이 정해지자
이씨 집에서는 이행수에게 빈상(儐相)을 맡아달라고 부탁했다. 그날 밤
혼례가 끝나고 나서 이행수는 흐리멍덩해져 잠에 빠졌다. 꿈속에서 다시
장가가는 꿈을 꾸었는데 색시는 바로 부인 왕씨의 어린 여동생이었다.
놀라 꿈에서 깨어난 뒤 매우 불쾌해 급히 수레를 준비시켜 집으로 돌아와
보니 왕씨가 새벽에 일찍 일어나 무릎을 끌어안은 채로 울고 있었다. 이행수
의 집에 옛날부터 부리던 하인이 있었는데 성질이 자못 흉악하고 난폭해
자주 왕씨의 뜻을 거슬렀다. 이때에도 이행수는 그 하인이 왕씨의 말을
거슬렀다고 생각해 그를 매질하려고 하다가 연유를 물었더니, 하인들 모두가
말하기를 "늙은 종놈이 부엌에서 제 스스로 하는 말이 오경(五更)에 꿈을

---

87) 염사(廉使): 관찰사를 말하며 절도사의 하위 관직으로 中唐 이후에는 절도사
    가 겸임하기도 했다. 자사의 직위를 겸임하기도 했으며 각 道나 여러 개 州
    의 軍事와 民政을 모두 다스렸으므로 권력이 매우 컸다.
88) 왕중서(王仲舒, 762~823): 자가 弘中이고 당나라 並州 祁(지금의 山西省 太原
    市)사람이었다. 蘇州刺史, 洪州刺史, 中書舍人 등의 벼슬을 역임했고 시문에
    능해 元和 연간(806~820)에 南昌에서 문학을 권장하여 문학 발전에 큰 기여
    를 했다. 〈滕王閣記〉와 〈鐘陵送別〉 등의 名文이 전하며 《舊唐書》 권190下,
    《新唐書》 권161에 그에 대한 傳이 실려 있다.
89) 원화(元和): 당나라 憲宗 李純의 연호로 806년부터 820년까지이다.
90) 회남(淮南): 지금의 江蘇省 중부, 安徽省 중부, 湖北省 동북부, 河南省 동남부
    일대 지역이다.
91) 이용(李鄘, ?~820): 자는 建侯이고 당나라 代宗 大曆 연간 殿試에 합격하여 秘
    書正字를 거쳐 憲宗 元和 5년(810)에 淮南節度使와 揚州大都督府長史를 지냈
    다. 元和 12년에 門下侍郎이 되어 同中書門下平章事 관직을 받았으나 스스로
    재상이 되기에 부적절하다고 생각해 사양을 했으며 뒤에 太子少傅로 치사했다.

꿨는데 꿈에 서방님께서 왕씨 댁 어린 아가씨와 새장가를 드셨다고 했습니다."라고 했다. 이행수는 자기가 꾼 꿈과 꼭 들어맞기에 더욱더 그 일이 꺼림칙했지만, 억지로 왕씨를 타이르며 말하기를 "그 늙은 종놈이 어찌 믿을 만하겠소."라고 했다.

얼마 지나지 않아서 왕씨는 아니나 다를까 병에 걸려 죽게 되었다. 그때 왕중서는 오흥(吳興)92) 지방의 장관으로 나가 있었다. 그는 흉보가 이르자 매우 비통해하다가 마침내 이행수에게 다시 동생을 맞아 장가를 가라는 뜻의 서신을 보냈다. 이행수는 아내의 죽음을 슬퍼하며 그녀를 잊을 수 없었기에 장인의 청을 굳이 거절했다. 비서(秘書)93)인 위수(衛隨)라는 자가 있었는데 사람을 잘 볼 줄 아는 안목이 있었다. 그가 갑자기 이행수에게 말하기를 "시어(侍御)94)께서는 돌아가신 부인을 그리워하시는 마음이 얼마나 깊으십니까! 그런데 조상(稠桑)95)에 사는 왕 노인에게 어찌 물으시지 않는지요."라고 했다.

그 후 2·3년 뒤에도 왕중서는 누차 이행수에게 작은 딸을 맡기겠노라고 넌지시 말을 했으나 이행수는 한사코 받아들이지 않았다. 이행수가 동대(東臺) 어사(御史)96) 벼슬을 제수받았을 때에 이르러, 그해 변(汴)97)지방 사람인

---

92) 오흥(吳興): 지금의 浙江省 湖州市이다. 당나라 때 湖州를 吳興郡으로 바꾼 적 있었으며 왕중서는 湖州의 자사를 역임한 바 있다.
93) 비서(秘書): 秘書省의 속관인 秘書郎을 가리킨다. 삼국시대 위나라 때부터 있었고 명나라 초기에 폐지되었으며 주로 황실 도서의 수장과 교감의 일을 맡았다.
94) 시어(侍御): 당나라 때 殿中侍御史와 監察御史를 侍御라고 했다. 당나라 趙璘의 《因話錄》 권5의 기록에 의하면 御史臺에 세 개의 院이 있었다고 한다. 그 첫 번째는 臺院으로 그 관원을 侍御史라고 했으며 사람들은 그를 端公이라 불렀다. 그 두 번째는 殿院으로 그 관원을 殿中侍御史라 했으며 사람들은 그를 侍御라 불렀다. 그 세 번째는 察院으로 그 관원을 監察御史이라 했으며 사람들은 그를 侍御라고 불렀다.
95) 조상(稠桑): 稠桑驛으로 지금의 河南省 靈寶縣 서쪽에 있다.
96) 동대어사(東臺御史): 당나라 때 東都 낙양에도 御史臺를 설치했으므로 이를

이개(李介)[98]가 그의 수장(帥長)을 몰아내자 조정에서는 서주(徐州)와 사주(泗州)의 군사를 징집해 그를 토벌하려고 했으므로 길에는 사자가 쏜살같이 다녔으며 또한 마필도 심하게 탈취했다. 이행수가 말을 천천히 몰아 관문(關門)[99] 밖으로 나가 조상역에 머무를 때 칙사(勅使) 몇 명이 먼저 도착해 있다는 소리가 이미 들리기에 이행수는 조상역에서 묵으려고 여관을 잡았다. 날이 어두워질 무렵, 어떤 노인이 동쪽에서 와서 거기를 지나가자 여관 주변에 사는 사람들은 서로 다투어 그의 옷을 잡아끌며 머물다 가기를 청했다. 이행수가 그 연유를 묻자 여관 사람이 말하기를 "왕 노인은 점을 잘 쳐서 고을 사람들에게 존경을 받습니다."라고 했다. 이행수는 문득 비서 위수의 말뜻을 깨닫고는 비밀리 그 노인을 불러오게 한 뒤 마음속에 품고 있던 일을 이야기했다. 그랬더니 그 노인은 "십일랑(十一郞)[100]께서 돌아가신 부인을 만나보려고 하신다면 오늘 밤 만나실 수 있습니다."라고 말을 한 뒤에 이행수를 데리고 갔다. 어떤 길을 따라 토산(土山) 속으로 들어가더니 다시 또 몇 길쯤 되는 언덕 하나를 올라갔는데 그 언덕 옆에서 어렴풋이 숲이 보이는 것 같았다. 노인은 길가에 멈춰서서 이행수에게 이렇게 말했다.

"십일랑께서는 숲 아래에서 묘자(妙子)라고 부르시기만 하면 반드시 응답하는 사람이 있을 겁니다. 누가 응답을 하면 '오늘 밤에 잠시 묘자와 함께 죽은 아내를 보러 가겠다고 구 낭자(九娘子)에게 말을 전해 주십시오.'라고

東臺 혹은 留臺라고 불렸다. 그 장관으로 御史中丞 1명, 侍御史 2명, 監察御史 3명을 두었다.

97) 변(汴): 지금의 河南省 開封市이다.

98) 이개(李介): 衙門都將으로 당나라 장경 2년(822) 6월 계해 일에 宣武軍 宿直將인 李臣則이 당시 절도사였던 李愿을 축출했을 때 반란을 일으켰다. 자세한 내용이 《新唐書・穆宗紀》에 보인다.

99) 관문(關門): 여기에서는 關中 지역을 출입하는 문호인 潼關을 가리킨다.

100) 십일랑(十一郞): 당나라 때에는 같은 증조부에서 나온 형제자매 간의 순열로 사람을 부르는 풍속이 있었다. 십일랑은 집안에서 열한 번째 되는 아들을 이른다. 여기서는 이행수를 가리킨다.

대답하세요."

이행수가 왕 노인이 가르쳐 준 대로 숲 속에서 소리 내어 불렀더니 과연 응답하는 사람이 있기에 다시 노인의 말대로 전했다. 잠시 후 한 여자가 나와서 말하기를 "구낭자께서 저를 보내 십일랑을 따라 가도록 했습니다."라고 했다. 말을 다 마친 뒤에 그 여자는 대나무 가지 하나를 꺾어서 타더니 이행수에게도 하나를 꺾어서 주며 타라고 했다. 그 빠르기는 말과 같았으며 여자와 나란히 질주했는데 마치 붙어 있는 듯이 떨어지지 않았다. 서남쪽으로 약 수십 리를 가니 성루가 웅장하고 아름다운 곳에 갑자기 이르렀다. 어떤 큰 궁전 앞을 지나 그 궁전의 문이 보이자 다시 여자가 말하기를 "서쪽 회랑을 따라 북쪽으로 계속 가시다가 남쪽으로부터 두 번째에 있는 저택이 부인의 거소(居所)입니다."라고 했다. 여자의 말대로 재빨리 북쪽 회랑으로 가서 저택에 이르자 과연 십수 년 전에 죽은 한 시녀가 나오는 것이 보였다. 그는 이행수를 맞이하며 앞으로 와서 절을 올린 뒤에 좌탑(坐榻) 하나를 가져다주며 말하기를 "잠시 앉아 계시면 낭자께서 곧 나오실 겁니다."라고 했다. 예전에 이행수가 폐병으로 괴로워했으므로 왕씨는 그 병을 다스리는 조협자(皂莢子)[101]탕을 준비해 주곤 했었다. 왕씨가 죽은 뒤로 이행수는 그 탕을 거의 먹을 수가 없었으나 그때 되어 시녀가 그 탕을 가져다가 이행수에게 마시라고 해서 마셔 보니 바로 왕씨가 손수 달인 그 맛이었다. 이들이 말을 끝내기도 전에 부인은 급히 나와서 눈물을 흘리며 이행수를 만났다. 이행수가 정을 막 드러내려고 하자 왕씨는 그것을 한사코 저지하며 이렇게 말했다.

"당신과는 저승과 이승으로 길이 다르니 이리 하시면 안 됩니다. 진실로 평생의 정의(情誼)를 잊지 않으셨다면 제 동생을 들이십시오. 그러면 제게도

---

101) 조협자(皂莢子): 쥐엄나무의 열매로 중의학에서 거담제로 쓰인다.

도리를 다하시는 것입니다."

말이 끝나자 문밖에서 여자가 "이(李) 십일랑(十一郞), 속히 나오십시오."
라고 부르는 소리가 들렸는데 그 목소리가 매우 다급했다. 이행수가 나오자
그 여자는 화를 내며 책망하기를 "선비가 분별머리가 없네. 속히 돌아가야
돼요."라고 한 뒤에 전과 같이 대나무 가지를 타고 동행했다. 잠시 뒤에
이전에 있던 곳으로 돌아왔다. 노인은 흙덩어리를 베고 잠을 자고 있다가
이행수가 오는 소리를 듣고 급히 일어나서 말하기를 "혹시 뜻대로 되지
않으셨습니까?"라고 했다. 이행수는 절을 하며 감사한 뒤 구낭자가 누구인지
물었다. 노인이 말하기를 "이 들에는 영험한 구자모(九子母)102)의 사당이
있지요."라고 했다. 노인이 이행수를 데리고 여관으로 돌아와 보니 벽에
걸린 등불은 반짝이고 있었으며 마구간의 말은 전처럼 꼴을 먹고 있었고
하인들은 피곤하여 깊이 잠들어 있었다. 노인은 곧 작별을 하고서 가 버렸다.
이행수는 머리가 어지러워 한 번 토했더니 전에 마신 조협자 탕이 나왔다.

그 일 뒤로 이행수는 아내 왕씨의 동생을 후처로 맞아들였고 후에 벼슬이
간의대부(諫議大夫)103)까지 올랐다.

이 이야기는 《속정명록(續定命錄)》104)에서 나왔다.

---

102) 구자모(九子母): 九子魔母에 대한 준말로 중국 민간신앙에서 사람에게 아이
를 점지해 주는 여신이다. 본래 불경에 나오는 鬼子母로 자기 아이 500명을
양육하기 위해 王舍城 안의 아이들을 매일 잡아먹었다. 獨覺佛이 그가 가장
사랑하는 아이를 숨겨놓자 귀자모는 아이를 잃는 아픔을 깨달은 뒤, 사람
에게 아이를 점지해 주는 여신이 되었다고 한다.
103) 간의대부(諫議大夫): 秦나라 때부터 있었으며 議論을 주관하는 관직으로 諫
議라고도 했다. 당나라 때에는 左·右諫議大夫가 있었고 각각 門下省과 中書
省에 속했다.
104) 속정명록(續定命錄): 당나라 呂道生이 숙명적인 내용을 담은 이야기들을 모
아 엮은 《定命錄》에 대한 續書로 당나라 溫畬가 지었으나 현재 전하지 않
는다. 《新唐書·藝文志 四十九》에 "溫畬續定命錄一卷"이라고 기록되어 있다.

[원문] 李行脩

　　李十一郎行脩, 初娶江西廉使[105]王仲舒女, 貞懿賢淑, 行脩敬之如賓[106]. 王
女有幼妹, 嘗挈以自隨, 行脩亦深所鞠愛.

　　元和中, 洛下有名公與淮南節使李公鄘論親. 李家吉期有日, 固[107]請行脩爲
儐[108]. 是夜禮竟, 行脩昏然而寐, 夢己之再娶, 其婦即王氏之幼妹. 驚覺, 甚惡之.
遽命駕歸, 見王氏晨興, 擁膝而泣. 行脩家有舊使蒼頭, 性頗兇橫, 往往忤王氏意.
其時行脩意王氏爲蒼頭所忤, 欲杖之. 尋究其由[109], 家人皆曰: "老奴於廚中自說
五更作夢, 夢阿郎再娶王家小娘子." 行脩以符己夢, 尤惡其事, 乃强喩王氏曰: "此
老奴安足信."

　　無何, 王氏果以疾終. 時仲舒出牧吳興, 凶問至, 悲慟且極. 遂有書疏, 意託行
脩續親[110]. 行脩傷悼未忘, 固阻王公之請. 有秘書衛隨者, 有知人之鑒[111]. 忽謂
行脩曰: "侍御何懷亡夫人之深乎! 奚不問稠桑王老.[112]"

---

105) 【校】廉使: [影], [春], 《太平廣記》에는 "廉使"로 되어 있고 [鳳], [岳], [類]에는
　　"廉史"로 되어 있다.

106) 敬之如賓(경지여빈): 손님 대접하듯이 부부가 서로를 존경해 대하는 것을
　　이른다. 《左傳 ·僖公三十三年》기록에 "臼季가 사신으로 가다가 冀나라를 지
　　날 때 冀缺이 괭이를 들고서 김을 매고 있는 것을 보았는데 기결의 아내는
　　기결에게 들밥을 가져다주면서 남편을 존경하기를 서로 손님 대접하듯이
　　했다.(臼季使, 過冀, 見冀缺耨, 其妻饁之, 敬, 相待如賓.)"라는 구절에서 나온
　　말이다.

107) 【校】固: [影], 《太平廣記》에는 "固"로 되어 있고 [鳳], [岳], [類], [春]에는 "同"
　　으로 되어 있다.

108) 儐(빈): 혼례에서 주인 대신 손님을 대접하고 贊禮하는 儐相을 가리킨다.

109) 【校】由: 明나라 熹宗 朱由校(1620~1627 재위)와 思宗 朱由檢(1627~1644)의
　　이름자인 '由'자를 避諱하기 위해 《情史》 影印本에서는 모두 '繇'자로 바꿔
　　쓰고 있으나 여기에서만 '由'를 썼다.

110) 續親(속친): 옛날 풍속에서 결혼한 딸이 일찍 죽으면 그 여동생을 사위에게
　　다시 시집보내는 것을 이른다.

111) 知人之鑒(지인지감): 知人之明과 같은 말로 사람의 품행과 재능을 알아보는
　　안목을 이른다.

112) 【校】奚不問稠桑王老: 《太平廣記》와 《廣豔異編》에는 이 문장 앞에 "如侍御要
　　見夫人"이라는 구절이 더 있다.

後二三年, 王公屢諷行脩, 託以小女, 行脩堅不納. 及行脩除東臺御史, 是歲, 汴人李介逐其帥, 召¹¹³⁾徵徐泗¹¹⁴⁾兵討之, 道路使者星馳¹¹⁵⁾, 又大掠馬¹¹⁶⁾. 行脩緩轡¹¹⁷⁾出關, 程次¹¹⁸⁾稠桑驛, 已聞敕使數人先至, 遂取稠桑店宿. 日迨瞑, 有老人自東而過. 店之南北, 爭牽衣請駐. 行脩訊其繇, 店人曰: "王老善錄命書¹¹⁹⁾, 爲鄕里所敬." 行脩忽悟衛秘書之言, 密令召之, 遂說所懷之事. 老人曰: "十一郎欲見亡夫人, 今夜¹²⁰⁾可也." 乃引行脩使去, 繇一逕入土山中, 又陟一坡, 近¹²¹⁾數仞, 坡側隱隱若見叢林. 老人止于路隅, 謂行脩曰: "十一郎但於林下呼'妙子', 必有人應. 應即答云: '傳語九娘子, 今夜暫將妙子同看亡妻.'" 行脩如王老敎, 呼于林間, 果有人應. 仍以老人語傳入. 有頃, 一女子出云: "九娘子遣隨十一郎去." 其女子言訖, 便折竹一枝跨焉, 亦與行脩折一竹枝令跨之, 迅疾如馬, 與女子並馳, 依依如抵. 西南行約數十里, 忽到一處, 城闕壯麗, 前經一大宮, 宮有門, 仍云: "但循西廊直北, 從南第二院, 則賢夫人所居." 行脩一如女子之言, 趨至北廊及院, 果見十數年前亡者一青衣出焉, 迎行脩前拜, 乃齎一榻云: "十一郎且坐, 娘子續出." 行脩比苦肺疾,

---

113) 【校】 召: 《情史》에는 "召"로 되어 있고 《太平廣記》, 《廣豔異編》에는 "詔"로 되어 있다.
114) 徐泗(서사): 徐州와 泗水 지역을 아울러 이르는 말로 당나라 때에는 徐泗節度使(일명 武寧節度使)가 있었으며 徐, 泗, 濠, 宿 등 네 개 州를 통솔했다.
115) 星馳(성치): 流星과 같이 빨리 달리는 것을 이른다.
116) 【校】 馬: [影], 《太平廣記》에는 "馬"로 되어 있고 [鳳], [岳], [類], [甹]에는 "焉"으로 되어 있다.
117) 【校】 緩轡: 《太平廣記》에는 "緩轡"로 되어 있고 [影]에는 "終轡"로 되어 있으며 [鳳], [岳], [類], [甹]에는 "絡轡"로 되어 있다.
118) 程次(정차): '次'는 본래 군대가 한 곳에 3일 이상 주둔하는 것을 이르지만 여기에서 程次는 도중에 머무르는 것을 뜻한다.
119) 善錄命書(선록명서): 命書는 점을 치는 책을 이르고 善錄命書는 점을 잘 치는 것을 의미한다. 《初刻拍案驚奇》〈大姊魂游完宿愿〉에는 "善談祿命"으로 되어 있는데 祿命은 사람의 봉록과 타고 난 운명을 이른다.
120) 【校】 夜: [影], [鳳], [岳], [類], 《太平廣記》에는 "夜"로 되어 있고 [甹]에는 "似"로 되어 있다.
121) 【校】 近: [影], [鳳], [岳], [類], 《太平廣記》에는 "近"으로 되어 있고 [甹]에는 "高"로 되어 있다.

王氏嘗與行脩備治疾皂莢子湯, 自王氏之亡也, 此湯少得. 至是, 靑衣持湯, 令行脩
啜焉, 卽宛是王氏手煎之味. 言[122]未竟, 夫人遽出, 涕泣相見. 行脩方欲申情, 王氏
固止之曰: "與君幽顯[123]異途, 不當如此. 苟不忘平生, 但納小妹, 卽于某之道盡
矣." 言訖, 已聞門外女子叫: "李十一郎速出". 聲甚切. 行脩出, 其女子且怒且責:
"措大[124]不別頭腦, 宜速返!" 依前跨竹枝同行. 有頃, 却至舊所. 老人枕塊而寐,
聞行脩至, 遽起云: "豈不如意乎?" 行脩拜謝, 因問九娘子何人. 曰: "此原上有靈應
九子母祠耳." 老人引行脩却至逆旅, 壁釭熒熒, 櫪馬啖芻如故, 僕夫等昏憊熟寐.
老人因辭去. 行脩心憒然一嘔, 所飮皂莢子湯出焉.

　　從是, 行脩續王氏之婚, 後官至諫議. 出《續定命錄》.

---

122)【校】言: [影], [鳳], [岳], [類], 《太平廣記》에는 "言"으로 되어 있고 [룡]에는
　　　"飮"으로 되어 있다.
123) 幽顯(유현): 陰陽과 같은 말로 이승과 저승을 가리킨다.
124) 措大(조대): 醋大와 같은 뜻으로 가난하고 실의한 선비를 낮잡아 이르는 말
　　　이다. 당나라 蘇鶚의 《蘇氏演義》 권上에서는 "醋大라고 불리는 자들은 어깨
　　　를 으쓱하며 팔짱을 끼고서 눈썹을 찌푸리고 눈을 찡그려 마치 식초를 먹
　　　은 사람 같은 모습을 하기에 초대라고 부른다."고 했다.

118. (10-8) 맹재인(孟才人)[125]

청대(淸代) 왕홰(王翽), 《백미신영(百美新詠)》 가운데 〈맹재인(孟才人)〉

맹(孟) 재인(才人)[126]은 생황을 불고 노래를 하는 재주로 당나라 무종(武宗)[127] 황제에게 총애를 받아 후궁들 가운데 그녀와 비할 만한 자가 없었다.

---

125) 이 이야기는 당나라 張祜의 〈孟才人嘆〉의 序이다. 당나라 康騈의 《劇談錄》 권上과 《全唐詩》 권511에도 수록되어 있고 《唐詩紀事》 권52와 송나라 尤袤의 《全唐詩話》 권4 그리고 《堯山堂外紀》 권31에도 보인다.

126) 재인(才人): 궁중의 女官名으로 대부분은 妃嬪에게 내리는 칭호였다. 당나라 때에는 정5품의 宮官이었다.

127) 무종(武宗): 당나라 武宗 李炎(814~846)을 이른다. 840년부터 846년까지 재위했다.

무종의 병이 위독해지자 맹 재인은 가까이에서 시중들었다. 무종이 그녀를 보고 말하기를 "내 곧 죽을 터인데 너는 어찌할 것이냐?"라고 했다. 맹 재인이 생황을 넣어 두는 주머니를 가리키며 흐느껴 울면서 말하기를 "이것으로 목을 매 죽기를 청하옵나이다."라고 하니 황제는 그녀를 가엾어했다. 그녀가 거듭 말하기를 "첩은 노래에 재능이 있으므로 원컨대 폐하께 노래 한 곡을 불러 이 울분을 풀고자 하옵니다."라고 하자 무종이 이를 허락했다. 이에 그녀는 〈하만자(何滿子)〉128) 노래 한마디를 부르다가 숨이 가빠지더니 곧장 죽어 버렸다. 무종이 시의(侍醫)에게 명하여 그녀를 살피게 했더니 시의가 말하기를 "맥은 아직 따뜻한데 장은 이미 끊어졌사옵니다."라고 했다.

황제가 붕어하여 관을 옮기려고 하자 관이 들어 올릴수록 더욱더 무거워졌다. 사람들이 의론하여 말하기를 "맹 재인을 기다리시는 것이 아닌가?"라고 하며, 명하여 맹 재인의 관을 이르게 하자 비로소 황제의 관이 들렸다.

장호(張祜)129)가 지은 궁사(宮詞)130)에서 이렇게 읊었다.

고국을 삼천리 밖에 두고   故國三千里
구중궁궐에서 이십 년을 살았구나   深宮二十年

---

128) 하만자(何滿子): 본래 당나라 敎坊의 곡명이었는데 나중에 詞牌로 쓰였다. 白居易의 《白氏長慶集》 권35에서 何滿子에 대해 이르기를 "開元 연간에 滄州에 何滿子라는 하는 노래꾼이 있었는데 처형에 임박해 이 곡을 올려 免死하려고 했지만 황제는 끝내 면해주지 않았다."라고 했다. 이후 이 사람의 이름을 따서 곡조의 명칭으로 삼은 것이다.

129) 장호(張祜, 약 785~849): 당나라 때 시인으로 자는 承吉이다. 邢臺 清河縣(지금의 河北省 清河縣)사람으로 혁혁한 집안에서 태어나 張公子라고 불리었으며 宮詞로 유명했다. 大和 3년(829)에 薦擧되었으나 元稹에게 배척을 당해 淮南으로 가서 은거하다 죽었다.

130) 이 두 首의 시는 《全唐詩》 권511에 〈宮詞二首〉로 수록되어 있다. 宮詞(궁사)는 당나라 때 많이 보이는 시체 가운데 하나로 궁중 생활의 사소한 일들을 묘사하는 내용이며 七言絕句가 대부분이다.

| 〈하만자〉 곡조로 노래 한마디 부르며 | 一聲何滿子 |
| 황제 앞에서 두 줄기 눈물을 떨구었네 | 雙淚落君前 |

제 스스로 노래 재주로만	自倚能歌曲
손으로 떠받들 듯 선황의 총애 입었네	先皇掌上憐
새로운 노래 가락 어디서 부르나	新聲何處唱
이연년의 간장도 끊어 버리겠네	腸斷李延年[131]

장호는 또 다른 시[132)에서 이렇게 읊었다.

노래 끝낸 뒤 우연찮게 드러난 애태우는 교태로	偶因歌罷得嬌嚬[133]
십이 년 세월 동안 궁 안에선 그 노래 불리어졌지	傳唱宮中十二春
〈하만자〉 노래 가락 그 한마디에	却爲一聲何滿子
저승 간 맹 재인을 조상하노라	下泉須弔孟才人

[원문] 孟才人

孟才人以笙歌有寵於武宗皇帝, 嬪御之中, 莫與爲比.

武宗疾篤, 孟才人密侍左右. 上目之曰: "吾當不諱[134], 爾何爲哉!" 指笙囊泣曰: "請以此就縊." 上憫然. 復曰: "妾嘗藝歌, 願對上歌一曲以泄憤." 許之. 乃歌一

---

131) 이연년(李延年, ?~기원전 90): 한나라 武帝 때의 사람으로 음악에 대해 잘 알았고 가무에 능했으며 新聲을 잘 지었다고 한다. 여동생인 李夫人 덕에 樂府의 協律都尉를 지냈으며 나중에 동생인 李季가 궁녀와 간통한 사건이 발각되어 함께 멸족되었다.
132) 이 시는 《全唐詩》 권511에 〈孟才人嘆〉이라는 제목으로 수록되어 있다.
133) 교빈(嬌嚬): 수심에 잠긴 채 눈썹을 찌푸리고 있는 아리따운 모양을 이른다.
134) 不諱(불휘): 사람이 죽는 것은 피할 수 없어 꺼릴 필요가 없다는 뜻으로 죽는 것을 완곡하게 이르는 말이다.

聲《何滿子》, 氣亟立殞. 上令醫候之, 曰: "脈尚溫而腸已絕."

上崩, 將徙棺, 舉之愈重. 議者曰: "非佞才人乎?"命其櫬至, 乃舉.

張祜宮詞云:

"故國三千里, 深宮二十年. 一聲何滿子, 雙淚落君前."

"自倚能歌曲, 先皇掌上憐. 新聲何處唱, 腸斷李延年."

祜又有詩云:

"偶因歌罷得嬌嚬, 傳唱宮中十二春. 却爲一聲何滿子, 下泉須弔孟才人."

情史氏曰

사람은 정에 의해 살고 죽지만 정은 사람에 의해 생기거나 사라지지 않는다. 사람이 살아 있어도 정으로 인해 죽을 수 있고 사람이 죽었어도 또한 정으로 인해 되살아날 수 있다. 설사 형체가 다시 되살아날 수 없다 해도 정은 끝내 죽지 않으니 생전에 성취하려 했던 소원을 죽은 후에 이루게 하며, 전생에서 이루지 못한 인연을 내생(來生)에서 보상받게 한다. 정의 신령스러움은 또한 심히 뚜렷하기도 하구나! 대저 남녀 사이 한순간의 정도 이같이 잊혀지지 않고 소멸되지 않는데 하물며 정신을 응축시켜 우주의 진기(珍奇)한 것들을 경영함에 있어서랴!

情史氏曰: "人生死於情者也; 情不生死於人者也. 人生, 而情能死之; 人死, 而情又能生之. 即令形不復生, 而情終不死, 乃擧生前欲遂之願, 畢之死後; 前生未了之緣, 償之來生. 情之爲靈, 亦甚著乎! 夫男女一念之情, 而猶耿耿不磨若此, 況凝精翕神, 經營宇宙之瑰瑋135)者乎!"

---

135) 瑰瑋(괴위): 珍貴하고 奇異한 사물을 가리킨다.

11

情_정化_화類_류

'정화류'에서는 사랑을 깊이 기울였던 사람들이 생을 마치고 동식물이나 자연물로 환화(幻化)한 이야기들을 싣고 있다. 환화된 대상은 망부석(望夫石), 바람, 불, 원앙새, 연리수(連理樹), 병체련(竝蒂蓮) 등으로 드러난다. 권말 '정사씨(情史氏)' 평론에서, 정은 주동적이지만 형체가 없기에 순식간에 사람을 감동시켜도 그 사람 스스로는 알아차리지 못한다고 하면서 정은 바람의 징후를 가지고 있기에 그것의 화신은 바람이라고 말한다.

119. (11-1) 바람으로 변한 여자(石尤風)1)

석우풍(石尤風)에 대해 이렇게 전한다.

석씨(石氏)의 딸이 우랑(尤郎)에게 시집을 갔는데 정이 매우 돈독했다. 우랑은 장사를 하러 먼 길을 떠나려 했다. 아내가 그를 말렸지만 따르지 않았다. 우랑이 행상을 나간 뒤로 돌아오지 않자 아내는 그가 그리워 병으로 죽었다. 임종에 이르러 길게 탄식하며 말했다.

"내 한스럽게도 그가 행상 나가는 것을 막지 못해 이 지경에 이르렀구나! 이제부터 먼 데로 가서 장사하려는 사람이 있으면 내가 큰 바람이 되어 세상의 여자들을 위해 그들을 가지 못하게 막을 것이다."

이로부터 행상인들이 배를 띄울 때 거슬러 부는 역풍을 만나면 "이는 석우풍이다."라고 하며 배를 멈추고서 가지 않았다. 아녀자들은 지아비의 성씨를 이름으로 삼기에 석우(石尤)라고 한 것이다.

근자에 어떤 사람이 특이한 방법이 있다고 자언하며 항상 말하기를 "누가 내게 백 전(錢)을 준다면 내 그 바람을 돌릴 수 있소이다."라고 했다. 어떤 사람이 그에게 백 전을 주자 과연 바람이 그쳤다. 그 후 다른 사람이 그 일에 대해 말하기를 "그 사람은 '내가 석 낭자를 위해 우랑을 불러 돌아오게 할 테니 내 배가 나가도록 놓아주시오.'라는 글을 몰래 써서 물속에 던졌소이다."라고 했다.

---

1) 石尤風에 대한 이야기는 원나라 伊世珍의 《琅嬛記》 권上에 보이며 《江湖紀聞》에서 나왔다고 했다. 《庫史》 권1에도 수록되어 있는데 역시 《江湖紀聞》에서 나왔다고 기록되어 있다. 《玉芝堂談薈》 권19, 《御定淵鑒類函》 권6, 《格致鏡原》 권3, 《歷代詩話》 권73에도 수록되어 있다. 妬婦津에 관한 이야기는 《酉陽雜俎》 前集 권14 '妬婦津相傳言'과 《太平廣記》 권272 〈段氏〉, 《太平廣記鈔》 권44 〈段氏〉, 《山堂肆考》 권95 〈誦賦沉身〉 등에도 보인다.

이 이야기는 《강호기문(江湖紀聞)》2)에서 나왔다.

죽어서 바람이 되어 세상의 부녀자들을 도와줄 수 있으니 그 신령함이 대단하고 그 힘이 큰데 우랑을 어찌 스스로 불러올 수 없고 반드시 남이 불러줘야만 하는가! 남자들이 멀리 가는 것을 염오(厭惡)하여 바람이 되어 그것을 막겠다고 맹세했으니 정에 눈이 가려져서 어리석게 된 것이다. 그녀의 신령함은 바람이 될 수 있을 정도였고 그녀의 어리석음은 사람들에게 속을 수도 있을 정도였다.

진(晉)나라 유백옥(劉伯玉)의 처인 단명광(段明光)은 본성이 질투가 심했다. 일찍이 유백옥이 그의 아내 앞에서 〈낙신부(洛神賦)〉3)를 읊조리며 낙신(洛神)의 아름다움을 찬탄한 적이 있었다. 단명광이 말하기를 "당신은, 수신(水神)은 아름답다고 생각하고 나는 얕보는 겁니까? 나도 죽으면 어찌 신이 되지 못하겠습니까?"라고 하고 스스로 강물에 빠져 죽었다. 그리고 죽고 나서 이레 뒤에 유백옥의 꿈에서 나타나 말하기를 "이제 저도 신이 되었습니다."라고 했다. 유백옥은 죽을 때까지 그 강물을 감히 건너지 못했다. 이런 연유로 그곳을 이름하여 투부진(妬婦津)이라 했다. 용모가 고운 여자가 이곳을 건널 때면 반드시 화장한 것을 망가뜨리고 나서 건넜는데 그렇지 않으면 갑자기 풍랑이 일었다. 만약 못생긴 여자라면 비록 화려하게 꾸며도 신은 질투를 하지 않았다. 여자는 바깥일도 없고 타고난 성질이 하나에만 전심(專心)하는지라 뜻을 세우는 것도 왕왕 특이한 것으로 드러난다.

---

2) 강호기문(江湖紀聞): 원나라 郭宵鳳(字 雲翼)이 집록한 志怪小說集이다.

3) 낙신부(洛神賦): 曹植(192~232)이 당시 위나라 京師였던 낙양으로 가는 길에 洛川를 지날 때, 洛水 여신의 이야기를 듣고서 楚王이 무산에서 신녀를 만난 일에 감응하여 자신이 낙수 여신과 만나는 것을 상상해 〈洛神賦〉를 지었다.

[원문] 石尤風

石尤風者, 傳聞爲石氏女. 嫁爲尤郎婦, 情好甚篤. 尤郎爲商遠行[4], 妻阻之不從. 尤出不歸, 妻憶之病亡. 臨亡, 長歎曰: "吾恨不能阻其行, 以至於此. 今凡有商旅遠行, 吾當作大風, 爲天下婦人阻之." 自後商旅發船, 値打頭逆風, 則曰: "此石尤風也." 遂止不行. 婦人以夫姓爲名, 故曰石尤.

近有一人, 自言有奇術, 恒曰: "人能與我百錢, 吾能返此風." 人有與之, 風果止. 後有人云: 乃密書"我爲石娘喚尤郎歸也, 須放我舟行"十四字, 沉水中. 出《江湖紀聞》.

死能化風, 爲天下婦女作方便, 其靈甚矣, 其力大矣, 豈不能自致尤郎, 而須人喚耶! 夫惡男子之遠行, 而誓爲風以阻之, 情蔽而愚矣. 其靈也可化, 其愚也亦可欺.

晉劉伯玉妻段明光, 性極妬. 伯玉嘗于妻前誦《洛神賦》, 贊歎其美. 明光曰: "君美水神而輕我耶? 我死何患不爲神." 乃自沉而死. 死後七日見夢曰: "吾今得爲神矣." 伯玉遂終身不敢渡此水. 因名曰妒婦津. 有好婦人渡者, 必毁粧而濟, 否則風波暴發. 若醜婦, 雖盛粧, 神亦不妬也. 婦人無外事, 其性專一, 故立志徃徃著奇.

120. (11-2) 불로 변한 남자(化火)[5]

촉(蜀)나라 황제가 공주를 낳아 유모인 진(陳)씨로 하여금 젖을 먹여 키우도록 했다. 진씨는 어린 아들을 데리고 공주와 함께 궁궐에서 살았다.

---

4) 【校】尤郎爲商遠行: [春]에는 "尤郎爲商遠行"으로 되어 있고 [影], [鳳], [岳], [類]에는 "爲商遠行"으로 되어 있으며 《艶史》, 《格致鏡原》에는 "尤爲商遠行"으로 되어 있다.

5) 이 이야기는 《山堂肆考》 권98 〈幸祆廟〉에 보이는데 文頭에 《蜀志》에서 나왔다고 했다. 《新羅殊異傳》〈志鬼〉와 유사하다.

이들이 제각기 장성해 나이를 먹자 진씨 아들은 궁궐에서 나가게 되었다. 그 후 그는 공주를 사모하여 병이 나 위독하게 되었다. 하루는 진씨가 근심어린 얼굴로 궁에 들어가자 공주가 그 연고를 물었다. 진씨가 은밀히 사실대로 답했더니 공주는 알았다고 한 뒤에 천묘(祆廟)6)에 간다고 핑계를 대고 진씨의 아들과 만나기로 약속했다. 약속한 날에 이르러 진씨의 아들은 먼저 천묘에서 공주를 기다리다가 홀연 잠이 들어 버렸다. 공주가 천묘에 들어갔을 때 진씨의 아들은 깊이 잠들어 깨어나지 못했다. 공주는 한참을 기다리다가 돌아갈 때가 되자 어렸을 적에 가지고 놀았던 옥환(玉環)을 풀어 진씨 아들의 품안에 놓고 떠났다. 진씨 아들은 잠에서 깨어나 옥환을 보고 원망이 불이 되어 천묘도 불태웠다. 천묘는 오랑캐 신을 모시는 곳이다.

[원문] 化火

蜀帝生公主, 詔乳母陳氏乳養. 陳氏携幼子與公主居禁中. 各年長, 陳子出宮. 其後, 此子以思公主故, 疾亟. 一日, 陳氏入宮, 有憂色. 公主詢其故, 陳氏陰以實對. 公主許允, 遂托幸祆廟, 期與子會. 及期, 子先在廟候之, 忽睡去. 既公主入廟, 子沉睡不醒. 公主待久將歸, 乃解幼時所弄玉環, 附於子之懷中而去. 及子醒寤見之, 怨氣成火, 廟宇亦焚. 祆廟, 胡神也.

6) 천묘(祆廟): 祆祠와 같은 의미로 祆教(拜火教, 조로아스터교)에서 火神을 모시는 절이다.

121. (11-3) 금석처럼 굳어진 심장(心堅金石)[7]

　　원(元)나라 지원(至元)[8] 연간에 송강부(松江府)[9]의 생원(生員)이었던 이
언직(李彦直)은 아명이 옥랑(玉郎)이었고 약관(弱冠)의 나이에 문명이 있었
다. 부학(府學)의 후원에 높은 누각이 있었는데 자못 멀리 내려다볼 수
있었다. 이언직은 무릇 여름만 되면 그 안에서 책을 읽곤 했다. 후원 밖에는
기방들로 둘러싸여 있어 음악소리가 매일 귀에 들렸지만 이언직은 그것에
익숙해져 이를 듣는 것을 이상하게 생각하지 않았다.

　　하루는 동배(同輩)들과 함께 누각 위에서 술을 마시다가 한 친구가 기방에
서 들리는 음악소리를 듣고 웃으면서 말하기를 "이것이 이른바 '소리만
들리고 모습은 보이지 않는다.'는 것이구먼."이라고 했다. 이언직도 웃으면
서 말하기를 "만약 그 모습을 보게 된다면 그 소리를 감상하지 못할 것이네."라
고 했다. 사람들이 이 일을 함께 시로 지어 보자고 했는데 이언직이 시를
먼저 지었다. 바야흐로 그의 시를 돌려 가며 감상하고 있던 차에 학관(學官)이
문에 이르렀다는 소리가 갑자기 들려오자 이언직은 급히 시를 가져다 품속에
넣은 뒤 학관을 맞이하고 누각으로 올라가 함께 술을 마셨다. 이언직은
학우들이 이에 대해 말을 할까 걱정되어 용변을 본다고 핑계를 대고 나와
그 시를 구겨서 담장 밖으로 던졌다. 그것을 던진 곳은 기생어미 장(張)씨의

7) 이 이야기는 명나라 陶輔의 《花影集》 권3의 〈心堅金石傳〉에 상세히 실려 있
　다. 《繡谷春容》話本에도 〈心堅金石傳〉으로 수록되어 있고, 《燕居筆記》 권9에
　도 〈李玉郎張麗容心堅金石傳〉으로 실려 있다. 傳奇 戱曲 작품인 〈霞箋記〉로
　각색되기도 했으며, 《百家公案》 제5회의 사건도 이 이야기를 바탕으로 하고
　있다. 청나라 때 무명씨의 소설 〈霞箋記〉로 부연되어 일명 〈情樓迷史〉라고
　불리기도 했다.
8) 지원(至元): 원나라 世祖 忽必烈의 연호로 1264년부터 1294년까지이다.
9) 송강부(松江府): 원나라 때 행정구역명으로 지원 14년에 華亭府를 설치했다가
　다음해에 송강부로 개명했다. 지금의 上海市 일부 지역이다.

집이었다. 기생어미에게는 딸이 하나만 있었는데 이름이 여용(麗容)이었으며 또는 취미낭(翠眉娘)이라고도 불리었다. 그녀는 재색(才色)을 뽐내며 자기 스스로 당시 자신과 비할 만한 사람이 없다고 여겼다. 밤낮으로 한 작은 누각에 있었는데 그 누각은 이언직이 있는 누각과 서로 겯질러 있었다. 여용은 시가 적힌 종이를 주워 펴 보고는 옥랑이 쓴 것을 알고 마음속으로 그를 흠모했다. 이에 그 운(韻)대로 시를 지어 흰 비단 손수건에 적어 두었다가 다른 날 이언직이 누각에 있을 때를 기다려 또한 담장 밖으로 던졌다. 이언직은 그 시를 읽고 그녀가 자기를 마음에 두고 있음을 알았다. 그는 태호석(太湖石)¹⁰⁾을 밟고 담장 너머를 바라보았다. 그들은 서로 만나 친하게 이야기를 나누며 매우 투합했다. 이에 여용이 이언직에게 묻기를 "언직 도련님께선 어찌하여 결혼을 하지 않으세요?"라고 하자, 이언직이 말하기를 "재모가 그대 같은 자를 얻어야만 결혼할 것입니다."라고 했다. 여용이 말하기를 "님께서 저를 싫어하실까봐 두렵사온데 첩이 어찌 감히 스스로를 아끼겠습니까?"라고 했다. 이에 두 사람은 남몰래 맹세를 하고 이별했다. 이언직이 집에 돌아가 이를 부모에게 아뢰었더니 그의 아버지는 여용이 신분이 같지 않다는 이유로 그를 꾸짖었다. 그는 다시 친지에게 부탁해 여러 번 청을 해도 끝내 허락하지 않았다. 장차 1년이 되어갈 무렵에 이르러 이언직은 학업을 전폐하고 거의 병에 걸리게 되었으며 여용도 문을 닫고 스스로 절조를 지켰다. 이언직의 아버지는 어쩔 수 없어 중매를 보내 육례(六禮)¹¹⁾를 갖추고 빙례를 했다.

　혼례를 올릴 날이 다가왔는데 마침 가흥로(嘉興路)¹²⁾의 참정(參政)¹³⁾이었

---

10) 태호석(太湖石): 江蘇省 太湖에서 나오는 암석으로 구멍과 습곡이 많아 원림에서 이것으로 假山을 쌓아 장식한다.
11) 육례(六禮): 전통시대 혼인을 하는 과정 속에서 행하던 여섯 가지 儀禮로 納采, 問名, 納吉, 納徵, 請期, 親迎을 이른다.
12) 가흥로(嘉興路): 松江府가 소속되어 있던 路名이다. 路는 宋元 시대 행정구역

던 아로태(阿魯台)가 임기가 다 되어 경도로 들어가게 되었다. 당시는 백안(伯顏)[14]이 우승상(右丞相)[15]이 되어 혼자 대권을 쥐고 있었다. 무릇 임기가 만료된 자라면 반드시 그에게 백은을 만 냥 넘게 바쳐야만 했고 그렇게 하지 않으면 당장 면직이 되었다. 아로태는 아홉 해 동안 벼슬을 했는데 짐을 다 털어도 그 반절에도 미치지 못했다. 좌리(佐吏)[16]와 모획을 했더니 좌리가 이렇게 말했다.

"우승상께 부족한 것은 재물이 아닙니다. 만약 각 부(府)에서 재색이 있는 관기(官妓) 두세 명을 뽑아 꾸며서 바치면 비용은 천금에 불과하지만 그 기쁨은 필시 두 배가 될 것입니다."

아로태는 그렇다고 여기고서 곧 좌리로 하여금 우승상의 명이라고 사칭해 각 부에 물어보도록 하여 두 명을 찾아냈는데 여용이 그 첫 번째였다. 이언직 부자는 아래위로 분주하게 백방으로 도모했으나 끝내 벗어나게 할 수 없었다. 여용은 출발하기에 앞서 서신을 보내 이언직에게 감사하며 죽기로 약속하고 곧 음식을 끊었다. 장씨 어미가 울면서 말하기를 "네가 죽으면 반드시 나를 연루시킬 것이다."라고 하자 여용은 다시 음식을 조금 먹었다. 배가 출발한 뒤로 이언직은 걸어서 그녀를 뒤따라갔으니 그 애절함

단위 이름으로 송나라 때의 路는 명청시대의 省과 같았고, 원나라 때의 路는 명청시대의 府와 같았다.

13) 참정(參政): 唐末代부터 있었던 參知政事의 줄임말로 唐末代에는 재상의 부직이 었다. 원대에는 中書省, 行中書省에 모두 參政을 두었으며 장관의 부직이었다.

14) 백안(伯顏, 1236~1295): 원나라 때의 명장으로 몽고 八鄰部사람이다. 칭기즈칸 을 따라 전공을 세워 八鄰部 左千戶 및 斷事官으로 봉해졌으며 世祖 忽必烈 때 光祿大夫, 中書左丞相, 中書右丞相 등의 관직을 역임했다.

15) 우승상(右丞相): 군왕의 오른쪽에 서는 승상을 右丞相이라고 했고 왼쪽에 서 는 승상을 左丞相이라고 했다. 전국시대 秦나라 때부터 左·右丞相을 두었으 며 보통 우승상이 主相이고 좌승상이 副相이었는데 북송이나 明初, 청대에는 左相이 右相보다 더 높았다.

16) 좌리(佐吏): 지방장관의 僚屬을 이른다.

은 행인들을 감동시켰다. 그 배가 정박하는 곳에 이르기만 하면 밤새 통곡을 하며 물가에 엎드려서 잤다. 이렇게 장차 두 달이 될 무렵에 배가 임청(臨淸)[17] 에 다다랐다. 이언직은 삼천여 리(里)를 걸어 발바닥이 모두 갈라지고 더 이상 사람 모양이 아니었다. 여용은 선실의 나무판자 틈으로 이를 엿보고서 한 차례 통곡을 하더니 기절해 버렸다. 장씨 어미가 여용을 구제하자 그녀는 한참 뒤에야 비로소 소생을 했다. 그리고는 뱃사람에게 간곡히 부탁해 이언직에게 가서 감사하며 이렇게 말하도록 했다.

"첩이 당장 죽지 않은 까닭은 제 어미가 아직 벗어나지 못해서입니다. 어미가 가기만 하면 첩은 즉시 죽을 것이니 낭군께서는 집으로 돌아가셔서 스스로를 괴롭히지 마십시오."

이언직은 이 말을 듣고 하늘을 우러르며 크게 통곡을 하다가 몸을 땅에 내던지자 숨이 곧 끊어졌다. 뱃사람들은 그를 가엾게 여겨 함께 땅을 파 그를 강기슭에 묻었다. 그날 밤 여용도 배 안에서 목매 죽었다. 아로태가 대로(大怒)하며 말하기를 "내 금의옥식(錦衣玉食)으로 너를 지극히 귀한 자리에 이르게 했는데 너는 가난한 선비를 연연해하다니 진실로 천한 것이로 다."라고 했다. 곧 뱃사람들에게 명을 내려 그녀의 시신을 벌거벗겨 불태우도 록 했다. 시신은 모두 불타 없어졌지만 오직 심장만은 재가 되지 않았다. 뱃사람이 발로 그것을 밟자 갑자기 사람 모양과 같은 작은 물건이 나왔는데 크기는 손가락만 했다. 물로 깨끗이 씻어 보니 그 색깔은 금과 같았고 단단하기가 옥과 같았다. 의관과 눈썹과 머리카락이 모두 섬세하게 갖춰져 있어 완연히 이언직이었는데 단지 말을 하지 못하고 움직일 수 없을 뿐이었 다. 뱃사람이 그것을 가지고 아로태에게 보고를 하자 아로태가 놀라며 말하기를 "기이하도다. 정성이 맺힌 것은 이렇게까지 되는구나!"라고 하면서

17) 임청(臨淸): 지금의 山東省 臨淸市로 華東, 華北, 華中 지방의 접경 지역이며 京杭大運河도 이곳을 경유한다.

계속해 감탄하며 그것을 완상했다. 사람들이 이언직은 어떤지 아울러 검증하기를 청하자 또한 이언직의 시신도 파내어 불태워 보았더니 심장 가운데 작은 물건은 이전의 것과 같았고 그 모습은 여용이었다. 아로태가 크게 기뻐하며 말하기를 "내 비록 여용을 산 채로 바칠 수는 없게 되었다만 이 두 물건은 진실로 세상에서 보기 드문 보물이구나."라고 했다. 곧 그것을 진기한 비단 주머니에 넣고 향기가 나는 나무 상자에 담아서 이름 붙이기를 '심견금석지보(心堅金石之寶)'[18]라고 했다. 이에 장씨 어미에게 후하게 재물을 주어 장례를 치르고 돌아가도록 내버려 두었다.

아로태가 경도에 이르러서 그 상자를 받들어 우승상에게 바치며 자초지종을 자세히 얘기했다. 우승상이 매우 기뻐하며 상자를 열어 보니 더 이상 이전의 그 모양은 없어지고 단지 썩은 피 두 덩이가 있었는데 냄새가 나고 더러워 가까이할 수 없었다. 우승상은 크게 노해 아로태를 법리(法吏)에게 넘겨 남의 아내를 탈취한 죄로 다스리도록 했다. 송안이 이루어지자 법리가 이렇게 보고했다.

"남녀 사이의 사랑이 정은 견고하고 뜻은 확고했지만 끝내 이루지 못했으므로 일념이 변하지 않고 형체로 감응되어 이렇게 된 것입니다. 한 곳에 모이게 된 뒤, 정이 이루어지고 기가 펴져 다시 원래대로 복원된 것으로 이치상 혹 있을 수도 있습니다."

우승상의 화가 풀리지 않아 아로태는 결국 사형에 처해졌다.

옛날에 어떤 부인이 천성으로 산수를 좋아해 날마다 창가에서 감상을 하다가 결국 마음의 병이 되었다. 죽은 뒤에 시신을 태웠더니 단지 심장만 없어지지 않았는데 그 단단함은 돌과 같았다. 어떤 페르시아 오랑캐가

---

18) 심견금석지보(心堅金石之寶): 심장이 금석처럼 굳어져 생긴 보물이란 뜻이다.

이를 보자마자 놀라 찬상(讚賞)하며 큰돈을 들여서 사갔다. 그 쓰임을 묻자 다음 날 가게로 가서 이를 증험해 보이기로 약속했다. 가게에 가서 보니 이미 조각조각 톱질이 되어 있었는데 조각마다 모두 옥같이 매끄럽고 광택이 났다. 그 속에 산수(山水)와 수목들이 있었는데 세밀하게 그려져 있는 것 같았다. 페르시아 사람이 말하기를 "이것으로 보대(寶帶)를 만들면 값이 비할 데 없을 것이외다."라고 했다. 대저 산수도 무정한 것이지만 정신을 기울이면 그 형체가 남는데 하물며 두 사람의 정이 서로 감응한 것에 있어서랴!

[원문] 心堅金石

　　至元年間, 松江府庠生[19]李彦直, 小字玉郎, 弱冠有文譽. 其學之後圃, 有高樓焉, 眺望頗遠. 彦直凡遇三夏, 則讀書其中. 圃外則妓館環之, 絲竹之音, 日至于耳, 彦直亦習聞不怪.

　　一日, 與同儕飮於樓上. 一友聞之笑曰: "所謂但聞其聲, 不見其形[20]也." 彦直亦笑曰: "若見其形, 並不賞其聲也." 衆請共賦其事, 彦直賦先成. 衆方傳玩, 忽報學師[21]在門, 彦直急取詩懷之, 迎學師登樓, 因而共飮. 彦直復恐諸友饒舌, 托以更衣[22], 團其詩投于牆外. 所投處, 乃張姥姥之居. 姥止一女, 名麗容, 又名翠眉娘. 衒其才色, 不可一世. 旦夕坐一小樓, 與李氏樓相錯. 麗容拾紙展視, 知爲玉郎手筆, 心竊慕焉. 遂賡其韻, 書于白綾帕上. 他日, 候彦直在樓, 亦投牆外. 彦直讀詩, 知其意有屬也. 踐太湖石望之, 彼此相見, 欵語莫逆[23]. 麗容因問: "彦卿[24]何以不

---

19) 庠生(상생): 府學, 州學, 縣學 등의 生員을 이르는 말로 明淸 시대에는 秀才의 별칭으로 쓰이기도 했다.

20) 但聞其聲 不見其形(단문기성 불견기형): 소리만 들리고 형체는 보이지 않는다는 뜻으로 《法苑珠林》 권62 〈太子部〉에 보이는 말이다.

21) 學師(학사): 府學, 州學, 縣學 등의 學官 즉 敎師를 이른다.

22) 更衣(갱의): 옷을 갈아입는다는 뜻으로 대소변 보는 것을 완곡하게 이르는 말이다.

婚?”彦直曰: “欲得才貌如卿者乃可.” 麗容曰: “恐君相棄, 妾敢自愛乎!” 因私誓而別. 彦直歸, 告諸父母, 父以其非類, 叱之. 復托親知再三, 終不許. 將一年, 而彦直學業頓廢, 幾成瘵疾; 麗容亦閉門自守. 父不得已, 遣媒具六禮而聘焉.

婚有期矣. 會本路參政阿魯台任滿赴京. 時伯顔爲右丞相, 獨秉大權, 凡滿任者, 必獻白金盈萬, 否則立黜罷. 阿魯台宦九載, 橐囊未及其半. 謀于佐吏, 吏曰: “右丞所少者, 非財也, 若能于各府選才色官妓三二人, 加以粧飾獻之, 費不過千金, 而其喜必倍.” 阿魯台以爲然, 遂令佐吏假右相之命, 諮于各府, 得二人, 而麗容爲首. 彦直父子奔走上下, 謀之萬端, 終莫能脫. 麗容臨發, 寄緘謝彦直, 以死許之. 遂絕飮食. 張嫗泣曰: “爾死, 必累我.” 麗容復稍稍食. 舟既行, 彦直徒步追隨, 哀動行人. 凡遇停舟之所, 終夜號泣, 伏寢水次. 如是將兩月, 而舟抵臨清. 彦直跋涉三千餘里, 足膚俱裂, 無復人形. 麗容於板隙窺見, 一痛而絕. 張嫗救之, 良久方蘇. 苦泣舟夫, 徃謝彦直曰: “妾所以不即死者, 母未脫耳. 母去, 妾即死. 郎可歸家, 無勞自苦.” 彦直聞語, 仰天大慟, 投身于地, 氣遂絕. 舟夫憐之, 共爲坎土埋于25)岸側. 是夕, 麗容縊于舟中. 阿魯台大怒曰: “我以珍衣玉食, 致汝于極貴之地, 而乃戀戀寒儒, 誠賤骨也.” 乃命舟夫裸其屍而焚之. 屍盡, 惟心不灰. 舟夫以足踐之, 忽出一小物如人形, 大如手指, 淨以水, 其色如金, 其堅如玉. 衣冠眉髮, 纖悉皆具, 宛然一李彦直也, 但不能言動耳. 舟夫持報阿魯台, 台驚曰: “異哉, 精誠所結, 一至此乎!” 歎訝不已. 衆請並驗彦直若何, 亦發彦直屍焚之, 而心中小物與前物相等, 其像則張麗容也. 阿魯台大喜曰: “吾雖不能生致麗容, 然此二物, 實希世之寶.” 遂囊以異

---

23) 莫逆(막역): 서로 뜻이 투합하고 교분이 두터운 것을 이르는 말로 《莊子 · 大宗師》에 보인다. “子祀子輿, 子犂, 子來 네 사람이 서로 말을 나누며 말하기를 '누가 無를 머리로 삼고 삶을 등골로 삼으며 죽음을 꽁무니로 삼을 수 있는가? 누가 生死存亡이 일체임을 아는가? 내 그런 자와 더불어 벗하고 싶구나.' 라고 했다. 네 사람은 서로 보고 웃으며 마음에 거슬리는 것이 없자 서로 친구가 되었다.(子祀、子輿、子犂、子來四人相與語曰: '孰能以無爲首, 以生爲脊, 以死爲尻, 孰知生死存亡之一體者, 吾與之友矣.' 四人相視而笑, 莫逆於心, 遂相與爲友.)”

24) 卿(경): 남자에 대한 敬稱이나 부부, 情人 사이의 쓰는 愛稱이다.

25) 【校】 于: [影], [春], 《花影集》에는 “于”로 되어 있고 [鳳], [岳], [類]에는 “屍”로 되어 있다.

錦, 函以香木, 題曰"心堅金石之寶". 于是厚給張嫗, 聽爲治喪以歸.

　　阿魯台至京, 捧函呈于右相, 備述其繇. 右相喜甚, 啓視無復前形, 惟敗血二聚, 臭穢不可近. 右相大怒, 下阿魯台于法吏, 治其奪人妻之罪. 獄成, 報曰: "男女之私, 情堅志確, 而始終不諧, 所以一念不化, 感形如此. 既得合於一處, 情遂氣伸, 復還其故, 理或有之矣." 右相怒不解, 阿魯台竟坐死.

　　昔有婦人性好山水, 日日臨窓玩視, 遂成心疾. 死而焚之, 惟心不化, 其堅如石. 有波斯[26]胡一見驚賞, 重價購去. 問其所用, 約明日至肆中驗之. 及至肆, 已鋸成片, 每片皆光潤如玉, 中有山水樹木, 如細畫然. 波斯云: "以爲寶帶, 價當無等." 夫山水無情之物, 精神所注, 形爲之留, 況兩情之相感乎!

122. (11-4) 망부석(望夫石)[27]

　　신야현(新野縣)[28] 백하(白河) 강변에 사람 모양을 한 바위가 있는데 이름하여 망부석(望夫石)이라 한다. 전하는 바에 따르면 어떤 부인이 종군하러 가는 남편을 배웅하면서 그곳에서 이별한 뒤, 오랫동안 슬퍼하며 바라만 보다가 드디어 바위로 변했다고 한다. 천태현(天台縣)의 진극(陳克)[자는

---

26) 波斯(파사): 페르시아(Persia)의 음역이다. 기원전 2세기부터 중국과 왕래했으며 실크로드를 통해 경제와 문화의 교류가 있었다. 고대 중국인들은 페르시아를 진귀한 보물들이 나오는 곳으로 생각했기 때문에 여기서 보물을 감식할 줄 아는 사람으로 페르시아인을 등장시킨 것이다.
27) 이 이야기는 출처 미상이다. 망부석에 관한 이야기는 삼국시대 위나라 曹丕의 《列異傳》을 비롯하여 남조 劉義慶의 《幽明錄》, 송나라 陳師道의 《後山詩話》, 《太平御覽》 권48 〈望夫山〉, 《錦繡萬花谷》 後集 권5 등과 같은 수많은 문헌에 다양한 내용으로 기재되어 있다.
28) 신야현(新野縣): 지금의 河南省 新野縣이다.

자고(子高)이다.]29)은 망부석에 제(題)하여 이렇게 읊었다.30)

남편을 바라보던 그곳에	望夫處
강물은 유유히 흘러만 가는구나	江悠悠
돌로 변해	化爲石
고개를 돌리지도 않고	不回頭
산봉우리에서 날마다 비바람 맞고 있다가	山頭日日風和雨
먼 길 떠난 님이 돌아오면 돌이 말을 하겠지	行人歸來石應語

[원문] 望夫石

新野白河上, 有石如人, 名望夫石. 相傳一婦送夫從戎, 別于此, 婦悵望久之, 遂化爲石. 天台陳克字子高題望夫石云:

"望夫處, 江悠悠. 化爲石, 不回頭. 山頭日日風和雨, 行人歸來石應語."

---

29) 진극(陳克, 1081~?): 자가 子高이고 호는 赤誠居士이며 天台(지금의 浙江省 天台縣)사람이다. 右承事郞都督府准備差遺 등의 벼슬을 지냈고 송나라 高宗 紹興 7년(1137)에 반란군에게 잡혀 죽임을 당했다. 시사에 능했으며 시집으로 《天台集》과 《赤誠詞》가 있었지만 모두 전하지 않고 후대 사람이 그의 시를 모아 《陳子高遺詩》를 만들었다.

30) 이 시는 《情史》에는 陳克의 시로 되어 있으나 《全唐詩》 권298과 《唐百家詩選》 권13에는 王建의 〈望夫石〉으로 되어 있다.

123. (11-5) 한 쌍의 꿩(雙雉)[31]

〈치조비조(雉朝飛操)〉[32]란 곡은 위왕(衛王)의 딸의 부모(傅母)[33]가 지은
것이다. 위왕의 딸이 제(齊)나라 태자에게 시집을 가는데 도중에 태자가
죽었다는 소리를 듣고 부모(傅母)에게 "어떻게 해야 합니까?"라고 물으니,
부모(傅母)가 답하기를 "일단 가서 상례를 치러야합니다."라고 했다. 상례를
마치고도 돌아가려 하지 않고 있다가 따라 죽었다. 부모(傅母)가 후회를
하며 여자가 탔던 거문고를 가져다가 무덤 위에서 탔더니 홀연 두 마리의
꿩이 무덤 안에서 나왔다. 부모(傅母)가 암컷 꿩을 어루만지며 말하기를
"정말 꿩이 되신 것입니까?"라고 하자, 말이 채 끝나기도 전에 그 꿩 두
마리는 함께 날아오르더니 홀연 사라지는 것이었다. 부모(傅母)가 비통하여
거문고를 타며 곡을 지었기에 〈치조비(雉朝飛)〉라고 불리었다. 이 이야기는
양웅(楊雄)[34]의 《금청영(琴淸英)》[35]에서 나왔다.

---

31) 이 이야기는 《太平廣記》 권461에 〈衛女〉라는 제목으로 보이고 《太平御覽》
   권917에도 수록되어 있는데 모두 楊雄의 《琴淸英》에서 나왔다고 했다. 또한
   《藝文類聚》 권90, 《樂府詩集》 권57, 《廣博物志》 권23, 《山堂肆考》 권212 〈因
   感作操〉, 《詹史》 권54에도 수록되어 있다.

32) 치조비조(雉朝飛操): 晉나라 崔豹의 《古今注·音樂》에서 이 곡의 유래에 대해
   이렇게 기술했다. "〈雉朝飛〉란 곡은 牧犢子가 지은 것이다. 목독자는 제나라
   處士로 宣王과 湣王 때의 사람이었으며 나이가 오십이 되었어도 아내가 없었
   다. 들에서 땔나무를 찾다가 암컷과 수컷 꿩이 서로 따르며 날아다니는 것을
   보고 마음이 동해 슬퍼지기에 〈朝飛〉라는 곡을 지어 스스로 感傷하고자 했
   다." 五代 馬縞의 《中華古今注·雉朝飛》에는 작자가 '犢木子'로 되어 있고 《樂
   府詩集·雉朝飛操》에는 '犢沐子'로 되어 있다.

33) 부모(傅母): 귀족의 자녀를 보익하고 보살피는 나이든 여성을 가리킨다.

34) 양웅(楊雄, 기원전 53~18): 揚雄이라 쓰기도 한다. 서한 때 蜀郡 成都(지금의
   四川省 成都市)사람으로 자는 子雲이었다. 辭賦에 능했으며 〈甘泉賦〉, 〈河東
   賦〉 등의 작품으로 이름이 있었다. 成帝 때에는 給事黃門郎을, 王莽 때에는
   大夫를 지냈다. 《太玄經》을 저술해 도가사상을 발전시키기도 했다.

35) 금청영(琴淸英): 楊雄의 琴學 저술로 원서는 실전되었고 약간의 일문만이 전
   한다.

[원문] 雙雉

《雉朝飛操》者, 衛女傅母所作也. 衛侯女嫁于齊太子, 中道聞太子死, 問傅母
曰:"何如?" 傅母曰:"且往當喪." 喪畢, 不肯歸, 終之以死. 傅母悔之, 取女所自操琴,
於塚上鼓之. 忽有二雉俱出墓中. 傅母撫雌雉曰:"女果爲雉耶?" 言未卒, 俱飛而起,
忽然不見. 傅母悲痛, 援琴作操, 故曰《雉朝飛》. 出楊雄[36]《琴淸英》[37].

124. (11-6) 연지재 쌍원앙(連枝梓雙鴛鴦)[38]

한빙(韓憑)은 전국시대 송(宋)나라 강왕(康王)[39]의 사인(舍人)[40]이었다.
그의 아내인 하(何)씨는 용모가 아름다웠다. 강왕이 누대를 쌓고 하씨를

---

36) 【校】楊雄: [影], 《太平廣記》에는 "楊雄"으로 되어 있고 [類], [岳], [鳳], [春]에는
"揚雄"으로 되어 있다.
37) 【校】琴淸英: [影], 《太平廣記》에는 "琴淸英"으로 되어 있고 [類], [岳], [鳳], [春]
에는 "琴淸"으로 되어 있다.
38) 이 이야기는《搜神記》권11에서 나온 이야기로 당나라 段公路의《北戶錄》권3
〈相思子蔓〉條과 당나라 劉恂의《嶺表錄異》권下와《藝文類聚》권40, 《法苑珠
林》권36, 《太平御覽》권559, 《太平廣記》권463, 《天中記》권18에 수록되어
있다. 또한《古今事文類聚》後集 권46〈人化鴛鴦〉, 《繡谷春容》雜錄 권2〈烏
鵲歌〉, 《稗史彙編》권47〈韓妻連理〉, 《山堂肆考》권94〈烏鵲歌〉에 보이고《匯
史》권1과《春秋戰國異辭》권26에도 수록되어 있다.
39) 강왕(康王): 춘추전국 시대 송나라 康王 戴偃(?~기원전 286)은 剔成君의 동생
(일설에는 아들)이다. 剔成 27년(기원전 329)에 무력으로 剔成君을 쫓아내고
國君의 자리에 올라 기원전 286년까지 재위했다. 제나라의 공격을 받고 도망
가다가 魏國 溫邑(지금의 河南省 溫縣)에서 죽었다.
40) 사인(舍人): 궁 안에 있는 사람이라는 뜻이었는데 후세에 이르러 좌우 측근
에 있는 관원을 가리키기도 했다. 《周禮·地官·舍人》에 따르면 "舍人은 궁
안의 식량을 공평하게 나누는 것을 주관하고, 보존하고 있는 재물을 분배하
며 그 출입을 법대로 관장하는 자이다."라고 했다.

바라보다가 마침내 하씨는 빼앗아갔고 한빙은 감옥에 가두었다. 이에 하씨는
〈오작가(烏鵲歌)〉를 지어 자신의 뜻을 드러냈다.

남산에 까마귀가 있어	南山有烏
북산에 그물을 쳐 놓았네	北山張羅
까마귀가 절로 높이 날아가니	烏自高飛
그물이 어찌겠는가	羅當奈何

또 한 수를 지었다.

쌍쌍이 나는 까마귀는	烏鵲雙飛
봉황을 좋아하지 않네	不樂鳳凰
소첩은 서인(庶人)이라	妾自庶人
군왕을 사랑하지 않네	不樂君王

그 후 하씨는 한빙이 자살했다는 소식을 듣고
남모르게 자기 옷을 썩게 하고는 왕과 함께 누대
에 올라갔을 때 누대 아래로 스스로 몸을 던졌다.
좌우에 있던 사람들이 그녀의 옷을 잡아당겼으
나 옷이 찢어졌으며 옷 띠 속에는 "원컨대 제
시신을 한씨에게 돌려보내 합장하게 해 주십시
오."라는 유서가 있었다. 왕이 노하여 두 무덤이
서로 마주보게 따로 떨어뜨려 묻도록 했다. 하룻
밤이 지난 뒤 두 무덤에서 가래나무가 갑자기
자라나 뿌리는 땅 밑에서 서로 엉키고 가지는
위에서 서로 이어져 있었다. 또한 원앙과 같은

청대(淸代) 위식원(魏息園),
《수상고금현녀전(繡像古今賢女傳)》
가운데 〈한빙처하씨(韓憑妻何氏)〉

새가 쌍쌍이 나무에 깃들이더니 아침저녁으로 슬피 울었다. 사람들이 모두 이를 이상하게 여기며 말하기를 "이는 한빙 부부의 혼백이다."라고 했다. 이리하여 이런 시[41]가 있다.

그대는 보지 못했나	君不見
그 옛날 마음이 하나였던 사람이	昔時同心人
원앙새로 변한 것을	化作鴛鴦鳥
밤새 함께 울며 잠시도 떨어지지 않고	和鳴一夕不暫離
천년을 목 비비며 함께 해도 길지 않은 듯했네	交頸千年尙爲少

또 하씨가 한빙에게 보낸 노래가 있다.

비는 주룩주룩 오고	其雨淫淫
강은 넓고 물은 깊고	河大水深
해는 중천에 떠 있네	日出當心

이를 듣고 강왕이 소하(蘇賀)에게 묻자 소하가 이렇게 말했다.

"비가 주룩주룩 온다는 것은 시름에 차 있고 그리워한다는 뜻이며, 강이 넓고 물이 깊다는 것은 서로 오갈 수 없다는 것이요, 해가 중천에 떠 있다는 것은 해는 정오를 지나면 떨어지니 죽을 뜻이 있음을 드러낸 것이옵니다."

한빙의 집은 지금의 개봉부(開封府)에 있다.

---

41) 이 시는 당나라 李德裕의 〈鴛鴦篇〉에서 앞의 두 구를 절록한 것이다. 〈鴛鴦篇〉은 《全唐詩》 권475에 수록되어 있다.

[원문] 連枝梓雙鴛鴦

韓憑, 戰國時爲宋康王舍人. 妻何氏, 有美色. 康王乃築臺望之, 竟奪何而囚憑. 何氏乃作《烏鵲歌》以見志. 曰:

"南山有鳥, 北山張羅. 鳥自高飛, 羅當奈何?"

又曰:

"烏鵲雙飛, 不樂鳳凰. 妾自庶人, 不樂君王."

後聞憑自殺, 乃陰腐其衣, 與王登臺, 自投臺下. 左右引衣, 衣絕, 得遺書於帶中曰: "願以屍還韓氏而合葬." 王怒, 命分埋之, 兩塚相望. 經宿, 忽有梓木生于兩塚, 根交於下, 枝連于上. 又有鳥如鴛鴦, 雙棲于樹, 朝暮悲鳴. 人皆異之曰: "此韓憑夫婦精魂也." 故詩云:

"君不見昔時同心人, 化作鴛鴦鳥. 和鳴一夕不暫離, 交頸千年尙爲少."

何氏又有寄憑歌曰:

"其雨淫淫, 河大水深, 日出當心."

康王以問蘇賀, 賀曰: "雨淫淫, 愁且思也. 河水深, 不得往來也. 日當心, 日過午則昃, 明有死志也." 韓憑家, 今在開封府.[42]

125. (11-7) 연리수(連理樹)[43]

상관수우(上官守愚)라는 자는 양주(揚州) 강도(江都)[44]사람으로 규장각

---

42) 【校】 韓憑家 今在開封府: 《情史》에는 "韓憑家 今在開封府"로 되어 있고 《山堂肆考》에는 "墓今在開封府"로 되어 있다.

43) 이 이야기는 《剪燈餘話》 권2에 나오는 〈連理樹記〉이다. 《燕居筆記》 권7과 《萬錦情林》 권1에 같은 제목으로 보이며, 《全閩詩話》 권10에는 〈賈蓬萊〉라는 제목으로 수록되어 있다.

44) 강도(江都): 지금의 江蘇省 揚州市 江都鎭이다.

(奎章閣) 수경랑(授經郞)45)이었다. 당시 순천부(順天府)46)에 살고 있었는데 집은 동쪽으로 국사검토(國史檢討)47)인 가허중(賈虛中)과 이웃하고 있었다. 가허중은 가경중(柯敬仲)48)의 친구였고 시에 뛰어났으며 그림도 잘 그렸다. 그의 집에는 경요음(瓊瑤音), 환패음(環佩音), 봉래음(蓬萊音)이라는 고금(古琴)49) 세 대를 소장하고 있었는데 이는 모두 가경중이 감정한 것들이었다. 상관수우 또한 시를 읊는 취미가 있었고 고금도 애호하였으며 가허중과는 교분이 특히 두터웠다. 한가할 때마다 서로 왕래하며 시를 짓고 술을 마시고 고금을 타고 바둑을 두면서 온종일을 유유자적하게 보내곤 했다. 가허중은 아들이 없었고 세 명의 딸만 있었는데 그가 일찍이 말하기를 "나의 세 딸은 이 세 고금에 비유할 수 있다네."라고 한 적이 있었다. 이에 고금의 이름을 따서 딸들에게 이름을 지어 주었다.

상관수우의 아들 상관수(上官粹)는 매우 용모가 준수하고 총명했다. 그가 태어났을 때, 어떤 사람이 《당문수(唐文粹)》50) 한 부를 선사했으므로 아명을

---

45) 규장각수경랑(奎章閣授經郞): 奎章이란 뛰어난 서예 혹은 문장을 가리킨다. 원나라 文宗이 처음으로 奎章閣을 짓고 진귀한 물건과 서적을 소장하기 시작했으며 나중에 宣文閣으로 개명했다. 授經郞은 《元史·文宗本紀》에 따르면 "奎章閣授經郞 두 명을 두었는데 관질은 正七品이었고 勳臣 貴戚의 자제와 나이 어린 近侍들을 공부시켰다."고 한다.
46) 순천부(順天府): 옛 府의 이름으로 바로 지금의 北京市 일대이다. 원나라 때에 실제로는 大都라 불렀고 順天이라 부르지 않았다. 명나라 永樂 연간부터 비로소 順天府라고 칭했다.
47) 국사검토(國史檢討): 修撰, 編修와 마찬가지로 모두 史官이었으며 지위는 編修보다 낮았고 속칭 太史라고 했다.
48) 가경중(柯敬仲): 원나라 때 서화가였던 柯九思(1290~1343)를 가리킨다. 자는 敬仲이고 호는 丹丘 혹은 丹丘生이라 했으며 台州 仙居(지금의 浙江省 仙居縣)사람이다. 天歷 2년(1329)에 文宗에 의해 奎章閣鑒書博士(정5품)에 임용되어 궁정 소장의 金石書畵를 감정하는 일을 맡았다.
49) 고금(古琴): 오래된 七弦琴을 가리키며 대부분 오동나무로 만들어졌다고 한다.
50) 당문수(唐文粹): 송나라 姚鉉이 《文苑英華》 가운데에서 唐人의 작품들을 뽑아 만든 選集으로 총 100권으로 되어 있다. 序言에서 이르기를 "古雅를 敎令으로 삼고 辭章의 조탁을 공교롭게 여기지 않으니 과장하고 美飾한 文辭는 모두

수노(粹奴)라 했다. 열 살이 되자 가허중에게 보내 공부하게 했는데 가허중
부부는 그를 아들같이 아껴 주었고 세 딸 또한 그를 형제로 생각해 수(粹)도령
이라고 불렀다. 일찍이 막내딸 봉래와 더불어 책을 읽고 그림을 배웠으므로
서로 깊이 좋아하며 소중히 여겼다. 가허중의 아내가 이것을 놀리며 말하기
를 "봉래가 나중에 수도령과 같은 신랑을 얻었으면 좋겠네."라고 했다.
상관수가 집에 돌아가 이를 아뢰자, 상관수우는 "내 뜻도 바로 그러하다."라고
말하고 매파를 보내 가서 상의하게 하여 각각 허락하게 되었다. 상관수와
봉래 두 사람도 속으로 기뻐하며 어찌할 줄 몰랐다. 하지만 예기치 않게
가허중이 갑자기 벼슬을 그만두고 고향으로 돌아가게 되어 혼사는 결국
이루어지지 못했다.

　3년 후, 상관수우는 복주(福州)51) 치중(治中)52)이 되었다. 임지에 막 이르
러서 민가에 세를 들어 살았는데 누각이 세 개였다. 건너편 거리에 있는
집 한 채가 유난히 청아하기에 물어보니 바로 가허중의 집이었다. 상관수우
가 그날로 찾아가 보니 경요와 환패는 이미 시집을 갔고 오직 봉래만 출가하지
않고 집에 있었으나 그 또한 임씨(林氏)에게 허혼한 뒤였다. 상관수는 이를
듣고 우울하기 이를 데 없었다. 봉래는 비록 부모로 인해 다른 사람에게
허혼하였지만 그 또한 자신의 뜻은 아니었다. 상관수가 온 것을 알고 한번
만나려고 했지만 방법이 없었다. 피차 때때로 누각 난간에서 꼼짝도 않고
선 채로 서로 바라만 보았지 입을 열지 못했다. 하루는 봉래가 흰 비단
수건에 장기 알을 싸서 상관수에게 던졌다. 상관수가 받아 보니 그 위에는

　　취하지 않았다.(以古雅為命, 不以雕篆為工, 故侈言曼辭率皆不取.)"고 하면서 文
　　과 賦 1104篇, 詩 961首를 수록했다.
51) 복주(福州): 지금의 福建省 福州市이다.
52) 치중(治中): 官職名으로 州刺史의 輔佐官이다. 중간에서 여러 문서를 관장했기
　　에 治中이라 이름한 것이다. 한대에 처음 설치된 이후 청대까지 모두 그것을
　　따랐으나 唐代에만 司馬로 개칭했다.

붉은 도화가 그려져 있었고 시 한 수가 씌어져 있었다.

붉은 빛깔 겹겹이 나 있는 꽃잎	朱砂顔色瓣重臺53)
일찍이 유신(劉晨)이 오래전에 봤던 것이지요	曾是劉晨54)舊看來
오직 천태산 구름 속에 심어야 하니	只好天台雲裏種
속인 곁으로 옮겨 심게 하지 마세요	莫教移近俗人栽

상관수는 비록 그의 뜻을 좋게 여겼으나 어찌할 수 없었다. 그도 매화나무 한 가지를 그리고 시를 써서 회답했다. 시는 이러했다.

옥 같은 꽃술은 봄기운을 머금고 흰 비단을 물들이네	玉蕤含春搵素羅
세한(歲寒)의 심사(心事)가 변함없음을 알겠구려	歲寒心事諒無他
설사 그대가 좋은 낭군의 짝이 되고 싶다 한들	縱令肯作仙郞伴
그 고산처사(孤山處士)는 어찌할 것인가	其奈孤山處士55)何

---

53) 중대(重臺): 꽃잎이 여러 겹으로 되어 있는 것을 뜻한다.
54) 유신(劉晨): 동한 때 劉晨과 阮肇는 약초를 캐러 天台山(지금의 浙江省 天台縣 북쪽에 있는 산)에 갔다가 우연히 桃源洞에 들어가 선녀 두 명을 만난 뒤, 그들의 집으로 초청을 받았다. 그 후 반년 뒤에 집으로 다시 돌아가서 보니 이미 7대의 후손이 살고 있었으며 다시 천태산으로 들어가 선녀를 찾아봐도 종적을 찾을 수 없었다. 자세한 이야기는 남조 송나라 劉義慶의 《幽明錄》에 보인다.
55) 고산처사(孤山處士): 북송 때 사람 林逋를 가리킨다. 자는 君復이고 杭州 사람 이었다. 그는 혼자 西湖에 있는 孤山에서 매화나무를 심고 학을 키우면서 은 거했으므로 사람들은 그를 보고 梅妻鶴子라고 했다. 자세한 이야기는 《宋 史·隱逸傳上·林逋》, 송나라 沈括의 《夢溪筆談·人事二》, 명나라 田汝成의 《西湖遊覽誌·孤山三堤勝跡》 등에 보인다. 여기에서는 梅妻鶴子의 전고를 사 용해 봉래를 매화에 비유하고 있으며 봉래와 약혼한 사람이 임씨 성을 가졌 으므로 그를 고산처사 임포로 비유한 것이다.

채색 끈으로 거문고의 줄받침 세 개를 편지와 묶어 매달아 다시 봉래에게
던졌다. 봉래는 그것을 펼쳐 보고나서 울적하기만 했다.

얼마 지나지 않아 상원절(上元節)[56]을 맞았다. 민(閩) 지방의 풍속에서
이날에는 매우 성대하게 꽃등을 내걸고 남녀 모두가 이를 마음대로 구경했다.
상관수는 가씨의 가솔들도 반드시 구경 갈 것이라 짐작하고 그 집 문 옆에서
몰래 숨어 엿보았다. 밤이 깊어진 뒤, 과연 가마꾼들이 가마 몇 대를 메고
문 앞으로 오자 봉래와 그의 어머니 등 서너 명은 가마에 올라탔고 비첩들은
끊임없이 줄지어 뒤를 따랐다. 상관수는 그들 뒤를 밟으며 십여 거리를
간 뒤에 만날 수 없을 것이라고 생각하여 가마 옆을 따라가면서 이렇게
읊었다.

번화한 길거리 고요한 곳에서 하늘 뜻으로 만나   天遣香街靜處逢

은빛 등불 그림자 속에 그 님이 보이네   銀燈影裏見驚鴻[57]

화려한 가마도 봉래산(蓬萊山)처럼 우리를 막으니   綵輿亦似蓬山[58]隔

난새는 서쪽으로 날아가고 학은 동으로 가는구나   鸞自西飛鶴自東

봉래가 상관수인 것을 알고 그를 불러 이야기를 나누며 마음을 털어놓으려
고 했지만 종자(從者)들이 걸려서 가마 안에서 낮은 소리로 그녀 또한 이렇게
읊었다.

---

56) 상원절(上元節): 음력 정월 대보름 명절로 元宵節이라고도 한다. 이날은 번화
   가에 꽃등을 켜고 사람들은 그것을 구경하는 풍속이 있다.

57) 경홍(驚鴻): 본래는 놀라서 날아오르는 기러기라는 뜻으로, 날씬한 미인이나
   옛 애인을 가리키는 말로도 쓰인다.

58) 봉산(蓬山): 전설 중의 仙山인 蓬萊山을 가리킨다. 자세한 내용은 《情史》 권4
   정협류 〈崑崙奴〉 '봉래' 각주에 보인다.

매화에게 박정하다 원망치 마시길　　　　莫向梅花怨薄情

매화가 어찌 세한(歲寒)의 맹세를 저버릴까나　梅花肯負歲寒盟

님께선 참소식을 듣고자 하시는데　　　　調羹59)欲問眞消息

풍류남아 송광평에게 벌써 마음 주었다네　已許風流宋廣平60)

　상관수가 이를 듣고 자신의 매화시에 회답한 것임을 알고는 절로 감탄을
했다. 집으로 돌아와 방 안에 앉아, 봉래의 뜻은 비록 굳건하지만 임씨와의
혼약은 결국 돌이킬 수 없다 생각하고 〈봉분비(鳳分飛)〉란 곡을 그녀에게
주려고 지었다.

오동나무에 이슬 맺히고 산뜻한 바람 일어　梧桐凝露鮮飇起

오색 낭간(琅玕)의 꽃을 새로이 씻었구나　五色琅玕61)花新洗

함께 깃들려고 날개 펼치며 가벼이 날아가니　矯翮翩躚62)擬並棲

봉황새의 화려한 무늬는 오색 비단 노을 같아라　九苞63)文彩如霞綺

---

59) 조갱(調羹): 《尙書·說命下》에 "만약 (朕이) 和羹을 끓이려고 하면 네(傳說)가
소금과 매실이 되어야 한다.(若作和羹, 爾惟鹽梅.)"라는 구절에서 나온 말이
다. 본래 국에 간을 맞춘다는 뜻으로 국정을 보좌하는 일이나 재상을 가리키
기도 한다.

60) 송광평(宋廣平): 당나라 때 名相 宋璟(663~737)을 가리킨다. 자는 廣平이고 邢
州 南和(지금의 河北省 邢臺市 南和縣)사람이다. 어려서부터 박식했고 스무
살에 진사 급제한 뒤로 벼슬이 尙書右丞相에 이르렀다. 武瞾부터 현종까지
다섯 황제를 모시면서 당나라의 진흥에 큰 기여를 했다. 매화를 좋아하여 매
화의 아름다움과 절개를 노래한 〈梅花賦〉라는 작품을 지었다. 여기에서는 上
官粹를 宋廣平에 비유하고 있다.

61) 낭간(琅玕): 신화전설 속에 나오는 仙樹로 열매가 구슬과 비슷하며 봉황이 그
나무에 서식하고 그 나무의 열매를 먹는다고 한다. 《山海經·海內西經》에 "服
常樹 위에는 머리가 셋이 달린 사람이 琅玕樹를 지켜보고 있다.(服常樹, 其上
有三頭人, 伺琅玕樹.)"고 되어 있는데, 郭璞의 注에서 "琅玕의 열매는 구슬과
같다.(琅玕子似珠.)"라고 했다.

62) 교핵편선(矯翮翩躚): 矯翮은 날개를 펼친다는 뜻이고 翩躚은 경쾌하게 춤추듯
이 나는 모습을 형용하는 말이다.

63) 구포(九苞): 봉황은 아홉 가지 특징이 있다 하여 九苞라고 하며 봉황의 대칭

놀라 날더니 홀연 단산(丹山)에서 이별하고야	驚飛忽作丹山64)別
농옥의 퉁소 소리처럼 원망스레 오열을 하네	弄玉65)簫聲怨嗚咽
진대(秦臺)가 지척인데 약류에 막혀 있고	咫尺秦臺66)隔弱流67)
곱게 꾸민 창가엔 공연히 달빛만 밝아라	瑣窓繡戶68)空明月
질풍에 꼬리 흩날리며 조양으로 왔으나	飂飂掃尾69)儀朝陽70)
가련타, 서로 바라만 볼 뿐 함께할 수 없어라	可憐相望不相將

으로 쓰인다.

64) 단산(丹山): 봉황이 산다는 丹穴山을 이른다. 《山海經·南山經》에서 이르기를 "(禱過山에서) 다시 동쪽으로 500리를 가면 丹穴山이라는 곳이 있는데 산 위에서는 금과 옥이 많이 난다. (중략) 이곳의 어떤 새는 생김새가 닭 같은데 오색이며 무늬가 있고 이름을 鳳皇이라고 한다. 이 새의 머리 무늬는 '德'자이고, 날개 무늬는 '義'자이고, 등 무늬는 '禮'자이고, 가슴 무늬는 '仁'자이고, 배 무늬는 '信'자이다. 이 새는 먹고 마시는 것이 자연의 절도에 맞으며 제 스스로 노래하고 춤추는데 이 새가 나타나면 천하가 평안해진다."고 한다.

65) 농옥(弄玉): 춘추시대 秦穆公의 딸이다. 한나라 劉向의 《列仙傳》에 따르면 농옥이 簫를 잘 부르는 蕭史에게 시집을 가서 봉황의 울음소리를 배우고 나중에 부부가 함께 봉황을 타고 하늘로 올라갔다고 한다. 자세한 내용은 《情史》 권4 정협류 〈崑崙奴〉 '空倚玉簫愁鳳凰' 각주에 보인다.

66) 진대(秦臺): 지금의 山東省 濱州市 無棣縣에 있는 臺 이름이다. 《無棣縣志》에 따르면 "秦臺는 無棣縣 동북쪽 50리에 있다. 전하는 바에 의하면 진시황이 徐福을 보내 바다에 가서 신선을 찾으라고 했으나 간 뒤로 오래되어도 돌아오지 않기에 이 대를 지어 그가 돌아오는지 바라보도록 했다."고 한다.

67) 약류(弱流): 弱水를 이른다. 물이 약해 배를 띄울 수도 없고 건너기도 힘든 물을 弱水라고 한다. 《海內十洲記·鳳麟洲》에 의하면 "鳳麟洲는 西海 가운데 있는데 둘레가 1500里이며 洲의 사방은 弱水로 둘러싸여 있어 깃털도 뜨지 않아 건널 수가 없다.(鳳麟洲在西海之中央, 地方一千五百里, 洲四面有弱水繞之, 鴻毛不浮, 不可越也.)"고 한다.

68) 쇄창수호(瑣窓繡戶): 瑣窓은 連瑣 모양으로 된 창을 말한다. 繡戶는 아름답게 조각하고 그림을 그려 넣은 문을 말하는 것으로 여성이 머무는 방실을 가리킨다.

69) 시시소미(飂飂掃尾): 飂飂는 바람이 빨리 부는 모양이다. 掃尾는 바람이 새 꼬리를 스쳐가며 깃털을 흩날리게 하는 모양을 형용하는 말이다.

70) 의조양(儀朝陽): 儀는 '오다'라는 뜻이다. 朝陽은 산의 동쪽을 이른다. 《詩經·大雅·卷阿》에서 "봉황이 울도다, 저 높은 뫼에서. 오동나무가 자라도다, 아침 해가 뜨는 저 동산에서.(鳳凰鳴矣, 於彼高岡. 梧桐生矣, 於彼朝陽.)"라고 했다. 毛傳에서 이르기를 "산의 동쪽을 朝陽이라 한다.(山東曰朝陽.)"라고 했다.

| 속세에 떨어져 뭇 새와 짝하느니 | 下謫塵寰伴凡鳥 |
| 정답게 목을 부비는 한 쌍의 원앙만 못하구나 | 不如交頸兩鴛鴦 |

　시를 다 지었지만 그녀에게 보낼 길이 없었는데 갑자기 가허중이 시녀를 시켜 여지(荔枝)71) 한 접시를 보내왔다. 상관수가 거짓말로 말하기를 "전에 경도에 있을 때, 봉래와 함께 공부했는데 아직 책 몇 권을 돌려받지 못했으니 이 쪽지를 보여드리고 조속히 되돌려 달라고 하거라."라고 했다. 시녀는 달리 의심하지 않고 봉래에게 그것을 갖다 주었다. 봉래가 읽고서 소리 없이 눈물을 떨구며 말하기를 "아, 낭군께서 아직도 나를 용서하지 않으시는구나."라고 한 뒤, 〈용검합(龍劍合)〉이란 곡으로 그에게 화답하여 평생토록 따르겠다는 뜻을 보였다. 어자전(魚子箋)72)에 써서 은밀히 《고문진보》에 꽂아 시녀인 녹하(綠荷)에게 주며 말하기를 "수도령께서 옛날에 읽은 책을 달라고 하시는데 바로 이것이니 네가 갖다 드려라."라고 했다. 그 곡은 이러했다.

용검이 영어(囹圄)에 묻힌 지 오래	龍劒埋沒獄間久
낮에는 하신(河神)이 호위하고 밤에는 귀신이 지키네	巨靈73)晝衛鬼夜守
교룡은 숨고 도깨비는 도망치도다	蛟螭藏 魍魎走

---

71) 여지(荔枝): 중국 남방 지역에서 생산되는 여지나무의 열매를 가리킨다.
72) 어자전(魚子箋): 蜀지방에서 생산되었다는 종이로 魚箋이라고도 한다. 종이 표면이 서리가 내린 모양으로 마치 물고기알(魚子)과 같기에 魚子箋이라 불리었다.
73) 거령(巨靈): 전설에서 華山을 쪼갰다고 하는 河神을 이른다. 《文選·張衡〈西京賦〉》에 대한 薛綜의 注에서 이렇게 일렀다. "巨靈은 河神이다.(중략)옛말에 이르기를 '이곳에 본래 산 하나가 강을 막고 있어 강물이 지나며 굽어 흘렀는데 河神이 손으로 그 산 위를 쪼개고 산 아래를 발로 차서 그 중간을 둘로 갈라 강물이 통하도록 했다.'라고 했다. 손과 발의 흔적이 지금도 남아 있다."

광채는 하늘을 가로지르고 기운은 북두까지 치솟네	精光橫天氣射斗
먹구름 뚫고 올라가 자물쇠 열어 보니	沖玄雲 發金鑰
세상에 보기 드문 더없는 보물이로다	至寶稀世有
진기한 모습 눈부시고 소리는 창문을 뒤흔들며	奇姿爛人聲撼牖
칼날엔 벽제 기름 발리고 자루엔 봉황 무늬 새겨져 있네	鵜膏潤鍔⁷⁴⁾鳳刻首
용검이 번뜩이며 칼집을 막 벗어나니	龍劍煌 新離房
가만히 걸려 있으면 번개인 듯 휘두르면 서리가 날리듯	靜垂流電舞飛霜
칼 빛은 맑고 차가우며 날은 광채가 서려 있고	影含秋水⁷⁵⁾刃拂鋩
둥근 금술 드리우고 보주로 장식되어 있구나	麗欵⁷⁶⁾團金寶珠裝
사공(司空) 장화(張華)가 그 훌륭함을 알아차려	司空觀之識其良⁷⁷⁾
금장(金章)과 함께 옥대에 매달았네	懸諸玉帶間金章⁷⁸⁾

---

74) 제고윤악(鵜膏潤鍔): 鵜膏는 鶘鵜膏 즉 鶘鵜(물새의 일종) 기름을 이르고 鍔은 칼이나 가위 따위의 날을 뜻한다. 고대에는 벽제 기름을 칼날에 발라 녹슬지 않게 했다.

75) 추수(秋水): 서릿발 같은 칼 빛을 형용하는 말이다.

76) 녹속(麗欵): 篪欵과 같은 말로 아래로 드리워진 모양을 형용한다. 당나라 李賀의 詠劍詩인 〈春坊正字劍子歌〉에 "按絲團金懸篪欵"이라는 구절이 있다.

77) 사공관지식기량(司空觀之識其良): 司空은 工程을 장관했던 관직으로 여기서는 晉나라 惠帝 때 사공을 지낸 張華를 가리킨다. 《晉書·張華傳》에 이런 내용이 보인다. 혜제 때 廣武侯인 장화가 북두성과 견우성 사이에 상서로운 기운이 있는 것을 보고 星象을 잘 보는 雷煥을 불러다가 물었다. 雷煥이 寶劍의 精氣가 하늘 위로 치솟은 것이라 하며 그 보검이 豐城(지금의 江西省 南昌市 남쪽)에 있다고 했다. 이에 장화가 雷煥을 풍성 현령으로 임명하고 보검을 찾으라고 했다. 뇌환이 감옥의 지반에서 돌 상자를 파내었는데 그 속에는 龍泉과 太阿라고 새겨져 있는 두 자루의 검이 있었다. 뇌환이 장화에게 하나는 보내고 다른 하나는 남겨서 자기가 찼다. 장화가 검을 받고 뇌환에게 회신하기를 "검에 새겨져 있는 글을 자세히 보니 보내온 검은 幹將인데 莫邪는 왜 보내지 않았는가? 하늘이 만든 신령스러운 물건이니 결국 합쳐지게 될 것이다."라고 했다. 그 후 司馬倫의 정변으로 인해 장화가 죽은 뒤 그에게 있던 검이 어디로 갔는지 알 수 없었다. 뇌환이 죽은 뒤에 뇌환의 아들이 나머지 칼 한 자루를 가지고 延平津을 지날 때 검이 갑자기 칼집에서 튀어나와 물속으로 들어갔다. 곧바로 찾아봤으나 검은 보이지 않고 오직 용 두 마리가 서로 엉켜 물결이 거세게 용솟음치는 것만 보였다.

78) 금장(金章): 금 혹은 구리로 만든 官印을 가리킨다.

빛나는 보랏빛 불꽃은 옥돌보다 눈부시고	紫焰煌煌明瑪瑙
하늘에서 중태성이 지니 이 어찌 심상한 일인가	星折中台79)事豈常
배회하다 머물 수 없어	逡巡莫敢住
한번 가더니 묘연함 속으로 빠져 버렸네	一去墮渺茫
신령스러운 보검은 용의 정령	龍劒靈 是龍精
밝고 투명함은 백한의 꼬리가 맑은 물에 스치듯	瑩如鷳尾拂水清
웅검(雄劍)이 만리 밖으로 떠나니	雄作萬里別
자검(雌劍)은 천년 슬픔에 잠기네	雌傷千古情
먼지 낀 갑에 잠시 머무노니	暫留塵埃匣
어느 날에 합처질 수 있을까나	何日可合并
반드시 바람과 천둥 쫓아	會當逐風雷
짝 찾으러 연평(延平) 물속으로 들어가리라	相尋入延平80)
봉필(琫珌)이 있는 보검	純鈞81)在琫珌82)
비록 귀중한들 나의 짝은 아니로다	縱然貴重匪我匹
내 짝은 깊은 물속에 누운 지 오래	我匹久臥覃水雲
가련케도 한 쌍이 두 곳으로 갈려 멀리 있구나	一雙遙憐兩地分
산 넘고 골짜기 건너니	度山仍越壑
그 고생 말로 할 수 없어라	苦辛不可言

---

79) 성절중태(星折中台): 中台는 三台 중의 하나로 별 이름이다. 한나라 이후로 三公의 자리를 三台에 비유했는데 中台는 司徒 혹은 司空에 해당한다. 장화가 사공으로 있을 때 중태 별이 떨어지자 사람들이 모두 司空이 망할 흉조라고 여겼다. 장화의 아들이 자리에서 물러나라고 했지만 장화는 이를 듣지 않다가 결국 趙王 사마륜에게 죽임을 당했다. 자세한 이야기는 《晉書 · 張華傳》에 보인다.

80) 연평(延平): 나루터의 이름으로 建溪나 東溪라고도 불리며 지금의 福建省 南平市 동남쪽에 있다. 보검이 물에 빠져 용으로 변한 곳으로 劍潭, 龍潭, 劍溪, 劍津, 龍津이라고도 불리었다.

81) 순구(純鈎): 純鈞과 같은 말로 춘추시대 월나라 사람 歐冶가 만든 보검의 이름이다. 나중에 일반적으로 보검을 가리키게 되었다.

82) 봉필(琫珌): 琫은 칼집의 상단 입구에 있는 장식물을 가리키고 珌은 칼집의 하단에 있는 장식품을 뜻한다.

하늘이 뇌환의 아들을 보내	天遣雷煥兒
자검을 차고 연평 호숫가에 이르게 했네	佩之大澤濆
준마가 달려들 듯 힘차게 뛰어드니	鏗然一躍同駿奔
거친 파도가 일어 백주가 어두워졌도다	駭浪驚濤白晝昏
비로소 알겠구나, 신물(神物)은 제 짝 있어	始知神物自有偶
천추만세(千秋萬歲)토록 서로 떨어지지 않음을	千秌萬歲宵離羣

상관수는 이를 읽고 그녀의 재사(才思)에 탄복했으며 그 정의에 감동했다.
얼마 지나지 않아 민(閩) 지방에서 역병이 퍼져 봉래와 의혼한 임생(林生)
이 뜻밖에 죽음을 당했다. 가허중 부부는 상관수가 아직 혼인하지 않은
것을 알고 곧 사람을 보내 상관수우에게 가서 혼담을 청하자 상관수우는
날듯 기뻐하며 이를 받아들였다. 육례(六禮)[83]는 이미 준비되어 친영의
날짜도 정해졌다. 화촉을 밝히는 날 밤에 상관수와 봉래가 서로 마주하니
선인(仙人)이 내려온 듯했다. 이에 각각 시를 지어 그 기쁨을 적어 두었는데
때는 지정(至正)[84] 19년인 기해(己亥)년 2월 8일이었다. 상관수가 지은 시는
이러하다.

해당화 피고 제비 날아올 제	海棠開處燕來時
춘풍에 첫 가지를 꺾어 냈구나	折得東風第一枝
원앙침에 부부되는 소원을 이제 이뤘으니	鴛枕[85]日酬交頸願
편지에 애간장 태우는 시구를 짓지 않겠네	魚箋莫賦斷腸詩
복숭아꽃 물든 손수건에 봄이 먼저 드러나고	桃花染帕春先透
버들잎 담황색이니 그림 그리기에 늦지 않구나	柳葉蛾黃畫未遲

---

83) 육례(六禮): 혼인을 맺는 과정에서 행하는 納采, 問名, 納吉, 納徵, 請期, 親迎
   등의 여섯 가지의 예를 말한다.
84) 지정(至正): 원나라 惠宗 妥懽帖睦爾의 연호로 1341년부터 1367년까지이다.
85) 원침(鴛枕): 원앙침과 같은 말로 부부가 쓰는 원앙을 수놓은 베개를 가리킨다.

| 동심결 맺을 필요 없으니 | 不用同心雙結帶 |
| 신랑 신부는 원래 예부터 서로 알던 님이라네 | 新人原是舊相知 |

봉래가 지은 시는 이러하다.

님과 서로 만나자 사랑하게 되었으니	與君相見即相憐
연분 있다면 마침내 이루게 되는 것이라네	有分終須到底圓
예전에 그 님이 신랑이 되었고	舊女壻爲新女壻
좋지 않던 인연이 좋은 인연 되었다네	惡姻緣化好姻緣
은빛 등잔 밑에 잔잔한 눈빛	秋波淺淺銀燈下
옥경 앞엔 봄날의 죽순 같은 섬섬옥수	春筍[86]纖纖玉鏡前
앞서 하늘이 붉은 실을 발에 묶어 주어	天遣赤繩[87]先系足
이제부턴 병체련(並蒂蓮)이라 불리리라	從今喚作並頭蓮[88]

봉래의 시집이 있었는데 상관수가 서문을 썼고 《서설고(絮雪藁)》라고 이름 지었다.

당시에 상관수는 재명(才名)이 매우 자자하여 조정의 실권자들 가운데 그를 천거하려는 자가 있었다. 봉래가 그에게 거듭 간곡히 만류하며 말하기를 "지금 전란으로 도로가 막혀 도성을 바라보면 마치 하늘에 있는 것 같은데 서방님께서 부모님 봉양은 제쳐 두시고 멀리 공명의 길로 어떻게 떠나실 수 있겠습니까?"라고 했다. 이에 상관수는 부모가 연로하시다는

---

86) 춘순(春筍): 봄날의 죽순이란 뜻으로 여자의 섬섬옥수를 비유적으로 이른다.
87) 적승(赤繩): 붉은색 줄의 뜻으로 혼사를 주관하는 신인 月下老人이 이것을 남녀의 발목에 묶어 부부로 맺어준다고 한다. 자세한 이야기는 당나라 李復言의 《續玄怪錄 · 定婚店》과 《情史》 권2 정연류 〈韋固〉에 보인다.
88) 병두련(並頭蓮): 並蒂蓮과 같은 말로 한 줄기에 나란히 피어난 연꽃 한 쌍을 가리킨다. 화목한 부부를 비유적으로 이르기도 한다.

이유로 사절했다.

다음 해에 상관수우가 세상을 떠났다. 그다음 해인 지정(至正) 임인(壬寅)년에 민성(閩城)[89]이 도적들에게 점령되자 성 안에 있는 세족들은 대부분 산골짜기로 피해 숨었다. 상관수도 가솔들을 이끌고 도망을 갔으나 도적들이 자취를 따라 쫓아와서 그의 일가를 남김없이 죽이고 봉래 한 사람만 남겨 장차 처로 삼으려 했다.

봉래는 벗어날 수 없음을 알고 도적을 속여 이렇게 말했다.

"저는 이제 돌아갈 곳이 없으니 장군을 모시고자 합니다. 비록 그렇지만 죽은 지아비를 묻을 때까지 기다려도 늦지는 않을 것입니다."

도적은 기뻐하며 그의 말대로 하기로 하고 시신이 있는 곳으로 함께 가서 패도(佩刀)를 뽑아 구덩이 하나를 팠다. 다 판 뒤, 땅에 칼을 던지고 구덩이 옆에 앉아서 "아, 피곤하다."라고 하면서 봉래에게 눈짓하여 칼로 흙을 떠서 덮도록 했다. 봉래가 곧 칼을 잡아 들고 스스로 목을 베며 말하기를 "같은 곳에서 죽으니 한이 없구나!"라고 했다. 도적은 황급히 일어나 칼을 빼앗으려 했지만 이미 숨이 끊어져 있었다. 도적이 화가 나서 말하기를 "네가 한 곳에 묻히기를 바라느냐?"라고 하고 곧 봉래를 스무 걸음 밖에 묻어 두 무덤이 서로 마주보게 했다.

그해에 연지보화(燕只普化)가 복건(福建)행성(行省)[90]의 평장(平章)[91]이 되어 여러 현의 민병들을 모아 성을 공격해 되찾은 뒤에야 비로소 백성들은

---

89) 민성(閩城): 福州의 별칭이다.
90) 행성(行省): 원나라 때 도성 근처 지역을 중앙 최고 행정기관인 中書省에 직속하게 하고 중앙 정무 기관의 갈래로 河南, 江浙, 湖廣, 陝西, 遼陽, 甘肅, 嶺北, 雲南 등의 지역에 11개의 行中書省을 두었다. 행성은 行中書省의 약칭이며 각각에 丞相, 平章 등의 벼슬을 두어 그 지역의 정무를 주관하게 했다.
91) 평장(平章): 원나라 때 지방 행정 기관이었던 行中書省의 장관인 平章政事를 이른다.

다시 본업에 종사할 수 있었다. 몇 년이 더 지나고 나서 함께 도적들을 피했던 어떤 사람이 봉래의 일을 자세히 이야기했다. 평장은 사람을 보내 살피게 하고 장차 예를 갖추어 개장을 하려 했다. 사자가 그곳에 이르러 보니 두 무덤 위에 각각 나무 한 그루가 자라나 가지와 줄기가 서로 뒤엉켜 풀 수가 없었다. 사자가 돌아와 이를 아뢰기에 평장이 친히 가서 살펴보니 과연 거짓이 아니었다. 이에 감히 파내지 못하고 단지 보수만 하고서 제수를 마련해 제사 지냈다. 사람들은 이 나무를 '연리총(連理塚) 나무'라 불렀으며 민 지방 사람들은 지금까지도 이를 끊임없이 칭송한다. 이 이야기는《전등여화(剪燈餘話)》92)에 보인다.

[원문] 連理樹

上官守愚者, 揚州江都人, 爲奎章閣授經郎. 時居順天, 館東與國史簡討93)賈虛中爲鄰. 賈, 柯敬仲友也, 工詩善畵, 家藏古琴三張, 曰瓊瑤音、環珮音、蓬萊音, 皆敬仲所鑒定. 守愚亦雅好吟詠, 兼嗜綠綺94), 與賈交游特厚. 每休暇過從, 詩酒琴棋, 從容竟日. 賈無嗣, 止三女, 嘗曰: "吾三女可比三琴." 遂取琴名名女焉.

---

92) 전등여화(剪燈餘話): 명나라 때 李昌祺가 瞿佑의《剪燈新話》를 모방하여 지은 傳奇小說集으로 22편의 작품이 수록되어 있다.

93) 【校】國史簡討: [影]에는 "國史簡討"로 되어 있고 [鳳], [岳], [類],《剪燈餘話》,《萬錦情林》에는 "國史檢討"로 되어 있으며 [春]에는 "國史簡(檢)討"로 되어 있다. 國史簡討는 본래는 國史檢討라고 해야 하지만 [影]에서는 思宗 朱由檢의 이름자인 '檢'를 避諱하여 '簡'자를 모두 '簡'자로 썼다.《正字通・木部・檢》에 의하면 "명나라 때 성상의 존함을 避諱하여 '簡'자로 썼다. 館員인 檢討를 簡討로 바꾸고 府佐인 檢校를 簡校로 바꾸었다.(明避上諱作'簡', 改館員檢討爲簡討, 府佐檢校爲簡校)"고 한다.

94) 綠綺(녹기): 본래 사마상여의 古琴名이었으나 후대에는 일반적으로 琴을 가리켰다. 송나라 虞汝明의《古琴疏》에 따르면 사마상여가〈玉如意賦〉를 짓자 梁王이 기뻐하면서 綠綺라는 琴을 하사했다고 한다.

守愚子粹, 甚淸俊聰敏. 生時, 人送《唐文粹》一部, 故小字粹奴. 年十歲, 因遣就賈學. 賈夫婦愛之如子, 三女亦兄弟視之, 呼爲粹舍⁹⁵⁾. 甞與其幼女蓬萊, 同讀書學畵⁹⁶⁾, 深相愛重. 賈妻戱之曰: "使蓬萊他日得壻如粹舍足矣." 歸以告, 守愚曰: "吾意正⁹⁷⁾然." 遣媒佐議, 各已許諾. 粹二人亦私喜不勝. 不期賈忽罷歸, 姻事竟弗諧.

後三年, 守愚出爲福州治中. 始至, 僦居民舍, 得樓三楹⁹⁸⁾. 而對街一樓尤淸 雅, 問之, 乃賈氏宅也. 守愚卽日徃訪, 則瓊瑤、環珮已適人, 惟蓬萊在室⁹⁹⁾, 亦許 婚林氏矣. 粹聞之, 悒怏殊甚. 蓬萊雖爲父母許他姓, 然亦非其意也. 知粹至, 欲一 會而無繇. 彼此時時凝立樓欄相視, 不能發語. 蓬萊一日以白練帕裹象棋子擲粹, 粹接視, 上畵緋桃, 題一詩曰:

"朱砂顏色瓣重臺, 曾是劉晨舊看來. 只好天台雲裏種, 莫敎移近俗人栽."

粹雖美¹⁰⁰⁾其意, 然莫如之何. 亦畵梅花一枝, 寫詩以復. 詩曰:

"玉蕤¹⁰¹⁾含春揾¹⁰²⁾素羅, 歲寒心事諒無他. 縱令肯作仙郞伴, 其奈孤山處士 何!"

---

95) 舍(사): 舍人의 약칭으로써 宋元代부터 사람들이 현귀한 집안의 자제를 높여 부를 때 썼던 말로 '도련님'이라는 뜻에 해당한다. 舍人은 본래 周나라 때부 터 있었던 官名이었다.

96) 【校】畵: [影], [鳳], [岳], [類], 《剪燈餘話》, 《萬錦情林》에는 "畵"로 되어 있고 [春]에는 "詩"로 되어 있다.

97) 【校】正: [影], [春], 《剪燈餘話》, 《萬錦情林》에는 "正"으로 되어 있고 [鳳], [岳], [類]에는 "亦"으로 되어 있다.

98) 楹(영): 가옥을 세는 양사로 집 한 칸 혹은 한 줄을 가리킨다.

99) 在室(재실): 여자가 이미 혼약을 했지만 아직 시집을 가지 않고 있거나 이미 시집은 갔지만 친정집으로 쫓겨나온 것을 말한다. 일반적으로 여자가 미혼인 상태를 뜻하는 말로 쓰인다.

100) 【校】美: 《情史》에는 "美"로 되어 있고 《剪燈餘話》, 《萬錦情林》에는 "識"으 로 되어 있다.

101) 【校】玉蕤: [影], [鳳], [岳], [類], 《剪燈餘話》, 《萬錦情林》에는 "玉蕤"로 되어 있고 [春]에는 "蕊玉"으로 되어 있다.

102) 【校】揾: [影]에는 "揾"으로 되어 있고 [春], [鳳], [岳], [類], 《剪燈餘話》, 《萬錦 情林》에는 "捏"로 되어 있다.

用綵繩系琴軫103)三枚墜之, 投還蓬萊. 蓬萊展看, 悶悶而已.

未踰時, 値上元節. 閩俗放燈甚盛, 男女縱觀. 粹察賈氏宅眷必佳, 乃潛伺于其門. 更深後, 果有輿104)夫異轎數乘而前, 蓬萊與母三四輩上轎, 婢妾追隨, 相續不絶. 粹尾其後, 過十餘街, 度不得見, 乃行吟轎傍曰:

"天遣香街静處逢, 銀燈影裏見驚鴻. 綵輿亦似蓬山隔, 鸞自西飛鶴自東."

蓬萊知爲粹也, 欲呼輿語, 訴其所懷, 而礙於從者, 亦于轎中微吟曰:

"莫向梅花怨薄情, 梅花肯負歲寒盟! 調羹欲問眞消息, 已許風流宋廣平."

粹聽之, 知其答己梅花之作, 不覺105)感歎. 歸坐樓中, 念蓬萊之意雖堅, 而林氏之聘, 終不可改, 乃賦《鳳分飛》曲以寄之曰:

"梧桐凝露鮮飅起, 五色琅玕花106)新洗. 矯翩翩遷擬並棲, 九苞文彩如霞綺. 驚飛忽作丹山別, 弄玉簫聲怨嗚咽. 咫尺秦臺隔弱流, 瑣窗繡戶空明月. 飀飀掃尾儀朝陽, 可憐相望不相將. 下謫塵寰伴凡鳥, 不如交頸兩鴛鴦."

詩成, 無便寄去. 忽賈遣婢送荔子一盤來, 粹詭曰: "往在都下, 與蓬萊同學, 有書數冊未取, 乞以此帖呈之, 俾早送還." 婢不疑有他, 持送蓬萊. 讀之垂泣曰: "嗟乎, 郞尙不余諒也." 乃作《龍劍合》曲答之, 示終身相從之意. 寫以魚箋, 密寘古文眞寶107)中. 付婢綠荷曰: "粹舍取舊所讀書, 此是也. 汝持去還了." 其曲曰:

"龍劍埋沒獄間久, 巨靈畫衛鬼夜守. 蛟螭藏, 魍魎走, 精光橫天氣射斗. 冲玄雲, 發金鎞, 至寶稀世有. 奇姿爍人聲撼牖, 鵜膏潤鍔鳳刻首. 龍劍煌, 新離房, 静垂流電舞飛霜. 影含秋水刃拂鋩, 麗缀團金寶珠裝. 司空觀之識其良, 懸諸玉帶

---

103) 軫(진): 琴에 부착해 현을 묶고 돌려 조율하는 둥근 도장 모양의 작은 부품이다.

104) 【校】 輿: 《剪燈餘話》, 《萬錦情林》에는 "輿"로 되어 있고 《情史》에는 "女"로 되어 있다.

105) 【校】 覺: [影], 《剪燈餘話》, 《萬錦情林》에는 "覺"으로 되어 있고 [春], [鳳], [岳], [類]에는 "勝"으로 되어 있다.

106) 【校】 花: 《情史》에는 "花"로 되어 있고 《剪燈餘話》, 《萬錦情林》에는 "夜"로 되어 있다.

107) 【校】 古文眞寶: 《剪燈餘話》, 《萬錦情林》에는 "古文眞寶"로 되어 있고 《情史》에는 "古文"으로 되어 있다.

間金章. 紫焰煌煌明瑪瑙, 星折中台事豈常. 逡巡莫敢住, 一去墮渺茫. 龍劍靈,
是龍精, 瑩如鵾尾拂水清. 雄作萬里別, 雌傷千古情. 暫留塵埃匣, 何日可合幷?
會當逐風雷, 相尋入延平. 純鉤在瑋珌108), 縱然貴重匪109)我匹. 我匹久臥覃水雲,
一雙遙憐兩地分. 度山仍越壑, 苦辛110)不可言. 天遣雷煥兒, 佩之大澤濱. 鏗然一
躍同駿奔, 駭浪驚濤白晝昏. 始知神物自有偶, 千烁萬歲肯離羣."

粹讀之, 服其才而感其意.

俄而閩中大疫, 蓬萊所議林生竟死. 賈夫婦知粹未婚, 乃遣一人報守愚求終
好, 守愚欣躍從之. 六禮旣備, 親迎有期. 花燭之夕, 粹與蓬萊相見, 不啻若仙降也.
因各賦詩以志喜. 時至正十九年己亥二月八日也. 粹詩曰:

"海棠開處燕來時, 折得東風第一枝. 鴛枕且酬交頸願, 魚箋莫賦斷腸詩111).
桃花染帕春先透112), 柳葉蛾113)黃畵未遲. 不用同心雙結帶, 新人原是舊相知."

蓬萊詩曰:

"與君相見卽相憐, 有分終須到底圓. 舊女壻爲新女壻, 惡姻114)緣化好姻緣.
秋波淺淺銀燈下, 春筍纖纖玉鏡前. 天遣赤繩先系足, 從今喚作幷頭蓮."

蓬萊有詩集, 粹序之, 名曰《絮雪藁》115).

---

108)【校】瑋珌: [鳳], [岳], [類], [퇽],《剪燈餘話》,《萬錦情林》에는 "瑋珌"로 되어
    있고 [影]에는 "瑧珌"로 되어 있다.

109)【校】匪: [影],《剪燈餘話》에는 "匪"로 되어 있고 [鳳], [岳], [類], [퇽],《萬錦情
    林》에는 "非"로 되어 있다.

110)【校】苦辛: [影], [鳳], [岳], [類],《剪燈餘話》,《萬錦情林》에는 "苦辛"으로 되어
    있고 [퇽]에는 "辛苦"로 되어 있다.

111)【校】詩:《情史》에는 "詩"로 되어 있고《剪燈餘話》,《萬錦情林》에는 "詞"로
    되어 있다.

112)【校】透:《情史》에는 "透"로 되어 있고《剪燈餘話》,《萬錦情林》에는 "逗"로
    되어 있다.

113)【校】蛾:《情史》에는 "蛾"로 되어 있고《剪燈餘話》,《萬錦情林》에는 "舒"로
    되어 있다.

114)【校】姻:《情史》,《萬錦情林》에는 "姻"으로 되어 있고《剪燈餘話》에는 "因"
    으로 되어 있다.

115)【校】絮雪藁:《剪燈餘話》,《萬錦情林》에는 "絮雪藁"로 되어 있고《情史》에는

粹時才名藉甚, 當道有欲薦之者. 蓬萊苦口止之曰: "今風塵道梗, 望都下如在天上. 君豈可舍父母之養, 而遠赴功名之途乎?" 粹乃以親老辭.

次年, 治中物故116). 又明年, 爲至正壬寅, 閩城爲盜所據, 城中大姓多避匿山谷, 粹亦攜家遁. 盜蹤跡得之, 盡戕其一門, 留蓬萊一人不殺, 將以爲妻. 蓬萊知不免, 紿盜曰: "我無歸矣, 願事將軍. 雖然, 俟埋其故夫未晚也." 盜喜從之. 同至屍所, 拔佩刀爲掘一坑. 掘訖, 擲刀于地, 坐于傍曰: "吾倦矣!" 目蓬萊, 使取刀抄土掩之. 蓬萊即舉刀自刎曰: "死作一處無恨!" 盜遽起奪刀, 已絶咽矣. 盜怒曰: "汝望同穴乎?" 遂埋蓬萊二十步外, 使兩塚相望.

其年, 燕只普化117)爲福建行省平章, 乃集諸縣民兵克城, 民方復業. 又數年, 有同避寇者, 始倘說蓬萊事. 平章遣人視之, 將以禮改葬. 至則兩墓之上各生一樹, 相向枝連柯抱, 糾結不可解. 使者歸報, 平章親徃視之, 果不謬. 乃不敢發, 但加修葺, 仍設奠祭焉. 人呼爲連理塚樹, 閩人至今稱之不絶. 見《剪燈餘話》.

　　"絮雪"로 되어 있다. 《剪燈餘話》에서는 《絮雪藁》에 대해 "詩와 序가 많아서 전부 옮겨 기록하지 않고 호사가들에게 전해지도록 단지 그 중 몇 수만 싣는다.(詩與序多不錄, 姑載一二以傳好事者.)"라고 하면서 〈閨怨〉, 〈白苧詞二首〉, 〈春曉曲〉, 〈秋夜曲〉, 〈詠蝶〉, 〈謝大姊惠鞋〉, 〈詠並蒂荔枝〉, 〈園中詠菜〉 등의 작품을 함께 수록하고 있다.

116) 物故(물고): 사망을 이르는 말이다. 《漢書·蘇武傳》에 있는 顔師古의 注에서 이르기를 "物故는 죽는 것을 이른다. 귀신이 되게 죽은 것을 말한다. 일설에는 드러내 놓고 말하지 않으려고, 단지 그 사람이 입고 쓰던 물건들이 모두 낡아버렸다고만 이르는 것이라 한다.(物故謂死也, 言其同於鬼物而故也. 一說, 不欲斥言, 但云其所服用之物皆已故耳.)"라고 했다.

117) 【校】 燕只普化: [影], 《剪燈餘話》, 《萬錦情林》에는 "燕只普化"로 되어 있고 [春], [鳳], [岳], [類]에는 "燕則普化"로 되어 있다. 燕只普化(연지보화)는 사람 이름으로 추정된다.

126. (11-8) 병체련(並蒂蓮)118)

양주(揚州)119)에 장(張)씨 성을 가진 자가 있었는데 그의 부유함은 군읍(郡邑)에서 으뜸이었다. 그에게 여춘(麗春)이란 딸이 있었으니 나이는 열일곱 살이었고 용모가 아름다웠으며 시사(詩詞)에 능통했다. 원근 사람들이 서로 다투어 찾아와 혼인을 맺으려 했지만 장 영감은 사위를 고르려는 뜻이 있었으므로 아무에게도 허락하지 않고 있었다.

같은 동네 조(曹) 씨 성을 가진 자는 비록 집은 가난했지만 벽(璧)이라고 하는 아들이 총명하고 준수했으며 문재가 뛰어났고 열여섯 살 나이로 아직 장가를 들지 않고 있었으므로 장 영감은 그에게 자못 마음을 두고 있었다. 조씨는 빈부 차이를 스스로 헤아려 감히 혼담을 꺼내지 못했다. 하루는 장 영감이 집에 사숙을 마련하고 사람을 시켜 조생을 불러오게 하여 그곳에 가서 책을 읽도록 했다. 조생이 책 상자를 지고 장씨 집에 이르자 여춘이 꽃 아래서 그를 엿보며 남몰래 중얼거리기를 "저 낭군에게 시집갈 수 있다면 평생 더 바랄 것이 없겠다."라고 했다. 장 영감도 마음속으로 기뻐하며 곧 조생을 조용한 서쪽 방에 묵게 해 공부할 수 있게 했다.

때는 마침 국화가 피는 계절이라 장 영감은 사숙의 훈장을 이끌고 등고(登高)120)하러 나갔다. 조생은 홀로 서재에 앉아 있으려니 외로움을 이길 수

---

118) 첫 번째 이야기는 《廣艶異編》 권9, 《續艶異編》 권5에 〈並蒂蓮花記〉라는 제목으로 보인다. 두 번째 이야기는 《亘史》 권92, 《堯山堂外紀》 권67, 그리고 명나라 陳耀文의 《花草粹編》 권24, 청나라 徐釚의 《詞苑叢談》 권8, 청나라 沈雄의 《古今詞話》 권下, 《御選歷代詩餘》 권93과 권119 등에 보인다.

119) 양주(揚州): 지금의 江蘇省 揚州市이다.

120) 등고(登高): 음력 9월 9일 重陽節에 茱萸를 꽂고 국화꽃을 감상하고 국화술을 마시며 등고하는 풍속이 있다. 남조 양나라 吳均의 《續齊諧記·九日登高》에 이런 내용이 보인다. "汝南의 桓景이 費長房을 따라 몇 년 동안 遊學했다. 비장방이 그에게 이르기를 '9월 9일에 너희 집에 재앙이 있을 것이니

없었다. 해가 저물려고 할 때 창밖을 한가로이 걷다가 우연히 여춘과 만났다. 조생이 의용을 단정히 하고 앞으로 다가가 읍하자 여춘도 피하지 않았으므로 서로 만나게 되었는데 그 예의는 매우 공손했다. 여춘이 웃으면서 말하기를 "당신은 아버님께서 사숙(私塾)을 마련하신 뜻을 혹시 아십니까? 사윗감 선택을 여기서 하시려는 것이지요! 그러니 당신은 마땅히 정중하셔야 합니다."라고 했다. 이야기를 나누는 사이에 시녀가 "주인어른께서 돌아오셨습니다."라고 알리기에 곧 각기 흩어졌다. 다음 날, 여춘이 시녀인 난향(蘭香)을 시켜 오색 쪽지에 쓴 사(詞)를 생에게 보냈는데, 그 가운데에는 "붉은 실로 발을 묶다(赤繩繫足)[121]"라는 구절이 있었다. 조생은 사를 받고 심히 기뻐하며 율시 한 수를 지어 그녀에게 화답했는데 마지막 연은 이러했다.

어젯밤 상아(嫦娥)가 소식을 내려 주었는데   昨夜嫦娥降消息
광한궁에서 높은 가지를 꺾어도 된다 이미 허락했다네 廣寒[122]已許折高枝

빨리 가서 가족들로 하여금 각기 붉은 주머니를 만들어서 수유를 담고 팔에 묶은 뒤 등고하여 국화주를 마시게 하면 災禍를 없앨 수 있다.'라고 했다. 환경은 그의 말대로 온 집안을 데리고 산으로 올라갔다. 저녁에 돌아와서 보니 닭, 개, 소, 양 등이 모두 한꺼번에 죽어 있었다. 비장방이 이를 듣고 '이것으로 대신하면 되겠다.'라고 했다. 지금 사람들이 9월 9일에 등고하여 술을 마시며 부녀자들이 수유 주머니를 차는 것은 아마도 여기에서 비롯된 것이 아닌가 싶다."

121) 적승계족(赤繩繫足): 혼사를 주관하는 신인 月下老人이 赤繩으로 남녀의 발목에 묶어 부부로 맺어 준다고 한다. 자세한 이야기는 당나라 李復言의 《續玄怪錄 · 定婚店》과 《情史》 권2 정연류 〈韋固〉에 보인다.

122) 광한(廣寒): 당나라 柳宗元이 지었다고 하는 《龍城錄 · 明皇夢游廣寒宮》에 의하면, 당나라 현종이 8월 보름날에 달을 유람하다가 큰 궁전을 보았는데 그 편액에 '廣寒淸虛之府'라고 씌어져 있었다고 한다. 이로 인해 달에 있는 仙宮을 廣寒宮이라 불렀다.

어느 날 밤에 조생은 등불을 밝히고 혼자 앉아 있다가 갑자기 문을 두드리는
소리가 들려 열어 보니 여춘이었다. 그녀를 들어오게 하고 자리를 권했다.
여춘이 소매 안에서 꽃무늬가 있는 쪽지 한 장을 꺼냈는데 그 위에는 절구
네 수가 씌어져 있었다. 여춘이 웃으며 말하기를 "첩이 당나라 사람을 본떠
사시(四時)를 읊은 회문시(廻文詩)123)를 지었는데 님께서 고쳐 주셨으면
합니다."라고 했다.

그 첫째 수는 이러하다.

[순독(順讀)]

꽃가지에 달린 몇 송이 붉은 꽃이 울타리에 드리워져 있고	花枝幾朶紅垂檻
버드나무 천만 가지는 푸른빛으로 제방을 에워 쌓았네	柳樹千絲綠遶堤
양쪽 머리에는 검은 귀밑머리 감아올리고	鴉鬢兩蟠烏裊裊
이끼 낀 오솔길 걷노라니 향기로운 흙에 발자취 남는구나	徑苔行步印香泥

[역독(逆讀)]

흙 향기에 발자국 남기며 이끼 낀 오솔길 걸어가는데	泥香印步行苔徑
양쪽으로 틀어 올린 귀밑머리 검기도 하구나	裊裊烏蟠兩鬢鴉
제방을 에두른 푸른 가지 수천 버들	堤遶綠絲千樹柳
울타리에 드리워진 붉은 꽃 몇 송이	檻垂紅朶幾枝花

그 둘째 수는 이러하다.

[순독(順讀)]

높은 대들보 단청 기둥엔 제비 한 쌍 둥지를 틀고 있고	高梁畫棟棲雙燕

---

123) 회문시(廻文詩): 廻文 혹은 回文이라고도 하며 詩詞를 짓는 수사 방법 가운
데 하나이다. 回文으로 된 시사는 앞에서부터 읽거나(順讀) 뒤로부터 거꾸
로 읽거나(逆讀) 모두 뜻이 통한다.

갓난 연꽃잎 벌어지니 푸르스름하고 접시인 양 하여라　　　葉展荷錢²⁴⁾小疊青

허리가 가느니 헐렁대는 치마에 비단 중띠도 느슨하고　　　腰細裙裙羅帶緩

넋 나간 듯 애수에 잠겨 남몰래 흘리는 눈물이 병풍에 떨어진다

銷魂¹²⁵⁾暗淚滴圍屏¹²⁶⁾

[역독(逆讀)]

병풍에 눈물 떨구며 남모르는 슬픔에 넋이 나간 듯　　　屏圍滴淚暗魂銷

느슨히 맨 비단 치마는 가는 허리에서 흘러내릴 듯　　　緩帶羅裙裙細腰

푸르름 겹겹이 동전처럼 연꽃잎 벌어져 있는데　　　青疊小錢荷展葉

제비는 쌍쌍이 기둥에 둥지 틀고 단청 입힌 대들보는 높기도 하네　　　燕雙枝棟畫梁高

그 셋째 수는 이러하다.

[순독(順讀)]

명월은 깊은 밤 하늘에 휘영청 밝은데　　　明月晚天清皎皎

찬 서리 안개에 냉기(冷氣)는 끊임이 없구나　　　凜霜晴霧冷悠悠

슬픔에 차 남몰래 사모하는 고요하고 기나긴 밤　　　情傷暗想閒長夜

가슴은 피눈물 떨구며 한과 우수 가두어둔 듯　　　淚血垂胸鎖恨愁

[역독(逆讀)]

우수와 한으로 가슴 막혀 피눈물 떨어지고　　　愁恨鎖胸垂血淚

기나긴 밤 공연이 그리워 남몰래 슬픔에 잠기네　　　夜長閒想暗傷情

자욱하게 낀 싸늘한 안개와 차가운 서리　　　悠悠冷霧晴霜凜

---

124) 하전(荷錢): 막 자라난 연잎이 동전과 모양이 비슷하므로 갓 자란 연잎을 荷錢이라 이른다.

125) 소혼(銷魂): 영혼이 육체에서 벗어난다는 뜻으로 극도로 슬프거나 즐거운 것을 이르는 말이다.

126) 위병(圍屏): 접을 수 있는 병풍을 가리킨다.

맑은 밤하늘엔 달이 휘엉청 밝아라 　　　　　　皎皎清天晚月明

그 네 번째는 이러하다.

[순독(順讀)]

날씨 추우니 눈꽃은 향기롭되 섬섬옥수 얼게 하며 　天冷雪花香墮指[127]
날이 차니 분 같은 서리 볼을 얼리네 　　　　　日寒霜粉凍凝腮
염려하는 마음에 공연한 탄식만 나오고 　　　　懸懸意想空吁氣
달밤의 고요한 뜰에는 매화나무 한 그루 　　　夜月閒庭一樹梅

[역독(逆讀)]

매화나무 가득찬 뜰에 고요히 달이 뜬 밤 　　　梅樹一庭閒月夜
한숨 쉬며 헛되이 그리는 마음 끝이 없어라 　　氣吁空想意懸懸
볼에 언 향분이 엉겨 붙는 된서리 내리는 날 　腮凝凍粉霜寒日
손가락에 향기로운 꽃이 떨어지는 눈 내리는 추운 날 　指墮香花雪冷天

조생은 그녀가 보여준 시를 다 읊고 나서 그 뛰어남에 심히 찬탄했다. 이어 화답해 읊으려 하자 여춘이 서둘러 말했다.

"화답하실 필요는 없습니다. 아버님께서 새로 별장을 지으셨는데 사시(四時)의 경치가 이미 그려져 있습니다. 선비들이 제영(題詠)은 많이 했으나 회문시를 지은 자는 없었습니다. 님께서 지어 보시지요."

조생이 시제에 맞춰 붓을 휘두르자, 또한 절구 네 수가 지어졌다.

그 첫째 수는 이러하다.

---

127) 타지(墮指): 손가락이 얼어 떨어질 정도로 추운 것을 이른다.

[순독(順讀)]

동서 양쪽 물가 풀은 자욱한 연기로 엷고　　　　　　　　東西岸中迷煙淡

가까이 멀리에 있는 물가 꽃은 물길 쫓아 흐르네　　　　近遠汀花逐水流

무지개는 짧은 다리에 걸쳐 굽은 길 가로 질러 있는데　虹跨知橋橫曲徑

바위는 물위에 반짝이며 쌓여 있고 길은 아득하구나　　石鱗鱗砌路悠悠

[역독(逆讀)]

아득히 펼쳐진 길엔 물빛에 반짝이는 돌 쌓여 있고　　　　　　　悠悠路砌鱗鱗石

오솔길은 꼬불꼬불 가로 걸친 다리에는 짧게 걸린 무지개　　徑曲橫橋知跨虹

가까이 멀리 이어진 물가에 꽃잎 쫓아 흐르는 물　　　　　　流水逐花汀遠近

엷은 연기에 희미한 풀은 동서 물가로 펼쳐져 있구나　　　淡煙迷中岸西東

그 둘째 수는 이러하다.

[순독(順讀)]

담장을 낮게 쌓아 창문은 푸른 들을 마주하고　　　　　　牆矮築軒當綠野

나무 높이 연이어 집은 청산에 가깝구나　　　　　　　　樹高連屋近靑山

맑은 향기 흩어진 곳에 지고 남은 꽃은 떨어지는데　　香淸散處殘紅落

주흥(酒興)과 시심(詩心)에 젖어 한가로이 나날을 보내도다　酒興詩懷遣日閒

[역독(逆讀)]

한가로운 날 회포를 달래려니 시는 술맛을 돋우고　　　　閒日遣懷詩興酒

낙화 스러진 곳에 맑은 향기 흩날리누나　　　　　　　　落紅殘處散淸香

산이 푸르고 집과 가까워 높다란 나무들과 연이어 있으며　山靑近屋連高樹

푸른 들은 창문과 마주해 있고 낮은 담이 쌓아져 있구나　野綠當軒築矮牆

그 셋째 수는 이러하다

[순독(順讀)]

시내 굽이굽이 마을을 휘감아 흐르는 물 푸르고   溪曲繞村流水碧

조그만 다리 비스듬히 곁에 있는 대나무 집 청아도 하구나   小橋斜傍竹居清

까마귀 울고 달 떨어지자 늦가을 새벽 밝아지니   啼鳥月落霜天曉

물가에 대어 둔 한가로운 배 두 척은 가볍기도 하구나   岸泊閒舟兩葉輕

[역독(逆讀)]

가벼운 나뭇잎처럼 두 척의 배는 한가로이 물가에 대어져 있고   岸泊閒舟兩葉輕

새벽하늘에 서리 내리며 달 까마귀 우네   曉天霜落月鳥啼

청아한 집 곁에 대나무 있고 비스듬히 걸친 다리는 자그마하며   清居竹傍斜橋小

푸른 물 흐르는 마을 굽이도는 시내로 휘감겨 있구나   碧水流村繞曲溪

그 네 번째는 이러하다.

[순독(順讀)]

갈림길은 뱀처럼 구불구불 펼쳐져 있고   崎路曲盤蛇裊裊

여기저기 솟은 산은 봉황이 무리 져 춤추듯 겹쳐져 있구나   亂山羣舞鳳層層

가지에 붙어 있는 눈 꽃술의 매화는 집에 기댄 양한데   枝封雪蕊梅依屋

밤에 홀로 창 앞에 앉아 등불과 짝하네   獨坐閒窓夜伴燈

[역독(逆讀)]

등불은 밤 창문과 짝하며 외롭게 조용히 앉아 있는데   燈伴夜窓閒坐獨

매화 꽃술은 집채에 기대어 있고 눈은 가지를 덮고 있네   屋依梅蕊雪封枝

겹겹이 봉황새 춤추듯 군산(群山)은 어지러이   層層鳳舞羣山亂

구불구불 뱀처럼 휘감아 굽이 돈 길이 험하기도 하구나   裊裊蛇盤曲路崎

여춘이 이를 읊어 보고 그의 명민함에 탄복했다. 시간이 늦어 이경(二更)에 이르자 조생은 운우(雲雨)의 즐거움을 나누려 했다. 여춘이 정색하며 말하기를 "이른바 여자가 시집갈 때에는 기한을 놓쳐 늦더라도 기다려야 된다고 하오니 님께서는 조금만 기다려 주십시오."라고 하고 곧 각기 돌아가 잠을 잤다.

장 영감은 중매쟁이에게 부탁해 택일을 하고 납폐를 보내 조생을 데릴사위로 삼았다. 화촉을 밝힌 날 밤, 끈끈한 정은 더할 나위가 없었다. 여춘이 조생에게 일러 말하기를 "접때 낭군의 정을 거스른 것은 바로 오늘 밤을 위해서였습니다."라고 하자 조생은 더욱 탄복했다.

함순(咸淳)[128] 말년에 해적이 양주를 침범하자 관군(官軍)이 패하여 성이 함락되었다. 도적 떼가 심하게 약탈했으므로 성이 텅 비게 되었다. 도적들이 장씨 집에 거의 다 이르게 되자 집안 하인들은 도망을 쳤다. 조생과 여춘은 평상 위에 누워 있었는데 마침 큰 연못을 마주하고 있었다. 창졸간에 그들은 피할 수 없었으므로 모욕을 당할까 두려워 서로 안고 연못에 빠져 죽었다.

다음 해 그 연못에서 한 줄기에 나란히 핀 연꽃이 홀연 자라났는데 붉고 향기가 있었으며 매우 사랑스러웠다. 사람들은 이를 특이하게 여기며 앞다투어 보는 사람들이 많았다. 선비들이 제영한 시가 심히 많았는데 그중 뛰어난 것을 기록하면 다음과 같다.

가인과 재자(才子)는 전생의 인연이라	佳人才子是前緣
천선(天仙)이 되지 않고 수선(水仙)이 되었네	不作天僊作水僊
백골은 황토 흙에 묻히지 않고	白骨不埋黃壤土
고결한 영혼은 푸른 물결에 오래도록 잠겨 있구나	清魂長浸碧波天
살아서는 동심결을 맺었고	生前曾結同心帶
죽어서도 병체련을 피웠네	死後仍開並蒂蓮
천고의 풍류와 천고의 한이여	千古風流千古恨

---

128) 함순(咸淳): 송나라 度宗 趙禥의 연호로 1265년부터 1274년까지이다.

사랑은 끊이지 않아 연근의 실도 이어져 있구나	恩情不斷藕絲牽

시사(詩詞)들을 책으로 묶고 이름하여 《병체련집(並蒂蓮集)》이라 했으며 지금까지도 끊이지 않고 전송(傳誦)되고 있다.

또 다른 이야기도 있다.

민가에 어떤 남녀가 있었는데 둘만의 사랑을 이루지 못해 물에 투신해 죽었다. 사흘 후 두 사람의 시신이 서로 손을 잡은 채 물가에 나타났다. 그해 이 연못의 연꽃 가운데 한 줄기에 나란히 꽃 두 송이가 나지 않는 것이 없었다. 이인경(李仁卿)[129]의 〈모어아(摸魚兒)〉[130]에서는 이 일을 이렇게 기록했다.

정이 많으면 하늘조차도 늙는다지만	爲多情 和天也老[131]
이렇게까지 하며 정을 그치게 해선 안 되었네	不應情遽如許
〈쌍거원(雙渠怨)〉을 들어 보면	請君試聽雙渠怨
이들의 정이 진정이었다는 것을 비로소 알게 될 것이라	方見此情眞處

---

129) 이인경(李仁卿): 金元 시기의 數學者였던 李治(1192~1279)를 가리킨다. 자는 仁卿이고 호는 敬齋이며 眞定 欒城(지금의 河北省 欒縣)사람이다. 금나라 正大 연간에 진사 급제했고 원나라 世祖 至元 2년(1265)에 翰林學士를 잠시 지내기도 했다. 元好問과 시로 화답했으며 그와 더불어 元李라고 불리었다.

130) 모어아(摸魚兒): 詞牌名으로 〈雙蕖怨〉, 〈邁陂塘〉, 〈陂塘柳〉라고도 한다. 본래 물고기를 잡는 것을 노래하는 민가였는데 당나라 때 敎坊으로 들어간 뒤 후대에 사패로 쓰였다. 이 작품은 《花草粹編》 권24, 《御選歷代詩餘》 권93과 권119, 《詞綜》 권27, 《詞苑叢談》 권8 등에 수록되어 있으며, 詞 앞에 "大名有男女以私情不遂赴水者. 後三日, 二尸相攜出水濱. 是歲陂荷俱並蒂."라는 서문이 있다. 《花草粹編》과 《情史》에 있는 詞는 나머지 문헌에 수록된 것과 문자 출입이 매우 심하다.

131) 위다정 화천야로(爲多情 和天也老): 당나라 李賀의 시 〈金銅仙人辭漢歌〉에 있는 "만약 하늘에게 정이 있다면 하늘도 늙을 것이다.(天若有情天亦老.)"라는 구절을 변용한 것이다.

연꽃은 뉘 색칠을 한 것이던가　　　　　　　　　誰點注132)

향기 남실거리는 맑은 연못에서 연지 이슬 서로 마주 바른 것이라네

　　　　　　　　　香瀲灩133) 銀塘134)對抹胭脂露

연근 실 몇 가닥으로　　　　　　　　　　藕絲幾縷

옥골(玉骨)과 춘심(春心)을 휘감고　　　　　　絆玉骨春心135)

금하(金河)에서 새벽에 눈물 흘리며　　　　　金河曉淚

묵묵히 상서로운 붉은 꽃을 토해 냈구나　　漠漠瑞紅吐

연리수(連理樹)도　　　　　　　　　　連理樹

똑같이 여산(驪山)의 옛일로 회고되는 것이　　一樣驪山懷古136)

고금의 남녀 간 애정이라　　　　　　　古今朝暮雲雨137)

연꽃 부부는　　　　　　　　　　　　六郎138)夫婦

---

132) 점주(點注): 畵法의 일종으로 색칠을 하는 것을 이른다.

133) 염염(瀲灩): 물결이 출렁거리는 모습을 형용하는 말이다.

134) 은당(銀塘): 맑고 깨끗한 연못을 말한다.

135) 옥골춘심(玉骨春心): 하얀색의 연근을 옥골에 비유하고 그 가운데 구멍이 뚫려 있는 것을 춘심이라 표현한 것이다. 또한 옥골은 죽은 사람의 백골을 뜻하기도 하고 춘심은 남녀 간의 사랑하는 마음을 가리키기도 한다.

136) 연리수 일양려산회고(連理樹 一樣驪山懷古): 白居易의 〈長恨歌〉에 의하면, 驪山 華淸宮 長生殿에서 당나라 명황과 양귀비가 칠월칠석에 "하늘에서는 비익조 되길 원하며 땅에서는 연리지가 되기를 원한다.(在天願爲比翼鳥, 在地願爲連理枝.)"라고 맹세했다고 한다. 이 구절은 그토록 부귀를 누리며 사랑했던 사람도 세월이 흐르면 모두 똑같이 사라지게 된다는 의미를 표현하고 있다.

137) 조모운우(朝暮雲雨): 宋玉의 〈高唐賦〉에 의하면 초나라 懷王이 꿈에서 무산 신녀를 만났는데 신녀는 자신이 아침에는 구름이 되고 저녁에는 비가 된다고 하면서 초나라 회왕과 함께 잠자리를 했다. 이로 인해 남녀 간의 즐거운 만남을 雲雨라 했다. 자세한 이야기는 《情史》 권19 정의류 〈巫山神女〉에 보인다.

138) 육랑(六郎): 원래 육랑은 당나라 武則天의 男寵이었던 張昌宗을 가리킨다. 장창종이 집안에서 항렬이 여섯 번째였으므로 六郎이라 부른 것이다. 《舊唐書·楊再思傳》에 다음과 같은 기록이 보인다. "張易之의 동생 昌宗이 용모로 총애를 받자 楊再思는 다시 그에게 아부하기를 '사람들이 六郎의 얼굴이 연꽃같이 생겼다고 하는데 내 생각에 연꽃이 六郎의 얼굴같이 생긴 것이지 六郎이 연꽃처럼 생긴 것이 아닙니다.'라고 했다.(易之之弟昌宗以姿貌見寵倖,

삼생(三生)을 함께하자던 꿈이 깨져	三生夢斷139)
마음속에 맺힌 한으로 공연히 앞이 막혔구나	幽恨徒前沮
반드시 한데 모여	須會取
원앙새 비취새와 더불어	共鴛鴦 翡翠140)
물그림자에 서로 비추며 오래도록 함께해야 하는데	照影長相聚
바람 그치지 않으니	風不住
외롭고 꽃다운 영혼은 창연하기도 하여라	悵寂寞芳魂
북쪽 물가에 엷은 연기 오르고	輕煙北渚
가을 달은 다시 남포(南浦)위에 걸려 있구나	凉月又南浦141)

[원문] 並蒂蓮

揚州張姓者, 富冠郡邑. 有女字麗春, 年十七, 美姿容, 善詩賦. 遠近爭來締姻, 張翁志在擇婿, 不許.

同里曹姓者, 家雖貧, 有子名璧, 聰俊工文詞, 年十六未室, 張頗垂意焉. 曹以貧富自量, 不敢啟齒. 張一日開塾于家, 令人招生過塾讀書. 生負笈而至, 麗春於花下窺之, 竊念曰: "得歸此郎, 平生足矣." 張亦暗喜. 尋命生宿於西軒靜室, 以便肄業142).

時值菊節, 張拉師出外登高. 生兀坐書齋, 不勝岑寂. 日將晡, 窗外閒步, 偶與

再思又誶之曰: '人言六郎面似蓮花; 再思以爲蓮花似六郎, 非六郎似蓮花也.')" 이로 인해 여기에서는 六郎을 연꽃을 가리키는 말로 쓰고 있다.

139) 삼생몽단(三生夢斷): 三生은 불교에서 말하는 前生, 今生, 來生을 말하며 夢斷은 꿈에서 깨는 것을 이른다.

140) 비취(翡翠): 부리가 길고 물가에서 살면서 물고기나 새우를 잡아먹는 물새의 일종이다.

141) 남포(南浦): 남쪽 물가라는 뜻으로 송별하는 장소의 대명사로 많이 쓰인다.

142) 肄業(이업): 배운 글자를 方版에 쓰는 것을 業이라 했고 스승이 제자에게 가르쳐주는 것을 授業이라 했으며 제자가 스승에게 받는 것을 受業이라 했다. 학업을 修習하는 것을 일러 肄業이라 한다.

麗春相遇. 生整容前揖, 麗春亦不避, 彼此交會, 其禮甚恭. 麗春笑曰: "子知家君館穀之意乎? 東牀[143]之選, 其在茲矣! 子宜鄭重." 正敍話間, 侍婢報曰: "主人回矣." 遂各散去. 翌日, 麗春命侍兒蘭香持彩箋作詞寄生, 中有"赤繩繫足"之句. 生得詞甚喜, 以詩一律答之, 末聯云:

"昨夜嫦娥降消息, 廣寒已許折高枝."

一夕, 生明燭獨坐, 忽聞叩門聲. 啟視乃麗春也. 延入遜坐. 麗春從袖中出花箋一幅, 上書四絕句. 笑曰: "妾效唐人作廻文四時詞, 請君改政."

其一:

"花枝幾朵紅垂檻, 柳樹千絲綠遶堤. 鴉鬢兩蟠烏裊裊, 徑苔行步印[144]香泥."

其二:

"高梁畫棟棲雙燕, 葉展荷錢小疊青. 腰細褪裙羅帶緩, 銷魂暗淚滴圍屛."

其三:

"明月晚天清皎皎, 凜霜晴霧冷悠悠. 情傷暗想閒長夜, 淚血垂胸鎖恨愁."

其四:

"天冷雪花香墮指, 日寒霜粉凍凝腮. 懸懸意想空吁氣, 夜月閒庭一樹梅."

生誦畢, 深贊其妙, 將欲賡咏, 麗遽曰: "不必和也. 家君新搆別墅, 已狀四景. 士夫題詠甚富, 但無作廻文者. 請君爲之!" 生按題揮筆, 亦成四絕云.

其一:

"東西岸中迷煙淡, 近遠汀花逐水流. 虹跨短橋橫曲徑, 石粼粼砌路悠悠."

其二:

"牆矮築軒當綠野, 樹高連屋近青山. 香清散處殘紅落, 酒興詩懷遣日閒."

其三:

"溪曲繞村流水碧, 小橋斜傍竹居清. 啼鳥月落霜天曉, 岸泊閒舟兩葉輕."

---

143) 東牀(동상): 사위를 가리킨다. 자세한 내용은 《情史》 권2 정연류 〈吳江錢生〉 '東牀' 각주에 보인다.

144) 【校】 印: [影], [鳳], [岳], [類], 《續豔異編》에는 "印"으로 되어 있고 [春]에는 "即"으로 되어 있다.

其四:

"崎路曲盤蛇裊裊, 亂山羣舞鳳層層. 枝封雪蕊梅依屋, 獨坐閑窗夜伴燈."

麗春誦之, 嘆其敏妙. 時漏下二鼓[145], 生欲求歡. 麗春正色曰: "所謂歸妹愆期, 遲歸有待[146]. 君姑俟之." 遂各歸寢.

張公倩媒擇日下聘, 贅生入門. 花燭之夕, 極盡綢繆. 麗春謂生曰: "曩所以逆君情者, 政爲今夕耳." 生益歎服.

咸淳末, 海寇犯揚州, 官軍敗績, 城遂陷. 賊衆大掠, 市肆一空. 殆至張宅, 家人奔竄. 生女臥榻, 適臨大池. 倉卒無避, 恐致辱身, 乃相摟共溺池中而死.

踰年, 其中忽生並蒂[147]蓮花, 紅香可愛. 人爭以爲異, 觀者如市. 士大夫題咏甚多, 錄其尤者于左:

"佳人才子是前緣, 不作天僊作水僊. 白骨不埋黃壤土, 淸魂長浸碧波天. 生前曾結同心帶, 死後仍開並蒂蓮. 千古風流千古恨, 恩情不斷藕絲牽."

詩詞成帙, 名之曰《並蒂蓮集》, 至今傳誦不絶.

又: 民家有男女以私情不遂, 赴水死. 三日, 二尸相攜出水濱. 是歲, 此陂荷花無不並蒂者. 李仁卿《摸魚兒》紀其事云:

"爲多情、和天也老[148], 不應情邃如許. 請君試聽《雙渠怨》, 方見此情眞處. 誰點注, 香澈灧、銀塘對抹胭脂露. 藕絲幾縷, 絆玉骨春心, 金河[149]曉淚, 漠漠瑞

---

145) 漏下二鼓(누하이고): 漏下는 漏刻(물시계)의 수면이 이미 밑으로 내려갔다는 뜻으로 시간이 늦어졌다는 것을 표현하는 말이다. 二鼓는 二更을 말한다.

146) 歸妹愆期 遲歸有待(귀매건기 지귀유대):《周易》의 64卦 가운데 하나인 54괘 歸妹에 나오는 구절이다. 歸妹는 우레를 나타내는 震卦와 연못을 나타내는 兌卦가 위아래로 이어진 것으로 雷澤歸妹라고도 한다. 연못 위에 우레가 치는 것을 상징한다. 태괘는 少女이니 妹라 칭했고, 그가 震男에게 시집가니 귀매라 칭한 것이다. "九四는 여자가 시집갈 때를 놓쳐 늦게 가는 것은 기다림이 있어서이다.(九四, 歸妹愆期, 遲歸有待.)"라고 했으며, 〈象傳〉에서 이르기를 "기한을 늦추는 뜻은 기다렸다가 행하려는 것이다.(愆期之志, 有待而行也.)"라고 했다.

147) 並蒂(병체): 幷蒂로 쓰기도 하고 두 송이의 꽃이나 과실이 한 꼭지에서 난 것을 이르는 말로 부부가 항상 금슬이 좋은 것을 비유적으로 이른다.

148) 【校】爲多情 和天也老: [影],《花草粹編》에는 "爲多情 和天也老"로 되어 있고 [鳳], [岳], [類], [春]에는 "爲多情 和天地老"로 되어 있다.

紅吐. 連理樹, 一樣驪山懷古. 古今朝暮雲雨. 六郎夫婦, 三生夢斷, 幽恨徒[150]前
沮. 須會取, 共鴛鴦、翡翠, 照影長相聚. 風[151]不住. 悵寂寞芳魂, 輕煙北渚, 凉月
又南浦."

127. (11-9) 궁인초(宮人草)[152]

　　초(楚) 지방에 궁인초(宮人草)라는 풀이 있는데 모양은 금등(金縢)과 비슷
하나 향기가 짙으며 꽃 색깔은 붉고 선명하다. 민간에 전해 오는 바에
의하면, 초나라 영왕(靈王)[153] 때 궁인(宮人) 수천 명이 있었는데 모두 우수에
잠긴 채 홀로 지내며 궁중에 갇혀 있다가, 죽은 자가 있어 이들을 묻은
뒤에는 그 무덤 위에 모두 이 꽃이 자라났다고 한다.

---

149)【校】金河:《情史》에는 "金河"으로 되어 있고《花草粹編》에는 "金沙"로 되어
　　있다.《普曜經》권5에 연못 바닥 밑 金沙에서 청련화가 자라났다는 이야기
　　가 보인다.

150)【校】徒:《情史》에는 "徒"로 되어 있고《花草粹編》에는 "從"으로 되어 있다.

151)【校】風:《情史》에는 "風"으로 되어 있고《花草粹編》에는 "秋風"으로 되어
　　있다.

152) 이 이야기는 양나라 任昉의《述異記》권下에서 나온 이야기로,《太平廣記》
　　권408과《太平廣記鈔》권64에 〈宮人草〉로 보이는데 모두《述異記》에서 나
　　왔다고 했다.《廣博物志》권43,《格致鏡原》권69〈奇草〉,《繹史》권76 등에
　　도 수록되어 있다.

153) 영왕(靈王): 춘추시대 초나라 영왕인 熊圍(?~기원전 529)를 이른다. 楚共王의
　　차남으로 조카 楚郟敖를 죽이고 스스로 제위에 올랐다. 즉위 이후 虔으로
　　개명했으며 성격이 포악해 동생인 公子比와 公子黑肱 등이 백성과 함께 반
　　항하자 도망가다가 교외에서 목매 죽었다. 허리가 가는 여자를 좋아했기에
　　"楚王이 가는 허리를 좋아하여 궁중에는 굶어 죽은 자가 많았다.(楚王好細
　　腰, 宮中多餓死.)"는 말이 전한다.

[원문] 宮人草

　　楚中有宮人草, 狀如金𮥸, 而其氣氛氳, 花色紅翠. 俗說楚靈王時, 宮人數千, 皆多愁曠. 有囚死于宮中者, 葬之後, 墓上悉生此花.

情史氏曰

　　정(情)은 주동적이지만 형체가 없기에 순식간에 사람을 감동시켜도 그 사람 스스로는 알아차리지 못한다. 정은 바람의 징후를 가지고 있기에 그것의 화신은 바람이다. 바람이란 맴돌며 떠나지 않는 것이니 정과 같은 부류이다. 가령 정이 돌로 환화(幻化)된다면 무딜 것이요, 새나 풀이나 나무로 환화된다면 우둔할 것이다. 그렇지만 바람은 동쪽으로 가고자 하면 동쪽을 향하고 서쪽으로 가고자 하면 서쪽을 향한다. 바람의 신속함은 오직 새만 그 신령함을 구별하여 쌍쌍이 날아가고 모이니 어찌하여 사람이 새만도 못한 것인가? 가래나무는 연리지가 될 수 있고 꽃은 한 줄기에 가지런히 필 수 있다. 초목(草木)은 지각(知覺)이 없으나 사람의 감정을 본떠 지각이 있게 된 것이다. 사람으로서 정이 없다면 초목도 이를 부끄럽게 여길 것이다.

　　백 향산(白香山)154)이 다음과 같이 읊었다.

---

154) 백향산(白香山): 당나라 시인 白居易(772~846)를 가리킨다. 자는 樂天이고 호는 香山居士이며 河南 新鄭(지금의 河南省 新鄭縣)사람이다. 翰林學士, 左贊善大夫 등을 지냈고 문집으로는 《白氏長慶集》이 전한다. 여기 뒤에 인용된 부분은 당나라 현종과 양귀비의 사랑이야기를 묘사한 그의 시 〈長恨歌〉에서 나온 구절이다.

하늘에선 비익조(比翼鳥)가 되길 원하고	在天願作比翼鳥
땅에선 연리지(連理枝) 되길 원하네	在地願爲連理枝
천지가 장구(長久)해도 다할 때가 있겠지만	天長地久有時盡
이 한(恨)과 이 정(情)은 그칠 날 없으리라	此恨此情無盡期

이는 바로 그것을 말한 것이다. 아! 만약 정이 금석(金石)같이 견고하지 않다면 누가 능히 이럴 수 있겠는가? 그러기에 우연히 정이 엉겨서 금이나 돌로 된 것은 진실로 마땅한 것이다.

情史氏曰: "情主動而無形, 忽焉感人而不自知. 有風之象, 故其化爲風. 風者, 周旋不舍之物, 情之屬也. 浸假而爲石, 頑矣. 浸假而爲鳥、爲草、爲木, 蠢矣. 然意東而東, 意西而西. 風之颶疾, 惟鳥分其靈焉, 雙翔雙集, 可以人而不如鳥乎? 梓能連枝, 花解155)並蒂, 草木無知, 象人情而有知也. 人而無情, 草木羞之矣! 白香山云:

"在天願作比翼鳥, 在地願爲連理枝. 天長地久有時盡, 此恨此情無盡期156)."

謂此也. 噫! 自非情堅金石, 疇能有此. 則其偶然凝而爲金爲石也, 固宜.

---

155) 【校】解: [影], [鳳], [岳], [類]에는 "解"로 되어 있고 [春]에는 "啓"로 되어 있다.
156) 【校】此恨此情無盡期: 《情史》에는 "此恨此情無盡期"로 되어 있고 〈長恨歌〉에는 "此恨綿綿無絶期"로 되어 있다.

12

情_정媒_매類_류

'정매류'에서는 특이한 중매에 관련된 이야기들을
싣고 있다. 세부적으로 보면 '신선이 중매가 된 이
야기들(仙媒)', '친구가 중매가 된 이야기들(友媒)',
'관원이 중매가 된 이야기들(官媒)', '처가 중매가
된 이야기들(妻媒)', '글씨가 중매가 된 이야기들(字
媒)', '시가 중매가 된 이야기들(詩媒)', '사가 중매가
된 이야기들(詞媒)', '귀신이 중매가 된 이야기들(鬼
媒)', '바람이 중매가 된 이야기들(風媒)', '홍엽이 중
매가 된 이야기들(紅葉媒)', '호랑이가 중매가 된 이
야기들(虎媒)', '여우가 중매가 된 이야기들(狐媒)',
'개미가 중매가 된 이야기들(蟻媒)' 등을 다루고 있
다. 그 가운데 '시가 중매가 된 이야기(詩媒)'가 가
장 많고 '개미가 중매가 된 이야기(蟻媒)'가 가장
적게 실려 있다. 권말 '정사씨(情史氏)' 평론에서 말
하고 있듯이 중매는 혼인에 있어서 예사로운 일이
다. 정매류에 기록된 이야기들은 평범한 중매보다
특이한 것들이다. 사람뿐만 아니라 신선, 귀신, 시
사, 동물, 심지어는 나뭇잎도 두 사람의 인연을 맺
어준다면 모두 중매쟁이로 보는 것이다. 인연을 맺
게 한 이런 특이한 중매쟁이가 귀신이나 사나운
동물임에도 불구하고 모두 긍정적으로 평가하고
있다. 그 반면에 중매를 잘못하면 음탕함을 유도하
는 것이 된다고 하면서 또한 삼가야 되는 일이라
보고 있다.

128. (12-1) 인온대사(氤氳大使)[1]

주기(朱起)는 집이 양적(陽翟)[2]에 있었으며 약관(弱冠)[3]이 넘은 나이로 풍모가 시원스럽고 말쑥했다. 그의 백부인 주 우부(虞部)[4]에게 총(寵)이라는 기녀가 있었는데 곱고 아름다웠기에 주기는 그 기녀에게 몹시 마음을 두고 있었다. 관사가 각기 다른 곳에 있어 갖은 장애가 있었음에도 주기는 한마음으로 뜻을 바꾸지 않다가 정신이 황홀해지게 되었다.

한 가까운 친구가 도성에 가기에 주기는 그를 교외까지 배웅한 뒤, 혼자서 돌아올 때 길에서 청색 두건에 짧은 두루마기를 입고 대나무 지팡이와 약 바구니를 들고 있는 자와 마주쳤다. 그가 주기를 자세히 보며 말하기를 "도령은 빈도(貧道)를 만나서 다행이지 그렇지 않았다면 위험에 빠질 것입니다."라고 했다. 주기가 놀랍고도 이상하여 말에서 내려 읍하니, 그가 말하기를 "그대에게 급한 일이 있을 것인데, 솔직히 말하면 내가 도와줄 수 있소이다."라고 했다. 주기는 거듭 절을 한 뒤 총에 관한 일을 하소연했더니 그가 웃으면서 이렇게 말했다.

"세상 남녀 간의 결합은 견권사(繾綣司)[5]에서 총관하고 있는데 그 장관은 인온대사(氤氳大使)[6]라고 불린다오. 무릇 전생의 인연이나 하늘이 정해준

---

1) 이 이야기는 송나라 陶穀의 《淸異錄》권上 仙宗과 《廣艶異編》권10에 〈氤氳大使〉라는 제목으로 실려 있으며 《格致鏡原》권58에도 매우 간략히 기재되어 있다.
2) 양적(陽翟): 지금의 河南省 禹州市이다.
3) 약관(弱冠): 《禮記·曲禮上》에서 이르기를 "(남자 나이)스물을 弱이라 하고 冠禮를 한다.(二十曰弱, 冠)"라고 했다. 남자가 나이 스무 살이면 성인이 되어 관을 쓰기 시작하는데 몸이 아직 튼튼하지 못하므로 弱冠이라 칭한 것이다.
4) 우부(虞部): 고대 虞人으로부터 비롯된 관직인 虞部郎中을 가리킨다. 당송 때 우부랑중은 山澤, 苑囿, 草木, 薪炭, 供頓 등을 주관했던 관원이었다.
5) 견권사(繾綣司): 인간 세상의 혼인을 관장한다는 仙界의 관서를 이른다. 繾綣은 정이 두텁다는 뜻이다.

운명으로 마땅히 배필이 되어야 할 자에게는 반드시 원앙첩(鴛鴦牒)⁷⁾이 내려져야 비로소 성사가 되는 것이오. 정식으로 배필이 되거나 미천하게 비첩을 맞이하거나 대충 돈을 주고 기생과 노는 것이나 비밀리에 사통하는 것이나 범인과 선인(仙人)이 서로 만나거나 화이(華夷) 간에 서로 결합하게 되는 것이라도 모두 이 한 가지 도(道)로 말미암게 되는 것이외다. 내가 곧 그대를 위해 부탁을 하겠소이다."

그리고 갈 때에 이르러 바구니에서 부채 하나를 꺼내 주기에게 주며 말했다.

"이는 곤령(坤靈)⁸⁾ 부채인데 총을 찾아갈 때 이 부채로 스스로를 가린다면 사람들이 모두 그대를 볼 수 없을 것이오. 오늘부터 이레 뒤에는 그녀와 교합할 수 있을 것이고 15년이 되면 서로 끊어지게 될 것이오."

주기가 돌아가서 그가 알려 준 대로 했더니 왕래하는 데 지장이 없었다. 나중에 과연 15년이 되자 총은 병에 걸려 죽었다. 이 이야기는 《청이록(清異錄)》⁹⁾에 나온다.

인연이 있으면 저절로 결합하는데 구태여 곤령 부채의 도움이 필요했겠는가? 그 청색 두건을 쓴 사람도 쓸데없는 일을 했구나!

---

6) 인온대사(氤氳大使): 인간 세상의 혼인을 관장하는 신이다. 氤氳은 陰陽의 기운이 서로 만나 화합하는 상태를 이른다.
7) 원앙첩(鴛鴦牒): 전생의 인연과 하늘이 내려 준 운명으로 인해 夫妻가 되기로 정해진 것을 기록한 책자를 이르는 말로 鴛牒이라고도 한다.
8) 곤령(坤靈): 大地의 아름답고 빼어난 기운이란 뜻이다.
9) 청이록(清異錄): 五代 말 북송 초 때의 사람인 陶穀(903~970)에 의해 기록된 필기로 당시 사회 문화 방면의 다양한 사료가 수록되어 있다. 여러 가지 판본이 전해지고 있으며 逸文도 산재한다.

[원문] 氤氳大使

朱起, 家居陽翟, 年踰弱冠, 姿韻爽逸. 伯氏虞部有妓女寵, 寵[10]豔秀明媚, 起甚留意. 緣館院各別, 種種礙隔, 起一志不移, 精神怳忽.

有密友詣都輦[11], 起送至郊外. 獨回之次, 路逢青巾短袍、提筇杖[12]藥籃者, 熟視起曰: "郎君幸値貧道, 否則危矣." 起駭異, 下馬揖之. 青巾曰: "君有急, 直言, 吾能濟之." 起再拜, 以寵事訴. 青巾笑[13]曰: "世人陰陽之契, 有繾綣司總統, 其長官號氤氳大使. 諸夙緣冥數[14]當合者, 須鴛鴦牒下乃成. 雖伉儷之正, 婢妾之微, 買笑之略, 偸期之秘, 凡仙交會, 華戎配接, 率繇一道焉. 我即爲子囑之." 臨去, 籃中取一扇授起曰: "是坤靈扇子, 凡訪寵, 以扇自蔽, 人皆不見. 自此, 七日外可合, 十五年而絶."

起歸如戒, 徃來無阻. 後果十五年, 寵疫病而殂. 出《清異錄》.

有緣自合, 何須坤靈扇子幫襯. 青巾亦多事矣.

---

10) 【校】伯氏虞部有妓女寵 寵豔秀明媚: 《淸異錄》,《廣艶異編》에는 "伯氏虞部有妓女寵 寵豔秀明媚"로 되어 있고《情史》에는 "伯氏虞部有妓女 寵之 豔秀明媚"로 되어 있다.
11) 都輦(도련): 京都를 가리킨다.《文選》에 있는 左思의 〈吳都賦〉에 대한 李善의 注에서 이르기를 "輦은 임금이 타는 것이므로 京邑의 땅을 통틀어 輦이라 한다.(輦, 王者所乘, 故京邑之地, 通曰輦焉.)"고 했다.
12) 筇杖(공장): 筇竹으로 만든 지팡이를 말한다. 筇竹은 중국 서남 지역에서 많이 나오는 대나무로 마디와 마디 사이가 길쭉하고 속이 차 있어 항시 지팡이를 만드는 데 쓰였으며 筇杖은 지팡이 가운데 珍品으로 꼽혔다.
13) 【校】笑:《淸異錄》,《廣艶異編》에는 "笑"로 되어 있고《情史》에는 "歎"으로 되어 있다.
14) 夙緣冥數(숙연명수): 夙緣은 전생의 인연을 뜻하고 冥數는 하늘이 정해준 운명을 이른다.

129. (12-2) 요 목암(姚牧庵)15)

요 목암(姚牧庵)16)이 한림학사승지(翰林學士承旨)17)가 된 날에 옥당(玉堂)18)에서 연회가 베풀어졌다. 가기(歌妓)들이 늘어서 있었는데 그중에 한 명이 수려하고 우아했으며 민(閩) 지방 말씨를 조금 쓰고 있었다. 요 목암이 앞으로 오게 하여 경력을 물으니 처음에는 사실대로 답하지 않고 있다가 여러 번 묻자, 울면서 이렇게 말했다.

"첩은 건녕(建寧)19)사람으로 진서산(眞西山)20)의 후예입니다. 부친께서 삭방(朔方)21)에서 벼슬을 하셨는데 녹이 박해 자급하기에 부족하여 공금을 돌려썼다가 상환하지 못하셨습니다. 이에 저도 기방에 팔려 들어가서 이곳까지 이르게 되었습니다."

---

15) 앞에 있는 이야기는 원나라 陶宗儀의 《輟耕錄》 권22와 《燕居筆記》 下13권에 〈玉堂嫁妓〉라는 제목으로, 《青泥蓮花記》 권8 〈眞氏〉라는 제목으로 보이고 《堯山堂外紀》 권69에도 수록되어 있다. 뒤에 있는 이야기는 《斬史》 권25, 《堯山堂外紀》 권69에 보이며 《堅瓠集》 권3에는 〈姚學士〉로, 《元詩紀事》 권2에는 〈題圍肚詩〉로 실려 있다.

16) 요목암(姚牧庵): 원나라 때 문학가 姚燧(1239~1314)를 가리킨다. 자는 端甫이고 호는 牧庵이며 洛陽(지금의 河南省 洛陽市)사람이었다. 문장에 능했고 集賢大學士, 翰林學士承旨 등의 벼슬을 역임했으며 문집으로 《牧庵文集》 36권이 전한다.

17) 한림학사승지(翰林學士承旨): 당나라 때부터 있었던 관직으로 翰林學士院의 장관이었다. 承旨는 황제에게 직접 명을 받는다는 뜻이며 원나라 때에는 翰林院 및 國史院의 장관이었다.

18) 옥당(玉堂): 송나라 이후에 翰林院을 玉堂이라고도 불렀다.

19) 건녕(建寧): 지금의 福建省 建寧縣이다.

20) 진서산(眞西山): 남송 때 유명한 理學者인 眞德秀(1178~1235)를 이른다. 建寧 浦城(지금의 福建에 속함)사람으로 자는 景元 또는 希元이었고 본래 성은 愼이었으나 宋孝宗의 이름자를 피휘하여 眞으로 바꾸었다. 호가 西山이었기에 西山先生이라고 불리었으며 그가 창립한 학파를 '西山學派' 또는 '西山眞氏學派'라고 불렀다.

21) 삭방(朔方): 先秦 때부터 있었던 郡으로 대략 지금의 內蒙古 河套 지역이다.

요 목암은 그녀에게 앉으라고 한 뒤, 사람을 보내 승상이었던 삼보노(三寶奴)[22]를 찾아가 낙적을 하게 해달라고 청하게 했다. 삼보노는 평소 요 목암을 존경해 왔으므로 요 목암이 그 가기에게 건즐을 받들게 하려는 것으로 생각하고 곧바로 교방(敎坊)에 명을 내려 그 기생을 기적(妓籍)에서 빼버리라고 했다.

요 목암이 소식을 받은 뒤, 황태(黃埭)라는 아전에게 말하기를 "내 이 여자를 너의 아내가 되도록 할 것이니 이 여자는 나를 아비로 삼는 셈이다."라고 하자, 아전은 기꺼이 그의 말대로 따랐다. 아전은 후에 높은 관직에까지 올랐고 경도 사람들은 서로 이를 전하며 미담이라 여겼다.

살피건대, 요 목암은 이름이 수(燧)였고 요추(姚樞)[23]의 조카였다. 치사하고 집에 있으면서 나이가 팔십이었을 때 여름날 목욕을 하다가 옆에 시첩이 있기에 공은 그 시첩과 사통을 했다. 시첩이 앞으로 와서 절을 하며 말하기를 "주공(主公)께서 연로하신데 소첩이 혹시 아이를 배게 되면 집안사람들이 반드시 의심할 것이니, 원컨대 증험이 될 만한 것을 내려주십시오."라고 했다. 이에 공(公)은 시첩의 배두렁이를 가져다가 그 위에 이런 시를 적었다.

팔십 나이에 이 봄을 만났는데	八十年來遇此春
이 봄을 만난 뒤로 다시 봄을 만날 수 없을 것이네	此春遇後更無春
부축해 주는 힘을 빌리지 못한다 해도	縱然不得扶持力
무덤 앞에서 성묘하는 사람은 될 것이네	也作墳前拜掃人

---

22) 삼보노(三寶奴): 원나라 말년에 御史大夫, 中書右丞相 등의 벼슬을 역임한 脫脫(1314~1355)의 차남으로 平章政事 등의 벼슬을 지냈다.

23) 요추(姚樞, 1201~1278): 원나라 때 理學者로 姚燧의 백부였다. 자는 公茂이고 호는 雪齋, 敬齋였으며 시호는 文獻이다. 太子太師, 中書左丞, 翰林學士承旨 등의 벼슬을 역임했다.

　　얼마 지나지 않아서 공이 세상을 떠났다. 후에 이 시첩이 과연 아이를
가져 집안사람들이 그가 외간 남자와 사통한 것으로 의심을 하기에 시첩이
이 시를 보여주자 의심이 곧 풀렸다.

[원문]　姚牧庵

　　姚牧庵爲翰林學士承旨日, 玉堂設宴. 歌妓羅列, 中一人秀麗閒雅, 微操閩
音. 公使來前, 問其履歷, 初不以實對. 叩之再, 泣而訴曰: "妾乃建寧人氏, 眞西山
後也. 父官朔方, 祿薄不足以給, 侵貸公帑無償, 遂賣入娼家, 流落至此." 公命之坐,
仍遣使詣丞相三寶24)奴, 請爲落籍. 丞相素敬公, 意公欲以侍巾櫛, 卽令敎坊簡籍
除之.

　　公得報, 語一小史黃棣曰: "我以此女爲汝妻, 女卽以我爲父也." 史忻然從命.
史後至顯官. 京師相傳以爲盛事.

　　按: 牧庵名燧, 樞之姪也. 致政家居, 年八十時, 夏月沐浴, 有侍妾在側, 公因私
焉. 妾前拜曰: "主公年老, 賤妾倘有娠, 家人必見疑, 願賜識驗." 公因捉其肚圍,
題詩于上云:

　　"八十年來遇此春, 此春遇後更無春, 縱然不得扶持力, 也作墳前拜掃人." 未
幾, 公薨. 後此妾果有子, 家人疑其外通, 妾出此詩, 遂解.

---

24) 【校】寶: [影], [岳], [鳳], 《輟耕錄》에는 "寶"로 되어 있고 [春]에는 "賣"로 되어
　　 있다.

130. (12-3) 우우(于祐)25)

명대(明代) 당인(唐寅), 〈홍엽제시사녀도(紅葉題仕女圖)〉

당나라 희종(僖宗)26) 때, 우우(于祐)가 황궁을 거쳐 흘러나오는 물줄기에서 붉은 단풍잎 하나를 주웠는데 그 위에는 다음과 같은 시27)가 씌어져 있었다.

---

25) 이 네 편의 이야기들은《說郛》권35, 《古今說海》권100, 《說略》권14, 《學海類編》권67 등에 수록되어 전하고 있는 송나라 龐元英의《談藪》의 '唐小說記紅葉事凡四'에 실려 있다. 그리고 명나라 郎瑛의《七修類稿》권19 辯證類〈紅葉詩〉와《玉芝堂談薈》권6〈御溝題葉〉에도 보인다. 于祐와 顧況의 이야기는 송나라 胡仔의《漁隱叢話》後集 권16과《太平廣記》권198 그리고《山堂肆考》권40에도 보인다.

26) 희종(僖宗): 당나라 僖宗 李儇(862~888)을 가리킨다. 懿宗의 아들로 본명은 儼이었다. 懿宗이 위독했을 때 환관의 추대를 받아 황태자로 세워지고 나서 이름을 李儇으로 바꾸었다. 의종이 죽은 뒤 영구 앞에서 즉위를 하여 873년부터 888년까지 재위했다.

27) 이 시는《全唐詩》권999에 宣宗宮人韓氏의〈題紅葉〉으로 수록되어 있다.

유수(流水)는 어이 그리 급하며 　　　　　　流水何太急

깊은 궁궐은 온종일 한가롭기만 하구나 　　　深宮盡日閒

정겹게 홍엽을 물 위에 띄워 보내며 　　　　殷勤謝紅葉

세상으로 잘 가라 하네 　　　　　　　　　好去到人間

　우우도 시를 지어 나뭇잎에 써서 개천 상류에 놓았는데 궁중의 한(韓) 부인이 그것을 줍게 되었다.

　그 후에 우우는 한영(韓泳)의 문객이 되었다. 마침 황제가 궁녀 삼천 명을 궁에서 방출했기에 한영이 한씨를 우우에게 시집보냈다. 혼례를 마친 뒤에 우연히 대바구니를 열었더니 홍엽이 보이자 이를 이상히 여겨, 각자 자기가 주운 홍엽을 꺼내 서로 대질해 가면서 물어보고는 "이 일이 어찌 우연이겠는가!"라고 하며 감탄했다. 한영은 이를 경축하는 연회를 열고 말하기를 "두 사람은 중매에게 감사해야 되겠소."라고 했다. 한씨는 다음과 같은 시28)를 지었다.

한 연(聯)의 아름다운 시구는 유수 따라 흘러갔고 　一聯佳句隨流水

십 년 묵은 심사는 줄곧 가슴에 가득 차 있었다네 　十載幽思滿素懷

오늘 뜻밖에도 부부가 되었으니 　　　　　　　今日却成鸞鳳29)侶

홍엽이 좋은 매인(媒人)인 줄 비로소 알겠구나 　方知紅葉是良媒

---

28) 이 시는 《御定全唐詩錄》 권99에 宣宗宮人韓氏의 〈自感〉으로 수록되어 있다.

29) 난봉(鸞鳳): 난새와 봉황을 뜻하는 말로 부부를 비유적으로 이른다. 《左傳·莊公二十二年》에 이런 기록이 보인다. "당초에 懿氏가 딸을 敬仲에게 시집보내는 일에 대해 점을 치려 했는데 그의 아내가 점을 쳐 보고 말하기를 '길합니다. 봉황이 날아오르며 서로 어울려 쟁쟁히 운다고 하네요.'라고 했다." 이에 대해 楊伯峻의 注에서 이르기를 "이 두 구절은 그들 부부가 반드시 화목하게 잘 지낼 것을 말한다."라고 했다. 나중에 '鸞鳳和鳴'이란 말로 부부가 화목한 것을 비유적으로 이르게 되었다.

왕 백량(王伯良)30)이 〈제홍(題紅)〉이란 전기(傳奇)31)를 지었다.

당나라 소설 중에 이런 홍엽(紅葉)에 관한 이야기를 적은 것이 네 개가 있다.

《본사시(本事詩)》에 이런 내용이 보인다.

고황(顧況)32)이 낙양(洛陽)에 있을 때 틈을 타서 시우(詩友) 한두 명과 더불어 원림(園林)에서 노닐다가 물가에서 큰 오동나무 잎을 주웠는데 그 위에 이런 시33)가 씌어져 있었다.

구중궁궐에 들어왔을 때부터	一入深宮裡
해마다 봄은 보이지 않았다네	年年不見春
애오라지 한 조각 나뭇잎에 시를 적어	聊題一片葉
다정한 이에게 보내노라	寄與有情人

고황은 그다음 날 상류에서 다음 같은 시34)를 적어 보냈다.

---

30) 왕백량(王伯良): 명나라 때 戱曲家였던 王驥德(1540~1623)을 가리킨다. 자는 伯良 혹은 伯駿이라 했으며 호는 方諸生 혹은 秦樓外史였고 會稽(지금의 浙江省 紹興市)사람이었다. 戱曲世家에서 태어나 일찍이 徐渭의 문하에서 수학했으며 詞曲에 뜻을 두었다. 그가 남긴 戱曲 이론서로 《方諸館曲律》 4권이 있고, 傳奇 戱曲 작품으로 〈題紅記〉 등이 있다. 雜劇 작품과 散曲 작품도 있으며 〈西廂記〉와 〈琵琶記〉 등을 교주하기도 했다.

31) 전기(傳奇): 명청 시대에 주로 南曲으로 구성된 일종의 장편 희곡을 말한다. 명나라 가정 연간에서 청나라 건륭 연간 사이에 성행했다. 대표작품으로는 〈浣紗記〉, 〈牡丹亭〉, 〈淸忠譜〉, 〈長生殿〉, 〈桃花扇〉 등이 있다.

32) 고황(顧況, 약 727~약 815): 당나라 때 시인이자 화가였으며 자는 逋翁이고 호는 華陽眞逸(일설 華陽眞隱)이며 蘇州 海鹽(지금의 浙江省 海鹽縣)사람이다. 肅宗 지덕 2년에 진사 급제한 뒤 校書郞, 著作郞 등의 관직을 지냈고 만년에는 茅山에 은거하며 悲翁이라 자호했다.

33) 이 시는 송나라 洪邁가 집록한 《萬首唐人絶句》 권20에 明皇宮人의 〈題洛苑梧葉上〉으로 수록되어 있다.

수심에 잠겨 보매 꾀꼬리 울고 버들개지 흩날리니   愁見鶯啼柳絮飛

상양궁(上陽宮)의 궁녀들이 애끓는 계절이어라   上陽35)宮女斷腸時

황제의 은혜는 동으로 흐르는 물을 막지 않으니   君恩不禁東流水

나뭇잎에 적은 시는 뉘게 보내는 것인가   葉上題詩寄與誰

그 후 십여 일 뒤에 어떤 친구가 원림에 와서 시가 적힌 나뭇잎을 또 줍고는 고황에게 보여 주었다. 그 시는 이러했다.

나뭇잎에 쓴 시 금성(禁城) 밖으로 나가니   一葉題詩出禁城

어느 님이 화답했는지 유독 정을 품는구나   誰人酬和獨含情

아! 이 몸은 물결 위에 뜬 잎만 못하니   自嗟不及波中葉

잎은 남실남실 봄 타고 마음대로 가기라도 하잖나   蕩漾乘春取次行

일설에 의하면, 당나라 명황 때에는 양귀비에 대한 총애가 극에 달했으므로 궁녀들은 모두 수심에 잠겨 초췌하였고 후궁으로 채워지기를 원하지 않았다. 낙엽에 글을 써서 물줄기 따라 궁궐 밖으로 흘러나가게 한 적도 있었는데 그 시는 다음과 같다.

옛날에 총애 받던 이는 추풍선이 되어 슬퍼하는데   舊寵悲秋扇36)

성은은 새롭게 이른 봄에게 가 있구나   新恩寄早春

애오라지 한 조각 나뭇잎에 시를 써서   聊題一片葉

---

34) 이 시는 《御定全唐詩錄》 권43에 〈和宮女題紅葉〉이란 제목으로 수록되어 있다. 《本事詩》에는 첫 구절이 "花落深宮鶯亦悲"로 되어 있다.

35) 상양(上陽): 당나라 高宗 上元 연간에 낙양에 지어진 離宮 이름이다.

36) 추선(秋扇): 秋風扇 즉 가을부채라는 뜻으로 여성이 나이 들어 용모가 노쇠해져 버림받는 것을 이른다. 한나라 班婕妤의 〈怨歌行〉에서 여성을 부채에 비유하면서 여름에는 항상 님의 곁에 붙어 다니지만 가을이 되면 바구니에 내버려진다고 한 말에서 비롯되었다.

흘러나간 잎을 받을 님에게 보내노라   寄與接流人

　　고황은 이에 맞춰 화답을 했다.[화답한 시는 앞의 것과 같다.]황제가 이를
알게 되자 금성 안의 궁녀들을 적잖게 내보냈다.
　　또 《운계우의(雲溪友議)》³⁷⁾에 다음과 같은 이야기도 실려 있다.
　　당나라 선종(宣宗)³⁸⁾ 때 사인(舍人)이었던 노악(盧渥)³⁹⁾은 과거에 응시한
해에 우연히 황궁을 거쳐 나오는 물줄기에 이르러 홍엽 위에 시가 씌어져
있는 것을 보았는데, "유수는 어이 그리 급하며(流水何太急)"라고 운운한
시구들이었다. 또 《북몽쇄언(北夢瑣言)》⁴⁰⁾에 기재된 바는 《운계우의》와
같으나 진사(進士) 이인(李茵)의 일로 되어 있다. 유독 유부(劉釜)의 《청쇄(靑
瑣)》에 있는 〈유홍기(流紅記)〉⁴¹⁾만 그 주인공을 우우로 바꿨는데 이는 잘못
이다.
　　또 다른 책에는 다음과 같이 기재되어 있다.⁴²⁾

---

37) 운계우의(雲溪友議): 당나라 范攄(약 877년 전후)의 筆記小說集으로 3권으로
　　되어 있으며 주로 開元 연간 이후의 異聞野史와 詩話 등을 기록했다. 아래
　　인용된 이야기는 권下에 〈題紅怨〉이라는 제목으로 보인다.
38) 선종(宣宗): 당나라 宣宗 李忱(810~859)을 가리킨다. 원래 이름은 李怡였고 武
　　宗 李炎의 삼촌으로 무종이 붕어한 뒤에 환관 馬元贄 등의 추대를 받아 제위
　　에 올랐다. 847년부터 859년까지 재위했다.
39) 노악(盧渥): 자는 子章이고 范陽(지금의 河北省 涿州市)사람이다. 당나라 大中
　　연간에 진사에 급제한 뒤 中書舍人, 陝府觀察使, 終檢校司徒 등의 벼슬을 지
　　냈다. 《全唐詩》 권566에 그가 지은 시 2수가 수록되어 있다.
40) 북몽쇄언(北夢瑣言): 五代 孫光憲(901~968)이 지은 筆記小說集이다. 당나라 武
　　宗 때부터 五代十國까지의 역사적 사건들을 기록했으며 문인 사대부들의 언
　　행과 政治的 史實들을 담아내 正史를 보완했다. 총 20권 가운데 권16까지는
　　唐代의 일을 다뤘고 권17부터는 五代의 일을 기록했다.
41) 유홍기(流紅記): 송나라 劉釜의 傳奇小說集인 《靑瑣高議》 권5에 〈流紅記〉로
　　보이는데 제목 아래에는 "紅葉題詩娶韓氏"라고 적혀 있으며 "魏陵張實子京撰"
　　이라고 되어 있다. 찬자인 張實(생몰 연대 미상)은 자가 子京으로 魏陵사람이
　　다. 《禁臠新話 · 韓夫人題葉成親》에는 찬자가 張碩으로 되어 있다.
42) 이하의 이야기는 五代 孫光憲의 筆記小說集인 《北夢瑣言》 권9에 〈雲芳子·魂事

진사 이인은 양양(襄陽)⁴³⁾사람으로 일찍이 원림에서 노닐다가 황궁을 거쳐 나온 물에 떠내려 온 홍엽을 보았다. 그 위에는 "유수는 어이 그리 급하며(流水何太急)"라고 운운한 시구들이 씌어져 있었으며 이인은 그것을 책 보따리에 간수해 두었다. 그 후 희종(僖宗)⁴⁴⁾이 촉지로 행차하자 이인도 황급히 남산 민가로 도망갔다. 한 궁녀를 만났는데 궁 안의 시서(侍書)⁴⁵⁾라 자칭했고 이름은 운방자(雲芳子)라 하였으며 재사(才思)가 있었다. 이인과 교왕(交往)하다가 궁녀는 이인이 가지고 있는 홍엽을 보고 탄식하며 말하기를 "이것은 첩이 지은 것입니다."라고 했으며, 동행해 촉지로 가면서 궁중의 일들을 자세히 이야기 했다. 면주(綿州)⁴⁶⁾에 이르러 내관(內官)⁴⁷⁾ 전(田) 대인과 마주쳤는데 그가 궁녀 운방을 알아보고 말하기를 "시서가 어찌하여 여기에 있느냐?"라고 하며 그녀를 핍박해 말에 오르게 하고 데리고 가자 이인은 심히 창연해했다. 그날 밤 이인이 여관에 묵고 있었는데 운방이 다시 찾아와서 말하기를 "첩이 이미 중관(中官)에게 후하게 뇌물을 먹여 낭군을 따를 수 있게 되었습니다."라고 하기에 그녀와 더불어 양양으로 돌아갔다. 몇 년 후 이인이 병으로 수척해지자 어떤 도사가 말하기를 그의 얼굴에 사기(邪氣)가 있다고 했다. 운방자가 제 스스로 이렇게 말했다.

"왕년에 면주에서 다시 만났을 때 실은 이미 목매 죽은 뒤였습니다.

李茵)이라는 제목으로 보인다.
43) 양양(襄陽): 지금의 湖北省 襄樊市 襄城區 일대 지역이다.
44) 희종(僖宗): 당나라 僖宗 李儇(862~888)을 가리킨다. 懿宗의 아들로 본명은 儼이었다. 의종이 위독했을 때 환관의 추대를 받아 皇太子로 세워지고 나서 이름을 이현으로 바꾸었다. 의종이 죽은 뒤 영구 앞에서 즉위를 하여 873년부터 888년까지 재위했다. 여기서는 희종이 촉지로 행차했다는 말은 '黃巢의 난'으로 인해 4년(881~884) 동안 蜀地로 피난 갔던 일을 이른다.
45) 시서(侍書): 侍書家와 같은 말로 황제를 모시고 문서를 주관하는 관직이다. 書家로 줄여 쓰기도 한다.
46) 면주(綿州): 지금의 四川省 綿陽市이다.
47) 내관(內官): 환관을 가리키는 말로 中官이라고도 한다.

낭군의 정의에 감동한 나머지 따라온 것이었습니다. 사람과 귀신은 길이 다른데 어찌 감히 낭군께 해를 끼치겠습니까?"

그리고 술을 마련하고 시를 지었으며 작별을 한 뒤 떠났다. 이 이야기는 더욱 기이하다.

[원문] 于祐

唐僖宗時, 于祐於御溝[48]中拾得一紅葉, 上有詩云:

"流水何太急, 深宮盡日閒. 殷勤謝紅葉, 好去到人間."

祐亦題一葉, 置溝上流, 宮中韓夫人拾之.

後祐托韓泳門館, 値帝放宮女三千人, 泳以韓氏嫁祐. 成禮之後, 偶開笥[49]見葉, 異之, 各出所得相質. 歎曰: "事豈偶然!" 泳開宴慶之, 曰: "二人可謝媒矣!" 韓氏作詩曰:

"一聯佳句隨流水, 十載幽思滿素懷. 今日却成鸞鳳侶, 方知紅葉是良媒."

王伯良作《題紅》傳奇.

唐小說記紅葉事有四. 《本事詩》云: 顧況在洛, 乘間與一二詩友游苑中, 于流水上得大梧葉, 有詩云:

"一入深宮裡, 年年不見春. 聊題一片葉, 寄與有情人."

況明日于上流亦題云:

"愁見鶯啼柳絮飛, 上陽宮女斷腸時. 君恩不禁東流水, 葉上題詩寄與誰?"

後十餘日, 有客來苑中, 又于葉上得詩, 以示況, 曰:

"一葉題詩出禁城, 誰人酬和獨含情. 自嗟不及波中葉, 蕩漾乘春取次行."

---

48) 御溝(어구): 皇家園林을 거쳐 지나가는 물줄기를 가리킨다.
49) 笥(사): 옷가지나 음식물을 담는 네모난 대바구니를 말한다.

一說明皇時, 貴妃寵盛, 宮娥皆衰悴, 不願備掖庭50). 嘗書落葉, 隨御溝流出, 云:
"舊寵悲秋扇, 新恩寄早春. 聊題一片葉, 寄與接流人."

況從而和之[和詩同前]. 既達聖聰, 遣出禁內人不少.

又《雲溪友議》載: 宣宗朝, 盧渥舍人應擧之歲, 偶臨御溝, 見紅葉上有詩,
"流水何太急"云云. 又《北夢瑣言》所載, 與《雲溪友議》同, 以爲進士李茵事. 惟劉
釜《靑瑣》中有《流紅記》, 易其人爲于祐, 妄也. 又, 別書載: 進士李茵, 襄陽人.
嘗遊苑中, 見紅葉自御溝流出, 上題詩云, "流水何太急"云云, 茵收貯書囊. 後僖宗
幸蜀, 茵奔竄南山民家. 見一宮娥, 自云宮中侍書, 名雲芳子51), 有才思. 茵與之欸
接, 因見紅葉, 歎曰: "此妾所題也." 同行詣蜀, 具述宮中之事. 及綿州, 逢內官田大
人52), 識之曰: "書家何得在此?" 逼令上馬, 與之前去. 李甚怏悵. 其夕宿逆旅,
雲芳復至曰: "妾已重賂中官, 求得從君矣." 乃與俱歸襄陽. 數年, 李茵疾瘠, 有道士
言其固有邪氣. 雲芳子自陳: "徃年綿州相遇, 實已自經而死. 感君之意, 故相從耳.
人鬼殊途, 何敢眙患于君!" 置酒賦詩, 告辭而去. 此說更異.

---

50) 掖庭(액정): 궁녀나 비빈들이 사는 궁중의 곁채를 가리킨다. 자세한 내용은
《情史》 권4 정협류〈古押衙〉'액정' 각주에 보인다.

51) 【校】自云宮中侍書 名雲芳子:《情史》에는 "自云宮中侍書 名雲芳子"로 되어 있
고《北夢瑣言》에는 "自云宮中侍書家雲芳子"로 되어 있다.

52) 【校】田大人:《情史》에는 "田大人"으로 되어 있고《北夢瑣言》에는 "田大夫"로
되어 있다.

131. (12-4) 근자려(勤自勵)[53]

장포(漳浦)[54] 사람인 근자려(勤自勵)가 당나라 천보(天寶)[55] 연간 말년에 건아(健兒)[56]로 충원되어 군대를 따라 안남(安南)[57]을 가고 토번(吐蕃)[58]도 공격하느라 십 년이 지나도록 돌아오지 않자, 근자려의 아내인 임(林)씨는 부모에게 뜻을 빼앗겨 같은 현에 살고 있는 진(陳)씨에게 개가를 하게 되었다. 혼례를 하는 그날 저녁에 근자려가 돌아오자 부모는 그의 아내가 개가를 하게 된 시말을 모두 말해 주었다. 근자려는 이를 듣고 분노를 이기지 못해 목숨을 걸고서라도 가서 처를 빼앗아 오려고 했다. 일찍이 토번을 격파할 때 날카로운 칼을 얻었는데 마침 날이 저물었으므로 근자려는 그 칼을 들고 임씨 집으로 찾아갔다. 근자려가 집에서 팔구 리(里) 떨어진 곳에 이르자 마침 저녁비가 내리며 날이 어두워져 나아갈 수도 없고 물러날 수도 없게 되었다. 갑자기 번개가 번쩍하여 길 왼쪽의 큰 나무에 구멍이

---

53) 이 이야기는 당나라 戴孚의 《廣異記》에서 나온 이야기로 《太平廣記》 권428과 《太平廣記鈔》 권66, 그리고 《廣艷異編》 권28에 〈勤自勵〉로 수록되어 있으며 《虞初》 권1에도 수록되어 있다. 《醒世恒言》 권5 〈大樹坡義虎送親〉의 本事이 기도 하다.

54) 장포(漳浦): 지금의 福建省 漳浦縣이다.

55) 천보(天寶): 당나라 玄宗 李隆基의 연호로 742년부터 756년까지이다.

56) 건아(健兒): 당나라 때 軍鎭에 주둔하던 군인의 일종이다. 자세한 내용은 《唐 六典·兵部尚書》에 보인다.

57) 안남(安南): 당나라 때 여섯 개의 都護府 가운데 하나였던 安南都護府를 이른다. 안남도호부는 당나라 때 남부 변경 지역을 관리하던 주요 정부 기관이었다.

58) 토번(吐蕃): 7세기부터 9세기까지 존재했던 藏族 사람이 세운 정권으로 所轄 지역은 대략 지금의 티베트와 그 주변 일부 지역이었다. 당나라 천보 9년 (750)에 중국 서남부 지역에 있던 南詔國이 당나라에 대항을 하자 당나라 조정에서 토벌을 하니 남조는 토번에게 도움을 청해 결국 당나라 군대가 토번 국을 상대로 전쟁을 벌이게 된다. 이 전쟁에서 당나라는 패배해 雲南에 대한 통제권을 잃게 된다.

있는 것을 보고 그는 구멍 속에서 비를 그었다. 그 속에는 호랑이 새끼 세 마리가 있었는데 근자려가 그것들을 모두 죽였다. 한참 있었더니 큰 호랑이가 어떤 것을 구멍 안으로 넣어 두고 잠시 뒤에 다시 갔다. 근자려는 사람의 신음소리를 듣고 바로 그 앞으로 가서 그것을 만져 봤더니 여자였다. 근자려가 누구냐고 묻자 그 여자가 말했다.

"저는 임씨 집의 딸이온데 전에 근자려에게 시집을 가서 그의 아내가 되었습니다. 그가 종군하여 돌아오지 않자 경우 없이 하시는 부모님께 강요를 당해 개가하게 되어 오늘 밤에 혼례를 올리게 되었습니다. 저는 옛 남편을 마음에 두고 있으나 다시 만날 수 없기에 수건을 가지고 집 뒤에 있는 뽕나무 숲에서 목을 매 죽으려는 참에 호랑이에게 잡혀 왔습니다. 다행히도 댁을 만나 지금까지 상해를 입지 않았으니, 만약 구해주실 수 있으시다면 마땅히 나중에 보답할 것입니다."

근자려가 말했다.

"내가 바로 근자려요. 새벽에 돌아와 집에 당도하자 부모님께서 당신이 다른 사람에게 시집간다고 말씀하시기에, 칼을 들고 와서 찾으러 가고 있었는데 여기에 만나게 될 줄을 어찌 예상이나 했겠소!"

이들은 곧 서로 붙잡고서 눈물을 흘렸다.

잠시 후 호랑이가 왔는데 처음에 크게 으르렁거리다가 구멍 안으로 거꾸로 들어오기에 근자려가 칼을 휘두르자 호랑이의 허리가 잘려졌다. 아직도 호랑이 한 마리가 더 있을 것이라고 짐작되어 감히 나가지 못하고 있었다. 곧이어 달이 밝자 다른 호랑이도 돌아왔다. 제 짝이 죽어 있는 것을 보고 더욱 심하게 으르렁거렸다. 그 호랑이도 구멍으로 거꾸로 들어와 근자려에게 또한 죽임을 당했다. 곧 근자려는 그의 아내를 등에 업고 집으로 돌아와 지금까지도 아무 탈 없이 살고 있다.

이 나무 구멍은 바로 호랑이 굴이었다. 근자려는 그 호랑이 굴에 의지해 비를 피했고 그 호랑이의 힘을 빌려 아내를 찾았다. 큰 은혜는 갚지를 않고 오히려 죽였으니 슬프도다! 하지만 근자려가 호랑이를 죽이지 않았어도 해가 없었을 것이라고 믿을 수 있겠는가? 흉악함이 오랫동안 쌓여 드러나 있었기에 은혜를 베풀었어도 사람이 그것을 의심한 것이다. 세상에 덕을 베풀었으나 보답 받지 못한 자가 있다면 스스로 그 자신이 평소에 한 일을 반성해야 할 것이다.

[원문] 勤自勵

　　漳浦人勤自勵者, 以天寶末充健兒, 隨軍安南及擊吐蕃, 十年不還. 自勵妻林氏, 爲父母奪志, 將改嫁同縣陳氏. 其婚夕而自勵還, 父母具言其婦重嫁始末. 自勵聞之, 不勝忿怒, 輒欲拼生牲劫. 常破吐蕃得利劍, 會日暮, 因仗劍而行, 以詣林氏. 自勵去家八九里59), 屬暮雨天晦, 進退不可. 忽而電明, 見道左大樹有旁孔, 自勵避雨孔中. 有三虎子, 自勵並殺之. 久之, 大虎將一物內60)孔中, 須臾復去. 自勵聞有人61)呻吟, 徑前捫之, 即婦人也. 自勵問其爲誰, 婦人云: "己是林家女, 先嫁勤自勵爲妻. 自勵從軍未還, 父母無狀, 見逼改嫁, 以今夕成親. 我心念舊, 不能再見, 適持手巾宅後桑林自縊, 爲虎所取. 幸而遇君, 今猶未損. 倘能相救, 當有後報." 自勵謂曰: "我即自勵也. 曉還至舍, 父母言君適人, 故仗劍而來相訪, 何期于此相

---

59) 【校】以詣林氏　自勵去家八九里: [鳳], [岳], [類]에는 "以詣林氏　自勵去家八九里"로 되어 있고 [影], [崔]에는 "以詣林氏　林去家八九里"로 되어 있으며 《太平廣記》에는 "以詣林氏　行八九里"로 되어 있고 《虎薈》에는 "以詣林氏家　八九里"로 되어 있다.

60) 【校】內: [影], 《虎薈》에는 "內"로 되어 있고 [鳳], [岳], [類], [崔]에는 "納"으로 되어 있다.

61) 【校】有人: 《太平廣記》에는 "有人"으로 되어 있고 《情史》, 《虎薈》에는 "其人"으로 되어 있다.

遇." 乃相持而泣.

　頃之虎至, 初大吼叫, 然後倒入孔. 自勵以劍揮之, 虎腰中斷. 意尚有一虎, 故未敢出. 尋而月明, 後虎亦至. 覰其偶斃, 吼叫愈甚. 自爾復倒入, 又爲自勵所殺. 乃負妻還家, 今尚無恙.

　此樹孔乃虎穴也. 托其穴以避雨, 借其力以得妻. 大德不報, 反以殺身, 哀哉! 然自勵不殺虎, 能相信無害乎? 猛惡稔著, 爲德而人猶疑之. 世有施而不報者, 可自反其平日矣.

132. (12-5) 정원방(鄭元方)[62]

　여주(汝州) 섭현(葉縣)[63]의 현령인 노조(盧造)에게 어린 딸이 있었다. 당나라 대력(大曆)[64] 연간에 그는 읍(邑)에 사는 정초(鄭楚)에게 허혼(許婚)을 하며 말하기를 "내 딸이 장성하면 자네 아들 원방(元方)에게 시집보내겠네."라고 하자 정초는 이를 정중히 받아들였다. 얼마 지나지 않아 정초는 담주(潭州)[65] 군사(軍事)에 임용되었으며 노조는 관직을 그만두고 섭현에 우거했다. 그 후 정초가 세상을 떠나자 원방은 초상을 치르고 강릉(江陵)[66]에서 살았으므로 몇 년 동안 소식이 서로 끊겼다. 현령인 위계(韋計)는 아들을

---

62) 이 이야기는 《續玄怪錄》 권4에는 〈葉令女〉으로, 《太平廣記》 권428과 《太平廣記鈔》 권66에는 〈盧造〉라는 제목으로 보이며, 《虎薈》 권5에도 수록되어 있다.
63) 여주섭현(汝州葉縣): 汝州는 지금의 河南省 汝州市이고 葉縣은 지금의 河南省 葉縣이다. 당나라 때 葉縣은 汝州에 속해 있었다.
64) 대력(大曆): 당나라 代宗 李豫(726~779)의 연호로 766년부터 779년까지이다.
65) 담주(潭州): 지금의 湖南省 長沙市 일대이다.
66) 강릉(江陵): 지금의 湖北省 荊州市이다.

위해 노조의 딸을 맞이하려고 했다. 혼례를 올리는 날에 마침 정원방이 그곳에 이르렀다. 무창(武昌)[67]의 변경을 지키는 군사들도 때마침 그 현에 머물고 있었다. 현이 좁은 데다가 비가 심하게 내렸으므로 정원방은 몸 둘 곳이 없어 곧장 현의 동쪽 십여 리에 있는 절로 갔다. 절의 서북쪽 모퉁이에서 어린 짐승이 우는 것 같은 소리가 들리기에 불을 들고 가서 보니 바로 호랑이 새끼 세 마리였는데 눈도 아직 뜨지 않고 있었다. 그것들은 아직 어려 사람을 해칠 수 없기에 차마 죽이지는 않고 단지 문을 닫아 단단히 막아 두기만 했다.

대략 삼경(三更)이 되었을 즈음에 호랑이가 와서 몸으로 문을 부딪쳤으나 들어갈 수가 없었다. 서쪽에 창문이 있었는데 또한 매우 견고해 호랑이는 성이 나서 그 창문을 치다가 머리가 창틀에 걸려 들어갈 수도 빠져 나올 수도 없게 되었다. 정원방이 불탑의 벽돌을 가져다가 호랑이를 내려치자 호랑이는 으르렁거리며 성이 나서 발버둥을 쳤지만 끝내 빠져나갈 수 없었다. 그가 잇따라 내려쳤더니 호랑이는 잠시 만에 죽었다. 조금 있다가 문밖에서 여자가 신음하는 것 같은 소리가 들렸는데 숨이 매우 가빴다. 정원방이 천천히 묻기를 "문밖에 신음하는 자는 사람이요, 귀신이오?"라고 하자, "사람입니다."라고 답했다. 정원방이 묻기를 "어찌하여 여기에 이르렀소이까?"라고 하자, 이렇게 답했다.

"첩은 옛 노 현령의 딸이옵니다. 저녁에 위씨에게 시집을 가게 되어 막 수레에 올라타다가 호랑이에게 업혀 이곳에 이르렀습니다. 지금 다친 데는 없지만 비가 심하게 내리고 호랑이가 또 올까 두려운데 저를 구해 주실 수 있으신지요?"

정원방은 이를 기이하다 여겨 촛불을 들고 나가서 보니 고운 여자가

---

67) 무창(武昌): 지금의 湖北省 鄂州市이다.

열 일고여덟이 되어 보였는데 예복을 엄연히 차려 입은 채로 진흙물에 흠뻑 젖어 있었다. 그녀를 부축해 안으로 들인 뒤에 다시 문을 단단히 닫고 불탑에 있는 헐어진 불상을 주어다가 계속해 불을 밝혔다. 여자가 묻기를 "여기는 어딥니까?"라고 하니, 정원방이 말하기를 "현의 동쪽에 있는 절입니다."라고 했다. 정원방이 자기 성명을 대며 옛날에 허혼한 일을 말하자 여자도 전의 일을 기억하며 이렇게 말했다.

"첩의 아버님께서는 일찍이 저를 님에게 시집보내겠다고 하셨으나 일단 님의 소식이 끊어져 버리자 위씨에게 시집보내려 하셨던 겁니다. 천명은 바꾸기 어려워 호랑이가 저를 님에게 돌아가도록 보냈네요. 마을이 여기서 가까우니 님께서 바래다주실 수 있으시다면, 위씨를 거절하고 님의 건즐을 받들기를 청하옵니다."

날이 밝자 정원방은 그녀를 집까지 바래다주었다. 그 집안사람들은 그녀가 호랑이에게 잡혀갔으므로 상복을 만들려고 하고 있다가 갑자기 그녀가 돌아온 것을 보고 이루 말할 수 없이 기뻐했다. 정원방이 호랑이를 현아(縣衙)로 옮기고 그 일을 모두 말하자 현령은 이를 기이하게 여기며 노씨를 정원방에게 시집보내도록 했다.

[원문] 鄭元方

　汝州葉縣令盧造者, 有幼女. 大曆中, 許邑客鄭楚, 曰: "及長, 以嫁君之子元方." 楚拜之. 俄而楚錄潭州軍事, 造亦辭而寓葉. 後楚卒, 元方護喪居江陵, 數年間音問兩絶. 縣令韋計爲子娶焉. 其吉辰, 元方適到. 會武昌戍邊兵[68]亦止其縣. 縣

隘, 天雨甚, 元方無所容, 徑往縣東十餘里佛舍. 舍西北隅有若小獸號鳴者, 出火視之, 乃見三虎雛, 目尚未開. 以其小, 未能害人, 且不忍殺, 閉門堅拒而已.

約三更初, 虎來觸其門, 不得入. 其西有牕, 亦甚堅. 虎怒搏之, 陷頭於牕中, 進退不得. 元方取佛塔磚擊之, 虎吼怒挐攫, 終莫能去. 連擊之, 俄頃而死. 既而聞門外若女子呻吟, 氣甚困. 元方徐問曰: "門外呻吟者, 人耶鬼耶?" 曰: "人也." "何以到此?" 曰: "妾前盧令女也. 夕將適韋氏, 方登車, 爲虎負荷至此. 今即無損, 雨甚, 畏其復來, 能相救乎?" 元方奇之, 執燭出視, 乃好女子, 年十七八[69], 禮服儼然, 泥水皆徹. 既扶入, 復固其門, 拾佛塔毀像, 以繼其明. 女問: "此何處?" 曰: "縣東佛舍耳." 元方言姓名, 且話舊諾. 女亦前[70]記之曰: "妾父曾許妻君, 一旦以君之絶耗也, 將嫁韋氏. 天命難改, 虎送歸君. 莊去此甚近, 君能送歸, 請絶韋氏而奉巾櫛."

及明, 送歸. 其家以虎攫而去, 方謀制服[71], 忽見其來, 喜若天降. 元方致虎于縣, 具言其事. 縣宰異之, 以盧氏歸于鄭焉.

133. (12-6) 상인 주씨의 딸(周商女)[72]

의흥산(義興山)[73]에 진(陳)씨라고 하는 자가 살고 있었다. 해가 저물 무렵, 그의 집 문 앞에서 호랑이 한 마리가 으르렁거리더니 어떤 것을

---

69) 【校】十七八: 《續玄怪錄》, 《太平廣記》에는 "十七八"로 되어 있고 《情史》에는 "十八"로 되어 있다.

70) 【校】前: 《情史》, 《續玄怪錄》에는 "前記之"로 되어 있고 《太平廣記》에는 "能記之"로 되어 있다.

71) 【校】方謀制服: 《情史》에는 "方謀制服"으로 되어 있고 《續玄怪錄》에는 "方坐且製服禮"로 되어 있으며 《太平廣記》에는 "以虎攫去 方將制服"으로 되어 있다.

72) 이 이야기는 명나라 王兆雲의 《湖海搜奇》 권下에 〈虎媒〉로 실려 있고 명나라 王穉登의 《虎苑》 권上에도 보이며 《古今情海》 권15에 〈周商女〉로 실려 있다.

73) 의흥산(義興山): 義興縣(지금의 江蘇省 宜興市)에 있는 산이 아닌가 싶다.

놓고 갔다. 살찐 양 새끼이기에 그것을 가져다 삶아 먹었다. 호랑이가 다시 올까 두려워 마른 양을 밖에 묶어 두어 그의 입을 막으려 했다. 밤이 되자 호랑이가 또 어떤 것을 입에 물고 와서 큰 소리로 거듭해 으르렁거리더니 돌아갔다. 진씨가 재빨리 가서 보았더니 한 젊은 여자였는데 비록 옷과 신발이 젖어 엉망이 되어 있었지만 용모는 매우 아리따웠다. 그녀를 부축해 방 안으로 들이고 나서 한참을 있었더니 숨이 안정되어 말했다.

"소녀는 강음(江陰)⁷⁴⁾ 상인 주(周)씨의 여식이온데 어머니를 따라 성묘하러 갔다가 호랑이에게 잡혔습니다. 호랑이 입에서 죽게 될 것이라 스스로 생각했는데 뜻밖에 이곳에 이르게 되었습니다."

주인은 옷을 갈아입히고 탕약과 죽을 먹였다. 그녀에게 바느질을 하게 했더니 매우 조리가 있었다. 안주인이 넌지시 여자에게 말하기를 "너는 이미 돌아갈 곳이 없는데 내 며느리가 되겠느냐?"라고 했더니, 감사하며 말하기를 "소녀는 주인의 구원으로 죽음에서 나와 다시 살아났으니 감히 분부대로 하지 않을 수가 없습니다."라고 했다. 진씨는 그녀를 막내아들과 짝지어 주었다.

그 여자는 매우 부지런하고 검소했으므로 온 집안사람들이 그녀를 좋아하며 중히 여겼다. 열이틀이 지나 여자의 부모가 그녀를 찾고서 크게 기뻐하며 말하기를 "딸애가 아직 혼약을 맺지 않았으니 댁과 혼인을 맺고 싶습니다."라고 했다. 이에 잔치를 베풀고 친척과 친구를 불러 모았다. 그들은 서로 육친과 같이 왕래했으며 당시 사람들은 이를 '호매(虎媒)'라고 일렀다.

---

74) 강음(江陰): 江(長江)의 남쪽이란 뜻으로 지금의 江蘇省 江陰市이다. 江은 남쪽을 陰이라 하고 북쪽을 陽이라 한다.

[원문] 周商女

　　義興山陳氏, 薄暮, 有虎咆哮其門, 置一物而去, 乃肥羜也, 取而烹之, 懼其復來, 繫瘠羊於外以塞口. 及夕, 虎復啣一物至, 大嗥者再, 去[75]. 陳趨視, 則一年少女子, 雖衣履沾敗, 而體貌絶姸. 扶入室, 久而息定. 乃言: “兒是江陰周[76]商女, 隨母上塚, 爲虎所搏[77]. 自分死虎口矣, 不意得至此.” 主人易衣, 飮以湯粥. 俾之縫紝, 殊有條理. 主婦諷之曰: “汝旣無歸, 肯爲吾子婦乎?” 謝曰: “兒得主君援救, 出死入生, 敢不唯命是聽[78].” 陳以配其季子.

　　女甚勤儉, 擧家愛重之. 浹辰[79], 其父母覓得之, 大喜. 言: “女未許人, 今願與君結婚好.” 因張宴, 徵召親友. 相與往來如骨肉云. 時人謂之虎媒.

134. (12-7) 배월객(裴越客)[80]

　　당나라 건원(乾元)[81] 연간 초에 이부상서(吏部尚書)였던 장호(張鎬)[82]가

---

75) 【校】去: 《情史》에는 “去”로 되어 있고 《湖海搜奇》에는 “遂去”로 되어 있다.

76) 【校】周: 《情史》에는 “周”로 되어 있고 《湖海搜奇》에는 “舟”로 되어 있다.

77) 【校】搏: [影], [鳳], [岳], [類], 《湖海搜奇》에는 “搏”으로 되어 있고 [春]에는 “捕”로 되어 있다.

78) 唯命是聽(유명시청): 명을 내리기만 하면 그에 따른다는 뜻으로 절대적으로 복종한다는 말이다.

79) 浹辰(협진): 干支에서 子부터 亥까지의 12일 한 차례 순환을 浹辰이라 한다. 《左傳》 杜預 注에서 이르기를 “浹辰은 12일이다.(浹辰, 十二日也.)”고 했다.

80) 이 이야기는 《集異記·補編》에서 나온 이야기로 《太平廣記》 권428에 〈裴越客〉으로 실려 있으며 《廣艶異編》 권28에는 〈虎媒志〉로 수록되어 있다. 《虎薈》 권3과 《艶史》 권7에도 보이며, 《古今情海》 권15에는 〈虎媒〉로 실려 있다.

81) 건원(乾元): 당나라 肅宗 李亨의 연호로 758년부터 760년까지이다.

82) 장호(張鎬, ?~764): 자는 從周이며 博州(지금의 山東省 聊城市)사람으로 어려서부터 큰 뜻을 품었으며 經史에 정통했다. 당나라 천보 말년에 左拾遺의 벼슬

진주(辰州)⁸³⁾ 사호(司戶)⁸⁴⁾로 좌천되었다. 그전에 장호가 경도에 있을 때, 그의 차녀인 덕용(德容)은 복야(僕射)였던 배면(裴冕)⁸⁵⁾의 셋째 아들인 전(前) 남전(藍田)⁸⁶⁾ 위관(尉官) 월객(越客)과 혼인을 맺었다. 친영의 날짜는 이미 정해져 있었지만 장호가 좌천되었기에 기일을 다음 해 봄으로 바꾸었다. 그해가 되어 배월객은 혼례를 올리기 위해 행장을 꾸려 남쪽으로 길을 떠났다. 장호는 그가 곧 도착할 것을 알고 매우 기뻐하며 가족들에게 화원에서 연회를 베풀도록 했다. 덕용도 외사촌 동생들을 따라 놀러 나갔는데 그곳은 외진 군현(郡縣)이라서 궁벽했으며 대나무들이 빽빽하게 서로 얽혀 있었다. 해가 저물어 그들은 집으로 돌아가면서 앞서거니 뒤서거니 하며 분분히 웃고 얘기했다. 홀연 맹호 한 마리가 대나무 사이에서 나오더니 덕용을 등에 지고 우거진 수풀로 뛰어들어 가자 사람들은 모두 놀라고 무서워하며 장호에게 달려가 이를 알렸다. 날은 이미 어두컴컴해졌으므로 온 집안사람들은 통곡을 하며 어찌할 바를 몰랐다. 날이 밝자 곧 사람들을

을 제수받았고 현종을 따라 蜀地로 피난을 가기도 했다. 肅宗 즉위 이후로 諫議大夫, 中書侍郎, 中書門下平章 등의 벼슬을 역임했다. 代宗 초년에는 平原郡公으로 봉해졌으며 撫州刺史, 江南西道都團練觀察使 등의 벼슬을 지냈다. 《新·舊唐書》에 그에 대한 傳이 있다.

83) 진주(辰州): 지금의 湖南省 懷化市의 일부 지역이다.
84) 사호(司戶): 民戶를 주관하는 관원으로 府에서는 戶曹參軍이라 했고 州에서는 司戶參軍이라 했으며 縣에서는 司戶라고 했다. 자세한 내용이 《通典·職官十五》, 《舊唐書·職官誌三》, 《新唐書·百官四下》, 《續通典·職官十五》 등에 보인다.
85) 배면(裴冕, 712~779): 자는 章甫이고 河東(지금의 山西省 蒲州鎭)사람이다. 渭南縣尉, 監察御史, 殿中侍御史 등의 벼슬을 지내다가 安史의 亂이 일어나 현종이 촉지로 도망갔을 때 배면을 보내 태자인 李亨을 보좌하게 했다. 천보 15년(756)에 현종이 마외에서 황위를 태자에게 물려준다는 조서를 내리자 배면 등이 태자를 추대해 제위에 오르게 했다. 숙종 즉위 이후에 中書侍郎의 벼슬을 제수받았고 左·右僕射 등을 지냈으며 冀國公으로 봉해졌다. 《新·舊唐書》에 그에 대한 傳이 있다.
86) 남전(藍田): 秦나라 때부터 설치된 현으로 美玉이 나오는 곳으로 유명하다. 지금의 陝西省 藍田縣이다.

크게 동원하여 산야에서 해골을 찾으려 했으나 원근의 주변 어디에도 전혀 흔적이 없었다.

그 전날 밤에 배월객은 배를 타고 고을에서 이삼십 리 떨어진 곳에 이르렀는데 아직 그의 처가 호랑이에게 업혀간 일을 모르고 있었다. 하인 십여 명과 더불어 강기슭으로 올라가 천천히 걸어가니 배도 그를 따라갔다. 이삼 리도 채 못 가서 나루터를 지나는데 판옥 안에 걸상이 있기에 배월객은 이를 털고 그 위에서 쉬고 있었으며 하인들은 앞뒤로 늘어서 있었다. 잠시 후 뭔가가 숲 가운데서 나오는 소리가 들리자 이내 모두 숨을 죽이고 기다렸다. 초승달 아래에 홀연히 맹호가 뭔가를 업고 나타난 것이 보이자 모두들 놀랍고 두려워 큰 소리로 함께 외치며 판옥을 세게 두드렸다. 호랑이는 천천히 걷다가 잠시 후 판옥 옆에 엎드려 등에 업은 것을 남겨 두고 산속으로 들어갔다. 하인들이 엿보고서 아뢰기를 "사람인데 아직 숨이 남아 있습니다."라고 하자, 배월객은 곧 그를 맞들고 배에 올라타게 한 뒤, 배를 띄우라고 재촉했다. 촛불을 밝혀 자세히 봤더니 열예닐곱 살쯤 된 미녀였는데 용모와 옷차림이 정말 시골에서 볼 수 있는 바가 아니었다. 배월객은 심히 이상하다 여겨 시녀들을 보내 그녀를 돌보며 위로하도록 했다. 여자는 비록 머리가 헝클어지고 옷은 찢겨져 있었지만 몸과 피부는 조금도 다친 데가 없었다. 시녀들이 그녀에게 차차 탕약을 먹이자 조금씩 입에 넣을 수 있었다. 한참이 지나 정신이 안정되고 조금 있다가 눈도 떴지만 그녀에게 말을 건네도 응답하지 않았다. 밤이 깊어진 뒤에 고을에서 온 자들이 모두, 당조(當朝) 상서의 차녀가 어젯밤에 동산에서 놀다가 맹호에게 먹혀 그 잔해를 찾으려 했지만 아직까지 찾지 못했다고 말했다. 이를 들은 자가 곧 배월객에게 고해 그는 바로 시녀들을 보내 이 일을 물었더니 덕용은 통곡하기를 그치지 않았다. 배월객은 강기슭으로 올라간 뒤에 이 일을 장호에게 아뢰었다. 장호는 새벽에 말을 몰고 달려와서 비통해하는 한편 기뻐하기도 하면서 그들과 함께 돌아갔다. 그리하여 혼례는 마침내 기약한 대로 올려졌다. 이로부터 검협(黔峽)⁸⁷⁾ 지방 여기저기에 호매사(虎媒祠)가 세워졌는데 지금까지도 남아 있는 곳이 있다. 이 이야기는 《집이기(集異記)》⁸⁸⁾에 나온다.

정원방(鄭元方)이 만난 호랑이는 의호(義虎)였고 근자려(勤自勵)가 만난 호랑이는 충호(忠虎)였으며 의흥(義興) 진(陳)씨가 만난 호랑이는 미호(媚虎)였으니, 총괄해 말하자면 호매(虎媒)라고 하기에 손색이 없다. 대저 다리를 놓아 주는 것을 중매라 한다. 배월객은 혼례가 멀지 않았었는데 호랑이가 한바탕 소란을 피워 혼례에 큰 누가 되기만 했고, 판옥을 두드리는 소리가 높아서 게걸스런 입이 먹지 못한 것이었으니 천하에 이런 못된 중매가 있겠는가? 어찌하여 사당을 지었다는 말인가? 충실(忠實)한 자는 죽임을 당하고 악한 자가 공로가 있다고 자처하니 이것이 바로 중매들이 서로 다투어 악한 일만 하고 충실하게 하지 않으려는 까닭이다.

[원문] 裴越客

唐乾元初, 吏部尚書張鎬, 貶辰州⁸⁹⁾司戶. 先是鎬在京, 以次女德容, 與僕射裴冕第三子前藍田尉越客結婚焉. 已赳迎日, 而鎬左遷, 遂改期來歲之春季. 其年越客束裝南邁, 以畢嘉禮⁹⁰⁾. 鎬知其將至, 深喜, 因命家族宴於花園, 而德容亦隨姑

---

87) 검협(黔峽): 黔은 貴州省의 별칭이고 峽은 長江 三峽을 가리킨다.
88) 집이기(集異記): 당나라 薛用弱이 隋唐 때의 奇聞異事를 기록한 책으로 逸文과 함께 전하는데 《千頃堂書目》에 의하면 15권으로 되어 있었다고 한다.
89) 【校】辰州: 《情史》, 《虎薈》에는 "辰州"로 되어 있고 《太平廣記》에는 "㲯州"로 되어 있다.
90) 嘉禮(가례): 五禮인 吉·凶·軍·賓·嘉 가운데 하나로 본래 飮食, 婚冠, 賓射, 饗燕, 脹膰, 賀慶 등의 의례를 가리켰으나 나중에는 혼례만을 가리키게 되었다.

姨妹游焉. 山郡蕭條, 竹樹交密. 日暮, 衆將歸, 或後或先, 紛紛笑語. 忽有猛虎出自
竹間, 背負德容, 跳入翳薈. 衆皆驚駭, 奔告91)張. 夜色已昏, 擧家號哭, 莫知所爲.
及曉, 則大發人徒, 求骸骨于山野間. 週廻遠近, 曾無蹤跡.

　　是夕之前夜, 越客行舟去郡二三十里, 尚未知其妻之爲虎暴. 乃與僕夫十數
輩, 登岸徐行, 其船亦隨焉. 不二三里, 過水次, 板屋之內有榻, 因掃拂, 即之憩焉.
僕從羅列于前後. 俄聞有物來自林木之間, 衆乃靜伺. 微月之下, 忽見猛虎負一物
至. 衆皆惶懼, 共鬭喝之, 仍大擊板屋. 其虎徐行, 尋俯於板屋側, 留下所負物,
竟入山間. 僕從窺看, 云"是人也, 尚有餘喘." 越客即令昇之登舟, 因促使解纜92).
然燭熟視93), 乃是十六七美女也. 容貌衣服, 固非村間所有. 越客深異, 遣群婢看
撫之. 雖鬌雲披散, 衣服破裂, 而身膚無少損. 群婢漸灌以湯飮, 即能微微入口.
久之, 神氣安集, 俄復開目. 與之言語, 莫肯應. 夜久, 即有自郡至者, 皆云今94)尚書
次女, 昨夜遊園, 爲暴虎所食, 至今求其殘骸未獲. 聞者遂以告於越客, 即遣群婢以此
詢, 德容號啼不止. 越客既登岸, 遂以其事列於鎬, 鎬凌晨躍馬而至, 既悲且喜, 遂與
同歸. 而婚媾果諧其期. 自是黔峽徃徃建立虎媒祠, 今尙有存者. 出《集異記》95).

　　元方所遇, 義虎也. 自勴所遇, 忠虎也. 義興陳氏所遇, 媚虎也. 挩之無愧於虎
媒也. 夫撮合爲媒, 越客婚有日矣. 虎一番驚擾, 大爲嘉禮之累. 板屋聲高, 饞口未
厭, 天下有此惡媒乎? 何以祠爲! 忠者見殺, 惡者居功, 此爲媒者之所以競爲惡,

91) 【校】告: [鳳], [岳], [類], 《太平廣記》, 《虎薈》에는 "告"로 되어 있고 [影], [春]에
　　는 "於"로 되어 있다.
92) 解纜(해람): 배를 묶어 놓은 밧줄을 푼다는 뜻으로 배를 출범시키는 것을 이
　　른다.
93) 【校】然燭熟視: [影], [春]에는 "然燭熟視"로 되어 있고 [鳳], [岳], [類]에는 "燃燭
　　熟視"로 되어 있으며 《太平廣記》에는 "然後船中烈燭熟視"로 되어 있고 《虎薈》
　　에는 "然於船中列燭熟視"로 되어 있다.
94) 【校】今: 《情史》에는 "今"으로 되어 있고 《太平廣記》, 《虎薈》에는 "張"으로
　　되어 있다.
95) 【校】集異記: 《太平廣記》에는 "集異記"로 되어 있고 《情史》에는 "雜異記"로 되
　　어 있다.

而莫肯盡忠也.

135. (12-8) 대별산의 여우(大別狐)96)

명나라 천순(天順)97) 연간 갑신(甲申)년에 절강(浙江)사람인 장생(蔣生)은 강호를 떠돌며 장사를 하다가 한양(漢陽) 마구(馬口)98)의 어떤 여관에 머물게 되었다. 그는 나이가 아직 젊었으며 풍도와 외모도 뛰어났다. 여관으로부터 집 몇 채 떨어진 곳에 사는 마(馬)씨에게 딸이 있었는데 창가에 비친 모습이 가냘프고 아름다워 광채가 눈부실 정도였다. 장생은 우연히 그 집에 들어갔다가 그녀를 엿보고 찬탄하며 흠모해 넋을 잃었다. 그날 밤 여자가 스스로 장생을 찾아와서 이렇게 말했다.

"낭군께서 사랑해 주시어 첩도 마음이 끌렸습니다. 그래서 이리 찾아와 이 누추한 모습을 보여드립니다. 그렇지만 엄친께서는 강직하시고 매서우시니 반드시 입을 삼가시고 몸가짐을 단정히 하셔야만 비로소 이 교호(交好)가 오래갈 수 있을 것입니다."

장생은 신선을 만난 것보다 더 기뻐하며 그녀와 더불어 잠자리를 함께했다. 장생은 입을 꼭 다물고 발을 밖으로 내딛지도 않았으며 오직 그 여자를 저버리게 될까 두려워하기만 했다. 하지만 장생은 점차 몸이 쇠약해지고

---

96) 이 이야기는 《耳談》 권7에 〈大別狐妖〉라는 제목으로 보이고, 《廣艷異編》 권5
    에는 〈蔣生〉으로 실려 있다. 《二刻拍案驚奇》 권29 〈贈芝麻識破假形 撥草藥巧
    諧眞偶〉와 《型世言》 제38회 〈妖狐巧合良緣 蔣郎終偕伉儷〉로 각색되기도 했다.
97) 천순(天順): 명나라 英宗 朱祁鎭의 연호로 1457년부터 1464년까지이다. 天順甲
    申은 1464년이다.
98) 한양마구(漢陽馬口): 지금의 湖北省 漢川市 馬口鎭이다.

초췌해졌다. 그의 동배가 밤에 사람 소리가 들리는 것 같아서 이를 의심해 장생에게 묻기를 "자네 혹시 요물에게 홀린 것이 아닌가?"라고 했다. 장생은 처음에는 감추려고 했으나 병이 심해지자 비로소 말하기를 "마공의 딸과 더불어 이전에 정해진 인연이 있어 항상 그녀가 찾아와서 즐거움을 나누었지 다른 일은 아닐세."라고 했더니 그 동배가 이렇게 말했다.

"자네가 틀렸네. 마씨의 집은 담이 높은 데다가 사람들이 많은데 그 딸이 어디로 나올 수 있겠나! 듣기로는 이곳에 예전부터 여우 귀신이 있다는데 반드시 그것일 게야."

그리고 나서 곧 거친 천에 참깨 몇 되를 담아놓고 말하기를 "만약 오거든 그에게 이것을 주면 저절로 판별될 것이네."라고 하자 마침내 장생은 그것을 여자에게 주었다. 장생은 동배의 말대로 참깨가 떨어진 흔적이 멈춘 데까지 가서 엿보았더니 대별산(大別山)[99] 아래 여우 한 마리가 동굴 안에서 코를 골면서 자고 있었다. 장생이 두려워서 고함을 지르자 여우가 깨어나 이렇게 말했다.

"오늘 나의 정체가 당신에게 탄로 났는데 이는 연분이 다했기 때문입니다. 하지만 나는 당신에게 해를 끼치지 않고 지금 보답하겠습니다. 당신이 마씨 집 딸을 얻고자 하는 것 또한 어렵지 않습니다."

그리고 나서 동굴 안의 풀을 뜯어 셋으로 묶고 난 뒤에 말했다.

"한 묶음으로는 달여서 몸을 씻으면 당신의 병이 나을 것이고 다른 한 묶음을 마씨 집 지붕 위에 뿌리면 그 집 딸이 독창에 걸릴 것입니다. 나머지 한 묶음으로는 달여서 그 딸의 몸을 씻기면 독창이 낫게 되어 그 여자는 당신에게 시집가게 될 것입니다."

장생은 다시금 크게 기뻐했다. 그는 집으로 돌아가서 남에게 알리지

---

99) 대별산(大別山): 지금의 湖北省, 河南省, 安徽省이 접경한 지역에 있는 산이다.

않고 스스로 그 말대로 했다. 마씨 집 딸은 온 몸에 독창이 생겨 피부가 가렵고 곪아 비린내가 났으며 아픔을 참을 수 없어 밤낮으로 죽기만을 원했다. 여러 의원을 봐도 효과가 없자 그 집은 대문에 "딸을 치유할 수 있는 자에게 시집보낼 것이다."라고 써 붙였다. 장생은 곧 문에 붙인 글을 떼며 말하기를 "제가 능히 치유할 수 있습니다."라고 하고 그 풀을 달인 물로 여자를 씻겼더니 한 달 만에 병이 나았다. 이에 장생은 그 집 데릴사위가 되어 아름다운 아내를 얻었다.

처음에 장생은 여자를 엿보고 매우 사모했으나 여자는 이를 모르고 있었다. 실은 여우가 몰래 보고서 그 여자로 가장하여 온 것이었다. 장생은 스스로 미색에 빠진 것이었고 여우는 그를 유혹한 것이었으나 결국 이로 인해 장생은 진짜 여자를 얻었다. 연(燕)나라 소공(昭公)[100]도 말뼈를 사고 나서 과연 천리마가 이르렀다. 거짓으로 시작했으나 진실로 끝난 것이었다. 여우는 비록 이류(異類)지만 정으로 감동시킬 수 있는데 하물며 황금대(黃金臺)[101]을 지어 현인을 예우하는 자에게 있어서랴.

---

100) 소공(昭公): 춘추시대 연나라의 왕으로 賢士를 구했던 인물로 유명했다. 《戰國策》 권29 燕策一에 다음과 같은 내용이 보인다. 燕나라 昭王이 郭隗에게 인재를 구하는 방법을 청하자, 곽외가 이렇게 말했다. "옛날 어떤 왕이 사람을 보내 천리마를 구하게 했더니 그 사람은 죽은 준마의 머리를 五百 金이나 주고 사왔습니다. 왕이 대로하자, 그 사람이 답하기를 '죽은 말도 오백 금으로 사는데 하물며 산말에 있어서는 어떻겠사옵니까? 천하 사람들이 반드시 왕께서 말을 사실 것이라고 생각할 것이오니 준마는 곧 올 것이옵니다.'라고 했습니다. 이에 1년이 안 되어 천리마 세 필이나 왔다고 합니다. 왕께서 저부터 기용하시면 어진 사람들이 不遠千里하고 찾아올 것입니다."

101) 황금대(黃金臺): 전설에 의하면 연나라 昭王이 천하의 현사를 초빙하기 위해 대를 쌓고서 그 위에 천금을 놓아두었다고 하여 그 누대 이름을 黃金臺라 불렀다고도 한다. 《戰國策·燕策一》에는 소왕이 현사를 모으려고 집을 짓고서 스승을 대하는 예로 郭隗를 대접하자 다른 현사들도 모여들었다는 이야기가 보인다.

[원문] 大別狐

天順甲申年間, 浙中蔣生賈於江湖, 後客漢陽馬口某店. 而齒尚少, 美丰儀. 相距數家, 馬氏有女, 臨窓纖姣, 光采射人. 生偶入, 竊見之, 歎羨魂銷. 是夜女自來曰: "承公垂盼, 妾亦關情, 故來呈其醜陋. 然家嚴剛厲, 必愼口修持, 始永其好." 生喜逾遇僊, 遂共枕席. 而口必三緘, 足不外趾, 惟恐負女. 然生漸憊瘁. 其儕若夜聞人聲, 疑之, 語生曰: "君得無中妖乎?" 生始諱匿, 及疾力, 始曰: "與馬公女有前緣, 常自來歡會, 非有他也." 其儕曰: "君誤矣, 馬家崇墉稠人, 女從何來! 聞此地夙有狐鬼, 必是物也." 因以粗布盛芝麻數升, 曰: "若來, 可以此相贈, 自能辨之." 果相授受. 生如其言, 因跡芝麻撒止處窺之, 乃大別山下有狐䯱寢洞穴中. 生懼大喊, 狐醒曰: "今爲汝看破我行藏, 亦是緣盡. 然我不爲子厲, 今且報子. 汝欲得馬家眞女亦不難." 自撮洞中草, 作三束, 曰: "以一束煎水自濯, 則子病瘳. 以一束撒馬家屋上, 則馬家女病癩. 以一束煎水濯女, 則癩除而女歸汝矣." 生復大喜. 歸, 不以告人, 而自如其言爲之. 女癩徧體, 皮癢膿腥, 痛不可忍, 日夜求死, 諸醫不效. 其家因書門曰: "能起女者, 以爲室." 生遂揭門曰[102]: "我能治." 以草濯之, 一月愈. 遂贅其家, 得美婦.

生始窺女而極慕思, 女不知也, 狐實陰見, 故假女來. 生以色自惑, 而狐惑之也. 然竟以此得眞女矣. 燕昭市駿骨, 而千里之馬果至. 以假始, 以眞終, 狐雖異類, 可以情感, 況于築臺禮士者乎.

---

102)【校】揭門曰: [影]에는 "揭門曰"로 되어 있고 [鳳], [岳], [類], [奮]에는 "謁門曰"로 되어 있으며《耳談》에는 "揭門書曰"로 되어 있다.

136. (12-9) 현구(玄駒)103)

옛날에 한 선비가 있었는데 그는 이웃집 여자와 정분이 나 있었다. 하루는 그 여자의 집에서 술을 마셨는데 여자와 벽 하나만 사이에 두고 있었지만 가까이 할 수가 없었다. 그 선비는 술에 취해 탁자에 기대 누워 있다가 검은 망아지 한 마리를 타고 벽 틈으로 들어가는 꿈을 꾸었다. 틈새가 넓어지지도 않았고 그의 몸과 망아지가 작아지지도 않았는데 곧 그 여자 앞에 이른 뒤 망아지에서 내려 여자와 즐거움을 나눴다. 한참 있다가 여자는 벽 틈까지 배웅을 했고 선비는 다시 망아지를 타고 나왔다. 꿈에서 깨어나 매우 이상하게 여겨져 벽에 난 구멍 속을 보았더니 큰 개미 하나가 있었다. 이런 연고로 개미를 일러 '현구(玄駒)'104)라고도 했다. 이 이야기는 가자(賈子) 의 《설림(說林)》에 보인다.

[원문] 玄駒 [蟻媒]

昔有一士人與鄰女有情. 一日飲于女家, 惟隔一壁, 而無緣得近. 其人醉, 隱几臥, 夢乘一玄駒入壁隙中. 隙不加廣, 身與駒亦不減小, 遂至女前, 下駒與女歡. 久之, 女送至隙, 復乘駒而出. 覺甚異之, 視壁孔中, 有一大蟻在焉. 故名蟻曰"玄

---

103) 이 이야기는《瑯嬛記》권下에서 나온 이야기로《廣艶異編》권12에 〈玄駒〉
로 보이며《僉史》권96에도 수록되어 있다.

104) 현구(玄駒): 晉나라 崔豹의《古今注·問答釋義》에서는 개미를 玄駒라고 불리는 연유에 대해 이렇게 기술했다. "牛亨이 '개미를 玄駒라 부르는 것은 어째서입니까?'라고 물었다. 이렇게 답했다. '河內사람이 황하 옆에서, 기장쌀만한 수천만의 사람과 말이 아침부터 저녁까지 이리저리 왔다 갔다 하는 것을 보았다. 집안사람이 불로 그것을 태웠더니 사람은 모두 모기였고 말은 모두 큰 개미였다. 이런 까닭으로 지금 사람들은 모기를 黍民이라 하고 개미를 玄駒라 한다.'"

駒". 見賈子《說林》.

情史氏曰

　중매는 혼인에 있어서 예사로운 일이다. 여기에서는 평범한 일은 적지 않았고 특이한 것이 있으면 기록했다. 중매를 해 성사가 되었다면 비록 호랑이같이 흉포하고 여우같이 요사스러워도 입전(立傳)하기에 족하고, 중매를 해 잘못되었다면 비록 인온대사(氤氳大使)가 갖은 신통력을 다해도 음탕함으로 이끈다는 비난을 받기에 알맞다. 아! 중매를 서는 것, 그것을 어찌 대충할 수 있겠는가! 중매를 한 것이 잘되었는지를 보면 정 또한 스스로 헤아릴 수 있을 것이다.

　情史氏曰: "媒者, 尋常婚媾之事也. 常事不書, 有異焉則書之. 媒而得, 雖戾如虎, 妖如狐, 亦足以傳. 媒而失, 卽氤氳大使使盡神通, 適以導淫遺議. 嗚呼! '伐柯[105]伐柯', 媒其可苟乎哉! 審於媒之得失, 而情亦可自量也."

---

105) 伐柯(벌가): 《詩經·豳風·伐柯》에 이르기를 "도끼자루를 베려면 어찌해야 하는가? 도끼가 아니면 베지 못하리라. 아내를 맞이하려면 어떻게 해야 하는가? 매파가 아니면 얻지 못하리라.(伐柯如何? 匪斧不克. 娶妻如何? 匪媒不得.)"고 했다. 이후에 중매를 서는 것을 일러 伐柯라고 했다.

13

情憾類
정감류

'정감류'에서는 유감스런 사랑 이야기들을 싣고 있
다. 세부적으로 보면 '인연이 없는 사랑 이야기들
(無緣)', '맞지 않는 짝을 따른 이야기들(所從非偶)',
'사랑하는 자의 죽음을 슬퍼하는 이야기들(傷逝)',
'환생하려 했지만 실현하지 못한 이야기들(再生不
果)' 등을 다루고 있다. 그 가운데 '사랑하는 자의
죽음을 슬퍼하는 이야기들(傷逝)'이 가장 많고 '환
생하려 했지만 실현하지 못한 이야기들(再生不果)'
이 가장 적게 실려 있다. 평자는 권말 정사씨(情史
氏)' 평론을 통해서, 준 정이 깊을수록 쌓인 한이
더욱 많은 것은 마땅한 일이라고 하면서 정이 없는
사람은 흙과 나무에 비유되는 반면에 정이 있는
사람 또한 상심이 많으니 불문(佛門)에서 인생은
고해라 이르는 것도 일리가 있다고 했다.

137. (13-1) 소군(昭君)[1]

소군(昭君)[2]은 자(字)가 장(嬙)이고 남군(南郡)[3]사람이다. 한(漢)나라 원제(元帝)[4] 때 양갓집 딸로서 액정(掖庭)[5]으로 뽑혀 들어갔다. 혹자는 이르기를 소군은 제(齊)나라 왕양(王穰)의 딸이었다고 한다. 얼일곱 살의 나이에 용모는 둘도 없이 아름다웠으며 절개로 이름났다. 나라 안에 있는 현귀(顯貴)한 자들이 그녀를 얻으려 했지만 왕양은 모두 허락하지 않고 있다가 결국 원제에게 바쳤다. 그때는 궁인들이 이미 많아서 황제가 잠깐 사이에 구별할 수 없었기에 화공(畫工)으로 하여금 그들을 그리도록 명하여 그림을 보고 잠자리를 모시게 했다. 다른 궁녀들은 왕왕 뇌물을 주고 많이 뽑혀 갔으나 소군은 자신의 용모를 믿고 구차하게 황제의 총애를 구하지 않겠다는 뜻을 품고 있었으므로 화공은 그녀의 형상을 못생기게 그렸다. 마침 흉노(匈奴)의

---

1) 昭君의 이야기는 《後漢書》 권119 〈南匈奴傳〉, 한나라 劉歆의 《西京雜記》 권2 〈畫工棄市〉, 송나라 王觀國의 《學林》 권4 〈王昭君〉, 송나라 王楙의 《野客叢書》 권8 〈明妃事〉, 명나라 顧起元의 《說略》 권9, 《山堂肆考》 권40 〈按圖召幸〉, 《艶異編》 권6 〈王昭君〉, 《奇女子傳》 권1 〈昭君〉 등의 문헌에 실려 있다. 《情史》의 이 작품은 昭君에 관한 이야기들을 모아서 다시 편집한 것이다. 뒤에 衛子夫의 이야기는 《漢書 · 外戚傳》과 《漢武故事》 등에 보인다.

2) 소군(昭君): 王昭君의 이름과 자에 대하여 《後漢書》 등에서는 "昭君은 자가 嬙이다.(昭君字嬙.)"라고 했고 《前漢書》, 《資治通鑑》 등에서는 "王嬙은 자가 昭君이다.(王嬙字昭君.)"라고 했으나 아직까지 정론은 없다. 西晉 司馬昭의 이름을 피휘하여 昭君을 明君이라 불렀으며 明妃라고도 했다.

3) 남군(南郡): 秦나라 때 설치한 군으로 지금의 湖北省 荊州市 지역이다.

4) 원제(元帝): 한나라 孝元帝 劉奭(기원전 75~기원전 33)을 가리킨다. 宣帝와 許平君 사이에서 태어났으며 재위 기간(기원전 49~기원전 33) 동안 儒術을 숭상했고 여러 차례 흉노를 패배시켰다. 建昭 3년(기원전 36)에 한나라 조정에 반항하는 郅支單于를 죽여 흉노와 벌였던 100년 동안의 전쟁을 종식시켰다. 竟寧 원년(기원전 33)에 흉노 呼韓邪單于가 입조하여 화친을 맺고자 하기에 원제가 궁녀 왕장(王昭君)을 그에게 시집보냈다.

5) 액정(掖庭): 궁중에 궁녀나 비빈이 사는 곳을 가리킨다. 자세한 내용은 《情史》 권4 정협류 〈古押衙〉 '액정' 각주에 보인다.

선우(單于)⁶⁾가 조례를 하러 와서 연지(閼氏)⁷⁾로 삼을 미인을 구하자 황제는
궁녀를 하사하라고 명했다.

소군은 궁에 들어온 지 여러 해가 지나도 황제의 잠자리를 모시지 못하자
슬픔과 원한이 쌓여 액정령(掖庭令)⁸⁾에게 청해 자신이 가겠다고 했다. 선우
가 고별할 즈음이 되자 황제는 크게 연회를 베풀고 그에게 줄 궁녀를 불러와
보여 주었다. 소군은 풍만하고 아름다운 자태에 화려하게 치장하여 궁전을
눈부시게 비추었으며, 자기 그림자를 바라보면서 천천히 걷는 그녀의 모습은
좌중 사람들을 놀라게 했다. 황제는 그녀를 보고 크게 놀라 남겨두려고
하였으나 이역(異域)에게 신의를 잃기 어려웠으므로 마침내 흉노에게 주었
다. 소군은 융복(戎服)을 입은 채로 말에 올라 비파 하나를 들고 변새(邊塞)를
나가 길을 떠났다. 서신을 써서 황제에게 다음과 같이 아뢰었다.

"신첩(臣妾)은 요행히 후궁으로 뽑혀 몸은 해와 달에 의지하며 죽고 나서도
남을 향기가 있을 것이라 생각했사옵니다. 화공의 마음을 맞추지 못해
이역으로 방축(放逐)되었지만 진실로 이 몸을 바쳐 폐하께 보답할 수 있게
되었으니 어찌 감히 제 스스로를 아까워하겠사옵니까? 단지 국가의 인재

---

6) 선우(單于): 한나라 때 중국 북방 소수 민족이었던 흉노의 왕을 말한다. 여기
에서는 흉노의 呼韓邪 單于(?~기원전 31)를 가리킨다. 이름이 稽侯珊이었고
기원전 58년부터 기원전 31년까지 재위했다. 竟甯 원년(기원전 33) 정월에 세
번째로 한나라 조정에 배례를 하러 가서 사위로 삼아 달라고 청했다. 결국
한나라 궁녀 왕장을 아내로 얻고서 甯胡 閼氏라고 칭했다. 그 이후로 한나라
흉노 사이에 40여 년 동안 전쟁이 없었다.
7) 연지(閼氏): 한나라 때 흉노 선우의 아내에 대한 통칭이다. 《史記·韓信盧綰
列傳》에 대한 張守節의 正義에서 이렇게 일렀다. "閼은 音이 燕과 같고, 氏는
音이 支와 같다. 선우의 嫡妻에 대한 호로 황후와 같다."
8) 액정령(掖庭令): 秦나라 때 후궁에 永巷이라는 관서가 있었는데 한나라 武帝
때 이르러 그것을 掖庭으로 바꾸고 그 장관으로 액정령을 두었다. 환관이 맡
았으며 주로 宮人의 장부와 蠶桑女工 등의 일을 주관했다. 동한 때는 永巷令이
따로 있어 官婢를 주관했고 액정령은 후궁의 貴人과 궁녀들의 일을 맡았다.

등용이 비천한 화공에 의해 좌우되는 것이 아쉬울 뿐이옵니다. 남쪽을 향해 고국 변관(邊關)을 바라보니 공연히 비창함과 울적함만 더할 뿐이옵니다. 아비와 동생이 있는데 오직 폐하께서 그들을 조금이라도 가여워해 주셨으면 하옵니다."

명대(明代) 구영(仇英), 〈명비출색도(明妃出塞圖)〉 (일부)

황제는 소군이 끊임없이 그리워 화공 모연수(毛延壽)[9] 등을 죽였다. 소군은 또 다음과 같은 원시(怨詩)[10]를 남겼다.

---

9) 모연수(毛延壽): 《西京雜記》의 기록에 의하면 杜陵 출신의 궁중 화가로 특히 사람의 형상을 잘 그렸다고 한다.
10) 이 시는 송나라 郭茂倩이 편집한 《樂府詩集》 권59에 王嬙의 〈昭君怨〉으로 수록되어 있다.

가을 나무는 쇠락하여	秋木萎萎
그 잎은 마르고 누렇게 되었네	其葉萎黃
산에 사는 새는	有鳥處山
뽕나무 숲에 깃들었구나	集于苞桑[11]
깃털을 기르고 다듬어	養育毛羽
모양새가 빛났도다	形容生光
구름 위로 올라	既得升雲
내실(內室)에서 날기도 했다네	上遊曲房
멀리 궁 떠나 오니	離宮絕曠
몸도 기도 상했구나	身體摧藏
의기가 소침하여	志念抑沉
오르내리 날지 못하네	不得頡頏
먹고 살기는 하지만	雖得委食
마음은 안절부절	心有徊徨
나만 어찌하여	我獨伊何
거듭해 상리(常理)가 바뀌나	來往變常
훨훨 나는 제비	翩翩之燕
저 멀리 서강(西羌)으로 가는구나	遠集西羌[12]
높은 산은 우뚝 솟아 있고	高山峩峩
강물은 깊고도 아득하여라	河水泱泱
아버지여, 어머니여	父兮母兮
길은 멀고 또 멀구나	道悠且長
아, 슬프도다	嗚呼哀哉
우수에 잠긴 내 마음 비통하기만 하구나	憂心惻傷

---

11) 포상(苞桑): 《詩經 · 唐風 · 鴇羽》에 "푸드덕거리며 너새가 줄지어 날아 뽕나무 숲에 모여 앉았네.(肅肅鴇行, 集于苞桑.)"에서 나온 말로 무성하게 자란 뽕나무 숲을 가리킨다.

12) 서강(西羌): 서한 때 소수민족인 羌人에 대한 호칭으로 동한 때에는 金城, 隴西, 漢陽 등 지역에 사는 羌人을 가리키기도 했다.

소군이 액정령에게 청해 가겠다고 한 것은 고향을 쉽게 떠난 것이 아니라 그녀의 이름이 알려지지 않고 용모가 천하에 드러나지 않은 것을 아쉬워했기 때문이었다. 왕형공(王荊公)13)이 말하기를 "원래 꽃 같은 용모는 그림으로 그릴 수 없으니, 당시 모연수를 공연히 죽였구나."라고 했다. 장경씨(長卿氏)14)가 말했다.

"바야흐로 소군이 떠날 때 풍만하고 아름다운 자태에 화려하게 치장하여 광채가 좌중 사람들을 놀라게 했다는 그 모습도 바로 소군도(昭君圖)요, 융복(戎服)을 입은 채로 말에 올라 비파(琵琶) 하나를 들고 변새(邊塞)를 나가 길을 떠났다는 그 모습 또한 소군도인데 모연수가 어찌 소군을 그릴 수 있었겠는가!"

내 생각에는 설사 모연수가 소군을 제대로 그려서 그녀로 하여금 황제의 잠자리를 모실 수 있게 했더라도 불과 화려한 침상에서 한번 승은을 입었을 뿐일 것이다. 어찌 청총(靑冢)15)에 황혼(黃昏)이 깃들 무렵, 시인과 정인(情人)들로 하여금 끊임없이 추모하게 하는 것만 하겠는가? 왕소군에게 세위(世

---

13) 왕형공(王荊公): 王安石(1021~1086)을 가리킨다. 자는 介甫이고 호는 半山이며 撫州 臨川(지금의 江西省 撫州市 臨川區)사람이어서 臨川先生이라 불리었고 荊國公에 봉해졌으므로 王荊公이라 불리기도 했다. 북송 때 걸출한 정치가이자 문학가로 唐宋八大家 중의 한 사람이었다. 이하에 인용된 시는 왕안석의 〈明妃曲〉 가운데 한 구절로 원문은 "意態由來畵不成, 當時枉殺毛延壽."이다.

14) 장경씨(長卿氏): 《奇女子傳》의 작자 吳震元(?~1642)을 가리킨다. 長卿은 그의 자이다. 여기에 보이는 평론은 《奇女子傳》 권1 〈王昭君〉에서 인용한 것이다. 자세한 내용은 《情史》 권2 정연류 〈孟光〉 '장경씨' 각주에 보인다.

15) 청총(靑冢): 靑冢은 靑塚으로 쓰기도 하고 지금의 內蒙古 自治區 呼和浩特市 남쪽에 있는 王昭君의 무덤을 가리킨다. 흉노 지역에는 회백색의 풀이 대부분이지만 소군의 무덤만 푸르렀으므로 청총이라 불리게 되었다고 한다. 여기에 보이는 "靑塚黃昏"은 당나라 杜甫의 시 〈詠懷古跡〉 가운데 셋째 수에 있는 "한번 황궁을 떠나 북녘 사막으로 가더니 청총만 홀로 남아 황혼을 향하누나.(一去紫臺連朔漠, 獨留靑塚向黃昏.)"라는 구절에서 나온 말이다. 이에 대한 仇兆鰲의 注에서 《歸州圖經》을 인용하면서 "변강에는 흰 풀이 많지만 오직 昭君의 무덤만 푸르렀다."고 했다.

違)라는 아들이 있었는데 선우가 죽자 세위가 즉위했다. 오랑캐의 법에는
아비가 죽으면 아들이 그의 어미를 처로 삼았다. 왕소군이 세위에게 묻기를
"너는 한나라 사람이 되겠느냐 오랑캐가 되겠느냐?"라고 했더니, 세위가
오랑캐가 되기를 원하자 소군은 이에 약을 삼키고 자살했다. 오랑캐 땅에
난 풀은 모두 누런색이었는데 소군의 무덤에 난 풀만 유독 푸르렀다. 그런즉
소군은 또한 선우에게 정절을 지킨 부인이기도 했다. 충정(忠貞)을 한나라에
바치려 했지만 이루지 못해 오랑캐에게 바쳤으나 끝내 마음은 한나라를
잊은 적이 없었다. 죽어서도 청총으로써 스스로를 드러냈다. 그러나 그녀를
비방하는 자16)는 말하기를 "한나라의 은혜는 원래 얕았고 오랑캐의 은정은
원래 깊었구나!"라고 했으니 어찌 억울하지 않으랴!

　한나라 무제(武帝)17)가 평양공주(平陽公主)18)의 집에 행차하자 술자리가
베풀어지고 음악이 연주되었다. 노래를 불렀던 위자부(衛子夫)란 자는 노래
도 잘했고 곡을 지을 수도 있었다. 노래하면서 누차 황제를 유혹하자 황제가
기뻐하며 옷을 바꾸어 입으려고 일어났다. 위자부는 상의헌(尚衣軒)19)에서
시중을 들게 되었고 마침내 승은을 입게 되었다. 황제는 그녀의 아름다운

---

16) 북송의 王安石(1021~1086)을 두고 이른 말이다. 이하 인용된 내용은 그의 시
〈明妃曲〉의 둘째 수 가운데 아홉 번째 句이다.
17) 무제(武帝): 한나라 武帝 劉徹(기원전 156~기원전 87)을 가리킨다. 자세한 내
용은 《情史》 권6 정애류 〈麗娟 李夫人〉 '한무제' 각주에 보인다.
18) 평양공주(平陽公主): 한나라 景帝 劉啟와 황후 王娡의 장녀로 무제 유철의 누
나이다. 자세한 내용은 《情史》 권6 정애류 〈麗娟 李夫人〉 '평양공주' 각주에
보인다.
19) 상의헌(尚衣軒): 《史記》 권49 〈外戚世家〉에서는 "그날 무제가 일어나서 옷을
갈아입으려 하기에 衛子夫가 尚衣軒에서 시중을 들다가 승은을 입었다.(是日,
武帝起更衣, 子夫侍尚衣軒中, 得幸.)"라고 했다. 《史記正義》에서 이렇게 풀었
다. "尚은 군주를 가리킨다. 황제의 옷을 실은 수레에서 승은을 입었다는 것
이다.(尚, 主也. 於主衣車中得幸也.)"

머릿결을 보고 좋아하여 그녀를 궁 안으로 들였다. 그때 궁녀는 수천 명에 달하였으며 모두 순서에 따라 잠자리에서 황제를 모시고 있었다. 위자부는 새로 들어왔기에 이름이 명첩의 맨 끝에 있었으므로 1년이 넘어도 황제를 볼 수가 없었다. 황제가 궁인들 가운데 쓸모없는 자들을 골라 밖으로 보내려 하자, 이에 위자부가 울면서 나가기를 청했다. 황제가 말하기를 "내가 어젯밤에 네 숙소의 뜰에서 가래나무(梓樹)20) 몇 그루가 자라난 꿈을 꾸었는데 어찌 하늘의 뜻이 아니겠느냐?"라고 했다. 그리고 그날 밤 그녀에게 잠자리 시중을 들게 했으며 마침내 황후로 책봉하였고 태자 여(戾)21)를 낳았다. 위자부가 궁 밖으로 나가기를 청한 것과 소군이 떠나기를 청한 것은 동일한 것이었다. 위자부는 아름다운 머릿결만으로 마침내 정식으로 중궁의 자리에 올랐는데 이로 보면 소군은 운명이 기박하구나!

[원문] 昭君

昭君, 字嬙, 南郡人. 元帝時, 以良家子選入掖庭. 或云22)昭君者, 齊國王穰女. 年十七, 儀容絶麗, 以簡聞. 國中長者求之, 王皆不許, 乃獻元帝. 時宮人既多, 帝造次不能別房帷. 乃令畫工圖之, 披圖召幸. 他人往往行賂, 多得進. 昭君自恃其

---

20) 재수(梓樹): 중국어 음으로 '가래나무 梓(zǐ)'의 발음은 '아들 子(zǐ)'의 발음과 같기에 아들을 낳을 것이라는 상징적 의미를 내포하고 있다.
21) 태자여(太子戾): 衛子夫가 낳은 무제의 장자 劉據를 이른다. 무제가 만년에 이르러 의심이 많아져 사람들이 자신을 해치려 한다고 생각했다. 이에 간신 江充 등이 태자가 '巫蠱之術(무당의 邪術로 사람을 해침)'로 황제를 해한다고 모함을 하자 태자는 거병하여 대항을 하다가 패배하여 자살했다. 유거의 손자 劉詢(漢宣帝)이 나중에 제위에 올라 유거에게 '戾(억울함을 당했다.)'字로 시호 했으므로 '戾太子'라고 불리는 것이다. 《漢書》 권63에 그에 대한 傳이 실려 있다.
22) 或云(혹운): "或云" 이하의 내용은 한나라 蔡邕의 《琴操》에 보인다.

貌, 志不苟求, 工遂毁爲其狀. 會匈奴單于來朝, 求美人爲閼氏, 帝敕以宮女賜焉.

昭君入宮數載, 未得見御, 積悲怨, 乃請掖庭令求行. 單于臨辭, 大會, 帝召女以示之. 昭君豐容靚飾, 光明漢宮, 顧影徘徊, 竦動左右. 帝見大驚, 意欲畱之, 而重失[23]信于異域, 遂與匈奴. 昭君戎服乘馬, 提一琵琶, 出塞而去. 爲書報帝云:

"臣妾幸得備禁臠[24], 謂身依日月, 死有餘芳. 而失意丹青, 遠竄異域, 誠得捐軀報主, 何敢自憐. 獨惜國家黜陟[25], 移于賤工. 南望漢闕, 徒增愴結耳. 有父有弟, 惟陛下幸少憐之."

帝迴思昭君不置, 爲誅畵工毛延壽等. 昭君又有怨詩云:

"秋木萋萋, 其葉萎黃. 有鳥處山, 集于苞桑. 養育毛羽, 形容生光. 既得升雲, 上遊曲房. 離宮絶曠, 身體摧藏. 志念抑沉, 不得頡頏. 雖得委食, 心有徊徨. 我獨伊何, 來往變常. 翩翩之燕, 遠集西羌. 高山峩峩, 河水泱泱. 父兮母兮, 道悠且長[26]. 嗚呼哀哉, 憂心惻傷."

昭君請掖庭令求行, 非輕去其鄕也. 惜其名之不傳, 與面目之不經見于天下也. 王荊公曰: "自是如花畵不成, 當時枉殺毛延壽." 長卿氏曰: "方昭君之行, '豐容靚飾, 光動左右', 此即昭君圖也. '戎服乘馬, 提一琵琶出塞而去', 此又即昭君圖也. 延壽豈能圖昭君哉!" 余謂延壽即能圖昭君, 使得進御[27], 不過玉簟筐牀[28], 一番恩

---

23) 【校】 失: [鳳], [岳], [類], [春]에는 "失"로 되어 있고 [影]에는 "夫"로 되어 있다.

24) 禁臠(금련): 臠은 토막 낸 고기나 생선을 이른다. 《晉書 · 謝混傳》에 이런 기록이 보인다. "晉나라 元帝가 처음 나라를 세웠을 때 府庫가 고갈되어 있었으므로 매번 돼지 한 마리를 얻으면 그것을 진귀한 음식으로 여겼다. 돼지 목에 있는 살 한 토막이 특히 맛있기에 그것은 원제에게 바쳐져 군신들은 감히 한 번도 먹어보지 못했으니 당시에 이를 '禁臠'이라 불렀다." 이후에 제왕이 아끼고 좋아하는 것을 일러 금련이라 칭하게 되었다. 여기에서는 後宮을 이른다.

25) 黜陟(출척): 인재의 등용과 관원의 승강을 뜻한다.

26) 【校】 道悠且長: [鳳], [岳], [類], [春]에는 "道悠且長"으로 되어 있고 [影]에는 "道里悠且長"으로 되어 있으며 《樂府詩集》에는 "道里悠長"으로 되어 있다.

27) 進御(진어): 제왕에게 승은을 입는 것을 가리킨다.

28) 玉簟筐牀(옥점광상): 玉簟은 대자리에 대한 미칭이며 筐牀은 반듯하고 편안한

寵而已. 豈若靑冢黃昏, 令騷客情人憑弔于無窮也? 昭君有子曰世違. 單于死, 世違繼立. 胡法, 父死則妻其母. 昭君問世違曰: "汝爲漢爲胡?" 世違願爲胡. 昭君乃呑藥自殺29). 胡地草皆黃, 惟昭君墓草獨靑. 然則昭君又單于之貞婦矣. 貞于漢不得, 而貞于胡, 究終心未嘗忘漢. 旣死, 而以靑冢自旌. 乃謗者曰: "漢恩自淺胡自深30)." 豈不冤哉?

漢武帝幸平陽公主家, 置酒作樂. 衛子夫爲謳者, 善歌, 能造曲. 每歌挑上, 上喜, 動起更衣, 子夫因侍尙衣軒31)中, 遂得幸. 帝見其美髮, 悅之, 納于宮中. 時宮女數千, 皆以次幸. 子夫新入, 在籍末, 歲餘不得見. 上擇宮人不中用者出之, 子夫因涕泣請出. 上曰: "吾夜夢子夫中庭生梓樹數株, 豈非天意乎." 是夕幸之, 竟立爲后. 生戾太子. 子夫之請出, 與昭君之求行一也. 而徒以美髮, 遂得正位中宮, 昭君于是乎命薄矣.

침상을 말한다.

29) 呑藥自殺(탄약자살): 呼韓邪 單于 사후, 왕소군의 행적에 대해 상이한 기록들이 보인다. 《後漢書·南匈奴傳》에 따르면 "呼韓邪 선우가 죽은 뒤, 소군이 오기 전에 있었던 연지의 아들이 세워지자 소군을 아내로 맞이하려 하니 소군은 한나라 조정에 상소문을 올려 돌아가려 했다. 한나라 成帝가 명을 내려 흉노 풍속을 따르라 했기에 소군은 다시 뒤에 세워진 선우의 연지가 되었다."고 했다. 한나라 蔡邕의 《琴操》 등에서는 소군이 繼子의 아내가 되기 싫어 약을 먹고 자살을 했다는 기록이 보인다.

30) 【校】深: [影], [홍], 〈明妃曲〉에는 "深"으로 되어 있고 [鳳], [岳], [類]에는 "殺"로 되어 있다.

31) 【校】尙衣軒: 《史記》에는 "尙衣軒"으로 되어 있고 《情史》에는 "尙女軒"으로 되어 있다.

138. (13-2) 두목(杜牧)32)

당나라 태화(太和)33) 말년에 두목(杜牧)34)은 다시 시어사(侍御史)35)에서 강서(江西) 선주(宣州)36) 관아의 막료가 되었다. 비록 이르는 곳마다 유람을 해 봤지만 끝내 마음에 든 곳은 없었다. 호주(湖州)37)는 유명한 군(郡)으로 풍물이 아름다운 데다가 특이한 경치가 많다고 들었기에 마음껏 유람하고자 했다.

호주 자사(刺史)인 아무개는 평소 두목과 관계가 두터운 사람으로 자못

---

32) 이 이야기와 흡사한 이야기가 당나라 高彦休 《唐闕史》 권上에 〈杜舍人牧湖 州〉라는 제목으로 보인다. 《太平廣記》 권273에 수록되어 있는 〈杜牧〉도 《唐 闕史》에서 나온 것으로 되어 있지만 문장 출입이 심하다. 《類説》 권29에 수 록된 《麗情集》에는 〈湖州髩髩女〉로, 《古今事文類聚》 後集 권17에는 〈約妓愆 期〉로, 《艷異編》 권27에는 〈杜牧〉으로, 《燕居筆記》 권1에는 〈湖州期約〉으로, 《繡谷春容》 雜錄 권1에는 〈杜牧之湖州失約〉으로 수록되어 있다.

33) 태화(太和): 당나라 文宗 李昂의 연호로 827년부터 835년까지이다.

34) 두목(杜牧, 803~약 852): 자는 牧之이고 京兆 萬年(지금의 陝西省 西安市)사람 이었다. 만년에 長安 남쪽에 있는 樊川 별장에 살았으므로 호를 樊川居士라 고 했다. 당나라 文宗 大和 2년에 진사 급제해 宏文館校書郞에 제수된 뒤 江 西觀察使와 淮南節度使의 막료로 지내다가 史館修撰, 黃州·池州·睦州 刺史 등을 역임했으며 벼슬이 中書舍人까지 이르렀다. 晚唐 때 걸출한 시인으로 특히 七言絶句에 능했고 文賦에도 뛰어나 대표작 《阿房宮賦》를 남기기도 했 으며 《孫子》를 주해하기도 했다. 《樊川文集》 20권 등의 문집들이 전하며 《全 唐詩》에 그의 시 8권이 수록되어 있다.

35) 시어사(侍御史): 臺院의 장관을 이른다. 당나라 趙璘의 《因話錄》 권5의 기록 에 의하면 御史臺에 세 개의 院이 있었다고 한다. 그 첫 번째는 臺院으로 그 관원을 侍御史라고 했으며 사람들은 그를 端公이라 불렀다. 그 두 번째는 殿 院으로 그 관원을 殿中侍御史라 했으며 사람들은 그를 侍御라 불렀다. 그 세 번째는 察院으로 그 관원을 監察御史이라 했으며 사람들은 그를 侍御라고 불 렀다.

36) 강서선주(江西宣州): 江西는 江南西道를 이르며 宣州는 지금의 安徽省 宣城市 및 蕪湖市 일대이다.

37) 호주(湖州): 지금의 浙江省 湖州市이다.

그의 마음을 알고 있었다. 두목이 이르자 그를 위해 누차 연회를 베풀고 두루 노닐며 창우 기생들 가운데 자기 힘으로 능히 불러올 수 있는 자라면 모두 불러냈다. 두목이 주목해 응시하며 말하기를 "아름답기는 하나 지극히 좋지는 못하구나."라고 했다. 자사가 다시 그의 뜻을 넌지시 떠보자 두목이 말했다.

"원하건대 물놀이를 베풀어 이 주에 사는 사람들이 모두 이를 구경하게 해 주십시오. 사방에서 사람들이 운집한 뒤에 제가 천천히 걸어가면서 살펴보고 그때 혹시 눈에 드는 자가 있었으면 합니다."

자사가 두목의 말대로 했더니 그날 아침이 되자 양쪽 강기슭에 구경하는 자들이 담을 두른 듯 많이 모여들었다. 저녁이 되어서도 결국 소득은 없어 그만두려고 배를 강기슭에 대었다. 사람들 무리 속에 동네 한 노부인이 십여 세가량 먹은 칠흑 같은 머리의 계집을 데리고 있었는데 두목이 그녀를 자세히 보고 말하기를 "이야말로 정말 국색(國色)이로구나! 이전의 것들은 진실로 허명이었을 뿐이로다."라고 했다. 이에 사람을 시켜 그 어미에게 말하도록 하게 하여 그들을 배 안으로 맞이했다. 노부인과 계집이 모두 두려워하자 두목이 말하기를 "지금 당장 맞이하지는 않고 마땅히 후일을 기약하겠소이다."라고 했다. 노부인이 말하기를 "나중에 약속을 저버리시면 또한 어찌하시렵니까?" 라고 했다. 두목이 말하기를 "십 년도 안 되어 내가 반드시 이 군을 다스리게 될 것이오. 십 년이 지나도 오지 않는다면 마음대로 시집가면 되오이다."라고 하니 그 어미가 응낙했다. 이에 많은 폐물로써 약속을 맺고 맹서한 뒤 헤어졌다. 그래서 두목은 조정에 돌아가서도 호주를 항상 마음에 두고 있었으나 관직이 아직 낮았기에 감히 표현하지 못하고 있었다. 이윽고 황주(黃州)38)와 지주(池州)39)의 관직을 맡았고 또 목주(睦

---

38) 황주(黃州): 지금의 湖北省 黃岡市 일대이다.
39) 지주(池州): 지금의 安徽省 池州市 일대이다.

州)40)로 옮겼으나 모두 뜻하는 것은 아니었다. 두목은 평소 주지(周墀)41)와
친했는데 마침 주지가 재상이 되자 그는 한꺼번에 주지에게 세 통의 서신을
보내 호주를 다스리게 해달라고 간청했다. 대중(大中)42) 3년에 비로소 호주
자사에 임명되어 그 군에 이르렀을 때는 이미 14년이 지난 뒤였다. 약속했던
여자는 이미 시집간 지 3년이나 되었고 자식 셋을 낳은 터였다. 두목은
정사를 보기 시작하자마자 재빨리 사람을 시켜 그녀를 불러오게 했다.
그녀의 어미는 딸이 빼앗길까 두려워 어린 자식을 데리고 함께 갔다. 두목이
그녀의 어미에게 힐문하기를 "이전에 이미 나와 혼약을 하고서 어찌하여
이를 어겼는가?"라고 하자, 어미가 말하기를 "전에 십 년을 약속했으나
십 년이 되어도 오시지 않기에 시집을 보낸 것입니다. 시집 간 지는 이미
3년이 되었습니다."라고 했다. 이에 두목이 그 각서를 가져다 보고는 머리를
숙이고 한참 있다가 말하기를 "그 말도 도리에 맞으니 억지로 하는 것은
좋지 않다."라고 한 뒤, 예물을 후하게 주고 보냈다. 곧 시를 지어 자신의
슬픈 마음을 읊었는데 그 시43)는 이러하다.

봄을 찾으러 가는데 내가 좀 늦은 터라	自是尋春去較遲
꽃피는 시절을 언짢이 원망할 필요 없도다	不須惆悵怨芳時
광풍에 다홍빛 꽃은 모두 다 떨어져	狂風落盡深紅色
푸른 잎은 그늘을 이루고 열매는 가지에 잔뜩 달려 있구나	綠葉成蔭子滿枝

40) 목주(睦州): 지금의 浙江省 淳安市 및 建德市 일대이다.
41) 주지(周墀, 793~851): 당나라 武宗 때의 재상으로 자는 德升이고 汝南(지금의
  河南省 汝南市)사람이었다. 長慶 2년(822)에 진사 급제했고 太和 연간에 監察
  御史, 起居郎 등을 지냈으며, 武宗 즉위 이후로 벼슬이 中書門下平章事와 尚書
  右僕射까지 올랐다. 사학에 능통했으며 경직하고 엄명했던 것으로 알려져 있
  다. 《新·舊唐書》에 그에 대한 傳이 보인다.
42) 대중(大中): 당나라 宣宗 李忱과 그의 아들인 懿宗 李漼가 사용했던 연호로
  847년부터 860년까지이다.
43) 이 시는 《全唐詩》 권524에는 〈嘆花〉로, 권527에는 〈悵詩〉로 수록되어 있다.

[원문] 杜牧

太和末, 杜牧復自侍御史出佐江西宣州幕. 雖所至輒遊, 而終無屬意. 及聞湖州名郡, 風物妍好, 且多奇色, 因甘心遊之.

湖州刺史某乙⁴⁴⁾, 牧素所厚者, 頗喩其意. 及牧至, 每爲之曲宴周遊, 凡優姬娼女, 力所能致者, 悉爲出之. 牧注目凝視曰: "美矣, 未盡善也⁴⁵⁾." 乙復候其意. 牧曰: "願得張水嬉⁴⁶⁾, 使лю人畢觀. 候四面雲合, 某當閒行寓目. 冀于此際, 或有閱焉." 乙如其言. 至旦, 兩岸觀者如堵. 迨暮, 竟無所得. 將罷, 舟艤岸. 于叢人中, 有里姥引鴉頭女, 年十餘歲, 牧熟視曰: "此眞國色! 向誠虛設耳." 因使語其母, 將接致舟中. 姥女皆懼. 牧曰: "且不即納, 當爲後期." 姥曰: "他年失信, 復當如何?" 牧曰: "吾不十年, 必守此郡. 十年不來, 乃從爾所適可也." 母許諾. 因以重幣結之, 爲盟而別. 故牧歸朝, 頗以湖州爲念. 然以官秩尚卑, 殊未敢發. 尋拜黄州、池州, 又移睦州, 皆非意也. 牧素與周墀善. 會墀爲相, 乃併以三牋于墀, 乞守湖州. 大中三年, 始授湖州刺史. 比至郡, 則已十四年矣. 所約者已從人三載, 而生三子. 牧既即政, 亟使召之. 其母懼其見奪, 携幼以同往. 牧詰其母曰: "曩既許我矣, 何爲反之?" 母曰: "向約十年, 十年不來而後嫁, 嫁已三年矣." 牧因取其載詞⁴⁷⁾視之, 俛⁴⁸⁾

---

44) 【校】 湖州刺史某乙: 《情史》, 《太平廣記》에는 "湖州刺史某乙"로 되어 있고 《類說》 권29 소재 《麗情集》에는 "湖州刺史崔君"으로 되어 있다. 《類說》 권29 소재 《麗情集》〈湖州髫䯻女〉에 "湖州刺史崔君"으로 되어 있음을 볼 때, 여기서 '某乙(아무개)'은 성이 최 씨인 자일 것이다. 《太平廣記》 권73에 실려 있는 〈崔玄亮〉의 기록에 따르면 "당나라 太和 연간에 崔玄亮이 湖州刺史로 있었다. (唐太和中崔玄亮爲湖州牧.)"고 하니 '某乙(아무개)'을 崔玄亮을 가리키는 것으로도 볼 수 있다. 하지만 《新·舊唐書》에 실려 있는 〈崔玄亮傳〉의 기록을 근거로 하면 崔玄亮이 湖州刺史로 있었던 시기는 太和 연간이라고 볼 수 없다.

45) 美矣 未盡善也(미의 미진선야): 《論語·八佾》에 이런 구절이 보인다. "공자께서 韶樂을 두고 이르시되, '지극히 아름답고 지극히 좋도다.'하셨으며 武樂을 두고 이르시되, '지극히 아름답지만 지극히 좋지는 못하도다.'라고 하셨다.(子謂韶 '盡美矣, 又盡善也'; 謂武 '盡美矣, 未盡善也'.)"

46) 水嬉(수희): 물 위에서 하는 다양한 놀이나 경기를 통틀어 이르는 말이다.

47) 載詞(재사): 載辭와 같은 말로 盟書에 기재되어 있는 文辭를 가리킨다.

48) 【校】 俛: [影], [春], 《太平廣記》에는 "俛"으로 되어 있고 [鳳], [岳], [類]에는 "俯"

首移晷49), 曰: "其詞也直, 彊之不詳50)." 乃厚爲禮而遣之. 因賦詩以自傷, 曰:
"自是尋春去較遲, 不須惆悵怨芳時. 狂風落盡深紅色, 綠葉成蔭子滿枝."

139. (13-3) 주숙진(朱淑眞)51)

청대(淸代) 왕회(王翽), 《백미신영(百美新詠)》 가운데 〈주숙진(朱淑眞)〉

로 되어 있다.

49) 移晷(이구): 햇빛이 이동했다는 뜻으로 어느 정도의 시간이 지나간 것을 뜻한다.

50) 【校】詳: [影]에는 "詳"으로 되어 있고 [鳳], [岳], [類], [春], 《太平廣記》에는 "祥"으로 되어 있다.

51) 이 이야기는 《西湖遊覽志餘》 권16 香奩艶語와 《堯山堂外紀》 권54에 보인다. 《古今圖書集成·閨媛典》 권335 閨藻部에도 〈朱淑眞傳〉이 수록되어 있는데 《詩話》에서 나왔다고 했다.

　　주숙진(朱淑眞)52)은 전당(錢塘)53)사람으로 어렸을 때부터 기민하고 총명하여 책을 잘 읽었다. 일찍 부모를 잃었으며 시정의 민가로 시집갔다. 그녀의 남편은 저속하고 모질며 밉살스러웠으므로 주숙진은 울적해 실의에 빠져 그녀가 지은 시에는 우수에 차고 원망스러워하는 생각이 많이 드러나 있다. 〈원자(圓子)54)〉라는 시를 지었는데 그 시는 이러하다.

가볍고 둥글기는 가시연밥보다 훨씬 낫고	輕圓絶勝雞頭肉55)
매끄럽기가 반드르르 보글보글 끓는 물에 제격이네	滑膩偏宜蟹眼湯56)
풍류가 있어도 말할 데 없고	縱有風流無處說
남편은 이미 하랑에 못 미치잖나	已輸湯餅試何郎57)

---

52) 주숙진(朱淑眞, 약 1079~약 1131): 송나라 때의 여류 詞人으로 호는 幽棲居士이고 錢塘(지금의 浙江省 杭州市)사람이다. 대략 북송 말년부터 남송 전기까지 살았으며 그의 생애에 관한 구체적인 기록은 보이지 않는다. 중국의 詩詞 啓蒙書인 《千家詩》에 入選된 유일한 여류시인이며 詩詞集으로 《斷腸集》이 전한다. 남송 때 사람 魏仲恭은 〈斷腸集序〉에서, 주숙진의 작품은 "산뜻하고 아름다우며 그리움과 정을 품고 있다.(淸新婉麗, 蓄思含情.)"고 했고, "우수에 차 있고 원망스러워하는 말이 많다.(多有憂愁怨恨之語)"고 했다.

53) 전당(錢塘): 지금의 浙江省 杭州市이다.

54) 원자(圓子): 찹쌀가루로 경단처럼 만든 음식으로 그 속에 소를 넣기도 한다. 보통 물과 함께 끓여 익혀 먹는다.

55) 계두육(雞頭肉): 가시연꽃의 열매인 가시연밥을 가리킨다. 둥글고 조그마한 모양에 닭벼슬처럼 돌기가 나 있다하여 雞頭肉이라 한다.

56) 해안탕(蟹眼湯): 막 끓어오르는 물을 가리키는 말로 물이 막 끓기 시작했을 때 그 모양이 게의 눈과 비슷하다하여 붙여진 이름이다.

57) 탕병시하랑(湯餅試何郎): 何郎은 삼국시대 위나라 武帝 曹操의 駙馬(일설 養子)인 何晏(?~249)을 가리킨다. 晉나라 裴啓의 《語林》에 따르면 하안은 용모가 준수하고 얼굴색이 연분을 바른 것같이 뽀얬는데 어느 여름날에 文帝는 그의 얼굴을 보고 연분을 발랐다고 의심해 뜨거운 국수(湯餅)를 먹게 했다. 하안이 국수를 먹으며 땀을 많이 흘려 옷소매로 얼굴을 닦았는데도 얼굴이 한층 더 뽀얗게 된 것을 보고서 文帝는 하안의 얼굴색이 타고난 것이라는 것을 믿게 되었다. 이로 인하여 용모가 고운 남자를 何郎이라 이르게 되었다. 《世說新語·容止》와 《三國志注》에는 하안의 얼굴색이 하얀 것은 연분을 발라서 그런 것이라고 기록되어 있다.

아마도 맞지 않은 배필을 만나서 스스로 슬퍼한 것이리라. 완릉(宛陵)[58]사
람인 위단례(魏端禮)[59]가 그녀의 시와 사를 편집하고 이름하여 《단장집(斷腸
集)》이라 했다.

주숙진이 〈생사자(生查子)〉[60] 곡조에 맞춰 지은 〈원석(元夕)〉[61]이란 사
가 있는데 그 사는 이러하다.

작년 정월 대보름 밤은	去年元夜[62]時
한길의 꽃등불이 대낮처럼 밝았었네	花市燈如晝
달은 버드나무 끝에 떠오르고	月上柳梢頭
황혼 뒤에 만나자 약속했었지	人約黃昏後
올해 정월 대보름 밤은	今年元夜時
달과 꽃등은 그대로건만	月與燈依舊
작년 그 사람은 보이지 않아	不見去年人
눈물이 봄옷 소매를 적시네	淚濕春衫袖

또 다른 시는 다음과 같다.[63]

---

58) 완릉(宛陵): 지금의 安徽省 宣州市이다.
59) 위단례(魏端禮): 송나라 魏仲恭(字 端禮)을 가리킨다. 주숙진이 죽은 뒤에 위
    중공이 그녀의 시를 수집하여 《斷腸集》으로 묶고 서문을 썼다.
60) 생사자(生查子): 詞牌名으로 〈相和柳〉, 〈陌上郎〉, 〈梅溪渡〉, 〈遇仙楂〉, 〈愁風
    月〉, 〈綠羅裙〉, 〈楚雲深〉, 〈晴色入青山〉 등으로 불리기도 한다. 본래 당나라
    때 敎坊의 曲名이었다가 나중에 詞調로 쓰였다.
61) 원석(元夕): 이 사의 작자에 대해 기록이 분분하다. 주숙진의 《斷腸集》, 명나
    라 楊愼의 《詞品》 권3, 청나라 朱彝尊의 《詞綜》 권25 등에는 주숙진의 작품
    으로 기록되어 있다. 歐陽修의 《六一詞》와 《文忠集》 권131과 명나라 陳耀文
    의 《花草粹編》 등에는 이 사가 구양수의 작품으로 수록되어 있다. 명나라 陳
    耀文의 《正楊》과 청나라 王世禎의 《池北偶談》에서는 이 사가 구양수의 사인
    데 주숙진의 사로 와전되었다고 했다.
62) 원야(元夜): 음력 정월 보름날 밤을 가리킨다. 음력 정월 대보름은 元宵節로
    번화가에 꽃등을 켜고 사람들은 그것을 구경하는 풍속이 있다.

휘황찬란한 등불은 눈에 띠게 붉고	火樹銀花[64]觸目紅
도처에서 노래와 음악 소리는 봄바람을 녹이네	極天歌吹煖春風
새 애인 얻어 근심하고 바쁜 틈에	新歡入手愁忙裏
옛일이 마음에 걸려 꿈에서 떠오르네	舊事經心憶夢中
잠시라도 깊은 정 나눌 수 있기만을 바라니	但願暫成人繾綣
달빛이 늘 몽롱해도 괜찮네	不妨長任月朦朧
꽃등불 구경에 술 취할 짬이 어디 있겠나	賞燈那得工夫醉
내년에는 오늘 이 만남과 같지 않을 수 있으니	未必明年此會同

이 시사(詩詞)를 음미해 보니 주숙진은 아마도 정조를 지키지 않았을 것이다.

[원문] 朱淑眞

朱淑眞, 錢塘人. 幼警慧, 善讀書. 早失父母, 嫁市井民家. 其夫村惡可厭, 淑眞抑抑不得志, 作詩多憂怨之思. 題《圓子》云:

"輕圓絶勝雞頭肉, 滑膩偏宜蟹眼湯. 縱有風流無處說, 已輸湯餠試何郎."

蓋自傷其非偶[65]也. 宛陵魏端禮輯其詩詞, 名曰《斷腸集》.

淑眞有《元夕·生查子》云:

"去年元夜時, 花市燈如晝. 月上柳梢頭, 人約黃昏後. 今年元夜時, 月與燈依舊. 不見去年人, 淚濕春衫袖."

又詩云:

---

63) 이 시는 《斷腸集》 권3에 〈元夜〉 3首 중 마지막 수로 수록되어 있다.
64) 화수은화(火樹銀花): 등불이나 불꽃놀이 등이 휘황찬란한 모양을 형용하는 말이다.
65) 非偶(비우): 적당치 않은 혼인이나 서로 맞지 않은 배필을 가리킨다.

"火樹銀花觸目紅, 極天歌吹煖春風. 新歡入手愁忙裏, 舊事經心憶夢中. 但願暫成人繾綣, 不妨長任月朦朧. 賞燈那得工夫醉, 未必明年此會同."

味此詩詞, 淑眞殆不貞矣.

140. (13-4) 비연(非煙)[66]

임회(臨淮)[67]사람 무공업(武公業)은 함통(咸通)[68] 연간에 하남부(河南府)[69] 공조참군(功曹參軍)[70]의 관직을 맡고 있었다. 그의 애첩은 비연(非煙)이라 불리었고 성은 보(步) 씨였는데 용모와 행동거지가 아름다웠으며 비단 옷조차 감당할 수 없을 정도로 가냘팠다. 진(秦) 지방의 음악을 잘했고 문묵을 좋아했으며 특히 구(甌)[71] 연주에 능통해 그 아름다운 소리는 사죽(絲竹)과 잘 어울렸으니 무공업은 그녀를 무척 총애했다. 그의 이웃인 천수(天

---

66) 이 이야기는 당나라 皇甫枚의 《三水小牘》에 수록되어 있는 〈飛煙傳〉이다. 《太平廣記》 권491 〈非煙傳〉, 《太平廣記鈔》 권45 〈非煙〉, 《類說》 권29 《麗情集》 〈非煙〉, 《說郛》 권112 〈非煙傳〉, 《綠窗新話》 권下 〈趙象慕非烟援秦〉, 《虞初志》 권5 〈非烟傳〉, 《艶異編》 권17 〈非烟傳〉, 《燕居筆記》 권9 〈非烟傳〉, 《唐宋傳奇集》 권4 〈飛煙傳〉 등에 보인다. 《警世通言》 권38 〈蔣淑真刎頸鴛鴦會〉 入話 부분에서도 이 이야기를 바탕으로 하고 있다.

67) 임회(臨淮): 지금의 江蘇省 宿遷市 泗洪縣 臨淮鎭이다.

68) 함통(咸通): 당나라 懿宗 李漼의 연호로 860년부터 874년까지이다.

69) 하남부(河南府): 지금의 河南省 지역이다.

70) 공조참군(功曹參軍): 功曹는 관직명으로 한나라 때 功曹史가 있었는데 줄여서 功曹라고 불렸고 人事 이외에 郡의 政務에도 참여했다. 北齊 이후로는 功曹參軍이라 불리었으며, 당나라 때에는 府에 있으면 功曹參軍이라 불리었고 州에 있으면 司功이라 불리었다.

71) 구(甌): 물이나 술을 담는 도기 사발로 고대에는 이것에 물을 담아 연주하는 것처럼 박자에 맞춰 쳤다. 후대에 이르러 단독적인 악기로 발전했다.

水)⁷²⁾ 조(趙) 씨의 아들은 상(象)이라 불리었는데 겨우 약관(弱冠)⁷³⁾의 나이로 단정하고 수려했으며 문재(文才)가 있었다. 그는 남쪽 담 사이로 비연을 엿보고 나서 넋이 나가고 기운을 잃어 침식을 잊었다. 이에 무공업의 집 문지기에게 후하게 뇌물을 주고 그에게 사정을 말했다. 문지기는 난색을 표했으나 후한 재물에 마음이 움직여 그의 처로 하여금 비연이 한가하게 있을 때를 기다려 조상의 뜻을 완곡하게 말하도록 했다. 비연은 이를 듣고 단지 웃음을 띠며 다른 데만 바라볼 뿐 대답을 하지 않았다. 문지기 마누라가 이를 조상에게 모두 다 말했더니 조상은 미친 듯이 마음이 설레 어찌할 바를 몰랐다. 이에 설도전(薛壽箋)⁷⁴⁾을 가져다 다음과 같은 절구를 지었다.

절세의 미모를 한번 보고 나서　　　　　　一覩傾城貌
속된 마음에 홀로 추측만 하는구나　　　　塵心只自猜
소사(蕭史)를 따라 가지 말고　　　　　　不隨蕭史⁷⁵⁾去
아란(阿蘭)을 본떠 이리로 오기를　　　　擬學阿蘭⁷⁶⁾來

---

72) 천수(天水): 지금의 甘肅省 天水市이다.
73) 약관(弱冠): 남자 나이 스무 살을 가리킨다. 자세한 내용은《情史》권12 정매류〈黿氳大使〉'약관' 각주에 보인다.
74) 설도전(薛壽箋): 당나라 여류 시인인 설도가 만년에 成都 浣花溪 근처에서 객거를 하며 진홍색 쪽지를 만들어 그것에 시를 썼다. 이로 인해 당시 사람들은 진홍색 쪽지를 설도전이라 불렀다.
75) 소사(蕭史): 한나라 劉向의《列仙傳》에 따르면, 춘추시대 秦穆公의 딸이 簫를 잘 부르는 蕭史에게 시집가 소로 봉황의 울음소리를 내는 법을 배워 나중에 이들 부부가 함께 봉황을 타고 하늘로 올라갔다고 한다. 자세한 내용은《情史》권4 정협류〈崑崙奴〉'空倚玉簫愁鳳凰' 각주에 보인다.
76) 아란(阿蘭): 전설 속의 선녀인 杜蘭香을 가리킨다. 晉나라 干寶의《搜神記》권1에 한나라 때 두란향이 西王母의 딸이라고 자칭하며 張碩에게 찾아가 짝이 되겠다고 한 뒤, 여러 차례 장석의 집을 오갔다는 내용이 보인다. 자세한 내용은《情史》권19 정의류〈杜蘭香〉에 보인다.

지은 시를 단단히 봉한 뒤 문지기 마누라에게 청하여 비연에게 전달하도록
했다. 비연이 다 읽고 나서 한참을 탄식하다가 문지기 마누라에게 일러
말하기를 "나도 일찍이 조랑을 엿보았는데 재능과 용모가 뛰어나지만 나는
이생에서 박복하여 그분의 짝이 될 수 없어요."라고 했다. 비연은 무공업이
난폭하고 사나운 것을 경멸하여 좋은 짝이 아니라고 여겼던 것이다. 이에
다시 화답하는 시를 금봉전(金鳳箋)[77]에 썼는데 그 시[78]는 이러하다.

검은 두 눈썹 찌푸리며 스스로 견딜 수 없음은	綠慘雙蛾[79]不自持
새로이 지어 보내신 시가 마음속 한을 자아냈기 때문이네	只緣幽恨在新詩
님의 마음은 거문고에 담긴 마음 마냥 애처롭겠지요	郎心應似琴心[80]怨
가슴 속 이내 사랑 그 누구에게 머물겠나요	脉脉春情更泥誰

비연은 겉봉을 붙여 문지기 마누라에게 넘겨주며 조상에게 건네도록
했다. 조상은 서신을 뜯어 읊기를 여러 번 하더니 손뼉을 치고 기뻐하며
말하기를 "내 일이 이뤄졌구나."라고 했다. 그리고는 섬계(剡溪)[81]에서 나온
옥엽지(玉葉紙)[82]에 다음과 같은 시를 써서 감사했다.

---

77) 금봉전(金鳳箋): 금색 봉황 무늬가 있는 편지지를 가리킨다.

78) 이 시는 《全唐詩》 권800에 步非煙의 〈答趙子〉로 수록되어 있다.

79) 쌍아(雙蛾): 미인의 눈썹이 누에나방의 촉수와 같이 가늘고 둥그렇게 굽어져
   있다하여 미인의 눈썹을 蛾眉라고 하며 그 양쪽 눈썹을 雙蛾라고 한다.

80) 금심(琴心): 거문고 소리에 담겨진 情誼를 말한다. 《史記·司馬相如列傳》에 따
   르면 사마상여가 탁문군을 보고 사랑에 빠져 거문고를 타면서 그에 대한 자
   신의 애정을 그 소리에 담아 전했다고 한다. 자세한 이야기는 《情史》 권4
   정협류〈卓文君〉에 보인다.

81) 섬계(剡溪): 曹娥江의 상류로 浙江省 嵊縣 남쪽에 있는 강 이름이다.

82) 옥엽지(玉葉紙): 품질 좋은 편지지를 말한다.

고운 님이 보내 온 좋은 소식은 진중(珍重)도 하고	珍重佳人贈好音
오색 종이 서신에 담긴 우리 둘의 사랑은 깊기도 해라	綵箋方翰兩情深
매미 날개보다 얇은 종이는 내 한을 담기 어렵고	薄于蟬翼難供恨
깨알같이 촘촘히 써 내려가도 내 마음 다 쓰지 못하네	密似蠅頭未寫心
낙화가 떨어져 있는 석동(石洞)에서 길 잃은 것 아닌가	疑是落花迷碧洞[83]
보슬비 내려 울적한 가슴을 씻어 주기만 바라네	只思輕雨灑幽襟
백 번의 소식과 천 번의 꿈을	百迴消息千迴夢
긴 노래로 엮어 녹금(綠琴)에 부쳐 보내노라	裁作長謠寄綠琴[84]

　시를 지어 보낸 지 열흘이 지나도 문지기 마누라는 다시 오지 않았다. 조상은 일이 누설되었거나 비연이 후회하고 있는 것은 아닐까 걱정하며 수심에 빠졌다. 어느 봄날 저녁 앞뜰에 홀로 앉아 이런 시를 지었다.

푸른 잎 붉은 꽃이 저녁연기 속으로 숨어드는데	綠暗紅藏起暝烟
홀로 가슴에 맺힌 한을 품고서 자그마한 뜰 앞에 있네	獨將幽恨小庭前
깊고 깊은 밤에 뉘와 더불어 말을 나눌까나	重重良夜與誰語
견우직녀성은 은하로 갈려져 있고 달은 밤하늘에 걸려 있구나	星隔銀河[85]月半天

　그다음 날 아침에 일어나서 이 시를 읊조리고 있을 즈음에 문지기 마누라가 와서 비연의 말을 전하기를 "열흘 동안 소식이 없었던 것을 의아해하지

---

83) 벽동(碧洞): 동한 때 劉晨과 阮肇가 약초를 캐러 天台山에 갔다가 우연히 들어가게 되어 선녀를 만났다는 桃源洞을 가리킨다. 劉義慶의 《幽冥錄》에 보이는 이야기로 자세한 내용은 《情史》 권4 정협류 〈崑崙奴〉 '深洞鶯啼恨阮郎' 각주에 보인다.
84) 녹금(綠琴): 본래 사마상여의 거문고인 綠綺琴를 이르는 말로 일반적으로는 거문고를 가리킨다.
85) 성격은하(星隔銀河): 은하를 사이에 두고 견우성과 직녀성이 서로 떨어져 있는 것을 말한다.

마십시오. 아마도 몸이 좀 불편하셨던 것 같습니다."라고 했다. 그리고 조상에게 연선금(連蟬錦)[86]으로 만든 향낭과 암태전(巖苔箋)[87]에 쓴 시를 건네주었다. 그 시는 이러하다.

몸치장할 힘도 없어 화려한 무늬 새겨진 창가에 기대	無力嚴妝倚繡櫳
남몰래 시 지어 비단에 써도 그리운 마음 다할 수 없어라	暗題蟬錦思難窮
요사이 봄날의 슬픔에 잠겨 병에 걸리니	近來嬴得傷春病
연약한 버들가지 기울어진 꽃처럼 새벽바람 두렵구나	柳弱花敧怯曉風

조상은 그 금낭(錦囊)을 품에 매단 뒤 서신을 자세히 읽어 보고서 비연이 울적해 병이 더욱 심해질까 걱정되어 오사간(烏絲簡)[88]을 잘라 다음과 같이 답장을 썼다.

"봄날은 길고 따스하건만 사람의 마음은 근심스럽기만 합니다. 님을 엿봤던 순간부터 오매불망하고 있습니다. 선녀와 속인의 만남은 비록 어렵지만 이내 단심(丹心)은 밝은 태양 같으니 그대에게 머물 것을 맹세합니다. 더욱이, 듣건대 봄을 타 다감(多感)해져 옥체가 불편해 빙설(氷雪) 같은 고운 용모가 상하고 혜란(蕙蘭) 같은 향기가 막힌 듯하니, 울적함이 극에 달해 님 곁으로 날아가지 못하는 것이 한스럽습니다. 부디 마음을 넓게 가져 초췌해지지 않도록 하시기 바랍니다. 내 짧은 시에 답하지 않아 후약을 어기게 하지 마십시오. 경황없는 이내 마음을 어찌 편지로 다할 수 있겠습니까? 아울러 보잘 것 없는 시를 보내 그대의 아름다운 시에 화답합니다."

---

86) 연선금(連蟬錦): 連理枝 무늬가 있는 매미 날개처럼 얇은 비단을 이른다.
87) 암태전(巖苔箋): 푸른색 편지지를 가리키는 말로 바위에 자라는 이끼처럼 푸르다 하여 붙여진 이름이다.
88) 오사간(烏絲簡): 검은색 줄이 쳐져 있는 편지지를 이르는 말이다.

그 시는 이러하다.

듣자 하니 님이 상심한 까닭은 봄 때문이라 한데	見說傷情爲見春
그대가 향낭을 봉할 때 아름다운 눈썹 찡그리는 것이	
떠오르네	想封蟬錦綠蛾嚬
머리 조아리며 그대에게 이르노니	叩頭與報姻卿道
남녀 간의 사랑이 사람을 가장 상하게 한다네	第一風流最損人

문지기 마누라는 답장을 받고는 곧장 그것을 들고 비연의 규방으로 갔다. 무공업은 부서(府署)의 관리로 공무가 매우 많아 어떤 때에는 며칠에 한 번씩 당직을 서기도 했고 어떤 때에는 하루 종일 집에 돌아오지 않기도 했다. 그때 마침 그가 관아에 들어가 있었으므로 비연은 편지를 뜯어보고서 자세히 음미하고 생각해 볼 수 있었다. 곧 길게 탄식하며 말하기를 "남자의 뜻과 여자의 마음은 정으로 맺어지고 영혼으로 오고가 멀리 있어도 가까이에 있는 것만 같구나."라고 했다. 그리고는 문을 닫고 휘장을 내린 뒤 다음과 같은 서신을 썼다.

"비첩은 불행하게도 어렸을 적에 부모를 여의었습니다. 중간에 매인에게 속아 비루한 사람의 짝이 되었습니다. 바람이 맑고 달이 밝을 때마다 거문고를 타면 슬픈 마음이 더욱 일곤 했습니다. 가을에는 휘장 안에서, 겨울에는 등불 밑에서 거문고 소리에 한을 담곤 했지요. 님께서 갑자기 좋은 소식을 보낼 줄 어찌 짐작이나 했겠습니까? 보내주신 편지를 뜯으면 마음이 날아갈 듯했고 고운 문장을 읊느라 눈이 빠질 듯했습니다. 한스럽게도 낙수(洛水)[89]

---

89) 낙수(洛水): 지금의 河南省에 있는 洛河로 洛川이라 불리기도 한다. 曹植이 京師에서 돌아오는 길에 洛川을 지나다가 洛水 여신에 대한 이야기를 듣고, 楚王이 巫山에서 神女를 만난 일에 감응하여 자신도 洛水 여신과 만난 이야기

의 파도가 가로막고 가오(賈午)[90]의 집 담은 높기만 합니다. 봉대(鳳臺)[91]에 있는 농옥(弄玉)과 소사(蕭史)같이 늘 함께 있지도 못하고 초회왕(楚懷王)[92]과 무산신녀같이 즐거운 만남을 이룰 수도 없습니다. 오직 바라건대 하늘이 제 평소의 원(願)대로 되게 해주시고 신이 미묘한 기연(機緣)을 주셔서 낭군의 준수하고 그윽한 풍채를 한번 뵐 수만 있다면 죽어도 한이 없겠습니다. 아울러 짧은 시를 지어 가슴속 깊이 품고 있는 마음을 담습니다."

그 시[93]는 이러하다.

채화(彩畵)한 처마 밑의 봄 제비도 모름지기 함께 깃들거니	畵簷春燕須同宿
난초 자라는 물가의 한 쌍 원앙도 어찌 홀로 날아가리오	蘭浦雙鴛肯獨飛
도원동(桃源洞) 선녀들을 늘 미워하노니	長恨桃源諸女伴
아무렇지도 않게 꽃 속에서 님을 보냈으니	等閑花裏送郎歸

서신을 다 봉한 뒤, 문지기 마누라를 불러 조상에게 전해 주도록 했다. 조상은 서신과 시를 보고 나서 비연의 정의가 더 간절해진 것을 알고는

를 〈洛神賦〉로 지었다. 여기에서는 洛川의 파도가 가로막고 있다("洛川波隔")는 뜻으로 비연이 조상을 만날 수 없음을 드러낸다.

90) 가오(賈午): 劉義慶의 《世說新語·惑溺》에 西晉의 韓壽가 담장을 넘어 賈充의 딸 賈午와 밀회했다는 이야기가 보인다. 여기에서는 賈午의 집 담장이 높다("賈午墻高")는 뜻으로 사랑하는 임과 만날 수 없음을 드러낸다.

91) 봉대(鳳臺): 秦臺라고도 한다. 劉向의 《列仙傳·蕭史》에 의하면, 秦穆公이 簫를 잘 부는 蕭史에게 그의 딸 弄玉을 시집보내고 봉대를 지어 주었는데 농옥 부부는 그곳에 거처하다가 몇 년 뒤에 봉황을 따라 날아갔다고 한다. 여기에서는 농옥과 소사처럼 함께 신선이 되어 날아가지 못하는 것을 한탄하고 있다.

92) 초회왕(楚懷王): 宋玉의 〈高唐賦〉에 楚나라 懷王이 巫山에 갔을 때 꿈에서 巫山神女를 만나 함께 잠자리를 한 이야기가 나온다. 자세한 이야기는 《情史》 권19 〈巫山神女〉에 보인다.

93) 이 시는 《全唐詩》 권800에 步非煙의 〈寄懷〉로 수록되어 있다.

기쁨을 이기지 못했다. 그리고 오로지 조용한 방에서 향을 태우며 경건히 기도하면서 소식을 기다리기만 했다.

갑자기 어느 날 저녁이 될 무렵에 문지기 마누라가 걸어와서 웃으며 절하고 말하기를 "조랑(趙郎)께서는 신선을 만나고 싶으세요?"라고 했다. 조상이 놀라 그에게 연이어 물었더니 그가 비연의 말을 전했다.

"오늘 밤은 공조(功曹)가 관아에서 당직을 하니 좋은 기회라고 할 수 있습니다. 첩의 집 뒤뜰 담은 낭군의 집 앞 담이니 좋아하는 마음이 바뀌시지 않았다면 오로지 오시기만을 기다리겠습니다. 수만 갈래의 심사(心思)는 모두 뵙고 말씀드리겠습니다."

해가 저물어 날이 어두워지자 조상은 사닥다리를 밟고 담장을 올라갔다. 비연은 이미 평상 두 개를 쌓아 두도록 하여 조상이 내려올 수 있게 했다. 담에서 내려와 보니 비연은 화려한 치장에 성장을 하고 꽃 아래에 서 있었다. 서로 인사를 하고 나서 모두 기쁨이 극에 달해 말을 할 수가 없었다. 곧 서로 손을 잡고 뒷문으로 방에 들어가 불을 끄고 휘장을 내린 뒤 곡진한 정을 나누었다. 새벽종이 막 울릴 때에 이르자 비연은 다시 조상을 담 밑에까지 배웅해 주며 조상을 붙잡고 울면서 이렇게 말했다.

"오늘의 만남은 전생의 인연입니다. 첩이 옥같이 순결하고 소나무같이 충정한 지조가 없어 이렇게 방탕하다고 여기지는 마십시오. 진실로 낭군의 풍격 때문에 스스로를 돌볼 수 없었던 것이니 이를 깊이 살펴 주시기를 바랍니다."

조상은 말하기를 "절세 미모를 갖추고 있고 남다른 마음도 지녔으므로 이미 저는 가슴속에 감춰진 감정을 맹세해 그대와 영원토록 즐거움을 받들기로 했습니다."라고 한 뒤에 담을 넘어 돌아갔다. 다음 날 문지기 마누라에게 부탁하여 비연에게 다음과 같은 시를 주었다.

십동삼청(十洞三淸) 가는 길은 비록 험하지만　十洞三淸94)雖路阻

마음 있다면 역시 요대(瑤臺) 가까이 갈 수 있어라　有心還得傍瑤臺95)

상서로운 향기 바람에 이끌린 깊은 밤 생각해 보니　瑞香風引思深夜

선궁에서 선녀가 선학 타고 왔던 것을 알겠구나　知是蕊宮96)仙馭97)來

비연은 시를 보며 미소를 짓고 다시 조상에게 이런 시를 보냈다.

그리워할 땐 서로 알지 못할까 걱정만 했고　相思只怕不相識

만나서는 님과 이별하게 될까 다시 근심을 하네　相見還愁却別君

원하건대 소나무 위의 학으로 변해　願得化爲松上鶴

짝을 이뤄 흐르는 구름 속으로 날아갔으면　一雙飛去入行雲

---

94) 십동삼청(十洞三淸): 前蜀 杜光庭의 《洞天福地志》와 송나라 張君房의 《雲笈七籤》 등에 의하면, 도교에서 말하는 신선이 사는 10대 洞天이 있는데 그것은 王屋洞(지금의 山西省 恒曲縣과 河南省 濟源縣 사이에 있는 王屋山에 있음), 委羽洞(지금의 浙江省 黃岩縣 委羽山에 있음), 西城洞(지금의 靑海省 西傾山에 있음), 西玄洞(지금의 陝西省 華陰市 華山에 있음), 靑城洞(지금의 四川省 灌縣 靑城山에 있음), 赤誠洞(지금의 浙江省 天台縣 赤誠山에 있음), 羅浮洞(지금의 廣東省 增城縣과 博羅縣 사이에 있는 羅浮山에 있음), 句曲洞(지금의 江蘇省 茅山에 있음), 林屋洞(지금의 江蘇省 吳縣 西湖 庭山에 있음), 括蒼洞(지금의 浙江省 仙居縣과 臨海縣 사이에 있는 括蒼山에 있음) 등이다. 三淸은 三淸天 혹은 三淸境의 약칭으로, 《雲笈七籤》 권6에 의하면, 元始天尊이 거처하는 淸微天 玉淸境, 靈寶天尊이 거처하는 禹余天 上淸境, 道德天尊이 거처하는 大赤天 太淸境을 가리킨다고 한다.

95) 요대(瑤臺): 아름다운 옥으로 쌓는 누각을 말하는 것으로 신선의 거처를 이른다.

96) 예궁(蕊宮): 蕊珠宮의 준말로 도교에서 말하는 仙宮을 이른다.

97) 선어(仙馭): 신선이 타는 鶴을 가리킨다.

그리고 서신을 봉해 문지기 마누라에게 주면서 조상에게 "첩이 조금이나마 글재주가 있어서 다행이지 그렇지 않았다면 님께서 얼마나 박식한 척하시겠습니까?"라는 말을 전하도록 했다. 이로부터 항상 열흘을 넘기지 않고 한 번씩 뒤뜰에서 만날 수 있었다. 이들은 은밀한 생각을 이야기했고 오래 전부터 쌓여 있던 마음을 털어놓았으며, 쥐도 새도 모르고 신도 사람도 돕는 줄로 생각했다. 경물을 보며 시에 마음을 담기도 하면서 더욱더 빈번히 왕래하였으니 이를 이루 다 적을 수가 없다. 이렇게 1년이 지났다.

얼마 있다가 비연이 자주 자잘한 잘못으로 시녀를 매질하자 시녀는 마음속으로 그녀에게 앙심을 품고 틈을 타 무공업에게 모든 것을 고했다. 무공업은 말하기를 "너는 말을 삼가고 있거라. 내가 몰래 살펴볼 것이다."라고 하고, 나중에 당직일이 되자 거짓으로 사정이 있다고 하고서 휴가를 받았다. 그는 평소와 같이 당직을 하는 척하고 나가서 이문(里門)[98]에 숨었다가 거리에 가고(街鼓)[99]가 울리자 기어서 집으로 돌아갔다. 담을 따라 뒤뜰에 이르러 보니 비연은 문에 기대어 낮은 소리로 읊조리고 있었고 조상은 담을 타고 앉은 채로 비연을 엿보고 있었다. 무공업은 분을 이기지 못하고 앞으로 나아가 그를 잡으려 했다. 조상이 이를 알아차리고 뛰어 내리려 하기에 무공업은 그를 손으로 잡았으나 저고리 자락 반쪽만 손에 잡힐 뿐이었다. 곧바로 방으로 들어가 비연을 불러 힐문해도 비연은 얼굴색이 변하고 목소리는 떨고 있었으나 사실대로 말하지 않았다. 무공업은 더욱 노하여 그녀를 큰 기둥에 묶어 놓고 피가 나도록 채찍질을 했으나 비연은 말하기를 "살아서 사랑할 수 있었으니 죽은들 무슨 한이 있겠습니까."라고만

---

98) 이문(里門): 閭里에 세웠던 閭門이란 뜻으로 동네 어귀에 세웠던 문을 이른다.

99) 가고(街鼓): 京城의 길거리에서 야간 통행금지의 시작과 종료를 알리던 북소리를 이른다. 당나라 때부터 시작되었고 송나라 이후에는 밤 시간을 알리는 更鼓를 아울러 의미하기도 했다.

했다. 밤이 깊어지자 무공업은 피곤하여 잠깐 잠이 들었다. 비연은 아끼는 시녀를 불러 말하기를 "내게 물 한 잔 가져다 주거라."라고 하고, 물이 이르자 다 마시고 난 뒤 숨이 끊어졌다. 무공업은 일어나서 또 때리려 했지만 이미 죽어 있었다. 이에 결박을 풀고 비연을 들어서 방 안으로 옮겨간 뒤에 연이어 그녀의 이름을 불렀으며 다른 사람들에게는 급병으로 죽었다고 말했다. 며칠 후 그녀를 북망산(北邙山)100)에 매장했다. 그러나 동네 사람들은 그녀가 비명으로 죽은 것을 모두 알고 있었다. 조상은 곧 변복을 하고 이름을 바꾼 뒤에 강절(江浙)101) 지역으로 멀리 도망갔다.

낙양(洛陽)의 재사(才士)였던 최생(崔生)과 이생(李生)이 있었는데 항상 무공업과 더불어 교유(交遊)했다. 최생이 지은 시의 마지막 구는 이러하다.

전화(傳花)놀이를 하며 술 마시던 사람 흩어져 　　恰似傳花102)人飮散
텅 빈 자리에 내버려진 아름다운 꽃가지 같구나 　　空牀抛下最繁枝

그날 밤, 최생의 꿈속에서 비연이 감사하며 말하기를 "첩은 용모가 비록 복숭아꽃과 오얏 꽃에 견줄 수는 없으나 영락함이 그것보다 심합니다. 그대의 아름다운 시를 받들고는 송구스럽고 경앙하는 마음이 그지없습니다."라고 했다.

이생이 지은 시의 마지막 구는 이렇다.

---

100) 북망산(北邙山): 낙양의 북쪽에 있는 산 이름으로 北芒이라고도 한다.
101) 강절(江浙): 지금의 江蘇省과 浙江省 지역을 아울러 이르는 말이다.
102) 전화(傳花): 연회 때 꽃을 돌리며 노는 놀이이다. 송나라 葛立方의 《韻語陽秋》 권16에 다음과 같은 기록이 보인다. "歐陽修가 揚州에 있을 때 여름에 연회를 베풀어 빈객을 초대하고 연꽃 천 송이를 가져다가 동이에 놓고서 좌석을 둘러쌓아 놓도록 했다. 그리고 좌객들로 하여금 꽃을 전달하며 사람마다 각각 꽃잎 하나씩을 뽑게 하고 잎이 다 뽑혀졌을 때 그 사람에게 술을 마시도록 했다."

곱고 향기로운 그녀의 혼백이 있다면	艷魄香魂如有在
누각에서 투신한 녹주를 보기가 부끄럽겠지	還應羞見墜樓人[103]

그날 밤, 이생의 꿈에서 비연이 두 손가락으로 삿대질하며 말하기를 "선비로서 갖추어야 할 모든 품행들을 그대는 다 갖추고 있소? 어찌하여 짧은 글로 거만하게 남을 심히 헐뜯기까지 하는가? 지하로 와서 얼굴을 맞대고 대질합시다."라고 했다. 며칠이 지나 이생이 죽자 당시 사람들은 이를 이상히 여겼다. 황보매(皇甫枚)[104]는 비연을 위해 전(傳)을 지었다.

비연은 제짝을 만나지 못한 것을 스스로 슬퍼하다가 절조를 어겨 죽임을 당했기에 전을 쓴 자가 이를 가엾게 여겼다. 비록 그렇기는 하지만 무공업의 거칠고 난폭함은 그리 심한 것은 아니었다. 두대중(杜大中)[105]이란 사람이 있었는데 병사 출신으로 장군이 되어 사람에게 대하는 것이 무정하였으므로 산서(山西)와 섬서(陝西) 지역 사람들은 그를 두(杜)대충(大虫)[106]이라 불렀

---

103) 추루인(墜樓人): 晉나라 石崇이 총애했던 시첩인 綠珠를 이른다. 趙王 司馬倫의 부하인 孫秀가 녹주를 빼앗으려고 군대를 거느리고 석숭의 金谷園을 포위하자 녹주는 모욕을 당하지 않고 절개를 지키기 위해 누각에서 투신했다. 자세한 이야기가 송나라 樂史의 〈綠珠傳〉에 보이고 《情史》 권1 정정류 〈綠珠〉에도 수록되어 있다.

104) 황보매(皇甫枚, 약 880년 전후): 자는 遵美이고 安定 三水(지금의 陝西省 旬邑縣)사람이다. 당나라 咸通 말년에 汝州 魯山縣令을 지냈고 光啓 연간에 僖宗을 따라 황소의 난을 피해 梁州로 간 바 있다. 汾晉(지금의 山西省 太原市 일대)에 객거하면서 《三水小牘》 3권을 썼다.

105) 두대중(杜大中): 미상의 인물이다. 이하에 나오는 杜大中의 이야기는 《古今事文類聚》 後集 권16 〈武人置妾〉에 실려 있으며, 《天中記》 권19와 《山堂肆考》 권99 등에도 기재되어 있다.

106) 대충(大虫): 大蟲과 같은 말로 호랑이를 가리킨다. 고대 사람들은 모든 동물을 蟲이라 보고 그 중 날짐승(禽)은 羽蟲, 길짐승(獸)은 毛蟲, 거북이는 甲蟲, 물고기는 鱗蟲, 사람은 倮蟲이라고 했다. 자세한 내용은 《大戴禮記·易本命》에 보인다.

다. 그의 처가 잘못을 해도 형장으로 때리곤 했다. 그에게 애첩이 있었는데
재색이 뛰어나 두대중의 서찰이나 상주문은 모두 그녀의 손에서 나왔다.
일찍이 〈임강선(臨江仙)〉107) 사를 지은 적이 있었는데 그 속에 "봉황새가
까마귀를 따르는구나.(彩鳳隨鴉)"라는 구절이 있었다. 하루는 두대중이 이를
보고 노하여 말하기를 "까마귀가 봉황을 때려야겠다."고 하면서 손바닥으로
그녀의 얼굴을 때려 여자는 목이 부러져 죽었다. 말 한마디 거슬려 죽임을
당한 것은 비연에 비하면 열 배나 억울하지 않겠는가? 비록 그렇지만 거스르
기는 했다. 제(齊)나라 문선제(文宣帝)108)는 설빈(薛嬪)을 총애했지만 그녀
가 청하왕(淸河王) 고악(高岳)109)과 통간했다고 갑자기 의심하여 까닭 없이
그녀의 머리를 베어서 품에 숨긴 채 동산으로 나가 연회를 베풀었다. 서로
술을 권하다가 자리가 무르익기 시작하자 문선왕이 갑자기 설빈의 머리를
꺼내 접시에 놓고 시신을 잘라 그녀의 비골(髀骨)을 비파인 양 타니 좌중에
간담이 서늘해지지 않는 자가 없었다. 그에게 총애를 받는 사람으로 있는
것 또한 어렵지 않겠는가? 비록 그렇기는 하나 그래도 의심을 한 데가
있었던 것이다. 진(晉)나라 석숭(石崇)110)은 매번 미인을 시켜 자리에 있는

---

107) 임강선(臨江仙): 본래 당나라 때 教坊의 곡이었다가 詞調名으로 쓰였다. 〈謝
新恩〉, 〈雁後歸〉, 〈畵屛春〉, 〈鴛鴦夢〉, 〈庭院深深〉 등으로 불리기도 한다. 이
작품과 같이 당나라 때 詞의 제목은 내용을 바탕으로 붙여진 것이 많다.
송나라 黃昇은 《唐宋諸賢絶妙詞選》의 注에서 "〈臨江仙〉은 水仙을 읊은 것이
다."라고 했다. 五代의 詞人들에 이르러 이 곡조로 사를 지을 때 주제가 神
仙의 일에서 艶情으로 옮겨졌다.

108) 문선제(文宣帝): 北齊 文宣帝 高洋(529~559)을 가리킨다. 東魏의 권신 高歡의
아들로 자는 子進이고 北齊를 세운 첫 번째 황제이다. 이하에 나오는 문선
제의 이야기는 《北史 · 齊本紀》에 실려 있는 것으로 《通志》 권16과 《天中記》
권43 등에도 수록되어 있다.

109) 고악(高岳, ?~555): 北齊 때의 淸河王 高岳을 가리킨다. 文宣帝 高洋의 종숙
으로 여러 번 출정하여 탁월한 공훈을 세워 淸河王으로 봉해졌다.

110) 석숭(石崇, 249~300): 西晉 때의 대부호로 자는 季倫이다. 종실인 王愷와 부
를 겨루어 王愷가 武帝 司馬炎의 도움을 받았어도 석숭을 이기지 못한 고사

사람에게 술을 권하게 해 마시게 하지 못하면 그 미인을 죽였다. 승상(丞相)인 왕도(王導)111)는 주량이 적어 매번마다 지나치게 취했으나 유독 대장군(大將軍)인 왕돈(王敦)112)만이 마시지 않기에 석숭은 이미 미인 두 명을 죽였다. 왕도가 그에게 빨리 마시도록 권하자 왕돈이 말하기를 "저 사람 스스로 사람을 죽이는 것이 나와 무슨 상관이 있는가?"라고 했다. 왕개(王愷)113)가 술자리를 베푼 적이 있었는데 기생이 피리를 불다가 곡조를 조금 놓치자 환관에게 때려죽이게 하니 좌중 모두가 얼굴색이 변했다. 이주문략(爾朱文略)114)은 난폭하고 불손한 사람이었다. 평진왕(平秦王)115)에게 하루에 칠백 리(里)를 달리는 말이 있었는데 이주문략이 용모가 고운 시녀를 걸고 내기를

로 유명하다. 그에 대한 자세한 내용은《情史》권1 정정류〈綠珠〉'석숭' 각
주에 보인다. 이하에 나오는 석숭의 이야기는《世說新語・汰侈》에 보이고
송나라 樂史의〈綠珠傳〉에도 인용되어 있다.

111) 왕도(王導, 276~339): 東晉 때의 승상 王導를 가리킨다. 자는 茂弘이고 琅邪 臨沂(지금의 山東省 臨沂市)사람이었다. 동진 초의 권신으로 晉나라 元帝와 明帝, 그리고 成帝까지 3대를 보좌했다.

112) 왕돈(王敦, 266~324): 東晉 때 사람 王敦을 가리킨다. 자는 處仲이고 琅邪 臨沂(지금의 山東省 臨沂市)사람이었다. 王導의 사촌 형으로 왕도와 함께 당시 의 권신이었으며 나중에 정변(王敦의 亂)을 일으켜 정권을 탈취하려 했던 인물이다.

113) 왕개(王愷): 자는 君夫이고 東晉 東海 郡郯(지금의 山東省 郯城市)사람이다. 王肅의 아들이며 晉나라 武帝 司馬炎의 외삼촌으로 龍驤將軍, 驍騎將軍, 散騎 長侍 등의 벼슬을 역임했다. 무제의 도움을 받아 석숭과 부를 겨루었으나 석숭을 이기지 못한 고사로 유명하다. 이하에 나오는 왕개의 이야기는《晉 書・王愷傳》에 실려 있으며《通志》권130과《說郛》권77下 등에도 보인다.

114) 이주문략(爾朱文略, ?~약 559): 北魏 말년의 명장인 爾朱榮의 아들로 北魏 孝 莊帝 元子攸의 황후 爾朱英娥의 동생이기도 했으며 北秀容(지금의 山西省 朔 縣)사람이었다. 梁郡王으로 봉해졌으며 현귀하고 사치스런 삶을 누렸다. 그 에 대한 자세한 이야기가《魏書》권74 列傳 제62,《北史》권48 列傳 제36 등에 실려 있다. 이하에 나오는 이주문략의 이야기는《北史》권48에 보이고 《通志》권151과《古今事文類聚》後集 권16〈以婢馬賭〉에도 수록되어 있다.

115) 평진왕(平秦王): 평진왕 高歸彦을 가리킨다. 자는 仁英이고 北齊 神武帝 高歡 (496~547)의 일가 동생으로 驃騎大將軍과 徐州刺史 등의 벼슬을 지냈다.

해서 그 말을 땄다. 다음 날, 평진왕이 와서 말을 달라고 하자 이주문략은
말과 시녀를 죽여 두 개의 은그릇에 시녀의 머리와 말고기를 담아 그에게
주었다. 시골의 소민(小民)들은 처로 삼을 여자 하나 구하기가 매우 어려워,
요행히 무염(無鹽)116)이나 모모(嫫母)117)만 아니라면, 향리에서 서로 다투어
축하하며 오백 년 동안 덕을 쌓아 이룬 것으로 여긴다. 그런데 이 몇몇
사람들은 홍안(紅顏)에 검은 머리의 미인을 초개보다 못한 것으로 여겼으니
참으로 양심이 없는 자들이었구나!

[원문] 非烟

　　臨淮武公業, 咸通中, 任河南府功曹參軍. 愛妾曰非烟, 姓步氏, 容止纖麗,
若不任綺羅. 善秦聲, 好文墨, 尤工擊甌, 其韻與絲竹合. 公業甚嬖之. 其比鄰天水
趙氏子曰象, 纔弱冠, 端秀有文. 於南垣隙中窺見非烟, 神氣俱喪, 廢食息焉. 乃厚
賂公業之閽, 以情告之. 閽有難色, 復爲厚利所動, 乃令其妻伺非烟間處, 婉述象
意. 非烟聞之, 但含笑凝睇而不答. 門嫗盡以語象, 象發狂心蕩, 不知所如. 乃取薛
濤箋題絶句曰:

　　"一覩傾城貌, 塵心只自猜. 不隨蕭史去, 擬學阿蘭來."

　　以所題密緘之, 祈門嫗達非烟. 烟讀畢, 吁嗟良久, 謂嫗曰: "我亦曾窺見趙郎,
大好才貌. 此生福薄, 不得當之." 蓋鄙武生麤悍118), 非良配耳. 乃復醺篇, 寫於金

---

116) 무염(無鹽): 전국시대 제나라 宣王의 왕후였던 鍾離春을 가리킨다. 無鹽(지
　　금의 山東省 東平縣 동부)사람으로 無鹽女 혹은 無鹽이라고도 불린다. 덕행
　　이 있으나 용모가 추하였으므로 무염은 추녀의 대명사가 되었다. 자세한
　　이야기는 한나라 劉向의 《列女傳·齊鍾離春》에 보인다.
117) 모모(嫫母): 黃帝의 네 번째 비로 嫫姆라고도 한다. 《藝文類聚》 권15에서
　　《列女傳》을 인용해 말하기를 "용모는 매우 못생겼으나 가장 현명했다."고
　　했다.
118) 【校】麤悍: [影], 《太平廣記》, 《唐宋傳奇集》에는 "麤悍"으로 되어 있고 [鳳],

鳳箋, 曰:

　"綠慘雙蛾不自持, 只緣幽恨在新詩. 郎心應似琴心怨, 脉脉春情更泥119)誰."

　封付門嫗, 令遺象. 象啟緘吟諷數四, 拊掌喜曰: "吾事諧矣." 又以剡溪玉葉紙, 賦詩以謝曰:

　"珍重佳人贈好音, 綵箋方120)翰兩情深. 薄于蟬翼難供恨, 密似蠅頭未寫心. 疑是121)落花迷碧洞, 只思輕雨灑幽襟. 百迴消息千迴夢, 裁作長謠寄綠琴."

　詩去旬日, 門嫗不復來. 象憂懣, 恐事泄, 或非烟追悔. 春夕於前庭獨坐賦詩曰:

　"綠暗紅藏起暝烟, 獨將幽恨小庭前. 重重良夜與誰語, 星隔銀河月半天."

　明日晨起吟際, 而門嫗來傳非烟語曰: "勿訝旬日無信, 蓋以微有不安." 因授象以連蟬錦香囊, 並嚴苔箋詩曰:

　"無力122)嚴粧倚繡櫳, 暗題蟬錦思難窮. 近來贏得傷春病, 柳弱花欹怯曉風."

　象結錦囊於懷, 細讀小簡, 又恐烟幽思增疾, 乃剪烏絲簡爲回緘曰: "春日遲遲123), 人心悄悄124). 自因窺覘, 長役夢魂. 雖羽駕塵襟125), 難于會合; 而丹誠皎

　[岳], [類], [春]에는 "粗悍"으로 되어 있다. 矗悍(추한)은 麄悍과 같은 말로 거칠고 난폭한 것을 뜻한다.

119)【校】泥:《情史》에는 "泥"로 되어 있고《太平廣記》,《唐宋傳奇集》에는 "擬"로 되어 있다.

120)【校】方:《情史》에는 "方"으로 되어 있고《太平廣記》,《唐宋傳奇集》에는 "芳"으로 되어 있다.

121)【校】是: [影],《太平廣記》,《唐宋傳奇集》에는 "是"로 되어 있고 [鳳], [岳], [類], [春]에는 "見"으로 되어 있다.

122)【校】無力: 《情史》,《太平廣記》에는 "無力"으로 되어 있고《唐宋傳奇集》에는 "强力"으로 되어 있다.

123) 遲遲(지지):《詩經·豳風·七月》에 있는 "봄날은 길고 길어 흰 쑥 캐기를 많이들 하네.(春日遲遲, 采蘩祁祁.)"라는 구절에서 나온 말로 朱熹의 注에서 "遲遲는 날이 길고 따뜻한 것을 이른다.(遲遲, 日長而暄也.)"고 했다.

124) 悄悄(초초): 근심하고 우려하는 모양을 이른다.《詩經·邶風·柏舟》에 있는 "마음에 근심하기를 심히 하거늘 여러 소인들에게 노여움을 받노라.(憂心悄悄, 慍于群小.)"라는 구절에서 나온 말이다.

125) 羽駕塵襟(우가진금): 羽駕는 신선이 탄다고 하는 난새나 학이 끄는 수레를

日, 誓以周旋. 況又聞乘春多感, 芳履126)違和127), 耗冰雪之姸姿, 鬱蕙蘭之佳氣. 憂抑之極, 恨不翩飛. 企望寬情, 無至憔悴. 莫孤短韻, 寧爽後期. 惝悅寸心, 書豈能盡. 兼持菲什128), 仰繼華篇." 詩曰:

"見說傷情爲見春129), 想封蟬錦綠蛾嚬. 叩頭與130)報烟卿道, 第一風流最損人."

門嫗既得回報, 徑齎詣烟閣中.

武生爲府掾屬131), 公務繁夥, 或數夜一直, 或竟日不歸. 是時適値生入府曹, 烟拆書得以欷曲尋繹. 既而長太息曰: "丈夫之志, 女子之心, 情契魂交, 視遠如近也." 於是闔戶垂幌爲書曰: "下妾不幸, 垂髫132)而孤. 中間爲媒妁所欺, 遂匹合於瑣類133). 每至清風朗月, 移玉柱134)以增懷; 秋帳冬釭, 泛金徽135)而寄恨. 豈期公子忽貽好音. 發華緘而思飛, 諷麗句而目斷. 所恨洛川波隔, 賈午墻高. 聯雲不及於秦臺, 薦夢尚遙於楚岫136). 猶望天從素懇, 神假微機, 一拜清光137), 九殞無恨.

가리키는 말로 신선을 지칭하기도 한다. 塵襟은 세속적은 마음을 뜻한다.

126) 芳履(방리): 履는 서간문에 흔히 쓰여 상대방의 기거 생활을 높여 이르는 말로 芳履는 여성의 기거 생활을 가리킨다.

127) 【校】違和: 《情史》, 《太平廣記》에는 "違和"로 되어 있고 《唐宋傳奇集》에는 "乖和"로 되어 있다. 違和(위화)는 몸이 불편하다는 뜻으로 타인의 질병에 대해 완곡하게 이르는 말이다. 乖和는 違和와 같은 의미이다.

128) 菲什(비십): 자신의 시문을 겸손하게 이르는 말이다.

129) 【校】見說傷情爲見春: 《情史》, 《太平廣記》에는 "見說傷情爲見春"으로 되어 있고 《唐宋傳奇集》에는 "應見傷情爲九春"으로 되어 있다.

130) 【校】與: 《情史》에는 "與"로 되어 있고 《太平廣記》, 《唐宋傳奇集》에는 "爲"로 되어 있다.

131) 掾屬(연속): 지방관을 보좌하는 관리를 가리킨다.

132) 垂髫(수초): 垂齠라고 쓰이기도 하며 아이 혹은 童年을 가리킨다. 髫는 아이들의 땋아 늘어뜨린 머리를 뜻한다.

133) 瑣類(쇄류): 비천한 사람이나 물건을 가리킨다.

134) 【校】玉柱: 《太平廣記》, 《唐宋傳奇集》에는 "玉柱"로 되어 있고 《情史》에는 "玉桂"로 되어 있다. 玉柱(옥주)는 옥으로 만든 현악기의 줄 받침을 가리키는 말로 琴·瑟·箏 등의 현악기를 지칭하기도 한다.

135) 金徽(금휘): 거문고 등의 현악기에서 줄을 묶는 끈이나 음 자리를 금속으로 상감해 표시한 표지를 이르는 말로 널리 거문고를 지칭한다.

兼題短什, 用寄幽懷." 詩曰:

"晝簷春燕須同宿, 蘭浦雙鴛肯獨飛. 長恨桃源諸女伴, 等閑花裏送郎歸."

封訖, 召門媼令達於象. 象覽書及詩, 以烟意稍切, 喜不自持. 但靜室焚香, 虔禱以俟138).

忽一日將夕, 門媼步而至, 笑且拜曰139): "趙郎願見神仙否?" 趙驚, 連問之. 傳烟語曰: "今夜功曹府直, 可謂良時. 妾家後庭, 郎君之前垣也. 不渝140)惠好, 專望來儀141), 方寸萬種, 悉俟晤語." 既曛黑, 象乃躋梯而登. 烟已令重褥而下. 既下, 見烟靚粧盛服, 立於花下. 拜訖, 俱以喜極不能言. 乃相携自後門入房中. 背缸解幌, 盡繾綣之意焉. 及曉鐘初動, 復送象於垣下. 烟執象泣曰: "今日相遇, 乃前生因142)緣耳. 勿謂妾無玉潔松貞之志, 放蕩如斯. 直以郎之風調, 不能自顧, 願深鑒之." 象曰: "揖希世之貌, 見出人之心, 已誓幽衷, 永奉歡狎." 言訖, 象踰垣而歸. 明日, 託門媼贈烟詩曰:

"十洞三淸雖路阻, 有心還得傍瑤臺. 瑞香風引思深夜, 知是蕊宮仙馭來."

---

136) 薦夢尙遙于楚岫(천몽상요우초수): 楚나라 懷王과 巫山神女처럼 즐거운 만남을 이루기에는 아직 멀었다는 뜻이다. 楚岫는 巫山으로 楚나라 懷王이 꿈속에서 巫山神女를 만난 곳이다. 薦夢은 薦枕과 같은 말로 잠자리 시중을 드는 것을 이른다.

137) 淸光(청광): 맑고 아름다운 풍채를 가리키는 말로 상대방의 얼굴을 높여 이르는 말이다.

138) 【校】俟:《情史》에는 "俟"로 되어 있고《太平廣記》,《唐宋傳奇集》에는 "俟息"으로 되어 있다.

139) 【校】門媼步而至 笑且拜曰: [春]에는 "門媼步而至 笑且拜曰"로 되어 있고 [影], [岳], [類], [鳳]에는 "門媼步而笑至 且拜曰"로 되어 있으며《太平廣記》,《唐宋傳奇集》에는 "門媼促步而至 笑且拜曰"로 되어 있다.

140) 【校】渝: [影], [岳], [類],《唐宋傳奇集》에는 "渝"로 되어 있고 [春], [鳳]에는 "逾"로 되어 있으며《太平廣記》에는 "踰"로 되어 있다.

141) 來儀(내의):《尙書·益稷》에 있는 "순임금의 음악을 아홉 번 연주하자 봉황이 날아와서 춤을 추었다.(蕭韶九成, 鳳皇來儀.)"에서 나온 말로 來儀는 鳳凰이 날아와서 容儀 있게 춤을 추는 것을 가리킨다. 이를 상서로운 징조로 생각했기에 사모하는 사람이 찾아오는 것을 비유적으로 이르기도 한다.

142) 【校】因: [影],《太平廣記》에는 "因"으로 되어 있고 [春], [鳳], [岳], [類],《唐宋傳奇集》에는 "姻"으로 되어 있다.

烟覽詩微笑, 復贈象詩曰:

"相思只怕不相識, 相見還愁却別君. 願得化爲松上鶴, 一雙飛去入行雲."

封付門嫗, 仍令語象曰: "賴妾有小小篇詠, 不然, 君作幾許大才面目?" 玆不盈旬, 常得一期於後庭矣. 展微密之思, 罄宿昔之心. 以爲魚鳥不知, 神人相助. 或景物寓目, 歌詩寄情, 來往更繁, 不能悉載. 如是者周歲.

無何, 烟數以細過撻其女奴. 奴陰銜之, 乘間盡以告公業. 公業曰: "汝愼言, 我當伺察之." 後至直日, 乃僞陳狀請假. 迨[143]如常入直, 遂潛於里門. 街鼓既作, 匍伏而歸. 循牆至後庭, 見烟方倚戶微吟, 象則據垣斜睇. 公業不勝其憤, 挺前欲擒. 象覺跳去, 搏之, 得其半襦. 乃入室, 呼烟詰之. 烟色動聲戰, 而不以實告. 公業愈怒, 縛之大柱, 鞭楚流血. 但云: "生得相親, 死亦何恨." 深夜, 公業怠而假寐. 烟呼其所愛女僕曰: "與我一杯水." 水至, 飲盡而絶. 公業起, 將復笞之, 已死矣. 乃解縛, 擧致閣中, 連呼之, 聲言烟暴疾致殞. 後數日, 葬於北邙. 而里巷間皆知其强死[144]矣. 象因變服易名, 遠竄江浙間.

洛陽才士有崔、李二生, 常與武掾遊處. 崔賦詩末句云:

"恰似傳花人飮散, 空牀抛下最繁枝."

其夕, 夢烟謝曰: "妾貌雖不逮桃李, 而零落過之. 捧君佳什[145], 愧仰無已."李生詩末句云:

"艷魄香魂如有在, 還應羞見墜樓人."

其夕, 夢烟戟手[146]而言曰: "士有百行[147], 君得全乎? 何至矜片言, 苦相詆斥!

---

143) 【校】 迨: 《情史》에는 "迨"로 되어 있고 《太平廣記》에는 "迨夕"으로 되어 있으며 《唐宋傳奇集》에는 "迨夜"로 되어 있다.
144) 强死(강사): 건강한 사람이 횡사하는 것을 이른다.
145) 【校】 佳什: [影], [鳳], [岳], [穎], 《太平廣記》, 《唐宋傳奇集》에는 "佳什"으로 되어 있고 [春]에는 "佳計"로 되어 있다. 佳什(가십)은 아름다운 시 작품을 이른다. 《詩經》의 《雅》, 《頌》 부분은 대략 10 篇이 1組가 되기에 그것을 什이라 칭했다. 이로 인해 詩篇이나 文卷을 모두 什이라 불렀다.
146) 戟手(극수): 집게손가락과 가운뎃손가락을 세워 사람에게 삿대질하는 것을 말한다. 그 손가락 모양이 미늘창과 비슷하다하여 戟手라고 한 것이다. 이로 통해 분노나 용맹함을 드러낸다.

當屈君於地下面證之." 數日, 李生卒. 時人異焉. 皇甫枚爲之作傳.

　　非烟自傷非偶, 踰節被殺, 傳者傷之. 雖然, 公業粗悍矣, 未甚也. 有杜大中者, 自行伍[148]爲將[149], 與物無情, 西人[150]呼爲"杜大虫". 雖妻有過, 以公杖杖之. 有愛妾, 才色俱絶, 大中箋表, 皆出其手. 嘗作《臨江仙》詞, 有"彩鳳隨鴉"之句. 一日, 大中見之, 怒曰: "鴉且打鳳!" 掌其面, 折項而斃. 以一語之忤, 遂至殺身, 較之非烟, 不十倍冤乎? 雖然, 猶有忤也. 齊文宣寵幸薛嬪, 忽疑其與清河王岳通, 無故斬首, 藏之于懷, 出東山宴. 勸酬始合, 忽探出頭投于枰上, 支解其屍, 弄其髀爲琵琶. 一座莫不喪膽. 爲之寵者, 不亦難乎? 雖然, 猶有疑也. 晉石崇每使美人勸飲, 不能勸, 則殺之. 丞相導量不宏, 每每過醉. 大將軍敦獨不肯飲, 已殺二人矣. 導勸使速盡, 敦曰: "彼自殺人, 於我何與?" 王愷嘗置酒, 女妓吹笛, 小失聲韻, 便令黃門[151]敲殺之. 一座改容. 爾朱文略豪縱不遜, 平秦王有七百里馬, 文略敵以好婢, 賭取之. 明日, 平秦王致請, 文略殺馬及婢, 以二銀器盛婢頭馬肉遺之. 夫村市小民求一妻女, 千難萬難, 幸不致無鹽、嫫母, 鄉黨爭慶, 以爲五百年修德所致. 而此數人者, 視朱顔綠鬢, 曾草菅之不若, 其眞無人心者哉!

---

147) 士有百行(사유백행): 《詩經・衛風・氓》에 있는 "士之耽兮, 猶可說也."에 대한 鄭玄의 箋에 "선비에게는 온갖 품행이 있어 잘잘못을 서로 벌충할 수 있다.(士有百行, 可以功過相除.)"라는 말이 보인다.

148) 行伍(항오): 옛날의 군대 편제에서 한 줄에 다섯 명을 세워 伍라고 했고, 그 다섯줄의 스물다섯 명을 일러 行이라고 하였으므로 行伍로 군대를 가리키기도 한다.

149) 【校】將: [影], 《古今事文類聚》에는 "將"으로 되어 있고 [鳳], [岳], [類], [春]에는 "相"으로 되어 있다.

150) 西人(서인): 山西와 陝西 사람에 대한 호칭이다.

151) 黃門(황문): 본래 천자의 측근에서 시중을 들던 관직을 말하는데 환관이 대부분 이 직책을 맡았으므로 환관을 가리키기도 했다.

141. (13-5) 양태진(楊太眞)152)

안록산(安祿山)의 난153)은 양국충(楊國忠)154)을 주벌(誅罰)하는 것을 명목으로 삼았다. 황제(皇帝)155)가 태자(太子)156)에게 국사를 돌보게 하고 스스로 친정(親征)을 하려고 하자 양국충은 두려워 양귀비에게 울면서 하소연했다. 양귀비가 사죄를 올리며 그의 목숨을 살려달라고 간절히 애걸하기에 황제는 이를 그만두었다. 십오 년 유월에 동관(潼關)157)이 함락되자 황제는 촉지(蜀地)로 행차했다.

---

152) 이 이야기는 《說郛》 권111下, 《唐宋傳奇集》 권7, 《艶異編》 권12 등에 수록되어 있는 송나라 樂史의 〈楊太眞外傳〉 권下에서 절록한 것으로 보인다.

153) 당나라 천보 연간 14년(755)에 范陽·平盧·河東 세 지역의 절도사를 맡고 있던 안록산(703~757)이 거란·돌궐 등의 여러 민족과 연합하여 15만 명의 군대를 거느리고 나라를 위해 양국충을 징벌한다는 명목으로 범양에서 일으킨 반란을 말한다. 천보 15년에 반란군이 장안과 낙양을 점령하자 현종은 촉 지방으로 피난을 가게 된다. 도중에 六軍이 현종을 협박해 양국충과 양귀비를 죽이게 한다. 이 난리는 代宗 보응 원년(762)에 평정되었다.

154) 양국충(楊國忠, ?~756): 양귀비의 친족 오빠로 본명은 楊釗였고 당나라 蒲州 永樂(지금의 섬서성 華陰縣) 사람이다. 양귀비가 현종에게 총애를 받은 후 그 또한 현종의 신임을 얻어 재상이 되었다. 당시 국정을 손에 쥐고 있던 양국충이 그와 더불어 총애와 신임을 얻고 있는 안록산을 제압하려는 과정에서 두 사람 사이에 생긴 모순이 '안록산의 난'에 도화선이 된다.

155) 황제(皇帝): 당나라 현종 이융기(685~762)를 가리킨다. 시호가 至道大聖大明孝皇帝였으므로 明皇이라고 불리기도 한다. 자세한 내용은 《정사》 권6 정애류 〈양태진〉 '上' 각주에 보인다.

156) 태자(太子): 현종의 아들인 숙종 李亨(711~762)을 가리킨다. 마외병변 뒤에 반란군을 토벌하는 천하병마대원수로 임명되었다. 靈武에서 즉위한 뒤, 연호를 至德이라 했다.

157) 동관(潼關): 동한 때부터 설치되었으며 桃林塞라고 불리기도 한다. 陝西省, 山西省, 河南省 등의 세 개 성을 연결하는 요충지로 지금의 섬서성 동관현 동남쪽에 있다.

당대(唐代) 이소도(李昭道), 〈명황행촉도(明皇幸蜀圖)〉

마외역(馬嵬驛)158)에 이르렀을 때 군병들은 반란을 일으켜 양국충을 죽인 뒤에도 포위를 풀지 않았다. 황제가 나와서 그 까닭을 묻자 고력사(高力士)가 양귀비 때문이라고 말했다. 그 역에는 작은 골목이 있었는데 황제는 차마 행궁으로 돌아가지 못하고 골목에서 지팡이를 짚고 머리를 기울인 채 서 있었다. 경조사록(京兆司錄)159) 위악(韋鍔)160)이 간언하기를 "원컨대 폐하께서 사사로운 정을 끊으시어 나라를 안정시키시옵소서."라고 하자, 황제는 머뭇거리다가 행궁으로 들어가 고력사를 시켜 양귀비에게 자결을 하도록 했다. 양귀비는 눈물을 흘리면서 오열했으며 말로 정을 표현하지 못했다. 이내 말하기를 "폐하께서는 강녕하시옵소서. 신첩은 진실로 나라를 저버렸

---

158) 마외역(馬嵬驛): 지금의 섬서성 興平縣 서쪽에 있는 역이다.
159) 경조사록(京兆司錄): 京兆는 한나라 때 경기 지역의 행정구역으로 지금의 陝西省 西安市 동쪽에서 華縣 사이의 지역이다. 후세에 경도를 가리키기도 했다. 司錄은 관직명으로 京尹의 속관이다.
160) 위악(韋鍔): 〈양태진외전〉 권下에 따르면 韋見素(697~762)의 아들이라고 한다.

사오니 죽어도 한이 없사옵니다. 청컨대 예불을 하도록 허락해 주시옵소서."
라고 하자 황제가 말하기를 "좋은 곳에서 환생하기를 바라노라."라고 했다.
곧 고력사가 불당 앞에 있는 배나무 아래서 양귀비를 목매 죽였다. 막
숨이 끊어졌을 때, 남해(南海)에서 진상한 여지(荔枝)가 이르렀다. 황제가
그것을 보고 여러 번 큰 소리로 통곡하며 고력사로 하여금 그 여지로 양귀비에
게 제사 지내도록 했다. 제사를 마치고 수놓은 이불로 시신을 덮어 역참에
놓자 육군(六軍)161)은 비로소 포위를 풀었다. 양귀비는 서쪽 성곽 밖에서
1리쯤 떨어져 있는 길 북쪽 언덕 아래에 묻혔고 그때 나이는 서른여덟 살이었
다. 황제가 말 위에서 여지를 들고 장야호(張野狐)162)에게 일러 말하기를
"이번에 검문(劍門)163)으로 가는 길에 새가 울며 꽃은 떨어지고 산수가 푸른
것은 짐에게 귀비를 슬피 추모하는 정을 돋우게 할 뿐이로다."라고 했다.
황제가 사곡(斜谷)164)의 입구에 이르렀을 때 마침 열흘이 넘도록 장맛비가
내렸다. 잔도(棧道)165)에서 비가 내리는 중에 산을 사이에 두고 상응(相應)하
는 방울소리가 들리니 황제는 그 소리를 따서 〈우림령(雨霖鈴)〉166) 곡을
지어 한을 담아냈다.
　살피건대 마외(馬嵬) 언덕은 함양(咸陽)167)의 서쪽에 있었다. 여관 어미가

---

161) 육군(六軍): 당나라 禁軍을 이른다. 《新唐書·百官志四上》에 의하면 "左右龍
　　武軍·左右神武軍·左右神策軍을 합쳐서 六軍이라 불렀다."고 한다.
162) 장야호(張野狐): 당나라 때 현종의 곁에 있었던 배우로 正史에는 그에 대한
　　기록이 보이지 않는다. 《明皇雜錄》이나 《樂府雜錄》 등의 문헌에 의하면 參
　　軍戲를 잘했고 角篳과 箜篌도 잘 연주했다고 한다.
163) 검문(劍門): 지금의 四川省 劍閣縣 일대이다.
164) 사곡(斜谷): 지금의 陝西省 終南山에 있는 골짜기 이름이다. 사곡은 남쪽 입
　　구를 褒라 했고 북쪽 입구를 斜라 했기에 褒斜谷이라고 불리기도 한다. 길
　　이가 470여 리가 되고 양옆은 모두 험산으로 둘러싸여 있으며 섬서성과 四
　　川省을 연결하는 요충지이다.
165) 잔도(棧道): 험한 산벼랑을 따라 선반처럼 나무판을 깔고 달아 만든 길이다.
166) 우림령(雨霖鈴): 당나라 현종의 이 곡으로부터 비롯된 詞牌로 〈雨淋鈴〉이라
　　고 쓰기도 하며 애달픈 내용을 많이 담았다.

배나무 아래에서 비단 버선 한 짝을 얻었는데 지나가는 객들이 이를 돌려가며 구경하고 매번 백전(百錢)을 냈으니 이로 인해 그는 부자가 되었다. 양귀비의 무덤 위에는 분(粉)과 같은 흙이 있었는데 그것으로 얼굴을 씻으면 때를 벗길 수 있었다. 당나라 명황(明皇)이 지은 〈소유나말명(所遺羅襪銘)〉은 다음과 같다.

비단 버선이여, 비단 버선이여	羅襪羅襪
고운 발걸음마다 향내 나는 먼지 이는구나	香塵168)生不絶
가늘고 통통한	細細圓圓
땅에 있는 조각달	地下得瓊鉤169)
조붓하고 구붓한	窄窄弓弓
손에 놓고 완상하는 초승달	手中弄初月
신 벗고 가냘프며 동그스름한 발 자랑하는 듯	又如脫履弄纖圓
한 이불 덮고 지내던 시절인 것 같구나	恰似同衾見時節
비로소 알겠노라, 단꿈이 헛것이 아니었단 것을	方知淸夢事非虛
남몰래 이끄는 그리는 정 언제야 멈출까나	暗引相思幾時歇

지덕(至德)170) 2년 서경(西京)을 수복한 뒤, 12월에 황제는 성도(成都)에서 장안으로 돌아가면서 사람을 시켜 양귀비에게 제사를 지내도록 했다. 나중에 개장(改藏)하려고 하자 예부시랑(禮部侍郎) 이규(李揆)171)가 상주하기를

---

167) 함양(咸陽): 지금의 陝西省 咸陽市이다.
168) 향진(香塵): 향기로운 먼지라는 뜻으로 주로 여자가 걸을 때 나는 먼지를 이르는 말이다.
169) 경구(瓊鉤): 원래 초승달을 가리키는 말로 여성의 발을 비유적으로 이르기도 한다.
170) 지덕(至德): 당나라 肅宗의 연호로 756년부터 758년까지이다. 지덕 2년은 757년이다.
171) 이규(李揆, 711~784): 자는 端卿이고 滎陽(지금의 하남성 형양시) 사람이다. 개원 말년에 진사 급제한 뒤, 國子祭酒와 예부상서를 지냈으며 풍채가 아름

"지금 돌아가신 귀비의 무덤을 개장하면 용무군(龍武軍) 장졸들이 의심하며 두려워할까 걱정이옵니다."라고 하자, 숙종(肅宗)은 이를 그만두게 했다. 상황(上皇)은 비밀리에 환관에게 명하여 몰래 다른 곳으로 이장을 하도록 했다. 처음에 양귀비를 매장할 때 자주색 요로 시신을 쌌었는데 이장할 때에 이르러서는 살과 피부는 이미 없어졌지만 가슴 앞에는 아직 비단 향낭이 남아 있었다. 환관이 이장을 마치고 그 비단 향낭을 바치자 상황은 이를 품속에 넣어 두었다. 또한 화공으로 하여금 별전(別殿)에서 양귀비의 형상을 그리게 하고 아침저녁으로 그 그림을 보며 탄식했다. 상황은 남내(南內)[172] 흥경궁(興慶宮)에 있을 때면 항상 봉래산(蓬萊山)[173] 태진원(太眞院)에서 양귀비를 보는 꿈을 꾸었다. 이를 시로 지어 읊었으며 마외 언덕 밑에서 그 시를 불태우도록 했다. 그 시는 이러하다.

바람은 몹시 불고 구름은 어수선하건만 비를 이루지 못하네　風急雲驚雨不成
깨어 보니 선몽(仙夢)이 매우 뚜렷하구나　　　　　　　　　覺來仙夢甚分明
한스럽게도 꿈속에서 은병풍이 드리워져 있었기에　　　　當時苦恨銀屛影
선녀를 가려 목소리만 들을 수 있었을 뿐　　　　　　　　遮隔仙姬祇聽聲

답고 才智가 뛰어났다. 숙종이 그에게 "경은 문벌과 인물과 학문 모두에서 당대 제일이도다."라고 했다 하여 '三絶'이라 불리었다. 《新唐書》 권163과 《舊唐書》 권130에 그에 대한 傳이 있다.
172) 南內(남내): 內는 제왕이 거처하는 황궁을 이른다. 당나라 때에는 三內로 불리던 3대 황궁이 있었는데 西內 太極宮, 東內 大明宮, 南內 興慶宮이 그것이다. 흥경궁은 양귀비와 당 현종이 함께 주로 머물던 황궁이다.
173) 봉래산(蓬萊山): 바다에 있는 三仙山(蓬萊, 方丈, 瀛州) 가운데 하나로 신선들이 사는 곳이라 한다. 한나라 동방삭의 《十洲記》에 다음과 같은 내용이 보인다. "봉래산은 동해의 동북 해안과 마주하며 둘레는 5000리였다. 주위가 바다로 둘러싸여 있는데 그 바닷물이 순검정색이라서 사람들은 그것을 冥海라고 했다. 바람 없이도 백 길의 큰 파도가 일어 왕래할 수 없었으며 오직 날아다니는 신선만 그곳에 이를 수 있었다."

홀연 어느 저녁에 황제가 근정루(勤政樓)에 올라 난간에 기대어 남쪽을
바라보니 몽롱한 달빛이 눈에 가득 찼다. 이에 황제가 스스로 노래하기를
"뜰 앞에 기수(琪樹)는 이미 자라 기어오를 정도 되었건만, 변방 밖으로
출정한 사람은 아직도 돌아오지 않는구나."라고 했다. 노래를 마치자 거리에
서 은은한 노랫소리가 들리니 고력사를 보고 묻기를 "혹시 이원(梨園)174)에
있었던 사람 아닌가?"라고 했다. 다음 날 고력사가 동네에서 남모르게 그를
탐방해 불러 함께 돌아왔는데 과연 이원의 제자였다. 그 후, 다시 황제는
양귀비의 시녀였던 홍도(紅桃)와 더불어 〈양주(涼州)〉175) 곡을 노래했는데,
그것은 양귀비가 지은 것이었으며, 황제는 옥적(玉笛)을 불어 반주를 했다.
곡이 끝나자 서로 보면서 얼굴을 가리고 눈물을 흘리지 않은 자가 없었다.
지덕(至德) 연간에 다시 화청궁(華淸宮)으로 행차했는데 수행 관원과 비빈
궁녀들은 대부분 이전 사람들이 아니었다. 황제는 망경루(望京樓) 아래에서
장야호에게 명하여 〈우림령〉 곡을 연주하게 하고 사방을 둘러보고는 처량한
느낌이 들어 자기도 모르게 눈물을 흘렸다. 신풍(新豊)176)의 여자 영인(伶人)
이었던 사아만(謝阿蠻)이 〈능파곡(凌波曲)〉177) 춤을 잘 추었는데 그날 그에

---

174) 이원(梨園): 梨園이라하기도 했으며 당현종 때 궁정에서 연출하는 歌舞藝人
의 훈련소이다. 《新唐書·禮樂志十二》에 다음과 같은 기록이 보인다. "현종
이 음률을 아는데다가 法曲을 매우 좋아했으므로 坐部伎 300명을 뽑아 梨園
에서 훈련시켰다. 잘못된 음이 있으면 반드시 그것을 알아차려 바로잡아
주었기에 황제의 梨園弟子라 불리었다. 궁녀 수백 명도 이원에서 훈련받았
는데 그들은 宜春北院에서 거처했다."
175) 양주(涼州): 악부의 《近代曲》 가운데 하나로 宮調曲에 속한다. 본래 양주 일
대 지역의 노래였는데 당나라 개원 연간에 西涼府都督이었던 郭知運이 진상
했다. 《新唐書·禮樂志十二》에서 "천보 연간의 악곡은 모두 변경 지역의 지
명으로 이름 하였는데 〈양주〉, 〈伊州〉, 〈甘州〉 등이 그것이다."라고 했다.
176) 신풍(新豊): 지금의 陝西省 西安市 臨潼縣 新豊鎭이다.
177) 능파곡(凌波曲): 당나라 악곡명이다. 송나라 王灼의 《碧雞漫誌》 권4에 이런
기록이 있다. "황제가 東都에 있을 때 꿈을 꾸었는데 높이 쪽진 머리를 하
고 폭이 넓은 옷을 입은 한 여자가 절을 올리며 말하기를 '첩은 凌波池 속

게 명하여 이를 춤추도록 했다. 춤을 마치고 사아만이 금속장비환(金粟裝臂環)[178]을 올리며 말하기를 "이것은 귀비께서 하사하신 것이옵니다."라고 했다. 황제가 그것을 들고 처연히 눈물을 떨어뜨리며 이렇게 말했다.

"우리 조상 대제(大帝)[179]께서 고구려를 쳐부수시고 이 두 보물을 얻으셨는데 하나는 자금대(紫金帶)이고 또 하나는 홍옥지(紅玉支)였다. 짐은 기왕(岐王)[180]이 〈용지편(龍池篇)〉[181]을 지어 바쳤으므로 자금대는 그에게 하사했고 홍옥지는 귀비에게 하사를 했다. 그 후 고구려가 상언하기를 '본국은 이 보물을 잃어 비바람은 제때를 어기며 백성은 흩어지고 군대는 약해졌습니다.'라고 하기에, 짐은 이를 얻는 것을 귀하게 여길 필요가 없다고 생각하여 그들에게 자금대를 돌려보내도록 명했고 유독 이것만 돌려주지 않았다. 짐이 지금 다시 이것을 보니 더욱 슬픈 생각이 드는구나."

그리고 나서 다만 시[182]만 읊을 뿐이었다.

의 龍女로 오랫동안 궁원을 지켰사오니, 폐하께서는 음악을 아시므로 원컨대 곡 하나를 주시옵소서.'라고 했다. 황제가 그를 위해 〈능파곡〉을 지어 능파지에서 연주했더니 신녀가 파도 사이에서 나왔다."

178) 금속장비환(金粟裝臂環): 桂花의 노란색이 금빛과 같고 꽃이 좁쌀(粟)과 같이 작았으므로 계화를 金粟이라고 부르기도 했다. 臂環은 臂釧과 같은 말로 팔찌를 가리킨다. 금속장비환은 금빛 계화무늬로 장식된 팔찌를 이르는 듯하다.

179) 대제(大帝): 당나라 高宗 李治(628~683)를 가리킨다. 시호가 天皇大帝였으므로 大帝라고 이른 것이다.

180) 기왕(岐王): 당나라 睿宗 李旦의 아들이자 현종 이융기의 넷째 동생인 李范을 가리킨다. 호학하고 문재가 있었으며 음률에 통달한 것으로 유명했다. 《新唐書》 권81과 《舊唐書》 권95에 그에 대한 전이 있다.

181) 용지편(龍池篇): 당나라 시인 沈佺期가 현종이 즉위했을 때 창작한 황제의 공덕을 기리는 응제시로 전문은 8구 56자로 되어 있다.

182) 이 시는 《全唐詩》 권3에는 명황의 〈傀儡吟〉으로 수록되어 있고 《全唐詩》 권202에는 梁鍠의 〈詠木老人〉으로 수록되어 있다.

나무를 깎아 실 매어 만든 꼭두각시 노옹	刻木牽絲作老翁
주름진 살갗에 백발은 진짜인 것 같구나	雞皮鶴髮[183]與眞同
잠시 춤추고 난 뒤엔 적막하게도 할 일이 없나니	須臾舞罷寂無事
인생이란 꿈속에 있는 것과 같구나	還似人生一夢中

[원문] 楊太眞

祿山之亂, 以誅國忠爲名. 上欲使皇太子監國[184], 而自親征. 國忠懼, 泣訴妃. 妃銜土請命[185], 乃止. 十五載六月, 潼關失守, 上幸蜀. 至馬嵬驛, 兵亂, 殺國忠, 圍未解. 上出問其故, 高力士以貴妃爲言. 驛有小巷, 上不忍回行宮, 于巷中倚杖欹首而立. 京兆司[186]韋鍔諫曰: "願陛下割恩, 以寧國家." 上逡巡入行宮, 使力士賜妃死. 妃泣涕嗚咽, 語不勝情. 乃曰: "大家[187]好住[188], 妾誠負國[189], 死不恨矣. 乞容禮佛." 帝曰: "願妃子善地受生." 力士遂縊之于佛堂前之梨樹下. 纔絶, 而南海進荔枝至. 上觀之, 長號數四, 使力士祭之, 祭罷, 以綉衾覆體, 置于驛亭中. 六軍乃

---

183) 계피학발(雞皮鶴髮): 계피는 늙은 사람의 주름진 피부를 비유적으로 이르는 말이고 학발은 학의 깃털처럼 흰 백발을 가리킨다.

184) 監國(감국): 國事를 감독하고 다스린다는 뜻으로 태자가 군주를 대신하여 국사를 주관하는 것을 이른다.

185) 銜土請命(함토청명): 한나라 劉向의 《說苑·修文》에 의하면, 옛날에 사람이 죽으면 반드시 무언가를 입에 물려 묻었는데 천자에게는 진주를, 제후에게는 玉을, 사대부에게는 璣를, 선비에게는 조개를, 평민에게는 곡식을 물렸다고 한다. 이런 습속으로 말미암아 銜土는 신하가 입에 흙을 물고서 황제에게 스스로 죽을죄를 지었다고 사죄하는 것을 이르게 되었다. 請命은 살려달라고 하거나 도와달라고 청하는 것을 말한다.

186) 【校】京兆司錄: 《說郛》, 《唐宋傳奇集》에는 "京兆司錄"으로 되어 있고 《情史》에는 "京兆司"로 되어 있다.

187) 大家(대가): 궁중의 근신이나 후비들이 황제를 부르는 호칭이다.

188) 好住(호주): 떠나가는 사람이 남아 있는 사람에게 잘 있으라고 하는 인사말이다.

189) 【校】負國: 《情史》에는 "負國"으로 되어 있고 《說郛》, 《唐宋傳奇集》에는 "負國恩"으로 되어 있다. 負國(부국)은 나라에 죄를 지었다는 뜻이다.

解圍. 瘞于西郭之外一里許道北坎下. 妃時年三十八. 上持荔枝于馬上謂張野狐
曰: "此去劍門, 鳥啼花落, 水綠山青, 無非助朕悲悼妃子之情耳." 上至斜谷口, 属霖
雨涉旬. 於棧道雨中, 聞鈴聲隔山相應, 因採其聲爲《雨霖鈴》曲, 以寄恨焉.

　　按190): 馬嵬坡在咸陽西. 店媼于梨樹下得錦襪一隻, 過客傳玩, 每出百錢,
繇是致富. 妃墳上有土似粉, 洗面能去垢. 明皇作《所遺羅襪銘》曰:

　　"羅襪羅襪, 香塵生不絕. 細細圓圓, 地下得瓊鉤; 窄窄弓弓, 手中弄初月.
又191)如脫履弄纖圓, 恰似同衾見時節. 方知清夢事非虛, 暗引相思幾時歇!"

　　至德二年, 既收復西京, 十一月, 上自成都還, 使祭之. 後欲改葬, 禮部侍郎李
揆奏曰: "今改葬故妃, 恐龍武將士疑懼." 肅宗遂止. 上皇密令中官潛移葬于它所.
妃之初瘞, 以紫褥裹之. 及移葬, 肌膚已消釋矣, 胸前尤有錦香囊在焉, 中官葬畢以
獻, 上皇置之懷袖. 又令畫工寫妃形于別殿, 朝夕視之而歔欷焉. 上皇在南內, 常夢
中見妃子于蓬山太眞院. 作詩詠之, 使焚于馬嵬坡下. 詩云:

　　"風急雲驚雨不成, 覺來仙夢甚分明. 當時苦恨銀屏影, 遮隔仙姬祇聽聲."

　　忽一夕, 登勤政樓, 凭闌南望, 烟月滿目. 上因自歌曰: "庭前琪樹已堪攀, 塞外
征人殊未還." 歌歇, 聞里中隱隱有歌聲者. 顧力士曰: "得非梨園舊人乎?" 翌日,
力士潛求于里中, 因召與同去, 果梨園弟子也. 其後, 上復與妃侍者紅桃歌《涼州
》192)之調, 貴妃所制也. 上御玉笛爲之倚曲. 曲罷, 相視無不掩泣. 至德中, 復幸華
清宮. 從官嬪御, 多非舊人. 上于望京樓下, 命張野狐奏《雨霖鈴》曲. 上四顧淒涼,
不覺流涕. 新豐女伶謝阿蠻, 善舞《淩波曲》, 是日詔令舞. 舞罷, 阿蠻因進金粟裝
臂環, 曰: "此貴妃所賜." 上持之, 淒然垂涕曰: "我祖大帝破高麗193), 獲此二寶,

---

190) 按(안) 이하의 문장에 보이는 '양귀비가 남긴 비단버선'에 관한 자세한 기록
　　 들이 송나라 王楙의 《野客叢書》 권22 〈楊妃韈事〉에 보인다.

191) 【校】 又: [影], [鳳], [岳], [類]에는 "又"로 되어 있고 [春]에는 "猶"로 되어 있다.

192) 【校】 涼州: [影], [鳳], [岳], [類], 《說郛》, 《唐宋傳奇集》에는 "涼州"로 되어 있
　　 고 [春]에는 "梁州"로 되어 있다.

193) 破高麗(파고려): 당나라 고종 總章 원년(668)에 薛仁貴가 고구려을 정벌한
　　 것을 가리킨다. 자세한 기록이 《新·舊唐書》 〈高宗本紀〉에 보인다.

一紫金帶, 一紅玉支. 朕以岐王進《龍池篇》, 賜之紫金帶. 紅玉支賜妃子. 後高麗
上言: ‘本國因失此寶, 風雨傔昝, 民離兵弱.’ 朕以得此不足爲貴, 乃命還其紫金帶,
唯此不還. 朕今再覩之, 益與悲念矣.” 但吟:

“刻木牽絲作老翁, 雞皮鶴髮與眞同. 須臾舞罷寂無事, 還似人生一夢194)中.”

142. (13-6) 서문장(徐文長)195)

산음현(山陰縣) 사람인 서위(徐渭)196)는 자(字)가 문장(文長)이었는데 재
지(才智)는 뛰어났지만 과거에 급제하지 못했다. 소보(少保)197) 호종헌(胡宗
憲)198)이 절강(浙江) 서쪽 지역의 총독이었을 때 서위를 초빙하여 기실(記
室)199)로 삼고 유난히 그를 총애했다. 서위는 일찍이 항주(杭州)에 있는

---

194) 【校】夢: 《情史》, 《全唐詩》에는 “夢”으로 되어 있고 《太平廣記》, 《唐宋傳奇
集》에는 “世”로 되어 있다.
195) 이 이야기는 명나라 錢希言의 《獪園》 권7에 〈徐文長冤報〉라는 제목으로 보
인다.
196) 서위(徐渭, 1521~1593): 자는 文長이고 호는 天池山人, 田丹水 등이었으며 山
陰(지금의 浙江省 紹興市)사람이다. 명나라 때 저명한 문장가이자 서화가로
解縉과 楊愼과 더불어 명나라 3대 才子로 칭해졌다. 胡宗憲의 막료로 발탁
된 뒤에 문서를 담당하고 계책을 내는 일을 맡았다. 호종헌이 嚴嵩과 결당
한 죄로 하옥되어 자살한 뒤로 발광하여 여러 차례 자살을 시도하기도 했
다. 가정 45년(1566)에 발작하여 후처인 張氏을 죽인 죄로 7년을 옥중에서
보냈으며 그 가운데 저술을 하고 서화도 연마했다.
197) 소보(少保): 三孤의 하나로 周나라 때부터 있었으며 군주를 보좌하는 벼슬
이었는데 나중에는 대부분 높은 관원에게 주는 散職이 되었다.
198) 호종헌(胡宗憲, 1512~1565): 자는 汝貞이고 호는 梅林이며 徽州 績溪(지금의
安徽省 績溪縣)사람이다. 嘉靖 17년(1538)에 진사 급제한 뒤에 益都(지금의
山東省 靑州市), 餘姚(지금의 浙江省 餘姚市) 知縣을 지냈으며, 浙江巡按御史
로 있을 때 여러 차례에 걸쳐 왜구를 격퇴하여 그 공으로 兵部尚書加少保가
되었다.

어느 사찰에 노닐러 나간 적이 있었는데 승도(僧徒)들이 그에게 결례를 하여 앙심을 품게 되었다. 밤에 기녀의 집에서 묵으면서 수혜(睡鞋)[200] 한 짝을 훔쳐 소매에 넣고서 관청으로 들어가 소보에게 거짓말로 그 사찰 승방에서 얻었다고 했다. 소보는 노하여 다시 조사하지도 않고 그 절에 있는 승도 두세 명을 잡아 관아 문밖에서 참수했다.

　서위는 사람됨이 의심이 많고 질투심이 강해 그의 처가 죽은 뒤, 다시 아내를 얻었으나 곧 의심하게 되어 그녀도 버렸다. 이어서 또 젊은 부인을 들였는데 그녀는 용모가 뛰어났다. 하루는 서위가 밖에서 막 돌아왔는데 갑자기 방 안에서 즐겁게 웃는 소리가 나기에 창문 사이로 엿보았더니 잘생긴 중 하나가 보였다. 나이는 대략 스무 살 남짓 되었고 무릎에 그의 처를 앉힌 채 둘은 서로 안고서 앉아 있었다. 서위는 화가 나서 병기를 가지고 달려와 그 중을 치려고 했지만 그는 이미 보이지 않았다. 아내에게 물어봐도 알지 못했다. 열흘 뒤에 다시 밖에서 돌아와서 보니 이전의 그 젊은 중이 자기 아내와 나란히 베개를 베고 대낮에 침상에 누워 있었다. 서위가 분노를 이기지 못해 으르렁거리는 호랑이같이 소리를 지르며 곧 쇠로 만든 촛대를 가져다가 그 중을 찌르자 아내가 정수리에 맞아 죽어 버렸다. 이에 죄를 얻어 옥에 갇혔지만 그 뒤 도와준 사람이 있어 죄를 면하게 되었다. 하루는 한가로이 집에 있다가 중이 보복한 것임을 홀연 깨닫고는 그의 아내가 죄 없이 죽은 것을 슬퍼하며 다음과 같은 〈술몽(述夢)〉[201]이란 시 두 장(章)을 지었다.

---

199) 기실(記室): 문서를 주관하는 관직으로 記室督 혹은 記室參軍이라고도 했다.
200) 수혜(睡鞋): 옛날에 여자가 잠잘 때 신는 신으로 신울과 밑창을 부드러운 소재로 만들었다.
201) 이 시는 《御選宋金元明四朝詩·御選明詩》 권46에 〈述夢〉이라는 제목으로 첫 번째 시만 수록되어 있다.

때까치가 때리기 시작하여	伯勞[202]打始開
제비는 머무를 수 없었구나	燕子留不住
오늘 밤 꿈속에서 찾아왔건만	今夕夢中來
애당초 날아가지 않은 것만 못하여라	何似當初不飛去
가련해라, 짝 잃은 암컷 새	憐羈雌
못된 너의 짝이 우습기만 하구나	嗤惡侶
두 마음 저 멀리 저녁 안개 속으로 떨어지고	兩意茫茫墜晚煙
문밖에 까마귀 우니 비 내리듯 눈물만 흐르네	門外鳥啼淚如雨

맨발로 빨래하는 모습	跣而濯
어제 일인 듯 완연한데	宛如昨
비단신 네 짝은 신지 않아 내버려져 있구나	羅鞋凹鈎閑不著
팥배나무꽃 아래 황토 진흙을 밟아	棠梨花下踏黃泥[203]
그 발자국은 원앙이 살던 방에 이르지 않네	行蹤不到棲鴛閣

그리고 이로부터 다시는 장가를 들지 않았다.

---

202) 백로(伯勞): 새 이름으로 때까치(鵙)를 가리킨다. 《詩經 · 豳風 · 七月》에 대한 毛傳에서 "鵙은 백로이다.(鵙, 伯勞也)"고 했다. 《樂府詩集 · 雜曲歌辭八 · 東飛伯勞歌》에 "동쪽으로 때까치 날고 서편으로 제비가 나니, 견우와 직녀도 때가 되어 서로 만나리.(東飛伯勞西飛燕, 黃姑織女時相見.)"라는 구절이 보인다. 이후 '勞燕分飛'라는 말로 이별의 뜻을 비유적으로 드러냈다.
203) 황니(黃泥): 황토라는 뜻으로 저승을 의미하기도 한다.

[원문] 徐文長

山陰徐渭, 字文長, 高才不售[204]. 胡少保宗憲摠督浙西, 聘爲記室, 寵異特甚. 渭常出遊杭州某寺, 僧徒不禮焉, 銜之. 夜宿妓家, 竊其睡鞋一隻, 袖之入幕, 詭言于少保, 得之某寺僧房. 少保怒, 不復詳, 執其寺僧二三輩, 斬之轅門[205].

渭爲人猜而妒. 妻死後再娶, 輒以嫌棄. 續又娶小婦, 有殊色. 一日, 渭方自外歸, 忽戶内歡笑作聲, 隔窓斜視, 見一俊僧, 年可二十餘, 擁其婦于膝, 相抱而坐. 渭怒, 往取刀杖, 趨至欲擊之, 已不見矣. 問婦, 婦不知也. 後旬日, 復自外歸, 見前少年僧與婦並枕晝臥于床. 渭不勝憤怒, 聲如吼虎, 便取銕燈檠刺之, 中婦頂門而死, 遂坐法繫獄. 後有援者獲免. 一日閒居, 忽悟僧報. 傷其婦死非罪, 賦《述夢》詩二章云:

"伯勞打始開, 燕子留不住. 今夕夢中來, 何似當初不飛去. 憐羈雌[206], 嗤惡侶. 兩意茫茫墜晚烟, 門外鳥啼淚如雨."

"跣而濯, 宛如昨, 羅鞋四鈎閒不著. 棠梨花下踏黃泥, 行蹤不到棲鴛閣."

自是絶不復娶.

---

204) 不售(불수): 팔리지 못한 것을 이르는 말로 여기서는 과거에 급제하지 못한 것을 가리킨다.

205) 轅門(원문): 《周禮 · 天官 · 掌舍》에 보이는 '轅門'에 대한 鄭玄의 주에서 이르기를 "왕이 행차하다가 험한 곳에 묵게 되면 비상시를 대비하여 從車로 울타리를 삼고 수레 머리를 위로 세워 그 끌채(轅)로 문 표시를 했다."고 했다. 나중에 軍營의 문이나 지방 고급 관서의 대문을 가리키기도 했다.

206) 【校】雌:《情史》,《獪園》에는 "雌"로 되어 있고《御選宋金元明四朝詩 · 御選明詩》에는 "雄"으로 되어 있다.

143. (13-7) 조운(朝雲)207)

청대(淸代) 왕회(王翽), 《백미신영(百美新詠)》 가운데 〈조운(朝雲)〉

왕조운(王朝雲)208)은 전당현(錢塘縣)의 명기였다. 소동파(蘇東坡)209)가

---

207) 조운과 소동파의 이야기는 송나라 승려인 惠洪의 《冷齋夜話》 권1, 《詩話總龜》 권27, 《西湖遊覽志餘》 권16, 《堯山堂外紀》 권52, 《靑泥蓮花記》 권1下, 《野客叢書》 권6, 《稗史匯編》 권45, 《盦史》 권22 등을 비롯한 여러 문헌에 보인다. 《情史》의 이 작품은 여러 문헌에서 내용을 뽑아 다시 편집한 것이다. 뒷부분에 보이는 춘낭의 이야기는 《繡谷春容》 雜錄 권1, 《盦史》 권22 등에 보인다.

208) 왕조운(王朝雲, ?~1096): 자는 子霞이고 浙江 錢塘(지금의 절강성 杭州市)사람이었다. 소동파의 시첩으로 1094년에 소동파가 좌천되었을 때 함께 혜주에 갔다가 1096년에 그곳에서 병사했다.

209) 소동파(蘇東坡, 1037~1101): 북송 때의 대문장가로 당송팔대가 가운데 한 사람이었던 蘇軾을 이른다. 자는 子瞻이고 호는 東坡居士라고 하였으며 그를 높여 坡公이라고도 했다. 자세한 내용은 《情史》 권1 정정류 〈關盼盼〉 '소동

그녀를 몹시 총애해 맞이해 두고 오랫동안 시중을 들게 했다. 소동파가 혜주(惠州)210)로 강직되었을 때에 이르러 집에 있었던 가기(歌妓)들은 모두 흩어졌으나 오직 조운만이 연연해하며 오령211) 밖에까지 따라갔다. 소동파는 그녀를 매우 어여삐 여겨 이런 시를 지었다.

번소(樊素)가 낙천(樂天)을 떠난 것과 달리	不似楊枝212)別樂天
통덕(通德)이 영현(伶玄)을 동반한 것만 같구나	却如通德伴伶玄213)
아노(阿奴)와 낙수(絡秀)만이 함께 늙어 갔고	阿奴絡秀方同老214)

파' 각주에 보인다.

210) 혜주(惠州): 지금의 廣東省 惠州市이다. 북송 紹聖 원년(1094)에 章惇이 재상이 되어 다시 왕안석의 新法을 시행하면서 이에 반대하던 소동파를 이곳으로 좌천시켰다.

211) 오령(五嶺): 江西省, 湖南省, 廣東省, 廣西省 사이에 있는 大庾嶺, 越城嶺, 騎田嶺, 萌渚嶺, 都龐嶺을 오령이라 하며 그 이남의 지역을 嶺外라고 한다.

212) 양지(楊枝): 당나라 白居易의 〈不能忘情吟 · 序〉에 의하면, 백거이의 시첩이었던 樊素가 〈楊枝曲〉을 잘 불렀으므로 그를 양지라고 칭했다 한다. 백거이가 나이 들어 노쇠해졌을 때 총애하던 양지가 곁을 떠나자 백거이는 "병은 항상 나와 함께 있는데 봄은 번소와 함께 떠나갔네.(病共樂天相伴住, 春隨樊子一時歸.)"라고 읊었다.

213) 통덕반영현(通德伴伶玄): 伶玄은 한나라 때 江東都尉를 지낸 사람으로 潞水(지금의 山西省 長治市)사람으로 〈趙飛燕外傳〉의 작자이다. 通德은 영현의 첩이었던 樊通德을 가리킨다. 〈조비연외전〉은 반통덕의 서술에 근거하여 지어진 것이라 한다. 여기에서는 반통덕이 영현과 함께 한 것처럼 조운도 소동파 자신을 따라 남방으로 왔다는 것을 이른다.

214) 아노락수방동로(阿奴絡秀方同老): 아노는 晉나라 周謨의 아명이다. 그는 尚書左僕射를 지낸 周顗와 御史中丞을 지낸 周嵩의 동생이다. 絡秀는 이 형제들의 어머니인 李氏의 이름이다. 《世說新語 · 識鑒》에 따르면, 낙수가 동짓날에 술을 들고 세 아들에게 내리면서 말하기를 '내 본래 강을 건너와서 몸을 의탁할 데가 없을 것이라 생각했었는데 집안에 貴相이 있어 너희들이 모두 내 곁에 있으니 다시 무엇을 걱정하겠느냐?'라고 했더니 주숭이 무릎을 꿇고 울면서 말하기를 '유독 아노만이 평범하고 능력이 없으므로 그가 어머니를 곁에 모시고 있을 겁니다.'라고 했다 한다. 여기에서는 아노는 어머니 낙수의 곁을 지킬 수 있었지만 동파와 조운 사이에 낳은 아들인 蘇遁은 한 살도 안 되어 요절한 것을 안타까워하는 것이다.

천녀 유마(維摩)는 돌연 선의(禪意)를 깨달았네 　　　天女215)維摩忽解禪

불경 읽고 약 달이는 일은 새로운 일과가 되고 　　經卷藥爐新活計216)

가무할 때 입던 치마와 들던 부채는 옛 인연일 뿐 　　舞裙歌扇舊因緣

단약이 만들어지면 나를 따라 삼산(三山)으로 가자구나 　丹成逐我三山217)去

진세의 사랑에 얽매였던 무산신녀처럼 되지 않으리 　不作巫陽218)雲雨仙

　얼마 지나지 않아 조운이 죽었는데 임종할 때 그는 《금강경(金剛經)》
네 구를 읊조리며 숨을 거두었고 정혜원(定惠苑) 죽림 안에 묻혔다. 소동파는
앞서 지은 시의 운에 맞춰 다시 다음과 같은 시219)를 지어 그녀를 추모했다.

태어나 꽃피지 못하고 죽은 것도 하늘이 내린 운명이지 　苗而不秀220)亦其天

동오로 하여금 더불어 《현경》을 이루게 하지 않는구나 　不使童烏221)與我玄

---

215) 천녀(天女): 《維摩經》에 나오는 散花天女를 가리킨다. 《유마경》에 따르면,
　　산화천녀가 維摩詰의 방에서 사리불과 함께 禪理를 논하고 있었는데 유마
　　힐이 말하기를 '이 천녀는 이미 보살의 신통 속에서 유희할 수 있구나.'라고
　　했다고 한다.

216) 경권약로신활계(經卷藥爐新活計): 조운은 본래 杭州사람이었기에 남방인 惠
　　州로 간 뒤, 기후와 풍토가 맞지 않아 항상 병에 시달려 평소 불경을 읽고
　　약 달이는 일이 일과가 되었던 것이다.

217) 삼산(三山): 三壺와 같은 말로 전설 속에 나오는 바다에 있다는 세 神山을
　　가리킨다. 晉나라 王嘉의 《拾遺記 · 高辛》에 이런 기록이 보인다. "삼호는 바
　　다 가운데에 있는 세 개의 산이다. 첫 번째는 方壺 즉 方丈山이다. 두 번째
　　는 蓬壺 즉 蓬萊山이다. 세 번째는 瀛壺 즉 瀛洲山이다."

218) 무양(巫陽): 重慶市에 있는 巫山을 가리키며 초나라 懷王과 무산신녀가 만나
　　운우지정을 나눴다는 곳이다. 자세한 내용은 《情史》 권19 정의류 〈무산신
　　녀〉에 보인다.

219) 이 시는 《東坡全集》에 〈悼朝雲詩〉로 실려 있다.

220) 묘이불수(苗而不秀): 《論語 · 子罕》에 있는 공자의 말로 안회가 일찍 죽은 것
　　을 안타까워한 말이다. "싹은 났으나 꽃이 피지 못하는 것도 있고, 꽃은 피
　　었으나 열매를 맺지 못하는 것도 있다.(苗而不秀者有矣夫, 秀而不實者有矣
　　夫!)" 사람이 자질은 있으나 성취하기 전에 요절한 것을 이른다.

221) 동오(童烏): 한나라 揚雄의 요절한 아들이다. 양웅의 《法言 · 問神》에 동오가

늙지 않게 해 주고 싶었건만 한스럽게도 천세약이 없으니　駐景恨無千歲藥

떠나는 길에 선사한 것은 오직 선법(禪法)뿐일세　　贈行惟有小乘禪

한순간 슬퍼함으로 이전의 빚을 갚고　　　　　　　傷心一念償前債

삽시간에 삼생의 인연도 끊겼구나　　　　　　　　彈指222)三生斷後緣

돌아와 죽근(竹根)을 베고 누우니 근원(近遠)은 없고　歸臥竹根無近遠

밤 등불은 탑 안에 있는 신선에게 부지런히 예배 드리네　夜燈勤禮塔中仙223)

　소동파는 〈서강월(西江月)〉224) 곡조에 맞춰 〈영매화(咏梅花)〉란 사도
지었는데 그 사는 이러하다.

옥골(玉骨)이 어찌 장기(瘴氣)를 근심하리요　　　　玉骨225)那愁瘴霧226)

빙설 같은 피부에 본디 선풍(仙風)이 있는데　　　　冰肌227)自有仙風

바다 신선이 때때로 무성한 꽃 숲을 탐방하게 하니　海仙時遣探芳叢

거꾸로 매달린 녹색 깃털 요봉(幺鳳)이 그 사자로다　倒掛綠毛幺鳳228)

아홉 살 때 아버지인 양웅이 《太玄經》을 저술하는 것을 도왔다는 내용이 보
인다. 이후 동오는 재지가 뛰어났지만 요절한 사람을 이르게 되었다. 여기
에서는 조운이 낳은 아들이 한 살도 안 되어 요절해 양웅 부자가 《태현경》
을 저술했던 것처럼 하지 못한 것을 탄식하고 있다.

222) 탄지(彈指): 손가락을 튕기는 동안의 시간이라는 뜻으로 불교에서 아주 짧
　　은 시간을 비유적으로 이른다.

223) 탑중선(塔中仙): 《東坡全集·東坡先生年譜》에 의하면, 조운은 棲禪寺 大聖塔
　　에 묻혔다고 하니 "塔中仙"은 대성탑 안에 있는 조운의 영혼을 신선으로 칭
　　한 것이다.

224) 서강월(西江月): 본래 당나라 敎坊의 곡이었는데 나중에 詞牌로 쓰였으며
　　〈江月令〉, 〈白蘋香〉, 〈步虛詞〉 등이라고도 했다. '서강월'이라는 명칭은 이백
　　의 시 〈蘇臺覽古〉에 있는 구절인 "只今唯有西江月"에서 비롯되었다.

225) 옥골(玉骨): 매화 가지를 아름답게 이르는 말로 죽은 자의 해골을 가리키기
　　도 한다.

226) 장무(瘴霧): 瘴氣라고도 하며, 중국의 남부와 서남부 지대가 습하고 더워 생
　　기는 독기로 병을 앓게 한다.

227) 빙기(冰肌): 《莊子·逍遙遊》에 있는 "피부가 얼음과 눈처럼 희다.(肌膚若冰
　　雪)"는 말에서 나온 말로 여성의 깨끗하고 흰 피부를 이르는 말이다.

맨얼굴은 분칠하면 오히려 더럽힐까 꺼리며	素面翻嫌粉涴
화장을 씻어 내도 붉은 입술은 바래지 않아라	洗粧不褪脣紅
고아한 정회는 이미 새벽 구름을 쫓아가 사라졌나니	高情已逐曉雲空
이화와 같은 꿈을 꿈꾸지 않네	不與梨花同夢

이것 또한 조운을 위해 지은 것이다.

소동파가 혜주에 있을 때, 조운과 더불어 한가로이 앉아 있었는데 그때 첫눈이 내리고 낙엽이 우수수 떨어지니 처연하여 가을의 애처로운 정취가 있었다. 소동파는 조운에게 큰 술잔을 들고 "꽃이 시들어 지고 남은 꽃잎(花褪殘紅)"이란 구절로 시작하는 사229)를 노래하게 했다. 조운은 노래를 막 부르려 하다가 눈물을 흘리며 온 옷섶을 적셨다. 소동파가 그 까닭을 캐묻자 그녀가 답하기를 "제가 부를 수 없는 곳은 '가지 위에 버들개지는 바람이 불어 점차 줄어드는데, 세상 어디엔들 방초(芳草)가 없겠는가.'라는 구절입니다."라고 대답했다. 소동파가 크게 웃으며 말하기를 "방금 나는 쓸쓸한 가을 경치를 보고 슬퍼했는데 너는 또 봄 때문에 우울해하는구나."라고 하고 더 이상 노래를 시키지 않았다. 얼마 지나지 않아서 조운이 병으로 죽자 소동파는 종신토록 이 사를 다시는 듣지 않았다.

소동파에게 또 춘낭(春娘)이라고 하는 시녀가 있었다. 소동파가 황주(黃州)230)로 좌천하게 되어 떠날 즈음에 장 운사(運使)231)라는 자가 전송을

228) 요봉(么鳳): 오색 깃털의 새 이름으로 모양은 봉황과 비슷한데 몸집이 작으므로 요봉이라고 불리었다. 오동나무 꽃이 필 때면 항상 그 가지 위에 모인다 하여 桐花鳳이라고도 한다.

229) 소동파의 〈蝶戀花〉 詞를 이르는 것으로 그 첫 구는 "花褪殘紅靑杏小"로 시작된다.

230) 황주(黃州): 지금의 湖北省 黃岡市이다. 송나라 神宗은 熙寧 연간(1068~1077)에 王安石을 중용해 변법을 시행하다가 실패한 뒤 다시 元豊 연간(1078~1085)에 개혁을 단행했다. 원풍 2년(1079) 3월에 소동파가 徐州에서 湖州로 전근한 뒤 〈湖州謝上表〉를 지어 올리자 御史中丞인 李定 등이 그의

하니 소동파는 춘낭에게 명하여 그에게 술을 권하도록 했다. 장 운사가
묻기를 "춘낭도 가는가?"라고 하자, 소동파가 말하기를 "제 어미 집으로
돌아가려 한다네."라고 했다. 장 운사가 "내가 백마(白馬)로 춘낭을 바꿔도
되겠는가?"라고 묻기에 소동파는 이를 승낙했다. 장 운사는 이런 시를
지었다.

우설(雨雪)에도 달리는 백마를 아끼지 않고	不惜霜毛雨雪蹄
쉽사리 건네주며 미인과 바꾸었네	等閒分付瞇蛾眉
달 보며 울부짖을 준마는 비록 없어졌지만	雖無金勒232)嘶明月
옥 술잔 받들 가인은 있지 않은가	卻有佳人捧玉厄

소동파의 답시는 이러했다.

춘낭은 이번에 가는 것이 너무 급작스러워	春娘此去太匆匆
울며 탄식도 못한 채 원망하고 있구나	不敢啼歎懊恨中
단지 산길이 매우 험하기에	只爲山行多險阻
미인을 보마로 바꾸었네	故將紅粉換追風233)

표와 전에 있는 시에 新政을 풍자하는 내용이 있다는 죄목으로 그를 4개월
동안 투옥시킨다. 그는 다음 해 1월에 풀려나와 황주의 團練副使로 좌천되
었다.

231) 장운사(蔣運使): 소동파와 함께 급제했던 蔣之奇(1031~1104)인 듯싶다. 자는
    穎叔이며 송나라 원풍 연간에 진사 급제했고 發運使, 觀文殿大學士 등의 벼
    슬을 역임했다. 《宋史》 권343에 그에 대한 傳이 있다. 運使는 관직명으로
    水陸發運使 즉 轉運使를 이른다.

232) 금륵(金勒): 본래 금으로 장식한 재갈이 달린 말굴레를 말하는 것으로 말을
    가리키기도 한다.

233) 추풍(追風): 北魏 楊衒之의 《洛陽伽藍記‧法雲寺》에 보이는 천리마인 追風赤
    驥의 약칭으로 대개 준마를 가리킨다.

춘낭은 옷깃을 여미고 앞으로 나아가 말했다.

"첩이 듣기에 경공(景公)[234]이 마구간에서 일하는 사람을 죽이려고 하자 안자(晏子)[235]는 간언하여 못하게 했고, 공자는 외양간이 불에 탔어도 말에 대해서는 묻지 않았다고[236] 하옵니다. 모두 사람을 귀히 어기고 가축을 천하게 여겼기 때문이옵니다. 학사(學士)께서 사람으로 말을 바꾸시는 것은 가축을 귀히 하시고 사람을 천하게 여기시는 것이옵니다!"

그리고 곧 그 자리에서 절구 한 수를 읊어 이를 사절했다. 그 시는 이러하다.

사람으로 난다면 여인네 몸으로 태어나지 말라	爲人莫作婦人身
온갖 고락이 남에게 걸려 있기 때문이네	百般苦樂繇他人
오늘에서야 사람이 가축보다 천함을 알았으니	今日始知人賤畜
이 한평생 구차히 산 것을 뉘에게 원망하랴	此生苟活恐誰嗔

그리고 섬돌을 내려가 홰나무에 머리를 들이받고 죽었다. 소동파는 그녀를 매우 안타깝게 여겼다.

---

234) 경공(景公): 제나라 경공(?~기원전 490)을 가리킨다. 성은 姜이고 이름은 杵臼이다. 기원전 547년부터 기원전 490년까지 재위했다.

235) 안자(晏子): 춘추시대 후기 제나라 상대부 晏嬰(기원전 578~기원전 500)을 가리킨다. 夷維(지금의 山東省 高密市)사람으로 자는 仲이고 시호는 平이며 보통 晏平仲 또는 안자라고 불리었다. 뛰어난 재지와 겸손한 태도로 유명했으며 그의 언행을 기록한 책으로《안자춘추》가 전해진다.《晏子春秋‧內篇諫上第二十五》에 齊景公이 자기가 아끼던 말이 죽자 그 말을 키우던 사람을 죽이려 했는데 안자가 사람이 짐승보다 더 귀하다는 것을 역설적으로 간언하여 경공을 말렸다는 이야기가 실려 있다.

236) 이 이야기는《論語‧鄕黨》에 보인다. "마구간이 불탔는데 공자께서 퇴조하여 '사람이 상했느냐?'하시고 말에 대해서는 묻지 않으셨다.(廐焚. 子退朝, 曰: '傷人乎?' 不問馬.)"

[원문] 朝雲

王朝雲, 錢塘名妓也. 坡公絶愛幸之, 納爲長侍. 及貶惠州, 家妓都散去, 獨朝雲依依嶺外. 坡公甚憐之. 作詩[237]云:

"不似楊枝別樂天, 却如通德伴伶玄. 阿奴絡秀方同老, 天女維摩忽解禪. 經卷藥爐新活計, 舞裙歌扇舊因緣. 丹成逐我三山去, 不作巫陽雲雨仙."

已而朝雲卒, 臨終誦《金剛經》四句而絶. 葬於定惠苑竹林中[238]. 復和前韻以悼之云:

"苗而不秀亦[239]其天, 不使童烏[240]與我玄. 駐景恨無千歲藥, 贈行惟有小乘禪. 傷心一念償前債, 彈指三生斷後緣. 歸臥竹根無近遠, 夜燈勤禮塔中仙."

公又有《西江月》詞《詠梅花》云:

"玉骨那愁瘴霧, 冰肌自有仙風. 海仙時遣探芳叢, 倒掛綠毛么鳳. 素面翻嫌粉涴, 洗粧不褪脣紅. 高情已逐曉雲空, 不與梨花同夢."

亦爲朝雲也.

子瞻[241]在惠州, 與朝雲閒坐, 時青女[242]初至, 落木蕭蕭, 悽然有悲秋之意.

---

237) 이 시는《東坡全集》에 수록되어 있는〈朝雲詩並引〉이다. 다음과 같은《동파전집》소재의 시와 약간의 문자 출입이 있다. "不似楊枝別樂天, 恰如通德伴伶玄. 阿奴絡秀不同老, 天女維摩總解禪. 經卷藥爐新活計, 舞衫歌扇舊因緣. 丹成逐我三山去, 不作巫陽雲雨仙."

238) 조운이 묻힌 장소에 관하여 여러 가지 설이 있다.《情史》에는 "定惠苑竹林中"으로 되어 있고《東坡全集·悼朝雲詩並引》에는 "棲禪寺松林中"으로 되어 있으며《東坡全集·東坡先生年譜》에는 "棲禪寺大聖塔"으로 되어 있고《堯山堂外紀》에는 "西禪寺松林中 直大聖塔"으로 되어 있다.

239) 【校】亦: 《情史》에는 "亦"으로 되어 있고《東坡全集·弔朝雲詩》에는 "豈"로 되어 있다.

240) 【校】烏: [影], 《東坡全集·弔朝雲詩》에는 "烏"로 되어 있고 [鳳], [岳], [類], [春]에는 "鳥"로 되어 있다.

241) 【校】子瞻: [影], [春]에는 "子瞻"으로 되어 있고 [鳳], [岳], [類]에는 "適子瞻"으로 되어 있다.

242) 青女(청녀):《淮南子·天文訓》에 나오는 눈과 서리를 주관하는 여신으로 눈과 서리를 가리키기도 한다.

命朝雲把大白, 唱"花褪殘紅", 朝雲歌喉將轉, 淚滿衣襟. 子瞻詰其故, 答曰: "奴所不能歌, 是'枝上柳綿吹又少, 天涯何處無芳草也." 子瞻大笑曰: "吾方悲秋, 汝又傷春矣." 遂罷. 朝雲不久病死, 子瞻終身不復聽此詞.

坡公又有婢名春娘. 公謫黃州, 臨行, 有蔣運使者餞公. 公命春娘勸酒. 蔣問: "春娘去否?" 公曰: "欲還母家." 蔣曰: "我以白馬易春娘可乎?" 公諾之. 蔣爲詩曰:

"不惜霜毛雨雪蹄, 等閒分付贖蛾眉. 雖無金勒嘶明月, 却有佳人捧玉卮."

公答詩曰:

"春娘此去太匆匆, 不敢啼歡懊恨中. 只爲山行多險阻, 故將紅粉換追風."

春娘斂衽[243]而前曰: "妾聞景公斬廐吏, 而晏子諫之; 夫子廐焚而不問馬, 皆貴人賤畜也. 學士以人換馬, 則貴畜賤人矣!" 遂口占一絶辭謝, 曰:

"爲人莫作婦人身, 百般苦樂繇他人. 今日始知人賤畜, 此生苟活怨誰嗔."

下堦觸槐而死. 公甚惜之.

144. (13-8) 양유연(楊幽妍)[244]

유연(幽妍)은 아명이 승아(勝兒)였다. 그녀의 생모인 유씨(劉氏)는 항렬이 첫 번째로 남원[245]에서 아름답기로도 이름이 났었으며 젊은 시절에 낙적(落

---

243) 斂衽(염임): 옷깃을 여미고 경의를 표한다는 뜻으로 원나라 이후에는 여자가 행하는 배례를 가리키기도 한다.

244) 이 이야기는 명나라 陳繼儒(1558~1639)의 〈楊幽妍別傳〉으로 《綠窗女史》 권12 靑樓部, 《續說郛》 권43, 《情種》 권4에 수록되어 있고 《古今情海》 권5 情中義에 〈西方迦陵鳥〉라는 제목으로 실려 있다. 《盦史》 권35에는 간략하게 기록되어 있다.

245) 남원(南院): 명나라 때 기생들이 모여서 살던 동네를 이른다. 명나라 周篁의

籍)하고 유연을 진씨(陳氏)에게 양녀로 보냈다. 진씨의 이모인 동 사낭(董四娘)이 그녀를 데리고 소주(蘇州)로 갔으므로 유연은 오(吳) 지방의 말을 배우게 되었고, 이에 오 지방의 노래도 잘하게 되었다. 동 사낭이 웃으면서 말하기를 "이 아이는 불과 여덟 살인데도 마치 어린 제비와 초봄에 지저귀는 꾀꼬리 같네. 어느 집안의 아들이 복이 있어 이 아이를 위해 목숨을 걸 수 있게 될지 모르겠다."라고 했다. 진씨가 죽은 뒤 유연은 양씨 어미 밑에서 자랐다. 양씨 어미는 매우 엄하여 유연에게 서예, 자수, 장기 등을 배우도록 했는데 그녀는 총명하고 이해력이 뛰어나 닦달 하지 않았음에도 능통하게 되었다. 자매들은 갖은 방법을 다해 농담을 하고 그녀를 조롱도 해봤지만 끝내 한 번도 그녀를 웃게 할 수 없었다. 경신년(庚申年)246)에 양씨 어미가 오월 지방으로 피난을 갈 때 유연을 옆에 데리고 있었는데 그녀의 나이는 이미 열여섯 살이었다. 박정한 남자에게 시집가기는 어렵고 정이 있는 남자는 아직 만나지 못하고 있었기에 그녀는 고개를 숙이고 가슴을 두드리며 탄식하곤 했다.

　하루는 수림산(秀林山)247)의 둔운관(屯雲館)에서 장성청(張聖清)248)을 만났는데 군내 기생들이 앞에 가득 차 있었지만 주령(酒令)249)을 주관하는 자가 없었다. 유독 양유연만이 평상에 홀로 단정히 앉아서 옆으로 눈길도

　《析津日記》에 이런 기록이 보인다. "도성 밖에 남원이 있는데 옛날의 北里 (당나라 때 장안에 기생들이 모여 살던 곳)와 같은 곳이다."

246) 경신년(庚申年): 명나라 萬曆 48년이자 泰昌 원년인 1620년이다.

247) 수림산(秀林山): 지금의 上海市 松江縣 서북쪽에 있는 산으로 辰山이라고도 한다.

248) 장성청(張聖清): 이름이 積源이고 龍華(지금의 上海市 松江縣 일대)사람이다. 陳繼儒가 〈張聖清傳〉을 지었는데 명나라 賀復徵이 편찬한 《文章辨體彙選》 권541에 수록되어 있다.

249) 주령(酒令): 연회에서 술 마시는 규칙을 정하고 그 슈을 어기거나 영에 따라 술을 마셔야 할 사람이 술을 마시는 일종의 술놀음이다. 주령을 행하는 자(슈官)를 당나라 사람들은 특히 席糾라고 했으며 보통 기생이 담당했다.

돌리지 않고 머리를 매만지며 소매로 입을 가린 채, 미소만 짓고서 말을
하지 않고 있었다. 그녀는 마음속으로 빌기를 "내가 저 분의 짝이 될 수
있다면 죽어도 한이 없겠다."라고 했다. 장성청은 재학(才學)이 뛰어나고
기색이 편안한 사람이었다. 바쁘게 빈객을 접대하며 다정하고 자상했기에
사람들은 그가 염찰사(廉察使)250)의 아들인 것을 알아채지 못했다. 그의
배에는 책과 악기가 실려 있었는데 이를 모두 어린 시녀에게 맡겨 잘 보관하도
록 했다. 그 시녀는 주인의 속마음을 헤아릴 수 있었으며 기악과 노래에도
정통해 있었다. 장성청이 말하기를 "이 애는 서방정토의 가릉조(迦陵鳥)251)
로다."라고 하며 그를 가릉이라고 불렀다. 항상 그 시녀를 데리고 대나무가
우거진 섬이나 꽃이 만발한 시냇가로 가서 서로 번갈아 가며 새로운 노래를
연주하곤 했다. 장성청은 기생집에서 노는 것을 가장 싫어하여, 기생들은
머리가 헝클어진 하인들이나 배가 불룩하게 나오고 수염이 긴 상인들과
서로 어울리기에 딱 알맞다고 하면서, 어찌 그런 요괴를 내 가슴에 들어오도
록 용납할 수 있겠느냐고 했다. 이때 이르러서 그는 양유연과 한참 동안
눈짓으로 마음을 전한지라 다음 날 바로 배가 정박해 있는 곳에서 양유연을
다시 만났다. 날씨가 무더운 때라서 낮에는 큰 나무 숲에서 자리를 깔고
앉아 있었으며 밤에는 모래섬으로 작은 배를 저어 가곤 했다. 성긴 발이
드리워진 채, 대나무 돗자리가 깔려져 있었고 차를 끓이는 연기가 감돌았으며
푸른 피리와 붉은 거문고에는 술기운이 가득했다. 양유연은 열다섯 살
이전에 일찍이 이렇게 운치 있는 사람과 풍치(風致) 있는 일을 경험해 보지
못했다고 스스로 말했다. 곧 장성청도 말하기를 "세상에 어찌 승아같이

---

250) 염찰사(廉察使): 당나라 이후 관찰사나 그와 직위가 비슷한 관원을 칭하는
     말이다.
251) 가릉조(迦陵鳥): 불경에 자주 등장하는 소리가 좋은 새이다. 迦陵은 迦陵頻
     伽라는 범어의 준말로 울음소리가 좋은 새라는 뜻이다.

재덕과 풍치를 모두 갖춘 여자가 있겠는가?"라고 했다. 친밀하고 익숙해진 지 오래되어도 결코 거칠거나 경박한 말로 다투려 하지 않았으며 두 사람은 서로 아끼면서도 서로 존중했다. 양유연이 이렇게 말했다.

"제가 저번에 수주(秀州)²⁵²)를 지나갈 때 한 작은 암자 밖에서 늙은 비구니가 불경을 읽는 소리를 듣고 갑자기 출가하려는 생각을 품게 되었지요. 하지만 구속된 몸을 스스로 부끄럽게 여겼기에 능히 속박에서 벗어나 날개를 펴고 날지 못했습니다. 오늘 낭군께서 팔목에 염주를 감으시고 계율을 엄격하게 지키시는 것을 보니 우리 두 사람은 마음이 한가지로 향기롭기가 난초와 같네요. 원컨대 낭군을 섬길 수 있었으면 하옵니다. 그리고 십 년 뒤에 죽지 않는다면 부처님을 모실 수 있도록 청하겠습니다. 깃든 새들과 날아다니는 반딧불들이 진실로 이 말을 들었사옵니다."

장성청은 눈물을 삼키며 그녀에게 감사했다.

7월에 장성청이 과거 시험을 보러 남경으로 가자 양유연은 청계(青谿)²⁵³)까지 나와 송별을 했다. 급제 소식을 학수고대하며 돌아온다는 기별을 손꼽아 기다렸으나 모든 것이 묘연했다. 중양절(重陽節)이 되어 장성청이 돌아와 보니 양유연은 먼저 강을 건너서 돌아간 뒤였다. 이로부터 양유연은 정신이 흐리멍덩해지고 초췌해졌으며 폐병도 심해져 허리가 가늘어지고 옷 밖으로도 뼈가 드러났다. 왕 수미(王修微)²⁵⁴)가 친구에게 말했다.

---

252) 수주(秀州): 지금의 浙江省 嘉興市 일대이다.
253) 청계(青谿): 삼국시대 오나라가 수도인 建業(지금의 南京) 동남쪽에 판 도랑 이름이다. 鍾山 서남쪽에서 발원하여 남경 시내를 거쳐 秦淮河로 흘러들어 갔는데 오랜 세월이 지나 지금은 秦淮河로 들어가는 부분만 남아 있다.
254) 왕수미(王修微): 명말에 廣陵(지금의 浙江省 揚州市)의 명기였던 王微(약 1597~약 1647)를 가리킨다. 자는 修微이고 나중에 여도사가 되어 호를 草衣道人이라 했다. 詩才가 있어 당시 명사들과 화답한 시문이 많았다. 《名山記》, 《越館詩》 등의 시문집이 다수 전한다. 陳繼儒가 그녀를 평가하기를 "修微의 시는 薛濤와 비슷하고 사는 李清照와 유사하여 분칠한 애들과 같지 않으니 비록 사내라도 그녀의 시사를 보면 부끄러워할 것이다."라고 했다.

"내 지금까지 살면서 상사병에 걸리면 어떤 모양이 되는지 몰랐다. 또 장랑이 어떤 사람인지도 알지 못했다. 지금 양씨 집 애가 너무나 딱하게 된 것을 보고서야 비로소 장랑이 사람을 병들게 할 수 있으며, 또한 병든 사람이 장랑을 위해 기꺼이 죽을 수 있다는 것을 알게 되었다. 장랑이 돌보지 않으면 곧 마른 시체가 되겠다."

장성청이 이를 듣고 급히 발 빠른 사람을 시켜 그녀에게 가 보도록 했다. 양유연은 서신을 뜯어 약을 받아 보고는 눈물이 솟아나왔다. 기생어미가 흉악하고 잔인하여 서신 왕래를 가로막았으므로 소식이 통하지 않았다. 양유연은 비녀와 귀고리를 저당 잡아 시녀에게 돈을 주고 도엽도(桃葉渡)255)에 있는 민(閔) 노인에게 부탁해 서신을 써서 자신의 뜻을 전달하도록 했다. 작은 방에 들어가 문을 닫아걸고 한 사람도 만나지 않았으며 왕손 귀족들이 문을 두드리면 칼과 끈을 가리키며 스스로 죽음을 맹세할 뿐이었다. 기생어미가 더욱더 안달이 나 화를 내며 그녀를 인정 없이 때리고 욕하였기에 양유연은 여러 번 죽으려고 했으나 구제되어 다시 살아나곤 했다. 기생어미는 할 수 없이 다시 그녀를 데리고 동쪽으로 왔다. 장성청은 암암리에 상황을 알아보고는 의리를 지켜 그녀의 마음을 저버리지 않았다. 서(徐) 내사(內史)256)라는 협객이 있었는데 그는 가운데에서 중재자가 되어 사나운 기생어미를 제압하여 고의로 몸값을 높여서 의지가 철석과 같은 이 여자를 죽게 만들지 못하도록 했다. 기생어미가 응낙하자 장성청은 곧 납폐를 하고 양유연을 맞이해 소실로 삼았다. 양유연이 염찰공에게 절을 올리는데 공순하기가 양가집 규수 같은데다가 염찰공은 아들을 많이 낳기를 바랐으므

---

255) 도엽도(桃葉渡): 지금의 江蘇省 南京市 秦淮河에 있는 나루터를 이른다. 전하는 바에 의하면 晉나라 王獻之가 이 나루터에서 그가 총애하던 시첩인 桃葉을 배웅했으므로 도엽도라고 불리게 되었다 한다.
256) 내사(內史): 隋文帝 때와 唐高祖 무덕 초년에 中書省을 內史省이라고 한 적이 있었으므로 나중에 중서성의 관원을 지칭할 때 內史라고 하기도 했다.

로 그녀를 힐책하지 않았다. 장씨 집에 들어와서는 병이 심했어도 억지로
일어나서 향을 태우고 옷을 빨며 종이를 자르고 벼루를 씻었다. 장성청이
당나라 사람들의 절구 백 수를 써서 가르쳐 주니 읽고 모두 입에 올렸다.
또한 대의(大意)를 자못 깨달을 수 있기에 매번 애절한 구절을 반복하며
울적한 마음을 스스로 이기지 못했으니 진정한 해어화(解語花)[257]였다.
병중에 해탈하여 조금도 두려운 안색이 없이 아미타불을 중얼거렸으니
자못 손에 쥔 염주와 서로 들어맞았다. 갑자기 거울을 찾아 스스로 비춰
보더니 자기도 모르게 탁자를 치며 통곡하기를 "내 박명하여 드디어 여기서
그치게 되는구나."라고 했다. 또 장성청에게 좋은 말로 이렇게 말했다.

"낭군께서는 자중자애하셔서 절대로 정에 너무 깊이 빠져 남의 책망과
비웃음을 초래하지 마십시오. 죽은 뒤에도 지각이 있다면 첩은 마땅히
남자의 몸으로 다시 태어나 낭군에게 보답하겠습니다."

또 말하기를 "첩은 목숨이 경각에 달려 있어 아버님의 새 집에 누워
있으면 불길하니 군(郡)으로 옮겨서 병을 고치는 것이 어떻습니까?"라고
했다. 섣달 그믐날이 다가와 장성청이 세배를 드리러 돌아가야 되기에
그녀와 작별하고 떠나자 양유연은 쇠약해져 숨이 더욱 가빠졌다. 시녀가
낭군에게 무슨 전할 말이 있는지를 물었더니 단지 눈을 크게 뜨고 주먹으로
가슴을 치기만 했지 다시는 소리를 내지 못했다. 그날은 임술년(壬戌年)
섣달 스무이레였다. 장성청은 성으로 달려들어와 통곡하며 염을 하고 화상을
불러 불사를 열었으며 20일 동안 고기 음식을 먹지 않았다. 용화리(龍華里)에
장지를 정해 묻었으며 초가집을 지어 부처를 모셔 두고 제사를 올려 최초의
소원을 이루게 해 주었다. 장성청은 자단목(紫檀木)으로 위패를 깎아 자리

---

257) 해어화(解語花): 말을 할 줄 아는 꽃이라는 뜻으로 五代 王仁裕의 《開元天寶
遺事 · 解語花》에서 당나라 明皇이 양귀비를 가리키며 이른 말이다. 자세한
내용이 《情史》 권6 정애류 〈楊太眞〉에 보인다.

옆에 놓아두거나 혹은 이를 품고 옷소매나 이부자리에 넣어 두곤 했다. 밥을 먹거나 잠을 잘 때에는 반드시 축복을 빌었으며 그때마다 슬피 울더니 얼마 되지 않아 그 또한 병들어 죽었다.

거사(居士)258)는 말한다. "낭아(瑯玡)259) 왕 백여(王伯興)260)는 결국 정(情) 때문에 죽을 것이라고 스스로 말했다. 살아있으면서 따라 죽지 않는 자와 죽었어도 다시 살아나지 못하는 자는 모두 정이 지극한 자가 아님을 알겠다.

[원문] 楊幽妍

幽妍, 小字勝兒, 生母劉, 行一, 在南院負艶聲, 早歲落籍, 去嗣陳氏. 陳之姨董四娘, 挈徙金閶261), 習吳語, 遂善吳歌. 董笑曰: "是兒甫八歲, 如小燕新鷰, 不知誰家郎有福, 死此雛手." 陳歿, 撫於楊媼. 媼奇嚴, 課書, 課繡, 課彈箏, 紗有夙解, 不督而能. 女兄弟多方狡獪, 嘲弄哈262)侮, 終不能勾其一粲也. 庚申, 楊媼避難吳越, 載幽妍與俱, 年已破瓜263)矣. 薄倖難嫁, 有心未逢, 俯首叩膺, 形于咏嘆.

---

258) 거사(居士): 이하에 보이는 평론은 《情種》 권4 〈양유연별전〉 뒤에 기재되어 있는 것을 그대로 옮겨 놓은 것이다. 거사는 宋存標가 자칭한 말이다. 송존표(약 1601~약 1666)는 자가 子建이고 호가 秋士이며 華亭(지금의 上海市 松江)사람이었다. 저서와 문집으로 《情種》, 《史疑》, 《秋士香詞》 등이 있다.
259) 낭아(瑯玡): 지금의 山東省 臨沂市 일대이다.
260) 왕백여(王伯興): 東晋 때의 명사이자 서예가였던 王歆을 가리킨다. 瑯玡사람으로 자는 백여이고 司徒左長史 등의 벼슬을 역임했다. 왕백여가 茅山에 올라가 크게 통곡하면서 혼잣말로 "瑯邪의 왕백여는 결국 정 때문에 죽겠구나!"라고 했다는 이야기가 《世說新語·任誕》에 보인다.
261) 金閶(금창): 蘇州에 金門과 閶門이란 두 개의 성문이 있어 금창으로 소주를 가리킨다.
262) 【校】哈: [鳳]에는 "哈"로 되어 있고 [影], [岳], [類], 《情種》에는 "哈"으로 되어 있으며 [춘]에는 "哈(哈)"로 되어 있고 《續說郛》, 《綠窗女史》에는 "詒"로 되어 있으며 《古今情海》에는 "狎"으로 되어 있다.

一日, 遇張聖清於秀林山之屯雲館, 郡妓264)滿前, 席絎265)無主. 獨幽姸兀坐
匡牀, 旁無轉矚, 掠鬢舐袖, 笑而不言. 私禱云: "儂得耦此生, 死可矣!" 聖清才高筆
雋, 骨采神恬, 造次將迎, 綢繆熨帖, 人莫覺其爲廉察使子也. 舟中載圖史絃266)索,
悉付小青衣排當. 小青衣能射主人意中事, 兼工竹肉267). 聖清曰: "此西方迦陵鳥",
以迦陵呼之. 每攜入竹嶼花溪, 遞作新弄. 而最不喜平康狹邪268)之遊, 謂此輩正
堪與髯269)頭奴、大腹長鬣賈相徵逐, 豈容邪魔入我心腑. 至是與幽姸目成者久
之, 明日遂合鏡270)於舟次焉. 於時海暑, 晝則布席長林, 暮則移橈別渚. 疏簾淸簟,
縈繞茶烟; 翠管朱絃, 淋漓酒氣. 幽姸自謂十五歲以前, 未嘗經此韻人韻事. 卽聖淸
亦曰: "世豈有閨中秀、林下風271), 具足如勝兒者乎!" 昵熟漸久, 絶不角勁語媟

---

263) 破瓜(파과): ‘瓜'자를 破字하면 ‘八'자 두 개로 되어 있으므로 옛날에 여자 나
이 열여섯을 破瓜라고 했다.

264) 【校】郡妓: [鳳], [岳], [類], [春],《古今情海》에는 "郡妓"로 되어 있고 [影]에는
"郡碎"로 되어 있으며《續說郛》,《情種》,《綠窗女史》에는 "群碎"로 되어 있다.

265) 【校】席絎: [春],《續說郛》,《綠窗女史》,《古今情海》에는 "席絎"로 되어 있고
[影], [類],《情種》에는 "席絎"로 되어 있으며 [鳳], [岳]에는 "席斜"로 되어 있다.

266) 【校】絃: [影],《情種》,《續說郛》,《綠窗女史》,《古今情海》에는 "絃"으로 되어
있고 [鳳], [岳], [類]에는 "弦"으로 되어 있으며 [春]에는 "弘"으로 되어 있다.

267) 竹肉(죽육):《晉書·孟嘉傳》에 의하면, "桓溫이 맹가에게 묻기를 ‘기생의 노
랫소리를 들어보니 현악 소리는 대나무악기 소리만 못하고 대나무악기 소
리는 사람의 목소리만 못한데 왜 그러한 것이지요?(聽妓, 絲不如竹, 竹不如
肉, 何謂也?)'라고 하자, 맹가가 답하기를 ‘점차 자연에 가깝기 때문입니다.
(漸近自然.)'라고 했다 한다. 竹은 대나무로 만들어진 관악기를 뜻하고 肉은
사람의 목소리를 가리키는 것으로 竹肉은 악기와 노래를 지칭한다.

268) 平康狹邪(평강협사): 당나라 때 장안 丹鳳街에 平康坊이 있었는데 기생들이
모여서 사는 곳이었다. 平康里라고 불리기도 했으며 당나라 이후로는 기생
의 거처 구역을 가리키게 되었다. 狹邪는 좁고 꼬불꼬불한 골목거리를 이르
는 말로 기방이나 기생을 뜻한다.

269) 【校】髯:《續說郛》,《綠窗女史》에는 "髯"으로 되어 있고《情史》,《古今情海》,
《情種》에는 "鬢"로 되어 있다.

270) 合鏡(합경): 남조 陳나라 徐德言이 陳後主의 여동생 樂昌公主에게 장가들었
는데 陳나라 정국이 위태로워지자 이들 부부는 서로 보전할 수 없다고 생각
하여 거울 하나를 쪼개 각각 한쪽씩 가지고서 다시 만날 때의 징표로 삼았
다. 이 이야기로 인해 부부가 헤어져 있다가 다시 결합하는 것을 합경이라
이르게 되었다.《本事詩》권1 情感과《情史》권4 정협류〈楊素〉에 보인다.

詞, 兩人交相憐, 亦復交相重. 曰: "吾曩過秀州²⁷²⁾, 草庵外聞老尼經聲, 躍然抱出世之想. 自慙絆縛, 不能製韝²⁷³⁾奮飛. 今睨君串珠纏臂, 持戒精嚴, 同心如蘭²⁷⁴⁾, 願言倚玉²⁷⁵⁾. 十年不死, 請事空王²⁷⁶⁾. 宿羽流螢, 實聞此語." 聖清飮涕而謝之.

　七月, 應試白下²⁷⁷⁾, 幽姸送別靑谿²⁷⁸⁾. 注盻捷音, 屈指歸信, 並爾杳然. 及重九言旋, 而幽姸先驅渡江去矣. 自此低迷憔悴, 瘵疾轉深, 腰減帶圍, 骨見衣表. 王修微謂友人曰: "吾生平不解相思病何許狀, 亦不識張郎何許人. 今見楊家兒大可憐, 始知張郎能使人病, 病者又能願爲張郎死, 郎²⁷⁹⁾不顧, 立枯爲人臘矣." 聖清聞之, 遣急足往視. 幽姸開緘捧藥, 涕泗汎瀾²⁸⁰⁾. 媼凶忍, 閉絶魚雁²⁸¹⁾, 消息不通.

---

271) 閨中秀 林下風(규중수 임하풍):《世說新語 · 賢媛》에 보이는 말로 閨中秀는 큰 집안의 재덕 있는 여성을 가리키며 林下風은 여성의 아담하고 소쇄한 풍채를 형용하는 말이다.

272) 秀州(수주): 지금의 浙江省 嘉興市 일대이다.

273) 韝(구): 사냥 매가 팔에 앉을 수 있도록 팔뚝에 차는 가죽으로 만든 토시를 이른다.

274) 同心如蘭(동심여란):《周易 · 繫辭上》에 있는 "두 사람이 마음을 함께하니 그 날카로움은 쇠를 자르고, 마음을 함께하는 말은 그 향기롭기가 난초와 같다.(二人同心, 其利斷金; 同心之言, 其臭如蘭.)"라는 구절에서 나온 말이다.

275) 倚玉(의옥):《世說新語 · 容止》에 의하면 "魏明帝가 황후의 동생인 毛曾으로 하여금 夏侯玄과 함께 앉도록 했는데 당시 사람들은 이를 '갈대가 玉樹에 기댄다.'라고 했다." 한다. 이 두 사람의 품행과 용모가 어울리지 않음을 빗대어 이른 것이다. 나중에 倚玉이란 말은 자기 자신보다 지위가 높고 현명한 자와 교제하는 것을 뜻하게 되었다.

276) 空王(공왕): 불교에서 세상 모든 것을 '空'이라고 보기에 부처를 일러 空王이라 한다.

277) 白下(백하): 본래는 지금의 江蘇省 南京市 서북에 있던 지명이었는데 나중에 南京의 별명이 되었다.

278) 靑谿(청계): 삼국시대 오나라가 수도인 建業(지금의 남경) 동남쪽에 판 도랑 이름이다. 鍾山 서남쪽에서 발원하여 남경 시내를 거쳐 秦淮河로 흘러들어 갔는데 오랜 세월이 지나 지금은 진회하로 들어가는 부분만 남아 있다.

279) 【校】郞: [影],《續說郛》,《情種》,《綠窗女史》에는 "郞"으로 되어 있고 [鳳], [岳], [類], [春]에는 "更"으로 되어 있다.

280) 【校】汎瀾: [影],《續說郛》,《情種》,《綠窗女史》,《古今情海》에는 "汎瀾"으로 되어 있고 [鳳], [岳], [類], [春]에는 "氾濫"으로 되어 있다.

281) 魚雁(어안):《樂府詩集 · 相和歌詞13》'飮馬長城窟行之一'에 보이는 잉어의 뱃속

幽姸典簪珥賂侍兒, 屬桃葉渡閔老作字, 以達意焉. 局鐻斗室, 不見一人, 即王孫貴
遊剝啄者, 指刀繩自矢而已. 媼卞怒益甚, 撾罵無人理, 取死數四, 救而復甦, 不得
已復載之東來. 聖淸偵狀, 義不負心. 有俠客徐內史, 就中爲調人, 彈壓悍媼, 無得
故懸高價, 殺此鐵石兒. 媼唯唯. 聖淸乃納聘, 迎爲少婦. 稽首282)廉察公, 逶迤283)
如女士, 且覬宜男, 弗詰責也. 比入室, 病甚, 猶强起薰香澣284)衣, 劈箋條硯. 聖淸
手書唐人百絶句授之, 讀皆上口, 又雅能領畧大義, 每環回離腸斷魂之句, 掩抑不
自勝, 眞解語花也. 病中解脫, 了無怖容, 佛號喃喃, 手口頗相續. 忽索鏡自照,
不覺拍几慟哭曰: "勝兒薄命, 遂止於斯." 又好言謂聖淸曰: "君自愛, 切勿過爲情
癡, 旁招訶笑. 妾如有知, 當轉男子身以報君耳!" 又曰: "妾命在呼吸, 偃大人新宅不
祥, 盍移就郡醫療之?" 歲逼除夕, 聖淸歸侍椒觴285), 別去. 幽姸悁悁喘益促. 侍兒
問有何語傳寄郎君, 但瞪目搯臂不復成聲矣. 盖壬戌臘月二十七日也. 聖淸奔入
城, 且號且含歛286), 延僧修懺, 撤葷血者兼旬. 選地于龍華里葬焉. 結茆菴287),
祀文佛如來, 償其始願. 雕刻紫檀主, 置座隅, 或懷之出入衣袖衾裯間. 食寢必祝,
祝必啼, 未幾亦病死.

에서 비단 편지가 나왔다는 고사와 《漢書·蘇武傳》에는 보이는 기러기 발
목에 비단 편지가 묶여 있었다는 고사가 어우러져 魚雁이란 말이 서신을
뜻하게 되었다.

282) 稽首(계수): 구배九拜에서 가장 공경한 배례로 머리를 땅에 닿게 조아리며
행하는 절을 이른다.

283) 【校】逶迤: [影], 《續說郛》, 《情種》, 《綠窗女史》에는 "逶逶"으로 되어 있고
[鳳], [岳], [類], [春], 《古今情海》에는 "逶巡"으로 되어 있다.

284) 【校】澣: [影], 《續說郛》, 《情種》, 《綠窗女史》에는 "澣"으로 되어 있고 [鳳],
[岳], [類], [春], 《古今情海》에는 "浣"으로 되어 있다.

285) 椒觴(초상): 원래 산초로 담근 술을 가리키나 여기에서는 정초에 산초술을
올리면서 세배를 드리는 일을 말한다.

286) 含歛(함렴): 사람이 죽었을 때 사자의 입에 옥, 쌀, 조개껍질 등을 넣어 물
린 뒤, 염을 하고 입관하는 것을 이른다.

287) 【校】茆菴: [影], 《古今情海》에는 "茆菴"으로 되어 있고 [鳳], [岳], [類], [春]에
는 "茅庵"으로 되어 있으며 《續說郛》, 《情種》, 《綠窗女史》에는 "茆龕"으로 되
어 있다.

居士曰: "瑯玡王伯輿終當爲情死. 乃知生而不死, 死而(不)復生者, 俱非情之至也[288]."

145. (13-9) 이이안(李易安)[289]

송나라 이 이안(李易安)[290]은 이름이 청조(清照)였고 제남 사람인 이격비(李格非)[291]의 딸이었다. 조정지(趙挺之)[292]의 아들인 조명성(趙明誠)[293]에

---

[288] 乃知生而不死 死而(不)復生者 俱非情之至也(내지생이불사 사이부생자 구비정지지야):《情種》과《情史》에는 이 구절이 "乃知生而不死 死而復生者 俱非情之至也"로 되어 있다. 이 말은 명나라 때 극작가였던 湯顯祖의 대표작인 〈牡丹亭〉의 題詞에 나오는 다음과 같은 내용을 변용한 것이다. "정이 어디서 일어나는지 모르지만 한번 빠져 들어가면 깊어지게 된다. 살아있는 자도 정 때문에 죽을 수 있고 죽은 자도 정 때문에 다시 살아날 수 있다. 살아 있으면서 사랑하는 이와 함께 죽지 못한 자와 죽고 나서 사랑을 위해 다시 살아나지 못한 자는 모두 정의 지극함에 이르지 못한 자들이다.(情不知所起, 一往而深. 生者可以死, 死可以生. 生而不可與死, 死而不可復生者, 皆非情之至也.)"

[289] 이 이야기의 앞부분은 李清照가 남편 趙明誠의 비석연구서인《金石錄》에 부친 서문 〈金石錄後序〉에서 절록한 것이다. 〈金石錄後序〉는 명나라 胡應麟의《少室山房筆叢》권4,《稗史匯編》권48 〈易安居士〉 등에도 수록되어 있다. 뒷부분에 있는 그가 개가한 이야기는《漁隱叢話》前集 권60,《詩話總龜》권48,《山堂肆考》권94 등에 보인다.

[290] 이이안(李易安): 송나라 때 여류 詞人인 李清照(1081~약 1155)를 이른다. 호는 易安居士였고 濟南(지금의 山東省 濟南市)사람이었다. 婉約派 詞人의 대표자로 시문집으로는《易安居士文集》,《易安詞》등이 있었으나 지금은 전하지 않고 후대 사람이 집록한《漱玉詞》등이 있다.

[291] 이격비(李格非, 1045~약 1105): 자는 文叔이고 濟南 曆下사람으로 송나라 神宗 熙寧 9년(1076)에 진사 급제한 뒤, 冀州(지금의 하북성 기현)의 司戶參軍에 제수되었고 鄆州(지금의 山東省 東平縣) 教授 등을 지냈으며 정직하고 청렴한 사람이었다.

[292] 조정지(趙挺之): 자는 正夫이고 密州 諸城(지금의 山東省 諸城市)사람으로 진

게 시집가 그의 처가 되었다. 조명성은 자가 덕보(德甫)였다. 그는 태학(太學)에 있을 때 매월 초하룻날과 보름날이 되면 휴가를 청하고 나가서 옷을 전당 잡아 500전(錢)을 얻곤 했다. 그런 뒤에 상국사(相國寺)[294]로 들어가 비문(碑文)과 과일을 사가지고 집으로 돌아와서 이 이안과 서로 마주 앉아 먹으며 그것을 완상했다. 어떤 사람이 서희(徐熙)[295]의 〈모란도(牡丹圖)〉를 가지고 와서 20만 전(錢)에 팔고자 했다. 이를 만류하며 묵게 하고도 돈을 마련할 수 없다고 생각되자 그 그림을 말아서 돌려보낸 뒤, 부부는 서로 마주 보고 며칠 동안이나 실망하며 탄식했다. 두 군을 연이어 다스리게 될 때에 이르러서는 봉록을 모두 전적(典籍)을 구하는 데 썼다. 매번 책 한 권을 얻을 때마다 당일에 교감(校勘)을 하고 장정(裝訂)을 했다. 명화(名畵)나 이기(彝器)[296]를 얻었을 때에도 어루만지고 완상하며 그림을 폈다 말았다하면서 흠을 들추어내기를 초 하나가 다 탈 때까지 했다. 그런 까닭으

사 급제를 한 뒤 監察御史와 尙書右僕射의 벼슬을 지냈다. 《全宋詩》 권875에 그의 시 3수가 전하고, 《全宋文》 권2107에 그의 글 17편이 수록되어 있으며, 《宋史》 권351에 그에 대한 傳이 실려 있다.

293) 조명성(趙明誠, 1081~1129): 자는 德甫이고 密州 諸城(지금의 山東省 諸城市) 사람으로 태학에서 공부하던 스물한 살 때 이청조를 부인으로 맞이했다. 선화 연간에 萊州 및 淄州 知州를 역임했으며 건염 연간에 江寧 知府를 지내다가 湖州 지부로 부임하기 전에 建康에서 병사했다.

294) 상국사(相國寺): 지금의 河南省 開封市에 있는 사찰이다. 송나라 孟元老의 《東京夢華錄》 권3에 따르면 상국사에서 매달 다섯 번씩 절을 개방해 백성들이 장을 열었는데 資勝門 앞에서는 서적, 노리개, 도화, 토산물, 향료 따위를 팔았다고 한다. 송나라 王得臣의 《麈史》 권下에서도 상국사가 매달 삭망 및 三八日에 다섯 번씩 개방되었다고 했다.

295) 서희(徐熙): 오대 때 南唐의 유명한 화가로 江寧(지금의 南京市)사람이었다. 江南士族 출신이었으나 평생 벼슬하지 않아 江南處士 혹은 江南布衣라고 불리었다. 송나라 郭若虛의 《圖畵見聞志》 권4에서 그에 대해 평가하기를 花木, 禽魚, 蟬蝶, 蔬果 등을 잘 그렸으며 자연 만물을 모사하고 의취가 고금 가운데에서 뛰어났다고 했다.

296) 이기(彝器): 고대 종묘에서 썼던 鐘, 鼎, 尊, 罍, 俎, 豆 등과 같은 靑銅 祭器를 통틀어 이르는 말이다.

로 그들이 소장했던 작품들은 종이가 정미하고 서화가 완전하여 제가(諸家)들 것 가운데 최고였다. 매번 밥을 먹고 나서 귀래당(歸來堂)에 앉아 차를 끓이고 쌓여 있는 전적들을 가리키며, 어떤 일이 어느 책 몇 권 몇 쪽 몇째 줄에 있다는 것을 말해, 맞추는지의 승부로 차 마시는 선후를 정했다. 맞추었으면 찻잔을 들고 크게 웃었기에 어떤 때에는 차가 가슴에 쏟아져 마시지 못하고 일어나기도 했다. 정강(靖康)[297] 연간에 오랑캐의 난리를 만나 도망 다녔으므로 소장해 두었던 것들이 점차 다 흩어졌다. 얼마 되지 않아서 조명성이 병으로 죽었다. 이 이안은 다음과 같은 글을 지어 그를 추도했다.

청대(淸代) 강훈(姜壎), 〈이청조소상(李淸照小像)〉 (일부)

---

297) 정강(靖康): 북송 欽宗 趙桓의 연호로 1126년부터 1127년까지이다. 정강 원년 10월에 금나라 군대가 다시 송나라를 공격하자 12월에 흠종은 金軍에게 투항했다. 정강 2년 3월에 금나라에서 張邦昌이 괴뢰 정권을 세웠고 4월에 금나라 장수가 포로로 잡힌 송나라 徽宗과 欽宗 및 황족과 궁녀들을 끌고서 강탈한 보물을 싣고 금나라로 돌아가 북송이 멸망하게 되었다.

태양이 중천에 떠 있으니	白日正中
방옹(龐翁)의 기지와 민첩을 탄식하노라	歎龐翁298)之機捷
튼튼했던 도성 무너졌으니	堅城旣隳
기부(杞婦)의 깊은 슬픔이 가련하기도 하구나	憐杞婦299)之悲深

　　그녀는 나중에 장여주(張汝舟)에게 재가를 하였으나 얼마 안 되어 서로
반목했다. 기 처후(綦處厚)300)에게 보낸 글에서 이르기를 "잘못하여 늘그막
에 이 시정아치 따위와 결혼을 했습니다."라고 하였는데 이를 전하는 자들
가운데 웃지 않은 자가 없었다. 《수옥집(漱玉集)》 세 권이 세상에 유전되는데
그중 〈성성만(聲聲慢)〉 곡조에 맞춰 지은 사(詞) 한 편이 유난히 아름답다.
그 사는 이러하다.

찾고 찾고 또 찾아도	尋尋覓覓
쓸쓸하고 적적하며	冷冷淸淸
처량하고 참담해 슬프기만 하여라	淒淒慘慘戚戚
막 따뜻타 싶다가 한기 다시 돌아올 제	乍煖還寒時候

---

298) 방옹(龐翁): 居士 龐蘊을 가리킨다. 그에 관한 고사가 송나라 釋道原의 《景
德傳燈錄》 권8과 송나라 釋普濟의 《五燈會元》 권3 등에 보인다. 방온이 입
멸하기 전에 딸 靈照를 시켜 해를 보고 와서 시간을 알려달라고 했더니 딸
이 와서 말하기를 "해가 이미 중천에 떠 있지만 일식이 있습니다."라고 했
다. 방온이 문밖으로 나가서 해를 보는 틈에 딸은 아버지가 앉아 있던 자
리로 올라가 앉아 합장한 채로 죽었다. 방온이 이를 보고 "내 딸은 참 민첩
하기도 하구나."라고 칭찬을 한 뒤, 그도 7일 뒤에 입멸했다.
299) 기부(杞婦): 춘추시대 제나라 대부인 杞梁의 아내를 가리킨다. 《說苑 · 善說》
에 의하면, 기량이 전사한 뒤에 기량의 아내가 슬퍼하며 성을 향해 통곡을
하니 그 성이 무너져 내렸다고 한다.
300) 기처후(綦處厚): 綦崇禮(1083~1142)를 가리킨다. 자는 處厚이고 남송 濰州 北
海(지금의 山東省 濰縣)사람으로 北海先生이라고 불리었다. 문재가 뛰어나
翰林學士를 지내기도 했으며 문집으로 《北海集》 60권이 있다. 기숭례의 어
머니 趙氏는 조명성의 고모였다.

쉬기가 가장 어렵구나	最難將息
두서너 잔의 밍밍한 술로	三盃兩盞淡酒
이 느지막이 불어 닥치는 바람을 어찌 대적하리오	怎敵他晚來風急
기러기 지나가 마음 아파지는데	雁過也 正傷心
예전에 보았던 그 기러기로구나	却是舊時相識

온 땅에 국화가 쌓이고	滿地黃花堆積
시들어 상하는데	憔悴損
이제는 누가 있어 그 꽃을 따겠는가	如今有誰堪摘
창가를 지키며	守著窗兒
어두워질 때까지 나 홀로 어찌하리오	獨自怎生得黑
오동잎에 가랑비	梧桐更兼細雨
황혼에 이르러	到黃昏
방울방울 똑똑 떨어지누나	點點滴滴
이 광경을	這次第
어찌 '수(愁)'자 하나로 다할 수 있으리오	怎一箇愁字了得

강도행(江道行)[301]은 이렇게 말했다.

"예부터 친구처럼 지냈던 부부로 이 이안과 조 덕보 같은 자가 없었다. 이들은 재자가인(才子佳人)이었으며 천고(千古)의 절창(絶唱)이었다. 장여주에게 시집간 것은 어찌 사족(蛇足)이 아니겠는가? 탁문군(卓文君)이 치욕을 참고 두 번 시집을 간 것은 그래도 안목이 있어서 서로 사랑했던 것이라 말할 수 있겠지만, 이 이안은 결국 물길을 쫓아가는 도화(桃花)만도 못했구나!"

---

301) 강도행(江道行): 명나라 江之淮를 가리킨다. 뒤에 인용된 강지회의 평론은 명나라 趙世傑의 《古今女史》 권1에 수록된 이청조의 〈打馬賦〉 뒤에도 보인다.

818 • 정사(情史)

[원문] 李易安

宋李易安, 名清照, 濟南李格非之女. 適趙挺之子明誠爲妻. 明誠字德甫. 在太學時, 每朔望謁告302), 出質衣, 取半千錢, 步入相國寺, 市碑文果實歸, 相對咀嚼303)展玩. 有持徐熙《牡丹圖》求錢二十萬, 留信宿, 計無所得, 卷還之, 夫婦相向惋悵者數日. 及連守兩郡, 竭俸304)入以事鉛槧. 每獲一書, 卽日勘校裝輯. 得名畫、彝器305), 亦摩玩舒卷, 指摘疵病, 盡306)一燭爲率. 故紙札精緻, 字畫全整, 冠于諸家. 每飯罷, 坐"歸來堂"烹茶, 指堆積書史, 言某事在某書某卷第幾葉第幾行, 以中否勝負爲飲茶先後, 中則擧杯大笑, 或至茶覆懷中, 不得飲而起. 靖康中, 遭虜亂奔徙, 所畜307)漸散盡. 未幾, 明誠病死. 易安爲文以祭曰: "白日正中, 歎龐翁之機捷. 堅城旣墮, 憐杞婦之悲深." 後再適張汝舟, 未幾反目. 有啓308)與綦處厚云: "猥以桑楡309)之晚景, 配玆駔儈之下材." 傳310)者無不笑之. 有《漱玉集》三卷行于世. 其《聲聲慢》一詞尤婉妙. 詞云:

"尋尋覓覓, 冷冷淸淸, 凄凄慘慘戚戚. 乍煖還寒時候, 最難將息. 三盃兩盞淡酒, 怎敵他晚來風急? 雁過也, 正傷心, 却是舊時相識. 滿地黃花堆積, 憔悴損, 如今有誰堪311)摘? 守著窓兒, 獨自怎生得黑! 梧桐更兼細雨, 到黃昏, 點點滴滴.

---

302) 【校】謁告: 《金石錄》에는 "謁告"로 되어 있고 《情史》에는 "告謁"로 되어 있다.
303) 【校】咀嚼: [春], [鳳], [岳], [類], 《金石錄》에는 "咀嚼"으로 되어 있고 [影]에는 "且爵"으로 되어 있다.
304) 【校】俸: [鳳], [岳], [類], [春], 《金石錄》에는 "俸"으로 되어 있고 [影]에는 "捧"으로 되어 있다.
305) 彝器(이기): 고대 종묘에서 쓰는 鐘, 鼎, 尊, 罍, 俎, 豆 등과 같은 靑銅 祭器에 대한 통칭이다.
306) 【校】盡: 《情史》에는 "盡"으로 되어 있고 《金石錄》에는 "夜盡"으로 되어 있다.
307) 【校】畜: [影]에는 "畜"으로 되어 있고 [鳳], [岳], [類], [春]에는 "蓄"으로 되어 있다.
308) 【校】啓: 《情史》에는 "啓"로 되어 있고 《漁隱叢話》에는 "啓事"로 되어 있다.
309) 桑楡(상유): 해가 질 때 햇빛이 뽕나무와 느릅나무 꼭대기에 비춘다하여 해 질 무렵을 桑楡라고 한다.
310) 【校】傳: 《漁隱叢話》에는 "傳"으로 되어 있고 《情史》에는 "侍"로 되어 있다.
311) 【校】堪: [鳳], [岳], [類], [春], 《漱玉詞》에는 "堪"으로 되어 있고 [影]에는 "忺"

這次第, 怎一箇愁字了得?"

江道行曰: "自古夫婦擅朋友之勝, 無如易安、德甫者. 佳人才子, 千古絶唱. 汝舟之適, 不蛇足耶? 文君忍恥, 猶云具眼相憐. 易安乃逐水桃花³¹²)之不若矣!"

146. (13-10) 설의료(薛宜僚)³¹³)

설의료(薛宜僚)³¹⁴)는 당나라 회창(會昌)³¹⁵) 연간에 좌서자(左庶子)³¹⁶)가 되어 신라 책증사(冊贈使)³¹⁷)를 맡게 되었다. 청주(青州)³¹⁸)에서 해선을 타고 갔는데 빈번히 거센 폭풍우에 막혀, 등주(登州)³¹⁹)에 이르렀다가 다시

───────────────

으로 되어 있다.

312) 逐水桃花(축수도화): 杜甫의 〈絶句漫興九首〉 가운데 다섯째 수 3·4연인 "미친 듯한 버들강아지는 바람 따라 춤추고, 가볍고 엷은 복사꽃은 물 따라 흘러간다.(癲狂柳絮隨風舞, 輕薄桃花逐水流.)"에서 나온 말로 흔히 여자의 경박함을 형용하는 말이다.

313) 이 이야기는 《太平廣記》 권274와 《太平廣記鈔》 권44에 〈薛宜僚〉라는 제목으로 실려 있으며 《抒情集》에서 나왔다고 했다. 《詩話總龜》 권23, 錢易의 《南部新書》 권7, 송나라 尤袤의 《全唐詩話》 권3 등에도 보인다. 《青泥蓮花記》 권4에는 〈段東美〉로, 《艶異編》 권27에는 〈薛宜僚〉로, 《瓦史》 권21에는 〈段東美〉로 보이며, 《嬃史》 권21에도 수록되어 있다.

314) 설의료(薛宜僚): 조선후기 한치윤의 《海東繹史》 권37〈上國使〉에서 《女俠傳》을 인용해 설의료가 회창 연간에 新羅 冊贈使가 되어 신라에 도착한 뒤, 예를 거행하기도 전에 병사해 判官 苗甲이 그를 대신해 예를 행했다는 기사가 보인다.

315) 회창(會昌): 당나라 武宗 李炎의 연호로 841년부터 846년까지이다.

316) 좌서자(左庶子): 隋唐 때 左·右庶子는 太子의 屬官이었다.

317) 책증사(冊贈使): 책증은 冊書를 가지고 죽은 자에게 봉호를 추증하는 것을 이르는 말로 책증사는 그런 임무를 맡은 사신이다.

318) 청주(青州): 지금의 山東省 青州市이다.

표류해 돌아와 청주에 정박하며 1년 동안 역관(驛館)에 머물게 되었다. 절도사인 오한정(烏漢貞)320)이 예의를 갖춰 그를 대접했다. 기적(妓籍)에 술시중을 드는 기생인 단동미(段東美)라는 자가 있었는데 설의료가 자못 마음에 두자 절도사는 그녀를 역참에 배치했다. 그해 봄 설의료가 출발하는 날에 송별연에서 흐느끼며 울자 단동미도 또한 울었다. 이에 설의료는 그 자리에서 이런 시321)를 남겼다.

도화는 바야흐로 비단같이 피어 있는데	阿母桃花方似錦
이별의 경색(景色)은 마침 연기 같구나	王孫草色正如烟
창망한 바다를 다시 바라볼 필요도 없이	不須更向滄溟望
슬픔과 즐거움으로 한 해를 보냈다네	惆悵歡娛恰一年

설의료는 신라에 이르러 책봉 의식을 행하지도 않은 채, 밤낮으로 정절(旌節)322)에서 소리가 들린다 하더니, 곧 병이 들었다. 판관(判官)323)인 묘전(苗田)에게 말하기를 "동미가 무슨 연고로 자꾸 꿈에 나타나는가?"라고 하더니 며칠 뒤에 죽었다. 묘전이 대사(大使)를 대행하여 의식을 거행했다. 설의료의 영구가 청주로 돌아오자 단동미는 말미를 얻어 역참으로 와서 소복을 입은 채로 엎드려 절을 하고 제사를 지낸 뒤 영구를 어루만지며 슬피 통곡하다가 비통해 죽었다.

---

319) 등주(登州): 지금의 山東省 蓬萊市이다.
320) 오한정(烏漢貞): 左金吾將軍을 지냈으며 841년에서 843년 사이에는 지금의 山東 지역을 관장했던 淄靑節度使로 있었다.
321) 이 시는 《全唐詩》 권547에 설의료의 〈別靑州妓段東美〉 2首 가운데 둘째 수로 수록되어 있다.
322) 정절(旌節): 사신이 증표로 가지고 있는 儀仗을 가리킨다.
323) 판관(判官): 당나라 때 절도사, 관찰사, 방어사 밑에 두었던 보좌역 속관을 이른다.

[원문] 薛宜僚

薛宜僚, 會昌中爲左庶子324), 充325)新羅冊贈使. 繇青州泛海船, 頻阻惡風雨, 至登州326), 却漂回, 泊青州, 郵傳327)一年. 節度烏漢貞328)加禮焉. 有籍中飮妓段329)東美者, 薛頻屬情. 連帥置於驛中. 是春, 薛發日, 祖筵, 嗚咽流涕. 東美亦然. 乃於席上留詩曰:

"阿母桃花方似錦, 王孫草色正如烟. 不須更向滄溟望, 惆悵歡娛恰一年."

薛到外國, 未行冊330)禮, 旌節曉夕有聲, 旋染疾. 謂判官苗田331)曰: "東美何故頻見夢中乎?" 數日而卒. 苗攝大使行禮. 薛旅332)櫬333)回及青州, 東美乃請告至驛, 素服拜奠, 撫柩哀號, 一慟而絕.

---

324) 【校】左庶子:《太平廣記》,《南部新書》에는 "左庶子"로 되어 있고《情史》에는 "土庶子"로 되어 있다.

325) 【校】充: [鳳], [岳], [類], [春],《太平廣記》에는 "充"으로 되어 있고 [影]에는 "克"으로 되어 있다.

326) 【校】登州: [影],《南部新書》에는 "登州"로 되어 있고 [春], [鳳], [岳], [類],《太平廣記》에는 "登舟"로 되어 있다.

327) 郵傳(우전): 역점의 객사를 가리킨다.

328) 【校】烏漢貞:《情史》,《南部新書》에는 "烏漢貞"으로 되어 있고《太平廣記》에는 "烏漢眞"으로 되어 있다.

329) 【校】段: [鳳], [岳], [類], [春],《太平廣記》,《南部新書》에는 "段"으로 되어 있고 [影]에는 "叚"로 되어 있다.

330) 【校】冊: [鳳], [岳], [類], [春],《太平廣記》,《南部新書》에는 "冊"으로 되어 있고 [影]에는 "州"로 되어 있다.

331) 【校】苗田:《情史》,《南部新書》에는 "苗田"으로 되어 있고《太平廣記》에는 "苗甲"으로 되어 있으며《說郛》,《詩話總龜》에는 "苗用"으로 되어 있다.

332) 【校】旅:《情史》,《南部新書》,《說郛》,《詩話總龜》에는 "旅"로 되어 있고《太平廣記》에는 "旋"으로 되어 있다.

333) 【校】櫬: [鳳], [岳], [類], [春],《太平廣記》,《說郛》,《詩話總龜》에는 "櫬"으로 되어 있고 [影],《南部新書》에는 "襯"으로 되어 있다. 旅櫬(여츤)은 객사한 자의 영구를 가리킨다.

147. (13-11) 이중문의 딸(李仲文女)334)

진(晉)나라 때 무도(武都)335) 태수였던 이중문(李仲文)이 재임 중에 딸을 잃었다. 그 딸의 나이는 열여덟 살이었으며 잠시 군성(郡城) 북쪽에 임시로 묻었다. 장세지(張世之)라고 하는 사람이 대신해 군수(郡守)가 되었다. 그의 아들은 자가 자장(子長)이었고 나이가 스무 살이었으며 관서에서 아버지를 모시고 있었다. 그가 꿈에서 한 여자를 보았는데 나이는 대략 열 일고여덟이었고 용모가 남달랐다. 그 여자는 스스로가 이렇게 말했다.

"저는 전 군수의 여식이온데 불행히도 일찍 죽었으나 때마침 오늘 다시 살아나게 될 것입니다. 마음속으로 그대를 좋아하여 여기로 왔습니다."

대엿새 밤을 그렇게 하더니 홀연히 대낮에 나타났는데 옷에 배인 향기가 매우 특이했다. 드디어 부부가 되어 동침을 했는데 옷에 온통 피 얼룩이 묻었으니 마치 처녀 같았다. 그 뒤 이중문은 시녀를 보내 딸의 묘지를 살펴보도록 했다. 이에 시녀가 장세지의 부인에게 들러 문안 인사를 하려고 관사 안으로 들어갔더니 그 여자의 신발 한 짝이 장자장의 침상 밑에 있는 것이 보였다. 시녀는 이를 주워 들고 울면서 무덤을 파헤쳤다고 소리를 질렀다. 돌아가서 이중문에게 이를 보여주자 이중문은 경악하며 시녀를 시켜 장세지에게 이렇게 묻게 했다.

"그대 아드님께서는 어떻게 죽은 제 딸의 신발을 얻게 되었소이까?"

장세지가 아들을 불러서 물었더니 그 아들은 시말을 모두 갖추어 말했다.

---

334) 이 이야기는 晉나라 陶潛의 《搜神後記》 권4에서 나온 이야기로 《法苑珠林》 권92, 《廣博物志》 권19에도 보이고, 《太平廣記》 권319와 《廣艷異編》 권34에 〈張子長〉이라는 제목으로 수록되어 있다.

335) 무도(武都): 한나라 때부터 설치되었던 郡으로 대략 지금의 甘肅省 동남부의 일부 지역이다.

이중문과 장세지는 모두 이상하다고 여겨 관을 파내어 보니 딸의 몸에는
이미 살이 나 있었고 용모도 예와 같았으나 오직 오른쪽 발에만 신발이
신겨져 있었다. 장자장의 꿈에서 여자가 나타나 말했다.

"저는 원래 살게 되었을 것인데 오늘 발각되는 바람에 이후로는 곧 죽게
되고 살이 썩어 살아날 수 없게 될 것입니다. 한이 깊은 마음을 무슨 말로
더하겠습니까?"

그리고 나서 그녀는 울면서 이별을 했다. 이 이야기는《법원주림(法苑珠
林)》에 나온다.

이 여자의 정성(精誠)이 좋아하는 사람에게는 형체를 드러낼 수 있었는데
부모에게는 꿈에서도 통할 수 없었다니 스스로가 발굴되게 만든 것이 아니겠
는가?

[원문] 李仲文女

　　晉時武都太守李仲文, 在郡喪女, 年十八, 權假葬郡城北. 有張世之代爲郡.
世之男字子長, 年二十, 侍從在廨中. 夢一女, 年可十七八, 顔色不常, 自言"前府尹
子, 不幸早亡, 會今當更生. 心相愛樂, 故來相就." 如此五六夕, 忽然晝見, 衣服薰香
殊絶. 遂爲夫婦, 寢息. 衣皆有汙336), 如處女. 後仲文遣婢視女墓, 因過世之婦相
問337), 入廨中, 見此女一隻履在子長牀下. 取之啼泣, 呼言發塚. 歸以示, 仲文驚愕.
遣問世之: "君兒何緣得亡女履耶?" 世之呼問兒, 具陳本末. 李、張並謂可怪. 發棺

---

336)【校】汙:《搜神後記》,《法苑珠林》,《太平廣記》에는 "汙"로 되어 있고《情史》,
　　《廣博物志》에는 "袴"로 되어 있다.
337)【校】問:《情史》,《太平廣記》,《廣博物志》에는 "問"으로 되어 있고《搜神後
　　記》,《法苑珠林》에는 "聞"으로 되어 있다.

視之, 女體已生肉, 顔姿如故, 唯右脚有履. 子長夢女曰: "我比338)得生. 今爲所發,
自爾之後遂死, 肉爛不得生矣. 萬恨之心, 當復何言." 泣涕而別. 出《法苑珠林》.

女之精誠, 且能示形于所歡, 而不能通夢于父母, 自取發掘何耶?

情史氏曰

　결함이 있는 세상에 한스러운 것이 실로 많다. 더군다나 남녀 간의 원망(願
望)에 있어서도 말할 수 없는 것이 있다. 설사 고 압아339)와 허 우후340)의
영혼이 소멸되지 않고 화하여 인온대사(氤氳大使)341)가 된다고 하더라도
또한 어찌 소리 없이 그것을 은밀히 화합하게 할 수 있겠는가? 준 정이
깊을수록 쌓인 한이 더욱 많은 것은 본래 마땅한 일이다. 예부터 가인(佳人)과
재자(才子)는 한데 합쳐지기가 어렵다. 주숙진342)은 《단장집(斷腸集)》에
한을 적었고 보비연343)은 비단 주머니에 정을 가득 채웠다. 정이 있고

---

338) 【校】比: 《搜神後記》, 《太平廣記》에는 "比"로 되어 있고 [影]에는 "此"로 되어
　　있으며 [鳳], [岳], [類], [春]에는 "本"으로 되어 있다.

339) 고압아(古押衙): 압아는 儀仗과 侍衛를 맡은 관직이다. 고 압아는 〈無雙傳〉
　　의 여주인공인 무쌍을 궁중에서 구해내 王仙客과 다시 만나게 해준 협객이
　　다. 자세한 이야기는 《情史》 권4 정협류 〈고압아〉에 보인다.

340) 허우후(許虞候): 우후는 당나라 때 군대에서 법을 집행하는 長官이다. 허 우
　　후는 〈柳氏傳〉에 나오는 인물로 사타리에게 빼앗긴 韓翊의 애첩인 유씨를
　　구해내 한익과 다시 만나게 해준 許俊을 가리킨다. 자세한 이야기는 《情史》
　　권4 정협류 〈허준〉에 보인다.

341) 인온대사(氤氳大使): 송나라 陶穀의 《淸異錄 · 仙宗》에 보이는 혼인을 주관하
　　는 신이다. 자세한 이야기는 《情史》 권12 정매류 〈인온대사〉에 보인다.

342) 주숙진(朱淑眞, 1135~1180): 송나라 여류 詞人이다. 작품집으로 《斷腸集》이 전
　　한다. 그에 대한 자세한 이야기는 《情史》 권13 정감류 〈주숙진〉에 보인다.

343) 보비연(步非烟): 〈비연전〉에서 당나라 河南府 功曹參軍 武公業의 시첩으로 등

아껴주는 사람을 다행스레 만나게 되어도, 혹 동쪽 방에서 공연히 엿보고 서상(西廂)에서 정을 이루지 못해 서로 눈짓으로 아쉬움을 보내며 시구(詩句)로 수심을 전하여 한순간의 관심이 구천에서 한을 품게 하기에, 사랑을 이루지 못하느니 차라리 만나지 않는 것이 낫다. 또 다행히 사랑이 이루어져도, 혹 담장 앞의 덩굴이 우연히 엮이는 것은 원래 언리시가 아니기에, 청풍명월(淸風明月)에 창연히 제각기 하늘을 바라보며 속삭이는 말과 아름다운 환락은 종신토록 가슴속에만 있게 되니 또한 사랑을 이루지 못한 것만 못하다. 거울 속의 꽃과 물속의 달이지만 그래도 그것은 어렴풋한 환상에 속한다. 또 다행스럽게 꽃이 깊숙한 방에 놓이거나 검이 열사(烈士)의 손에 돌아간 것처럼 두 사람의 정이 서로 통해 영원히 좋아하기를 그치지 않더라도, 혹 영지가 먼저 마르고 오색구름이 쉽게 흩어지듯이 아름다운 얼굴이 급작스럽게 시드니 백발은 어찌 감당하겠는가? 남은 향분(香粉)과 남겨진 거문고는 헛되이 탄식만 더하게 하니, 또한 나는 새가 하늘 끝에서 마음대로 정처 없이 오가는 것과 봄바람이 뜰에서 수많은 꽃을 흔들어 떨어뜨리는 것만 못한 것 같다. 아프고 가려운 느낌이 비록 피부에 와 닿지 않는 것은 아니지만 그래도 오장을 뒤트는 정도의 아픔까지는 아니다. 아! 아! 정이 없는 사람은 흙과 나무에 비유되고 정이 있는 사람 또한 상심이 많으니 불문(佛門)에서 인생은 고해라 이르는데 진실로 그렇구나, 진실로 그렇구나!

情史氏曰: 缺陷世界, 可憾實繁. 況男女私願, 彼亦有不可告[344]語者矣. 即令古押衙、 許虞候精靈不泯, 化爲氤氳大使, 亦安能嘿嘿而陰洽之乎? 賦情彌深, 畜[345]憾彌廣, 固其宜也. 從來佳人才子, 難于湊合. 朱淑寫恨于斷腸, 非煙溢情于

장하는 여주인공이다. 자세한 내용은 《情史》 권13 정감류 〈비연〉에 보인다.
344) 【校】 告: [影], [鳳], [岳], [翔]에는 "告"로 되어 있고 [奎]에는 "言"으로 되어 있다.

錦袋. 有心者憐之, 幸而遇矣, 而或東舍徒窺, 西廂未踐, 交眉送恨, 賡句聯愁, 一刻關心, 九泉衔怨, 與其不諧, 不如不遇耳! 又幸而諧矣, 而或牆蔓偶牽, 原非連理, 清風明月, 悵望[346]各天, 絮語嬌歡, 終身五內, 則又不如不諧者. 鏡花水月[347], 猶屬幻想之依稀也. 又幸而花植幽房, 劍歸烈士, 兩情相喻, 永好勿諼, 而或芝草先枯, 彩雲易散, 紅顏頓萎, 白首何堪, 剩粉遺琴, 徒增浩歎, 則又似不若飛鳥天邊, 任爾去來無定處; 春風別院, 不知搖落幾枝花. 痛癢縱非隔膚, 猶不至摧肝觸肺耳! 嗟, 嗟! 無情者既比于土木, 有情者又多其傷感, 空門謂人生爲苦趣[348], 誠然乎, 誠然乎!

---

345) 【校】畜: [影]에는 "畜"으로 되어 있고 [鳳], [岳], [類], [春]에는 "蓄"으로 되어 있다.

346) 【校】望: [影]에는 "望"으로 되어 있고 [鳳], [岳], [類], [春]에는 "然"으로 되어 있다.

347) 鏡花水月(경화수월): 거울에 비친 꽃과 수면에 비친 달의 뜻으로 허무한 환상을 비유적으로 이르는 말로 쓰인다.

348) 苦趣(고추): 趣는 趨자와 통한다. 불교에서 윤회로 고생하는 세 가지 惡道인 지옥, 아귀, 축생을 가리킨다.

14

情 정
仇 구
類 류

'정구류'에서는 사랑으로 인해 원한을 품게 된 이야
기들을 싣고 있다. 세부적으로 보면 '혼인을 가로
막음(阻婚)', '생이별(生離)', '박정(薄倖)', '질투(妒
忌)', '모함(遭讒)', '사기(欺詐)', '포악함(遇暴)' 등으
로 인해 원한을 품게 된 이야기들을 다루고 있다.
그 가운데 '포악함(遇暴)'으로 인해 원한을 품게 된
이야기가 가장 많다. 환희원가(歡喜寃家)라는 말이
있는데 이는 항상 싸우면서도 서로 아끼고 사랑하
는 부부나 애인들을 이른다. 권말 '정사씨(情史氏)'
평론에서 원가(寃家)는 좋아함으로 말미암아 얻어
지는 것이라고 하면서 정이 없으면 원한도 없고
원한이 없으면 정도 없다고 했다. 그 묘미는 마치
물을 따라 마셔보는 것과 같은 것이라고 하면서
그 상황 속에 있는 사람만이 그 물의 차고 따뜻함을
알 수 있다고 했다.

148. (14-1) 최애(崔涯)¹⁾

　최애²⁾의 아내인 옹(雍)씨는 양주(揚州)³⁾ 총교(總校)의 딸로 의용이 세련되고 우아했다. 이들 부부는 매우 화목하게 지냈다. 옹씨의 친척들은 최애가 시로 명성이 매우 높았으므로 늘 후한 재물로 도와주었으나 최애는 조금도 공경하지 않고 장인을 단지 옹노(雍老)라고 부를 뿐이었다. 그의 장인은 점점 참을 수 없게 되자 발연히 검을 쥐고 딸을 불러 최애를 나오도록 한 뒤에 이렇게 말했다.

　"나는 북방 사람으로 오직 무예만을 이어받았기에 딸을 키워 군인에게 시집을 보냈어야 했지만 선비의 덕을 추앙하여 네게 보낸 것이었는데 이제 이를 심히 후회한다. 딸년은 이미 시집을 잘못 가서 개가할 수는 없지만 출가는 할 수 있다. 만약 따르지 않는다면 검을 휘두를 것이다."

　그리고 곧 딸에게 명하여 삭발을 하고 비구니가 되도록 했다. 최애가 비로소 슬피 울면서 사죄했으나 아비 옹씨가 듣지도 않기에 딸은 단지 통곡하며 이별할 수밖에 없었다. 최애가 그녀에게 준 시⁴⁾는 이러하다.

언덕 위에서 흐른 샘물 언덕 아래서 갈라지니	隴上流泉隴下分
애끊는 울음소리 차마 들을 수 없구나	斷腸鳴咽不堪聞

---

1) 이 이야기는 당나라 范攄의 《雲谿友議》 권中에서 나온 이야기로 《類說》 권 41, 《天中記》 권18에 수록되어 있는데 《情史》에 수록된 이 작품과는 문자의 출입이 있다. 《唐詩紀事》 권52와 《盧史》 권1에도 간략히 기재되어 있다.

2) 최애(崔涯, 약 838년 전후): 吳楚 지역(지금의 長江 중하류 지역 일대) 사람으로 당나라 때 張祜와 이름을 나란히 하던 시인이었다. 《全唐詩》에 그의 시 8 수가 수록되어 있다.

3) 양주(揚州): 지금의 江蘇省 揚州市이다.

4) 이 시는 《全唐詩》 권505에 최애의 〈別妻〉로 되어 있고 권275에는 崔膺의 〈別佳人〉으로 되어 있다.

항아(姮娥)가 월궁으로 날아가자	姮娥5)一入宮中去
무협(巫峽)에는 천추에 흰 구름만 공연히 남아 있어라	巫峽6)千秋空白雲

처의 아버지를 하찮게 여기는 것은 처를 하찮게 여기는 것이다. 최랑은 어찌 아내의 입장에서 행하지 않았는가? 그의 처는 남편과 도타웠는데 어찌 그에게 한마디도 진언하지 않았는가?

[원문] 崔涯

崔涯妻雍氏, 揚州總較7)女也, 儀質閒雅, 夫婦甚睦. 雍族以崔郎甚有詩名, 資贍每厚. 涯略不加敬, 于妻父但呼雍老而已. 雍漸不能堪, 勃然仗劍呼女而出崔秀才8), 曰: "某河朔9)之人, 惟襲弓馬, 養女合嫁軍士. 從10)慕士流之德, 是以相就, 今甚悔之. 小女既錯嫁, 不可別醮, 便可出家. 如若不從, 吾當揮劍." 立命其女剃髮爲尼. 涯方悲泣謝過, 雍不聽, 女亦號慟而別. 涯贈詩云:

---

5) 항아(姮娥): 신화 속에 나오는 달에 사는 여신이다. 《淮南子·覽冥訓》에 "羿가 西王母에게 청하여 불사약을 얻었는데 姮娥가 그것을 훔쳐 달로 날아갔다."는 기록이 보인다. 高誘의 주에서 이르기를 "항아는 羿의 아내이다. 예가 서왕모에게 청하여 불사약을 얻고서 미처 복용하기 전에 항아가 그것을 훔쳐 먹고 신선이 되어 달로 날아가서 달의 신이 되었다."고 했다.

6) 무협(巫峽): 초나라 懷王이 무산신녀를 만나는 꿈을 꾼 곳으로, 나중에 남녀가 즐거운 만남을 이룬 곳을 가리키게 되었다. 자세한 내용은 《情史》 권19 〈무산신녀〉에 보인다.

7) 【校】較: [影]에는 "較"로 되어 있고 [鳳], [岳], [類], [春]에는 "校"로 되어 있으며 《雲谿友議》에는 "効"로 되어 있다. [影]에서는 思宗 朱由檢(재위기간: 1627년 8월~1644년 3월)의 이름자 '校'를 피휘하여 '較'자로 썼다.

8) 【校】出崔秀才: 《雲谿友議》에는 "出崔秀才"로 되어 있고 《情史》에는 "出"로 되어 있다.

9) 河朔(하삭): 黃河 이북 지역을 가리킨다.

10) 【校】從: 《情史》에는 "從"으로 되어 있고 《雲谿友議》에는 "徙"로 되어 있다.

"隴上流泉隴下分, 斷腸嗚咽不堪聞. 姮娥一入宮中去, 巫峽千秋空白雲."

微妻之父, 所以微妻也. 崔郎何不爲妻地? 妻旣相睦, 何不聞進一言?

149. (14-2) 육 무관(陸務觀)11)

　무관(務觀) 육유(陸游)12)은 처음에 당씨13)를 처로 맞이했는데 그녀는 육 무관의 모친과는 고모와 조카 사이였다. 부부는 서로 투합했지만 당씨는 시어머니의 마음을 얻지 못해 내쫓겨서 같은 군에 사는 종갓집 맏아들에게 개가를 했다. 이들은 일찍이 봄날에 밖에 나가 노닐다가 우적사(禹跡寺)14)

---

11) 陸遊와 唐婉의 이야기는 남송 周密의 《齊東野語》 권1 〈放翁鍾情前室〉, 남송 陳鵠의 《耆舊續聞》 권10下, 남송 劉克莊의 《後村詩話》 속집 권2, 남송 陳世崇 《隨隱漫錄》 권5, 《宋稗類鈔》 권21, 《詞苑叢談》 권7, 《齋史》 권1・권19, 《繡谷春容》 잡록 권2 〈唐氏遊園詞〉 등의 문헌에 보이는데 《情史》에 있는 이 작품은 그것들을 모아 다시 편집한 것으로 보인다.

12) 육유(陸遊, 1125~1210): 남송 시인으로 자는 무관이고 호는 放翁이며 越州 山陰(지금의 浙江省 紹興市)사람이었다. 高宗 때 禮部試에 응시했으나 秦檜로 인해 탈락되었다. 孝宗 때 진사를 하사받았고 중년에는 蜀地에서 군대생활을 하면서 寶章閣待制까지 벼슬을 했다. 9천여 수의 시가 전해지는데 백성의 고통을 묘사하는 현실주의적인 작품이 많다. 楊愼의 평가에 의하면, 그의 사는 섬세하고 아리따운 것이 秦觀과 비슷하고 웅장하고 호방함에 있어서는 蘇軾과 같다고 한다. 문집으로 《劍南詩稿》를 비롯해 다수가 전한다.

13) 당씨(唐氏): 唐婉(일설 琬)을 가리킨다. 자는 蕙仙이고 문재가 뛰어났다. 육유가 스무 살 때 육유와 결혼했으나 시어머니의 불만으로 인해 陸游와 헤어지게 되었다. 육유는 다시 王氏 여자를 맞이했고 당완은 같은 郡에 사는 종실인 趙士程에게 재가를 했다. 조사정은 성격이 온후하여 좌절을 겪은 당완에게 진지한 동정을 표했다고 한다.

14) 우적사(禹跡寺): 浙江省 紹興市 소재의 春波橋 북쪽에 있는 명승지로 晉나라 義熙 12년에 郭氏 성의 장군이 禹 임금을 기리기 위해 지은 절이다.

남쪽에 있는 심원(沈園)15)에서 마주친 적이 있었다. 당씨가 남편에게 말한 뒤 술과 안주를 육유에게 보내도록 했더니 육유는 오랫동안 실의에 빠져 한탄을 했다. 이에 원림(園林)의 벽에 〈채두봉(釵頭鳳)〉16) 곡조에 맞춰 사를 지어 적었는데 그 사는 이러하다.

불그레한 고운 손엔 황등주(黃藤酒)	紅酥手 黃藤酒
온 성엔 봄빛 가득했고 담장엔 버들가지 드리워져 있었네	滿城春色宮牆柳
동풍(東風)이 모질어 즐겁던 사랑 기박하게 되었구나	東風惡 歡情薄
수심을 품고 몇 년을 떨어져 홀로 지냈던가	一懷愁緒 幾年離索
아! 아! 그리하면 안 되었지	錯! 錯! 錯!

봄은 예와 같은데 사람은 공연히 야위기만 하는구나	春如舊 人空瘦
눈물 자국은 불그레 비단 손수건 적시네	淚痕紅浥鮫綃透
복숭아꽃 떨어지고 연못 앞 누각은 한가롭기만 하구나	桃花落 閒池閣
산 같던 맹세 그대로나 사랑하는 마음 글로 적어 보내기 어려워라	山盟雖在 錦書難托
아! 아! 이리하지 말아야지	莫! 莫! 莫!

당씨가 이 사를 보고 화답했는데, 그 사 가운데에는 "세상의 정은 박하고 사람의 정은 모질구나."라는 구가 있었다. 얼마 되지 않아서 울적해하다가 죽자 이를 들은 사람들은 안타까워하며 한탄했다. 육 방옹(陸放翁)은 당씨와 해후한 뒤로 정을 결코 잊지 못해 매번 심원을 지날 때마다 반드시 우적사에

---

15) 심원(沈園): 沈氏의 원림이었으므로 沈氏園으로 불리기도 했다. 지금의 浙江省 紹興市 동남쪽에 있는 洋河弄에 있다.

16) 채두봉(釵頭鳳): 詞牌 이름으로 〈折紅英〉, 〈惜分飛〉 등이라 불리기도 했다. 본래 북송 徽宗 政和 연간에 궁중에 撫芳園이라는 원림의 이름을 따서 撫芳詞라 불리었는데 육유가 無名氏의 詞에 있는 "可憐孤似釵頭鳳"이라는 구절을 따서 채두봉이라 고쳤다. 자세한 내용은 《詞譜》 권10에 보인다.

올라가서 멀리 바라보곤 했다. 다음과 같은 절구[17]를 남겼다.

해 저무는 성남(城南)엔 고각(鼓角) 소리 애달프고	落日城南鼓角哀
심원은 옛 못과 누각이 아니로구나	沈園非復舊池臺
상심교(傷心橋)[18] 아래에는 봄물이 푸른데	傷心橋[18]下春波綠
사랑하는 님이 그림자 비추러 왔었지	曾見驚鴻[19]照影來

당씨가 죽을 때에 이르러서는 심원 또한 세 번 주인이 바뀌었다. 육방옹은 창연히 생각에 잠겨 다시 이런 시[20]를 남겼다.

단풍잎은 막 붉어지고 갈참나무 잎 누르니	楓葉初丹槲葉黃
반악(潘岳)같이 하얘진 살쩍은 첫서리가 두렵네	河陽[21]愁鬢怯新霜
숲속 정자에서 옛 일이 떠올라 공연히 뒤돌아보노니	林亭感舊空回首
저승길에 애끊는 마음을 뉘에게 말하리	泉路憑誰說斷腸
헐어진 벽에 취해 썼던 시 위엔 먼지가 쌓여 있고	壞壁醉題塵漠漠
조각구름은 애수의 꿈같아 옛일은 아득하기만 하여라	斷雲幽夢事茫茫

---

17) 이 시는 《沈園二首》의 첫째 수이다. 《劍南詩藁》에는 첫 구가 "城上斜陽畫角哀"로 되어 있다.

18) 상심교(傷心橋): 沈園 안에 있는 羅漢橋를 말하며 이 시 이후에는 春波橋로 불리었다.

19) 경홍(驚鴻): 놀라 날아가는 기러기라는 뜻으로 자태가 자늑자늑한 미인이나 옛 정인을 가리킨다.

20) 이 시는 紹熙 壬子(1192)년에 지어졌고 제목은 〈禹跡寺南有沈氏小園, 四十年前嘗題小詞 一闋壁間, 偶復一到, 而園已三易主, 讀之悵然.(우적사 남쪽에 침씨의 작은 원림이 있어 40년 전에 짧은 사를 지어 벽에 적었는데 우연히 다시 이곳에 이르러 보니 원림의 주인은 이미 세 번씩이나 바뀌었으며 다시 그 사를 읽고 창연해하다.)〉이다

21) 하양(河陽): 晉나라 潘岳을 가리킨다. 반악이 河陽縣 현령을 지냈으므로 후세에 하양으로 반악을 가리키게 되었다. 그는 〈秋興賦〉 서문에 "내 나이 서른 둘에 흰 머리가 보이기 시작했다."고 쓴 것에서 연유되어 중년에 머리가 하얘지기 시작하는 것을 일러 潘鬢이라고 했다.

근년 들어 속념(俗念)을 모두 버리고	年來俗念消除盡
마음 돌려 절을 향해 향(香) 한 주(炷)를 올렸네	回向蒲龕一炷香

이후에 꿈에서 심원을 유람한 뒤, 또 다음과 같은 절구 두 수를 지었다.

길이 성의 남쪽에 가까워지자 이미 가기가 두렵고	路近城南已怕行
심원 안에 이르니 마음 더욱 아프네	沈家園裏更傷情
객의 소매에 스며드는 매화향 여전한데	香穿客袖梅花在
절 앞에 있는 다리를 푸르게 담그는 봄물이 이는구나	綠蘸寺橋春水生

성의 남쪽 작은 길은 다시 봄을 맞이하나	城南小陌又逢春
매화만 보일 뿐 님은 보이지 않네	只見梅花不見人
옥골은 황천의 흙이 된 지 오래인데	玉骨久成泉下土
먹 자국은 여전히 벽 사이 먼지를 잠가두고 있구나	墨痕猶鎖壁間塵

또 육 방옹이 촉지에 갔을 때 한 역참에 머물었는데 그곳 벽에 이런 시가 적혀져 있는 것을 보았다.

옥 계단의 귀뚜라미는 고요한 밤에 시끄러이 울고	玉墀蟋蟀鬧清夜
우물가의 오동새는 옛 가지를 떠나네	金井梧桐22)辭故枝
홀로 누워 있으려니 처량하여 잠을 이루지 못하고	一枕淒涼眠不得
등불 켜고 일어나 가을날 감회를 시로 풀어내누나	呼燈起作感秋詩

---

22) 오동(梧桐): 오동새를 이른다. 청나라 富察敦崇의 《燕京歲時記 · 梧桐》에서 이르기를 "京師에 10월 이후면 오동새 등이 있는데 오동새는 길이가 육칠 촌이며 회색 몸에 검은색 날개, 노란색 부리에 짧은 꼬리가 있다."고 했다.

　육 방옹이 물어봤더니 시를 쓴 이는 역졸의 딸이었다. 곧 그녀를 들여 첩으로 삼았다. 막 반년이 넘어서 육 방옹의 부인이 쫓아내자 그 첩은 〈복산자(卜算子)〉23) 사패에 맞춰 사를 지었는데 그 사는 이러하다.

눈썹 위에 근심만 알았지	只知眉上愁
근심이 어디서 왔는지를 알지 못하네	不識愁來路
창밖엔 파초 있고	窗外有芭蕉
황혼녘엔 간간이 비는 내리고	陣陣黃昏雨
새벽에 일어나 흩어진 화장을 손질하며	曉起理殘妝
근심도 가 버리게 단장을 하네	整頓敎愁去
눈썹을 그리지 말았어야 했는데	不合畫春山24)
여전히 근심은 남아 있구나	依舊畱愁住

　사랑하는 아내를 내치게 하고 투기하는 아내를 얻게 했으니 육 방옹을 위한 어머니의 속셈은 잘못된 것이었구나! 사랑하는 처는 어머니에게 쫓겨났고 사랑하는 첩은 아내에게 다시 쫓겨났으니 방옹은 얼마나 불행했던가!

[원문]　陸務觀

　陸務觀[游]初娶唐氏, 於其母夫人爲姑姪. 伉儷相得, 而弗獲於姑, 因出之. 唐改適同郡宗子. 嘗春日出遊, 相遇于禹跡寺南之沈氏園. 唐以語宗子, 遣致酒殽,

---

23) 복산자(卜算子): 《情史》, 《蜀中廣記》, 《隨隱漫錄》에는 모두 〈卜算子〉로 되어 있다. 하지만 여기에 있는 사는 〈生查子〉 사패이다. 〈생사자〉 사패에 관한 내용은 《情史》 권13 정감류 〈주숙진〉 '생사자' 각주에 보인다.
24) 춘산(春山): 봄날에 산 빛깔이 검푸르기에 춘산으로 여성의 아름다운 눈썹을 비유해 가리킨다.

陸悵然久之. 爲賦 《釵頭鳳》題園壁, 云:

　"紅酥手, 黃藤酒, 滿城春色宮牆柳. 東風惡, 歡情薄. 一懷愁緒, 幾年離索. 錯! 錯! 錯! 春如舊, 人空瘦, 淚痕紅浥鮫綃透. 桃花落, 閒池閣. 山盟雖在, 錦書難托. 莫! 莫! 莫!"

　唐見而和之, 有"世情薄, 人情惡"25)之句. 未幾, 怏怏而卒. 聞者爲之悵然. 放翁自與唐邂逅, 絶不能忘情. 每過沈園, 必登寺眺望, 有絶句云:

　"落日城南鼓角哀26), 沈園非復舊池臺. 傷心橋下春波綠, 曾見驚鴻27)照影來."

　及唐死, 沈園亦三易主矣. 放翁悵然有懷, 復有詩云:

　"楓葉初丹槲葉黃, 河陽愁鬢怯新霜. 林亭感舊空回首, 泉路憑誰說斷腸. 壞壁醉題塵漠漠, 斷雲幽夢事茫茫. 年來俗念消除盡, 回向蒲龕一炷香."

　嗣後夢游沈氏園, 又作二絶云:

　"路近城南已怕行, 沈家園裏更傷情. 香穿客袖梅花在, 綠蘸寺橋春水生."

　"城南小陌又逢春, 只見梅花不見人. 玉骨久成泉下土, 墨痕猶鎖壁間塵."

　又, 陸放翁之蜀, 宿一驛中, 見題壁云:

　"玉堦蟋蟀鬧淸夜, 金井梧桐辭故枝. 一枕凄凉眠不得, 呼燈起作感秋詩."

　放翁詢之, 則驛卒女也, 遂納爲妾. 方餘半載, 夫人逐之, 妾賦《卜算子》云:

　"只知耽上愁, 不識愁來路. 窓外有芭蕉, 陣陣黃昏雨. 曉起理殘妝, 整頓敎愁去. 不合畫春山, 依舊嚲愁住."

　夫出一愛妻得一妬妻, 母夫人之爲放翁計者誤矣! 然愛妻見逐于母, 愛妾復見逐于妻, 何放翁之多不幸也!

---

25) 世情薄 人情惡(세정박 인정악): 당완이 〈釵頭鳳〉 사패에 맞춰 화답한 사의 첫 두 구절이다. 《全宋詞》에 수록되어 있다.
26) 【校】哀: [影]에는 "哀"로 되어 있고 [鳳], [岳], [類], [韓]에는 "催"로 되어 있다.
27) 驚鴻(경홍): 놀라 날아가는 기러기의 뜻으로 자태가 자늑자늑한 미인 혹은 옛 정인을 가리킨다.

150. (14-3) 추호(秋胡)[28]

노(魯)나라 사람인 추호(秋胡)는 아내를 맞이한 지 닷새 만에 벼슬을 하러 집을 떠났다. 3년 뒤 벼슬을 그만두고 집으로 돌아오는 길에 교외에서 뽕잎을 따는 한 부인을 만났다. 추호는 그녀를 보고 마음에 들어 그녀에게 황금 한 일(鎰)[29]을 주었다. 그 부인이 말하기를 "제게 남편이 있는데 벼슬을 하러 나가 돌아오지 않기에 규방에서 홀로 지내며 3년 동안 여기서 살았지만 오늘같이 모욕을 당한 적이 없었습니다."라고 하며 돌아보지도 않고 뽕잎을 땄다. 추호는 부끄러워하며 물러났다. 집에 이르러 집안사람들에게 아내가 어디에 있냐고 묻자, 뽕잎을 따러 교외로 나갔는데 아직 돌아오지 않았다고 했다. 처가 돌아온 뒤에 보니 조금 전에 그가 집적거렸던 그 부인이기에 매우 부끄러웠다. 아내가 그를 꾸짖으며 말했다.

"여색을 보고는 금을 버리고 자기 어머니를 잊었으니 불효가 막심합니다. 당신 마음대로 다른 여자를 얻으세요."

그리고 절구 한 수를 짓고는 기수(沂水)[30]로 가서 투신해 죽었다. 그 시는 이러하다.

> 낭군의 은정은 잎같이 얇은데 첩은 얼음처럼 깨끗하네요　　郎恩葉薄妾冰淸
> 낭군이 황금을 주었지만 첩은 거절했지요　　郎與黃金妾不應
> 어쩌다가 그때 말 한마디라도 통했다면　　若使偶然通一語

---

28) 이 이야기는 劉向의 《列女傳》 권5에 〈魯秋潔婦〉라는 제목으로 보이는데 문자의 출입이 심하다. 《互史》 襍篇戒諧 권6 〈魯秋胡妻疑塚志〉, 《國色天香》 雜錄 권3 〈採桑賦〉, 《燕居筆記》 권2 賦類 〈採桑賦〉 등에도 보인다.
29) 일(鎰): 고대의 중량 단위로 20兩(일설에는 24兩)에 해당한다.
30) 기수(沂水): 山東省 沂山에서 발원하여 沂水縣, 臨沂市, 郯城縣을 거쳐 江蘇省으로 흘러들어 가는 강이다.

반생 동안 외로운 등불만 지킨 것을 뉘라서 믿으리오   半生誰信守孤燈

미상(未詳), 《회도정사(繪圖情史)》 삽도 〈추호(秋胡)〉

[원문] 秋胡

魯人秋胡31), 娶妻五日而遊宦. 三年休, 還家. 遇一婦採桑于郊, 胡見而悅之, 乃遺黃金一鎰. 婦曰: "妾有夫遊宦不返, 幽閨獨處, 三年于茲, 未有被辱於今日也!" 採不顧. 胡慚而退32). 至33)家, 問家人妻何在, 曰: "行採于郊, 未返." 既還, 乃向所挑之婦也. 胡大慚. 婦責之曰: "見色棄金, 而忘其母, 大不孝也! 任君別娶." 遂賦詩一絕, 赴沂水而死. 其詩云:

"郎恩葉薄妾冰淸, 郎與黃金妾不應. 若使偶然通一語, 半生誰信守孤燈."

151. (14-4) 두현의 아내(竇玄妻)34)

한(漢)나라의 두현(竇玄)은 자가 숙고(叔高)였고 평릉(平陵)35)사람이었다. 풍모가 남달랐기에 천자는 공주를 그의 처로 삼게 했다. 이전의 처는 남편에게 버림을 당하자, 곧 이별하는 서신을 보내면서 아울러 노래도 덧붙였다. 언사(言辭)와 의취(意趣)가 슬펐으므로 당시 사람들은 그녀를 가련하게 여겨 그 노래 전했다. 노래는 이러하다.

---

31) 【校】 魯人秋胡: [影]에는 "魯人秋胡"로 되어 있고 [鳳], [岳], [類], [春]에는 "魯秋胡者"로 되어 있다.
32) 【校】 退: [影]에는 "退"로 되어 있고 [鳳], [岳], [類], [春]에는 "行"으로 되어 있다.
33) 【校】 至: [影]에는 "至"로 되어 있고 [鳳], [岳], [類], [春]에는 "歸"로 되어 있다.
34) 이 이야기는 《藝文類聚》 권30, 《古今事文類聚》 後集 권13, 《天中記》 권19, 《山堂肆考》 권94 등에 보인다. 시는 《樂府詩集》 권42, 《古詩紀》 권13, 《古詩鏡》 권31, 《古樂苑》 권32에 수록되어 있다.
35) 평릉(平陵): 秦나라 때부터 설치된 현으로 지금의 山東省 章丘市 동부 지역이다.

외로운 흰 토끼	榮榮白兔[36]
동쪽으로 달아나며 뒤를 돌아보는구나	東走西顧[37]
옷은 새로운 것이 낫지만	衣不如新
사람은 겪은 지 오래된 이가 좋다네	人不如故

[원문] 竇玄妻

漢竇玄, 字叔高, 平陵人. 形貌絶異, 天子以公主妻之. 舊妻爲夫所棄, 旣寄書以別, 並附[38]以歌, 辭旨哀怨, 時人憐而傳之. 歌曰:

"榮榮白兔, 東走西顧. 衣不如新, 人不如故."

152. (14-5) 앵앵(鶯鶯)[39]

당나라 정원(貞元)[40] 연간에 장생(張生)이란 자가 있었는데 성품이 온화하

---

36) 백토(白兔): 이 노래로 인하여 버려진 여자를 뜻하는 전고로 쓰이게 되었다.

37) 동주서고(東走西顧): 동쪽으로 뛰어가면서 서쪽을 뒤돌아본다는 뜻으로 옛정을 그리워한다는 의미이다.

38) 【校】附: [影], [鳳], [岳], [類]에는 "附"로 되어 있고 [春]에는 "賦"로 되어 있다.

39) 이 이야기는 《太平廣記》 권488과 《太平廣記鈔》 권80에 〈鶯鶯傳〉으로 보인다. 《類說》 권28에는 〈傳奇〉로, 《侍姬類偶》 권下에는 〈紅娘持牋〉으로, 《綠窗新話》 권上에는 〈張公子遇崔鶯鶯〉으로, 《虞初志》 권6과 《艶異編》 권17에 〈鶯鶯傳〉으로, 《文苑楂橘》 권1에는 〈崔鶯鶯〉으로 수록되어 있다. 《繡谷春容》 雜錄 권1에도 〈鶯鶯明月三五夜〉라는 제목으로 간략하게 기재되어 있고, 《唐宋傳奇集》 권4에도 〈鶯鶯傳〉으로 수록되어 있다. 희곡 작품으로도 많이 개작되었는데 그중 가장 널리 알려진 것은 원나라 극작가 王實甫의 雜劇 〈崔鶯鶯待月西廂記〉이다. 이외에도 北宋 趙令畤에 의하여 韻散文이 교직된 說唱 문학의 일종인 鼓子詞 〈元微之崔鴬鴬商調蝶戀花詞〉(《侯鯖錄》 권5)로 개작되기도 했다.

고 풍채가 아름다웠으며 내심(內心)이 강인하고 도도하여 예의에 맞지 않는
일은 하지 않았다. 간혹 친구들이 연회를 요란하게 열어 다른 사람들은
모두 남들만 못할까 걱정하는 듯이 떠들썩하게 날뛰었으나 장생은 유순할
뿐 끝내 난잡하지 않았다. 이런 까닭에 나이가 스물셋이 되도록 여색을
가까이한 적이 없었다. 이를 아는 자가 그에게 묻자, 그는 이렇게 대답했다.

"옛날 등도자(登徒子)⁴¹⁾는 여색을 좋아한 자가 아니라 음행을 한 자이지.
나는 진정 여색을 좋아하는 사람이지만 공교롭게도 마음에 드는 여자를
만나지 못한 것이라네. 왜 그러냐 하면 나는 무릇 아름다운 여자라면 일찍이
마음속에서 그를 잊은 적이 없었으니 이것으로 내가 정이 없는 사람이
아니라는 것을 알 수 있을 것이네."

얼마 지나지 않아 장생은 포판(蒲坂)⁴²⁾으로 놀러 갔다. 포판에서 동쪽으로
10여 리 떨어진 곳에 보구사(普救寺)⁴³⁾라는 절이 있었는데 장생은 거기에
머물게 되었다. 그때 마침 최씨 집 과부가 장안(長安)으로 돌아가는 길에
포판을 지나다가 역시 이 절에서 머물게 되었다. 최씨 집 과부는 정 씨
집 딸이었는데 장생의 어머니도 정 씨여서 친척관계를 따져보니 다른 파의
이모였다. 그해 혼감(渾瑊)⁴⁴⁾ 장군이 포판에서 죽은 뒤, 환관 정문아(丁文

---

40) 정원(貞元): 당나라 德宗 李適의 연호로 785년부터 805년까지이다.

41) 등도자(登徒子): 전국시대 초나라 宋玉의 〈登徒子好色賦〉에 등장하는 인물로
登徒는 복성이고 子는 男子에 대한 통칭이다. 〈登徒子好色賦〉에 의하면 그의
아내가 매우 못생겼는데도 등도자는 아내를 사랑하여 다섯 명의 아이를 낳
았다고 한다. 이로 인하여 후세에 미추를 막론하고 여색을 좋아하는 자를 일
컬어 등도자라고 했다.

42) 포판(蒲坂): 蒲라고도 불리었으며 지금의 山西省 永濟市 蒲州鎭이다. 秦나라
때 설치된 縣으로 나중에 河東縣에 편입되었다. 河東縣은 河中府의 府治였다.

43) 보구사(普救寺): 당나라 武則天 시기에 지어진 사찰로 본래 永淸院이라 불리
었으며 지금의 永濟市 蒲州鎭에 있다.

44) 혼감(渾瑊, 736~800): 당나라 때 명장으로 皐蘭州(지금의 內蒙古 일부 지역)사
람이었다. 鐵勒族 渾部사람이기에 渾을 성씨로 삼았다. 郭子儀의 부하로 左金
吾衛大將軍을 지냈고 朔方과 河中 등의 節度使를 역임했으며 咸寧郡王으로 봉

雅)⁴⁵⁾가 군대를 잘 다스리지 못해 군인들이 장례를 기회로 소란을 피우며 포판 사람들을 크게 약탈하고 있었다. 최씨 집은 가산이 매우 많았고 노복들도 많았으므로 객지에 머물면서 당황스럽고 두려워 어디에 의탁해야 할지 몰랐다. 앞서 장생은 포판의 장수들과 교분이 있었기에 군리(軍吏)를 보내 최씨 집을 보호하게 해달라고 청하여 최씨 집은 화를 당하지 않았다. 십여 일 뒤에 관찰사(觀察使) 두확(杜確)⁴⁶⁾이 명을 받아 군을 통솔했더니 이로부터 군대가 단속되었다. 정씨는 장생을 매우 감사하게 생각해 술과 음식을 마련하여 대청에서 연회를 베풀고 아들과 딸로 하여금 형님과 오라버니를 대하는 예로 만나도록 했다. 아들은 환랑(歡郎)이라 했는데 십여 세쯤 되어 보였으며 용모가 매우 온순하고 예쁘장했다. 다음으로 딸에게 명하기를 "나와서 이 오라버니한테 절을 올리거라. 이 오라버니가 너를 살려줬단다."라고 했다. 한참이 지나 몸이 아프다고 사절하자 정씨가 노하여 말하기를 "이 오라버니가 너의 목숨을 보전해 주었는데, 만약 그렇지 않았다면 너는 벌써 잡혀갔을 것이다. 어찌 멀리하며 꺼릴 수가 있느냐?"라고 했다. 한참 만에 딸이 비로소 나왔는데 일상 옷에 파리한 얼굴로 새로 단장하지도 않은 채, 쪽진 머리가 흘러내려 눈썹에 닿아 있었으며 두 뺨에 연지를 옅게 발랐을 뿐이었다. 용모가 남달리 곱고 눈부셔 사람의 마음을 움직일 정도였다. 장생은 놀라며 그녀에게 인사를 했고 그녀는 정씨 옆에 앉았다. 정씨가 억지로 나오라고 해서 나온 것이기에 원망하는 눈빛으로 옆을 응시했는데 마치 자기 몸조차 가눌 수 없는 듯했다. 장생이 그녀의 나이를 묻자,

---

해졌다. 河中에서 죽은 뒤에 太師로 추봉되었다.

45) 정문아(丁文雅): 당나라 때 安史의 亂 이후 각 藩鎭에서 모두 監軍使을 설치하고 환관으로 충당하게 했다. 丁文雅은 아마도 그때 河中節度使의 監軍使로 있었던 환관일 것이다.

46) 두확(杜確): 河中節度使였던 渾瑊이 죽은 뒤에 조정에서 河中尹, 河中觀察使로 임명한 자이다.

정씨가 "열일곱 살이라네."라고 말했다. 장생이 조금 말을 붙여보았으나 대답하지 않았다. 자리가 끝나 모두 파했다. 장생은 이로부터 미혹되어 그의 마음을 알리고 싶었으나 방법이 없었다.

민국시대(民國時代) 난홍실각본(暖紅室刻本), 〈서상기(西廂記)〉 삽도

최씨에게 홍낭(紅娘)이라는 시녀가 있었는데 장생은 몰래 그에게 서너 번 선물을 준 뒤에 틈을 타 자신의 속마음을 이야기했다. 염려한 대로 홍낭이 놀라고 두려워하며 도망쳐 달아나자 장생은 후회를 했다. 다음 날 홍낭이 다시 오자, 장생은 곧 부끄러워하면서 그에게 사죄를 했으며 청했던 바를 더 이상 꺼내지 않았다. 이에 홍낭은 장생에게 이렇게 말했다.

"도련님께서 말씀하신 것은 제가 감히 말을 할 수도 없고 누설할 수도 없습니다. 하지만 도련님께서는 최씨 댁의 인척들을 잘 알고 계십니다. 어찌 이전에 보호해 주신 덕으로 청혼을 하시지 않으십니까?"

장생이 말했다.

"나는 어렸을 때부터 여자들과 함부로 어울리지 않는 성격이었다. 간혹 여자들과 함께 있었어도 일찍이 그들을 돌아본 적도 없었지. 그때는 그렇게 했는데 결국 이렇게 미혹되었구나. 전에 술자리에서는 스스로를 거의 억제하지 못할 뻔했지. 며칠 이래 걸으면 멈출 줄도 모르고 먹으면 배부른 줄도 모르니 하루도 넘기지 못할 것 같구나. 만약 매파를 통해 맞이하려면 납채(納采)와 문명(問名) 등을 하느라 서너 달이 걸릴 것이니 그때에는 나를 건어물 가게에서나 찾아야 할 것이다. 너는 내가 어찌하면 좋다고 생각하느냐?"

시녀가 말했다.

"아가씨는 정순(貞順)하고 스스로를 잘 지키셔서 비록 웃어른들이라 할지라도 예의에 어긋나는 말로 범할 수 없습니다. 그러니 아랫사람의 계략은 당연히 받아들이시지 않을 것입니다. 하지만 글을 잘 지어 왕왕 낮은 소리로 읊조리며 원모(怨慕)하곤 하십니다. 도련님께서 정을 담은 시를 지어 한번 아가씨의 마음을 움직여 보십시오. 그리 하시지 않고서는 다른 방법이 없습니다."

장생은 크게 기뻐하며 곧 〈춘사(春詞)〉47) 두 수를 지어 보냈다. 그 시는 이러하다.

---

47) 춘사(春詞): 이 시는 《全唐詩》 권422에 元稹의 〈古豔詩二首〉로 수록되어 있다. 〈鶯鶯傳〉에는 이 시의 내용이 보이지 않는데 풍몽룡이 《全唐詩》나 다른 문헌에 기록되어 있던 것을 여기에 옮겨 실은 듯하다.

봄이 온 뒤로 자주 송씨 집 동쪽에 이르러　　　　春來頻到宋家東[48]

소매를 드리우고 옷섶을 펼쳐 좋은 바람을 기다리네　垂袖開懷待好風

꾀꼬리는 숨고 버드나무 그늘 짙으며 사람의 말소리도 없는데　鶯藏柳暗無人語

담장 옆의 꽃만이 나무에 가득히 붉게 피어 있구나　惟有牆花滿樹紅

깊숙한 뜰엔 사람 없이 풀과 나무 빛나는데　　　深院無人草樹光

사랑스런 꾀꼬리는 울지 않고 그늘에 숨어 있구나　嬌鶯不語趁陰藏

등한히 물장난 치며 꽃잎을 띄워　　　　　　等閒弄水浮花片

문 앞으로 흘려보내 완랑(阮郎)을 얻어오네　　流出門前賺阮郎[49]

　　그날 밤 홍낭이 다시 와서 채색 편지지를 장생에게 주면서 말하기를 "아가씨가 갖다 드리라고 하셨습니다."라고 했다. 시의 제목을 〈명월삼오야(明月三五夜)〉라고 했는데 그 내용은 이러했다.

서쪽 곁채 아래에서 달뜨기를 기다리며　　待月西廂下

바람을 맞이하여 문을 반쯤 열어 놓았네　迎風戶半開

---

48) 송가동(宋家東): 아름다운 여자가 사는 곳을 이른다. 宋玉의 〈登徒子好色賦〉에서 묘사한 동쪽 이웃집 절세미인을 최앵앵에 비유한 것이다. 宋玉의 〈登徒子好色賦〉에 이런 내용이 보인다. "천하의 佳人들 가운데 楚나라 여자만한 자가 없고, 초나라의 예쁜 여자들 가운데 臣이 살고 있는 동네의 여자들만큼 예쁜 여자들이 없습니다. 臣이 살고 있는 동네의 예쁜 여자들 가운데 臣의 동쪽 이웃집 딸만큼 아름다운 자가 없습니다. 동쪽 이웃집 딸은 키가 조금 더 크면 너무 크고 조금 더 작으면 너무 작으며, 분을 바르면 너무 하얗고 연지를 바르면 너무 빨갛습니다. 눈썹은 물총새 깃털과 같고 살결은 흰 눈 같으며, 허리는 비단 묶음과 같고 이빨은 조개를 머금은 것과 같습니다. 빙긋이 한번 웃으면 陽城과 下蔡에 있는 귀족 자제들이 모두 미혹될 것입니다."

49) 완랑(阮郎): 동한 때 會稽郡 剡縣사람 阮肇를 이른다. 그가 劉晨과 함께 약초를 캐러 天台山에 갔다가 우연히 桃源洞에서 선녀를 만났다는 이야기가 劉義慶의 《幽冥錄》에 보인다. 이후 미인과 인연을 맺은 남자를 阮郎이라 부르기도 한다. 자세한 내용이 《情史》 권4 정협류 〈崑崙奴〉 '深洞鶯啼恨阮郎' 각주에 보인다.

> 담장을 스치는 꽃 그림자 흔들리니 　　　　　　　拂牆花影動
>
> 아름다운 님께서 찾아오신 것이 아닌가 하네 　　　疑是玉人來

　장생도 조금 그녀의 뜻을 알게 되었다. 그날은 이월 십사 일이었다. 최씨가 머물고 있는 집채 동쪽에 꽃이 핀 살구나무 한 그루가 있었는데 그것을 기어오르면 담을 넘을 수가 있었다. 보름날 밤에 장생은 그 나무를 사다리 삼아 담을 넘어 서쪽 곁채에 이르러 보니 문이 반쯤 열려 있었다. 홍낭이 침상에서 자고 있기에 장생이 깨우자 그가 놀라며 말하기를 "도련님께서 어떻게 오셨어요?"라고 했다. 장생은 그를 속여 말하기를 "아가씨가 편지로 나를 불렀으니 네가 대신해 아가씨에게 고하거라."라고 했다. 조금 있다가 홍낭이 다시 와서 연거푸 말하기를 "오셨습니다. 오셨어요!"라고 했다. 장생은 한편으로는 기쁘기도 했고 한편으로는 놀랍기도 했지만 마음속으로는 잘 됐다고 생각했다. 최씨가 이르러 단정한 옷차림에 엄숙한 낮으로 장생을 크게 꾸짖으며 말했다.

　"저희 집 식구들을 살려주신 오라버니의 은혜는 두텁습니다. 이로 인해 저희 어머니께서 유약한 아들과 어린 딸을 오라버니께 부탁을 한 것인데 어찌하여 바르지 못한 시녀를 통해 음탕한 언사를 보내십니까? 처음에는 사람을 난리로부터 보호해 의(義)를 행하시다가 결국에는 겁략하여 저를 얻으려 하십니다. 이는 난리를 또 다른 난리로 바꾸는 것이니 무슨 차이가 있겠습니까? 보내신 시를 진실로 덮어두려 하자니 사람의 간악함을 감싸주는 것이 되어 의롭지 못하고, 어머니께 밝히자니 사람의 은혜를 저버리는 것이 되어 좋지 못하며, 하인에게 전하게 하자니 또한 저의 진지한 마음이 드러나지 않을까 걱정되었습니다. 이에 짧은 글로 직접 말씀드리려고 했으나 오라버니께서 난처해하실까 두려워 음탕한 언사를 보내 필히 오시도록 한 것입니다. 예의에 맞지 않은 행동이기에 부끄럽지 않을 수 없습니다.

단지 예로써 자제를 하여 음란함에 이르지 않기를 바랄 뿐입니다."

　말을 마치자 그녀는 몸을 획 돌리더니 가 버렸다. 장생은 자실하여 넋이 나간 듯 한참을 있다가 다시 담을 넘어 나온 뒤로부터 마음을 접었다.

　며칠 뒤 어느 날 저녁에 장생은 창 옆에서 홀로 잠을 자고 있었다. 갑자기 어떤 사람이 그를 깨우기에 깜짝 놀라 일어나보니 홍낭이 이불과 베개를 가지고 와서 장생을 흔들며 말했다.

　"오십니다, 오셔요. 주무시고 계시면 어떻게 해요!" 그리고 나서 홍낭은 베개와 이불을 나란히 놓아두고 나갔다. 장생은 눈을 비비며 단정히 앉아 한참 동안 여전히 꿈이 아닌가 의심을 했다. 잠시 뒤에 홍낭이 최씨를 부축하고 왔는데 그녀는 아리따운 자태로 수줍어하며 환한 얼굴을 하고 있었고 힘이 없어 몸을 가누지 못하는 듯했으니 전에 만났을 때의 단정함과 엄숙함과는 자못 달랐다. 그날 밤은 십팔 일이었다. 서쪽으로 기운 달은 맑고도 밝아 은은하게 침상을 반쯤 비추었다. 장생은 기분이 날 듯했으며 그녀를 신선의 무리가 아닌가 여겨 인간 세상에서 온 사람이 아니라고 생각했다. 잠시 있다가 절에서 종소리가 울리고 날이 장차 밝으려 하자 홍낭이 최씨에게 가자고 재촉을 했다. 최씨가 교태롭게 우는 모습은 다정하여 사람의 마음을 움직였다. 홍낭이 다시 최씨를 부축하고 나갔다. 그날 밤 내내 최씨는 말 한마디도 하지 않았다. 장생은 새벽에 일어나 스스로 의심하기를 "설마 꿈은 아니겠지?"라고 했다. 날이 밝아서 보니 팔에는 화장이 묻어 있었고 옷에는 향기가 배어 있었으며 눈물이 아직도 잠자리에서 반짝이고 있었다.

　그 후 10여 일 동안 일절 다시 오지 않았다. 장생은 〈회진시(會眞詩)〉 30운(韻)50)을 짓고 있었는데 다 쓰기 전에 마침 홍낭이 왔기에 그에게 시를

---

50) 운(韻): 1聯의 詩句를 이른다. 짝을 이루는 두 句를 1연이라고 한다.

주며 최씨에게 전해 달라고 했다. 이로부터 그녀는 다시 장생을 받아들였다. 장생은 아침이면 몰래 나갔다가 밤이 되면 몰래 들어왔다. 최씨가 이전에 말한 서상에서 이렇게 만난 지 거의 한 달이 되었다.

　장생은 장안에 가게 되자 먼저 시로 그녀에게 알렸다. 최씨는 싫다는 어떤 말도 하지 않았으나 시름과 원망에 차 있는 얼굴은 사람의 마음을 움직이게 할 정도였다. 떠나기 전날 밤에 다시 그녀를 만나지 못하고서 장생은 곧 서쪽으로 길을 떠났다. 몇 달 뒤 다시 포판에 놀러 와서 최씨의 집에서 또 여러 달을 머물렀다. 최씨는 글씨를 매우 잘 쓰는데다가 문장도 잘 지었다. 장생은 그녀에게 만나자고 여러 번 청했지만 끝내 만날 수 없었다. 왕왕 직접 글을 지어 그녀를 꾀어보았으나 최씨는 그것을 자세히 보지도 않았다. 대략 최씨가 다른 사람보다 뛰어난 점은 기예(技藝)가 극치에 달해 있었으나 겉보기에는 마치 모르는 것같이 보이는 것이었고, 말을 하면 언변이 민첩했으나 응대를 적게 하는 것이었다. 그래서 장생을 대하는 정이 매우 두터웠음에도 일찍이 말로 드러낸 적이 없었다. 때로는 시름이 깊었지만 항상 알아볼 수 없었으며 기쁘거나 화가 난 모습도 거의 드러내지 않았다. 이전에 홀로 밤에 거문고를 탄 적 있었는데 그 곡조가 시름에 차 있어 구슬펐다. 장생이 몰래 그것을 듣고 연주해 달라고 했더니 끝내 다시 타지 않았다. 이로 인해 장생은 더욱 그녀에게 빠지게 되었다. 얼마 지나지 않아 경도에서 과거를 볼 날이 다가왔으므로 장생은 다시 서쪽으로 가야만 했다. 떠나기 전날 밤 그는 자신의 마음을 더 이상 말하지 않고 최씨 옆에서 수심 어린 탄식만 했다. 최씨는 결별을 하게 될 것이라는 것을 마음속으로 이미 알아채고는 공손한 모습과 부드러운 목소리로 장생에게 천천히 이렇게 말했다.

　"처음에 농락을 하고 결국에 버리는 것은 진실로 마땅한 것이지요. 저는 감히 원망하지는 않습니다. 님께서 저를 농락한 것은 당연한 일이오나

끝까지 사랑해 주신다면 그것은 님께서 주시는 은혜일 것입니다. 그러면 평생을 함께하자던 맹세에 결과가 있을 것입니다. 또한 이번에 가시는 것을 어찌 깊이 한할 필요가 있겠는지요. 하지만 님께서 즐거워하지 않으시니 마음을 편하게 해드릴 길이 없습니다. 님께서 일찍이 저를 보고 거문고를 잘 탄다고 말씀하셨습니다. 그때는 부끄러워서 들려드리지 못했으나 이제 장차 떠나실 것이니 소원을 이뤄 드리겠습니다."

이에 거문고를 털게 한 후, 〈예상우의 · 서(霓裳羽衣 · 序)〉[51]를 연주했는데 몇 가닥을 타지도 않아 슬픈 소리가 원망스럽고 난잡해져 그 곡인지도 더 이상 알아들 수가 없었다. 옆에 있던 사람들이 모두 흐느껴 울자 최씨도 갑자기 타던 손을 멈추고 거문고를 팽개친 채 눈물을 줄줄 흘리면서 잰걸음으로 어머니 정씨의 처소로 가더니 다시는 오지 않았다. 다음 날 아침이 되어 장생은 길을 나섰다.

다음 해 장생은 과거 시험에서 낙방을 하고 장안에 머물게 되었다. 이에 최씨에게 서신을 보내 그녀의 마음을 달래 주었다. 최씨가 회신에서 한 말을 여기에 대략 기록해 본다.

"보내 주신 서신을 받들어 읽어보니 베풀어 주신 사랑이 너무도 깊습니다. 소녀의 마음은 슬픔과 기쁨이 교차합니다. 머리를 꾸미고 입술을 윤택하게 하라고 화승(花勝)[52] 한 갑과 5치의 입술연지도 함께 보내 주셨습니다. 비록 님에게 이런 특별한 은총(恩寵)을 입기는 했으나 누구를 위해 다시 단장을 하겠습니까? 보내주신 물건들을 보면 감회가 깊어지고 비탄만 쌓일

---

51) 예상우의서(霓裳羽衣序): 당나라 때 유명한 法曲인 霓裳羽衣曲의 서곡을 이른다. 開元 연간에 河西節度使 楊敬忠이 현종에게 바친 곡으로 처음에는 〈婆羅門曲〉이라고 불리다가 현종이 윤색하고 가사를 붙인 뒤에 '霓裳羽衣曲'이라고 불렀다. 전설에 따르면 현종이 三鄕驛에 올라가 女兒山을 바라보며 영감을 얻어서 이 곡을 지었다고도 하고, 현종이 月宮을 유람하다가 선녀가 부른 노래를 암기하고 돌아와서 지었다고도 한다.
52) 화승(花勝): 부녀자들의 머리 장식으로 채색 비단을 잘라 만들었다.

뿐입니다. 장안에서 구학(求學)하신다고 말씀하셨는데 덕을 닦고 수학을 하는 길은 본래 편리하고 안정되어야 합니다. 단지 제 스스로가 비루한 사람이라 영원히 멀리 버려지게 된 것이 한스러울 뿐입니다. 운명이 이러한데 더 이상 무슨 말을 하겠습니까? 지난 가을부터 항상 멍하니 무엇을 잃은 듯했습니다. 떠들썩한 자리에서는 간혹 마지못해 담소를 나누기도 했지만 적막한 밤에 홀로 있을 때면 눈물을 흘리지 않은 적이 없었습니다. 심지어 꿈속에서도 항상 이별의 근심에 젖어 흐느껴 울었습니다. 끈끈하고 두터운 정이 잠깐이나마 평상시와 같았지만 만남을 마치기도 전에 깜짝 놀라 깨어납니다. 비록 반쪽 이불이 따뜻한 것 같으나 생각해 보니 너무나 멀리 떨어져 계십니다. 작별한 것이 어제 일같이 떠오르는데 눈 깜짝할 사이에 작년의 일이 되어 버렸습니다. 장안은 행락지(行樂地)라서 마음이 끌릴 수도 있는데 미천한 사람을 잊지 않으시고 버림받은 사람을 생각해 주시니 얼마나 다행인지 모릅니다. 천박한 생각으로는 보답할 길이 없습니다. 끝까지 함께 하자던 맹세는 본래 제게만 달려있는 것이 아니지요. 예전에 내외종 사이로 연회에 자리를 함께하기도 하면서 시녀에게 유혹되어 결국 마음속의 성의를 님께 드리게 되었고 소녀의 마음은 스스로 자제할 수 없었습니다. 사마상여가 거문고를 타 탁문군을 유혹했듯이 낭군께서도 저를 유혹했지만 저는 고(高)씨 집 딸처럼 베틀의 북을 던져 거절하지 못했습니다. 자천해 잠자리를 모시게 되어서는 정의가 매우 깊어졌습니다. 어리석고 비루한 마음에 평생 제 몸을 의탁할 수 있으리라 생각했습니다. 님을 만나고는 평생의 약속을 하지 못하고 스스로를 바치는 부끄러운 행동을 했지만 다시는 건즐을 당당히 받들 수 없게 될 줄을 어찌 알았겠습니까? 종신토록 한이 되어 한탄밖에 무슨 할 말이 있겠습니까? 만약 어진 사람의 마음 씀으로 미천한 저의 소원을 이뤄 주신다면 비록 죽더라도 살아 있는 것과 같을 것입니다. 만약 달사(達士)처럼 감정을 대수롭지 않게 여겨 작은

것을 버리고 큰 것을 쫓으며 먼저 짝을 맺은 것을 추행으로 여겨 맹약을
저버려도 되는 것으로 여기시면, 제 몸과 뼈가 녹아 없어진다 해도 일편단심
은 사라지지 않고 바람 따라 이슬과 먼지에 의탁할 것입니다. 살게 되든지
죽게 되든지 간에 저의 참된 마음을 여기서 모두 말씀드렸습니다. 편지지를
마주하니 오열하게 되어 마음을 다 펼 수가 없습니다. 부디 보중하시고
보중하십시오. 옥고리 하나는 제가 어렸을 때 가지고 논 것인데 낭군께
보내 드리니 허리에 패용하십시오. 옥은 단단하고 윤이 나 변함이 없는
것을 뜻하며, 고리는 시종 끊임이 없는 것을 뜻합니다. 더불어 엉클어진
머리카락 한 타래와 문죽(文竹)53)으로 만든 다연자(茶碾子)54) 하나를 보냅니
다. 이 몇 가지 물건들은 진귀하게 여기기에 부족하지만 낭군의 마음이
옥같이 진실 되고 맹세한 뜻이 고리처럼 끊어지지 않기를 바라는 뜻입니다.
눈물 자국이 대나무에 있고 시름이 머리카락에 얽혀 있습니다. 물건으로
진심 어린 마음을 전해 영원히 교호(交好)하기를 바라는 것뿐입니다. 마음은
가까이 있으나 몸은 멀리 떨어져 있어 만나 뵐 날을 기약할 수 없습니다.
울분이 쌓여 천리를 건너 영혼으로 만날 것입니다. 부디 보중하십시오!
봄바람이 세니 많이 드시는 것이 좋습니다. 말씀을 삼가셔서 스스로를
보존하시고 저를 깊이 염려하지는 마십시오."

장생은 그녀의 서신을 지인들에게 보여주었다. 이로 인해 당시 사람들이
많이 이 일을 알게 되었다. 장생과 친한 양거원(楊巨源)55)이 시를 짓는

53) 문죽(文竹): 紫褐色 얼룩이 있는 대나무로 斑竹 또는 湘妃竹이라고도 불린다.
晉나라 張華의《博物志》권8에 의하면 순임금이 붕어하자 娥皇과 女英 두 왕
비가 울다가 눈물이 대나무에 흩뿌려져 얼룩이 되었다고 한다.
54) 다연자(茶碾子): 문질러 차를 빻는 도구를 가리킨다.
55) 양거원(楊巨源, 755~?): 당나라 때 시인으로 자는 景山이고 河中府(지금의 山
西省 永濟市)사람이었다. 貞元 5년(789)에 진사급제한 뒤 太常博士, 虞部員外
郎, 鳳翔少尹, 國子司業 등의 벼슬을 지냈다. 원진과 白居易 등과 모두 친분이
있었다.

것을 좋아하여 〈최낭시(崔娘詩)〉56)라는 절구를 지었다.

준수한 반랑(潘郎)은 옥보다 뛰어나거니　　　　　清潤潘郎57)玉不如

뜰에 있는 혜초(蕙草)가 나고 눈이 막 녹는구나　　中庭蕙草58)雪銷初

풍류재자는 봄날의 정회가 많아　　　　　　　　風流才子多春思

소낭(蕭娘)이 보낸 서신으로 애간장이 녹는구나　腸斷蕭娘59)一紙書

하남(河南)사람 원진(元稹)60)도 장생의 〈회진시(會眞詩)〉61) 30운에 이어서 다음과 같이 지었다.

초승달빛은 발 사이로 비추고　　　　　　　　微月62)透簾櫳

은은한 빛이 푸른 하늘에 퍼져 있네　　　　　螢光度碧空

---

56) 최낭시(崔娘詩): 이 시는 《全唐詩》 권333에 같은 제목으로 수록되어 있다.

57) 반랑(潘郎): 미남으로 유명한 西晉 때 문인 潘岳을 가리킨다. 자는 安仁이며 潘安이라 불리기도 했고 虎賁中郞將 등의 벼슬을 지냈다. 그가 수레를 타고 나가면 길거리에 있던 부녀자들은 과일을 던져 수레에 가득 찼다는 이야기가 《晉書·潘岳傳》에 보인다. 후세의 시문에서 美男子의 대칭으로 항상 쓰인다.

58) 혜초(蕙草): 香草의 이름으로 熏草 또는 零陵香이라고도 불린다.

59) 소낭(蕭娘): 본래 '蕭 씨 낭자'라는 뜻인데 주로 여자의 범칭으로 쓰인다. 《南史·梁臨川靖惠王宏傳》에 의하면, 梁武帝 蕭衍의 동생인 靖惠王 蕭宏이 명을 받아 군대를 이끌고 北魏를 정벌하러 갔을 때 나약해 두려워하며 감히 진격을 하지 못하자 북위 사람들이 그가 용맹하지 못한 것을 알고서 그에게 여자의 두건과 머리장신구를 보내주었다고 한다. 그때 북위 군대에서 불렀던 노래에 소굉을 놀려 '소 씨 낭자'라고 했다. 그 뒤 '소낭'이 여자의 범칭으로 쓰이게 되었다.

60) 원진(元稹, 779~831): 당나라 때 시인으로 자는 微之이고 河南 洛陽(지금의 河南省 洛陽市)사람이었다. 北魏의 종실인 拓跋氏의 후예로 監察御史, 中書舍人, 越州刺史 겸 浙東觀察使, 尚書左丞, 武昌軍節度使 등의 벼슬을 지냈으며 사후 尚書右仆射로 추봉되었다. 젊었을 때 함께 급제한 白居易와 같이 新樂府를 제창하기도 했으며 더불어 '元白'이라고 불리었다.

61) 회진시(會眞詩): 이 시는 《全唐詩》 권422에 〈會眞詩三十韻〉으로 수록되어 있다.

62) 미월(微月): 眉月 또는 新月이라고도 불리며 음력 초승달을 이른다.

먼 하늘 바야흐로 아득해지니	遙天初縹緲
낮은 나무들이 점차로 어슴푸레해지누나	低樹漸葱蘢
바람이 뜰의 대나무에 스치는 소리는 피리를 부는 듯하고	龍吹(63)過庭竹
우물가 오동에 스치는 소리는 난새가 노래하는 듯하네	鸞歌拂井桐(64)
얇은 비단옷이 엷은 안개에 드리워져 있고	羅綃垂薄霧
남실바람에 패옥소리 들리네	環珮響輕風
강절(絳節)이 서왕모를 따르고	絳節(65)隨金母(66)
구름이 선동(仙童)을 감싸고 있네	雲心(67)捧玉童(68)
밤이 깊어 인적은 없고	更深人悄悄
새벽 밀회에 비가 보슬보슬 내리네	晨會雨濛濛
무늬 신에 구슬이 반짝이고	珠瑩光文履
산뜻한 꽃에 수놓은 용무늬가 숨겨져 있네	花明隱繡龍
채봉(彩鳳) 모양의 옥비녀 꽂은 채 걸어 다니고	瑤釵行彩鳳
채색 비단 어깨걸이를 걸치고 있구나	羅帔掩丹虹(69)

---

63) 용취(龍吹): 용의 울음소리라는 뜻으로 龍吟이라고도 하며 퉁소나 피리 같은 관악기 소리를 이른다.

64) 난가불정동(鸞歌拂井桐): 鸞은 난새로 전설에 나오는 봉황과 같은 종류의 새이다. 전설에 의하면 봉황은 오동나무에만 깃든다고 한다. 춘추시대 師曠이 지었다고 하는 《禽經》에 의하면 "난새는 밤이 되면 노래를 부르고 봉새는 아침이 되면 춤을 춘다.(鸞入夜而歌, 鳳入朝而舞.)"고 한다.

65) 강절(絳節): 원래는 사신이 들고 다니던 붉은색 부절을 이르는 말로 전설 속에서 上帝나 신선의 儀仗 가운데 하나로 나온다. 宋나라 陸遊의 《老學庵筆記》 권9에 따르면 그 의장은 錦繖, 絳節, 寶蓋, 珠幢, 五明扇, 旌 등 여섯 가지라고 한다.

66) 금모(金母): 西王母를 이른다. 五行에서 서쪽은 金에 해당하기에 이렇게 불린 것이다.

67) 운심(雲心): 구름 끝의 높은 하늘을 가리키는 말로 신화 속의 仙境을 이르기도 한다.

68) 옥동(玉童): 仙童을 이른다. 晉나라 王嘉의 《拾遺記 · 燕昭王》에 이런 기록이 보인다. "서왕모가 선인들과 더불어 員邱 위에서 노닐며 신령스런 나방을 모아서 옥 광주리에 담아 선동으로 하여금 그 광주리를 지게 하고 四極을 유람했다."

69) 단홍(丹虹): 원래 붉은색 무지개를 이르는 말로 긴 채색 비단을 형용하는 말

요지(瑤池)에서 왔다 하면서	言自瑤華浦70)
장차 벽옥궁(碧玉宮)으로 갈 거라 하네	將朝碧玉宮71)
이성(李城) 북쪽을 노닐다가	因遊李城北
우연히 송씨 집 동쪽을 향했다네	偶向宋家東72)
유혹을 하자 처음엔 살짝 거절하더니	戲調初微拒
온유한 정이 남몰래 이미 통했네	柔情已暗通
머리를 숙이니 매미날개 같은 귀밑머리 흔들리고	低鬢蟬影動73)
걸음을 돌리니 먼지가 신에 앉는구나	廻步玉塵蒙
얼굴을 돌리자 꽃과 눈이 흐르는 듯	轉面流花雪

이다.

70) 요화포(瑤華浦): 전설 가운데 崑崙山에 있다고 하는 瑤池를 이르는 말로 서왕 모가 거처하는 곳이다.

71) 벽옥궁(碧玉宮): 신선이 거처하는 곳이다.

72) 인유이성북 우향송가동(因遊李城北 偶向宋家東):《玉臺新詠》권7에 梁나라 簡文帝 蕭綱의 〈和湘東王名士悅傾城〉이라는 시가 수록되어 있는데 그 앞에 있는 네 句는 "美人稱絶世, 麗色譬花叢. 雖居李城北, 來往宋家東."이다. 같은 시가《藝文類聚》권18에 梁나라 昭明太子 蕭統의 시로 수록되어 있는데 제3구가 "經居李城北"으로 되어 있다. '李城'은 옛 지명으로 지금의 浙江省 嘉興市 서남쪽 지역이며 檇李城, 醉李城, 就李城 등으로 불리기도 했다.《春秋》定公 14년의 기록을 보면, "五月, 於越敗吳於檇李."라고 되어 있는데 杜預의 注에서 "檇李, 吳郡嘉興縣南醉李城."이라고 했다.《越絶書·外傳記地傳》에 따르면, "語兒鄉, 故越界, 名曰就李. (中略) 女陽亭者, 勾踐入官於吳, 夫人從道, 産女此亭, 養於李鄉, 勾踐勝吳, 更名女陽, 更就李爲語兒鄉."이라고 했다. 이와 달리, 당나라 陸廣微의《吳地記》에 따르면 "(嘉興)縣南一百里有語兒亭. 勾踐令范蠡取西施以獻夫差, 西施於路與范蠡潛通, 三年始達於吳, 遂生一子. 至此亭, 其子一歲, 能言, 因名語兒亭."이라고 했으며 여기서 아이를 낳은 자가 '西施'였다고 했다. 또한《至元嘉禾志》권1에서는 "舊傳西施産兒於此, 至能語方言."이라고 했다. 이런 일련의 기록으로 볼 때 李城에서 살았다는 절세미인은 西施를 이르는 것으로 보인다.

73) 저환선영동(低鬢蟬影動): 低鬢은 머리를 숙인다는 뜻이며 蟬은 蟬鬢을 이른다. 蟬鬢은 여성의 머리 모양으로 양쪽 귀밑머리를 매미의 날개처럼 얇게 했으므로 이렇게 불린 것이다. 晉나라 崔豹의《古今注·雜注》에 의하면 "魏文帝에게 매우 총애 받는 후궁으로 莫瓊樹, 薛夜來, 田尙衣, 段巧笑 등이 있었는데 이들은 밤낮으로 문제의 곁에 있었다. 莫瓊樹는 이에 蟬鬢이란 머리 모양을 만들어냈는데 매미의 날개와 같이 보일 듯 말 듯했으므로 蟬鬢이라고 불리었다."고 한다.

침상에 올라 비단 이불을 끌어안았네	登床抱綺叢
원앙처럼 서로 목을 비비며 춤을 추고	鴛鴦交頸舞
비취(翡翠)처럼 함께 짝을 이뤄 즐기네	翡翠74)合歡籠
검은 눈썹 수줍어 찡그리고	�黛羞偏聚
입술연지가 따뜻하여 다시금 녹는구나	脣朱暖更融
숨결은 맑아 난초 향이 나는 듯	氣淸蘭蕊馥
피부는 윤이 나 옥 같고 풍염하네	膚潤玉肌豐
힘이 없어 팔조차 움직이기 싫어하고	無力慵移腕
애교가 많아 곧잘 몸을 오므리네	多嬌愛歛躬
땀은 반짝거리며 구슬같이 방울방울	汗光珠點點
헝클어진 머리카락 검고 촘촘하구나	髮亂綠葱葱
천년 기다린 만남을 막 기뻐하고 있는데	方喜千年會
오경(五更)을 알리는 북소리가 홀연 들리네	俄聞五夜75)窮
머물 수 있는 시간은 유한하고	流連時有限
끈끈한 정을 다하기는 어렵구나	繾綣意難終
고운 얼굴에 수심 어린 모습을 하고서	慢臉76)含愁態
아름다운 말로 속마음을 맹세했네	芳詞誓素衷
옥환(玉環)을 주며 운명으로 결합한 것을 밝히고	贈環明運合
동심결을 맺어 마음을 함께할 것을 드러냈네	肉結表心同
흘린 눈물이 연분에 섞여 맑은 거울에 떨어지고	啼粉流淸鏡
꺼질 듯한 등불엔 벌레들이 빙 둘러 나네	殘燈遶闇蟲
환한 빛이 이미 반짝이더니	華光猶冉冉
아침 해가 차츰 훤해지누나	旭日漸曈曈
오리를 타고 낙수(洛水)로 돌아가니	乘鳧還歸洛77)

---

74) 비취(翡翠): 물가에 사는 고기나 새우를 먹는 새로 부리가 길고 파란색, 푸른색, 빨간색, 갈색 등의 깃털이 나 있어 그 깃털로 장식품을 만들 수 있었다.
75) 오야(五夜): 五更과 같은 말로 날이 장차 밝으려고 할 때를 이른다.
76) 만검(慢臉): 부드럽고 아름다운 얼굴을 이른다. 慢은 曼과 같이 '아름답다'는 뜻이다.

퉁소를 불던 이도 숭산(嵩山)으로 올라갔네	吹簫亦上嵩78)
옷에는 아직도 사향(麝香) 냄새 배어 있고	衣香猶染麝
베개에는 여전히 화장이 붉게 묻어 있네	枕膩尚殘紅
연못가엔 풀이 무성하게 덮여 있고	羃羃臨塘草
그리움은 물가의 다북쑥처럼 흩날리네	飄飄思洺蓬
거문고로 〈별학조〉의 원망스런 곡조를 연주하며	素琴79)鳴怨鶴80)
하늘로 돌아가는 기러기를 바라보네	清漢望歸鴻81)
바다는 넓어 진실로 건너기 힘들고	海闊誠難度
하늘은 높아 솟아오르기 어렵네	天高不易冲
열구름은 정처가 없는데	行雲無處所82)
소사(簫史)83)는 봉대(鳳臺) 안에 있구나	簫史在樓中

---

77) 승목환귀락(乘鶩還歸洛): 曹植의 〈洛神賦〉에서 洛水의 여신을 만났던 일을 기술했는데 여기에서는 최앵앵을 洛神에 비유하여 그녀가 장생과 이별하는 것을 오리를 타고 낙수로 돌아가는 것으로 표현하고 있다.

78) 취소역상숭(吹簫亦上嵩): 한나라 劉向의 《列仙傳 · 王子喬》에 의하면, 王子喬는 생황을 불어 봉황의 울음소리를 내는 것을 좋아했으며 도사 浮丘公을 따라 嵩山으로 올라갔다고 한다.

79) 소금(素琴): 장식이 없는 거문고를 이른다.

80) 원학(怨鶴): 악부 琴曲인 〈別鶴操〉를 이른다. 商陵사람인 牧子가 지은 곡으로 부부가 이별하는 정서를 드러냈다. 자세한 내용이 崔豹의 《古今注》 권中에 보인다.

81) 귀홍(歸鴻): 돌아가는 기러기를 뜻하며 항상 詩文에서 '돌아가고자 하는 정서[歸思]'를 기탁한다.

82) 행운무처소(行雲無處所): 楚나라 宋玉의 〈高唐賦〉에 楚懷王이 高唐을 유람할 때 낮에 잠을 자다가 꿈에서 巫山神女와 사랑을 나눈 내용이 나온다. 무산신녀는 회왕에게 "첩은 巫山의 남쪽에 있는 高丘山의 험한 곳에 있어 아침에는 구름이 되고 저녁에는 비로 내리며 아침부터 저녁까지 언제나 陽臺 아래에 있습니다.(妾在巫山之陽, 高丘之阻, 旦爲朝雲, 暮爲行雨, 朝朝暮暮, 陽臺之下.)" 라고 했다. 자세한 이야기는 《情史》 권19 정의류 〈巫山神女〉에 보인다. 여기에서는 최앵앵을 무산신녀로 비유하고 있다.

83) 소사(簫史): 유향의 《列仙傳》에 의하면, 춘추시대 秦穆公의 딸 弄玉이 簫를 잘 부는 簫史에게 시집을 가서 매일 그에게 簫로 봉황의 울음소리를 내는 것을 배웠다고 하며 목공은 그들을 위해 鳳臺를 지어 주었고 나중에 이들 부부는 함께 봉황을 타고 등선했다고 한다.

　장생의 친구 중에 이를 들은 자들은 모두 놀라며 기이하게 여겼으나 장생은 최씨와의 관계를 끊기로 마음먹었다. 원진이 장생과 특별히 교분이 두터웠기에 장생에게 물었더니 그는 이렇게 대답했다.

　"대저 하늘이 내린 미인은 스스로 화를 자초하지 않으면 반드시 남에게 화를 끼치게 되네. 만약 최씨가 부귀한 사람을 만나 총애를 받는다면, 구름이나 비로 변하거나 그렇지 않으면 교룡이나 이무기로 변할 터인데 나는 그녀가 무엇으로 변할지 알 수가 없네. 옛날 은나라의 주왕(紂王)[84]과 주나라의 유왕(幽王)[85]은 백만 백성의 나라를 차지하고 그 세력이 매우 컸으나 한 여자로 인해 망하여 백성들은 흩어지고 스스로는 죽임을 당해 지금까지도 천하 사람들에게 비웃음을 받고 있지 않나. 나의 덕(德)으로는 요물(妖物)을 이기기에 부족하기에 정을 자제하는 것이네."

　이때 자리에 있던 사람들은 모두 깊이 탄식을 했다.

　그 후 몇 년 뒤 최씨는 이미 다른 사람에게 시집을 갔고 장생도 다른 여자를 아내로 맞이했다. 나중에 장생이 최씨의 남편을 통해 그녀에게 말을 전해 외종사촌 오라비의 신분으로 만나려 했다. 그녀의 남편이 말을 했지만 최씨는 끝내 나오지 않았다. 장생은 원망하는 마음이 얼굴에 드러났으며 최씨가 이를 알고는 남몰래 시 한 수를 지었는데 그 내용은 이러했다.

---

84) 주왕(紂王): 은나라 마지막 군주로 시호는 주왕이고 묘호는 帝辛이다. 성격이 포악하고 향락에 빠져 지냈으며 有蘇氏에서 바쳐온 미인인 妲己를 총애했다. 이후 武王이 토벌을 하자 스스로 焚死했고 달기도 목매 자살했다.

85) 유왕(幽王): 西周의 마지막 군주로 시호는 幽王이다. 성격이 포악했으며 재위하는 동안 주색에 빠져 국정을 돌보지 않았다. 申后를 폐위시키고 褒國에서 바쳐온 미인 褒姒를 황후로 세웠으며 그녀를 웃게 하기 위해 거짓으로 봉화를 피워 제후들을 부르곤 했다. 나중에 申后의 아버지 申侯가 繒國과 西戎을 연합해 유왕을 토벌했으나 봉화가 거짓인 줄로 알고 제후들이 구하지 않아 유왕은 죽임을 당했고 포사는 西戎에게 잡혀갔다.

이별한 뒤로 용모는 시들어가고	自從別後減容光
천만 번 뒤척이며 침상에서 내려오기를 싫어했었네	萬轉千廻懶下牀
남부끄러워 일어나지 못한 것이 아니라	不爲旁人羞不起
님 때문에 초췌해졌지만 만나기가 부끄러웠네	爲郞憔悴却羞郞

  그리고 끝내 장생과 만나지 않았다. 며칠 뒤 장생이 장차 그곳을 떠나려
하자 최씨는 다시 시 한 수를 지어 이렇게 사절했다.

버려두더니 이제 와서 무슨 말을 하시나요	棄置今何道
그때는 친밀하기만 했었지요	當時且自親
예전에 품었던 정은	還將舊來意
눈앞에 있는 사람에게 베푸십시오	憐取眼前人

  이로부터 끊어져 다시는 소식을 알 수 없었다. 당시 사람들 가운데 장생을
보고 잘못을 잘 고친 사람이라고 하는 자들이 많았다.
  최씨는 아명이 앵앵(鶯鶯)이었다. 재상 이신(李紳)[86]이 〈앵앵가(鶯鶯
歌)[87]〉를 지었는데 그 내용은 이러하다.

---

86) 이신(李紳, 772~846): 中唐 때 사람으로 자는 公垂이고 亳州(지금의 安徽省 亳
    州市)사람이었다. 젊었을 때 無錫(지금의 江蘇省에 속함) 惠山寺에서 수학했
    고 진사 급제한 뒤 벼슬이 尚書右仆射門下侍郎까지 올랐으며 趙國公으로 봉
    해졌다. 元稹, 白居易 등과 교분이 두터웠고 함께 '新樂府 運動'을 창도했다.
87) 앵앵가(鶯鶯歌): 이 시는 《全唐詩》 권483에 같은 제목으로 수록되어 있다.

때까치 천천히 날고 제비는 빠르게 날아가는데	伯勞飛遲燕飛疾[88]
늘어진 버들이 터뜨린 금빛 꽃은 해를 보고 웃는구나	垂楊綻金花笑日
규방에서 사랑받던 딸은 이름이 앵앵인데	綠窓[89]嬌女字鶯鶯
아환(丫鬟) 머리에 금작을 꽂았고 나이는 열일곱이었네	金雀[90]丫鬟[91]年十七
견우성이 있는 하늘 위 서왕모 곁에 있는데	黃姑天上阿母在
조용하고 깨끗한 용모에 하얀 연꽃 같은 자질이로다	寂莫霜姿素蓮質
겹겹의 문으로 사찰 안에 갇혀 있어	門掩重關蕭寺[92]中
향기로운 꽃들이 필 때에도 밖으로 나간 적이 없었다네	芳草花時不曾出

위의 〈회진기(會眞記)〉는 미지(微之) 원진(元稹)의 손에서 나온 것이다. 일찍이 원진이 지은 이모의 묘지명을 양부공(楊阜公)[93]이 본 적이 있었는데 거기에 이르기를 "남편을 잃은 뒤 군란(軍亂)을 당했는데 내가 이모의 가솔들을 정성스레 보호해 주었다."라고 되어 있었다. 백락천(白樂天)이 원진의 어머니인 정(鄭)씨의 묘지명을 지었는데 거기서 이르기를 정제(鄭濟)[94]의

---

88) 백로비지연비질(伯勞飛遲燕飛疾): 伯勞는 새 이름으로 때까치(鵙)를 가리킨다. 《樂府詩集·雜曲歌辭八·東飛伯勞歌》에 "동쪽으로 때까치 날고 서편으로 제비가 나니, 견우와 직녀도 때가 되어 서로 만나리.(東飛伯勞西飛燕, 黃姑織女時相見.)"라는 구절이 보인다. 이후 '勞燕分飛'라는 말로 이별의 뜻을 비유적으로 드러내게 되었다.

89) 녹창(綠窓): 푸른색 사창을 이르는 말로 여자의 거실을 가리킨다.

90) 금작(金雀): 참새 모양의 비녀 이름이다.

91) 아환(丫鬟): 소녀들의 머리 모양의 일종으로 鴉鬟이라 쓰기도 한다. 머리 타래를 두 가닥으로 나누어 양쪽 귀 밑으로 둥근 고리모양이 되게 드리운 형태였다.

92) 소사(蕭寺): 당나라 李肇의 《唐國史補》 권中에서 이르기를, "梁武帝 蕭衍이 사찰을 짓고는 蕭子雲으로 하여금 飛白體로 크게 '蕭'자를 쓰게 했다고 하며, 지금까지도 '蕭'자 하나가 남아 있다."고 했다. 이로 인해 佛寺를 '蕭寺'라고 불렀다.

93) 양부공(楊阜公): 미상의 인물이다. 송나라 汝陰(지금의 安徽省 阜陽市)사람 王銍가 〈앵앵전〉을 고증한 논고인 〈傳奇辯證〉(송나라 趙令時의 《侯鯖錄》 권5에 수록)에 따르면, 淸源사람인 莊季裕가 자신의 친구인 楊阜公이 읽은 원진이 쓴 이모의 묘지명의 내용을 王銍에게 이야기했다고 한다.

딸이라 했다. 그리고 당나라 때의 《최씨보(崔氏譜)》에는 "영녕현(永甯縣)95)
의 위관(尉官)이었던 최붕(崔鵬)이 정제의 딸을 처로 맞이했다."고 되어
있다. 그렇다면 앵앵은 최붕의 딸이고 원진에게는 외종이었다. 다시 원진의
묘지명을 살펴보면 그 나이도 들어맞으니 장생이 곧 원진인 것이 틀림없다.
원(元) 씨 성과 장(張) 씨 성은 한 곳에서 나왔기에 원진이 장 씨 성을
빌려 이야기한 것이었다. 〈앵앵전〉에서 이르기를 당시 사람들이 "장생을
보고 잘못을 잘 고친 사람"이라 여겼다고 했는데 대저 그것이 무슨 잘못이며
그렇게 고칠 수 있는 것이었던가? 이같이 한 것이 잘못을 잘 고친 것이라면
천하에서 사랑을 저버리고 박정하게 하며 식언을 하고 맹세를 어기는 자들을
모두 잘못을 잘 고치는 자들이라고 할 수 있을 것이다. 정을 깊이 쏟은
여자들 가운데 최씨만한 한 자가 없다. 사통을 하고도 평생을 함께한다면
그나마 저지른 잘못의 절반은 구할 수 있다. 요사함은 제 스스로에게서
생기는 것이니 어찌 미인을 두려워하겠는가? 원진은 이십랑(李十郞)96)과
마찬가지였으나 단지 최씨가 곽소옥(霍小玉)97)처럼 되지 못했을 뿐이었다.

---

94) 정제(鄭濟): 원진의 문집인 《元氏長慶集》 권58(또는 《全唐文》 권655)에 그가
그의 누나를 위해 지은 묘지명인 〈夏陽縣令陸翰妻河南元氏墓誌銘〉이 수록되
어 있는데 그 안에 "나의 외조부인 睦州刺史를 지낸 睦陽사람 鄭公은 존함이
濟이시고 官族이 천하 으뜸이었다."라는 내용이 보인다.

95) 영녕현(永甯縣): 지금의 寧夏省 銀川市에 속한다.

96) 이십랑(李十郞): 당나라 蔣防의 傳奇小說 작품 〈霍小玉傳〉의 남자 주인공으로
隴西사람이고 이름은 李益이다. 당나라 때 李益(746~829)이라는 시인이 있었
는데 자가 君虞이며 隴西 狄道(지금의 甘肅省 臨洮縣)사람이었다. 集賢殿學士,
右散騎常侍 등을 역임했고 벼슬이 禮部尚書까지 올랐다. 魯迅이 〈稗邊小綴〉에
서 이렇게 말했다. "李肇의 《國史補》에서 이르기를 '散騎常侍 李益은 젊어서
부터 의심병이 있었다.'라고 했는데 〈霍小玉傳〉에서 소옥이 죽은 뒤에 李益이
크게 시기했다고 한 것은 혹 견강부회해서 異聞이 된 것일 수도 있다."라고
했다.

97) 곽소옥(霍小玉): 〈霍小玉傳〉의 여주인공이다. 본래 霍王과 시녀 사이에 낳은
딸이었는데 霍王이 죽은 뒤 어머니를 따라 살면서 기녀가 되었다. 名士 李益
을 만난 뒤 서로 투합하여 혼인하기로 맹세했으나 이익이 어머니의 명으로

[원문] 鶯鶯

唐貞元中, 有張生者, 性溫茂, 美風容, 內秉堅孤, 非禮不可入. 或朋從遊宴, 擾雜其間, 他人皆洶洶拳拳, 若將不及, 張生容順而已, 終不能亂. 以是年二十三, 未嘗近女色. 知者詰之, 謝而言曰: "登徒子非好色者, 是有淫行. 余眞好色者, 而適不我値. 何以言之? 大凡物之尤者, 未嘗不畱連於心, 是知其非忘情者也."

亡幾何, 張生游于蒲. 蒲之東十餘里, 有僧舍曰"普救寺", 張生寓焉. 適有崔氏孀婦, 將歸長安, 路出于蒲, 亦止茲寺. 崔氏婦, 鄭女也. 張出於鄭, 緖其親, 乃異派之從母. 是歲, 渾瑊薨於蒲. 有中人丁文雅, 不善于軍, 軍人因喪而擾, 大掠蒲人. 崔氏家財甚厚, 多奴僕, 旅寓惶駭, 不知所托. 先是, 張與蒲將之黨有善, 請吏護之, 遂不及於難. 十餘日, 廉使杜確奉命總戎, 軍縱是戢. 鄭德張甚, 因飾饌宴張于中堂, 俾子女以兄禮見. 子曰歡郎, 可十餘歲, 容甚溫美. 次命女: "出拜爾兄, 爾兄活爾." 久之, 辭疾. 鄭怒曰: "張兄保爾之命. 不然爾且虜矣. 能復遠嫌乎?" 久之, 乃至. 常服悴容, 不加新飾, 垂鬟接黛, 雙臉斷紅而已. 顔色艶異, 光輝動人. 張驚, 爲之禮. 因坐鄭傍, 以鄭之抑而見也, 凝睇怨絶, 若不勝其體者. 問其年, 鄭曰: "十七年矣." 張生稍以詞導之, 不對. 終席而罷. 張自是惑之, 願致其情, 無緣得也.

崔之婢曰紅娘. 生私爲之禮者數四, 乘間遂道其衷. 婢果驚沮, 潰然而奔. 張生悔之. 翌日, 婢復至. 張生乃羞而謝之, 不復云所求矣. 婢因謂張曰: "郎之言, 所不敢言, 亦不敢泄. 然而崔之族姻, 君所詳也. 何不因其德而求娶焉?" 張曰: "予始自孩提, 性不苟合. 或時紈綺閒居, 曾莫流盼. 不爲98)當年, 終有99)所蔽. 昨日一

사촌 동생 盧氏를 맞이하고는 곽소옥과의 관계를 끊었다. 곽소옥이 울분으로 병이 들어 위독했을 때 노란 옷을 입은 한 협객이 이익을 잡아 곽소옥에게 데려왔다. 곽소옥은 이익을 꾸짖으며 자기가 죽어서 악귀로 변해 이익의 처첩을 편하게 두지 않을 것이라고 한 뒤 죽었다. 나중에 이익이 시기가 심해져 노씨를 내보내고 三娶까지 했지만 결국 처음 부인과 다를 바 없었다.

98) 【校】 爲: [影], [鳳], [岳], [類], 《太平廣記》, 《艶異編》, 《唐宋傳奇集》에는 "爲"로 되어 있고 [春]에는 "謂"로 되어 있다.
99) 【校】 有: [影], [鳳], [岳], [類], 《太平廣記》, 《艶異編》, 《唐宋傳奇集》에는 "有"로 되어 있고 [春]에는 "爲"로 되어 있다.

席間, 幾不自持. 數日來, 行忘止, 食忘飽, 恐不能逾旦暮. 若因媒氏而娶, 納采、問名, 則三數月間, 索我於枯魚之肆矣[100]. 爾其謂我何?" 婢曰: "崔之貞順自保, 雖所尊不可以非語犯之. 下人之謀, 固難入矣. 然而善屬文, 往往沉吟怨慕. 君試爲喩情詩以亂之. 不然, 則無繇也." 張大喜, 立綴《春詞》二首以投之. 詞云:

"春來頻到宋家東, 垂袖開懷待好風. 鶯藏柳暗無人語, 惟有牆花滿樹紅."
"深院無人草樹光, 嬌鶯不語趁陰藏. 等閒弄水浮花片, 流出門前賺阮郎."

是夕, 紅娘復至, 持綵箋以授張, 曰: "崔所命也." 題其篇曰《明月三五夜》. 其詞曰:
"待月西廂下, 迎風戶半開. 拂牆花影動, 疑是玉人來."
張亦微喻其旨. 時二月旬有四日矣.
崔之東有杏花一樹, 扳援可踰. 既望之夕, 張因梯其樹而踰焉. 達于西廂, 則戶半開矣. 紅娘寢於牀, 生因驚之. 紅娘駭曰: "郎何以至?" 張因詒之曰: "崔氏之牋召我矣, 爾爲我告之." 亡幾, 紅娘復來. 連曰: "至矣, 至矣!" 張生且喜且駭, 心謂獲濟. 及崔至, 則端服嚴容, 大數張曰: "兄之恩, 活我之家, 厚矣. 是以慈母以弱子幼女見託. 奈何因不令之婢, 致淫逸之詞. 始以護人之亂爲義, 而終掠亂以求之. 是以亂易亂, 其去幾何? 誠欲寢其詞, 則保人之姦, 不義. 明之於母, 則背人之惠, 不祥. 將寄於婢僕, 又懼不得發其眞誠. 是用託短章, 願自陳啓. 猶懼兄之見難, 是用鄙靡之詞, 以求其必至. 非禮之動, 能不愧心. 特願以禮自持, 毋及于亂." 言畢, 翻然而逝. 張自失者久之. 復踰而出, 於是絕望.

---

100) 索我於枯魚之肆矣(색아어고어지사의): 枯魚之肆는 건어물 가게를 이른다. 《莊子・外物》에 이런 이야기가 보인다. 장자가 수레바퀴 자국 속에 붕어(鮒魚) 한 마리가 있는 것을 보고서 무슨 일로 그러느냐고 묻자, 붕어는 나를 살릴 수 있는 한 마리의 물이 있냐고 했다. 장자가 말하기를 "내가 남쪽으로 가서 吳越 왕을 유세하여 西江의 물을 끌어들여 그대를 맞이하지. 그럼 되겠는가?"라고 했더니, 붕어가 불끈 성을 내며 말하기를 "나는 한 마되의 물만 있으면 살 수 있을 텐데 당신은 이런 말을 하니 차라리 어서 건어물 가게로 가서 나를 찾는 것이 나을 것이오!"라고 했다.

數夕, 張君臨軒獨寢, 忽有人覺之, 驚欸而起, 則紅娘斂衾攜枕而至, 撫張曰: "至矣, 至矣! 睡何爲哉!" 並枕同衾而去. 張生拭目危坐久之, 猶疑夢寐. 俄而紅娘捧崔氏而至. 至則嬌羞融冶, 力不能運支體, 曩時端莊, 不復同矣. 是夕, 旬有八日也. 斜月晶熒, 幽輝半牀. 張生飄飄然, 且疑神仙之徒, 不謂從人間至矣. 有頃, 寺鐘鳴, 天將曉, 紅娘促去. 崔氏嬌啼宛轉, 紅娘又捧之而去, 終夕無一言. 張生辨色101)而興, 自疑曰: "豈其夢邪?" 及明, 覩妝102)在臂, 香在衣, 淚光熒熒然, 猶在席也.

是後十餘日, 杳不復至. 張生賦《會眞詩》三十韻, 未畢, 而紅娘適至, 因授之, 以貽崔氏. 自是復容之103). 朝隱而出, 暮隱而入, 同會於曩所謂西廂者幾一月.

張生將之長安, 先以詩104)諭之. 崔氏宛無難詞, 然而愁怨之容動人矣. 將行之夕, 再不復可見. 而張生遂西. 不數月, 復遊於蒲, 舍于崔氏者又累月. 崔氏甚工刀札105), 善屬文. 求索再三, 終不可見. 往往張生自以文挑之, 亦不甚觀覽. 大略崔之出人者, 藝106)必窮極, 而貌若不知; 言則敏辨, 而寡于酬對. 待張之意甚厚, 然未嘗以詞繼之. 時愁豔幽邃, 恒若不識, 喜慍之容, 亦罕形見. 異時獨夜操琴, 愁弄悽惻. 張竊聽之, 求之, 則終不復鼓矣. 以是愈惑之. 張生俄以文調及期, 又當西去. 當去之夕, 不復自言其情, 愁歎於崔氏之側. 崔已107)陰知將訣矣, 恭貌怡聲, 徐謂張曰: "始亂之, 終棄之, 固其宜矣. 愚不敢恨. 必也君亂之, 君終之, 君之惠也.

---

101) 辨色(변색): 새벽을 이른다. 날이 장차 밝으려고 하여 물건을 변식할 수 있을 때를 말한다.
102) 【校】妝: [鳳], [春], [岳], [類], 《艶異編》에는 "妝"으로 되어 있고 《太平廣記》, 《唐宋傳奇集》에는 "粧"으로 되어 있으며 [影]에는 "妝"로 되어 있다.
103) 【校】容之: 《太平廣記》, 《艶異編》, 《唐宋傳奇集》에는 "容之"로 되어 있고 《情史》에는 "來"로 되어 있다.
104) 【校】詩: 《情史》, 《艶異編》에는 "詩"로 되어 있고 《太平廣記》, 《唐宋傳奇集》에는 "情"으로 되어 있다.
105) 刀札(도찰): 글 쓰는 것을 뜻한다. 옛날 竹簡에 글을 쓰다가 틀리면 칼로 그 부분을 깎아내고 다시 썼기 때문에 생긴 말이다.
106) 【校】藝: [鳳], 《太平廣記》, 《唐宋傳奇集》에는 "藝"로 되어 있고 [影], [岳], [類], 《艶異編》에는 "勢"로 되어 있으며 [春]에는 "勢(藝)"로 되어 있다.
107) 【校】已: [影], [春], 《太平廣記》, 《艶異編》, 《唐宋傳奇集》에는 "已"로 되어 있고 [鳳], [岳], [類]에는 "以"로 되어 있다.

則沒身之誓, 其有終矣. 又何必深感[108]于此行? 然而君既不懌, 無以奉寧. 君嘗謂我善鼓琴, 向時羞顏, 所不能及. 今且往矣, 既君此誠." 因命拂琴, 鼓《霓裳羽衣·序》, 不數聲, 哀音怨亂, 不復知其是曲也. 左右皆歔欷. 崔亦遽止之, 投琴, 泣下流漣, 趨歸鄭所, 遂不復至. 明旦而張行.

明年, 文戰不勝, 遂止於京. 因貽書於崔, 以廣其意. 崔氏緘報之詞, 粗載於此, 云:

"捧覽來問, 撫愛[109]過深. 兒女之情, 悲喜交集. 兼惠花勝一合, 口脂五寸, 致燿首膏唇之飾. 雖荷殊恩, 誰復爲容. 睹物增懷, 但積悲歎耳. 伏承示于京中就業, 進脩之道, 固在便安. 但恨僻陋之人, 永以遐棄. 命也如此, 知復何言? 自去秋以來, 嘗忽忽如有所失. 於諠譁之下, 或勉爲語笑, 閒宵自處, 無不淚零. 乃至夢寐之間, 亦多敘感咽離憂之思, 綢繆繾綣, 暫若尋常, 幽會未終, 驚魂已斷. 雖半衾如煖, 而思之甚遙. 憶昨拜辭, 倏逾舊歲. 長安行樂之地, 觸緒牽[110]情, 何幸不忘幽微, 眷念亡斁. 鄙薄之志, 無以奉酧. 至于終始之盟, 則固不在鄙[111]. 昔中表相因, 或同宴處, 婢僕見誘, 遂致私誠. 兒女之心, 不能自固. 君子有援琴之挑[112], 鄙人無投梭之拒[113]. 及薦寢席, 義盛意深. 愚陋之情, 永謂終託. 豈期既見君子[114], 而不能定

---

108) 【校】 感: [影], [春], 《太平廣記》, 《艶異編》, 《唐宋傳奇集》에는 "感"으로 되어 있고 [鳳], [岳], [類]에는 "憾"으로 되어 있다.

109) 【校】 撫愛: [影], 《太平廣記》, 《艶異編》, 《唐宋傳奇集》에는 "撫愛"로 되어 있고 [春], [鳳], [岳], [類]에는 "探愛"로 되어 있으며 《類說》에는 "俯屬"으로 되어 있다.

110) 【校】 牽: [影], [鳳], [岳], [類], 《太平廣記》, 《艶異編》, 《唐宋傳奇集》에는 "牽"으로 되어 있고 [春]에는 "縈"으로 되어 있다.

111) 【校】 不在鄙: 《情史》에는 "不在鄙"로 되어 있고 《太平廣記》, 《艶異編》, 《唐宋傳奇集》에는 "不忒"으로 되어 있다.

112) 援琴之挑(원금지도): 《史記 · 司馬相如列傳》에 따르면, 司馬相如가 卓文君을 보고 사랑하여 거문고를 타면서 자신의 애정을 그 소리에 담아 유혹했다고 한다. 구체적인 이야기는 《情史》 권4 정협류 〈卓文君〉에 보인다.

113) 投梭之拒(투사지거): 《晉書 · 謝鯤傳》에 의하면, 謝鯤의 이웃인 高씨 집의 딸이 매우 아름다웠는데 사곤이 그를 유혹하려 하자 여자는 베틀의 북을 던져 사곤의 이빨 두 개를 부러지게 했다고 한다. 이후, 投梭之拒 혹은 投梭折齒는 여자가 유혹을 거절하는 전고로 쓰이게 되었다.

114) 既見君子(기견군자): 《詩經 · 國風 · 鄭風 · 風雨》 에 보이는 구절이다.

情[115], 致有自獻之羞, 不復明侍巾幘. 沒身永恨, 含歎何言? 倘仁人用心, 俯遂幽
劣, 雖死之日, 猶生之年. 如或達士略情, 捨小從大, 以先配[116]爲醜行, 謂要盟之可
欺, 則當骨化形銷, 丹誠不沒, 因風委露, 猶託淸塵. 存沒之誠, 言盡於此. 臨紙嗚咽,
情不能申. 千萬珍重, 珍重千萬! 玉環一枚, 是兒嬰年所弄, 寄充君子下體所佩.
玉其堅潤不渝, 環取其終始不絶. 兼亂絲[117]一絇, 文竹茶碾子一枚. 此數物不足
見珍, 意者欲君子如玉之眞[118], 弊志如環不解. 淚痕在竹, 愁緖縈絲. 因物達誠,
永以爲好[119]耳. 心邇身遐, 拜會無期. 幽憤所鍾, 千里神合. 千萬珍重! 春風多厲,
强飯爲佳. 愼言自保, 無以鄙爲深念."

張生發其書於所知, 繇是時人多聞之. 所善楊巨源好屬詞, 因爲賦《崔娘詩》
一絶云:

"淸潤潘郎玉不如, 中庭蕙草雪銷初. 風流才子多春思, 腸斷蕭娘一紙書."

河南元稹亦續生《會眞詩》三十韻, 曰:

"微月透簾櫳, 螢光度碧空. 遙天初縹緲, 低樹漸蔥蘢. 龍吹過庭竹, 鸞歌拂井
桐. 羅綃垂薄霧[120], 環珮響輕風. 絳節隨金母, 雲心捧玉童. 更深人悄悄, 晨會雨濛
濛. 珠瑩[121]光文履, 花明隱繡龍[122]. 瑤釵行彩鳳, 羅帔掩丹虹. 言自瑤華浦, 將朝

---

115) 定情(정정):《玉臺新詠》권1에 보이는 東漢 사람 繁欽의 〈定情詩〉에서 한 여
자가 여러 가지 패물들을 情人에게 주면서 사랑을 표시한 것을 기술했다.
이후, 남녀가 서로 신표를 주며 사랑이 변치 않을 것을 드러내는 것을 일
러 定情이라 했다.

116) 先配(선배): 조상의 사당에 고하기 전에 미리 짝을 맺은 것을 이른다.

117) 【校】亂絲:《情史》,《太平廣記》,《唐宋傳奇集》,《艶異編》에는 "亂絲"로 되어
있고 《類說》에는 "綵絲"로 되어 있다. 옛날 여성이 자신의 머리카락 한 가
닥을 잘라 정인에게 선물해 주는 풍속이 있었는데 그 의미는 結髮 부부로
맺는다는 뜻이거나, 자신의 일부를 보낸다는 뜻이거나, 혹은 머리카락의 '絲
(sī)'는 '그리워하다'는 '思(sī)'와 발음이 같아 그립다는 뜻으로 이해된다.

118) 【校】眞: [影],《太平廣記》,《唐宋傳奇集》에는 "眞"으로 되어 있고 [鳳], [岳],
[類], [春],《艶異編》에는 "貞"으로 되어 있다.

119) 永以爲好(영이위호):《詩經・衛風・木瓜》에서 나온 구절로 '영원히 교호하다'
는 뜻이다.

120) 【校】霧:《太平廣記》,《類說》,《全唐詩》,《唐宋傳奇集》에는 "霧"로 되어 있고
《情史》,《艶異編》에는 "露"로 되어 있다.

碧玉宮. 因遊李[123])城北, 偶向宋家東. 戲調初微拒, 柔情已暗通. 低鬟[124])蟬影動,
廻步玉塵蒙. 轉面流花雪, 登床抱綺叢. 鴛鴦交頸舞, 翡翠合歡籠. 眷黛羞偏聚,
唇朱暖更融. 氣淸蘭蘂馥, 膚潤玉肌豐. 無力慵移腕[125]), 多嬌愛歛躬. 汗光珠點點,
髮亂綠葱葱. 方喜千年[126])會, 俄聞五夜窮. 流連時有限, 繾綣意難終. 慢臉含愁態,
芳詞誓素衷. 贈環明運合, 畱結表心同. 啼粉流淸[127])鏡, 殘燈遶[128])闇蟲[129]). 華光
猶冉冉, 旭日漸曈曈. 乘鵞[130])還歸洛, 吹簫亦上[131]嵩. 衣香猶染麝, 枕膩尚殘紅.
冪冪臨塘草, 飄飄思渚蓬. 素琴鳴怨鶴[132]), 淸漢望歸鴻. 海闊誠難度, 天高不易冲.

---

121) 【校】瑩: [影], [鳳], 《太平廣記》, 《類說》, 《全唐詩》, 《艶異編》, 《唐宋傳奇集》
에는 "瑩"으로 되어 있고 [鳳], [岳], [類]에는 "潤"으로 되어 있다.

122) 【校】龍: 《太平廣記》, 《類說》, 《唐宋傳奇集》에는 "龍"으로 되어 있고 《情史》,
《艶異編》에는 "籠"으로 되어 있으며 《全唐詩》에는 "櫳"으로 되어 있다.

123) 【校】李: 《全唐詩》, 《類說》, 《天中記》에는 "李"로 되어 있고 《太平廣記》, 《唐
宋傳奇集》에는 "洛"으로 되어 있으며 [影], [鳳], [岳], [類] 《艶異編》에는 "里"로
되어 있고 [春]에는 "里(洛)"으로 되어 있다.

124) 【校】鬟: 《太平廣記》, 《全唐詩》, 《類說》, 《唐宋傳奇集》에는 "鬟"으로 되어 있
고 《情史》, 《艶異編》에는 "環"으로 되어 있다.

125) 【校】腕: 《太平廣記》, 《全唐詩》, 《類說》, 《唐宋傳奇集》에는 "腕"으로 되어 있
고 [影], [鳳], [岳], [類], 《艶異編》에는 "履"로 되어 있으며 [春]에는 "履(腕)"으
로 되어 있다.

126) 【校】年: 《情史》, 《太平廣記》, 《全唐詩》, 《艶異編》, 《唐宋傳奇集》에는 "年"으
로 되어 있고 《類說》에는 "金"으로 되어 있다.

127) 【校】淸: 《情史》, 《太平廣記》, 《全唐詩》, 《類說》, 《艶異編》에는 "淸"으로 되
어 있고 《唐宋傳奇集》에는 "宵"로 되어 있다.

128) 【校】遶: 《情史》, 《太平廣記》, 《全唐詩》, 《類說》, 《艶異編》에는 "遶"로 되어
있고 《唐宋傳奇集》에는 "遠"으로 되어 있다.

129) 【校】蟲: 《情史》, 《太平廣記》, 《全唐詩》, 《艶異編》, 《唐宋傳奇集》에는 "蟲"으
로 되어 있고 《類說》에는 "蛩"으로 되어 있다.

130) 【校】乘鵞: 《情史》, 《太平廣記》, 《艶異編》, 《唐宋傳奇集》에는 "蟲"으로 되어 있
고 《全唐詩》에는 "驚乘"으로 되어 있으며 《類說》에는 "驚策"으로 되어 있다.

131) 【校】上: 《太平廣記》, 《全唐詩》, 《類說》, 《唐宋傳奇集》에는 "上"으로 되어 있
고 《情史》, 《艶異編》에는 "止"로 되어 있다.

132) 【校】怨鶴: 《太平廣記》, 《類說》, 《全唐詩》, 《唐宋傳奇集》에는 "怨鶴"으로 되
어 있고 《情史》, 《艶異編》에는 "鶴怨"으로 되어 있다.

行雲無處所, 簫史在樓中."

　　張之友聞之者, 莫不聳異之, 而張亦志絶矣. 積特與張厚, 因徵其詞. 張曰:
"大凡天之所命尤物也, 不妖其身, 必妖於人. 使崔氏子遇合富貴, 乘寵嬌, 不爲雲
爲雨, 則爲蛟爲螭, 吾不知其所變化矣. 昔殷之辛, 周之幽, 據百萬之國, 其勢甚厚.
然而一女子敗之. 潰其衆, 屠其身, 至今爲天下僇笑. 余之德不足以勝妖孽, 是用忍
情." 於時坐者皆爲深歎.

　　後歲餘, 崔已委身于人, 張亦有所娶. 後乃因其夫言于崔, 求以外兄見. 夫語
之, 而崔終不爲出. 張怨念之誠, 動于顏色. 崔[133]知之, 潛賦一章, 詞曰:

　　"自從別後[134]減容光, 萬轉千廻懶下牀. 不爲旁人羞不起, 爲郎憔悴却羞郎."

　　竟不之見. 後數日, 張生將行, 又賦一章以謝絶之:

　　"棄置今何道, 當時且自親. 還將舊來意, 憐取眼前人."

　　自是, 絶不復知矣. 時人多許張爲善補過者.

　　崔氏小名鶯鶯, 李紳相公作《鶯鶯歌》云:

　　"伯勞飛遲燕飛疾, 垂楊綻金花笑日. 綠窗嬌女字鶯鶯, 金雀婭鬟年十七. 黃
姑天上阿母在, 寂莫霜姿素蓮質. 門掩重關蕭寺中, 芳草花[135]時不曾出."

　　右《會眞記》出于元微之[積]手. 楊阜公嘗見微之所作姨母墓誌, 云其"旣喪
夫, 遭軍亂, 微之爲保護其家備至." 白樂天作微之之母鄭氏誌[136], 云是鄭濟女. 而唐
《崔氏譜》: "永寗尉鵬, 娶鄭濟女." 則鶯鶯乃崔鵬女, 于微之爲中表. 再考微之墓
誌[137], 其年甲相合, 其爲微之無疑. 因元與張姓同所出[138], 而借言之耳. 傳云:

---

133) 【校】崔:《太平廣記》,《艷異編》,《唐宋傳奇集》에는 "崔"자가 있고 [眷]에는
　　 "(崔)"로 되어 있으며 [影], [鳳], [岳], [類]에는 "崔"자가 빠져 있다.

134) 【校】別後:《情史》,《艷異編》에는 "別後"로 되어 있고 《太平廣記》,《類說》,
　　 《唐宋傳奇集》에는 "消瘦"로 되어 있다.

135) 【校】花: [影], [鳳], [岳], [類],《艷異編》에는 "花"로 되어 있고 [眷]에는 "花
　　 (萃)"로 되어 있다.

136) 鄭氏誌(정씨지): 白居易가 지은 〈唐河南元府君夫人滎陽鄭氏墓誌銘幷序〉를 이
　　 른다. 그의 문집인 《白氏長慶集》 권25에 수록되어 있다.

137) 微之墓誌(미지묘지): 白居易가 지은 〈唐故武昌軍節度處置等使正議大夫檢校戶

時人以"張爲善補過者", 夫此何過也, 而如是補乎? 如是而爲善補過, 則天下負心
薄幸、食言背盟之徒, 皆可云善補過矣! 女子鍾[139]情之深, 無如崔者. 亂而終之,
猶可救過之半. 妖不自我, 何畏乎尤物? 微之與李十郎一也, 特崔不能爲小玉耳.

153. (14-6) 반 첩여(班婕妤)[140]

반 첩여(班婕妤)[141]는 좌조(左曹) 월기교위(越騎校尉)인 반황(班況)의 딸
로 어려서부터 재주와 학문이 뛰어났다. 한나라 성제(成帝)[142]는 그녀를
궁으로 뽑아 들여 첩여로 삼고 총애를 했다. 일찍이 황제가 후원에서 노닐다
가 반 첩여와 더불어 옥련(玉輦)을 함께 타려고 하자 그녀가 거절하며 말하기

部尚書鄂州刺史兼御史大夫賜紫金魚袋贈尚書右僕射河南元公墓誌銘幷序〉를 이른
다. 그의 문집인 《白氏長慶集》 권61에 수록되어 있다.

138) 因元與張姓同所出(인원여장성동소출): 송나라 王銍의 〈傳奇辯證〉에서 이렇게
논하고 있다. "그런데 필시 장생이라고 이름 바꾼 것이 어찌 장 씨와 원 씨
가 본래 한 곳에서 나온 것이기 때문이 아니겠는가? 장 씨 성은 黃帝의 후
예에서 나왔으며 원 씨 성 또한 그러했고 나중에 拓拔氏가 되었다가 後魏
때 元氏로 바꾸었다.(然必更与張生者, 豈元與張受姓命氏本同所自出耶? 張姓出
黃帝之後, 元姓亦然, 後為拓拔氏, 後魏有國改號元氏.)"

139) 【校】鍾: [春], [鳳], [岳], [類]에는 "鍾"으로 되어 있고 [影]에는 "種"으로 되어
있다.

140) 이 이야기는 《漢書》 권97下 〈孝成班倢伃〉에서 나온 이야기로 한나라 班固
의 《列女傳》 권8,《古今事文類聚》 前集 권21,《山堂肆考》 권40, 명나라 謝縉
의 《古今列女傳》 권1, 명나라 呂叔簡의 《閨範》 권3,《繡谷春容》 雜錄 권1
〈班婕妤咏扇自況〉 등에도 수록되어 있다.

141) 반첩여(班婕妤, 기원전 48~기원전 2): 서한 때 辭賦 작가로 樓煩(지금의 山西
省 朔縣 일대)사람이었다. 成帝의 妃로 덕행이 있고 詩賦에 능했다. 작품이
많았으나 대부분이 소실되어 지금은 〈自傷賦〉, 〈搗素賦〉 2편과 五言詩 〈怨
歌行〉 1수가 전한다. 첩여는 武帝 때부터 설치되었던 궁중 女官의 관직명으
로 관작이 上卿과 비견되었고 봉록은 제후에 비할 만했다.

142) 성제(成帝): 한나라 成帝 劉驁(기원전 51~기원전 7)를 가리킨다. 기원전 33년
부터 기원 7년까지 재위했으며 어리석고 여색에 빠졌던 황제로 알려져 있다.

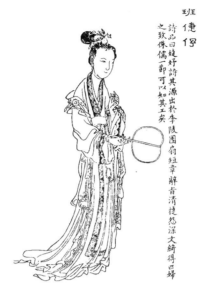

청대(淸代) 상관주(上官周), 《만소당화전(晚笑堂畫傳)》 가운데 〈반첩여(班婕妤)〉

를 "옛 도화(圖畵)를 보면 성스럽고 현명한 군왕의 옆에는 이름난 현사(賢士)
가 있었으며 삼대(三代) 혼주(昏主)[143]만이 옆에 총애하는 첩이 있었사오니,
지금 옥련을 함께 타시고자 하는 것이 어찌 그들과 비슷한 것이 아니겠사오니
까?"라고 했다. 황제는 그녀의 말이 맞다고 여겨 그만두었다. 조비연(趙飛燕)
자매가 총애를 독차지했을 때에 이르러 그들은 반 첩여가 저주를 한다고
무함했다. 반 첩여를 고문하자 그녀는 이렇게 대답했다.

"바른 도를 따라도 아직 복을 받지 못하는데 사악한 짓을 하여 무엇을
바라겠습니까? 만일 귀신에게 지각이 있다면 신하의 도리에 맞지 않는
참소를 받아들이지 않을 테고, 지각이 없다면 제가 참소를 한들 무슨 이득이
있겠사옵니까?"

---

143) 삼대혼주(三代昏主): 夏나라의 桀王, 商나라의 紂王, 周나라 幽王을 이른다.
夏桀은 妹喜, 商紂는 妲己, 周幽王은 褒姒라는 여자에게 빠져 나라를 망쳤다.

황제는 그녀의 대답이 맞다고 여겨 그녀를 풀어주었다. 첩여는 오래 있으면
위험을 당할까 두려워 곧 장신궁(長信宮)[144]에서 태후를 모시게 해달라고
청했다. 〈환선(紈扇)〉[145]이란 시를 짓고 스스로를 거기에 비유했다.

새로 짼 하얀 생견은	新裂齊紈素
하얗기가 서리와 눈 같구나	皎潔如霜雪
오려서 합환선(合歡扇)을 만드니	裁爲合歡扇[146]
둥글기가 명월 같아라	團圓似明月
님의 품에 드나들며	出入君懷袖
흔들어 주면 미풍이 이는구나	動搖微風發
늘 두려운 건, 가을이 다가와	常恐秋節至
추풍이 한더위를 앗아가는 것이라네	涼飆奪炎熱
궤짝 안에 내버려져	棄捐篋笥中
은정(恩情)도 끊기겠지	恩情中道絶

유영한(劉令嫻)[147]이 〈첩여원(婕妤怨)〉이란 시를 지었는데 그 시는 이러
하다.

해가 지고 궁문(宮門)이 닫히니	日落應門閉
갖은 근심이 다 생기네	愁思百端生

---

144) 장신궁(長信宮): 한나라 때 長樂宮에 있던 궁전으로 長安城 동남쪽 모퉁이에
    있었다. 보통 태후가 여기에 살았다.
145) 환선(紈扇): 가는 비단으로 만든 동그란 부채를 이른다. 이 시는 《樂府詩集》
    권42에 반첩여의 〈怨歌行〉으로 수록되어 있다.
146) 합환선(合歡扇): 대칭 무늬가 있는 둥근 부채로 남녀의 즐거운 만남을 상징
    한다.
147) 유영한(劉令嫻): 남조 양나라 때 여류 시인으로 彭城(지금의 江蘇省 徐州市)
    사람이다. 그녀의 시 가운데에는 閨怨을 묘사한 작품이 많고 남편인 徐悱에
    게 화답한 〈答外詩〉 2수가 유명하다.

더욱이 소양궁(昭陽宮)도 가까우니	況復昭陽148)近
노랫소리가 바람결 따라 들리는구나	風傳歌吹聲
총애가 옮겨가도 끝내 원망 안 했건만	寵移終不恨
참언은 참으로 무정도 하지	讒枉太無情
사리를 따졌을 뿐	只言爭分理
가는 허리에 가쁜한 춤을 시기한 건 아니었네	非妬舞腰輕

[원문] 班婕妤

班婕妤, 左曹越騎較149)尉況之女, 少有才學. 成帝選入宮150), 以爲婕妤, 有寵. 上嘗遊後庭, 欲與婕妤同輦. 辭曰: "觀古圖畫, 聖賢之君, 名賢在側; 三代昏主151), 乃有嬖妾. 今欲同輦, 得無似乎?" 上善其言而止. 及飛燕姊弟152)用事, 譖其呪詛, 考問之, 對曰: "脩正尚未蒙福, 爲邪欲以何望. 使鬼神有知, 不受不153)臣之愬. 如其無知, 愬之何益?" 上善其對, 赦之. 婕妤恐久見危, 乃求共154)養太后于長信宮. 作《紈扇》詩以自況, 云:

"新裂155)齊紈素, 皎潔如霜雪. 裁爲合歡扇, 團圓似明月. 出入君懷袖, 動搖

---

148) 소양(昭陽): 한나라 성제가 조비연을 위해 지은 궁전 이름이다. 나중에는 후비가 사는 궁전을 이르는 말이 되었다.
149) 【校】較: [影]에는 "較"로 되어 있고 [鳳], [岳], [類], [春], 《山堂肆考》에는 "校"로 되어 있다. [影]에서는 思宗 朱由檢(재위기간: 1627년 8월~1644년 3월)의 이름자 '校'자를 피휘하여 '較'자로 썼다.
150) 【校】宮: [鳳], [岳], [類], [春]에는 "宮"으로 되어 있고 [影]에는 "官"으로 되어 있다.
151) 【校】昏主: 《情史》에는 "昏主"로 되어 있고 《漢書》에는 "末主"로 되어 있다.
152) 【校】弟: [影], [春]에는 "弟"로 되어 있고 [鳳], [岳], [類]에는 "娣"로 되어 있다.
153) 【校】不: [影], [鳳], [岳], [類]에는 "不"로 되어 있고 [春]에는 "小"로 되어 있다.
154) 【校】共: [影], 《漢書》에는 "共"으로 되어 있고 [春], [鳳], [岳], [類]에는 "供"으로 되어 있다.
155) 【校】裂: [影], [類], [岳]에는 "裂"로 되어 있고 [鳳], [春]에는 "製"로 되어 있다.

微風發. 常恐秋節至, 涼飇奪炎熱. 棄捐篋笥中, 恩情中道絶."

劉令嫺作《婕妤怨》云:

"日落應門閉, 愁思百端生. 況復昭陽近, 風傳歌吹聲. 寵移終不恨, 讒枉太無情. 只言爭分理, 非妬舞腰輕."

154. (14-7) 반 부인(潘夫人)[156]

오나라 왕이었던 손권(孫權)[157]의 반(潘) 부인은 아비가 법을 어겨 죄를 얻었기에 직실(織室)[158]로 들어가게 되었다. 용모로 그녀와 견줄 수 있는 자가 적었으니 강동(江東)[159]의 절색이었다. 그녀와 함께 갇혀 있었던 백여 명의 사람들은 반 부인을 일러 신녀(神女)라고 하면서 그녀를 공경하며 가까이 하지 않았다. 오왕이 이를 듣고 그녀의 용모를 그리도록 했다. 반 부인은 근심하고 슬퍼해서 먹지 않았기에 수척하게 살이 빠져 용모가 변해 있었는데 화공은 그녀의 있는 그대로의 모습을 그려서 왕에게 올렸다.

---

156) 이 이야기는 《拾遺記》 권8에서 나온 이야기로 《艶異編》 권8에 〈吳潘夫人〉의 제목으로, 《山堂肆考》 권40에 〈枝上挂環〉의 제목으로 수록되어 있다.

157) 손권(孫權, 182~252): 孫堅의 아들이며 孫策의 동생으로 자는 仲謀이고 吳郡 富春(지금의 浙江省 富陽市)사람이다. 건안 13년(208)에 유비와 손을 잡아 조조를 적벽에서 크게 패배시켰고 建安 24년(219)에는 유비의 형주를 기습해 점령했으며 建興 7년(229)에는 吳나라를 세우고 황제라고 칭했다.

158) 직실(織室): 본래 한나라 때 궁중에서 비단 및 예복의 직조를 주관했던 기관이다. 직공들의 대부분은 관비들이었고 죄를 범한 귀족 부녀자도 직실로 보내졌다.

159) 강동(江東): 長江 하류의 南岸 지역을 가리킨다. 손권이 建康(지금의 江蘇省 南京市)을 도성으로 삼았으므로 손권의 오나라 통치지역을 일러 강동이라고 도 했다.

청대(淸代) 왕홰(王翽), 《백미신영(百美新詠)》 가운데 〈반부인(潘夫人)〉

　오왕이 보고 기뻐하며 말하기를 "이 여자는 신이로다! 근심스러운 얼굴도
사람을 매혹시킬 수 있는데 하물며 기쁠 때에 있어서랴."라고 했다. 곧
꽃이 새겨진 화려한 수레를 직실로 보내 그녀를 후궁으로 들였는데, 과연
반 부인은 자색으로 총애를 받았다. 오왕은 항상 반 부인을 데리고 소선대(昭
宣臺)를 노닐며 기분 좋아했다. 반 부인은 술에 몹시 취했을 때 옥 술병에
토해서 시비로 하여금 소선대 아래로 쏟게 했는데 시비가 그곳에서 화제주
(火齊珠)[160] 반지를 얻자 그것을 석류나무 가지에 걸었다. 이에 그곳에
대(臺)를 짓고 환류대(環榴臺)라고 이름했다. 이때 어떤 자가 간언하여 말하
기를 "지금 오나라는 촉나라 유비(劉備)와 자웅을 다투고 있으니 환류(還劉)
라는 이름은 장차 재앙이 될 것이옵니다."라고 하여, 손권은 그 이름의
글자 순서를 바꿔 유환대(榴環臺)라고 했다. 또 오왕은 반 부인과 조어대(釣魚
臺)를 유람하며 큰 물고기를 잡고 크게 기뻐했다. 반 부인이 말하기를 "이전에
용양군(龍陽君)[161]이 물고기를 낚은 뒤에 울었다는 이야기를 들었사옵니다.

---

160)　화제주(火齊珠): 진귀한 구슬의 일종이다.

오늘은 기쁘지만 기쁨이 있으면 반드시 근심도 있을 것이니, 이로써 깊이 경계로 삼아야겠습니다."라고 했다. 말년에 이르러 점차 참소와 비방을 당하다가 과연 버림을 받게 되었다. 당시 사람들은 반 부인이 기미를 안 것을 신통하다고 여겼다.

[원문] 潘夫人

吳主潘夫人, 父坐法, 夫人輸入織室. 容態少儔, 爲江東絶色. 同幽者百餘人, 謂夫人爲神女, 敬而遠之162). 有聞于吳主, 使圖其容貌. 夫人憂戚不食, 减瘦改形, 工人寫其眞狀以進. 吳主見而喜, 曰: "此女神也! 愁貌尚能惑人, 況在懽樂." 乃命雕輪就織室, 納于後宮. 果以姿色見寵. 每以夫人游昭宣之臺, 志意幸愜. 旣盡酣醉, 唾於玉壺中, 使侍婢寫于臺下. 得火齊指環, 卽掛石榴枝上. 因其處起臺, 名曰"環榴臺". 時有諫者云: "今吳·蜀爭雄, '還劉'之名, 將爲妖矣." 權乃翻其名曰"榴環臺". 又與夫人游釣臺, 得大魚, 主大喜. 夫人曰: "昔聞泣魚, 今乃爲喜. 有喜必憂, 以爲深戒." 至于末年, 漸相譖毁, 果見離退. 時人謂夫人知幾其神.

<hr/>

161) 용양군(龍陽君): 전국시대 魏王의 男寵이었다. 《戰國策 · 魏策四》에 이런 기록이 보인다. 위왕이 용양군과 함께 배에서 낚시를 하다가 용양군이 고기 몇 마리를 낚고 나서 눈물을 흘리자 왕이 왜 우느냐 물었다. 용양군이 대답하기를, 처음에는 물고기를 낚아 매우 기뻤지만 나중에 더 큰 것을 낚고 나서 전에 낚은 것을 버리려고 하니, 자신도 지금 왕의 총애를 받아 잠자리를 모실 수 있지만 나라에 미인이 수없이 많아 전에 낚은 물고기처럼 버림받은 신세가 될 것이라는 생각에 눈물이 나온다고 했다. 이 이야기로 말미암아 총애를 잃고 버림받아 슬퍼하는 것을 이르러 泣魚라고 했다. 자세한 이야기는 《情史》 권22 정외류 〈용양군〉에 보인다.

162) 敬而遠之(경이원지): 《論語 · 雍也》에 있는 "사람의 도리에 힘쓰고 귀신을 공경하되 멀리하면 지혜롭다고 말할 수 있다.(務民之義, 敬鬼神而遠之, 可謂知矣.)"라는 구절에서 나온 말로 공경하면서도 멀리한다는 뜻이다.

155. (14-8) 현풍(翾風)163)

    진(晉)나라 석 계륜(石季倫164))이 총애했던 시녀는 이름이 현풍이었다.
자태가 아름다웠으며 옥이 부딪치는 소리로 옥을 교묘히 가려낼 수 있었고
금의 품질도 능히 알아볼 수 있었다. 석숭의 진기한 보물들은 모두 이역
타국에서 얻은 것이었으므로 그 출처를 분별해 알아볼 수 있는 자가 없었다.
현풍으로 하여금 그 소리와 색깔을 판별해 내도록 하면 그것이 나온 곳을
모두 알아내었다. 석숭의 시녀들 중에 곱고 아름다운 이가 수천 명이 있었는
데 현풍은 문사로 가장 많은 총애를 받았다. 석숭이 일찍이 말하기를 "내가
이 세상을 뜬 뒤에는 너로 순장하게 할 것이다."라고 한 적이 있었다. 현풍이
답하기를 "살아서 사랑하다가 죽어서 이별하는 것은 사랑이 없는 것만
못합니다. 첩이 순장될 수만 있다면 이 몸도 영원할 것입니다."라고 했다.
이로부터 그녀는 더욱 총애를 받게 되었다. 현풍이 나이 삼십에 이르러서는
묘령의 여자들이 다투어 그녀를 시기해 배척하고 비방하였으므로 석숭은
곧 현풍을 물러나게 하고 방노(房老)165)로 삼아 젊은 시녀들을 관장하도록
했다. 이에 그녀는 원한을 품게 되어 이런 오언시를 지었다.

---

163) 이 이야기는 《拾遺記》 권9에서 나온 이야기로 《太平廣記》 권272에는 〈石崇
婢翾風〉으로, 《太平廣記鈔》 권45에는 〈翾風〉으로, 《姬侍類偶》 권下에는 〈翾
風失愛〉로, 《稗史彙編》 권45에는 〈翾風作詩〉로, 《艷異編》 권16에 〈翾風〉으로
수록되어 있고, 《山堂肆考》 권99와 《奩史》 권20 등에도 수록되어 있다.
164) 석계륜(石季倫): 晉나라 石崇을 가리킨다. 자는 계륜이고 사치로 유명했다.
자세한 이야기는 《情史》 권1 정정류 〈녹주〉 '석숭' 각주에 보인다.
165) 방로(房老): 房長이라고도 하며 나이 들고 용모가 쇠한 비첩을 가리킨다. 송
나라 顧文薦의 《負暄雜錄·房老》에서 이르기를 "나이 들고 지위가 높은 비
첩을 房長이라 불렀다."고 했고, 명나라 王志堅의 《表異錄·親戚》에서는 "나
이가 들고 용모가 쇠한 비첩을 房長 혹은 房老라 불렀다."고 했다.

봄날의 꽃을 뉘 부러워하지 않았던가	春華誰不羨
마침내 떨어질 가을이 되어 애태우는구나	卒傷秋落時
밥 짓는 연기 다시 밑으로 내려앉듯	突烟還自低
물러나게 될 줄 어찌 짐작이나 했겠는가	鄙退豈所期
향기 품은 계화나무 헛되이 홀로 좀먹어	桂芬徒自蠹
미인에게 사랑을 잃었구나	失愛在娥眉
꽃다운 시절 다 가는 것을 앉아서 지켜만 보며	坐見芳時歇
초췌해진 모습에 공연스레 스스로 비웃음만 나오네	憔悴空自嗤

석숭의 여자들은 모두 이를 노래로 불렀으며 그 노래는 진(晉)나라 말이 되어서야 그쳤다.

[원문] 翾風

　　石季倫所愛婢, 名翾166)風. 以姿態見美, 妙別玉聲, 能觀金色. 石氏珍寶瑰奇, 皆殊方異國所得, 莫有辨識其處者. 使翾風別其聲色, 並知其所出之地. 石氏侍人美豔者數千人, 翾風最以文辭擅愛. 石崇常語之曰: "吾百年167)後, 當以汝爲殉." 答曰: "生愛死離, 不如無愛, 妾得爲殉, 身其何朽." 于是彌見寵愛. 及翾風年至三十, 妙年者爭嫉之, 競相排168)毁, 即退翾風爲房老, 使主群少. 乃懷怨懟而作五言詩曰:

　　"春華誰不羨, 卒傷秋落時. 突烟169)還自低, 鄙退豈所期170). 桂芬171)徒自蠹,

---

166) 【校】翾: [鳳], [岳], [類], [奇], 《太平廣記》, 《山堂肆考》에는 "翾"으로 되어 있고 [影]에는 "翩"으로 되어 있으며 《拾遺記》에는 "翔"으로 되어 있다.
167) 百年(백년): 죽는 것을 완곡하게 이르는 말이다.
168) 【校】排: [鳳], [岳], [類], [影], 《拾遺記》에는 "排"로 되어 있고 [奇]에는 "誹"로 되어 있다.
169) 【校】突烟: 《拾遺記》에는 "突烟"으로 되어 있고 《情史》에는 "契烟"으로 되어

失愛在娥眉. 坐見芳時歇, 憔悴空自嗟."

　石氏房中並歌此爲樂曲, 晉末乃止.

156. (14-9) 두십낭(杜十娘)172)

　명나라 만력(萬曆)173) 연간에 절강(浙江) 동부 사람이었던 이생은 모(某)
번얼(藩臬)174)의 아들이었다. 돈을 주고 감생(監生)이 되어 북경에 있는
국자감에 들어갔으며 교방175)의 여자였던 두십낭과 정이 가장 두터웠다.
왕래한 지 한 해가 넘자 이생은 재물을 모두 탕진했다. 두십낭의 기생어미는
이생이 빈번히 찾아오는 것을 자못 싫어했지만 두 사람은 더욱 좋아하며
서로 사귀었다. 두십낭은 자태가 당시 기생들 가운데 가장 빼어난 데다가
악기와 가무 또한 뛰어나 장안에 있는 젊은이들은 그녀가 화월(花月)을

있다.

170) 【校】 郎退豈所期: 《拾遺記》, 《情史》에는 "郎退豈所斯"로 되어 있고 《太平廣
記》에는 "哽咽追自泣"으로 되어 있다.

171) 【校】 芬: 《情史》, 《太平廣記》에는 "芬"으로 되어 있고 《拾遺記》에는 "芳"으
로 되어 있다.

172) 이 이야기는 명나라 宋懋澄의 〈負情儂傳〉으로 그의 《九籥集》 권5에 수록되
어 있다. 《亘史》 內紀烈餘 권10, 《情種》 권4에, 조선의 무명씨가 편집한 《刪
補文苑楂橘》 권1에도 수록되어 있다. 또한 《警世通言》 32권 〈杜十娘怒沉百
寶箱〉으로 각색되기도 했다.

173) 만력(萬曆): 명나라 神宗 朱翊鈞의 연호로 1573년부터 1620년까지이다.

174) 번얼(藩臬): 藩司와 臬司를 아울러 이르는 말로 명청 시대에 布政使와 按察
使를 칭하는 말이다.

175) 교방(敎坊): 본래 궁정 음악을 관장하는 관서로 雅樂 이외의 음악, 무용, 百
戲의 교습과 연출 등에 관한 일을 주관하는 곳이었으나 나중에 기방을 가
리키는 말로 쓰였다.

대신할 수 있는 자라고 여겼다. 기생어미는 이생이 계속 머무는 것을 달갑지 않게 여겨 처음에는 말로 화를 돋우기만 하였으나 이생이 한결같이 공경하고 삼가자 나중에는 안색을 붉히고 목소리를 높였다. 이에 두십낭은 더욱 참을 수 없어 자신의 몸을 이생에게 맡기겠노라 맹세했다. 기생어미는 스스로 헤아리기를 두십낭은 자기가 낳은 자식이 아니어서 교방의 선례에 따라 낙적할 때 수백 금을 물지 않으면 안 된다고 여긴 데다가 또한 이생의 주머니에 돈 한 푼도 없다는 것을 잘 알고 있었기에 이것으로 두십낭을 막으려고 했다. 이에 두십낭에게 손가락질을 하며 욕하기를 "네가 이 도령에게 종용해 300금을 마련하여 내게 줄 수만 있다면 동서남북 어디를 가든 내버려 둘 것이다."라고 했다. 두십낭이 감개하며 말했다.

"이 도령이 비록 곤궁에 빠져 여관에 머물고는 있지만 300금은 혹시 마련할 수 있을지도 모릅니다. 그 돈을 모으기는 쉽지 않겠지만 만약 돈이 다 갖추어졌는데도 어머니께서 약속을 저버린다면 어찌합니까?"

기생어미는 이생이 궁지에 처해 있다고 짐작하고는 그를 모욕하려고 촛불의 등화(燈花)를 가리키면서 웃으며 말했다.

"돈이 아침에 들어온다면 너는 저녁때라도 나가게 될 것이야. 촛불에 등화가 생긴 것은 이생이 여자를 얻는다는 징조일 게다."

한밤중이 되자 두십낭은 슬피 울면서 이생에게 말하기를 "낭군께서 가지고 있는 돈은 첩의 몸을 사기에는 부족할 텐데 친구와 친척들에게서 빌려 볼 마음이 있으신지요?"라고 했다. 이생이 놀라 기뻐하며 말하기를 "예, 예. 원래 그럴 마음이 없었던 것이 아니라 단지 감히 말하지 못했을 뿐이었소."라고 했다. 다음 날 이생은 짐짓 여장을 꾸리는 양 친지들을 두루 찾아가 작별하는 척하며 다방면으로 돈을 빌려 달라고 했다. 이생이 기생집에 빠진 지 오래 되었기에 친지들은 모두 그가 갑자기 남쪽으로 가려고 한다는 것을 거짓이라고 의심했다. 게다가 이생의 아버지도 그가 떠돌아다니는 것에 노하여 서신을 써서 돌아오는 길을 끊어 놓았다. 이제 이생에게 돈을 빌려 준다면 덕을 쌓는 것이 아닐 뿐만 아니라 빚을 받을 길도 없을 것이라 여겨 모두들 핑계를 대고 말끝을 흐렸다. 이생은 한 달 넘도록 돌아다니다가 빈손으로 두십낭을 찾아왔다. 두십낭은 한밤중에 탄식을 하며 말했다.

"낭군께서는 정말로 돈 한 푼도 마련할 수 없으신지요? 첩의 이불 속에는 금 조각 150냥이 있는데 전에 이불솜 가운데 실로 꿰매어 놓았습니다. 내일 하인으로 하여금 이를 비밀리에 가지고 가게 한 다음 제 어미에게 주십시오. 이 외에 나머지는 첩이 마련할 수 있는 것이 아니니 어찌해야 합니까?"

이생은 놀라 기뻐하며 이불을 소중히 들고 가서 그 속에서 금을 꺼내며 친지들에게 말했다. 그들은 두십낭이 정의(情意)가 있는 것을 가련하게 여겨 의연히 돈을 각기 걷어 이생에게 주었지만 겨우 100냥밖에 안 되었다. 이생은 울면서 두십낭에게 말하기를 "내가 할 수 있는 방도를 다 썼소. 나머지 금 50냥은 어디서 마련할 것이오?"라고 하자 두십낭은 기뻐서 펄쩍 뛰며 말하기를 "걱정하지 마세요. 내일 아침에 첩이 이웃 자매들에게서 구하겠습니다."라고 했다. 기일이 되어 과연 50금을 얻고 전에 모아둔 돈과 합쳐서 기생어미에게 주었다. 어미가 약속을 저버리려고 하자 두십낭은 슬피 울며 말하기를 "어머니께서는 이전에 낭군에게 300금을 요구하셨는데 돈이 마련되었음에도 식언을 하시니 낭군은 돈을 가지고 가고 저는 이제 죽어 버리겠습니다."라고 했다. 어미가 사람과 돈을 모두 잃을까 두려워 말하기를 "약속대로 하지. 다만 머리부터 발끝까지 걸치고 있는 어떤 장신구와 비단옷들도 네 것이 아니다."라고 하자, 두십낭은 기꺼이 그의 말에 따랐다. 다음 날 장식 없는 쪽머리에 무명옷을 입고 이생을 따라 문을 나섰다. 기방에 있는 자매들에게 들러 작별을 하니 자매들은 모두 감격해 눈물 흘리며 말하기를 "십낭은 한때 풍류로 으뜸이었는데 지금 낭군을 따라서 남루한 옷을 입고 밖에 나가면 어찌 우리 자매들의 수치가 아니겠습니까?'라고 했다. 이에 제각기 가지고 있던 것을 두십낭에게 주니 순식간에 비녀와 팔찌와 옷과 신발이 온통 새롭게 바뀌었다. 여러 자매들은 거듭하여 서로 말하기를 "낭군과 언니는 천리를 전전할 텐데 짐조차 꾸리지 못했어."라고 하며 다시 모아 상자 하나를 주었다. 상자 속이 차 있는지 비어 있는지 이생은 알 수 없었으며 두십낭 또한 마치 모르는 것 같았다. 해가 저물자 여러 자매들은 제각기 서로 눈물을 흘리며 작별을 했다.

　두십낭이 이생이 머물고 있는 여관에 가 보니 사방에 벽만 둘러져 있었을 뿐 텅 비어 있었다. 이생은 단지 두 눈을 크게 뜬 채로 탁자만 바라볼 뿐이었다. 두십낭은 왼쪽 팔에 있는 생견 꾸러미를 벗어 그 속에 있는 주제은(朱提銀)[176] 20냥을 이생에게 던져 주며 말하기를 "이를 가져다가 노자(路資)로 삼으세요."라고 했다. 다음 날 이생은 거마를 마련해 두십낭과 더불어 숭문문(崇文門)[177]을 나서 노하(潞河)[178]에 이르러 사신(使臣)이 타고 가는 배를 탔다. 배에 이르렀을 때 돈이 이미 다 떨어지니 두십낭은 다시 오른쪽 팔에 있는 생초(生綃) 꾸러미에서 30냥을 꺼내며 말하기를 "이것으로 먹는 것을 도모할 수 있을 겁니다."라고 했다. 이생은 생각하지도 않았던 것들을 빈번히 받고서 운이 좋은 것을 다행이라 여겼다. 때는 가을에서 겨울로 넘어가고 있었으니 두 사람은 짝 없이 날아오는 기러기를 비웃었고 무리에서 벗어나 헤엄쳐 다니는 물고기를 하찮게 여겼다. 흰 이슬이 서리가

176) 주제은(朱提銀): 지금의 雲南 昭通縣에 있는 朱提山에서 나온 질 좋은 백은을 이른다.
177) 숭문문(崇文門): 본래 원나라 수도에 있던 열 개의 성문 가운데 하나로 文明門이라 불리었는데 명나라 때에 이르러 열 개 성문을 아홉 개로 바꾸면서 文明門을 崇文門이라 했다. 南城 세 개 성문 가운데 가장 동쪽에 있는 문이다.
178) 노하(潞河): 지금의 北京市 通州區에 있는 하천이다.

되듯 백발이 될 때까지 함께 살자 맹세를 했고 단풍잎을 불에 볶듯 붉은 단심을 가리켰으니 그 기쁨을 가히 알 수 있다. 가다가 과주(瓜州)[179]에 이르러 사신의 큰 배에서 내려서 따로 작은 배를 빌린 뒤, 다음 날에 강을 건너려고 했다. 그날 밤 달빛은 온 강물을 비추어 흰 비단이 휘날리는 듯했고 반짝거리는 거울이 쏟아져 내리는 듯했다. 이생이 두십낭에게 이렇게 말했다.

"도성 문을 나올 때부터 고개를 숙이며 얼굴을 숨기고 있었는데 오늘 밤은 배에 우리만 있으니 더 이상 무엇을 염려하며 꺼리겠소? 게다가 물 위에 달이 비추는 강남의 풍경이 바람에 흙이 날리는 새북(塞北)[180]의 경치와 다른데 어찌 이리 조용히 있는 것이오?"

두십낭 또한 오랫동안 형적을 숨겨왔기에 멀리 보이는 관새(關塞)와 산악을 보고 슬픔에 잠기며 강물과 달빛이 서로 넘나드는 것에 감개하여 달빛 아래서 이생과 손을 잡고 가부좌를 한 채 뱃머리에 앉았다. 이생은 흥이 일어 술잔을 잡고 두십낭에게 맑은 노랫소리를 청한 뒤에 달빛이 비치는 강물에 술을 뿌렸다. 두십낭은 구성진 목소리로 잔잔하게 읊조리다가 홀연 가락에 맞춰 노래를 불렀는데 새와 원숭이의 울음소리로도 그 비창함을 족히 비유할 수 없었다.

이웃 배에 한 젊은 남자가 타고 있었는데 그는 양주(揚州)에서 소금을 모아서 싣고 세모가 되어 신안(新安)으로 돌아가려하고 있었다. 나이는 겨우 스무 살 안팎이었지만 기방에서 경박제주(輕薄祭酒)[181]로 꼽히는 자였

---

179) 과주(瓜州): 瓜埠洲라 불리기도 했으며 江蘇省 邗江縣 남쪽 大運河의 한 갈래가 長江과 합류하는 곳으로 수운의 요충지이다.

180) 새북(塞北): 본래 長城 이북 지역을 이르는 말로 보통 북부 지역을 가리킨다.

181) 경박제주(輕薄祭酒): 제주는 본래 관직명으로 한나라 때에는 박사의 우두머리인 博士祭酒가 있었고 隋唐 이후에는 國子監의 우두머리인 國子監祭酒가 있었다. 이로 인해 문단이나 예술계나 학술계 등에서 우두머리를 이를 때

다. 술이 거나하게 취할 즈음 노랫가락이 들리기에 그는 기분이 날 듯했지만 노랫소리가 그치고 적막해지자 밤새도록 잠을 이룰 수 없었다. 새벽이 되어 눈보라가 뱃길을 막았으므로 신안 사람은 이생의 배를 자세히 보고는 그 안에 미인이 있는 것을 알게 되었다. 이에 담비 털로 만든 모자 끈을 다시 매고 제 모습을 돌아보며 우쭐거리면서 살짝 엿보더니 곧 뱃전을 두드리며 노래를 했다. 이생이 배의 덮개를 밀어 젖히고 사방을 둘러보니 하얀 눈이 온 천지에 가득했다. 신안 사람은 이생을 정감 있게 부르며 강기슭으로 그를 맞이해 술집에 가서 마음을 터놓고 이야기했다. 술이 거나해지자 어젯밤 맑은 노랫가락은 누가 부른 것이냐고 신안 사람이 살짝 물었더니 이생은 모두 사실대로 대답했다. 강을 건너 곧 고향으로 돌아갈 것이냐고 이생에게 다시 묻자, 그는 참담해하는 모습을 한 채, 돌아가기 어려운 연고를 털어놓았으며 두십낭이 그와 오월(吳越)182)지방의 산수(山水) 간으로 가자고 한 것을 말했다. 술을 계속해 마시다가 이생은 실정을 모두 실없이 토로하고 말았다. 신안 사람은 근심스런 모습을 하고서 이생에게 이렇게 말했다.

"미무(薇蕪)183)와 도리(桃李) 같은 미인을 데리고 길을 가고 계신데, 명주(明珠)를 가지고 길을 가면 그것을 빼앗으려고 다투는 세력이 있다는 말을 듣지 못하셨습니까? 게다가 강남 사람은 경박하기 짝이 없어 정을 기울이면 목숨조차 아까워하지 않으니 저도 때때로 그런 마음이 생깁니다. 하물며 미인은 재질이 있는 데다가 평소의 품행도 알 수 없으니 그대를 이용해 사다리로 삼고 비밀리에 앞으로 다른 약속을 이행할지 어찌 알겠습니까?

제주라고도 했다. 경박제주는 경박함에서 으뜸인 사람이라는 뜻이다.

182) 오월(吳越): 춘추시대 오나라와 월나라의 땅이었던 지금의 江蘇省 및 浙江省 일대를 가리킨다.

183) 미무(薇蕪): 향초의 일종으로 미인을 가리킬 때 쓰는 말이다.

그러면 태호(太湖)의 연파와 전당강(錢塘江)의 풍랑 속에서 물고기의 뱃속이 바로 공자의 무덤이 될 것입니다. 또한 말씀드리는데 부친과 여색 중에 누가 더 친하며, 환락과 재앙 중에 어느 것이 더 절박합니까? 원컨대 공자께서 숙고하십시오."

이생이 비로소 근심스런 얼굴빛을 띠며 "그러면 어찌해야 합니까?"라고 말하자, 그가 답하기를 "제게 최고의 계책이 있어 공자께 매우 유리하기는 하지만 행하실 수 없을 것입니다."라고 했다. 이생이 말하기를 "계책이 어떤 것인가요?"라고 하자 그가 말했다.

"공자께서 질려서 남은 사랑을 진실로 끊을 수 있다면 제가 비록 불민하지만, 원컨대 오래사시기를 축복하는 뜻으로 천금을 드리고자 합니다. 천금을 얻으시면 돌아가서 부친께 말씀 드릴 수 있을 것이고 미인을 버리시면 가시는 길에 두려워하실 것이 없을 겁니다. 공자께서 숙고하시기 바랍니다."

이생은 이미 의지할 데 없이 홀로 떠돌아다닌 지 몇 해가 되어, 비록 연리지가 되겠노라 맹서를 했고 죽어도 다른 마음이 없을 것이라 했지만, 제비가 천막에 집을 지어놓은 것처럼 위험한 지경에 이르러 나아갈 수도 없고 물러날 수도 없었다. 이생은 마치 울타리에 뿔이 걸린 숫양과 꼬리에 물이 닿아 강을 건너지 못하는 여우같이 되어, 곧 모든 것을 의심하게 되었다. 또한 두십낭이 조비연 자매와 포사처럼 될 수 있다고 생각하니 더욱 상심하게 되었다. 이에 고개를 숙이고 깊이 생각하다가 배로 돌아가서 두십낭과 상의하겠다고 하고 신안 사람과 작별했다. 곧 그와 손을 잡고 내려가서 각자의 배로 돌아갔다.

두십낭은 등불을 켜고 이생과 간단히 술 한 잔을 마시려고 그를 기다리고 있었다. 이생은 눈만 깜빡이며 입을 뗄 수 없어 끝내 말을 꺼내지도 못했다. 이불을 덮고 함께 잠을 자다가 한밤중에 이르러 이생이 계속해 슬프게 울기에 두십낭은 급히 일어나 앉아서 그를 끌어안고 말했다.

"첩과 낭군은 사랑을 하게 된 지 거의 3년이 되었고 수천 리를 오면서도 일찍이 애통한 적이 없었습니다. 오늘 강을 건너면 곧 평생 동안 즐겁게 웃으며 지낼 수 있는데 갑자기 그런 낯을 하시고 저를 대하시니 첩은 이해할 수가 없습니다. 또한 말소리가 마치 헤어지는 것처럼 들리는데 왜 그러시는 겁니까?"

이생은 눈물을 흘리며 말을 했는데 슬픔이 정으로 북받쳤으며 일의 시말을 터놓은 뒤에도 여전히 흐느끼며 울었다. 두십낭은 비로소 그를 품에서 떼어 내며 이렇게 말했다.

"누가 족하(足下)를 위해 그 계책을 세웠는지 대단한 영웅이군요! 낭군은 천금을 얻어 양친 부모님을 뵐 수도 있을 테고 첩은 시집을 갈 수 있어 힘들게 먼 길을 갈 필요가 없겠습니다. 정에서 시작하여 예의로 그치게 되었으니 현명하군요. 양쪽에 득이 되겠네요! 그런데 돈은 어디에 있습니까?"

이생이 대답하기를 "당신의 뜻이 어떨지 몰라서 돈은 아직 그 사람의 궤짝에 있소."라고 했다. 두십낭이 말하기를 "내일 아침이 되면 빨리 가서 승낙하십시오. 하지만 천금은 중대한 일이니 반드시 돈이 족하의 궤짝 안으로 들어와야 첩이 가히 갈 수 있습니다."라고 했다. 이때 밤은 이미 자정이 넘었는데 두십낭은 곧 일어나서 곱게 화장을 해야겠다고 청한 뒤에 말하기를 "오늘 하는 몸단장은 새 사람을 맞이하고 옛 사람을 보내는 것이니 정교하지 않으면 아니 됩니다."라고 했다. 몸단장을 마치자 날 또한 훤해졌다.

신안 사람은 이미 배를 저어 이생이 타고 있는 배 앞에 와 있었다. 두십낭의 소식을 듣자 대단히 기뻐하며 말하기를 "미인의 경대를 신물(信物)로 청하겠습니다."라고 했다. 두십낭은 이생에게 기꺼이 말을 하여 그것을 신안 사람에게 주도록 했다. 신안 사람에게 예물로 받을 돈을 이생의 배로 건네라고 한 뒤에 저울질을 해보니 차질이 없었다. 이에 두십낭이 배 안에서 일어나 뱃전에 기댄 채 신안 사람에게 말하기를 "조금 전 가지고 간 경대 안에 이생의 노인(路引)[184]이 있으니 속히 찾아서 돌려주어야겠습니다."라고 하니 신안 사람은 급히 두십낭의 말대로 했다. 두십낭은 이생으로 하여금 경대에 있던 어떤 상자 하나를 꺼내 달라고 했다. 그 안에 있는 것들은 모두 봉황 무늬가 있는 비취색깔과 무지갯빛이 나는 것들이었다. 두십낭은 이를 모두 물에 던져 버렸는데 그것들은 대략 수백 금의 값어치가 있었다. 이생과 그 경박한 총각과 그리고 두 배에 있던 사람들은 비로소 서로 다투어 크게 탄식을 했다. 다시 두십낭은 이생에게 손으로 가리키며 한 상자를 꺼내도록 했다. 그 안에 있는 것들은 모두 값진 장신구들과 진귀한 악기들로 값어치가 몇 천금이었으나 이를 또 강물에 던져 버렸다. 거듭 이생으로 하여금 어떤 가죽주머니를 꺼내게 했는데 그것들은 모두 고옥(古玉)이나 자금(紫金) 같은 골동품들로 세상에서 보기 드문 것들이었고 대체로 그 값어치는 돈으로 따질 수 없는 것들이었지만 이 또한 물에 던져 버렸다. 마지막으로 이생에게 알려줘 함 하나를 꺼내게 했는데 그 안에 있는 것은 한 움큼이 넘는 야명주(夜明珠)였다. 배에 있던 사람들이 하나같이 크게 경악을 하자 그 시끄러운 소리에 놀라 길가에 있던 사람들이 모여들었다. 두십낭이 야명주도 강물에 던지려고 하자 이생은 자기도 모르게 크게 후회해 그녀를 안고 통곡하며 막으려 했고 신안 사람조차도 와서 타이르며 말렸다. 두십낭은 이생을 옆으로 밀어내고 신안 사람에게 욕을 하며 말했다.

"네가 노랫소리를 듣고 마음이 홀려 꾀꼬리처럼 혀를 놀리며 하늘과 신도 돌아보지 않은 채, 두레박줄을 끊어 두레박을 떨어뜨려서 나로 하여금 장차 원한을 품고 죽게 하는구나! 여자의 약한 몸이라 네놈을 향해 칼을 뽑을 수 없는 내 스스로가 한스럽다. 게다가 재물을 탐내어 억지로 나를 품으려 하니 미친개와 무엇이 다르겠는가? 공경히 섬기고 있다가 다시

---

184) 노인(路引): 통행증을 이른다.

뼈다귀 다툼을 하려고 하는구나! 내가 죽은 뒤에 영혼이 있다면 마땅히 신명에게 고소하여 머지않아 너의 인면(人面)을 빼앗을 것이다."

[그리고 사람들에게 또 말했다.]

"제가 때를 숨기고 모습을 속이며 여러 자매들에게 부탁하여 진귀한 재물들을 숨기도록 한 것은 장차 이랑이 돌아가서 부모를 뵙는 밑천으로 삼게 하려는 것이었습니다. 오늘 이랑이 저를 중도에서 버려 구태여 이것들을 드러낸 것은 이랑이 눈 뜬 장님이라는 것을 사람들이 알았으면 해서입니다. 저는 이랑을 위해 눈이 빡빡하다 못해 마르도록 울었고 여러 번 넋이 나갔었습니다. 다행히도 일이 대충 이루어졌는데 손을 잡을 생각은 하지 않고 돌연 감언이설에 빠져 가는 길에 곤경이 닥칠까 두려워 일시에 나를 버리기를 먹고 남은 국물을 버리는 것보다 더 가벼이 했습니다. 도리어 그 후에는 이 남은 기름을 탐내 엎질러진 물을 담으려 하는데 내 다시 무슨 낯으로 내 코를 끌고 다니도록 내버려 두겠습니까? 저의 금생(今生)은 끝났지만 동해에 물이 말라 백사장이 드러나고 화산(華山)이 부서져 기장 더미가 된다 해도 이 얽힌 한이 어찌 다하겠습니까?"

그때 배 안이나 강기슭에서 보고 있었던 사람들은 모두 눈물을 흘리며 이생을 배신자라고 욕했다. 두십낭은 이미 야명주를 쥐고 강물로 뛰어들어가 솟아오르지 않았다. 그 당시 목격했던 사람들이 모두 신안 사람과 이생을 서로 다투어 때리려 하자 그 두 사람은 제각기 배를 저어 제 갈 길로 도망쳐 갔다. 절강 사람 송무징(宋懋澄)[185]이 〈부정농전(負情儂傳)〉[186]을 지었다.

---

185) 송무징(宋懋澄, 1570~1622): 明나라 문학가이자 藏書家이었다. 자는 幼清이고 호는 雅源 또는 稚源이며 松江 華亭(지금의 上海 松江區) 사람이다.

186) 부정농전(負情儂傳): 宋懋澄의 소설로 '負情儂'은 '사랑을 저버린 이'라는 뜻이다. 〈부정농전〉의 제목 뒤에서 이르기를 "王仲雍의 〈懊恨曲〉에서 '늘 사랑을 저버린 이를 미워했는데 낭군께서 지금 과연 그렇게 하셨군요.'라고 했다. 이에 〈負情儂傳〉을 지었다."고 했다.

거사(居士)[187]가 말했다.

"신안 사람은 천하에 정이 있는 자로다! 이랑을 설득할 때에는 구변이 청산유수와 같았고 두십낭을 알아볼 때에는 안목이 번개와 같았다. 애석하게도 두십낭은 이생을 먼저 만났고 신안 사람을 먼저 만나지 못했다. 만약 두십낭이 신안 사람을 만났다면 탁문군이 사마싱여와 함께한 것도 이 같은 기쁨뿐이었을 것이다. 비록 그렇기는 하지만 여자는 죽지 않으면 의협심이 없는 것이고 바보처럼 사랑하지 않으면 정이 없는 것이니 두십낭에게 또한 무슨 한이 있겠는가?"

1929년 소엽산방본(掃葉山房本), ≪전도금고기관(全圖今古奇觀)≫ 삽도
〈두십낭노침백보상(杜十娘怒沉百寶箱)〉

---

187) 거사(居士): 명나라 宋存標를 가리킨다. 거사의 이하 평론은 송존표의 ≪情種≫ 권4에 수록된 〈負情儂傳〉 문후평에서 절록한 것이다.

[원문] 杜十娘

萬曆間, 浙東李生, 系某藩臬子. 入貲遊北雍[188], 與教坊[189]女郎杜十娘情好最殷. 往來經年, 李貲告匱. 女郎母頗以生頻來爲厭, 然而兩人交益歡. 女姿態爲平康[190]絶代, 兼以管絃歌舞, 妙出一時, 長安少年所藉以代花月者也. 母苦詈連, 始以言辭挑怒, 李恭謹如初. 已而聲色竟嚴, 女益不堪, 誓以身歸李生. 母自揣女非己出, 而故事教坊落籍, 非數百金不可, 且熟知李囊無一錢, 思有以困之. 乃戟掌[191]詬女曰: "汝能聳郎君措三百金畀我, 東西南北, 唯汝所之." 女郎慨然曰: "李郎雖落魄旅邸, 三百金或可辦. 顧金不易聚. 倘金具而母負約, 奈何?" 母策李郎窮途, 侮之, 指燭中花笑曰: "金朝以入, 汝夕以出, 燭之生花, 讖郎之得女也."

女至夜半, 悲啼謂李生曰: "郎君遊貲, 固不足謀妾身, 然亦有意于交親中得緩急乎?" 李驚喜曰: "唯唯. 向非無心, 第未敢言耳." 明日故爲束裝狀, 遍辭親知, 多方乞貸. 親知咸以生沉湎狹斜[192], 積有日月, 忽欲南轅, 半疑涉妄. 且李生之父, 怒生飄零, 作書絶其歸路. 今若貸之, 非惟無所徵德, 且索負無從, 皆援引支吾. 生因循經月, 空手來見. 女中夜歎曰: "郎君果不能辦一錢邪? 妾褥中有碎金百五十兩, 向緣線裹絮中, 明日令平頭密持去, 以次付媽. 外此非妾所辦, 奈何?" 生驚喜, 珍重持褥而去. 因出褥中金語親知, 親知憫杜之有心, 毅然各斂金付生, 僅得百兩. 生泣謂女: "吾道窮矣! 顧安所措五十金乎?" 女雀躍曰: "母憂, 明日妾從鄰家姊妹中

---

188) 北雍(북옹): 雍은 壁雍으로 太學을 가리킨다. 명나라 때에는 南京에 있는 國子監을 南雍이라 불렀고 北京에 있는 國子監을 北雍이라 불렀다.
189) 教坊(교방): 教坊은 본래 옛날 궁정 음악을 장관하는 관서로 雅樂 이외의 음악, 무용, 百戲의 教習과 演出 등에 관한 사무를 주관하는 곳인데 나중에 기방을 가리키는 말로 쓰이기도 했다.
190) 平康(평강): 당나라 때 기생들이 모여서 살았던 동네로 장안의 丹鳳街에 平康坊에 있었다. 당나라 孫棨의 《北裡志·海論三曲中事》에 이르기를 "평강방 북문으로 들어가 동쪽에 있는 세 동네가 기생들이 살던 동네였다."라는 기록이 보인다. 나중에 평강으로 기생의 거주 지역을 가리키게 되었다.
191) 戟掌(극장): 집게손가락과 가운뎃손가락을 세워 사람을 가리키는 것을 이르는 말로 戟手와 같은 말인 듯하다. 자세한 내용은 《情史》 권13 정감류 〈비연〉 '戟手' 각주에 보인다.
192) 狹斜(협사): 좁은 골목길을 이르는 말로 대개 기방을 가리킨다.

謀之." 至期, 果得五十金, 合金而進. 媽欲負約, 女悲啼向媽曰: "母嚢責郞君三百金, 金具而母食言, 郞持金去, 女從此死矣!" 母懼人金俱亡, 乃曰: "如約. 第自頂至踵, 寸珥尺素, 非汝有也." 女忻然從命. 明日, 禿髻布衣, 從生出門. 過院中諸姊妹作別, 諸姊妹咸感激泣下, 曰: "十娘爲一時風流領袖, 今從郞君, 藍縷出院門, 豈非姊妹羞乎." 於是人各贈以所攜, 須臾之間, 簪珥衣履, 煥然一新矣. 諸姊妹復相謂曰: "郞君與姊千里間關, 而行李曾無約束." 復合贈一箱. 箱中之盈虛, 生不能知, 女亦若爲不知也者. 日暮, 諸姊妹各相與揮淚而別.

女郞就生逆旅, 四壁蕭然. 生但兩目瞪視几案而已. 女脫左膊生[193]絹, 擲朱提二十兩, 曰: "持[194]此爲舟車資." 明日, 生辦輿馬, 出崇文門, 至潞河, 附奉使船. 抵船而金已盡, 女復露右臂生綃, 出三十金, 曰: "此可以謀食矣." 生頻承不測, 快幸遭逢. 於時自秋涉冬, 嗤[195]來鴻之宴儔, 詘遊魚之乏比. 誓白頭, 則皎露爲霜; 指赤心, 則丹楓交炙, 喜可知也. 行及瓜州, 舍使者艅艎, 別賃小舟, 明日欲渡. 是夜, 璧月盈江, 練飛鏡寫[196]. 生謂女曰: "自出都門, 便埋頭項, 今夕專舟, 復何顧忌. 且江南水月, 何如塞北風煙, 顧作此寂寂乎?" 女亦以久淹形迹, 悲關山之迢遞, 感江月之交流, 乃與生攜手月中, 趺坐船首. 生興發執卮, 倩女清歌, 少酬江月. 女宛轉微吟, 忽焉入調, 鳥[197]啼猿咽, 不足以喻其悲也.

有鄰舟少年者, 積鹽維揚, 歲暮將歸新安. 年僅二十左右, 靑樓中推爲輕薄祭酒. 酒酣聞曲, 神情欲飛, 而音響已寂. 遂通宵不寐. 黎明而風雪阻渡. 新安人物色生舟, 知中有尤物. 乃貂帽復綯, 弄形顧影, 微有所窺, 因叩舷而歌. 生推蓬[198]四

193) 【校】生: 《情史》, 《情種》에는 "生"으로 되어 있고 《九籥集》에는 "坐"로 되어 있다.
194) 【校】持: [影], [春], [鳳], 《九籥集》에는 "持"로 되어 있고, [岳], [類]에는 "特"으로 되어 있으며 《情種》에는 이 글자가 빠져 있다.
195) 【校】嗤: [鳳], [岳], [類], [春], 《九籥集》에는 "嗤"로 되어 있고 [影], 《情種》에는 "呸"로 되어 있다.
196) 【校】寫: [影], 《九籥集》, 《情種》에는 "寫"로 되어 있고 [鳳], [岳], [類], [春]에는 "鴌"로 되어 있다.
197) 【校】鳥: [影], 《情種》에는 "鳥"로 되어 있고 [鳳], [岳], [類], [春], 《九籥集》에는 "鳥"로 되어 있다.

顧, 雪色森然. 新安人呼生綢繆, 即邀上岸, 至酒肆論心. 酒酣, 微叩公子昨夜淸歌
爲199)誰, 生具以實對. 復問公子渡江即歸故鄕乎? 生慘然, 告以難歸之故, 麗人將
邀我於吳越山水之間. 杯酒纏綿, 無端盡吐情實. 新安人愀然謂公子: "旅葳蕤而挾
桃李, 不聞明珠委路, 有力交爭乎? 且江南之人, 最工輕薄, 情之所鐘, 不敢愛死,
即鄙心時時萌之. 況麗人之才, 素行不測, 焉知不借君以爲梯航200), 而密踐他約於
前途. 則震澤之煙波, 錢塘之風浪, 魚腹鯨齒, 乃公子之一坏201)三尺也. 抑愚聞之,
父與色孰親? 歡與害孰切? 願公子之熟思也!" 生始愁眉曰: "然則奈何?" 曰: "愚有至
計, 甚便於公子, 顧公子不能行耳!" 公子曰: "爲計奈何?" 客曰: "公子誠能割厭餘之
愛, 僕雖不敏, 願上千金爲公子壽. 得千金則可以歸報尊君, 舍麗人則可以道路無
恐. 幸202)公子熟思之!" 生旣飄零有年, 攜形挈影, 雖鴛樹之詛203), 生死靡他; 而燕
幕之棲, 進退維谷204). 羝藩狐濟205), 旣猜月而疑雲; 燕啄龍漦206), 更悲魂而啼夢.

---

198) 【校】 蓬: [影], 《九籥集》에는 "蓬"으로 되어 있고 [鳳], [岳], [類], [春], 《情種》
에는 "篷"으로 되어 있다.

199) 【校】 爲: [影], 《九籥集》, 《情種》에는 "爲"로 되어 있고 [鳳], [岳], [類], [春]에
는 "謂"로 되어 있다.

200) 梯航(제항): 사닥다리와 배를 이르는 말로 산을 오르고 강을 건너는 도구를
이른다.

201) 【校】 坏: [影], [春], 《九籥集》에는 "坏"로 되어 있고 [鳳], [岳]에는 "抔"로 되어
있으며 [類], 《情種》에는 "杯"로 되어 있다. 坏(배)는 작은 흙 언덕을 말하고
3척은 무덤의 높이를 이르는 말로 一坏三尺은 무덤을 가리킨다.

202) 【校】 幸: [影], [鳳], [岳], [類], 《九籥集》, 《情種》에는 "幸"으로 되어 있고 [春]
에는 "願"으로 되어 있다.

203) 【校】 詛: [影], 《九籥集》, 《情種》에는 "詛"로 되어 있고 [鳳], [岳], [類], [春]에
는 "詛"로 되어 있다.

204) 燕幕之棲 進退維谷(연막지서 진퇴유곡): 燕幕之棲은 《左傳·襄公29年》에서
나온 말이다. 제비가 장막에 둥지를 튼다는 뜻으로 처지가 매우 위험한 것
을 비유적으로 이른다. 進退維谷은 《詩·大雅·桑柔》에서 나온 말로 진퇴양
난의 상황을 뜻한다.

205) 羝藩狐濟(저번호제): 羝藩은 《周易·大壯》에 있는 "숫양이 울타리에 걸렸으
니 물러갈 수도 없고 나갈 수도 없다."라는 구절에서 나온 말로 진퇴양난의
처지를 뜻하는 말이다. 狐濟는 《周易·未濟》에 있는 "어린 여우가 물을 거
의 다 건너 그 꼬리를 적시게 되는 것으로 이로울 바가 없다."라는 구절에
서 나온 말로 곤란한 처지를 이르는 말이다.

乃低首沉思, 辭以歸而謀諸婦. 遂與新安人攜手下船, 各歸舟次.

女挑燈俟生小飮, 生目動齒澁207), 終不出辭. 相與擁被而寢. 至夜半, 生悲啼不已. 女急起坐, 抱持之, 曰: "妾與郎君處情境幾三年, 行數千里, 未嘗哀痛. 今日渡江, 正當爲百年歡笑, 忽作此向人, 妾所不解. 抑聲有離音, 何也?" 生言隨涕興, 悲因情重, 既吐顚末, 涕泣如前. 女始解抱, 謂李生曰: "誰爲足下畫此策者, 乃大英雄! 郎得千金, 可覲二親, 妾得從人, 無累於李. 發乎情, 止乎禮義, 賢哉, 其兩得之矣! 顧金安在?" 生對以"未審卿意云何, 金尚在是人篋內". 女曰: "明蚤亟往諾之, 然千金重事也, 須金入足下篋中, 妾乃可往." 時夜已過半, 卽請起爲豔妝, 曰: "今日之妝, 迎新送舊者也, 不可不工." 妝畢, 天亦曙.

新安人已刺船李生舟前. 得女郎信, 大喜曰: "請麗人妝臺爲信." 女忻然謂208)李生界之. 卽索新安人聘貲過船, 衡之無爽. 於是女郎起自舟中, 據舷謂新安人曰: "頃所攜妝臺中, 有李郎路引, 可速簡209)還." 新安人急如命. 女郎使李生抽某一箱來, 皆集鳳翠霓, 悉投水中, 約値數百金. 李生與輕薄子及兩船人始競大咤210). 又指生抽一箱, 悉翠羽明璫、玉簫金管也, 値幾千金, 又投之江. 復令生抽出某革囊,

---

206) 燕啄龍榮(연탁룡시): 연탁은 《漢書·外戚傳下·孝成趙皇后》에 보이는 말로 후비가 세자를 모해하는 것을 이른다. 후비는 황후 趙飛燕과 그의 동생 昭儀 趙合德을 이른다. 당시 민간에서 불리던 "제비가 날아와 황손을 쪼고 황손이 죽자 화살을 쪼았네."라는 동요의 구절에서 나온 말이다. 용시는 여자 때문에 나라에 재앙이 일어나는 것을 이른다. 《國語·鄭語》와 《史記·周本紀》에 의하면, 夏帝가 갑에 神龍의 침을 담아두었는데 하나라가 망한 뒤 주나라 厲王이 그 갑을 열었더니, 용의 침이 뜰에 흘러 검은 도마뱀으로 변했으며 한 어린 시녀에게 그것에 닿아 열다섯 살에 임신을 했고 딸을 낳게 되었다. 그가 바로 周나라를 망하게 한 褒姒였다고 한다.

207) 【校】澁: 《九籥集》에는 "澁"으로 되어 있고 《情史》, 《情種》에는 "濕"으로 되어 있다.

208) 【校】謂: 《九籥集》, 《情種》에는 "謂"로 되어 있고 《情史》에는 "顧"로 되어 있다.

209) 【校】簡: [影]에는 "簡"으로 되어 있고 [鳳], [岳], [類], [春], 《九籥集》, 《情種》에는 "檢"으로 되어 있다. [影]에서는 思宗 朱由檢(재위기간: 1627년 8월~1644년 3월)의 이름자인 '檢'을 피휘하여 '檢'자를 모두 '簡'자로 썼다.

210) 【校】咤: 《九籥集》, 《情種》에는 "咤"로 되어 있고 [鳳], [岳], [類], [春]에는 "詫"로 되어 있으며 [影]에는 "吒"로 되어 있다.

盡古玉紫金之玩, 世所罕有, 其價蓋不貲云, 亦投之. 最後恐生抽一匣出, 則夜明之
珠盈把. 舟中人一一大駭, 喧聲驚集市人. 女郎又欲投之江, 李生不覺大悔, 抱女郎
慟哭止之. 雖新安人亦來勸解. 女郎推生于側, 而啐詈新安人曰: "汝聞歌蕩情, 遂
代鸎弄舌, 不顧神天, 罥絚落瓶211), 使妾將骨殷血碧212). 自恨弱質, 不能抽刀向
儈. 乃復貪財, 強來縈抱, 何異狂犬? 方事趨風, 更欲爭骨. 妾死有靈, 當訴之明神,
不日奪汝人面."" 且妾藏辰詒影, 托諸姊妹蘊藏奇貨, 將資李郎歸見父母也. 今畜
我不卒213), 而故暴揚之者, 欲人知李郎眶中無瞳耳. 妾爲李郎澀眼幾枯, 翁魂屢
散. 事幸粗成, 不念攜手, 而倏溺笙簧, 畏行多露214), 一朝棄捐, 輕于殘汁. 顧乃婪
此殘膏, 欲收覆水, 妾更何顏而聽其挽鼻? 今生已矣, 東海沙明, 西華黍壘, 此恨絓
纏, 寧有盡邪?" 於是舟中、岸上觀者, 無不流涕, 詈李生爲負心人. 而女郎已持明
珠赴江水不起矣. 當是時, 目擊之人, 皆欲爭毆新安人及李生, 李生及215)新安人各
鼓船分道逃去. 浙人作《負情儂傳》.

居士曰: "新安人, 天下有情人也! 其說李郎也, 口如河, 其識十娘也, 目如電.

---

211) 罥絚落瓶(전경락병):《周易・井卦》에 보이는 "물을 긷는데 우물 밖으로 나오
지 못한 채로 물항아리가 떨어지니 흉하다."라는 구절에서 나온 말로, 백거
이의 〈井底引銀瓶〉이라는 시에도 이런 卦象을 바탕으로 부모의 허락 없이
남자와 도망가 학대 받은 여성의 비극을 그렸다. 나중에 '銀瓶落井'으로 남
녀 간 애정관계의 단절을 비유적으로 뜻하게 되었다.
212) 血碧(혈벽):《莊子・外物》에 보이는 말로, 충신인 萇弘이 모함을 받고 蜀으
로 추방된 뒤 이를 원망하여 배를 가르고 죽자 蜀人이 감동하여 그의 피를
함에 담아주었더니 3년 만에 그 피가 변해서 벽옥이 되었다고 한다.
213) 畜我不卒(휵아부졸):《詩經・邶風・日月》의 "아버지, 어머니여! 나를 길러주
심을 마치지 못하셨도다.(父兮母兮, 畜我不卒.)"에서 나온 말로 여기서는 이
생이 끝까지 자신을 사랑해 주지 못하고 중도에서 버렸다는 뜻이다.
214) 畏行多露(외행다로):《詩經・召南・行露》에 있는 "어찌 이른 새벽과 늦은 밤
을 가리리오만 길에 이슬이 많아서 못하는 것이로다.(豈不夙夜, 謂行多露.)"
라는 구절에서 나온 말로 여기서는 가는 길에 곤경이 닥치거나 고생을 하
게 될 것을 두려워한다는 뜻이다.
215)【校】及: [影], [春],《情種》에는 "及"으로 되어 있고 [鳳], [岳], [類],《九籥集》
에는 "曁"로 되어 있다.

惜十娘之早遇李生而不遇新安人也. 使其遇之, 雖文君之與相如, 歡如是耳. 雖然,
女不死不俠, 不痴不情, 于十娘又何憾焉?"

157. (14-10) 척 부인(戚夫人)216)

척 부인217)이 슬(瑟)과 축(筑)을 잘 탔으므로 황제는 항상 척 부인을
안고 그녀가 타는 슬 소리에 맞춰 노래를 했으며 노래가 끝날 때마다 눈물을
흘리곤 했다. 척 부인은 소매를 들어올리고 허리를 굽히는 춤을 잘 추었고
〈출새(出塞)〉, 〈입새(入塞)〉218), 〈망귀(望歸)〉219) 등의 노래를 잘 불렀다.
시비 수백 명이 모두 그것을 배웠으며 후궁들은 일제히 고개를 들고 높은
소리로 불러 그 소리가 하늘 끝까지 울렸다. 척 부인이 고조(高祖)를 모실
때 일찍이 조왕(趙王) 유여의(劉如意)220)를 위해 진언한 적이 있었다. 황제는

---

216) 척부인의 이야기는 《西京雜記》 권1, 권3과 《史記》 권55 〈留侯世家〉, 《漢書》
　　권97上 〈外戚傳〉, 《山堂肆考》 권160 등에도 보인다. 《情史》에 있는 이 작품
　　은 이들 문헌에 있는 이야기들을 모아서 편집한 것으로 보인다.
217) 척부인(戚夫人, ?~기원전 194): 戚姬라고도 불리었으며 定陶(지금의 山東省
　　定陶縣)사람으로 한나라 고조 유방의 寵妃였다. 여 황후의 아들 劉盈을 폐
　　위시키고 자신의 아들 趙王 劉如意를 태자로 세우려 했으나 성공하지 못했
　　다. 고조가 죽은 뒤에 여후에게 잔인하게 죽임을 당했다.
218) 입새(入塞): 樂府 《橫吹曲》의 곡명으로 대부분은 군인들이 변관에서 돌아오
　　는 내용을 담고 있다. 《晉書·樂志下》에 의하면 胡角으로 연주하는 악곡으
　　로는 〈黃鵠〉, 〈隴頭〉, 〈出關〉, 〈入關〉, 〈出塞〉, 〈入塞〉, 〈折楊柳〉, 〈黃覃子〉,
　　〈赤之楊〉, 〈望行人〉 등 10곡이 있었다고 한다.
219) 망귀(望歸): 〈望行人〉을 가리킨 듯하다.
220) 유여의(劉如意): 한고조 유방과 척 부인 사이에 낳은 아들이다. 유방은 제위
　　에 오른 뒤에 여후가 낳은 장남 유영을 태자로 세우고 3남 여의를 趙王으
　　로 세웠지만 유영이 평범하고 연약한 것을 보고 다시 여의를 태자로 세우
　　려고 했다. 여후가 이를 알고서 장량의 계책대로 商山 四皓를 불러들여 유

그것을 생각하느라 거의 반나절을 말을 하지 않고 탄식하며 비창해하였으나 방법이 없기에 곧 부인으로 하여금 축을 타게 하고 그 가락에 맞춰 〈대풍(大風)〉이란 시를 노래했다. 유후(留侯)221)가 상산(商山) 사호(四皓)222)를 불러와 태자를 보좌하게 할 때에 이르러 황제가 이들을 가리키며 척 부인에게 말하기를 "나도 태자를 바꾸고 싶으나 태자는 날개가 이미 다 자라 흔들기가 어렵도다."라고 하자 척 부인은 눈물을 흘리며 울었다. 황제가 말하기를 "네가 나를 위해 초나라 춤을 추면 나는 너를 위해 초나라 노래를 부르겠노라."라고 했다. 그 노래는 이러하다.

고니는 높이 날아	鴻鵠高飛兮
한번 날아오르면 천리를 가는구나	一擧千里
날개가 이미 다 자라	羽翼已成兮
사해(四海)를 건너네	橫絶四海
사해를 건너는데	橫絶四海兮
어찌하겠는가	當可奈何
비록 화살은 있다 해도	雖有矰繳223)兮
어디에 쏘겠는가	尚安所施

영을 보좌하게 하자 유방은 여의를 태자로 세울 엄두를 내지 못했다. 유방이 죽은 뒤에 유여의와 척부인은 모두 여후에게 죽임을 당했다.

221) 유후(留侯): 張良을 가리킨다. 자는 子房이고 城父(지금의 安徽省 亳州市 城父鎭)사람으로 한고조 유방을 보좌해 천하를 평정한 공을 세운 개국공신이었다. 유후로 봉해졌고 韓信, 蕭何와 더불어 '漢初三傑'로 불리었으며 시호는 文成侯이다. 《史記》 권55에 〈留侯世家〉가 있다.

222) 사호(四皓): 秦나라 말년에 난세를 피해 商山(지금의 陝西省 商洛市 丹鳳縣 서쪽에 있음)에 은거했던 東園公, 甪里先生, 綺里季, 夏黃公을 가리킨다. 네 사람은 모두 수염과 눈썹이 하얬으므로 商山 四皓라고 불리었다. 고조가 제위에 오른 뒤에 그들을 불렀으나 고조가 거만하다고 생각해 나오지 않았다. 나중에 고조가 태자를 폐위시켜 趙王 유여의를 세우려 하자 여 황후가 張良의 계책에 따라 사호를 맞이해 태자를 보좌하게 했다.

223) 증격(矰繳): 새를 쏘아 잡는 끈이 달린 짧은 화살을 가리킨다.

황제가 붕어하자, 곧 여(呂) 황후는 척 부인을 영항(永巷)²²⁴)에 가두게
한 뒤에 머리를 깎게 하고 목에 항쇄를 끼게 했으며 죄수옷을 입게 했고
쌀을 찧도록 했다. 척 부인은 쌀을 찧으며 다음과 같은 노래를 불렀다.

아들은 왕인데 어미는 노예로다	子爲王 母爲虜
종일토록 해 저물 때까지 쌀을 찧고	終日春薄暮
항상 죽음과 짝하네	常與死爲伍
삼천리를 떨어져 있으니	相離三千里
누굴 시켜 네게 알려 주어야 하나	當使誰告汝

태후가 이를 듣고 크게 노하여 말하기를 "아들에게 의지하려는 것인가?"라
고 하며 조왕 여의를 불러서 짐독(鴆毒)으로 독살했다. 척 부인은 이에
인체(人彘)²²⁵)의 화를 입게 되었고 죽음에 이르러서 말하기를 "원컨대 여씨
는 쥐가 되고 나는 고양이가 되어 생생세세(生生世世)로 그의 고기를 먹었으
면 한다."라고 했다.

척 부인이 여 황후에게 받아들여지지 못할 것은 황제도 깊이 짐작하고
있었던 바였다. 척씨를 보전하려면 여의를 황태자로 세우지 않으면 안
되었다. 여의를 세우면 아울러 척씨도 세우게 되는 것이고 태자를 폐하면
아울러 여 황후도 폐하게 되는 것이었다. 여 황후는 죄가 있어 폐할 수는
있었지만 환란을 겪으며 죽을 지경에 이르렀던 것이 여러 번이었기에 그래도

---

224) 영항(永巷): 후궁들의 인사를 관장하는 관서로 그 장관으로 令이나 僕射 등
   이 있었다. 한무제 때부터 掖庭으로 바뀌었고 그 안에는 궁녀를 가두는 감
   옥도 있었다.
225) 인체(人彘): 《史記·呂太后本紀》에 따르면, 고조가 죽은 뒤 여 황후는 척부
   인의 손발을 잘라 버리고 눈을 뽑고 귀를 불로 지지고 벙어리가 되는 약을
   먹여서 돼지우리에 가두고는 '사람돼지(人彘)'라고 불렀다고 한다.

생각해줘야 했다. 더욱이 여러 맹장(猛將)들과 대신들은 여 황후가 아니면 제압할 수 없었으니 이는 황제가 탄식하고 슬퍼하면서도 스스로 결단을 내릴 수 없었던 까닭이었다. 사호(四皓)가 이르러 척씨에게 인체의 화가 미칠 징조가 드러났지만 황제는 단지 사후(死後)의 모르는 일로 맡길 뿐이었다. 여 황후는 여러 맹장들과 대신들을 제압할 수 있었으나 온 조정에 결국 황후를 제압할 수 있는 자는 없었다. 그가 어린 황제를 세우고 여러 여 씨들을 왕으로 봉해 유 씨 황제 일가가 매우 위급해졌으니, 황제의 짐작은 아마도 여기에 이르지 못했을 것이다. 여 황후가 비록 강하지만 천하에 어찌 부녀자만 믿고 안정될 것이라고 생각할 자가 있겠는가? 혜제와 여의는 노나라와 위나라처럼 서로 비슷했기에 반드시 둘 다 내버려 두고 문제(文帝)226)를 세웠다면 모두 좋았을 것이다. 아! 이 또한 어찌 심상한 일이겠는가?

[원문]　戚夫人

　　戚夫人, 善鼓瑟擊筑. 帝常擁戚夫人倚瑟而弦歌, 畢, 每泣下流漣. 夫人善爲翹袖折腰之227)舞, 歌出塞入塞望歸之曲. 侍婢數百人皆爲228)之, 後宮齊首高唱,

---

226) 문제(文帝): 劉恒(기원전 203~기원전 157)을 가리킨다. 한고조 유방의 넷째 아들로 혜제 유영의 이복동생이다. 그의 어머니인 薄姬은 성격이 온후한 데다가 代王으로 봉해진 유항을 따라 晉陽에 가 있었으므로 여 황후의 모해를 면할 수 있었다. 혜제가 죽자 여후는 정통이 아닌 少帝를 세웠으며 여후가 죽은 뒤에 유항은 여씨 세력을 평정하고 제위에 올랐다. 그가 재위한 23년 동안 한나라는 크게 발전해 그의 아들 景帝와 함께 '文景의 治'를 이룩했다.

227) 【校】 之: [影], [鳳], [岳], [類], 《西京雜記》에는 "之"로 되어 있고 [春]에는 "云"으로 되어 있다.

228) 【校】 爲: 《情史》에는 "爲"로 되어 있고 《西京雜記》에는 "習"으로 되어 있다.

響229)入雲霄. 夫人侍高帝, 嘗以趙王如意爲言. 帝思之, 幾半日不言, 歎息悽愴而未知其術, 輒使夫人擊築, 帝歌《大風》詩以和之. 及雷侯招四皓輔太子, 帝指示戚姬曰: "我欲易之, 彼羽翼已成, 難動搖矣." 姬涕泣. 帝曰: "汝爲我楚舞, 吾爲若楚歌." 歌曰:

"鴻鵠高飛兮, 一擧千里, 羽翼已成兮, 橫絕四海. 橫絕四海兮, 當可奈何? 雖有繒繳兮, 尚安所施?"

及帝崩, 高后乃令永巷囚戚夫人, 髡鉗230), 衣赭衣231), 令春. 戚夫人春且歌曰: "子爲王, 母爲虜. 終日春薄暮, 常與死爲伍. 相離三千里, 當使誰告汝."

后聞之, 大怒曰: "乃欲倚女232)子邪!" 召趙王如意, 鴆之. 戚夫人遂有人彘之禍. 戚夫人臨死曰: "願呂爲鼠我爲貓, 生生世世食其肉."

戚夫人之不見容於高后也, 帝料之熟矣. 欲全戚氏, 非立如意不可. 立如意則並立戚氏, 廢太子則並廢高后. 高后有罪, 可廢也. 而周旋患難, 擯233)死者數矣, 尤可念也. 況諸悍將大臣, 非高后不能制之, 此帝所以歎息悽愴而不能自決也. 四皓來而人彘兆, 帝亦付之身後不知而已. 高后能制諸悍將大臣, 而擧朝遂無能制后者. 立少帝, 王諸呂, 劉宗蓋岌岌焉. 帝料殆不及此也. 夫高后雖强, 天下豈有恃婦人以爲安者哉! 惠帝與如意, 魯、衛之政234)耳, 必也兩置之而立文帝, 斯盡善乎. 噫! 是又豈尋常之事邪?

---

229) 【校】響: 《情史》에는 "響"으로 되어 있고 《西京雜記》에는 "聲"으로 되어 있다.

230) 髡鉗(곤겸): 형벌의 일종으로 머리를 깎고 목에 쇠로 된 목테를 채우는 것을 이른다.

231) 赭衣(자의): 죄수가 입는 옷으로 적색토로 황갈색 염색을 했으므로 赭衣라고 불리었다.

232) 【校】女: [影]에는 "女"로 되어 있고 [鳳], [岳], [類], [春]에는 "汝"로 되어 있다.

233) 【校】擯: [影], [鳳], [岳], [類]에는 "擯"으로 되어 있고 [春]에는 "瀕"으로 되어 있다.

234) 魯衛之政(노위지정): 《論語‧子路》에 있는 "魯나라와 衛나라의 정치는 형제 사이와 같다.(魯衛之政,兄弟也.)"라는 구절에서 나온 말로 서로 마찬가지라는 뜻이다.

158. (14-11) 당 고종의 왕 황후(唐王后)235)

당나라 고종(高宗)236)은 처음에 황비였던 왕씨를 황후로 세우고 총애하다
가 나중에 소 숙비(蕭淑妃)237)를 총애하게 되었다. 무씨238)가 입궁하여
소의(昭儀)239)가 되자 왕후와 숙비가 받았던 총애는 모두 줄어들었다. 마침
소의가 딸을 낳으니 황후는 그녀의 딸을 어여삐 여겨 어르고 놀았다. 황후가
나간 뒤에 소의는 몰래 딸을 목 졸라 죽였다. 황제가 이르자 소의는 거짓으로
즐겁게 웃는 척하다가 이불을 들추고 딸이 죽어 있는 것을 보며 곧 놀라
울면서 시종들에게 물었다. 시종들이 말하기를 "황후께서 방금 여기에 오셨
었습니다."라고 하기에 황제가 노하여 말하기를 "황후가 내 딸을 죽였도다."

---

235) 이 이야기는 《新唐書》 권76 〈高宗則天武皇后〉와 《艶異編》 권10 〈武后傳略〉
에 보인다.
236) 고종(高宗): 당나라 고종 李治(628~683)를 가리킨다. 자는 爲善이고 太宗의
아홉 번째 아들로 649년부터 683년까지 재위했다. 무후가 정권을 잡으려는
것을 보고 그를 폐위시키려 했으나 뜻을 이루지 못했다. 顯慶 연간 말년에
어지럼증이 심해져 정사를 보기가 어렵게 되어 모든 권력을 무후에게 빼앗
기게 된다.
237) 소숙비(蕭淑妃): 고종의 숙비였던 蕭氏(?~655)를 가리킨다. 고종 李治가 태자
였을 때 蕭氏가 良娣(태자 희첩의 칭호)로 있다가 고종이 즉위한 뒤에 숙비
로 봉해졌으며 매우 총애를 받았다. 武則天이 권력을 장악한 뒤 서민으로
강등되었으며 잔인하게 죽임을 당했다.
238) 무씨(武氏): 武則天(624~705)을 가리킨다. 당나라 개국공신 武士彠의 딸로 처
음에 미모로 입궁하여 태종의 才人이 되었다. 태종이 죽은 뒤에 비구니가
되었다가 다시 고종의 昭儀가 되었고 나중에 황후로 봉해졌다. 천후의 봉호
를 받았으며 고종이 죽고 중종이 즉위한 뒤에 황태후가 되어 임조했다. 그
후 다시 중종을 盧陵王으로 강등시키고 예종을 세우면서 이씨 종실을 없애
고 자기 세력을 키웠다. 결국 690년에 스스로 제위에 올라 武周皇帝라 칭하
며 705년까지 재위하다가 병이 위독해져 다시 제위를 中宗에게 물려주었다.
자세한 이야기는 《情史》 권17 정예류 〈당고종무후〉에 보인다.
239) 소의(昭儀): 昭顯女儀의 뜻을 취한 女官의 명칭이다. 한나라 원제 때부터 두
었고 비빈의 첫 번째 등급이다. 위진 시대를 거쳐 명나라 때까지 있었으나
한나라 이후에는 지위가 낮아졌다.

라고 하자, 이에 소의는 황후를 무함했다. 황후는 드디어 숙비와 나란히
폐위되어 서인으로 별원에 갇혔으며 소의 무씨는 황후로 세워졌다. 하루는
황제가 황후가 그리워 몰래 그녀가 갇힌 곳으로 가서, 문의 경비가 삼엄하고
음식이 작은 문으로 들어가는 것을 보고는 측은해하고 가슴 아파했다.
이들을 불러서 말하기를 "황후와 양제(良娣)[240]는 별 탈이 없는가?"라고
하자, 두 사람은 함께 사절하며 말하기를 "첩들은 죄를 지어 노비로 버려졌는
데 어찌 존칭을 받을 수 있겠습니까?"라고 하고 눈물을 흘리며 오열을
했다. 또 말하기를 "만약 성상께서 옛날을 생각하시어 다시 해와 달을 볼
수 있게 해 주시려면 이곳을 회심원(回心院)이라고 해 주시옵기를 청하옵니
다."라고 하자, 황제는 "짐이 곧 처치할 것이오."라고 말했다. 무씨가 이를
듣고 크게 노하여 사람을 시켜 그녀들의 수족을 절단해 술독에 넣게 한
뒤에 말하기를 "두 늙은 계집으로 하여금 뼈까지 취하게 하라."라고 했다.
그 후 무씨는 두 사람이 귀신으로 나타난 것을 여러 번 보았기에 대부분
낙양에 머물렀고 감히 장안으로 돌아가지 못했다.

　고종은 한나라 고제(高帝)와 달랐다. 고제는 영웅의 뜻을 품고 있었으며
한 걸음을 걸을 때에도 백번을 헤아렸고 사소한 애정을 버림으로써 큰일을
이루려 했다. 고종은 본디 정이 한결같지 못했던 못난 사람이었으며 나중에
는 단순히 마누라를 무서워했을 뿐이었다.

---

240) 양제(良娣): 태자의 희첩에게 내리는 칭호로 그 지위는 妃보다 낮았다. 여기
　　에서는 蕭淑妃를 가리킨다.

[원문] 唐王后

高宗初立妃王氏爲后, 有寵. 已而寵蕭淑妃. 及武氏入宮爲昭儀, 后與淑妃寵
皆衰. 會昭儀生女, 后憐而弄之. 后出, 昭儀潛扼殺之. 上至, 昭儀伴歡笑, 發被視女,
已死矣, 即驚啼問左右. 左右曰: "皇后適來此." 上怒曰: "后殺吾女." 昭儀因譖之.
后遂與淑妃並廢爲庶人, 囚于別苑, 而立武氏爲后. 上一日念后, 間行至囚所, 見門
禁錮嚴, 進飮食竇中, 惻然傷之. 呼曰: "皇后、良娣[241]無恙?" 二人同辭曰: "妾等
以[242]罪棄爲婢, 安得尊稱邪?" 因流涕嗚咽. 又曰: "至尊若念疇昔, 使得見日月,
乞署此爲回心院." 上曰: "朕即有處置." 武氏聞之, 大怒, 遣人斷去手足, 投酒甕中,
曰: "令二嫗骨醉." 後數見二人爲祟, 故多居洛陽, 不敢歸長安.

高宗與漢高帝不同. 高帝是英雄心事, 一步百計, 欲割小愛以就大事. 高宗本
是雜情奴才, 後來則一味怕婆而已.

159. (14-12) 매비(梅妃)[243]

매비(梅妃)는 성이 강(江) 씨였고 포전(莆田)[244]사람이었다. 그녀의 아버
지는 강중손(江仲遜)이었으며 집안은 대대로 의업에 종사했다. 매비는 아홉

---

241) 【校】 良娣:《新唐書》에는 "良娣"로 되어 있고《情史》에는 "良姊"로 되어 있다.
242) 【校】 以:《新唐書》에는 "以"로 되어 있고《情史》에는 "非"로 되어 있다.
243) 이 이야기는 송나라 무명씨의 傳奇小說 〈梅妃傳〉이다.《說郛》권38,《唐人
說薈》,《艶異編》권13,《互史》外紀寵幸 권4,《唐宋傳奇集》권8에 수록되어
있다.《說郛》와《唐人說薈》에는 작자가 曹鄴으로 되어 있지만 魯迅은《唐宋
傳奇集》권말〈稗邊小綴〉에서 이는 잘못된 것이라고 했다.
244) 포전(莆田): 지금의 福建省 莆田縣 黃石鎭 일대이다.

살 때 〈이남(二南)〉245)을 암송할 수 있었으며 아버지에게 말하기를 "저는
비록 여자지만 이를 뜻으로 삼고자 합니다."라고 하자 그녀의 아버지가
기특하게 여겨 이름하기를 채빈(采蘋)246)이라 했다. 개원(開元) 연간 고력사
(高力士)가 사신으로 민월(閩越) 지방에 갔을 때 매비는 열다섯 살이었다.
그녀가 젊고 아름다운 것을 보고, 골라내 데리고 와서 명황(明皇)의 시중을
들게 하자 그녀는 크게 총애를 받게 되었다. 장안의 대내(大內), 대명(大明),
흥경(興慶) 등의 삼궁(三宮)과 동도(東都)247)의 대내(大內), 상양(上陽) 등의
양궁(兩宮)에는 거의 4만 명의 비첩들이 있었는데 황제는 매비를 얻을 때부터
이들을 진토(塵土)와 같이 보았다. 궁중의 비빈들도 스스로가 매비에 미치지
못한다고 여겼다. 그녀는 본성이 매화를 좋아하여 거처에 있는 난간에
모두 다 여러 그루의 매화를 심었으므로 황제는 편액에 매정(梅亭)이라고
썼다. 매화가 피면 한밤이 되도록 시를 읊으며 감상하고도 여전히 연연해하
며 꽃 아래를 차마 떠나지 못했다. 황제는 그녀가 좋아하는 것으로써 우스갯
소리로 그녀를 매비(梅妃)라 이름했다. 매비는 〈소(蕭)〉, 〈난(蘭)〉, 〈이원(梨
園)〉, 〈매화(梅花)〉, 〈봉적(鳳笛)〉, 〈파배(玻盃)〉, 〈전도(剪刀)〉, 〈기창(綺
窓)〉 등과 같은 여덟 편의 부를 지었다.

245) 이남(二南):《詩經》의 〈周南〉과 〈召南〉을 이른다.《詩大序》에서는 "〈周南〉과
〈召南〉은 왕도의 시초를 바르게 하는 도리이며 王化의 기초이다."라고 했다.
246) 채빈(采蘋):《詩經》〈召南〉의 편명으로 남쪽 나라가 文王의 교화를 입어 大
夫의 아내가 제사를 잘 받드는 것을 찬미한 시이다.
247) 동도(東都): 수당 때 수도가 장안에 있었으므로 낙양을 동도라고 했다.

청대(淸代) 왕화(王翽), 《백미신영(百美新詠)》 가운데 〈매비(梅妃)〉

　그 당시는 오랫동안 태평하여 나라에 소란이 없었다. 황제는 형제간에 매우 우애가 있어서 그들과 매일 연회를 했는데 그때마다 반드시 매비가 곁에서 시중을 들었다. 황제가 매비에게 등자(橙子)를 까서 여러 왕에게 주도록 하게 했는데 매비가 한왕(漢王)의 자리에 이르렀을 때 한왕이 남몰래 발로 매비의 신발을 밟자 그녀는 곧장 그 자리에서 물러나왔다. 황제가 나오라고 연이어 재촉하게 했더니 보고하기를 "방금 신발의 구슬이 떨어져서 꿰매고 있사오니 마치는 대로 가겠사옵니다."라고 했다. 한참 지나자 황제가 친히 가서 매비를 불렀다. 매비가 옷을 끌고 황제를 맞이하며 말하기를 "가슴과 배에 병이 나서 나가지 못하옵니다."라고 하고 끝내 나가지 않았다. 그녀가 황제의 총애를 믿고 있었던 것은 이 정도였다. 후에 황제는 매비와 투다(鬥茶)[248]를 했는데 여러 왕을 둘러보면서 농담 삼아 이렇게 말했다.

"이는 매정(梅精)이로다. 백옥 피리를 불고 경홍무(驚鴻舞)249)를 추어 온 자리를 빛냈도다. 투다는 오늘도 나를 이겼구나!"

이 말이 떨어지자마자 매비가 말했다.

"풀과 나무를 가지고 노는 놀이는 실수로 폐하를 이겼지만, 만일 천하를 조화롭게 하고 국정을 다스리는 일이라면 폐하께서 당연히 방법이 있으실 것이니 비첩이 어찌 능히 승부를 겨룰 수 있겠사옵니까?"

이에 황제가 크게 기뻐했다.

마침 양태진(楊太眞)이 궁궐에 들어와 시중을 들게 되면서 매비가 받았던 총애를 날로 빼앗았지만 황제는 매비를 멀리하려는 뜻은 없었다. 그러나 양태진과 매비 두 사람은 서로 시기하여 길을 피해 가곤 했다. 황제가 일찍이 그들을 아황과 여영으로 비유한 적이 있었는데 의론하는 자는 도량이 다르다고 뒤에서 비웃었다. 양태진은 질투가 심하고 꾀가 많았지만 매비는 성격이 부드럽고 너그러워 양태진을 이길 수 없었으므로 나중에 결국 양씨 때문에 상양(上陽) 동궁으로 옮기게 되었다. 후에 황제는 매비를 그리워하여 밤에 어린 환관을 보내 등불을 끈 채 은밀히 말놀이를 핑계 삼아 매비를 취화서각(翠華西閣)으로 불러오게 한 뒤에 옛 사랑을 이야기하며 슬픔을 스스로 이길 수 없었다. 그러다가 황제가 잠에서 깨어나지 못하고 있었는데 시종이 놀라서 보고하기를 "귀비께서 이미 취화서각 앞에 와 계신데 어찌해 야 하옵니까?"라고 했다. 황제는 옷을 걸치고 나서 매비를 안아 겹 장막 사이에 숨겼다. 곧 양태진이 이르러서 묻기를 "매정(梅精)은 어디에 있습니 까?"라고 하자 황제가 말하기를 "동궁에 있지."라고 했다. 양태진이 말하기를 "청컨대 그를 불러다가 오늘 함께 온천욕을 했으면 하옵니다."라고 했다. 황제가 말하기를 "그 여자는 이미 쫓아냈으니 함께 가지 마시오."라고 했다.

---

248) 투다(鬪茶): 차의 품질과 차 달이는 기술을 겨루는 놀이를 말한다.

249) 경홍무(驚鴻舞): 기러기가 날아다니는 아름다운 모습을 나타내는 춤인 듯하다.

양태진의 말이 더욱 단호해지자 황제는 좌우를 둘러보기만 하고 대답하지
않았다. 양태진은 매우 화가 나서 말했다.

　"고기와 과일이 어지럽게 널려져 있고 폐하의 침상 밑에는 여자가 남긴
신발도 있는데, 밤에 어떤 이가 와서 폐하의 시침을 들었기에 술을 즐거이
드시고 취하셔서 해가 떠도 조회에 나가시지 않으시는 것이옵니까? 폐하께
서는 나가셔서 군신들을 보시면 되옵니다. 첩은 여기에 머물면서 폐하가
돌아오시기를 기다리겠사옵니다."

　황제가 심히 부끄러워 이불을 끌고 병풍을 바라보며 다시 누워서 말하기를
"오늘은 병이 나서 조정에 나갈 수 없소."라고 하자 양태진은 매우 화가
나서 곧장 그녀의 처소로 돌아갔다. 곧 황제가 매비의 소재를 찾아보니
이미 어린 환관이 그녀로 하여금 걸어서 동궁으로 돌아가도록 보낸 뒤였기에
황제는 노하여 그 어린 환관의 목을 베었다. 그리고 매비가 남긴 신발과
더불어 옥으로 된 장신구를 매비에게 하사하도록 명했다. 매비가 사자에게
말하기를 "폐하께서 나를 버리시는 것이 이토록 심하오?"라고 하자, 사자가
말하기를 "폐하께서 매비를 버리시는 것이 아니라 진실로 양태진이 무정해질
까 두려워하시는 것뿐이옵니다."라고 했다. 매비가 웃으면서 말하기를 "나를
어여삐 여기시면 그 뚱뚱한 노비의 마음이 움직일까봐 두려워하시는 것이
어찌 나를 버리시는 것이 아니겠는가?"라고 했다. 매비는 천금을 써서 고력사
의 생일을 축하한 뒤에 그로 하여금 문사(文士)를 찾아서 사마상여가 〈장문부
(長門賦)〉250)를 지은 것을 모방하도록 하여 황제의 마음을 돌리려고 했다.
고력사는 마침 양태진을 모시고 있었던 데다가 그녀의 세력을 두려워하였으

---

250) 장문부(長門賦): 한나라 무제의 陳 皇后가 총애를 잃고 長門宮에 살게 되었
　　는데 사마상여가 문장을 잘 짓는다는 말을 듣고서 그에게 황금 백 근을 주
　　고 황제의 마음을 되돌리는 글을 써 달라고 했다. 그리하여 사마상여가
　　〈장문부〉를 지어 무제의 마음을 되돌렸다고 한다. 이런 내용이 사마상여의
　　〈長門賦序〉에 보인다.

므로 매비에게 보고하기를 "부(賦)를 지을 수 있는 사람이 없사옵니다."라고
했다. 이에 매비는 스스로 〈누동부(樓東賦)〉를 지었는데 그 부는 대략 다음과
같다.

옥거울에는 먼지가 끼고	玉鑑塵生
화장합(化粧盒)에는 향기가 사라졌구나	鳳奩香殄
솜씨 내어 머리단장하기도 귀찮고	懶蟬鬢251)之巧梳
가벼운 비단옷도 무심히 내버려 두네	閒縷衣之輕練
혜궁(蕙宮)에서는 적막하여 괴롭거니	苦寂寞于蕙宮
난전(蘭殿)에서 오직 생각에만 빠져 있어라	但凝思乎蘭殿
이리저리 흩날리며 떨어지는 매화	信標落之梅花
장문궁(長門宮)이 가로막아 아니 보이네	隔長門252)而不見

　양태진이 이를 듣고 명황에게 말하기를 "강비는 용렬하고 비천하여 은어
로 원망(怨望)을 떠벌리고 있으니 원컨대 죽음을 내리시옵소서."라고 하자
황제는 침묵하고 말을 하지 않았다. 마침 영남(嶺南)에 갔던 사자가 돌아왔는
데 매비가 좌우 시종들에게 묻기를 "어디에서 사자가 온 것인가? 매화를
가져온 사자가 아닌가?"라고 했더니, 답하기를 "여러 지방에서 양귀비에게
바칠 과실253)을 가져오는 사자가 이른 것이옵니다."라고 하자 매비가 슬피
흐느끼며 눈물을 흘렸다. 황제가 화악루(花蕚樓)에 있을 때 마침 오랑캐

---

251) 선빈(蟬鬢): 부녀들의 머리 양식의 일종으로 양쪽 귀밑머리를 매미의 날개
　　처럼 얇게 했으므로 선빈이라고 했다.
252) 장문(長門): 원래는 한나라 長門宮을 가리키는 것이었으나 무제의 陳 皇后가
　　총애를 잃고 장문궁에 거처한 것에서 비롯되어 나중에는 총애를 잃은 여자
　　의 적막하고 쓸쓸한 거처를 의미하게 되었다.
253) 과실(果實): 구체적으로 楊貴妃가 즐겨 먹던 荔枝를 가리킨다. 여지는 중국
　　남부 지방에서 나오는 과일로 매년 여지가 익으면 역마로 운송하여 양귀비
　　에게 바치도록 했다.

사자가 이르니 진주 한 곡(斛)을 봉하여 은밀히 매비에게 하사하도록 했다. 매비는 이를 받지 않고 사자에게 시 한 수를 넘겨주며 말하기를 "저 대신 어전(御前)에 올려 주십시오."라고 했다. 그 시는 이러하다.

버들잎 같은 눈썹 안 그린 지 오래	柳葉雙眉久不描
화장 자국에 눈물 섞여 붉은 비단 적시네	殘妝和淚汚紅綃
장문궁 들어올 때부터 몸단장도 하지 않는데	長門自是無梳洗
구태여 진주로 적막함을 위로하실 필요 있나요	何必珍珠慰寂寥

황제는 시를 보고 실의에 빠져 즐거워하는 빛이 없었다. 악부(樂府)에 명하여 새로운 곡조를 이 시에 붙이도록 하게 하고 〈일곡주(一斛珠)〉라 불렀는데 이 곡조명은 여기에서 비롯된 것이다. 그 후에 안록산(安祿山)이 병란을 일으켜 조정을 침범하여 황제는 서쪽으로 피난을 갔다가 양태진은 죽임을 당했다. 황제는 장안으로 돌아와서 매비가 있는 곳을 찾았지만 찾지 못하자 슬퍼하며 그녀가 병란 후 타처에서 유락(流落)하는 것으로 생각했다. 조서를 내리기를 "그녀를 찾은 사람이 있으면 2급의 벼슬을 올려주고 백만 전(錢)을 하사하겠노라."라고 하며 두루 묻고 찾아도 그녀의 소재를 알 수 없었다. 또한 황제는 도사에게 명하여 혼백을 날려 바람을 타고 천지를 돌아보도록 했으나 역시 찾아내지 못했다. 어떤 환관이 그녀의 그림을 바치자 황제가 말하기를 "매우 흡사는 하지만, 살아 있지 않다."라고 하고 그 그림에 다음과 같은 시를 적었다.

아리따운 황비 궁궐에 있을 적이 그립나니	憶昔嬌妃在紫宸
단장도 하지 않고 천진난만했었지	鉛華不御得天真
비단 위에 그려진 모습은 그때와 같으나	霜綃254)雖似當時態
어찌하랴, 그 고운 눈빛은 사람을 보지 않으니	爭奈嬌波不顧人

황제는 이를 읊고 눈물을 흘렸으며 그림을 모사하여 돌에 조각하도록 명했다. 그 후 황제가 여름에 낮잠을 자다가 대나무 사이에서 매비가 울고 있는 것을 어렴풋이 보았는데 그녀가 눈물을 머금은 채로 소매를 들어 얼굴을 가린 모습은 꽃에 안개가 낀 것과 같았다. 매비가 말하기를 "예전에 폐하께서 몽진하셨을 때 첩은 반란군의 손에 죽있습니다. 첩을 가엽게 여긴 자가 제 해골을 연못 동쪽에 있는 매화나무 곁에 묻어줬습니다."라고 했다. 황제는 놀라 진땀을 흘리며 깬 뒤에 곧장 사람을 시켜 태액지(太液池)로 가서 땅을 파고 살펴보도록 했으나 아무것도 얻지 못하자 더욱 울적해했다. 문득 온천 탕지(湯池) 옆에 매화나무 십여 그루가 있는 것을 깨닫고는 "혹시 그곳에 있는 것이 아닌가?"라고 생각하여 마차를 몰게 해 몸소 그곳에 이른 뒤에 땅을 파 살펴보도록 했다. 겨우 몇 그루만 파고서 시신을 찾았는데 그 시신은 비단 이불에 싸인 채 술통에 넣어져 있었으며 그 위에 흙이 세 자 가량 덮여져 있었다. 황제가 크게 통곡하기에 좌우 시종들은 고개를 들고 바라볼 수 없었다. 그녀의 다친 곳을 살펴보니 옆구리 밑에 칼자국이 있었다. 황제가 친히 글을 지어 그녀를 애도했으며 귀비의 예로 개장(改葬)했다.

찬(贊)하여 말한다.

명황은 노주(潞州) 별가(別駕)²⁵⁵⁾가 되었을 때부터 패기가 있기로 이름나 있었으니 말을 타고 개를 끌며 호현(鄠縣)과 두릉(杜陵) 일대에서 사냥하면서 호협한 젊은이들과 노닐었다. 이를 이용하여 지서(支庶)²⁵⁶⁾에서 일어나

254) 상초(霜綃): 흰 비단이나 흰 비단에 그려져 있는 초상을 가리킨다.
255) 노주별가(潞州別駕): 唐나라 때 潞州는 지금의 山西省 長治市이다. 별가는 刺史를 보좌하는 관직으로 자사가 관할구역을 순찰할 때 수레를 몰고 따라다녔으며 別駕라고 불리었다. 중종 景龍 2년(708)에 당현종은 노주 별가를 맡은 적이 있었다.
256) 지서(支庶): 서얼을 가리키는 말로 당현종이 睿宗과 후궁 竇氏 사이에서 태

황위에 올라 50여 년 동안 천하의 진헌(進獻)을 누리면서 극도로 사치했고
자손들은 백수 명에 이르렀으며 각 지방의 미인을 많이 보았다. 만년에
양씨를 얻어 삼강(三綱)을 개변시키고 온 나라를 어지럽혀 스스로 황위에서
내려오게 되었으며 나라를 욕보였음에도 생각하기에 조금도 후회하지 않았
으니 이는 틀림없이 그의 마음에 들고 그의 욕망을 만족시킨 것이 있었던
것이다. 매비는 양귀비와 앞서거니 뒤서거니 하며 그 틈에서 미색으로
심한 질투를 받았으니 황제에게 어떠했는지를 또한 알 수 있다. 의론하는
자가 말하기를 "멸족을 당했거나 혹은 비명에 죽은 것은 모두 그들이 아첨하
고 시기해 자초한 것이다."라고 했는데 그는 명황이 나이가 들면서 질투하고
잔인하게 되어 심지어 하루에 아들 세 명을 죽이면서도 마치 개미를 가벼이
죽이는 것처럼 여겼던 것은 전혀 모르고 있는 것이다. 명황은 도망쳤다가
돌아온 뒤에 반역한 자[257]로부터 제지를 받았으며, 사방을 둘러 비빈들을
봐도 참수를 당했거나 도망쳐 모두 사라졌고 홀로 구차하게 살아남았으니
천하가 그를 불쌍히 여겼다. 《전(傳)》에 이르기를 "그가 사랑하지 않는
것으로써 그가 사랑하는 것에 미치게 한다."라고 했으니 대저 하늘이 그에게
갚음을 한 것이다. 응보의 이치는 조금도 틀림이 없는데 이것이 어찌 그
두 여자만의 죄이겠는가?

어난 아들이라 이렇게 이른 것이다.

257) 숙종인 李亨(711~762)을 가리킨다. 그는 安史의 亂으로 도망가고 있던 아버
지 현종이 없는 사이에 스스로 靈武(지금의 甯夏省 靈武 서남쪽 일대)에서
황위에 올랐다.

[원문] 梅妃

　　梅妃, 姓江氏, 莆田人. 父仲遜, 世爲醫. 妃年九歲, 能誦《二南》. 語父曰:
"我雖女子, 期以此爲志." 父奇之, 名曰258)釆蘋. 開元中, 高力士使閩粤259), 妃笄
矣. 見其少麗, 選歸侍明皇, 大見寵倖. 長安大內、大明、興慶三宮, 東都大內、
上陽兩宮, 幾四萬人, 自得妃視如塵土. 宮中亦自以爲不及. 性喜梅, 所居闌檻, 悉植
數株, 上榜曰"梅亭". 梅開, 賦賞至夜分, 尙顧戀花下不能去. 上以其所好, 戲名曰"梅
妃". 妃有《蕭》、《蘭》、《梨園》、《梅花》、《鳳笛》、《玻盃》、《剪刀》、
《綺窻》八賦260).

　　是時承平歲久, 海內無事. 上於兄弟間極友愛, 日從燕間, 必妃侍側. 上命破
橙往賜諸王. 至漢邸, 潛以足躡妃履, 登時退閣. 上命連趣261), 報言"適履珠脫綴,
綴竟當來". 久之, 上親往命妃. 妃拽衣迓上, 言"胃腹疾作, 不果前也", 卒不至.
其恃寵如此. 後上與妃鬪茶, 顧諸王戲曰: "此梅精也, 吹白玉笛, 作驚鴻舞, 一座光
輝. 鬪茶今又勝我矣." 妃應聲曰: "草木之戲, 誤勝陛下. 設使調和四海, 烹飪鼎
鼐262), 萬乘263)自有心法264), 賤妾何能較勝負也." 上大悅.

---

258) 【校】名曰:《情史》에는 "名曰"로 되어 있고 《說郛》에는 "名之曰"로 되어 있
　　으며 《唐宋傳奇集》에는 "名曰之"로 되어 있다.
259) 【校】閩越:《情史》,《艶異編》에는 "閩越"로 되어 있고 《說郛》,《唐宋傳奇集》
　　에는 "閩粤"로 되어 있다.
260) 【校】八賦:《情史》와 《艶異編》에는 "八賦"로 되어 있고 《說郛》,《唐宋傳奇集》
　　에는 "七賦"로 되어 있다.
261) 【校】趣:《情史》,《艶異編》에는 "趣"으로 되어 있고 《說郛》,《唐宋傳奇集》에
　　는 "宣"으로 되어 있다.
262) 調和四海 烹飪鼎鼐(조화사해 팽임정내): 전하는 바에 따르면, 은나라 高宗
　　武丁이 傅說에게 나라를 다스리는 방법을 묻자, 부열이 가마솥에 있는 음식
　　의 맛을 조절하는 것으로 비유해서 설명해 주었고 무정은 그를 발탁해 자
　　신을 보좌하게 했다. 나중에 나라를 다스리는 것을 가마솥에 담겨 있는 음
　　식에 간을 맞추는 것으로 비유해 이르게 되었다.
263) 萬乘(만승): 周나라 제도에 의하면 천자는 땅이 사방 천 리가 되고 전차 만
　　대를 출병시킬 수 있다하여 천자를 이르러 만승이라 했다.
264) 【校】心法:《情史》,《說郛》에는 "心法"으로 되어 있고 《艶異編》,《唐宋傳奇
　　集》에는 "憲法"으로 되어 있다.

會太眞楊氏入侍, 寵愛日奪, 上無疎意. 而二人相疾, 避路而行. 上嘗方之英、皇, 議者謂廣狹不類, 竊笑之. 太眞忌而智, 妃性柔緩, 亡以勝. 後竟爲楊氏遷于上陽東宮²⁶⁵⁾. 後上憶妃, 夜遣小黃門滅燭, 密以戲馬召妃至翠華西閣, 敘舊愛, 悲不自勝. 繼而上失寐, 侍御驚報曰: "妃子已屆閣前, 當²⁶⁶⁾奈何?" 上披衣, 抱妃藏夾幙間. 太眞旣至, 問: "梅精安在?" 上曰: "在東宮." 太眞曰: "乞宣至, 今日同浴溫泉." 上曰: "此女已放屛, 無並往也." 太眞語益堅, 上顧左右不答. 太眞大怒, 曰: "看核狼藉, 御榻下有婦人遺舃, 夜來何人侍陛下寢, 歡醉至于日出不視朝? 陛下可出見群臣, 妾止此閣以俟駕回." 上愧甚, 拽衾向屛復寢, 曰: "今日有疾, 不可臨朝." 太眞怒甚, 逕歸私第. 上頃覓妃所在, 已爲小黃門送令步歸東宮. 上怒斬之. 遺舃並翠鈿命封賜妃. 妃謂使者曰: "上棄我之深乎?" 使者曰: "上非棄妃, 誠恐太眞無情²⁶⁷⁾耳!" 妃笑曰: "恐憐我則動肥婢情, 豈非棄也?" 妃以千金壽高力士, 求詞人擬司馬相如爲《長門賦》, 欲邀上意. 力士方奉太眞, 且畏其勢, 報曰: "無人解賦." 妃乃自作《樓東賦》, 其略曰:

"玉鑑²⁶⁸⁾塵生, 鳳奩香殄. 懶蟬髻之巧梳, 閒縷衣之輕練. 苦寂寞于蕙宮, 但凝思乎蘭殿. 信摽²⁶⁹⁾落之梅花, 隔長門而不見."

太眞聞之, 訴明皇曰: "江妃庸賤, 以廋詞²⁷⁰⁾宣言怨望, 願賜死." 上默然. 會嶺表使歸, 妃問左右: "何處驛使來, 非梅使邪?" 對曰: "庶邦貢楊妃果實²⁷¹⁾使來."

---

265) 【校】上陽東宮:《情史》,《艶異編》,《唐宋傳奇集》에는 "上陽東宮"으로 되어 있고《說郛》에는 "上陽宮"으로 되어 있다.

266) 【校】當: [影],《說郛》,《艶異編》,《唐宋傳奇集》에는 "當"으로 되어 있고 [鳳], [岳], [類], [春]에는 "將"으로 되어 있다.

267) 【校】無情:《情史》,《艶異編》에는 "無情"으로 되어 있고《說郛》,《唐宋傳奇集》에는 "惡情"으로 되어 있다.

268) 【校】鑑: [影],《說郛》,《艶異編》,《唐宋傳奇集》에는 "鑑"으로 되어 있고 [鳳], [岳], [類], [春]에는 "鑒"으로 되어 있다.

269) 【校】摽:《說郛》,《唐宋傳奇集》에는 "摽"로 되어 있고《情史》,《艶異編》에는 "標"로 되어 있다.

270) 【校】廋詞:《說郛》,《唐宋傳奇集》에는 "廋詞"로 되어 있고《情史》,《艶異編》에는 "誤詞"로 되어 있다.

271) 【校】果實:《情史》,《說郛》,《艶異編》에는 "果實"로 되어 있고《唐宋傳奇集》

妃悲咽泣下. 上在花萼樓, 會夷使至, 命封珍珠一斛密賜妃. 妃不受, 以詩付使者
曰: “爲我進御前也.” 曰:

　　“柳葉雙眉久不描, 殘妝和淚汚272)紅綃. 長門自是無梳洗, 何必珍珠慰寂寥.”

　　上覽詩, 悵然不樂. 令樂府以新聲度之, 號《一斛珠》, 曲名是此始273). 後祿山
犯闕, 上西幸, 太眞死. 及東歸, 尋妃所在, 不可得. 上悲, 謂兵火之後, 流落他處.
詔: “有得之, 官二274)秩, 錢百萬.” 訪搜不知所在. 上又命方士飛神御氣, 潛經天地,
亦不可得. 有宦者進其畫眞, 上言“甚似, 但不活耳.” 詩題於上, 曰:

　　“憶昔嬌妃在紫宸, 鉛華不御得天眞. 霜綃雖似當時態, 爭奈嬌波不顧人.”

　　讀之泣下, 命模像刊石. 後上暑月晝寢, 髣髴見妃隔竹間泣, 含涕障袂, 如花
朦霧露狀. 妃曰: “昔陛下蒙塵, 妾死亂兵之手. 哀妾者埋骨池東梅株傍.” 上駭然流
汗而寤. 登時令祭太液池發視之, 無獲. 上益不樂. 忽悟溫泉湯池側有梅十餘株,
豈在是乎? 上自命駕, 令發視. 纔數株, 得屍, 裹以錦褥275), 盛以酒槽, 附土三尺許.
上大慟, 左右莫能仰視. 視其所傷, 脇下有刀痕. 上自製文誄之, 以妃禮易葬焉.

　　贊曰: 明皇自爲潞州別駕, 以豪偉聞, 馳騁犬馬, 鄠杜276)之間, 與俠少游.
用此起支庶, 踐尊位, 五十餘年, 享天下之奉, 窮奢極侈, 子孫百數, 其閱萬方美色
眾矣. 晚得楊氏, 變易三綱277), 濁亂四海, 身廢國辱, 思之不少悔, 是固有以中其心,

에는 “荔實”로 되어 있다.
272) 【校】汚: 《情史》, 《說郛》, 《艶異編》에는 “汚”로 되어 있고 《唐宋傳奇集》에는
　　“溼”으로 되어 있다.
273) 【校】曲名是此始: 《情史》, 《艶異編》에는 “曲名是此始”로 되어 있고 《說郛》,
　　《唐宋傳奇集》에는 “曲名始此也”로 되어 있다.
274) 【校】二: [影], 《說郛》, 《艶異編》, 《唐宋傳奇集》에는 “二”로 되어 있고 [鳳],
　　[岳], [類], [春]에는 “三”으로 되어 있다.
275) 【校】褥: 《情史》에는 “褥”으로 되어 있고 《說郛》에는 “絪”으로 되어 있으며
　　《艶異編》, 《唐宋傳奇集》에는 “裀”으로 되어 있다.
276) 鄠杜(호두): 鄠縣과 杜陵을 아울러 이르는 말이다. 鄠縣은 지금의 陝西省 戶
　　縣이고 杜陵은 漢宣帝의 능묘로 西安 근처에 있다. 호두은 일반적으로 戶縣
　　과 西安 일대 지역을 가리킨다.
277) 變易三綱(변역삼강): 당현종이 그의 아들인 壽王 李瑁의 妃였던 楊玉環을 자

滿其欲矣. 江妃者, 後先其間, 以色爲所深嫉, 則其當人主者, 又可知矣. 議者謂:
或覆宗, 或非命, 均其媚忌[278]自取. 殊不知明皇耄而忮忍[279], 至一日殺三子[280],
如輕斷螻蟻之命. 奔竄而歸, 受制昏逆, 四顧嬪嬙, 斬亡俱盡, 窮獨苟活, 天下哀之.
《傳》曰"以其所不愛及其所愛[281]", 蓋天所以酬之也. 報復之理, 毫髮不差, 是豈特
兩女子之罪哉!

신의 비로 들인 일을 이르는 것이다.

278) 【校】 媚忌: 《說郛》, 《唐宋傳奇集》에는 "娼忌"로 되어 있고 《情史》, 《艷異編》
　　에는 "媚忌"로 되어 있다.

279) 【校】 忮忍: [鳳], [春], 《說郛》, 《唐宋傳奇集》에는 "忮忍"으로 되어 있고 [影],
　　[岳], [類], 《艷異編》에는 "忮忽"로 되어 있다.

280) 一日殺三子(일일살삼자): 당현종 開元 25년(737)에 武惠妃가 부마도위 楊洄
　　와 공모해 궁에 도적이 있다는 핑계로 태자 李瑛, 鄂王 李瑤, 光王 李琚 등
　　에게 입궁을 하게 하고서 현종에게는 세 사람이 갑옷을 입고 궁 안으로 들
　　어와 모반하려 한다고 무함을 했다. 현종이 크게 노하여 세 아들을 모두
　　서민으로 강등시킨 뒤에 사약을 내린 일을 이른다. 이에 대한 구체적인 이
　　야기는 《新舊唐書 · 玄宗諸子》, 《資治通鑒》 권214 등에 보인다.

281) 以其所不愛及其所愛(이기소불애급기소애): 《孟子 · 盡心下》에 보이는 "어진
　　자는 그가 사랑하는 것으로써 그가 사랑하지 않는 것에 미치게 하고, 어질
　　지 못한 자는 그가 사랑하지 않는 것으로써 그가 사랑하는 것에 미치게 한
　　다.(仁者以其所愛及其所不愛, 不仁者以其所不愛及其所愛.)"라는 말에서 나왔다.
　　玄宗은 그가 행했던 잔인한 짓으로 인해 그가 총애했던 비빈들에게까지 화
　　를 당하게 만들었다는 뜻이다.

160. (14-13) 요낭(窈娘)[282]

　　무주(武周)[283] 때 낭중(郞中)이었던 교지지(喬知之)[284]에게 요낭(窈娘)이
란 시녀가 있었는데 용모가 아름답고 가무에 능했다. 교지지가 그녀에게
책 읽는 것도 가르쳤으므로 요낭은 글도 잘 지었다. 교지지는 그녀를 무척
총애하였으며 그녀를 위해 혼인도 하지 않았다. 당시에 무승사(武承嗣)[285]는
높은 지위를 믿고 교만해 가무를 가르친다고 하고 요낭을 빌려가서 끝내
돌려보내지 않았다. 교지지는 원통하고 분해서 병이 나〈녹주원(綠珠怨)〉[286]
이란 시를 지어 비단에 적은 뒤에 무승사의 집 문지기에게 후한 뇌물을
주고 그것을 요낭에게 은밀히 보냈다. 그 시는 이러하다.

　　석씨(石氏) 금곡원에서 참신한 음악을 좋아하여　　　石家金谷重新聲
　　진주 열 곡(斛)으로 아름다운 미인을 사왔네　　　　　明珠十斛買娉婷

---

282) 이 이야기는 《本事詩》 情感 第一과 《新唐書》 권197 〈外戚傳 · 武承嗣〉에 보
　　 인다. 《藝文類聚》 권42, 《太平廣記》 권274, 《類說》 권51, 《說郛》 권80, 《天
　　 中記》 권19 등에도 수록되어 있으며 《艶異編》 권16 〈綠珠傳〉 뒤에도 부기
　　 되어 있다. 당나라 張鷟의 《朝野僉載》 권2에도 보이는데 시녀의 이름은 碧
　　 玉으로 되어 있다.
283) 무주(武周): 武則天(624~705)이 세운 왕조로 통치기간은 690년부터 705년까
　　 지이다.
284) 교지지(喬知之, ?~697): 同州 馮翊(지금의 陝西省 大荔縣)사람으로 文名이 있
　　 었으며 武周 때 左司郎中을 지냈다.
285) 무승사(武承嗣, ?~698): 并州 文水(지금의 山西省 文水市)사람으로 武則天의
　　 조카였다. 武則天에게 李唐 종실을 주살하고 武氏 종묘를 세우도록 권했으
　　 며 태자로 세워 달라고 자천했으나 狄仁傑 등의 반대로 뜻을 이루지 못했
　　 다. 그 뒤에 중종 李顯이 다시 태자로 세워지자 울분해 죽었다.
286) 녹주원(綠珠怨): 이 시는 《全唐詩》 권81에 〈綠珠篇〉이라는 제목으로 수록되
　　 어 있다. 녹주는 晉나라 석숭이 총애했던 시첩으로 趙王 司馬倫의 부하인
　　 孫秀가 빼앗으려 하자 金谷園에 있는 누각에서 투신해 죽었다. 자세한 이야
　　 기는 樂史의 〈녹주전〉과 《情史》 권1 정정류 〈녹주〉에 보인다.

그날 사랑스러움은 견줄 데 없었고	此日可憐無復比
그때 귀여움은 사람들의 사랑을 받았지	此時可愛得人情
낭군의 처첩들 나를 괴롭힌 적도 없었고	君家閨閣未曾難
춤과 노래를 사람들에게 보이곤 했었지	嘗持歌舞使人看
손수의 기세는 횡포하여 상리에도 맞지 않아	意氣雄豪非分理
거만히도 마구 범했네	驕矜勢力橫相干
낭군과 작별하고 떠나매 마침내 참기 어려워	辭君去君終難忍
괜스레 얼굴 가린 채 눈물지어 홍분이 지워졌구나	徒勞掩面傷紅粉
영원한 이별은 높은 누각에 있으니	百年離別在高樓
하루아침에 홍안은 낭군을 위해 목숨을 다하리	一旦紅顏爲君盡

요낭은 시를 받고 슬피 울다가 우물에 투신해 죽었다. 무승사는 그녀를 건져내게 하고서 치마 띠에 적힌 시를 보고는 문지기를 채찍으로 때려 죽였으며 관원에게 넌지시 말해 교지지도 모함하여 죽게 했다.

교지지는 〈녹주원〉을 보내는 것이 이롭지 않다는 것을 분명히 알고 있었지만 그 즈음에 이미 죽으려고 작정하였으므로 그 시로 요낭을 감분(感奮)시켜 지하에서 속히 만날 수 있게 하려고 했을 뿐이었다. 그래서 무승사가 교지지를 죽인 것이 오히려 그의 목적을 이룰 수 있게 해 준 셈이 되었다. 충신이 충(忠)을 위해 죽고 효자가 효(孝)를 위해 죽으며 정인(情人)이 정(情)을 위해 죽는 것은 바라던 것을 얻는 것이므로 모두 엿같이 달콤한 일일 뿐이다.
교지지에게 여동생이 있었는데 시를 지을 수 있었으니 일찍이 헌 발을 제영하여 이런 시287)를 지었다.

---

287) 이 시는 《全唐詩》 권799에 喬氏의 〈詠破簾〉으로 수록되어 있다.

ilitarym"3|3|3|3|3|3|3|3|3|3|3|3|3|3|3|3|3|3|3|3|3|3|3|3|3|3|3|3|3|3|3|3|3|3|3|3|3|3|3|3|3|3|3|3|3|3|3|3|3|3|3|3|3|3|3|3|3|3|3|3|3|3|3|3|3|3|3|3|3|3|3|3|3|3|3|3|3|3|3|3|3|3|3|3|3|3|3|3|3|3|3|3|3|3|3|3|3|3|3|3

이미 구멍이 나 바람소리 따라 흔들리고	已漏風聲擺
줄로 매도 견뎌 낼 수 없어라	繩持也不禁
날줄이 끊겨 떨어질 때부터	一從經落節
다시는 정절을 지키려는 마음이 없었네	無復有貞心

이 여자의 풍아한 정취 또한 얕지 않았을 것이다.

[원문] 窈娘

武周時, 喬知之郎中有婢曰窈娘, 美而善歌舞. 知之敎讀書, 善屬文, 深所愛幸, 爲之不婚. 時武承嗣驕貴, 借敎歌舞, 遂不還. 知之痛憤成疾, 作《綠珠怨》, 寫以縑素[288], 厚賂閽奴, 密寄之. 其詞曰:

"石家金谷重新聲, 明珠十斛買娉婷. 此日可憐無復比[289], 此時可愛得人情. 君家閨閣未曾難, 嘗持歌舞使人看. 意氣雄豪非分理[290], 驕矜勢力橫相干. 辭君去君終難忍, 徒勞掩面傷紅粉[291]. 百年離別在高樓, 一日紅顔爲君盡."

窈娘得詩, 悲泣投井而死. 承嗣令汲出, 于裙帶上得詩, 鞭殺閽奴, 諷史羅織知之, 以至殺焉.

---

288) 【校】縑素: [影],《本事詩》에는 "縑素"로 되어 있고 [鳳], [岳], [類], [春]에는 "縑索"으로 되어 있다.

289) 【校】無復比:《情史》에는 "無復比"로 되어 있고《朝野僉載》에는 "偏自許"로 되어 있으며《全唐詩》,《本事詩》에는 "君自許"로 되어 있고《艶異編》에는 "無得比"로 되어 있다.

290) 【校】分理: [影],《本事詩》,《朝野僉載》,《全唐詩》,《艶異編》에는 "分理"로 되어 있고 [鳳], [岳], [類], [春]에는 "分裏"로 되어 있다.

291) 【校】紅粉:《情史》,《本事詩》,《艶異編》에는 "紅粉"으로 되어 있고《朝野僉載》,《全唐詩》에는 "鉛粉"으로 되어 있다.

《綠珠怨》之寄, 明知無益, 知之此際, 已自辦一死, 故以此詩激窈娘, 使速相見于地下耳! 然則承嗣之殺知之, 乃所以成就之也. 忠臣死忠, 孝子死孝, 情人死情, 求而得之, 均如飴耳!

知之有妹, 能詩. 嘗咏破簾云:

"已漏風聲擺, 繩持也不禁. 一從經落節, 無復有貞心."

此女風情, 當亦不淺.

161. (14-14) 유우석(劉禹錫)292)

이봉길(李逢吉)293)은 성격이 고집이 세고 시기심과 의심이 많은 데다가 남을 해치는 것을 즐기며 조금도 부끄러워하지 않았다. 유우석(劉禹錫)294)에게 매우 아리따운 기생이 있었는데 이봉길은 은밀히 계책을 세워 그녀를 빼앗으려 했다. 어느 날 도성에서 잔치를 베풀기로 언약하고 조정의 신하들과 그들의 총희(寵姬)들을 두루 초청하여 연회에 일찍 나오게 했다. 이봉길은

---

292) 이 이야기는 《本事詩》 情感第一에 보인다. 《太平廣記》 권273에도 〈李逢吉〉이라는 제목으로 실려 있고 《本事詩》에서 나왔다고 되어 있다. 《堯山堂外紀》 권30과 《艶異編》 권27 〈李逢吉〉에도 보인다.

293) 이봉길(李逢吉, 757~835): 자가 虛舟이고 시호는 成이며 隴西(지금의 甘肅省 일대) 사람이었다. 元和 長慶 연간에 宰相을 지냈고 牛僧孺를 천거한 바가 있으며 李德裕, 李紳 등과 갈등이 있었다. 문집으로 《斷金集》이 전하며 《全唐詩》에 그의 시 8수가 수록되어 있다.

294) 유우석(劉禹錫, 772~842): 당나라의 유명한 시인으로 자는 夢得이고 彭城(지금의 江蘇省 徐州市) 사람이었다. 中唐 문학의 대표적 인물 가운데 하나로 손꼽히며 시문의 내용은 주로 개혁적 성향을 띠었다. 벼슬은 監察御史와 檢校禮部尚書까지 올랐으며 만년에 太子賓客을 지내 劉賓客이라고도 불리었다. 〈陋室銘〉, 〈天論〉 등의 작품으로 특히 유명하며 문집으로 《劉賓客文集》이 있다.

문지기에게 명하여 유우석 집의 기생을 먼저 문으로 들어오게 했다. 잠시
후 모두 놀라며 의아해했지만 감히 말을 하는 자가 없었으며 유우석도
두렵고 당혹스러워 말을 삼켰다. 그다음 날 유우석은 친한 사람 몇 명과
더불어 이봉길을 찾아뵈러 갔더니 그는 단지 평소와 같이 대할 뿐이었다.
태연히 한참을 있으면서도 연회 때 왜 그렇게 했는지를 전혀 말을 하지
않았다. 좌중에 있던 사람들은 모두 잠자코 서로 바라보고만 있을 뿐이었다.
자리가 파하자 이봉길은 읍(揖)을 한 번 하고 물러나갔다. 유우석은 탄식하고
돌아온 뒤, 어찌할 수 없어 분하고 답답한 마음에 장형(張衡)의 〈사수(四愁)〉295)
를 모방하여 시 네 수296)를 지었다.

그 첫째 수는 이러하다.

옥차(玉釵)의 두 갈래는 다시 만날 인연 없는데 　　玉釵重合兩無緣

물고기는 깊은 연못에 학은 하늘에 있네 　　　　　魚在深潭鶴在天

득의한 자란(紫鸞)은 거울 앞에서 춤추기를 멈추었고 　得意紫鸞休舞鏡

소식 전하던 청조(靑鳥)297)도 서신을 물고 오지 않는구나 　傳言靑鳥297)罷銜箋

금동이는 이미 엎어져 쏟아진 물 다시 담기가 어려우니 　金盆已覆難收水

---

295) 사수(四愁): 동한 張衡의 〈四愁詩〉를 가리키는 것으로 7구 4장으로 되어 있
으며 《文選》 권29에 수록되어 있다. 詩序에 의하면 장형이 河間王相으로 있
을 적에 지은 것으로 뜻을 이루지 못해 우울한 심정을 표현한 작품이었다.
이후에 우울한 감정을 담고 있는 시편을 가리켜 四愁라고도 한다.

296) 이 시는 《劉賓客文集》 外集 권7에 〈懷妓四首〉로 수록되어 있다. 《全唐詩》
권361에는 유우석의 〈懷妓〉로 수록되어 있으나 "앞의 시 3수는 劉損의 시라
고도 하는데 제목은 〈憤惋〉이다."라는 주가 달려 있다. 《全唐詩》 권597에서
는 앞의 시 3수를 유손의 시로 수록했고 제목을 〈憤惋詩三首〉라고 했으며
그 뒤에 "유우석의 시라고도 하는데 제목은 〈懷妓〉이다."라는 주를 달았다.
유손의 이야기는 《情史》 권4 정협류 〈규수수〉에 보인다.

297) 청조(靑鳥): 《山海經·西山經》과 《漢武故事》 등의 기록에 의하면, 청조는 西
王母를 위해 음식을 가져다주고 서신을 전해주는 새라고 한다. 이로 인해
서신을 전달해 주는 자를 일러 청조라고도 한다.

거문고 옥진을 영원히 버린 채로 현(弦)을 잇지 않노라　玉軫298)長拋不續弦
미무(蘼蕪)가 자라는 산 밑을 지나게 되면　　　　　　若向蘼蕪山下299)過
멀리서 피눈물을 구천(九泉)에 뿌리리라　　　　　　　遙將紅淚灑窮泉

그 둘째 수는 이러하다.

난새는 멀리 있는 나무로 날아가 깃들 곳 어드메냐　　鸞飛遠樹棲何處
봉황은 새 둥지 틀었으니 마음에 들겠지　　　　　　　鳳得新巢想稱心
홍옥(紅玉)에는 아직도 짙은 향기가 남아 있는데　　　紅壁尙留香漠漠
하늘 끝 구름은 막 끊기고 소식은 감감하구나　　　　碧雲初斷信沉沉
진흙에 떨어진 옥이 더러워질 것을 뻔히 알고도　　　情知點汚投泥玉
여전히 해웃값을 마련하네　　　　　　　　　　　　　猶自經營買笑金300)
이로부터 산꼭대기 사람 모양의 돌　　　　　　　　　從此山頭似人石
그 장부의 형상에는 눈물자국 깊어지누나　　　　　　丈夫形狀淚痕深

그 셋째 수는 이러하다.

갔던 곳은 어디나 다시 찾아보았네　　　　　　　　　但曾行處更尋看
생이별이건만 죽은 것과 매일반이로다　　　　　　　雖是生離死一般
함께 놀던 나무 가에 꽃은 이미 시들었고　　　　　　買笑樹邊花已老
눈썹 그리던 창문 아래 달도 또한 쇠잔했구나　　　　畫眉牕下月猶殘
구름 숨은 무협에는 그대의 자취 사라지고　　　　　雲藏巫峽301)音容斷

---

298) 옥진(玉軫): 琴에 부착해 현을 묶고 돌려 조율하는 둥근 도장 모양의 옥으로 된 작은 부품을 이른다.
299) 미무산하(蘼蕪山下): 미무는 궁궁이의 싹으로 잎에 향이 있는 풀이다. 동한의 악부시 가운데 〈上山采蘼蕪〉에서 버림받은 여자가 산 위에 올라가 미무를 캐고 내려오다가 옛 남자를 만난 심정을 노래한 내용이 보인다.
300) 매소금(買笑金): 웃음을 사는 데 드는 돈이란 뜻으로 기생을 데리고 노는 데 쓰이는 해웃값을 이르는 말이다.

길이 막혀 오작교 건너기가 어렵구나   路隔星橋過往難

시를 짓고 나서 눈물 흘리지 않는다고 원망치 마라   莫怪詩成無淚滴

동해의 물을 모두 쏟아도 마를 것이로다   盡傾東海也須幹

그 넷째 수는 이러하다.

삼산(三山)은 보이지 않고 바다는 깊은데   三山302)不見海沉沉

어찌 신선의 종적이 있다고 다시 찾을 수 있겠나   豈有仙蹤更可尋

청조(靑鳥)가 떠나갈 때 구름길이 끊어지고   靑鳥去時雲路斷

상아가 돌아간 월궁(月宮)은 깊기도 하구나   嫦娥歸處月宮深

사창(紗惚) 가에서 오래전 봄에 그리던 생각 떠올리고   紗惚遙想春相憶

밤에 홀로 서재에서 탄식하는 이 몸을 누가 가여워하리오   書幌誰憐夜獨吟

밤하늘에 걸린 저 맑은 달은   料得夜來天上鏡

두 사람의 마음만 비추겠지   只應偏照兩人心

이는 《본사시(本事詩)》에 나온다.

일설에 의하면 다음과 같은 이야기도 있다.

이봉길이 유우석에게 아름다운 가기(歌妓)가 있다는 소리를 듣고 데리고 와서 한번 보자고 했다. 유우석은 감히 사절하지 못하고 가기를 잘 꾸며 데리고 갔다. 이봉길은 그 가기를 보고 자기 집에 있는 여러 가기들과 서로 대면하도록 명했다. 이봉길의 가기들은 사십 여 명이 있었는데 모두

---

301) 무협(巫峽): 초나라 懷王이 꿈에서 무산신녀와 만났던 장소로 나중에 남녀 가 만나는 곳을 이르게 되었다. 자세한 이야기는 《情史》 권19 정의류 〈무 산신녀〉에 보인다.

302) 삼산(三山): 《拾遺記·高辛》에 보이는 세 神山으로 方丈山, 蓬萊山, 瀛洲山을 이른다.

유우석의 가기보다 아랫길이었다. 유우석의 가기는 들어가서 다시는 나오지 않았다. 잠시 후 이봉길은 병을 핑계 삼아 자리를 파한 뒤, 이삼일이 지나도록 결코 유우석에게 알리지 않았다. 유우석은 원망하며 탄식하기를 그치지 않다가 시를 지어 이봉길에게 올렸다. 그러나 이봉길은 단지 웃음을 띠며 말하기를 "대단히 좋은 시로다."라고만 했지 끝내 그 이상 말을 하지 않았다.

[원문] 劉禹錫

李逢吉, 性強愎而沉猜多忌, 好危人, 略無怍色. 劉禹錫有妓甚麗, 李陰以計奪之. 約某日皇城中置宴, 朝賢寵嬖, 並請早赴境會. 敕閽吏先放劉家妓從門入. 傾都驚異, 無敢言者. 劉惶惑吞聲. 又翌日, 與相善303)數人謁之, 但相見如常. 從容久之, 並不言境會之所以然. 座中默然相目而已. 既罷, 一揖而退. 劉歎咤而歸, 無可奈何, 遂憤懣而作四章, 以擬《四愁》.

其一云:

"玉釵重合兩無緣, 魚在深潭鶴在天. 得意紫鸞休舞鏡, 傳言304)青鳥罷銜箋. 金盆已覆難收水, 玉軫長抛305)不續弦. 若向蘼蕪山下過, 遙將紅淚灑窮泉."

其二云:

"鸞飛遠樹棲何處, 鳳得新巢想稱心. 紅壁尚留香漠漠, 碧雲初斷信沉沉. 情知點汚306)投泥玉, 猶自經營買笑金. 從此山頭似人石, 丈夫形狀淚307)痕深."

303) 【校】相善: [影], [鳳], [岳], [類], 《太平廣記》에는 "相善"으로 되어 있고 [春]에는 "相差"로 되어 있다.
304) 【校】傳言: 《情史》에는 "傳言"으로 되어 있고 《全唐詩》, 《劉賓客文集》에는 "能言"으로 되어 있으며 《太平廣記》에는 "寄言"으로 되어 있다.
305) 【校】抛: 《全唐詩》, 《劉賓客文集》, 《太平廣記》에는 "抛"로 되어 있고 [影]에는 "龍"으로 되어 있고 [鳳], [岳], [類], [春]에는 "籠"으로 되어 있다.
306) 【校】點汚: [影], 《全唐詩》, 《劉賓客文集》, 《太平廣記》에는 "點汚"로 되어 있고 [鳳], [岳], [類]에는 "點染"으로 되어 있으며 [春]에는 "汚點"으로 되어 있다.

其三云:

"但曾行處308)更尋看, 雖是生離死一般. 買笑樹邊花已老, 畵眉牕下月猶殘.
雲藏巫峽音容斷, 路隔星橋過往難. 莫怪詩成無淚滴, 盡傾東海也須幹."

其四云:

"三山不見海沉沉, 豈有仙蹤更可尋. 靑鳥去時雲路斷, 嫦娥歸處月宮深. 紗
牕遙想春相憶, 書幌誰憐夜獨吟. 料得夜來天上鏡, 只應309)偏照兩人心."

出《本事詩》.

一說: 李逢吉聞劉有美姬, 請攜來一見. 不敢辭, 盛妝而往. 李見之, 命與衆姬
相面. 李妓四十餘人, 皆處其下. 既入, 不復出. 頃之, 李以疾辭, 遂罷坐, 信宿絶不
復知. 劉怨歎不已, 爲詩投獻, 李但含笑曰: "大好詩!" 遂絶.

162. (14-15) 위장 하강의 딸(韋莊 何康女)310)

위장(韋莊311))은 문재(文才)로 명성이 있었으므로 촉(蜀)312)나라에 기거

---

307) 【校】淚: [鳳], 《全唐詩》, 《劉賓客文集》, 《太平廣記》에는 "淚"로 되어 있고
[影], [奎], [岳], [類]에는 "似"로 되어 있다.

308) 【校】但曾行處: 《全唐詩》, 《劉賓客文集》에는 "但曾行處"로 되어 있고 《情史》,
《太平廣記》에는 "人曾何處"로 되어 있다.

309) 【校】應: 《全唐詩》, 《劉賓客文集》에는 "應"으로 되어 있고 《情史》, 《太平廣
記》에는 "因"으로 되어 있다.

310) 위장의 이야기는 송나라 楊湜의 《古今詞話》에서 나온 이야기로 《堯山堂外紀》
권40, 청나라 葉申薌의 《本事詞》 권上에도 수록되어 있다. 하강녀의 이야기
는 송나라 袁樞의 《通鑑紀事本末》 권40下, 송나라 張唐英의 《蜀檮杌》 권上,
《資治通鑑》 권271에 보인다.

311) 위장(韋莊, 836~910): 자는 端己이고 시호는 文靖으로 杜陵(지금의 陝西省 長
安市 부근) 사람이었다. 황소의 난을 당하여 가족들과 흩어지고 천하를 떠

하게 되자 촉왕(蜀王)인 왕건(王建)³¹³⁾이 그를 잡아두고 가지 못하게 했다. 위장에게 총애하는 시첩이 있었는데 그녀는 자태와 용모가 아름답고 시문에 도 능통했다. 왕건이 이를 듣고 궁인에게 사를 가르치게 한다는 핑계로 위장에게서 그 시첩을 억지로 빼앗아 갔다. 위장은 그녀가 그립고 울울하여 〈알금문(謁金門)〉³¹⁴⁾ 곡조에 맞춰 다음과 같은 사를 지었다.

공연히 그립지만	空相憶
소식 전할 길 없구나	無計得傳消息
천상의 항아는 사람이 알지 못하니	天上姮娥人不識
서신을 보내도 어디서 찾을 텐가	寄書何處覓
잠에서 막 깨어나 나른하니	新睡覺來無力
그대가 쓴 글조차도 차마 들지 못하겠네	不忍把伊書跡
뜰에는 떨어진 꽃으로 가득 차 봄은 적적하고	滿院落花春寂寂
단장(斷腸)의 방초(芳草)만 푸르구나	斷腸芳草碧

돌기도 했으며 昭宗 乾甯 원년(894)에 진사에 급제했다. 四川에 있을 때 王建 밑에서 書記를 맡기도 했으며 吏部尚書까지 지냈다. 花間派 詞人으로 詞風이 산뜻하고 아리따워 溫庭筠과 함께 溫韋라 칭해졌으며 그의 장편 악부시 〈秦婦吟〉은 한나라 악부 〈孔雀東南飛〉와 〈陌上桑〉과 더불어 樂府三絶로 꼽힌다. 《花間集》에 그의 사 48수가 수록되어 있다.

312) 촉(蜀): 오대 때 십국 가운데 하나였던 前蜀(907~931)을 가리킨다. 王建에 의해 세워졌으며 도성은 成都(지금의 四川省 成都市)에 있었다.

313) 왕건(王建, 847~918): 자는 光圖이고 許州 舞陽(지금의 河南省 舞陽縣) 사람이었다. 젊었을 때 백정과 소금 장수를 하다가 黃巢의 난을 맞아 唐나라 군대에 들어가 천자를 보호한 공으로 唐僖宗에 의해 西川節度使와 壁州刺史의 벼슬을 지냈다. 乾甯 3년(903)에 昭宗에 의해 蜀王으로 봉해졌다. 唐나라가 망한 뒤에 後梁에 복종하지 않고 成都에서 제위에 올라 국호를 大蜀이라 했다.

314) 알금문(謁金門): 본래 당나라 교방의 曲名이었는데 나중에 詞牌名으로 쓰이게 되었고 〈空相憶〉, 〈花自落〉, 〈垂楊碧〉 등이라 불리기도 한다. 敦煌의 曲辭에 보이는 "得謁金門朝帝庭"이라는 구절에서 비롯된 이름인 듯하다.

위장의 시첩은 후에 이 사를 듣고 마침내 아무것도 먹지 않아 죽었다.

왕건은 위장을 만류한 것이 아니라 위장의 총첩(寵妾)을 만류한 것이며, 재능 있는 사람을 좋아한 것이 아니라 그의 여자를 좋아한 것이니 왕건이 정리(情理)에서 어긋난 것이 심하도다! 위장 또한 기미를 보고 알아차리는 지혜가 없었구나!

촉왕이었던 왕건이 북쪽을 순행하다가 낭주(閬州)315)에 이르렀다. 낭주 사람인 하강(何康)의 딸은 용모가 아름다웠으며 장차 시집을 가려고 하고 있었다. 왕이 그녀를 취하고 신랑 집에 비단 백 필을 하사하자 그 신랑은 너무나 비통해 죽었다.

인심을 모으려고 자기가 아끼는 것을 갈라 주면서도 오히려 상대가 받아주지 않을까 두려워하는데 하물며 빼앗아 가는 것에 있어서랴. 당연하게도 왕건은 제명에 죽지 못했다. 위장의 시첩은 사(詞)를 듣고 죽었으며 하강의 딸과 결혼할 남자는 비단을 보고 죽었다. 가령 이 여자와 이 사내가 만나 한 쌍이 된다면 서로 사랑하고 서로를 위해 죽을 것이니 한 쌍의 원앙과 연리지가 된 것과 같은 특이한 일을 반드시 만들어낼 것이다.

---

315) 낭주(閬州): 지금의 四川省 閬州縣이다.

[원문] 韋莊 何康女

　　韋莊以才名寓蜀, 蜀王建遂羈畱之. 莊有寵人, 資質豔麗, 兼善詞翰. 建聞之, 託以教內人爲詞, 强莊奪去. 莊追念悒怏, 作《謁金門》詞云:

　　"空相憶, 無計得傳消息. 天上姮娥人不識, 寄書何處覓? 新睡覺來無力, 不忍把伊書跡. 滿院落花春寂寂, 斷腸芳草碧."

　　姬後聞得此詞, 遂不食而卒.

　　非畱莊也, 畱其寵也. 非愛才也, 愛其色也. 建之不情甚矣! 莊亦失見機316)之智焉!

　　蜀主建317)北巡, 至閬州. 州人何康女色美, 將嫁. 蜀主取之, 賜其夫家帛百匹, 其夫一慟而卒.

　　欲結人心, 割所愛以贈之, 猶恐其不受也, 况奪之乎. 宜建之不終也318). 姬得詞而死, 夫見帛而亡. 假令是姬是夫湊成一對, 交相愛, 交相死, 必致雙鴛、連理之異矣!

---

316) 【校】 機: [鳳], [岳], [類], [春]에는 "機"로 되어 있고 [影]에는 "幾"로 되어 있다.

317) 蜀主建(촉주건):《蜀檮杌》에는 王建의 아들인 王衍의 일로 되어 있다.《通鑑紀事本末》과《資治通鑑》에는 "蜀主"로만 되어 있으나 王建이 죽고 王衍이 즉위한 지 2년 뒤인 後梁 貞明 6년(920)의 일로 되어 있으므로 蜀主는 王建이 아니라 王衍이 되어야 한다.

318) 宜建之不終也(의건지불종야): 여기에서 蜀主는 王建이 아니라 그 아들 王衍이 되어야 한다. 王建은 71세에 병사했으므로 不終(천수를 다하지 못하다.)이라 보기 어렵다. 王衍은 즉위한 뒤로 荒淫에 빠져 지내다가 同光 3년(925) 後唐의 莊宗 李存勗에게 전패하여 투항한 뒤 피살당했으니 不終에 해당한다.

163. (14-16) 화예부인(花蕊夫人)[319]

    서광장(徐匡璋)이 딸을 후촉(後蜀) 왕인 맹창(孟昶)[320]에게 바쳤다. 그 딸은 귀비로 봉해져 별호를 화예부인(花蕊夫人)이라 하였는데 그 의미는 꽃도 그녀의 용모에 견줄 수 없으며 꽃술이 가볍게 흩날리는 것과 같다는 뜻이다. 그녀는 다시 혜비(慧妃)로 명호가 높아졌다.

    하루는 날씨가 대단히 무더워 맹창은 혜비와 더불어 밤에 일어나 마가지(摩訶池)[321]의 물가에서 더위를 피하며 다음과 같은 시[322]를 지었다.

옥같이 아름다운 피부는 시원하여 땀도 없고	冰肌玉骨淸無汗
물가 궁전에 바람 불어와 그윽한 향기 가득하네	水殿風來暗香滿
발을 걷으니 밝은 달은 홀로 사람을 엿보고	簾開明月獨窺人
베개에 기대니 비녀 꽂은 머리카락 흩어지누나	欹枕釵橫雲鬂亂

---

319) 화예부인의 이야기는 송나라 吳曾의 《能改齋漫錄》 권16 〈花蕊夫人詞〉, 송나라 阮閱의 《詩話總龜》 후집 권47, 송나라 張邦基의 《墨莊漫錄》 권9, 송나라 陳師道의 《後山詩話》, 송나라 蔡絛의 《鐵圍山叢談》 권6, 명나라 郞瑛의 《七修類稿》 권26 및 권28, 명나라 都穆의 《都公譚纂》 권下, 명나라 蔣一葵의 《堯山堂外紀》 권40, 《續艶異編》 권1, 《廣艶異編》 권1 등과 같은 문헌에 보인다.

320) 맹창(孟昶, 919~965): 五代十國 시기 後蜀의 왕으로 본명은 仁贊이고 자는 保元이며 邢州 龍崗(지금의 河北省 邢臺市) 사람이었다. 즉위 초기에는 농업과 수리를 중시하며 국력을 키웠으나 후기에는 주색과 사치에 빠졌다. 후촉 廣政 30년(965)에 송나라 군대에 대패한 뒤에 포로로 잡혀가 汴京에서 우울하게 죽음을 맞았다.

321) 마가지(摩訶池): 지금의 四川省 成都市 동남쪽에 있는 연못이다. 전하는 바에 의하면, 수나라 때 蜀王 楊秀가 흙을 파서 내성을 쌓았는데 그 파인 곳이 연못이 되었으며 한 승려가 그 연못을 보고 "摩訶宮毗羅"라고 했다 한다. 서역의 승려가 큰 궁궐을 摩訶라 하고 용을 毗羅라고 했으니 그 연못이 크고 용이 있다는 뜻이었다. 이에 마가지라고 이름 붙였다 한다. 일설에는 수나라 蕭摩訶가 만들었다 하여 마가지라고 불린 것이라고도 한다.

322) 이 시는 《全唐詩》 권8에 後蜀 嗣主 孟昶의 〈避暑摩訶池上作〉으로 수록되어 있다.

일어나 옥문(玉門)을 가만히 열어보니	起來瓊戶啟無聲
성긴 별이 때때로 은하수를 건너네	時見疎星渡河漢
가을바람 언제 불까 손꼽아 보노라니	屈指西風幾時來
불식간에 유수 같은 세월만 바뀔까 두렵구나	只恐流年暗中換

건덕(乾德)[323] 연간 3년에 송나라의 군대가 후촉을 평정했다. 송나라 태조[324]가 화예부인의 명성을 듣고 별장(別將)[325]에게 명령하여 그녀를 호송해 경사로 들어오게 한 뒤에 후궁으로 들였다. 맹창은 풍채가 좋고 사냥을 즐겼으며 거문고를 잘 탔다. 화예부인은 마음속으로 항상 그를 그리워하여 우울했지만 감히 말을 하지 못했다. 이에 스스로 맹창을 그려 놓고 제사를 지내면서 또한 사람들에게는 거짓말로 말하기를 "이 신에게 제사를 지내는 사람은 아들이 많을 것이오."라고 했다. 하루는 송 태조가 그것을 보고 묻자, 화예부인은 또 전에 했던 말로 핑계를 대며 그의 성씨를 감추고 장(張) 신선(神仙)으로 가칭했다. 그로부터 아들 낳기를 비는 사람들 중에는 그에게 제사를 지내는 자들이 많았으며 지금까지도 변함이 없다.

화예부인의 성씨가 서(徐) 씨라는 것은 오증(吳曾)[326]의《능개재만록(能改齋漫錄)》에 보인다. 무이(無已) 진사도(陳師道)[327]가 청성(靑城) 비(費)

---

323) 건덕(乾德): 북송 太祖 趙匡胤의 연호로 963년부터 968년까지이다.
324) 태조(太祖): 송나라 태조 趙匡胤(927~976)을 가리킨다. 涿州(지금의 河北省 涿州) 사람으로 군인 집안에서 태어나 누차 전공을 세우다가 951년에 제위에 올라 後周를 세운 뒤에 960년에 陳橋兵變을 일으켜 송나라를 건국했다.
325) 別將(별장): 무관직으로 副將을 가리킨다.
326) 오증(吳曾, 약 1162년 전후): 남송 때 사람으로 문명이 있었으며 저서 200여 권이 있었다고 하나 필기소설집인《能改齋漫錄》만 전한다.《撫州府志》권21과《宋史翼》권29에 그에 대한 傳이 보인다.
327) 진사도(陳師道, 1053~1102): 자는 無已, 호는 後山居士이며 彭城(지금의 江蘇省 徐州市)사람이었다. 蘇門六君子 가운데 한 사람이며 江西詩派의 대표적

씨라고 생각한 것은 틀린 것이다.

《단연록(丹鉛錄)》[328)에 이렇게 기록되어 있다.

화예부인은 궁사(宮詞) 이외에도 특히 악부시(樂府詩)에 능통했다. 후촉
이 망한 뒤 변경(汴京)[329)에 들어가는 도중에 가맹(葭萌)[330)을 지나면서
역참의 벽에 다음과 같이 썼다.

고국을 떠나니 마음이 찢어질 듯	初離蜀道心將碎
이별의 한은 끊임이 없구나	離恨綿綿
봄날 하루는 일 년 같은데	春日如年
말 위로 두견새 울음소리 때때로 들려오네	馬上時時聞杜鵑

다 쓰지도 못했는데 장수에게 길 재촉을 받았다. 후세 사람이 이어서
다음과 같이 썼다.

삼천궁녀 모두 꽃다운 용모겠지만	三千宮女皆花貌
이 몸이 가장 고울 것이네	妾最嬋娟
이번에 가서 천자를 뵈오면	此去朝天
군왕의 총애가 쏠릴까 걱정될 뿐이라네	只恐君王寵愛偏

시인이다. 그의 《後山詩話》 권1에 "費氏는 촉나라 青城 사람인데 재색으로
촉나라 궁궐로 들어갔다가 후주에게 총애를 받아 花蕊夫人이라 불리었다."
는 기록이 보인다.
328) 단연록(丹鉛錄): 명나라 楊愼(1488~1559)의 《丹鉛總錄》을 가리킨다.
329) 변경(汴京): 남송 때 수도로 지금의 河南省 開封市이다.
330) 가맹(葭萌): 葭萌縣으로 지금의 四川省 廣元市 元壩區 일대이다.

청대(淸代) 왕화(王鳙), 《백미신영(百美新詠)》 가운데 〈화예부인(花蕊夫人)〉

살피건대, 화예부인이 송 태조를 뵈었을 때 송 태조가 그녀에게 지은 글을 말해 보라고 하자 화예부인은 자기가 쓴 다음과 같은 망국시(亡國詩)를 읊조렸다.

군왕이 성루에 항기(降旗)를 내건 것을	君王城上樹降旗
구중궁궐에 있던 이 몸이 어찌 알았겠나	妾在深宮那得知
사십만 군사가 모두 다 항복했다니	四十萬人盡解甲
한 명의 남아도 없었나 보구나	並無一個是男兒

이 시를 근거로 하여 보면, 반드시 화예부인은 도중에 절개를 더럽힐 문장은 쓰지 않았을 것이다. 그녀가 지은 사(詞)에 이어 쓴 사는 가히 담비꼬리에 이은 개꼬리라고 말할 수 있다.

살피건대 화예부인은 전촉(前蜀)의 왕인 왕건(王建)의 첩이었고 호는

소서비(小徐妃)였다. 왕연(王衍)이 재위했을 때 그가 유락에 빠져 음탕하였
기에 나라가 망했다. 후당(後唐)의 장종(莊宗)331)이 전촉을 평정시킨 뒤
화예부인은 왕연을 따라 중원으로 돌아가는 도중에 죽임을 당했다. 맹(孟)씨
에 와서 다시 후촉이 세워지고 맹창에 이르렀을 때에도 또한 화예부인이
있었으며 성씨도 서 씨였으니 앞뒤가 얼마나 서로 부합하는가? 또 살피건대,
장 신선의 이름은 원소(遠霄)이고 오대(五代) 사람으로 청성산(靑城山)을
노닐다가 득도했다. 소순(蘇洵)은 그를 위해 찬(贊)332)을 쓰기도 했다. 사람
들은 화예부인이 맹창을 그린 그림을 가리켜 장 신선이라고 가칭한 것은
알고 있지만 정말로 장 신선이 있었다는 것은 알지 못한다.

《속염이편(續豔異編)》333)에는 이렇게 기록되어 있다.
운간(雲間)334) 사람인 서대재(舒大才)가 인덕(麟德)335) 2년 봄에 친구를
보러 가는 길에 미인을 만나서 시를 주고받으며 연분을 맺었다. 날이 밝은
뒤 그는 오래 된 사당을 발견했는데 그 안에는 미인의 소상이 있었고 위패에
'화예부인'이라고 씌어져 있었다. 과연 그런 일이 있었다면 반드시 이 또한
왕씨의 촉나라 화예부인이었을 것이다.

---

331) 장종(莊宗): 後唐의 莊宗 李存勗(885~926)을 이른다.
332) 蘇洵이 지었다고 하는 〈張仙贊〉을 이른다. 郎瑛의 《七修類稿》에 따르면, 소
  순이 꿈에서 張仙을 만나 아들을 낳을 징조라고 생각하고 모시기 시작했더
  니 과연 소식과 소철 두 아들을 낳았으며 이에 〈張仙贊〉도 지었다고 한다.
333) 속염이편(續豔異編): 여기에서 인용한 이야기는 《續艷異編》권1 神部에 있는
  〈花蕊夫人〉에 보인다. 명나라 王世貞(1526~1590)이 편집한 文言小說集으로
  그가 편집한 《艷異編》의 續書이다. 내용이 번잡하고 二十二門으로 나뉘어져
  있으며 총 163편의 작품이 수록되어 있다.
334) 운간(雲間): 松江縣(지금의 上海市 松江區)의 옛 이름이다.
335) 인덕(麟德): 당나라 고종 李治의 연호로 664년부터 665년까지이다.

[원문] 花蕊夫人

徐匡璋納女于蜀主孟昶, 拜貴妃, 別號花蕊夫人, 意花不足擬其色, 似花蕊翻[336]輕也. 又升號慧妃.

一日大熱, 昶與妃夜起, 避暑摩訶池上. 作詞云:

"冰肌玉骨清無汗, 水殿風來暗香滿. 簾開明月獨窺人, 欹枕釵橫雲鬢亂. 起來瓊戶啟[337]無聲, 時見疎星渡河漢. 屈指西風幾時來, 只恐流年暗中換."

乾德三年, 王師平蜀. 太祖聞花蕊名, 命別將護送入京, 納之. 昶美丰儀, 喜獵, 善彈. 夫人心嘗憶昶, 悒悒不敢言. 因自畫昶以祀, 復佯言于眾曰: "祀此神者多子." 一日, 宋祖見而問之. 夫人亦托前言, 諱其姓, 遂假張仙. 自是求子者多祀之, 迄今不改.

夫人徐姓, 見吳曾《能改齋漫錄》. 陳無已以爲青城費氏, 誤也.《丹鉛錄》云: "花蕊夫人, 宮詞之外, 尤工樂府. 蜀亡, 入汴. 道經葭萌, 題驛壁云:

'初離蜀道心將碎, 離恨綿綿. 春日如年, 馬上時時聞杜鵑. ……'

書未畢, 爲軍將催行. 後人續之云:

'三千宮女皆花貌, 妾最嬋娟. 此去朝天, 只恐君王寵愛偏.'"

按: 花蕊見宋祖時, 使陳所作. 因誦其亡國詩云:

"君王城上樹降旗, 妾在深宮那得知. 四十萬人盡解甲, 並無一箇是男兒."

據此詩, 則途中必不作敗節語. 續者眞可云狗尾矣.

按: 花蕊夫人, 蜀王建妾, 號小徐妃. 在王衍時, 坐游燕汚亂亡國. 莊宗平蜀後, 隨王衍歸中國, 半途遭害. 及孟氏再有蜀, 傳至昶, 亦有花蕊夫人, 亦姓徐. 何前後之相符也. 又按: 張仙名遠霄, 五代時人, 遊青城山成道. 老泉有贊. 人知花蕊夫人假託, 不知眞有張仙.

---

336) 【校】翻:《情史》에는 "翻"으로 되어 있고《能改齋漫錄》,《說郛》에는 "翮"으로 되어 있다.
337) 【校】啟:《情史》에는 "啓"로 되어 있고《全唐詩》에는 "寂"으로 되어 있다.

《續艷異編》載: 雲間舒大才, 於麟德二年春, 因訪友, 路遇美人, 賡詩成契. 及明, 得古祠, 塑美人像, 木主題曰"花蕊夫人." 果有之, 亦必王蜀花蕊耳.

164. (14-17) 노효(盧孝)338)

우인경(尤仁卿)이란 자의 생업은 지관(地官)이었다. 그가 말하기를 일찍이 평창(平昌)339)을 떠돌 때 어떤 관원 집에 그 관원의 어머니를 묻을 좋은 묏자리를 찾아 줬다고 한다. 묘지를 파 보니 이미 자주색 칠을 한 관이 있었다. 그 위에는 주홍색 칠로 글씨가 씌어져 있었는데 칠은 볼록하게 도드라져 나무 위에서 빛났다. 그 또한 여자의 무덤으로 남편이 그녀를 위해 묘지명을 지은 것인 듯했다. 우인경은 아직도 그 대략을 기억하고 있는데 그 내용은 다음과 같다.

"모(某) 동네 사람 노효(盧孝)의 처인 축(祝) 씨 월영(月英)이다. 그녀의 부친은 아무개이며 모친은 아무개이다. 노효는 처음에 그녀의 언니를 맞이했으나 권세가 있는 자에게 빼앗겼으므로 부모가 월영으로 약속을 이었다. 월영은 용모가 단정하고 자질이 총명했으며 극진히 예의를 갖춰 공순하게 시아버지를 모셨다. 여공(女工)과 경(經), 사(史), 음악 모두에 정통했다. 낮에는 책 읽기를 그치지 않았고 밤에는 반드시 자수하고 실을 짰다. 부부는 화목하여 일찍이 서로 떨어져 있은 적이 없었다. 우연히 비사병(脾瀉病)340)에

---

338) 노효의 이야기는 《耳談》 권6과 《耳談類增》 권31에 〈丹漆墓文〉이라는 제목으로 보인다. 청나라 趙吉士의 《寄園寄所寄》 권5, 민국시대 朱啓鈐의 《女紅傳徵略》 刺繡第二 〈祝月英〉에도 실려 있다. 曹禮妻의 일은 《說郛》 권35下 및 권41下, 《古今説海》 권128, 《奇女子傳》 권4 〈曹禮妻〉에 보인다.
339) 평창(平昌): 지금의 四川省 平昌縣이다.

걸린 데다가 이전의 그 권세 있는 사람이 다시 월영을 빼앗아 가려고 앞잡이들이 평지풍파를 일으키니 월영은 몹시 분하고 울화가 쌓여 급사했다. 월영이 노효에게 시집온 지는 3년이 되었고 그 나이는 스물 한 살이었다. 놀란 넋은 둘로 나뉘어 날아갔으니 이합(離合)을 알 수 없다. 죽으면 삶을 모르는데 살아서 어찌 죽음을 알겠는가? 있는 힘을 다해 장례를 치러 주었고 다시 만날 기약이 없는 것이 한스러워 흐르는 피눈물을 멈출 수 없었다. 평소에 입던 옷 열아홉 벌은 모두 월영이 꽃과 새를 손수 수놓은 것들이었는데 사람들은 이르기를 화공이 그려도 이보다 못할 것이라 했다. 그녀가 살아 있을 때 즐기고 좋아했던 것들을 모두 함께 저승으로 보낸다. 지정(至正)[341] 2년 모월 모일에 지아비 된 노효가 적다."

관원의 집에서는 그 터가 길한 것을 알고 모친의 관을 그 관 위에 덧놓았다.

희녕(熙寧)[342] 연간 말년에 낙양(洛陽)의 어떤 사람이 봉황산(鳳凰山) 아래에서 밭을 갈다가 비석 하나를 얻었다. 그 너비는 1척 남짓했고 부인이 지은 남편의 묘지명이 다음과 같이 씌어져 있었다.

"남편은 성씨가 조(曹) 씨로 이름은 인(禋)이고 자는 예부(禮夫)며 조상부터 대대로 낙양 사람이었다. 서른 살이었고 과거 시험을 두 번 보았으나 급제하지 못했으며 장안으로 가는 도중에 죽었다. 조정의 경대부와 향리의 식견 있는 노인들은 이를 듣고서 '부모에게 효도하고 형제에게 우애로우며 친척들과 화목하게 지낸 데다가 행동이 성실하고 글에 능통한 이가 어찌 이렇게 요절했는가!'라고 하며 애도하지 않은 자가 없었다. 유독 나만이

---

340) 비사병(脾瀉病): 복창, 설사, 구토 등의 증상을 보이는 병이다.
341) 지정(至正): 원나라 惠宗 妥懽帖睦爾의 연호로 1341년부터 1370년까지이다.
342) 희녕(熙寧): 북송 神宗 趙頊의 연호로 1068년부터 1077년까지이다.

이를 듣고 나서 그렇게 하지 않고 오히려 시어머니를 위로하기를 '집에 농토가 있어 족히 어머님을 공양할 수 있고 방에는 남긴 시문이 있어 아들을 가르치기에 족합니다. 무릇 천지간에서 고생하는 자들은 죽을 때까지 운명에서 벗어날 수 없는데 어찌 슬프고 기쁜 것이 있겠습니까?'라고 했다. 병자(丙子)년 삼월 십팔일에 세상을 떠났고 같은 해 시월 십오일에 봉황산(鳳凰山) 뜰에 장사 지냈다. 내 성씨는 주(周) 씨이고 이 사람의 처로 시집 온 지 팔년이 되었으며 아들 하나를 낳았는데 아직 어리다. 은의를 잊을 수 없으므로 다음과 같은 묘지명을 짓는다.

사는 것도 하늘의 뜻이요	其生也天
죽는 것도 하늘의 뜻이다	其死也天
이 이치를 통달하면	苟達此理
슬프다는 말이 어인 말인가	哀哉何言
삶은 물 위에 떠다니는 듯한 것이요	其生也浮
죽음은 쉬는 것 같은 것이다	其死也休³⁴³⁾
명이 다한 것을 어찌하리오	終何爲哉
어머님의 우수를 위로하노라	慰母之憂

정사씨는 말한다.

노효가 처의 묘지명에 쓴 말은 심히 슬픈 말이고 주씨가 남편의 묘지명에 쓴 말은 매우 달관한 말이다. 아마도 주씨는 부녀자들 가운데 장자(莊子)일 것이다. 노효의 글을 읽어 보니 그가 당한 액(厄)은 너무나 심했다. 비록 달관하려 한들 달관할 수 있었겠는가?

---

343) 기생야부 기사야휴(其生也浮 其死也休): 《莊子·外篇·刻意》에 있는 "살아 있으면 물에 떠 있는 것과 같고, 죽으면 쉬는 것과 같다.(其生若浮, 其死若休.)"는 구절에서 비롯된 말이다.

[원문] 盧孝

尤仁卿, 業堪輿[344]. 言嘗游平昌, 爲宦家某卜牛眠地[345]以葬母. 開壙, 已有紫漆棺, 而丹漆書其前方, 漆凸起木上熠熠. 蓋亦婦墓, 而其夫爲文誌之. 仁卿尚能記其略. 云: "某里人盧孝妻, 祝氏月英. 父某, 母某. 孝始娉其姊, 姊爲權力者奪去, 父母以英續盟. 英貌莊性慧, 事舅頗極禮敬. 女工、經、史、音樂, 皆能精曉. 日不廢書, 夜必刺繡. 夫婦唱隨, 未嘗離捨. 偶患脾瀉, 而前勢力者復欲謀奪英, 鷹犬之客, 平起風波, 英憤恚火鬱暴死. 歸孝三年, 年二十一歲. 驚魂兩飛, 不知離合. 死不知生, 生何以知死? 盡力營葬, 恨無再遇之期, 血淚如麻, 不能止息. 散衣十九件, 皆英手刺花鳥, 人謂畫工不如. 並其生平玩好, 悉以歸冥. 至正二年某月日, 夫盧孝撰." 宦家知地吉, 因以母棺累其上.

熙寧末, 洛中有人耕于鳳凰山下, 獲石碣[346], 方廣一尺餘, 乃婦人撰夫誌銘: "君姓曹氏, 名禋, 字禮夫, 世爲洛陽人. 三十歲, 兩擧不第, 卒于長安道中. 朝廷卿大夫、鄕里故老聞之, 莫不哀其'孝友睦姻, 篤行能文, 何其夭之如是邪?' 唯兒聞之獨不然, 乃慰其母曰: '家有南畝[347], 足以養其親; 室有遺文, 足以教其子. 凡累乎

---

344) 堪輿(감여): 집터나 묘지의 풍수를 보는 것을 뜻한다.

345) 牛眠地(우면지): 소가 잠을 자고 있는 자리라는 뜻으로 길한 묏자리를 의미한다. 《晉書 · 周訪傳》에 다음과 같은 이야기가 보인다. 陶侃이 미천했을 때 아버지가 돌아가셔서 장사를 지내려 했는데 집안의 소가 갑자기 없어졌다. 한 노인 그에게 말하기를 앞 언덕에 소 한 마리가 산 우묵한 곳에서 자고 있는 것을 봤는데 그곳을 묏자리로 하면 가장 높은 벼슬을 할 수 있을 것이라고 했다. 다른 한 산을 가리키며 말하기를 저곳은 그다음으로 좋은 묏자리라서 저곳에 묻으면 대대로 군수의 벼슬을 하면서 2천 石의 봉록을 받을 것이라고 말한 뒤 사라졌다. 陶侃은 우면지에 그의 아버지를 묻었고, 다른 산은 周訪에게 알려줬다. 주방의 아버지가 죽은 뒤에 그곳에 묻었더니 노인의 말대로 周訪은 刺史가 되었고 3대 후손까지 41년 동안 益州 刺史를 지냈다.

346) 石碣(석갈): 머리가 네모난 비석을 碑라고 하고 둥근 비석을 碣이라 한다. 석갈은 머리가 둥근 비석을 가리킨다.

347) 南畝(남무): 남향의 밭이 햇볕을 잘 받기 때문에 농지를 남쪽으로 많이 개간하기에 일반적으로 농지를 남무라고 칭한다.

陰陽之間者, 至死數不可逃, 夫何悲喜之有哉? 丙子年三月十八日卒, 以其年十月
十五日葬於鳳凰山之原. 余姓周氏, 君妻也, 歸君室348)八載矣. 生子一人, 尚幼.
以其恩義之不可忘, 故作銘. 銘曰: '其生也天, 其死也天, 苟達此理, 哀哉何言?
其生也浮, 其死也休, 終何爲哉, 慰母之憂.'"

　　情史氏曰: "盧孝誌其妻, 語甚慘; 周氏誌其夫, 語甚達. 周蓋婦中之莊生也.
讀盧孝文, 所遭厄甚矣, 雖欲達其將能乎?"

165. (14-18) 왕경노(王瓊奴)349)

　　경노(瓊奴)는 성씨가 왕(王) 씨이고 자는 윤정(潤貞)이며 상산(常山)350)
사람으로 두 살 때 아버지를 여의었다. 어머니 동(童)씨는 경노를 데리고
부자인 심필귀(沈必貴)에게 재가했는데 심필귀는 자식이 없어 경노를 친자
식보다 더 사랑했다. 경노는 나이 열네 살에 자못 노래를 잘했고 아울러
음률에도 능통하였으며 부언(婦言), 부덕(婦德), 부공(婦工), 부용(婦容) 등
여자가 지녀야 할 네 가지 덕351)을 모두 다 갖추고 있어 원근 사람들은

---

348)【校】君室: [影], [鳳], [岳], [類], 《說郛》, 《古今說海》, 《奇女子傳》에는 "君室"로
　　되어 있고 [春]에는 "曹己"로 되어 있다.
349) 이 이야기는 명나라 李昌祺의 《剪燈餘話》권3에 있는 〈瓊奴傳〉이다. 《燕居
　　筆記》권9와 《女聊齋志異》권1에도 수록되어 있다.
350) 상산(常山): 지금의 浙江省 常山縣이다.
351) 《周禮・天官・九嬪》에 보이는 婦德, 婦言, 婦容, 婦功 등 여성이 지켜야 할
　　네 가지를 덕행을 이르는 것으로 鄭玄의 注에서 "부덕은 행실이 곧고 마음
　　씨가 온순한 것을 이르며, 부언은 적절한 언사를 가리키며, 부용은 유순한
　　모습을 가리키고, 부공은 길쌈질을 가리킨다."고 했다.

서로 다투어 그녀를 맞아들이려 했다. 당시 같은 동네에 사는 서종도(徐從道)와 유균옥(劉均玉)이라는 사람이 있었는데 이들이 특히 간절하게 청혼을 했다. 서종도의 아들 서초랑(徐苕郞)과 유균옥의 아들 유한로(劉漢老)는 모두 용모가 준수하고 점잖았으며 또한 경노와 동갑이었다. 서종도는 현귀한 집안의 후예였지만 가난했고 유균옥은 벼락부자였지만 평민이었기에 심필귀는 망설이고 주저하며 정할 수 없었다.

하루는 심필귀가 문중의 식견이 있는 사람과 상의를 했더니, 그 사람이 말하기를 "좋은 사위를 택하는 것이 중요하오."라고 하며, 잔치를 베풀고 두 총각을 불러와 얼굴을 대면한 채 시험해 보라고 일러 주었다. 이에 2월 화조절(花朝節)352)에 연회를 베풀고 빈객을 초청하니 마을의 명망 있는 인사들이 모두 다 뜰에 모였다. 유균옥과 서종도도 각기 아들을 데리고 왔다. 유한로는 비록 인물은 반듯했지만 예의를 차리는 것에 서툴고 어색한 데가 있었다. 서초랑은 의관이 소박하고 행동거지가 자연스러웠다. 심 씨 문중의 어른인 심경운(沈耕雲)이라는 자는 사람을 잘 본다고 불리었는데 두 총각을 보자마자 이미 마음속으로 우열을 가려냈다. 그는 곧 벽에 걸려 있는 〈석화춘기조(惜花春起早)〉353), 〈애월야면지(愛月夜眠遲)〉354), 〈국수월재수(掬水月在手)〉355), 〈농화향만의(弄花香滿衣)〉356) 등 네 폭의 그림을 가리키며 두 총각에게 제영(題詠)을 하라고 했다. 유한로는 부(富)를 믿고서 시서(詩書)에 나태하였으므로 심경운의 말을 듣고 멍하니 눈만 뜬 채로

---

352) 화조절(花朝節): 민간에서 음력 2월 15일을 百花의 생일이라고 생각했으므로 花晨 또는 花朝節이라고 칭했다.
353) 석화춘기조(惜花春起早): '꽃을 사랑하여 봄날에 일찍 일어나다'라는 뜻이다.
354) 애월야면지(愛月夜眠遲): '달을 좋아하여 밤에 잠을 늦게 자다'라는 뜻이다.
355) 국수월재수(掬水月在手): '손으로 물을 떠서 보니 손 안에 달이 있다'라는 뜻이다.
356) 농화향만의(弄花香滿衣): '꽃을 가지고 놀아 옷에 꽃향기가 가득하다'라는 뜻이다.

위만 바라보았지 오래되어도 해내지 못했다. 서초랑은 여유 있게 붓에
먹을 묻히고 순식간에 시를 지어내니 심경운은 혀를 내두르며 칭찬하였다.
그가 〈석화춘기조〉에 제영한 시는 다음과 같다.

새벽녘 연지 같은 도화는 꽃받침에서 터져 나오고	胭脂曉破湘桃萼
이슬이 무거운지 도미 꽃 흰 잎이 떨어지누나	露重荼蘼香雪落
고운 자주빛 꽃은 우거져 수놓은 창문을 가리고	媚紫濃遮刺繡牕
아리따운 붉은 꽃은 비스듬히 그넷줄을 비추고 있구나	嬌紅斜映鞦韆索
두레박 소리에 놀라 꿈에서 깨어 서둘러 일어나	轆轤驚夢急起來
경대 앞에 갈 새도 없이 삼단 같은 머리 총총히 빗는다	梳雲未暇臨妝臺
웃으며 시녀를 불러 밝은 촛불을 들고	笑呼侍女秉明燭
먼저 해당화가 피었는지 비추라 하네	先照海棠開未開

〈애월야면지〉에 제영한 시는 이러하다.

향긋한 어깨 반쯤 드리우고 금비녀 풀어놓은 채	香肩半軃金釵卸
적막한 여러 겹의 문은 깊은 밤을 잠가 놓았네	寂寂重門鎖深夜
푸른 바다 끝에서 흰 달이 뜨자	素魄[357]初離碧海堧
맑은 빛은 벌써 주홍색 발 틈으로 스며드누나	清光已透朱簾罅
배회하다 말없이 난간에 기대어 있는데	徘徊不語倚闌干
동틀 무렵 별은 지고 바람과 이슬은 차갑기도 하여라	參橫斗落[358]風露寒
어린 시녀가 낮은 소리로 돌아와서 잠자라 불러도	小娃低語喚歸寢
장미 울타리 뒤로 나가 달만 바라보고 있구나	猶過薔薇架後看

---

357) 소백(素魄): 달 혹은 달빛을 가리킨다.
358) 삼횡두락(參橫斗落): 동이 틀 무렵이 되어 參星이 기울고 북두성이 진다는
   뜻이다. 삼성은 28수 가운데 스물한 번째 별자리의 별들로 중앙에 나란히
   있는 세 개의 별을 '삼형제별'이라고 한다. 두는 北斗七星을 가리킨다.

〈국수월재수〉에 제영한 시는 이러하다.

맑은 연못은 물이 가득 차 달빛 토하니	銀塘水滿蟾光359)吐
상아는 밤마다 저 물속 하백이 있는 곳에 머무는 듯	嫦娥夜夜馮夷360)府
물결 따라 넘실거리는 진주 같은 명월을 잡을 수 있다면	蕩漾明珠若可捫
분명 토끼털도 셀 수 있을 듯	分明兔穎361)如堪數
미인은 스스로 물을 떠 여린 손 씻다가	美人自挹濯春葱362)
홀연 손으로 뜬 물에 비친 명월 보고 놀라는구나	忽訝冰輪在掌中
친구가 물가에서 웃으며 말하네	女伴臨流笑相語
손끝으로 광한궁(廣寒宮)을 들어 올렸다고	指尖擎出廣寒宮363)

〈농화향만의〉에 제영한 시는 이러하다.

풍경 소리 울리는 곳에 동풍이 거센데	鈴聲響處東風急
붉은빛 자주빛 꽃 덤불 가에 한참을 꼼짝 않고 서 있네	紅紫叢邊久凝立
옥수로 꽃가지를 꺾으며 가시에 찔릴까 두려워하고	素手攀條恐刺傷
이끼에 절벅거릴까 자그마한 걸음걸음 조심히 내딛는구나	金蓮364)移步嫌苔濕
향기로운 꽃을 따서 대청으로 들어와 문을 닫으니	幽芳擷罷掩蘭堂
그윽한 남은 향기 규방에 가득하네	馥郁餘馨滿繡房

---

359) 섬광(蟾光): 민간 전설에서 달 속에 두꺼비(蟾蜍)가 있다고 하여 달이나 달빛을 섬광이라 이른다.
360) 풍이(馮夷): 전설 속에 나오는 황하의 신으로 보통 하백이나 수신을 가리킨다.
361) 토영(兔穎): 전설에 나오는 달 속에 있는 토끼의 털을 이른다.
362) 춘총(春葱): 봄 파의 하얀 밑동 부분으로 여자의 가늘고 부드러운 손가락을 비유하는 말이다.
363) 광한궁(廣寒宮): 달 속에 있다는 仙宮을 가리킨다. 자세한 내용은《情史》권 11 정화류〈병체련〉'광한' 각주에 보인다.
364) 금련(金蓮): 여자의 아름다운 걸음걸이나 작은 발을 뜻한다. 자세한 내용은《情史》권5 정호류〈사봉〉'금련' 각주에 보인다.

벌 나비는 분분하게 창문으로 날아들어 　　　　蜂蝶紛紛入牕戶
이리 날고 저리 날며 비단 치마를 맴도는구나 　　飛來飛去繞羅裳

유균옥은 유한로가 한마디도 짓지 못하는 것을 보고 대단히 부끄럽게 여겨, 결국 두 사람은 잔치가 끝나기도 전에 가 버렸다. 이에 좌중에 있던 모든 사람들은 입을 모아 칭찬했으며 서초랑의 혼담은 드디어 성사되어 달을 넘기지 않고 택일을 하고 납폐를 했다. 심필귀는 사위를 좋아해 자주 왕래하기를 바랐으므로 그를 집안의 사숙으로 불러와서 공부를 하도록 했으며 그와 함께 노닐기도 했다. 우연히 동씨가 잔병에 걸려 경노가 탕약 시중을 들고 있었는데 초랑이 병문안을 하러 들어왔으므로 피할 겨를이 없이 어머니의 침상 앞에서 이들은 서로 만나게 되었다. 초랑은 경노의 용모가 빼어난 것을 보고서, 밖으로 나가 마음속으로 기뻐했다. 그는 붉은색 쪽지 한 장을 봉해서 시녀로 하여금 경노에게 전해주라고 했다. 경노가 그것을 뜯어보니 빈 종이만 있기에 웃으며 절구 한 수를 지어 초랑에게 이렇게 답했다.

붉은빛 쪽지 얼굴을 붉게 비추니 　　　　　　茜色霞箋照面槓
낭군께선 어인 일로 이리 다정하신가요 　　　玉郞何事太多情
풍류에 아름다운 시구 없는 것이 아닌데 　　　風流不是無佳句
상사(相思)란 두 글자도 쓰지 못하셨네요 　　　兩字相思寫不成

초랑은 이를 가지고 돌아가서 한로에게 자랑했다. 한로는 마침 그가 자기의 짝을 빼앗아간 것에 앙심을 품고 있었으므로 이를 유균옥에게 말했다. 유균옥은 아들이 무식한 것은 탓하지 않고 오히려 서종도와 심필귀를 이를 갈며 증오하여 남들이 모르는 중대한 일로 모함을 하자 이들은 모두 해명할 수가 없었다. 서종도는 요양(遼陽)[365]으로, 심필귀는 오령(五嶺) 밖으로 수자리를 가게 되어 온 식구들도 함께 따라가게 되었다. 결별할 즈음에 이르러 이들은 슬프고 침울해 넋이 나간 듯했으니 보는 사람들은 모두 눈물을 흘렸다. 이로부터 남북으로 헤어져 서로 소식이 없었다.

얼마 지나지 않아 심필귀가 세상을 떠나자 집안 형편은 영락하게 되었고 오직 동씨 모녀만 남아 초라한 초가집 여관을 하며 길가에서 술을 팔았다. 비록 환난 가운데 있었기에 경노는 옛날의 용태는 아니었지만 젊고 티 없이 아름다운 자질은 줄곧 보통 사람과 달랐다. 어떤 오(吳) 씨 성을 가진 지휘(指揮)366)가 경노를 좋아하여 첩으로 삼으려 했으나 동씨는 이미 혼약을 했다고 하며 이를 사절했다. 오 지휘가 그 연고를 알고는 매파를 보내 말하기를 "서랑은 요해(遼海)367)로 수자리를 가서 생사도 짐작하기 어렵거니와 요행히 별일이 없다 해도 어찌 이곳으로 와서 혼인을 할 수 있겠는가?"라고 했다. 경노가 말을 듣지 않자 오 지휘는 권세로 그녀를 능멸했다. 동씨는 두려워 경노와 상의했다.

"초랑이 간 지 5년이 되었는데도 소식이 묘연하니 너의 혼사는 아무래도 결국 허사가 된 듯하구나! 하물며 타향에서 고아와 과부인 우리가 저 사나운 사람을 무슨 계책으로 막을 수 있겠느냐?"

경노가 울며 말하기를 "서랑은 본디 저 때문에 화를 당한 것이니 그를 저버리는 것은 어질지 않은 일입니다. 저는 죽을 수밖에 없습니다."라고 했다. 이에 〈만정방(滿庭芳)〉368) 곡조에 맞춰서 사를 지어 스스로 맹세했다.

---

366) 지휘(指揮): 指揮使의 준말로 명나라 때 군사경비 단위인 衛에 설치했던 무관직의 이름이다.
367) 요해(遼海): 遼河 以東의 연해 지역을 가리킨다.
368) 만정방(滿庭芳): 사패 이름으로 〈滿庭霜〉, 〈瀟湘夜雨〉, 〈鎖陽臺〉 등이라 불리기도 한다. 당나라 柳宗元의 시구인 "우연히 닿는 곳에 안거하는데 뜰에는 향기로운 풀이 가득 쌓여 있구나.(偶地即安居, 滿庭芳草積)"에서 비롯되었다는 설이 있다.

채봉(綵鳳)은 무리에서 떨어지고 綵鳳分群

원추도 짝을 잃고 文鴛369)失侶

홍운(紅雲)의 길은 천태산이 막고 있구나 紅雲路隔天台370)

그 옛날 정원 舊時院落

그림 그려진 기둥엔 먼지 쌓였네 畫棟積塵埃

옥경(玉京)과 이별한 제비 공연스레 있으면서 謾有玉京371)離燕

봄바람 맞고 向東風

슬픔을 호소하는 듯 似訴悲哀

주인은 갔으나 主人去

발을 걷어 올려줬던 은혜가 깊어 捲簾恩重

집은 비어 있어도 다시 또 돌아오네 空屋亦歸來

경양(涇陽)의 초췌한 여자 涇陽憔悴女372)

유의(柳毅)를 만나지 못해 不逢柳毅

369) 문원(文鴛): 봉황과 같은 종류의 새로 원추를 이른다.

370) 천태(天台): 지금의 浙江省 天台縣 북쪽에 있는 天台山을 가리킨다. 한나라 劉晨과 阮肇가 약초를 캐러 이 산에 들어갔다가 선녀를 만났다고 한다. 자세한 내용은《情史》권4 정협류〈곤륜노〉'深洞鸎啼恨阮郞' 각주에 보인다.

371) 옥경(玉京):《古今事文類聚》後集 권45〈燕女墳〉에 이런 이야기가 보인다. 東晉 때 襄州의 名妓였던 姚玉京은 남편을 잃은 뒤 수절하며 시부모를 모셨다. 그녀의 집 대들보에 제비 한 쌍이 둥지를 틀고 있었는데 한 마리가 맹금에게 잡혀 먹히자 다른 한 마리는 가을까지 배회하더니 옥경의 팔에 앉았다. 옥경이 그 제비의 발에 붉은 실을 묶어주면서 서로 짝하자고 약속했더니 그 뒤로 매년 그 제비가 날아오곤 했다. 옥경이 병으로 죽은 뒤에도 날아왔지만 그녀를 찾을 수 없자 제비는 묘지로 날아가 죽었다. 자세한 이야기는《情史》권23 정통류〈燕〉에 보인다.

372) 경양초췌녀(涇陽憔悴女): 涇陽은 지금의 陝西省 涇陽縣로 涇川 북쪽에 있으므로 涇陽이라고 칭해진 것이다. 당나라 李朝威의〈柳毅傳〉에 이런 내용이 보인다. 洞庭湖 용왕의 딸인 龍女가 涇川 용왕의 아들인 涇陽君에게 시집을 갔는데 남편과 시부모의 학대를 받아 초췌한 모습으로 경천 물가에서 양을 치게 되었다. 유의가 우연히 그녀를 만나 동정호 용왕에게 서신을 건네주어 용녀는 집으로 돌아갈 수 있었다. 자세한 이야기는《情史》권19 정의류〈동정군녀〉에 보인다.

서신을 보내기 어렵구나	書信難裁
두 갈래진 금비녀의 다리 서로 떨어지고	歎金釵脫股
보경이 경대에서 떨어져 나가 한탄스러워라	寶鏡離臺
만 리 밖 요양(遼陽)으로	萬里遼陽
낭군은 가셨으니	郎去也
언제 다시 돌아오실까	甚日重回
정향(丁香)나무	丁香樹
죽을 때까지 꽃을 머금고 있을지라도	含花到死
어찌 남의 곁에서 꽃피우겠나	肯傍別人開

그날 밤 경노는 방안에서 스스로 목을 매었으나 그녀의 어머니가 발견해서 구해줘 한참 뒤에야 비로소 소생했다. 오 지휘는 이를 듣고 노하여, 이들을 곤경에 빠지게 하려고, 부하를 시켜 모녀의 술 빚는 그릇들을 부수게 하고 다른 곳으로 쫓아냈다. 그때 두군(杜君)이라고 하는 나이 든 역사(驛使)[373]가 있었는데 그도 상산 사람이었으며, 심필귀가 살아 있을 때 서로 더불어 사이가 좋았었다. 그는 동씨가 외롭고 곤궁한 것을 가련하게 여겨 역관의 방 한 칸을 빌려 주고 거처하게 했다.

하루는 군복을 입은 손님 서너 명이 역관에 투숙했다. 두군이 어디서 왔는지를 묻자, 그들은 말하기를 "우리는 요동(遼東)에 있는 모(某) 위(衛)[374]의 총기(總旗)[375]와 소기(小旗)의 병사들로 징병을 하러 해남(海南)[376]으로

---

373) 역사(驛使): 역에서 문서나 서신을 전달하는 사람을 가리킨다.

374) 위(衛): 명나라 때 군대 편성의 단위로 요충지역에서 衛를 두었는데 1위는 5천 6백 명이었고 그 장관을 都司라 했으며 五軍都督府에 예속되어 있었다. 보통 주둔한 지역명 뒤에 衛을 붙여서 '아무개 衛'라고 칭했는데 나중에 그 것이 그 지역을 가리키는 지역명으로도 쓰였다.

375) 총기(總旗): 명나라 때 군대 편성의 단위로 50인이 總旗를 이루고 10인이 小旗를 이루었다. 《明史·兵志二》에 이렇게 되어 있다. "천하가 평정된 뒤에 郡이 하나만 있는 요충지에는 所를 두고, 郡이 여러 개 있는 요충지에는 衛를 둔다. 5천 6백 명이 衛를 구성하고 천 2백 명이 千戶所를 구성하며 1백

가는 길인데 여기에서 잠시 묵으려 합니다."라고 했다. 마침 동씨는 우연히
발 아래에 서 있었는데 그중 한 젊은이는 특히 돈후하고 신중해 보여 군졸
같지가 않았다. 그는 수차례 왔다 갔다 하며 동씨를 보았고, 그의 얼굴에는
처참한 기색이 뚜렷이 드러나 있었다. 동씨가 마음이 동하여 나가서 물었더
니 젊은이는 이렇게 대답했다.

"제 이름은 초(苕)이고 성씨는 서(徐) 씨이며 절강(浙江) 상산 사람입니다.
어렸을 때 일찍이 부친께서 같은 동네에 살던 심필귀의 여식과 혼약을
맺어 주셨습니다. 혼례를 치르지도 않았는데 양가가 어떤 일로 죄를 얻어
수자리를 가서 서로 소식을 듣지 못한 지가 수년이 되었습니다. 방금 역참에
들어와서 아주머니의 생김새를 보니 저의 장모님과 매우 닮았기에 저도
모르게 감개해 슬퍼한 것이지 다른 뜻이 있는 것은 아닙니다."

동씨가 다시 묻기를 "심씨 집안은 지금 어디에 있소? 그 딸의 이름은
무엇이오?"라고 하자, 초랑이 말했다.

"이름은 경노라 하고 자는 윤정입니다. 혼인을 맺었을 때 나이가 막
열넷이었으니 지금은 열아홉 살일 겁니다. 단지 해남에서 수자리하고 있는
것만 알고 있지 사는 주(州)와 군(郡)은 잊어버려 찾기가 어렵습니다."

동씨가 들어가서 경노에게 알리자 경노가 말하기를 "만약 그렇다면 하늘
의 뜻입니다."라고 했다. 다음 날 방으로 불러와서 자세히 물어봤더니 과연
초랑이었으며 지금은 자란(子蘭)으로 이름을 바꾸었고 아직 장가를 가지
않고 있었다. 동씨가 통곡하며 말했다.

"내가 바로 자네의 장모일세. 자네 장인은 이미 죽었고 우리 모녀는
영락하여 이곳까지 떠돌면서 수많은 죽을 고비를 넘기며 살아났다네. 생각지

2명이 百戶所를 구성한다. 百戶所에는 總旗 2개와 小旗 10개를 설치해 크고
작은 단위를 연합하여 군대를 구성한다."
376) 해남(海南): 지금의 海南島나 중국의 남부 연해 지역을 가리킨다.

도 않게 오늘 다시 만나게 되었구먼!"

곧 두군과 초랑의 일행들에게 알리니 모두가 입을 모아 감탄하며 전생의 인연이라고 여겼다. 이에 두군은 돈을 모아 혼례를 준비하고 경노를 초랑과 성혼시켰다. 화촉을 밝히던 날 밤, 기쁨도 그간의 쌓인 슬픔을 막을 수 없었기에 경노는 속마음을 털어놓았으며 두 소릉(杜少陵)[377]의 시 "깊은 밤에 다시 촛불 들고 서로 마주하니 꿈만 같구나.(夜闌更秉燭 相對如夢寐)"라 는 구절을 읊조렸다. 초랑이 그녀를 위로하며 말하기를 "슬퍼하지 말아요. 잠시 기다리고 있다가 내년이 되면 당신을 데리고 함께 요동으로 돌아갈 것이오."라고 했다. 초랑의 일행들 중에 정(丁) 씨 성을 가진 총기(總旗)가 있었는데 그는 충후한 사람이었다. 그가 초랑에게 말했다.

"자네는 막 신혼인데 아내를 그냥 버리고 떠나지는 말게나. 군사를 모으러 가는 일은 우리들이 나눠서 맡을 것이네. 자네는 아내나 잘 안무하며 여기서 기다리게나."

초랑은 술자리를 베풀어 이들을 전송했다.

그들이 간 뒤에 오 지휘는 이 일을 알고서 더욱 화가 나 초랑을 도망병의 죄명으로 잡아 옥에 가두고 곤장으로 때려 죽였다. 시신을 도기 가마에 감춰 두고 급히 매파를 시켜 동씨에게 협박했다.

"그는 이미 죽었으니 단념을 해라. 내 장차 택일을 하고 가마로 맞이할 것이다. 다시 거역한다면 반드시 악랄한 수단을 쓸 것이다."

경노는 어머니께 응낙을 하게 하고 매파가 간 뒤, 말하기를 "죽지 않으면 저는 반드시 저 포악한 놈에게 모욕을 당할 것이니 밤이 되기를 기다렸다가 자결하겠습니다."라고 했다. 경노의 어머니도 어찌해 볼 도리가 없었다.

---

377) 두소릉(杜少陵): 杜甫(712~770)를 가리킨다. 자는 子美이고 호는 少陵野老이다. 여기에 인용된 시구는 그의 〈羌村三首〉 가운데 첫째 수의 마지막 구이다. 전 란으로 오랫동안 흩어져 있던 부부가 다시 만난 심정을 묘사하고 있다.

    그날 밤 감찰어사(監察御史)인 부공(傅公)이 갑자기 역참에 이르렀다.
경노는 하늘을 보며 부르짖기를 "내 남편의 억울함을 씻을 수 있겠구나!"라고
하고 소장을 마련해 고소했다. 부공은 곧 상주문을 지어 조정에 알리고
어지를 받은 뒤에 심문을 했으나 시신을 찾지는 못했다. 심문하고 있는
사이에 관청 앞에서 회오리바람이 이니, 공이 빌며 말하기를 "죽은 혼백이
지각이 있다면 시신 있는 곳으로 나를 인도해 주시오."라고 했다. 말이
끝나자 바로 바람이 선회하며 앞에서 말머리를 인도하니 말이 곧장 가마
앞으로 달려갔고 바람이 숯 재를 불어 내자 시신이 보였다. 관원에게 맡겨
검사해 보도록 했더니 상흔이 완연한지라 오 지휘는 드디어 죄를 인정했다.
공은 주 장관에게 명하여 초랑을 성곽 밖에 묻도록 했다. 경노는 울면서
영구를 장송한 뒤에 무덤 옆에 있는 연못에 스스로 몸을 던졌다. 이에
경노도 같은 곳에 묻도록 했다. 공이 조정에 이 일을 아뢰자 조정에서는
예부에 명을 내려 그녀의 무덤에 "현의부지묘(賢義婦之墓: 현량한 부녀의
묘)"라고 정표(旌表)했다. 동씨 또한 관부에서 의복과 식량을 주어 종신토록
후한 대우를 받게 되었다.

    시를 지어서 아내를 얻은 것은 아름다운 만남이고, 천리 밖에서 와서
끊겼던 혼약을 다시 이은 것은 특이한 인연이며, 혼자 남아서 아내를 위로한
것은 고상한 정회다. 그러나 좋을 때가 왕왕 오히려 재앙의 시작이니 초랑은
그 궁극을 만난 것이었구나! 오 지휘는 함부로 사람을 죽여서 스스로를
죽게 했으니 그의 죄업은 자기로 인해 빚어진 것이었다. 회오리바람이
억울함을 호소한 것은 초랑의 영혼이 사라지지 않았기 때문이었다. 그러나
재앙의 시작은 사실 한로 부자로부터 생긴 것인데 하늘이 그들에게 보응한
것은 또한 어떠한 것이 있었는지 모르겠다.

[원문] 王瓊奴

瓊奴, 姓王氏, 字潤貞, 常山人, 二歲而父歿. 母童氏, 攜瓊奴適富人沈必貴.
沈無子, 愛之過己生. 年十四, 雅善歌詞, 兼通音律, 言、德、工、容四者咸備,
近遠爭求納聘焉. 時同里有徐從道、劉均玉者, 請婚尤378)切. 徐子茗郎, 劉子漢
老, 皆儀容秀整, 且與瓊奴同年. 徐華冑而淸貧, 劉暴富而白屋379). 猶豫遲疑, 莫之
能定.

一日, 謀於族人之有識者, 曰: "擇壻爲重." 敎之治具, 召二生而面試之. 乃于二
月花晨, 張筵會客, 里中名勝, 咸集于庭. 均玉、從道亦各攜子而至. 漢老雖人物整
然, 而登降揖讓, 未免矜持. 茗郎則衣冠樸素, 擧止自如. 沈之族長有耕雲者, 號知
人, 一見二生, 已默識其優劣矣. 乃指壁間所掛《惜花春起早》、《愛月夜眠遲》、
《掬水月在手》、《弄花香滿衣》四畫, 使二生詠之. 漢老恃富, 懶事詩書, 聞命睢盱,
久而不就. 茗郎從容染翰, 頃刻而成. 耕雲嘖嘖稱賞. 其詠《惜花春起早》云:

"胭脂曉破湘桃蕚, 露重荼蘼香雪落. 媚紫濃遮刺繡牕, 嬌紅斜映鞦韆索. 轆
轤驚夢急起來380), 梳雲未暇臨妝臺. 笑呼侍女秉明燭, 先照海棠開未開."

《愛月夜眠遲》云:

"香肩半嚲金釵卸, 寂寂重門鎖深夜. 素魄初離碧海嶠, 淸381)光已透朱簾罅.
徘徊不語倚闌干, 參橫斗落風露寒. 小娃低語喚歸寢, 猶過薔薇架後看."

《掬水月在手》云:

"銀塘水滿蟾光吐, 嫦娥夜夜382)馮夷府. 蕩漾明珠若可捫, 分明兔穎如堪數.

---

378) 【校】尤:《剪燈餘話》에는 "尤"로 되어 있고《情史》에는 "猶"로 되어 있다.

379) 白屋(백옥): 색칠을 하지 않고 나무색을 그대로 드러낸 집을 이르는 말로
　　 평민들이 사는 집이나 평민을 뜻한다.

380) 【校】急起來:《情史》에는 "急起來"로 되어 있고《剪燈餘話》에는 "起身來"로
　　 되어 있다.

381) 【校】淸: [影], [奎],《剪燈餘話》에는 "淸"으로 되어 있고 [鳳], [岳], [類]에는
　　 "靑"으로 되어 있다.

382) 【校】夜夜:《情史》에는 "夜夜"로 되어 있고《剪燈餘話》에는 "夜入"으로 되어
　　 있다.

美人自把濯春蔥, 忽訝冰輪在掌中. 女伴臨流笑相語, 指尖擎出廣寒宮."

《弄花香滿衣》云:

"鈴聲響處東風急, 紅紫叢邊久凝立. 素手攀條恐刺傷, 金蓮移步嫌苔濕. 幽芳擷罷掩蘭堂, 馥郁餘馨滿繡房. 蜂蝶紛紛入牕戶, 飛來飛去繞羅裳."

均玉見漢老一辭莫措, 大以爲恥. 父子竟不終席而逸矣. 於是四座合詞稱美, 而苕郎之婚議遂成. 不出月, 擇日過聘. 必貴以愛壻故, 欲其數相往還, 遂招賓館中, 讀書遊伴. 偶童氏小恙, 瓊奴方侍湯藥, 而苕郎入問疾, 避弗及, 乃相見於母榻前. 苕見瓊姿容絶世, 出而私喜. 封紅箋一幅, 使婢送與瓊. 瓊拆之, 空紙也. 因笑成一絶, 以答苕曰:

"茜色霞箋照面槙[383], 玉郎何事太多情. 風流不是無佳句, 兩字相思寫不成."

苕郎持歸, 以誇於漢老. 漢老方恨其奪己配也, 以白均玉. 均玉不咎子之無學, 反切齒於徐、沈. 誣以陰重事[384], 俱不得白. 徐戍遼陽, 沈戍嶺表[385], 全家俱往. 訣別之際, 黯然銷魂, 觀者悉為下淚. 自此南北各不相聞.

已而必貴謝世, 家事零落. 唯童氏母女在, 蕭然茅店, 賣酒路旁. 雖患難之中, 瓊奴無從昔時容態, 而靑年粹質[386], 終異常人. 有吳指揮者悅之, 欲娶爲妾. 童氏以既聘辭. 吳知其故, 遣媒謂曰: "徐郎遼海從戍, 死生未卜. 縱幸無恙, 安能至此成姻乎?" 瓊不聽, 吳遂以勢凌之. 童氏懼, 與瓊謀曰: "苕去五載, 音問杳然. 汝之身事, 終恐荒唐矣! 矧他鄕孤寡, 其何策以拒彼彪悍乎?" 瓊泣曰: "徐本爲兒遭禍, 背之不仁. 兒有死耳!" 因賦《滿庭芳》詞以自誓云:

"綵鳳分羣, 文鴛失侶, 紅雲路隔天臺. 舊時院落, 畫棟積塵埃. 謾[387]有玉京

---

383) 【校】 槙: 《剪燈餘話》에는 "槇"으로 되어 있고 《情史》에는 "頻"으로 되어 있다.

384) 【校】 陰重事: 《情史》에는 "陰重事"로 되어 있고 《剪燈餘話》에는 "事"로 되어 있다.

385) 嶺表(령표): 嶺外와 같은 말로 五嶺 이남의 지역을 가리킨다.

386) 【校】 粹質: [影], 《剪燈餘話》에는 "粹質"로 되어 있고 [鳳], [岳], [類], [奝]에는 "粉質"로 되어 있다.

387) 【校】 謾: [影], 《剪燈餘話》에는 "謾"으로 되어 있고 [鳳], [岳], [類], [奝]에는 "漫"으로 되어 있다.

離燕, 向東風, 似訴悲哀. 主人去, 捲簾恩重, 空屋亦歸來. 涇陽憔悴女, 不逢柳毅, 書信難裁. 歎金釵脫股, 寶鏡離台. 萬里遼陽, 郎去也, 甚日重回? 丁香樹, 含花到死, 肯傍別人開."

是夜, 自縊於房中, 母覺而救解, 良久方甦. 吳指揮者聞之怒, 使麾下碎其釀器, 逐去他居, 欲折困之. 時有老驛使杜君, 亦常山人. 必貴存日, 相與善. 憐童氏孤苦, 假以驛廊一間而安焉.

一日, 客有戎服者三四人投驛中. 杜君問所從來, 其人曰: "吾儕遼東某衛總小旗, 差往海南取軍, 暫此假宿耳." 值童氏偶立³⁸⁸⁾簾下, 中一少年, 特淳謹, 不類武卒, 數往還相視, 而悽慘之色可掬. 童氏心動, 因出問之, 對曰: "苕姓徐, 浙江常山人. 幼時, 父嘗聘同里沈必貴女. 未婚, 而兩家坐事謫戍, 不相聞者數年矣. 適因入驛³⁸⁹⁾, 見媽媽狀貌, 酷與苕外母相類, 故不覺感愴, 非有他也." 童氏復問: "沈家今在何處? 厥女何名?" 曰: "女名瓊奴, 字潤貞. 聯親時年方十四, 以今計之, 當十九矣. 第知戍海南, 忘其所寓州郡, 難以³⁹⁰⁾尋覓." 童氏入語瓊奴, 瓊奴曰: "若然, 天³⁹¹⁾也!" 明日, 召至室中細問之, 果苕郎也, 今改名子闌矣, 尚未娶. 童氏大哭曰: "吾即汝丈母. 汝丈人已死, 吾母女流落於此, 出萬死已得再生. 不圖今日再得相見." 遂白於杜及苕之同伴. 衆口嗟歎, 以爲前緣. 杜君乃率錢備禮, 與苕畢姻. 合巹之夕, 喜不塞悲, 瓊奴訴其衷³⁹²⁾懷, 因誦杜少陵"夜闌更秉燭, 相對如夢寐"之句. 苕撫之曰: "母傷, 姑候來年, 摯爾同歸遼東耳." 既而苕同伴有丁總旗者, 忠厚人也, 謂苕曰: "君方燕爾³⁹³⁾, 莫便抛離. 勾軍之行, 我輩分任之. 君善撫室, 於此相待." 苕置酒餞別.

---

388)【校】立:《剪燈餘話》에는 "立"으로 되어 있고 《情史》에는 "出"로 되어 있다.

389)【校】驛:《剪燈餘話》에는 "驛"으로 되어 있고 《情史》에는 "室"로 되어 있다.

390)【校】以: [影],《剪燈餘話》에는 "以"로 되어 있고 [鳳], [岳], [類], [春]에는 "已"로 되어 있다.

391)【校】天: [影], [岳], [類], [春],《剪燈餘話》에는 "天"으로 되어 있고 [鳳]에는 "夫"로 되어 있다.

392)【校】衷: [鳳], [岳], [類], [春],《剪燈餘話》에는 "衷"으로 되어 있고 [影]에는 "哀"로 되어 있다.

393) 燕爾(연이):《詩經·邶風·谷風》에서 나온 말로 신혼을 뜻하는 말이다.

諸人旣去, 吳指揮者緝知, 愈怒. 以逃軍爲名, 捕萏於獄, 杖殺之. 藏屍於窖內, 亟令媒恐童氏曰: "彼已死, 可絶念矣. 吾將擇日舁轎相迎, 如復拒違, 定加毒手." 瓊奴使母諾之. 媒去, 謂母曰: "兒不死, 必爲狂暴所辱. 將俟夜引決矣." 母亦無如之何.

是晩, 忽監察御史傅394)公到驛. 瓊奴仰天呼曰: "吾夫之冤雪矣!" 乃具狀以告. 傅公卽抗章上聞, 得旨鞫問, 而求屍未得. 政讞訊問, 羊角風395)自廳前而起. 公祝之曰: "逝魄有知, 導吾以往." 言訖, 風卽旋轉, 前引馬首, 徑奔窖前, 吹炭灰而屍見. 委官驗視, 傷痕宛然. 吳遂伏辜. 公命州官葬萏于郭外. 瓊奴哭送, 自沉於冡396)側池中. 因命葬焉. 公言諸於朝, 下禮部, 旌其冡曰: "賢義婦之墓." 童氏亦官給衣稟397), 優養終身焉.

吟成得婦398), 佳遇也. 千里續親, 奇緣也. 獨嚚撫室, 高情也. 而好處往往反爲禍端, 萏之遇窮矣哉! 吳指揮淫殺自戕, 孼繇已作. 羊角鳴冤, 萏靈不泯. 第裀之始生, 實自漢老父子. 未知天所以報之者, 又何如也?

---

394) 【校】傅: [影], [春], 《剪燈餘話》에는 "傅"로 되어 있고 [鳳], [岳], [類]에는 "傳"으로 되어 있다.
395) 羊角風(양각풍): 선풍 즉 회오리바람을 이른다. 양의 뿔같이 나선 모양으로 분다고 하여 붙여진 이름이다.
396) 【校】冡: [影], [岳], [類], [春]에는 "冡"으로 되어 있고 [鳳], 《剪燈餘話》에는 "塚"으로 되어 있다.
397) 【校】衣稟: [影], 《剪燈餘話》에는 "衣稟"으로 되어 있고 [鳳], [岳], [類], [春]에는 "有稟"으로 되어 있다.
398) 【校】婦: [影], [岳], [類], [春]에는 "婦"로 되어 있고 [鳳]에는 "歸"로 되어 있다.

166. (14-19) 낙릉왕의 왕비(樂陵王妃)399)

고백년(高百年)은 북제(北齊) 효소(孝昭)400) 황제의 둘째 아들이었다. 효
소 황제는 붕어할 즈음에 이르러 동생인 무성(武成)401)에게 황위를 물려준다
는 유조(遺詔)를 남겼다. 아울러 친필로 쓴 서신도 있었는데 그 말미에서
이르기를 "백년은 죄가 없으니 너는 그를 좋은 곳에 앉히고 이전의 사람들을
배우지 말거라."라고 했다. 청하(淸河)402) 3년 5월에 적성(赤星)403)이 나타나
무성 황제가 동이물에 별 그림자를 받고서 덮어두었더니 하룻밤 사이에
동이가 저절로 깨졌다. 황제는 백년을 죽임으로써 이를 눌러 막으려 했다.
마침 박릉(博陵) 사람인 가덕주(賈德冑)가 백년에게 서예를 가르치고 있었는
데 백년이 일찍이 여러 자(字)의 '칙(敕)'자를 쓴 적이 있었으므로 가덕주는

---

399) 이 이야기는 《北齊書》 권12 〈樂陵王百年〉, 《北史》 권52 〈孝昭諸子〉, 《通志》
　　　권85上 〈孝昭諸子〉 등에 보인다.
400) 효소(孝昭): 北齊 孝昭帝 高演(535~561)을 가리킨다. 자는 延安이고 渤海 調
　　　脩(지금의 河北省 景縣 남쪽) 사람이다. 北齊의 첫 번째 황제인 顯祖 文宣皇
　　　帝 高洋의 아우였다. 고양이 죽기 전에 高演에게 자신의 아들 高殷을 잘 보
　　　좌하라고 당부했으나 고은이 즉위한 뒤 고연은 동생 高湛(무성 황제)과 함
　　　께 정변을 일으켜 조카 고은을 죽이고 제위에 올라 북제의 세 번째 황제가
　　　되었다.
401) 무성(武成): 北齊의 武成皇帝 高湛(537~569)으로 561년부터 565년까지 재위했
　　　다. 시호는 武成이고 묘호는 世祖이다. 孝昭帝 高演의 동생으로 高演과 함께
　　　정변을 일으켜 北齊의 두 번째 황제이자 조카인 高殷을 죽였다. 고연이 제
　　　위에 오른 뒤에 高湛은 우승상이 되어 막강한 권력을 잡았다. 얼마 지나지
　　　않아 고연이 중병을 앓다가 죽기 전에 자신의 아들 高百年이 高殷처럼 되
　　　지 않게 하려고 동생 고담에게 제위를 물려주었다. 고담은 즉위한 뒤, 高百
　　　年을 樂陵郡王으로 봉했다가 결국 모함해 죽였으며 종실을 모해하고 향락
　　　과 여색에 빠져 지냈다. 565년에 태자 高緯에게 제위를 물려주고 스스로는
　　　태상황이 되었으며 568년에 과도한 주색으로 서른둘에 죽었다.
402) 청하(淸河): 北齊 武成皇帝 高湛의 연호로 562년부터 565년까지이다.
403) 적성(赤星): 角星에 속하며 靈星, 天田星, 龍星 등으로도 불린다. 농사를 주
　　　관하는 별로 壬辰日에 동남방에서 이 별에 제사를 지내 풍년을 기원한다.

이를 봉하여 황제에게 상주했다. 황제가 다시 화를 내며 백년을 불러오도록
했다. 백년은 황제의 부름을 받자 죽음을 면치 못할 것을 스스로 알고서
옷 띠에 달린 패옥을 잘라 왕비(王妃)인 곡률(斛律) 씨에게 남겨준 뒤에
현도원(玄都苑) 양풍당(凉風堂)에서 황제를 만났다. 황제가 백년으로 하여금
'칙'자를 쓰게 하고 검증해 보니 가덕주가 올린 것과 비슷했다. 황제는 좌우
시종들을 시켜 백년에게 마구 몽둥이질을 하게 했으며, 또한 사람들로
하여금 그를 끌고 대청을 돌며 때리도록 했으니, 그가 지나간 곳마다 땅에
피가 낭자했다. 숨이 끊어지려 할 때 백년이 말하기를 "살려 주십시오.
삼촌의 노예가 되어도 좋습니다."라고 했다. 마침내 그를 참수해 연못에
버리자 연못의 물이 온통 붉게 물들었다. 황제는 후원에서 그를 묻는 것을
친히 지켜보았다. 왕비는 패옥을 쥐고 슬피 통곡하며 먹지도 않다가 한
달여 만에 또한 죽었다. 패옥이 여전히 손에 있었는데 그 쥔 주먹을 펼
수 없었으며 그때 나이 열네 살이었다. 왕비의 아버지인 곡률광(斛律光)[404]이
친히 그녀의 손을 펴자 비로소 펴졌다. 후주(後主)[405] 때 궁실을 아홉에서
스물일곱으로 재건하다가 작은 시신을 파내었는데 그 시신은 붉은 두루마기
에 금색 띠를 하고 있었으며 상투가 풀려져 있는 채로 한쪽 발에는 장화가
신겨져 있었다. 여러 내시들이 남몰래 말하기를 "백년 태자다."라고 했다.

---

404) 곡률광(斛律光, 515~572): 북제 때 유명한 장수로 자는 明月이고 敕勒族이었
다. 북제의 대장군과 右·左丞相 등을 역임했으며 咸陽王으로 봉해졌다. 그
의 두 딸 중에 한 딸은 高百年의 비가 되었고 다른 한 딸은 武成帝의 태자
高緯의 비가 되었다가 고위가 즉위한 뒤에 황후로 책봉되었다.
405) 후주(後主): 北齊의 다섯 번째이자 마지막 황제인 高緯를 가리킨다. 자는 仁
綱이고 565년부터 576년까지 재위했다.

[원문] 樂陵王妃

百年, 孝昭第二子也. 孝昭臨崩, 遺詔傳位於武成. 並有手書, 其末曰: "百年無罪, 汝可樂處置之, 勿學前人." 淸河三年五月, 赤星見, 帝以盆水承星影而蓋之, 一夜盆自破. 欲以百年厭之. 會博陵人賈德冑教百年書, 百年嘗作數"敕"字, 德冑封以奏. 帝又發怒, 使召百年. 百年被召, 自知不免. 割帶玦⁴⁰⁶⁾, 留與妃斛律氏. 見帝於玄都苑凉風堂. 使百年書"敕"字, 驗與德冑所奏相似. 遣左右亂捶擊之. 又令人曳百年遶堂, 且走且打. 所過處, 血皆徧地. 氣息將盡, 曰: "乞命, 願與阿叔作奴." 遂斬之. 棄諸池, 池水盡赤. 於後園親看埋之. 妃把玦哀號, 不肯食, 月餘亦死. 玦猶在手, 拳不可開. 時年十四. 其父光自擘之, 乃開. 後主時, 改九院爲二十七院. 掘得小屍, 緋袍金帶, 髻解, 一足有靴. 諸內參竊言: "百年太子也."

167. (14-20) 아개(阿襠)⁴⁰⁷⁾

원나라 지정(至正)⁴⁰⁸⁾ 연간 계묘년(癸卯年)에 명옥진(明玉珍)⁴⁰⁹⁾이 촉지

---

406) 玦(결): 문고리나 귀고리같이 동그란 고리 모양에 끝이 끊어져 있는 패옥으로 음이 '決(jué)'자와 같아 단절이나 결별을 상징한다.

407) 이 이야기는 명나라 楊愼의 《滇載記》, 명나라 田汝成의 《炎徼紀聞》 권4, 명나라 謝肇淛의 《滇略》 권10, 명나라 蔣一葵의 《堯山堂外紀》 권74, 《古今說海》 권16, 청나라 馮甦의 《滇考》 권下, 청말 柯劭忞의 《新元史》 권238 〈梁王女阿襠公主〉 등에 보인다. 郭沫若은 이 이야기를 역사극 〈孔雀膽〉으로 각색하기도 했다. 《滇略》, 《古今說海》, 《滇考》에는 공주의 이름이 '阿結'로 되어 있다.

408) 지정(至正): 원나라 惠宗 妥懽帖睦爾(toγan temür)의 연호로 1341년부터 1370년까지이다.

409) 명옥진(明玉珍, 1331~1366): 원말 大夏 정권의 건립자로 隨州(지금의 湖北省 隨縣) 사람이다. 농민봉기군에 참가해 원수가 된 뒤, 제위에 오른 陳友諒에게 복종하지 않고 至正 20년(1360)에 촉지에서 스스로 隴蜀王이라 칭하고 1363년에 제위에 올라 국호를 大夏라고 했다. 1366년에 병사했으며 大夏는

에서 황제로 참칭하여 스스로 홍건군(紅巾軍) 3만을 거느리고 운남(雲南)을
공격했다. 양왕(梁王)과 헌사(憲司)[410]들이 모두 위초(威楚)[411]로 도망하여
여러 부(部)들이 온통 혼란에 빠졌다. 구원해 달라고 군대를 부르기에 대리
(大理) 총관(總管)[412]인 단공(段功)이 원외(員外)[413]인 양 연해(楊淵海)와
상의해 짐을 쳤더니 그 점괘가 길하여 신군을 했다. 홍건군이 고전사(古田寺)
에 주둔하고 있자 단공은 밤에 사람을 시켜 그 절에 불을 지르게 했다.
홍건군은 혼란에 빠져 죽은 자가 열에 일고여덟이었다. 단공은 칠성관(七星
關)[414]까지 추격하여 또 전승을 거두고 돌아왔다. 홍건군이 물러가자 양왕은
단공을 매우 감사하게 생각하여 딸 아개 공주를 그에게 시집보내고 황제에게
상주해 운남 지방 평장(平章)[415]의 관직을 제수하도록 했다. 단공이 아개
공주를 연연해하여 돌아가려 하지 않았다. 이에 대리(大理)에 있던 그의
부인 고(高)씨는 악부시(樂府詩) 한 수를 보내 그가 돌아오기를 재촉했다.
그 시는 이러하다.

바람이 잔 구름을 휘마니	風捲殘雲
높은 하늘로 천천히 따라가는구나	九霄冉冉逐
용이 사는 연못에는 짝이 없고	龍池無偶
물과 구름 맞닿으니 온통 푸릇하구나	水雲一片綠

주원장의 명나라 군대에 패망했다.
410) 헌사(憲司): 원나라 때의 관용어로 상급 관리를 가리킨다.
411) 위초(威楚): 지금의 雲南省 楚雄彝族自治州 일대이다.
412) 총관(總管): 원나라가 大理國을 복속한 뒤에 대리국의 왕을 대리 총관으로
    임명해 불렀다. 대리 총관은 세습하며 그곳을 다스릴 수 있었다.
413) 원외(員外): 정원 이외의 관원을 가리킨다. 나중에 이런 관직은 돈으로 살
    수 있었으므로 부호들을 원외라고도 불렀다.
414) 칠성관(七星關): 雲南과 四川의 접경 지역에 있는 관문이다.
415) 평장(平章): 원나라 때 지방의 고위관직으로 行中書省에 平章政事를 두었는
    데 平章은 그 약칭이었다.

쓸쓸히 병풍에 기대어 있노라니	寂寞倚屛幃
봄비가 어지러이 내리네	春雨紛紛促
비단 이불 반쪽은 쓸 데도 없어지고	蜀錦半床閑
원앙은 홀로 외로이 잠자는구나	鴛鴦獨自宿
당신께 내 좋게 말해요	好語我將軍
즐거움 끝에 슬픈 일 생겨 원귀로 울까 두려울 뿐이라고	只恐樂極生悲冤鬼哭

단공은 서신을 받고 곧 돌아왔다가 얼마 지나지 않아서 다시 갔다. 그의 가신인 양지(楊智)와 장희교(張希喬)가 만류했으나 듣지 않았다. 그가 선천 (善闡)[416]에 도착하자 양(梁) 지방의 사람이 남몰래 양왕에게 말하기를 "단 평장이 다시 온 것은 금마산(金馬山)과 벽계산(碧鷄山)을 병탄할 마음이 있어서입니다. 어찌 미리 대처하시지 않으십니까?"라고 했다. 이에 양왕은 은밀히 아개 공주를 불러 공작의 쓸개 하나를 주면서 기회를 타 단공을 독살하라고 명했다. 공주는 눈물을 흘리며 명령을 받아들이지 않았다. 밤이 깊어 인기척이 없어지자 공주는 남몰래 평장에게 말하기를 "제 아버지께서 당신을 꺼리시니 당신과 같이 서쪽으로 돌아가고 싶어요."라고 하며 독물을 꺼내 보여 주었다. 평장이 말하기를 "내가 당신 집에 공로가 있어 발가락을 다쳤을 때에도 당신의 아버님께서 내 발가락을 싸 주셨거늘 당신은 어찌 이렇게까지 말을 만드는 게요?"라고 했다. 재삼 간했으나 끝내 듣지 않았다. 다음 날 양왕이 동사(東寺)에서 강경(講經)을 듣자고 초청했다. 단공이 통제 교(通濟橋)에 이르렀을 때 말이 달아나자 양왕은 장수에게 명하여 그를 격살시켰다. 아개 공주가 이 변고를 듣고 목 놓아 울며 말했다.

"어젯밤 촛불 밑에서 운남의 시종(施宗)과 시수(施秀)가 양귀비꽃의 독으로 죽었다고 당신에게 말해 주었는데 과연 오늘은 당신이 이렇게 되었네요.

---

416) 선천(善闡): 지금의 雲南省 昆明市이다.

당신은 비록 죽었지만 저는 저승으로 따라가 신의를 저버리지 않겠습니다."

그리고 나서 자진을 하려고 했지만 양왕은 온갖 방법으로 이를 막았다. 아개 공주는 슬프고 분개하여 이런 시를 지었다.

우리 집은 안문관(雁門關) 깊숙이 있는데	吾家住在雁門[417]深
유유히 떠 있는 구름 한 조각 전해(滇海)에 이르렀네	一片閒雲到滇海[418]
마음속 밝은 달은 푸른 하늘 비추건만	心懸明月照青天
푸른 하늘이 말을 안 한 지 이제 삼 년이 되었구나	青天不語今三載
밝은 달 따라 창산(蒼山)에 가려 했으나	欲隨明月到蒼山[419]
평생 동안 한 이불 덮지 못하게 되었네	誤我一生踏裏彩[420]
안타깝고 안타까운 당신이여	吐嚕[421]吐嚕段阿奴
시종(施宗)과 시수(施秀)도 당신같이 죽었다네	施宗施秀同奴夕
구름 조각 맑은 물엔 사람은 안 보이고	雲片波濤不見人
압부로(押不蘆)꽃 색깔은 변했도다	押不蘆花[422]顏色改

---

417) 안문(雁門): 지금의 山西省 代縣 북쪽에 있는 雁門關을 가리킨다. 山西 남부를 연결하는 요충지이다.

418) 전해(滇海): 지금의 雲南省 昆明市에 있는 滇池를 가리킨다.

419) 창산(蒼山): 지금의 雲南省 大理白族自治州에 있는 산 이름이다.

420) 답리채(踏裏彩): 비단 이불의 이름으로 아름답고 원만한 혼인 생활을 비유적으로 이르는 말이다.

421) 토로(吐嚕): 몽골어로 안타깝다는 뜻이다.

422) 압불로화(押不蘆花): 최면 마취제로 쓰였다고 하는 풀이름으로 아라비아어 yabruh 혹은 abruh에서 나온 말이다. 전설에 따르면 죽은 사람도 되살릴 수 있다고 한다. 송나라 周密의 《癸辛雜識續集‧押不蘆》에 다음과 같은 내용이 보인다. "回回國의 서쪽으로 수천 리 떨어진 곳에 맹독이 있는 풀이 나오는데 사람의 형체와 거의 유사해 인삼의 모양과 같으며 그곳 사람들은 그것을 '押不蘆'라고 불렀다. 땅속 몇 길 깊은 곳에서 자라는데 사람이 실수로 그것을 건드려 독기를 입으면 죽는다.⋯⋯흙구덩이 속에 묻었다가 1년 뒤에 꺼내서 햇볕에 말리고 다른 약을 넣어 약으로 만든다. 이것을 매번 조금씩 갈아 술에 타서 사람에게 먹이면 온몸이 마비되어 죽은 것처럼 되기에 비록 칼이나 도끼로 찔러도 알지 못한다. 사흘 뒤에 다른 약을 조금 주면 다시 살아나는데 옛날에 華陀가 장을 자르고 위를 세척해 병을 고칠 수

낙타에 홀로 앉아 곰곰이 생각하는데　　　　　　　　肉屛423)獨坐細思量
서산(西山) 소나무 숲에 서리가 싸늘하구나　　　　　西山424)鐵立425)霜瀟麗

　당시 원외였던 양 연해가 단공의 종관(從官)으로 갔었다. 그 또한 시를
지어 흰 벽에 쓰고는 독약을 먹고 죽었다. 그 시는 이러하다.

자잘한 공명을 세우며 백전을 겪은 이내 몸은　　　　半紙功名百戰身
견디다 못해 오늘 결국 홍진이 되는구나　　　　　　不堪今日總紅塵
자고로 생사는 모두다 명에 달린 것이니　　　　　　死生自古皆緣命
지금에 화복이 있다 하여 어찌 남을 원망하리요　　禍福於今豈怨人
허무한 꿈은 흐트러지고 전해(滇海)에는 달이 뜨니　蝴蝶夢殘滇海月
두견새 울음소리 점창산의 봄을 깨트리는구나　　　杜鵑啼破點蒼426)春
가련히도 운남(雲南) 땅을 사별하노니　　　　　　　哀憐永訣雲南土
좋은 술이여, 자꾸 눈물 나게 하지 말아라　　　　　錦酒休敎灑淚頻

　양왕은 양 연해의 재주를 아껴 간절히 쓰고자 했었다. 그는 이 시를
보고서 침통히 애도하며 후하게 장례를 치러 주었고 단공의 관을 따라
대리에 묻도록 했다.

　아비를 가히 원수로 여길 수는 없다. 하지만 부녀자는 지아비를 하늘로
삼으니 아비는 외가(外家)가 되며, 죄 없이 남편을 죽였으니 아비 또한

　　있었던 것은 아마 이 약을 반드시 썼기 때문일 것이다."
423) 육병(肉屛): 낙타의 잔등이 병풍과 비슷하다 하여 낙타를 육병이라 부른다.
424) 서산(西山): 지금의 雲南省 昆明市 서남쪽에 있는 산으로 滇池의 서쪽 기슭
　　에 있다.
425) 철립(鐵立): 쇠로 된 것처럼 꼿꼿이 서 있는 소나무 숲을 가리킨다.
426) 점창(點蒼): 지금의 雲南省 大理市 서북쪽에 있는 산 이름이다.

원수가 되었다. 사람들이 떠받드는 것 중에 하늘만한 것이 없다. 만약 하늘이 이유 없이 선한 사람에게 해를 끼치면 비록 성현이라도 원한이 없을 수는 없다. 이는 오자서(伍子胥)[427]가 초나라 평왕(平王)의 시체를 파내어 채찍질을 했으나 효자는 혹 그의 그런 행동을 이해할 수 있는 까닭이다.

[원문] 阿蓋

至正癸卯, 明玉珍僭號於蜀, 自將紅巾三萬攻雲南. 梁王及憲司官皆奔威楚, 諸部悉亂. 徵兵捄援. 大理總管段功, 謀於員外楊淵海. 卦之吉, 乃進兵. 紅巾屯古田寺. 功遣人夕火其寺, 紅巾軍亂, 死者什七八. 功追至七星關, 又勝之而還. 紅巾旣退, 梁王深德段功, 以女阿蓋主妻之, 奏授雲南平章. 功戀之不肯歸國. 其大理夫人高氏, 寄樂府促之歸, 曰:

"風捲殘雲, 九霄冉冉逐. 龍池無偶, 水雲一片[428]綠. 寂寞倚屛幃, 春雨紛紛促. 蜀錦半床閒, 鴛鴦獨自宿. 好語我將軍, 只恐樂極生悲冤鬼哭."

功得書, 乃歸. 旣而復往. 其臣楊智、張希喬雷之, 不聽. 旣至善闡, 梁人私語梁王曰: "段平章復來, 有吞金馬、嚼碧雞[429]之心矣. 盍早圖之." 梁王乃密召阿蓋主, 付以孔雀膽一具, 命乘便毒斃之. 主潸然不受命. 夜寂人定, 私語平章曰:

---

427) 오자서(伍子胥, 기원전559~484): 춘추시대 말기 오나라의 대부로 이름은 員이고 자는 子胥이다. 본래 초나라 사람으로 아버지는 伍奢이고 형은 伍尚이다. 초나라 平王이 태자가 제후와 손을 잡고 반란을 일으킬 것으로 의심하여 太子太傅였던 伍奢와 伍尚을 죽여 伍子胥만 오나라로 도망을 갔다. 나중에 伍子胥는 오나라의 大夫가 되어 권력을 잡은 뒤 초나라를 공격해 이미 죽은 平王의 시신을 무덤에서 파내어 300번이나 매질을 했다고 한다. 자세한 이야기가 《史記 · 伍子胥列傳》에 보인다.

428) 【校】 片: [影], [鳳], [岳], [類], 《炎徼紀聞》에는 "片"으로 되어 있고 [춘]에는 "印"으로 되어 있다.

429) 吞金馬 咽碧雞(탄금마 인벽계): 雲南 지방을 병탄한다는 뜻이다. 雲南省 昆明市 동쪽에는 金馬山이 있고 서쪽에는 碧雞山이 있다.

"我父忌阿奴430), 願與阿奴西歸." 因出毒具示之. 平章曰: "我有功爾家. 我趾自蹶傷, 爾父尙嘗爲我裹之. 爾何造言至此!" 三諫之, 終不聽. 明日, 邀功東寺演梵, 至通濟橋, 馬逸, 因令番將格殺之. 阿襪主聞變, 失聲哭曰: "昨暝燭下, 纔講與阿奴, 雲南施宗、施秀煙花431)殞身, 今日果然. 阿奴雖死, 奴不負信黃泉也." 欲自盡, 梁王防衛萬方. 主愁憒, 作詩曰:

"吾家住在雁門深, 一片閒雲到滇海. 心懸明月照靑天, 靑天不語今三載. 欲隨明月到蒼山, 悞我一生踏裏彩. 吐嚕吐嚕段阿奴, 施宗施秀同奴歹. 雲片波潾不見人, 押不蘆花顏色改. 肉屛獨坐細思量, 西山鐵立霜瀟灑."

時員外楊淵海爲從官, 亦題詩粉壁, 飮藥而卒.

詩曰:

"半紙功名百戰身, 不堪今日總紅塵. 死生自古皆繇命, 禍福於今豈怨人. 蝴蝶夢殘滇海月432), 杜鵑啼破點蒼春. 哀憐永訣雲南土, 錦酒休敎灑淚頻."

梁王哀淵海之才, 緣意欲爲己用. 見詩痛悼, 乃厚恤之. 令隨平章椘葬大理.

父不可仇也. 然婦人以夫爲天, 父爲外家, 殺夫而非罪, 則父亦仇矣. 人之尊者莫如天. 使天無故而厄一善人, 雖聖賢亦不能無憾. 此子胥所以鞭平王, 而孝子或諒之也.

---

430) 阿奴(아노): 윗사람이 아랫사람을 부르거나 부부가 서로를 부를 때 사용하는 애칭이다.
431) 煙花(연화): 연은 大煙(아편)을 가리키고 大煙花는 양귀비꽃을 말한다.
432) 【校】滇海月: [鳳], [春], 《滇略》에는 "滇海月"로 되어 있고 [影], [岳], [類]에는 "滇月海"로 되어 있다.

168. (14-21) 유란영(柳鸞英)433)

　내주(萊州)434) 사람 염란(閻闌)은 유(柳) 모씨와 친하여 태내에 있는 아이
의 혼사를 미리 약속했다. 아이가 태어나자, 염란은 아들을 얻어 이름을
자진(自珍)이라 했고 유씨는 딸을 얻어 난영(鸞英)이라 했으며 드디어 이들은
이왕의 혼약을 맺었다. 유씨는 진사로 등과하여 벼슬이 포정사(布政使)435)까
지 이르렀으나 염란은 겨우 천거로 교관(敎官)을 하다가 죽었으므로 그의
집안은 가난해 난영을 맞이할 수 없었다. 유씨가 맹약을 어기려 하기에
난영은 그의 어머니에게 울며 말하기를 "비록 몸은 아직 가지 않았으나
마음은 이미 응낙을 했으니 달리 도모하는 일이 있으면 저에게는 죽음만이
있을 뿐입니다."라고 했다. 난영의 어머니가 이를 난영의 아버지에게 말하자
아버지는 거짓으로 응하는 척하고 허락은 하지 않았다. 난영은 아버지가
결국 약속을 어길 것이라 짐작하고 은밀히 이웃집 할멈에게 청하여 자진에게
가서 이렇게 전하게 했다.

　"저에게 모아둔 돈이 있으니 모일(某日)에 후원으로 오셔서 가지고 가시면
혼사를 이룰 수 있습니다. 늦으시면 남에게 뒤질 것입니다."

　자진은 이를 듣고 기쁨을 스스로 억누를 수 없어 훈장의 아들인 유강(劉江)
과 유해(劉海)에게 그 일을 모두 말했다. 유강과 유해는 비밀리에 계책을

---

433) 이 이야기는 명나라 王兆雲의 《湖海搜奇》 권上에는 〈柳鸞英〉으로, 명나라
　　黃瑜의 《雙槐歲鈔》 권4에는 〈陳御史斷獄〉으로, 《古今閨媛逸事》 권2에 〈李代
　　桃僵〉으로, 《女聊齋志異》 권1과 《古今情海》 권18에는 〈柳鸞英〉으로 보이며
　　《瓲史》 권5에도 수록되어 있다. 《古今小說》 권2 〈陳御史巧勘金釵鈿〉의 本事
　　이며 명나라 月榭主人의 傳奇 희곡 작품 〈釵釧記〉로 각색되기도 했다.
434) 내주(萊州): 지금의 山東省 萊州市이다.
435) 포정사(布政使): 명나라 宣德 연간 이후로 전국의 府, 州, 縣을 모두 兩京과
　　13개의 布政使司에 속하게 하고 布政使司마다 左·右布政使 각각 한 명씩을
　　두어 그곳의 최고 행정 장관이 되도록 했다.

세워 자진에게 축하하는 술자리를 베풀고 학사에서 그를 취하게 했다. 그 형제들은 약속한 날짜에 맞춰 유(柳)씨 집으로 갔다. 난영이 후원의 문에 기대어 바라보고 있다가 때가 곧 저물 무렵이라서 곧바로 그들에게 돈을 주었다. 그러나 어린 시녀는 염생이 아닌 것을 알아보고 말하기를 "이 사람은 유(劉)씨 집 아들이에요."라고 했다. 난영도 그가 다른 사람인 것을 깨닫고 그에게 욕하며 말하기를 "개 같은 놈아, 왜 내 돈을 사취하느냐? 속히 돌려주면 내버려두겠지만 그렇지 않으면 바로 관아에 고발하여 너를 징치할 것이다."라고 했다. 유강과 유해는 일이 누설될까 두려워 난영과 시녀를 죽이고 돌아갔다. 자진은 한밤중에 술에서 깨어 스스로 약속을 저버린 것을 후회하며, 급히 일어나 달려서 유씨 집 후원의 문에 이르렀다. 달빛이 어두웠으므로 그는 곧장 뜰 안으로 들어가다가 피 묻은 시신을 밟고 넘어져 피비린 냄새를 맡고 두려워 돌아갔다. 옷에 온통 피가 묻어 있어 감히 가족들에게 말하지 못했다. 날이 밝아서 유씨는 딸이 죽임을 당한 것을 알게 되었으나 누가 한 짓인지는 몰랐다. 관아에서 두루 묻다가 이웃집 할미에게까지 이르자 그 할미는 난영이 약속했던 일을 자백했다. 자진을 체포해 왔는데 피 묻은 옷이 아직도 있었다. 한마디 변명도 용납하지 않고 그에게 사형을 내렸다. 마침 어사(御史) 허진(許進)[436]이 순행을 하다가 그곳에 이르렀는데 밤에 꿈에서 어떤 머리 없는 여자가 나타나 울며 말했다.

"첩은 유란영이라고 하옵니다. 도적 유강과 유해에게 죽임을 당했는데 오히려 제 지아비가 단죄되었으니, 바라건대 공께서 이 옥사를 동정해 살펴 주신다면 첩은 죽었으나 영원히 썩지 않을 것입니다."

이에 허공은 갑자기 놀라 꿈에서 깨어났다. 아침이 되어 자진을 불러서

---

436) 허진(許進, 1437~1510): 靈寶(지금의 河南省 靈寶市) 사람으로 명나라 英宗 天順 6년에 향시에 합격하고 成化 2년에 회시에 합격한 뒤, 監察御史가 되었는데 의안을 잘 판단해 명성이 있었으며 시호는 襄毅公이었다.

비밀리에 묻자, 자진이 유강과 유해가 자신을 남게 해 술을 마시게 한 일을 모두 진술했다. 허공은 꿈에서 본 귀신의 진술을 소장으로 꾸며 만들고 바로 두 흉도를 잡아 심문을 했더니 그들이 머리를 조아리며 죄를 인정하므로 시장에서 처형을 했다. 곧 자진을 풀어주고 난영을 위해 '정절(貞節)'이라고 쓴 패방(牌坊)을 세워 그녀를 표창했다. 그 후 자진은 향시에 등과했으며 당시 사람이 이에 대해 전기(傳奇)를 지었다. 이 이야기는《허공이정록(許公異政錄)》437)에 보인다.

[원문] 柳鸞英

萊州閻蘭與柳某善, 有腹婚438)之約. 及誕, 閻得男子, 曰自珍; 柳得女, 曰鸞英, 遂結夙契. 柳登進士, 仕至布政. 而蘭止繇貢得教職以死, 家貧, 不能娶. 柳欲背盟, 鸞英泣告其母曰: "身雖未往, 心已相諾. 他圖之事, 有死而已." 母白於父, 父佯應之而未許. 鸞英度父終淪此盟, 乃密懇鄰媼, 往告自珍, 曰: "有私畜, 請君以某日至後圃挾歸, 姻事可成. 遲則爲他人先矣." 自珍聞之, 喜不自抑. 遂與其師之子劉江、劉海具言故. 江、海密計, 設酒賀珍, 醉之於學舍. 兄弟如期詣柳氏. 鸞英倚圃門而望, 時天將暮, 便以付之. 而小婢識非閻生, 曰: "此劉氏子也!" 鸞英亦覺其異, 罵之曰: "狗奴何以詐取我財? 速還則已, 不然, 當告官治汝!" 江、海恐事洩, 遂殺鸞英及婢而去. 自珍夜半醉醒, 自悔失約. 急起走詣柳氏圃門. 時月色黑, 直入圃中, 踐血屍而躓, 嗅之腥氣, 懼而歸. 衣皆沾血, 不敢以告家人也. 達曙, 柳氏覺女被殺, 而不知主名. 官爲遍訊, 及鄰媼, 遂首女結約事. 逮自珍至, 血衣尚在. 一詞不

437) 허공이정록(許公異政錄): 명나라 高儒의《百川書志》권4에 의하면,《許襄毅公異政錄》은 1권으로 되어 있고 許進의 아들 許誥(1471~1534)가 그의 부친이 재임하는 동안 다룬 특이한 사건들을 기록한 책이라 한다.
438) 腹婚(복혼): 아이가 태어나기 전 배에 있을 때 양가 부모가 혼약한 것을 이른다.

容辭, 論死. 會御史許公進巡至, 夜夢一無首女子泣曰: "妾柳鸞英也. 身爲賊劉江、劉海所殺, 反坐吾夫, 幸公哀辨此獄, 妾死不朽矣." 因忽驚覺. 明達召自珍密問之, 自珍具述江、海齧飮事. 公僞爲見鬼自訴之狀, 卽捕二凶訊之, 扣頭款服, 誅於市. 逐釋自珍, 爲女建坊曰"貞節"以表之. 珍後登鄕薦, 時人爲作傳奇. 見《許公異政錄》.

169. (14-22) 금산사의 중 혜명(金山僧惠明)[439]

명나라 홍무(洪武)[440] 연간에 남경(南京)의 양자강(楊子江) 강변에서 살던 세(稅)씨의 아내 주(周)씨는 아름다운 용모를 지니고 있었다. 금산사(金山寺)[441]의 중인 혜명(惠明)이 비밀리에 한 노파를 시켜 향분 등의 물건을 항상 주씨에게 주도록 하여 노파와 주씨는 왕래하는 것이 매우 익숙하게 되었다. 남편이 외출을 했기에 주씨는 노파를 불러 같이 잠을 잤는데 노파는 몰래 중이 신는 신발 한 켤레를 침상 발받침 아래에 놓아두었다. 남편이 돌아와서 그 신을 보고 중과 사통했다고 하자 주씨는 변명할 수 없어 결국 쫓겨나게 되었다. 주씨는 그때 나이가 이미 스물 두 살이었으며 아들을 낳은 지 1년이 넘은 뒤였다. 막 집을 떠나기에 앞서 노래를 지었는데 그

439) 이 이야기는《涇林雜記》에서 나온 이야기로《僧尼孽海》에도 보이고《燕居筆記》권2와《繡谷春容》雜錄 권2 그리고《國色天香》권2에는 〈下堂歌〉라는 제목으로 수록되어 있다.《古今閨媛逸事》권5에는 〈淫僧狡計〉라는 제목으로,《古今圖書集成·閨媛典》권364에는 〈稅家妻周氏〉라는 제목으로 기재되어 있기도 하다.
440) 홍무(洪武): 명나라 太祖 朱元璋의 연호로 1368년부터 1398년까지이다.
441) 금산사(金山寺): 지금의 江蘇省 鎭江市 서북쪽 金山에 東晉 때 지어진 사찰로 중국 선종의 명찰이다.

노래는 이러하다.

떠나가는 제비는 돌아올 기약 있는데	去燕有歸期
떠나가는 이 몸은 영원한 이별이로다	去婦長別離
내게는 당당한 지아비 있고	妾有堂堂夫
갓난아이가 있는데	妾有呱呱兒
이런 사내와 애를 두고	撇此夫與子
문밖을 나서서 어디를 가겠나	出門欲何之
소리 내어 공연히 오열을 하고	有聲空嗚咽
부질없이 눈물을 흘리네	有淚空漣洏
모든 병에는 약이 있건만	百病皆有藥
이 병은 고치기가 어렵네	此病諒難醫
사내의 마음은 뒤바뀌어	丈夫心翻覆
지난날을 기억하지도 않아	曾不記當時
산을 두고 바다를 두고 한 맹세도	山盟與海誓
순식간에 바로 변하네	瞬息日推移
아! 일개의 아녀자인 몸	吁嗟一婦女
이내 마음은 하늘이 안다네	方寸有天知

혜명은 머리를 기르고 환속한 뒤에 매파에게 부탁하여 그녀를 아내로 삼고 딸 하나를 낳았다. 나중에 혜명이 딸을 안고 농담으로 말하기를 "내게 좋은 계책이 없었다면 어찌 네 엄마를 얻었겠느냐."라고 했다. 주씨가 웃으며 무슨 말인지를 묻자, 혜명은 부부간의 정이 두터웠기에 의심 없이 털어놓았다. 이에 주씨가 등문고(登聞鼓)를 두드려 억울함을 알리니 황제는 친히 심문하여 사실을 알게 되었다. 혜명은 능지처참되었고 같은 방에 있던 열 명의 중은 교수형에 처해졌으며 나머지 60명의 중은 모두 멀리 변방으로 보내 군졸로 충당시켰다.

[원문] 金山僧惠明

洪武中, 南京楊子江邊稅家妻周氏, 有姿色. 金山寺僧惠明, 密使一婆子常送花粉等物, 往來甚熟. 夫出外, 周氏喚婆子同眠. 婆子潛將僧鞋一緉[442]安凳下. 夫歸見鞋, 謂周氏有私于僧. 婦不能辯, 竟出之. 周時年已二十二, 生子歲餘矣. 臨去作歌曰:

"去燕有歸期, 去婦長別離. 妾有堂堂夫, 妾有呱呱兒. 撇此夫與子, 出門欲何之? 有聲空嗚咽, 有淚空漣洏. 百病皆有藥, 此病諒難醫. 丈夫心翻覆, 曾不記當時. 山盟與海誓, 瞬息且推移. 吁嗟一婦女, 方寸有天知."

惠明畜髮, 托媒娶之, 生一女. 異日, 惠明抱女戲曰: "我無良計, 安得汝母." 周氏笑問何謂, 惠明以夫妻情厚, 吐之不疑. 周氏遂擊登聞鼓升冤[443]. 上親鞫得實. 惠明淩遲[444], 同房十僧絞, 餘僧六十名, 俱邊遠充軍.

170. (14-23) 왕무공의 아내(王武功妻)

경도 사람이었던 왕무공(王武功)이라는 자가 말요(韈@) 거리에 살고 있었는데 그의 아내는 용모가 매우 아름다운 여자였다. 동냥하는 중이 그 집 대문을 지나가다가 그의 아내를 보고서 좋아하게 되었다. 몰래 꾀어

---

442) 【校】 緉: [影], [春]에는 "緉"으로 되어 있고 [鳳], [岳], [類], 《繡谷春容》에는 "雙"으로 되어 있다. 緉(량)은 양말이나 신발 등과 같이 쌍으로 되어 있는 물건을 세는 양사이다.

443) 【校】 升冤: [影], [類], [春]에는 "升冤"으로 되어 있고 [鳳], [岳]에는 "申冤情"으로 되어 있으며 《繡谷春容》에는 "伸寃"으로 되어 있다.

444) 淩遲(능지): 五代부터 清末까지 행해졌던 잔혹한 형벌로 剮刑이라 불리기도 했다. 《宋史 · 刑法志一》에서 이르기를 "淩遲는 먼저 그 사지를 벤 다음, 다시 목을 자르는 형벌로 당시의 극형이다."고 했다.

얻어 낼 계책을 세웠으나 기회가 닿지 않았다. 때마침 왕무공이 회서(淮西)로 부임하러 가려고 아내와 함께 수레의 발 안에 앉아 있었는데 밖에서 온 어떤 하인이 합(盒)을 머리에 이고 앞으로 와서 말했다.

"총(聰) 스님께서 부인께 말씀을 전하라 하셨습니다. 이별한 지 여러 날이 되었는데 마음을 표할 길이 없어 애오라지 이것을 드려 떠나시는 길을 전송하신답니다."

말을 마치자 그 하인은 바로 가버렸다. 왕무공 부부가 급히 합을 열어 봤더니 누에고치 모양의 고기 덩어리 백 개가 있었다. 그 속을 쪼개자 둥글넓적하고 조그마한 금 조각이 숨겨져 있었는데 무게가 일 전(錢)445)이었다. 잘못해 들어간 줄 알고 다른 것들을 쪼개 봤더니 모두 다 그러했다. 왕무공이 소리를 지르며 아내를 꾸짖어 말하기를 "내 이 까까중놈이 조석으로 대문을 드나드는 것에 필시 연고가 있을 것이라고 의심을 했었는데 오늘 보니 과연 그렇구나."라고 한 뒤, 곧바로 현아(縣衙)에 고소를 했다. 중은 이미 달아나 이름과 거처를 알 수 없어 체포할 길이 없었다. 왕무공은 아내를 버려두고 홀로 수레를 타고서 임지로 갔으며, 그의 아내는 제 스스로 발명할 수 없어 여러 달 동안 옥에 갇혀 있었다. 부윤(府尹)446)이 의안(疑案)이라고 판단하여 문서에 적어 두고 밖에 나가 살라고 명했다. 하지만 옥에서 나온 아내는 곤궁해 먹고살 길이 없었다. 중이 이를 듣고서 몰래 돌아와 바느질하는 여자에게 은밀히 뇌물을 주었더니 그 침모는 왕무공의 아내를 설득하며 이렇게 말했다.

"지금 곧 굶어 죽을 것 같은데 나를 따라 아무개 절로 가 스님들에게 바느질을 해 주며 날을 보내면서 왕무공의 마음이 돌아서길 기다리는 것이

---

445) 전(錢): 무게 단위로 1兩은 10錢이고 1錢은 10分이다.
446) 부윤(府尹): 한나라 때의 京兆尹에서 비롯된 관직으로 보통 京畿 지방의 행정 장관을 가리킨다.

어떠한가?"

왕무공의 아내는 마지못해 그의 말을 따랐다. 절로 간 뒤에 이전 그 중의 방으로 들어가게 되었고 중은 그녀를 토굴에 숨겨 두고 멋대로 간음을 했다. 오래되어 출입하는 것을 조금 허락해 주기에 왕무공의 아내는 틈을 타 순찰하는 나졸에게 알렸다. 중을 잡아 관아에 이르자 중은 복죄를 했으며 왕무공의 아내는 한을 품은 채 죽었다.

[원문] 王武功妻

京師人王武功, 居韡447)伽448)巷. 妻有美色. 化緣449)僧過門, 見而悅之. 陰設挑致之策, 而未得便. 會王生將赴官淮上450), 與妻坐簾內, 一外僕頂盒至前, 云: "聰大師傳信縣君451), 相別有日, 無以表意, 漫452)奉此送路." 語訖即去. 王夫婦亟啟盒, 乃肉453)繭百枚. 剖其中, 藏小金牌餅, 重一錢, 以爲愧也, 復剖其他盡然. 王作聲叱妻曰: "我疑此髠454)朝夕往來于門, 必有故, 今果爾." 即訴于縣府. 僧已竄, 不知名字居止, 無從絹捕. 王棄妻, 單車赴任. 妻亦無以自明. 囚繫累月, 府尹以

---

447) 【校】 韡: [鳳], [春], [影], 《夷堅志》에는 "韃"로 되어 있고 [岳], [類]에는 "靴"로 되어 있다.

448) 【校】 伽: 《情史》에는 "伽"로 되어 있고 《夷堅志》에는 "枷"로 되어 있다.

449) 化緣(화연): 승려나 도사가 보시해달라고 청하는 것을 가리킨다. 보시를 하면 부처나 신선과 인연을 맺을 수 있다하여 化緣이라 한 것이다.

450) 淮上(회상): 淮水 상류 지역을 가리키는 말로 남송 때에는 淮南西路였으므로 淮西라고 불리기도 했다. 지금의 安徽省에 속한다.

451) 縣君(현군): 옛날 命婦에게 내려진 봉호 가운데 하나로 여기에서는 여자를 높여 부르는 말로 쓰였다.

452) 【校】 漫: [鳳], [岳], [類], [春], 《夷堅志》에는 "漫"으로 되어 있고 [影]에는 "謾"으로 되어 있다.

453) 【校】 肉: 《情史》에는 "肉"으로 되어 있고 《夷堅志》에는 "玉"으로 되어 있다.

454) 【校】 髠: [影], 《夷堅志》에는 "髠"으로 되어 있고 [鳳], [岳], [類], [春]에는 "禿"으로 되어 있다.

爲疑獄, 命錄付外舍. 窮無取食. 僧聞而潛歸, 密賂針婦, 說之曰: "汝今且[455]餓死
矣, 我引爾至某寺, 爲大衆僧縫紉度日, 以俟武功回心何如?" 王妻勉從其言. 既往,
正入前僧之室, 藏於地窌, 奸污[456]自如. 久而稍聽其出入, 遂伺隙告邏卒. 執僧到
官, 伏罪. 王妻亦懷[457]恨以死.

情史氏曰

이른바 '환희원가(歡喜冤家)'[458]라는 말이 있듯이 원가(冤家)는 좋아함으
로 말미암아 얻어지는 것이다. 대저 처음에는 좋아하지 않은 이가 없으나
좋아하는 것으로 마치는 이가 드물기 때문이다. 좀으로 예를 들자면 좀은
나무로 연명하면서도 오히려 나무를 썩게 하니 잔인하도다! 저 간사한
짓을 하며 남을 속이는 자들이 손에 스스로 칼을 쥐고 있으니 단죄할 바가
없는 것이다. 혼사가 거의 다 이루어지려 하다가 그릇되고, 본래 함께 있다가
흩어지며, 함께 환락해야 하나 홀로 독차지하고, 남이 좋아하는 사람을
대신 소유하는 것이 하늘의 뜻인가, 사람으로 인한 것인가? 이는 모두 원가(冤
家)가 있어서이다. 그러나 원수로 여기는 것은 그 자체로부터 생긴 것이
아니라 두 사람의 좋아하는 감정에 본디 있었던 것이다. 원가인 까닭에
좋아하는 것을 더욱 느끼게 되고 좋아하는 까닭에 원가인 것을 더욱 느끼게

---

455) 【校】且: [影], 《夷堅志》에는 "且"로 되어 있고 [鳳], [岳], [類], [春]에는 "日"로
되어 있다.
456) 【校】污: [影], [鳳], [岳], [類], 《夷堅志》에는 "污"로 되어 있고 [春]에는 "侮"로
되어 있다.
457) 【校】懷: 《情史》에는 "懷"로 되어 있고 《夷堅志》에는 "恨"으로 되어 있다.
458) 환희원가(歡喜冤家): 원한이 있는 것 같으나 실제로는 서로 사랑하는 연인
이나 부부를 이른다. 원가(冤家)는 원래 원수라는 뜻으로 미워하는 듯하나
실제로는 사랑하며, 자신에게 고뇌를 주는 것 같으나 차마 버릴 수 없는
사람을 뜻한다.

된다. 더구나 정을 지극히 쏟으면 세상 만물을 모두 군더더기로 여기게
된다. 그러다가 뜻대로 되지 않으면 모든 것에서 증오가 생기니 원한은
또한 원가에게만 있는 것이 아니도다. 정이 없으면 원한도 없고 원한이
없으면 정도 없다. 아! 물을 따라 스스로 마셔 보지 않으면 또한 어찌 그
물의 차고 따뜻함을 알 수 있으리오.

　　情史氏曰: "語云'歡喜冤家', 冤家繇歡喜得也. 夫'靡不有初, 鮮克有終'459).
辟如蠹然, 以木爲命, 還以賊木, 忍乎哉! 彼夫售讒行詿, 手自操戈, 斯無所蔽罪者
矣! 乃若垂成而敗之, 本合而離之, 同歡而獨據之, 他好而代有之, 天乎? 人乎?
是其460)有冤家在焉! 然仇不自我, 兩人之歡喜固在也. 以冤家故, 愈覺歡喜; 以歡
喜故, 愈覺冤家. 況乎情之所鍾, 萬物皆贅. 及其失意, 四大生憎. 仇又不獨在冤家
矣! 不情不仇, 不仇不情. 嗟夫, 非酌水自飲, 亦烏知其冷暖乎哉!"

459) 靡不有初 鮮克有終(미불유초 선극유종): 《詩經·大雅·蕩》에 보이는 다음과
　　같은 구절에서 나온 말이다. "하늘이 뭇 백성을 내리시나 그 命을 믿을 수
　　없음은, 처음에는 선하지 않은 이가 없으나 선으로 마치는 이가 드물기 때
　　문이다.(天生烝民, 其命匪諶. 靡不有初, 鮮克有終.)"
460) 【校】 具: [影], [鳳], [岳], [類]에는 "具"로 되어 있고 [崔]에는 "其"로 되어 있다.

15

情_정芽_아類_류

'정아류'에서는 역사상 유명한 현자와 성인들에게
도 사랑이 싹터 있었다는 이야기들을 싣고 있다.
세부적으로 보면 '대성(大聖)', '명현(名賢)', '고승(高
僧)', '현명한 여인들(賢女子)' 등에 관한 이야기들을
다루고 있다. 그 가운데 명현(名賢)들을 다룬 작품
들이 가장 많고 현명한 여인들(賢女子)을 다룬 작품
들이 가장 적게 실려 있다. 권말 '정사씨(情史氏)'
평론에서 초목이 생기가 돌아 싹이 나는 것과 같이
정 또한 사람에게 있어 생기이며 누구에게나 싹트
는 것이라 하고 있다. 사람이 사랑으로 인해 잘못
된 일이 있지만 그것은 그들이 스스로 정을 잘 다스
리지 못해서이지 정이 그들을 그르치게 한 것은
아니기에 정을 없애야 된다고 주장한 자들은 한겨
울로 세상을 끝내고자 하는 것과 마찬가지라 평하
고 있다.

171. (15-1) 문왕(文王)[1]

주나라 문왕[2]이 성녀(聖女) 사(姒)씨를 배필로 얻으니 궁녀들이 〈관저(關雎)〉란 시를 지었다. 그 시는 이러하다.

꾸욱꾸욱 우는 물수리	關關[3]雎鳩[4]
하수(河水)의 모래섬에 있도다	在河之洲
곱고 얌전한 숙녀는	窈窕淑女
군자의 좋은 짝이어라	君子好逑
들쭉날쭉한 노랑어리연꽃을	參差荇菜
여기저기서 취하도다	左右流之
곱고 얌전한 숙녀를	窈窕淑女
자나 깨나 구하려 하네	寤寐求之
구해도 얻지를 못하여	求之不得
자나 깨나 생각하도다	寤寐思服
그리워 그리워하여	悠哉悠哉
전전반측하여라	輾轉反側

---

1) 시는 《詩經·周南》의 〈關雎〉 편이고 앞의 설명은 《詩傳通釋》과 《詩傳大全》 등에 보인다.

2) 문왕(文王, 기원전 1152~기원전 1056): 季歷의 아들로 이름은 姬昌이며 武王 姬發과 周公 姬旦의 아버지였다. 商紂 때 현인을 임용해 국력을 키웠으나 紂王이 그를 시기하여 羑里에 구금했다. 구금되어 있는 동안 《周易》을 저술했다는 설이 있다. 나중에 紂王에게 보물을 바쳐 구금에서 벗어나 수리 공사를 하고 세력 범위를 넓혔다. 武王이 商나라를 멸망시키고 周나라를 세운 뒤에 그를 文王이라 추봉했다.

3) 관관(關關): 암컷 새와 수컷 새가 서로 화답하면서 우는 소리를 가리킨다.

4) 저구(雎鳩): 일명 王雎라고도 하며 물수리를 가리킨다. 이 새는 태어나면서부터 정해진 짝이 있어 서로 난잡하지 않고 항상 같이 놀되 서로 친압하지 않으며 분별이 있다고 한다.

들쭉날쭉한 노랑어리연꽃을　　　　　　　　參差荇菜
여기저기서 가려따는도다　　　　　　　　左右采之
곱고 얌전한 숙녀를　　　　　　　　　　窈窕淑女
거문고와 비파로 친애하는도다　　　　　　琴瑟友之
들쭉날쭉한 노랑어리연꽃을　　　　　　　參差荇菜
여기저기서 솎아 내어라　　　　　　　　左右芼之
곱고 얌전한 숙녀를　　　　　　　　　　窈窕淑女
종과 북으로 즐겁게 하도다　　　　　　　鐘鼓樂之

[원문]　文王

文王得聖女姒氏爲配, 宮人作《關雎》之詩云:
"關關雎鳩, 在河之洲. 窈窕淑女, 君子好逑.
參差荇菜, 左右流之. 窈窕淑女, 寤寐求之.
求之不得, 寤寐思服. 悠哉悠哉, 輾轉反側.
參差荇菜, 左右采之. 窈窕淑女, 琴瑟友之.
參差荇菜, 左右芼5)之. 窈窕淑女, 鐘鼓樂之."

172. (15-2) 공자(孔子)6)

어떤 사람이 묻기를 "공자께서는 첩이 있었습니까?"라고 했다.《공총자(孔

---

5)【校】芼: [影], [鳳], [岳], [類],《毛詩注疏》에는 "芼"로 되어 있고 [春]에는 "筆"로
　되어 있다.
6) 이 이야기는《稗史彙編》권45에 〈孔子有妾〉이라는 제목으로 보인다.

叢子)》7)에 실려 있는 것을 보니, "재여(宰予)8)가 초나라 소왕(昭王)9)에게 답하기를 '부자(夫子)의 부인께서는 채색 비단 옷을 입지 않으시고 첩도 비단 옷을 입지 않습니다. 수레에 무늬를 놓지 않으시고 말에게도 곡식을 먹이지 않으십니다.'라고 했다."고 하니, 이에 근거하면 공자 또한 첩이 있었다.

사람들은 오직 성현만이 정에 탐닉되지 않는다는 것은 알고 있지만 오직 진정한 성현만이 정을 멀리하려 하지 않는다는 것은 모른다.

[원문] 孔子

或問: "孔子有妾乎?" 觀 《孔叢子》載: 宰予對楚昭王曰: "夫子妻不服綵, 妾不衣帛. 車器不雕, 馬不食粟." 據此, 則孔子亦有妾矣.

人知惟聖賢不溺情, 不知惟眞聖賢不遠於情.

---

7) 공총자(孔叢子): 孔子, 子思, 子上, 子高, 子順, 子魚 등의 언행을 기록한 책으로 총 21편이다. 孔子의 후예인 秦末 사람 孔鮒(子魚)가 지었다고 되어 있지만 가탁한 것이라고 한다. 여기에서 인용하고 있는 내용은 《孔叢子》 권1 記義 제3에 보인다.
8) 재여(宰予, 기원전 522~기원전 458): 춘추시대 말기 노나라 사람으로 자는 子我이며 宰我라 불리기도 했다. 孔門十哲의 한 사람으로 언어에 뛰어났으며 제나라에서 臨淄大夫의 벼슬을 지냈다. 공자가 삼년상을 지내도록 한 것에 대해 異議를 제기해 공자로부터 不仁하다는 비난을 듣기도 했다.
9) 소왕(昭王, 약 기원전 523~기원전 489): 초나라 平王의 아들로 이름은 熊珍이다. 哀公 6년(기원전 489)에 오왕 夫差의 공격을 받은 陳나라를 구원하러 갔다가 軍中에서 죽었다.

173. (15-3) 지혜로운 서리(智胥)10)

　명나라 홍무(洪武)11) 연간에 부마도위(駙馬都尉)12)인 구양(歐陽) 아무
개13)가 우연히 네 명의 기생을 끼고 술을 마셨다가 일이 발각되어 관부에서
기생들을 급히 잡아들이려고 했다. 기생들은 필시 죽을 것이라 짐작하고
자신들의 용모를 훼손시켜 혹시 만의 하나라도 면할 수 있기를 바랐다.
한 늙은 서리가 이를 듣고 가서 그들에게 말하기를 "만약 내게 천금을
준다면 너희가 죽는 것을 면하게 해 줄 수 있다."라고 하자 기생들은 곧바로
오백 금을 주었다. 그 서리가 말하기를 "황제께서는 신성하신데, 어찌 너희들
이 평소에 사치하는 것을 모르시겠느냐? 절대로 속이면 안 되고 평소의
모습으로 슬피 운다면 혹시 하늘의 가호를 입을지도 모른다."라고 했다.
기생들이 말하기를 "어떻게 해야 됩니까?"라고 하자, 서리가 말했다.

　"너희들은 모름지기 목욕을 아주 청결히 한 뒤에 연지 향분과 머릿기름으
로 얼굴과 몸을 단장하여 향기가 멀리까지 퍼지게 하고 살결의 곱기가
극에 달하도록 해야 하며, 패물과 옷은 반드시 황금보석과 화려한 비단이어야
한다. 비록 평상시에 입는 옷들일지라도 흰색은 조금도 섞어 입지 말고,
반드시 천하의 모든 아름다움을 다해 눈부시게 하고 사람의 마음을 동요시킬
수 있어야 한다."

　무슨 말을 해야 될지를 묻자, 서리가 말하기를 "계속 슬프게 큰 소리를

---

10) 이 이야기는 명나라 祝允明의 《前聞記》에는 〈歐陽都尉〉로, 《稗史彙編》 권49에
　　는 〈歐陽都尉宿娼〉으로, 《智囊》 권14에는 〈洪武中老胥〉라는 제목으로 보인다.
11) 홍무(洪武): 명나라 太祖 朱元璋의 연호로 1368년부터 1398년까지이다.
12) 부마도위(駙馬都尉): 魏晉 때 이후로 황제의 사위에게 駙馬都尉라는 칭호를
　　내렸으며 약칭으로 駙馬라 했다.
13) 安慶公主의 남편이었던 歐陽倫(1356~1397)을 가리킨다. 후에 茶를 외국으로
　　밀매해 사약을 받았다.

내기만 하면 된다."라고 하기에 기생들은 그의 말대로 따르기로 했다. 그 기생들이 황제를 알현하자 황제는 그들에게 스스로 진술해 보라고 큰소리로 명을 내렸으나 그들은 말 한마디도 하지 않았다. 황제가 좌우 시종들을 돌아보며 말하기를 "매질해 죽여라."라고 했다. 기생들이 포박을 받으려고 옷을 벗자 겉에서부터 속까지 극도로 화려했고 재색 비단과 진귀한 패물들이 땅바닥에 가득히 쌓여 눈부신 광채가 주위를 비추었다. 피부는 옥같이 보드랍고 매끄러웠으며 향기는 멀리에서도 맡을 수 있었다. 황제가 말하기를 "이 계집들은 만일 내가 보았어도 마땅히 미혹되었을 것이다. 그 놈이야 알 만하지!"라고 하며, 곧 큰 소리로 풀어 주라고 명했다.

왕도(王道)는 인정(人情)에 근본을 두니 인정을 통달하지 못하면 제왕이 될 수 없다.

[원문]　智舋

洪武中, 駙馬都尉歐陽某, 偶挾四妓飮酒, 事發, 逮14)妓急. 妓分必死, 欲毁其貌, 以覬萬一之免. 一老舋聞之, 往謂曰: "若予我千金, 吾能免爾死." 妓立與五百金. 舋曰: "上位神聖, 豈不知若輩平昔之侈乎? 愼不可欺, 當如常貌哀鳴, 或蒙天宥耳." 妓曰: "何如?" 舋曰: "若須沐浴極潔, 仍以脂粉香澤治面與身, 令香遠徹, 而肌理姸豔之極. 首飾衣服, 須以金寶錦繡. 雖私服衣裙, 勿以寸素間之, 務盡天下之麗, 能奪目蕩志15)則可." 問其詞, 曰: "一味哀呼16)而已." 妓從之. 比見上, 上叱令

---

14)【校】逮: 《情史》에는 "逮"로 되어 있고 《前聞記》, 《稗史彙編》, 《智囊》에는 "官逮"로 되어 있다.

15)【校】蕩志: [影], [韩], 《稗史彙編》에는 "蕩志"로 되어 있고 [鳳], [岳], [類], 《前聞記》에는 "蕩心"으로 되어 있다.

自陳, 妓無一言17). 上顧左右曰: "榜18)起殺了!" 羣妓解衣就縛, 自外及內, 備極華
爛, 繪采珍具, 堆積滿地, 照耀左右. 膚潤19)如玉, 香聞遠近. 上曰: "這小妮子,
使我見也當惑了! 那廝可知." 遂叱放之.

　　王道本乎人情. 不通人情, 不能爲帝王.

174. (15-4) 소자경(蘇子卿)20)

　　한나라 소무(蘇武)21)가 당초에 사자로 흉노22)에게 갈 때 아내와 작별하며

---

16) 【校】哀呼:《情史》,《稗史彙編》에는 "哀呼"로 되어 있고 《前聞記》,《智囊》에
　　는 "哀鳴"으로 되어 있다.

17) 【校】妓無一言: [影],《前聞記》,《稗史彙編》,《智囊》에는 "妓無一言"으로 되어
　　있고 [春]에는 "其無一言"으로 되어 있으며 [鳳], [岳], [類]에는 "其妓無一言"으로
　　되어 있다.

18) 【校】榜: [影], [鳳], [岳], [類],《智囊》에는 "榜"으로 되어 있고 《前聞記》,《稗史
　　彙編》에는 "捞"으로 되어 있으며 [春]에는 "榜(綁)"으로 되어 있다.

19) 【校】潤:《情史》에는 "潤"으로 되어 있고 《前聞記》,《稗史彙編》,《智囊》에는
　　"肉"으로 되어 있다.

20) 이 이야기는 《堯山堂外紀》 권5에 〈蘇武〉라는 제목으로 보인다.

21) 소무(蘇武, 기원전 140~기원전 60): 자는 子卿이고 杜陵(지금의 陝西省 西安市
　　동남) 사람이었다. 한나라 武帝 때 中郞將으로 흉노에 사자로 갔다가 구류되
　　어 北海(지금의 바이칼 호)에서 양을 치고 온갖 고생을 겪었으나 항복하지
　　않고 19년 뒤에 풀려나 한나라로 돌아갔다. 그 뒤 昭帝 때 典屬國에 제수되
　　었다가 宣帝 때에는 關内侯로 봉해졌으며 죽은 뒤에는 麒麟閣十一功臣 가운
　　데 한 사람으로 추앙되었다.

22) 흉노(匈奴): 중국 고대에 있었던 북방 소수민족의 하나로 전국시대에 북쪽에
　　서 유목 생활을 하다가 동한 光武帝 建武 24년(48)에 남북으로 분열했다. 北
　　匈奴는 1세기 말에 한나라에게 패하여 일부가 서쪽으로 옮겼고 南匈奴는 한
　　나라에 의탁했다가 西晉 때 漢國과 前趙國을 세웠다.

시를 지었는데 그 시[23]는 이러하다.

결발(結髮)을 하고 부부가 되어	結髮[24]爲夫妻
서로 사랑하는 마음 의심이 없네	恩愛兩不疑
환락한 오늘 밤	歡娛在今夕
화애(和愛)로움은 좋은 때를 만났건만	燕婉及良時
먼 길 떠나는 사람은 갈 길 생각에	征夫懷往路
밤중에 일어나 날이 밝았는지 보네	起視夜何其
별들은 이미 모두 졌거니	參辰[25]皆已沒
이젠 작별하고 저 멀리로 떠나가야겠구나	去去從此辭
전장으로 가는 머나먼 길	行役在戰場
다시 만날 기약 없어라	相見未有期
손을 잡고 긴 탄식하노라니	握手一長歎
생이별로 눈물이 흐르네	淚爲生別滋
한창 젊은 날을 힘써 아끼고	努力愛春華
즐거웠던 시절일랑 잊지 말기를	莫忘歡樂時
살아 있으면 다시 돌아올 테고	生當復來歸
죽으면 영원히 그대를 그리워하리	死當長相思

---

23) 이 시는《文選》권29에 실려 있으며, 徐陵의《玉臺新咏》권1에는〈留別妻一
   首〉로 수록되어 있고,《古詩紀》권12에는 소무의〈詩四首〉중의 둘째 수로
   실려 있다.
24) 결발(結髮): 옛날에 혼례를 치른 저녁에 남녀의 좌우 머리카락을 합쳐 하나
   로 묶어 상투를 만들었으므로 혼인하는 것을 이르러 결발이라고 했다.
25) 삼신(參辰): 본래 參星과 辰星을 가리키나 여기에서는 일반적으로 별들을 가
   리킨다.

소무의 처가 답한 시26)는 이러하다.

님과 결혼한 지	與君結新婚
오래지 않아 이별하게 되었네	宿昔當別離
서늘한 바람은 가을 풀을 흔드니	涼風動秋草
귀뚜라미는 울며 서로 따르는구나	蟋蟀鳴相隨
쌀쌀한 가을날에 우는 매미	冽冽寒蟬吟
마른 나뭇가지를 부둥켜안고 있네	蟬吟抱枯枝
마른 가지 때때로 바람에 흔들리니	枯枝時飛揚
몸뚱이도 홀연히 옮겨지누나	身體忽遷移
몸뚱이 옮겨지는 것은 슬프지 않으나	不悲身體移
세월이 빨리 가는 것이 안타깝구나	當惜歲月馳
세월은 끝이 없으니	歲月無窮極
다시 만날 수 있는지를 어찌 알겠느뇨	會合安可知
한 쌍의 고니가 되어	願爲雙黃鵠27)
맑은 연못에서 애처로이 울며 노닐 수 있었으면	悲鳴戲清池

---

26) 이 시의 작자에 관해서 이견이 보인다. 《玉臺新詠》 권2에는 三國 때 魏나라 曹丕(187~226)의 〈清河見輓船士新婚與妻別作〉으로 되어 있고, 《藝文類聚》 권29와 《古詩紀》 권26에는 魏나라 徐幹(170~217)의 〈爲輓舡士與新娶妻別〉로 되어 있다.

27) 황곡(黃鵠): 고니를 이른다. 劉向의 《列女傳》 권4 〈魯寡陶嬰〉에 이런 기록이 보인다. 노나라 陶嬰은 젊어서 과부가 되어 자식을 기르며 길쌈으로 생계를 유지하고 있었다. 어떤 사람이 그녀의 의로움을 듣고 청혼하려 했지만 도영은 노래를 지어 재가하지 않겠다는 뜻을 밝혔다. 그 노래에서 "슬프도다, 고니가 일찍 짝을 잃음이여. 칠 년이 지나도록 짝을 다시 찾지 않네.(悲黃鵠之早寡兮七年不雙.)"라고 했다. 이로 말미암아 고니(黃鵠)는 부녀가 개가하지 않고 수절하는 것을 상징적으로 의미하게 되었다.

청대(淸代) 황신(黃愼), 〈소무목양도(蘇武牧羊圖)〉

소무가 흉노에서 19년 동안 있다가 돌아왔을 때에는 수염과 머리가 모두
다 하얗게 세어 있었다. 그는 포로로 잡혀 있을 때 일찍이 오랑캐 여자와
아들을 낳은 적이 있었다. 이런 까닭으로 이릉(李陵)[28]이 소무의 서신에
답하여 말하기를 "족하의 아들은 별일이 없습니다."라고 했다. 그 후 소무의
아들인 소원(蘇元)[29]은 연왕(燕王)[30]을 따라서 모반하였으므로 사형에 처해

---

28) 이릉(李陵, ?~기원전 74)): 西漢 때의 장수로 자는 少卿이고 隴西 成紀(지금의
    甘肅省 靜寧縣 남쪽) 사람이었다. 흉노에게 패한 뒤 투항을 하자 武帝는 그의
    三族을 멸했다. 소무와 한나라 조정에서 侍中을 지낸 적이 있었으므로 흉노
    의 말을 따라 蘇武에게 투항을 권했으나 蘇武는 응낙하지 않았다. 昭帝 즉위
    후 이릉을 다시 불러들였으나 돌아가지 않고 소무가 한나라로 돌아갈 때 그
    를 전송했다. 〈答蘇武書〉와 〈與蘇武詩〉 등의 시문이 전하며 蘇武가 지은 〈與
    李陵詩〉도 있다. 敦煌變文인 〈李陵變文〉과 〈蘇武李陵執別詞〉 그리고 명나라
    화가 陳洪綬의 그림 〈蘇李泣別圖〉 등은 모두 이릉과 소무의 작별을 제재로
    삼은 작품들이다.
29) 소원(蘇元): 소무의 아들로 昭帝 始元 7년에 燕王 劉旦의 모반에 참여한 죄로
    극형에 처했다.
30) 연왕(燕王): 연왕 劉旦(?~기원전 80)을 가리킨다. 한무제의 아들로 박식했으며
    元狩 6년에 燕王으로 봉해졌다. 현인을 불러 모았는데 무제는 그가 찬위할
    야심이 있다고 여겨 투옥시켰다. 昭帝가 즉위한 뒤 풀어 주자 元鳳 원년에
    좌장군 上官桀과 표기장군 上官安 부자, 어사대부 桑弘羊 그리고 鄂邑公主 등

졌다. 황제는 명하여 흉노에서 오랑캐 여자가 낳은 아들을 찾아다가 소무의
후사로 삼도록 했다.

오랑캐 여자가 낳은 아들이 없었으면 소무의 후사가 끊어졌을 것이다.
하늘이 혹 그의 정을 일으켜서 충신의 후사를 잇게 함이었는가?

[원문] 蘇子卿

蘇武初使匈奴時, 作詩別妻云:

"結髮爲夫妻, 恩愛兩不疑. 歡娛在今夕, 燕婉及良時.

征夫懷往路, 起視夜何其. 參辰皆已沒, 去去從此辭.

行役在戰場, 相見未有期. 握手一長歎, 淚爲生別滋.

努力愛春華, 莫忘歡樂時. 生當復來歸, 死當長相思."

妻答詩云:

"與君結新婚, 宿昔當別離. 涼風動秋草, 蟋蟀鳴相隨.

冽冽寒蟬吟, 蟬吟抱枯枝. 枯枝時飛揚, 身體忽遷移.

不悲身體移, 當惜歲月馳. 歲月無窮極, 會合安可知.

願爲雙黃鵠31), 悲鳴32)戲淸池."

武居匈奴十九年, 及歸, 鬚髮盡白. 在虜中, 曾與胡婦生子. 故李陵答書云:
"足下胤子無恙." 後武男元從燕王旦謀反, 伏誅. 上命于匈奴中求胡婦子爲武后.

不有胡婦子, 武嗣斬矣. 天或者啟其情, 以延忠臣之世乎.

과 함께 모반을 꾸몄다가 실패하여 자살했다.

31) 【校】黃鵠: [影], 《玉臺新詠》에는 "黃鵠"으로 되어 있고 [春], [鳳], [岳], [類]에는
"黃鵠"로 되어 있다.

32) 【校】悲鳴: 《情史》, 《堯山堂外紀》에는 "悲鳴"으로 되어 있고 《玉臺新詠》에는
"比翼"으로 되어 있다.

175. (15-5) 호담암(胡澹庵)33)

청대(淸代) 선통(宣統) 원년, 북경자강서국(北京自强書局), 《회도정사(繪圖情史)》 삽도 〈호담암(胡澹庵)〉

---

33) 이 이야기는 南宋 羅大經의 《鶴林玉露》 권12와 淸나라 徐士鑾의 《宋艶》 권2
에 보인다.

송나라 호 담암(胡澹菴)³⁴⁾은 강직되어 10년 동안 변경 지역에 있다가 다시 북쪽으로 돌아온 날, 상담(湘潭)에 있는 호씨원(胡氏園)에서 술을 마셨다. 기녀 여천(黎倩)을 좋아하여 시를 지어 벽에 남겼는데 그 시는 이러했다.

군은(君恩)이 돌아오게 허락하시어 이 술에 취하거니   君恩許歸此一醉
곁에 있는 미인의 뺨에 자그마한 보조개가 생겼구나   旁有梨頰生微渦

그 후 주 원회(朱元晦)³⁵⁾가 이 시를 보고 다음과 같은 절구 한 수³⁶⁾를 지어 적었다.

십 년을 떠돌았어도 가벼운 몸이건만   十年浮海一身輕
돌아와 미인의 보조개를 대하니 외려 정이 생겼구나   歸對梨渦卻有情
세상에 사람의 욕망만큼 위험한 것 없으니   世上無如人欲險
이것으로 평생을 그르친 자 얼마였던가   幾人到此誤平生

---

34) 호담암(胡澹菴): 송나라 胡銓(1102~1180)을 가리킨다. 자는 邦衡이고 호는 澹菴이며 시호는 忠簡으로 廬陵(지금의 江西省 吉安市) 사람이었다. 남송 건염 2년에 진사 급제했고 樞密院編修官 등의 벼슬을 역임했으며 상소문을 올려 秦檜를 탄핵하다 광동으로 폄적되기도 했다.《宋史》권374에 그에 대한 전이 보인다.

35) 주원회(朱元晦): 朱熹(1130~1200)를 가리킨다. 자는 元晦이고 호는 晦庵, 晦翁, 考亭先生 등이며 시호는 文公이다. 南宋 江南東路 徽州 婺源(지금의 江西省 婺源縣) 사람으로 열아홉 살에 진사 급제했고 대부분 명목상의 관직에 있으면서 학문에 전념했다. 北宋 周敦頤와 二程의 학통을 이어받아 理學의 집대성했다. 저서로《四書章句集註》,《楚辭集註》등이 있으며 그의 문인이 집록한《朱子大全》,《朱子語錄》등도 전한다.

36) 이 시는 朱熹의《晦菴集》권5《宿梅溪胡氏客舘觀壁間題詩自警二絶》의 둘째 수로 수록되어 있다.

일찍이 《동파지림(東坡志林)》37)을 본 적이 있는데 거기에 장 원충(張元忠)38)의 다음과 같은 말이 실려 있었다.

"소 자경(蘇子卿)39)은 눈을 갉아먹고 모전(毛氈)을 씹어 먹으며 생사의 경계를 알았다고 말할 수 있지만 오랑캐 여자와 더불어 아들을 낳은 것은 면치 못했다. 하물며 신방(新房)의 채색 비단 이불 밑에 있어서랴? 이에 이 일은 쉽게 없앨 수 있는 것이 아님을 알 수 있다."

문공(文公)이 담암을 논한 것은 장 원충이 소 자경을 논한 것과 또한 비슷하다. 정 숙우(鄭叔友)40)는 유방과 항우를 논하여 이렇게 말했다.

"항왕은 오악(五嶽)41)과 사독(四瀆)42)을 삼킬 뜻과 기개를 품고 있었으므로, 함양(咸陽)에 불을 질러 3개월 동안 타고 수없는 해골이 어지러이 널려 있으며 곡소리가 하늘과 해를 참담하게 했어도 눈썹 하나 까딱하지 않았으니 반드시 심간(心肝)이 쇠로 만들어진 자였을 것이다. 그렇지만 해하(垓下)에서 우희(虞姬)와 결별할 즈음에 이르러는 보마도 전혀 마음에 두지 않고 유독 한 여자를 연연해하여 구슬프게 노래하고 창연하게 술을 마시며 정을 스스로 억제하지 못했다. 고제(高帝)43) 유방은 신 같은 사람이 아니었던가?

---

37) 동파지림(東坡志林): 東坡居士 蘇軾(1037~1101)이 元豐과 元符 연간에 저술한 책으로 잡설과 史論을 기록한 책이다. 여기에 인용된 부분은 《東坡志林》 권1 〈養生難在去欲〉에 보인다.

38) 장원충(張元忠): 《東坡志林》에는 "通判張公規"라고 되어 있다. 元忠은 張規의 자인 듯싶다.

39) 소자경(蘇子卿): 蘇武(기원전 140~기원전 60)을 이른다. 자세한 내용이 《情史》 권15 정아류 〈蘇子卿〉 '소무' 각주에 보인다.

40) 정숙우(鄭叔友): 鄭厚(1100~1161)를 가리킨다. 자는 叔友이고 송나라 莆田縣 廣業 裏霞溪(지금의 福建省 白沙鎭 霞溪村) 사람이었다. 송나라 高宗 紹興 5년에 진사에 장원 급제했고 昭信軍節度判官 등의 벼슬을 역임했으며 박학하고 詞에 능했다.

41) 오악(五嶽): 중국 5대 명산인 東嶽 泰山, 南嶽 衡山, 西嶽 華山, 北嶽 恒山, 中嶽 嵩山을 가리킨다.

42) 사독(四瀆): 長江, 黃河, 淮河, 濟水를 가리킨다.

그는 아버지와 아내를 버릴 마음은 먹을 수 있었어도 척 부인(戚夫人)을 버릴 마음은 먹을 수 없었다. 아버지를 삶거든 국 한 그릇을 나눠 달라고 할 때에는 태연자약하게 웃으며 항우를 깔봤지만, 태자 유영에게 날개가 이미 갖춰져 있어 그를 바꿀 수 없게 되었을 때에는 탄식하기를 그치지 않았다. 이에 절세미인은 사람의 마음을 움직일 수 있어 비록 큰 지혜와 큰 용기를 지닌 사람이라도 이를 면할 수 없다는 것을 알 수 있다.”

　이로 보면 세상에 사람의 욕망만큼 위험한 것이 없다는 말이 확실하구나!

[원문]　胡澹菴

　　胡澹菴十年貶海外, 北歸之日, 飮於湘潭胡氏園. 愛妓黎倩, 雷題壁間, 有云:
　　"君恩許歸此一醉, 旁有梨頰生微渦."
　　厥後, 朱元晦見之, 題絕句云:
　　"十年浮海一身輕, 歸對梨渦卻有情. 世上無如人欲險, 幾人到此誤平生."

　　嘗觀《東坡志林》, 載張元忠之說, 曰: "蘇子卿嚙雪啖氈, 可謂了死生之際矣, 然不免與胡婦生子. 而況洞房綺繡之下乎? 乃知此事未易消除." 文公之論澹庵, 亦猶張元忠之論蘇子卿也. 鄭叔友論劉、項曰: "項王有呑嶽瀆意氣, 咸陽三月火44), 骸骨亂45)如麻, 哭聲慘怛天日, 而眘容不歛, 是必鐵作心肝者. 然當垓下訣別之際, 寶區血廟, 了不經意, 惟眷眷一婦人, 悲歌悵飮, 情不自禁. 高帝非天人歟?

---

43) 고제(高帝): 한나라 유방의 시호가 高皇帝였으므로 漢高祖, 太祖高皇帝 혹은 漢高帝라고 불리었다. 《情史》 권1 정정류 〈美人虞〉 '유계' 각주에 보인다.

44) 咸陽三月火(함양삼월화): 《史記》 권7 〈項羽本紀〉의 기록에 따르면 항우가 함양을 점령한 뒤에 투항한 秦王 子嬰을 죽이고 아방궁에 불 질렀는데 그 불이 세 달 동안 꺼지지 않았다고 한다.

45) 【校】亂: 《鶴林玉露》에는 "亂"으로 되어 있고 《情史》에는 "亂人"으로 되어 있다.

能決意於太公、呂后[46], 而不能決意於戚夫人. 杯羹可分, 則笑嫚自若; 羽翼已成[47], 則歔歙不止. 乃知尤物移人[48], 雖大智大勇不能免." 繇是言之, 世上無如人欲險, 信哉!

176. (15-6) 임화정(林和靖)[49]

송나라 임 군부(林君復)[50][이름은 포(逋)이며 황제가 내린 호는 화정처사

---

46) 決意於太公呂后(결의어태공여후): 태공은 유방의 아버지 劉太公을 가리키고 여후는 유방의 아내인 呂雉를 가리킨다. 유방이 漢王으로 봉해지기 전에 유 태공과 여치는 고향 패현에 살고 있었는데 초나라와 한나라가 천하를 다투기 시작할 때 패현은 西楚의 세력권내에 속했기에 결국 이들은 초나라에 인 질이 되었다. 항우가 유방에게 항복하지 않으면 유태공을 삶아버리겠다고 협박하자 劉邦이 말하기를 "내가 당신과 함께 楚懷王의 명을 받아 결의형제가 되었으니 내 아버지는 바로 당신의 아버지이다. 만약 당신의 아버지를 삶거든 내게도 국 한 그릇을 나눠주기 바라오."라고 했다. 결국 項伯의 저지로 태공과 여치는 무사히 유방의 곁으로 돌아갈 수 있었다. 유방은 그의 아버지와 아내가 인질로 잡혀 목숨을 잃을 위험에 빠져 있을 때에도 결연하게 그들을 버릴 마음을 먹을 수 있었다는 것을 이르는 말이다.

47) 羽翼已成(우익이성): 날개가 이미 갖춰졌다는 뜻으로 힘이 생겨 건드리기 힘들다는 뜻이다. 유방이 呂后가 낳은 장남 劉盈을 두고 한 말이다. 자세한 이야기는 《史記·留侯世家》와 《情史》 권14 정구류〈척부인〉에 보인다.

48) 尤物移人(우물이인): 《左傳·昭公 28年》에 있는 "夫有尤物, 足以移人."에서 나온 말로, 뛰어난 미인은 사람의 마음을 움직이게 할 수 있다는 뜻이다.

49) 이 이야기는 《西湖遊覽志餘》 권10, 명나라 楊愼의 《詞品》 권3, 《山堂肆考》 권 161 등에 보인다.

50) 임군부(林君復): 北宋 때의 隱士이자 시인이었던 林逋(967~1028)를 가리킨다. 자는 君復이고 錢塘(지금의 杭州市) 사람이다. 평생 동안 孤山에 은거하면서 장가들지 않고 벼슬도 하지 않으며 詩畵를 즐기고 매화나무와 학을 기르는 것을 좋아했기에 "梅妻鶴子(매화를 아내로 삼고 학을 자식으로 삼다.)"라 칭해졌다. 송나라 眞宗이 그를 불렀으나 나오지 않자 和靖處士라는 호를 내렸다. 죽은 뒤에 孤山 북쪽 기슭에 묻어졌으며 송나라 仁宗은 和靖先生이란 호를 내렸다. 《宋史》 권457에 그에 대한 傳이 보인다.

(和靖處士)이다.]가 석별의 정을 〈장상사(長相思)〉 곡조에 맞춰 지은 사가
있다.

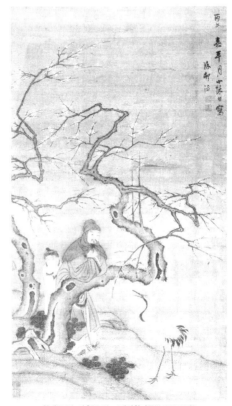

청대(淸代) 서호(徐浩), 〈매처학자도(梅妻鶴子圖)〉

오지(吳地)의 산이 푸르고	吳山青
월지(越地)의 산도 푸르러	越山青
양 기슭의 청산(青山)이 보내고 맞이하니	兩岸青山相送迎
그 누가 이별의 정을 알겠느뇨	誰知離別情

님도 눈물 글썽이고	君淚盈
나도 눈물 글썽이며	妾淚盈
비단 옷 띠 동심결을 아직 맺지 못했건만	羅帶同心結未成
강가에는 이미 밀물이 들어왔네	江頭潮已平

《송사(宋史)》에서 그가 장가들지 않았다고 했기에 그는 마치 무정한 사람 같다. 특별히 그의 사 한 수를 실어 그가 인간의 감정을 멀리한 사람이 아니라는 것을 보일 뿐이다. 살피건대 임홍(林洪)51)이 《산가청공(山家淸供)》52)를 지었는데 거기서 "선조 화정 선생"이라 운운했으니 바로 그가 선생의 자손이다. 혹시 부인을 잃은 뒤에 다시 장가들지 않았던 것이 아닌가?

[원문] 林和靖

林君復[名逋, 賜號和靖處士], 有惜別 《長相思》辭云:

"吳山靑, 越山靑, 兩岸靑山相送迎. 誰知離別情. 君淚盈, 妾淚盈, 羅帶同心結未成. 江頭潮已平."

《宋史》謂其不娶, 似無情者. 特著其一詞, 見其非不近人情者耳. 按林洪著 《山家淸供53)》, 其中言"先人和靖先生"云云, 卽先生之子也. 或喪偶後未嘗更娶乎?

---

51) 임홍(林洪): 송나라 때 詞人으로 자가 夢屛이고 莆田(지금의 福建省 莆田市) 사람이다.
52) 산가청공(山家淸供): 산야에서 나오는 동식물 등을 기재하고서 그것으로 요리하는 방법 등을 기술한 책으로 사이사이에 시문 등도 수록되어 있다.
53) 【校】 山家淸供: 林洪의 《山家淸供》을 이른다. 《千頃堂書目》 권12에서는 林洪의 《山家淸供》 2권이 있다고 했다. [影]에는 "家山淸供"으로 되어 있고 [鳳], [岳], [類], [春]에는 "家山淸話"로 되어 있다.

177. (15-7) 위국공 이정(李衛公)54)

당나라 위공(衛公) 이정(李靖)이 죽은 기생 사추낭(謝秋娘)을 위해 〈망강남
(望江南)〉55) 곡을 지었는데 〈몽강남(夢江南)〉이라 하기도 하며 각 수는
다섯 구로 되어있다. 이 이야기는 《악부잡록(樂府雜錄)》56)에 보인다.

백낙천(白樂天)이 〈억강남(憶江南)〉 곡조에 맞춰서 사(詞) 세 수를 지었는
데 첫째 수는 '강남호(江南好)'였고 둘째와 셋째 수는 '강남억(江南憶)'이었다.
스스로 주(注)를 달고 이르기를 "이 곡은 또한 〈사추낭(謝秋娘)〉이라 하기도
한다."라고 했으니 아마도 이렇게 불리는 것은 위공에서 비롯된 것일 것이다.

[원문] 李衛公

　　衛公李靖57), 爲亡妓謝秋娘撰《望江南》曲, 亦云《夢江南》, 每首五句. 見

---

54) 이 이야기는 당나라 段安節의 《樂府雜錄》〈望江南〉에 보이고, 송나라 王灼의
　　《碧鷄漫志》과 《類說》 권16 그리고 《説郛》 권19上에도 수록되어 있다. 이 이
　　야기를 두고 《樂府雜錄》에서 朱崖 李德裕가 浙西를 지키고 있었을 때의 일이
　　라고 했으니 衛公 李靖의 일이 아님을 알 수 있다.
55) 망강남(望江南): 본래 수나라 때 곡이름이었는데 당나라 때부터 詞牌名으로
　　쓰였다. 〈謝秋娘〉, 〈江南好〉, 〈憶江南〉 등이라 불리기도 한다.
56) 악부잡록(樂府雜錄): 당나라 段安節이 開元 연간 이후의 음악, 가무, 배우, 악
　　기 등에 관해 고증하고 歌舞藝人에 대해 기록한 책이다.
57) 【校】衛公李靖: 《情史》에는 "衛公李靖"으로 되어 있고 《樂府雜錄》에는 "朱崖
　　李太尉鎭浙西日"로 되어 있으며 《碧鷄漫志》, 《類說》, 《説郛》 등에는 "李衛公"
　　으로 되어 있다. 《樂府雜錄》의 기록으로 볼 때 이 이야기는 당나라 朱崖 李
　　德裕(787~849)의 일임을 알 수 있다. 朱崖 李德裕는 會昌 4년에 劉縝을 토벌
　　한 공으로 衛國公에 봉해져 李衛公이라고 불리었다. 衛公 李靖(571~649)은 자
　　가 藥師이고 雍州 三原(지금의 陝西省 三原縣 동북쪽)사람이었으며 隋末唐初의
　　명장으로 衛國公에 봉해진 바 있다. 《樂府雜錄》 이후 《碧鷄漫志》와 《説郛》에

《樂府雜錄》.

白樂天作《憶江南》三首, 第一"江南好", 第二、第三"江南憶". 自注云: "此曲亦名《謝秋娘》." 蓋本于衛公也.

178. (15-8) 범문정(范文正)[58]

범중엄(范仲淹)[59]이 파양(鄱陽)[60] 군수(郡守)로 있을 때 악적(樂籍)[61]에 있던 한 계집아이를 좋아했다. 얼마 지나지 않아 조정에서 소환을 하자 이런 시[62]를 지어 후임 관원에게 주었다.

서 李德裕를 衛國公으로 칭한 것으로부터 혼동되기 시작해 《情史》에서는 衛國公을 李靖으로 오해한 듯싶다. 여기에 대해서는 王兆鵬의 《唐宋詞史論》第5章 詞籍考 第1節에 자세히 보인다.

58) 이 이야기는 송나라 姚寬의 《西溪叢語》권下에는 〈范文正詩墨蹟〉으로, 《能改齋漫錄》권11에는 〈文正公屬意小鬐妓〉로 보인다. 《堯山堂外紀》권47, 《青泥蓮花記》권7, 《宋豔》권2, 《匲史》권21 등에도 실려 있다.

59) 범중엄(范仲淹, 989~1052): 북송의 정치가이자 문장가로 자는 希文이고 시호는 文正이며 蘇州 吳縣(지금의 江蘇省 蘇州市) 사람이다. 진사 급제 이후 右司諫 등의 벼슬을 역임했으며 陝西經略安撫招討副使로 西夏 李元昊의 반란을 평정하는 데 힘쓰기도 했다. 夏竦의 시기로 인해 지방관으로 좌천되어 鄧州, 杭州, 青州를 전전하다가 皇佑 4년에 徐州에서 병사했다. 문집으로는 《范文正公集》이 있으며 대표작으로는 〈嚴先生祠堂記〉와 〈岳陽樓記〉 등이 있다. 《宋史》권314에 그에 대한 전이 실려 있다.

60) 파양(鄱陽): 지금의 江西省 鄱陽縣이다.

61) 악적(樂籍): 樂戶의 名籍을 가리킨다. 옛날 官妓는 樂部에 속했으므로 樂戶 혹은 官妓를 가리키기도 했다.

62) 이 시는 《范文正公集》권4에 〈懷慶朔堂〉이라는 제목으로 수록되어 있다. 慶朔堂은 범중엄이 饒州(지금의 江西省 上饒市) 知州로 있었을 때 지은 당의 이름이다.

경삭당(慶朔堂) 앞에 손수 심은 꽃이	慶朔堂前花自栽
피기도 전에 다시 벼슬을 옮겨 가는구나	便移官去未曾開
해마다 그리워 한이 될 터라	年年憶著成離恨
동풍(東風)에게 부탁해 데려다 달라 하네	爲托東風管領回

경도에 이른 뒤에 그 여자에게 연지를 보내며 다음과 같은 시도 지었다.

강남에 가인(佳人) 있으니	江南有美人
이별한 후에 항상 그립구나	別後嘗相憶
무엇으로 그리움 달래야 하나	何以慰相思
네게 고운 색깔을 보내노라	贈汝好顔色

이 일은 《서계총어(西溪叢語)》63)에 실려 있다. 문자비(文子悱)64)가 이르기를 범공에게 결단코 이런 일은 없었으며 당시에 공을 시기했던 소인이 지어낸 것이라 했는데, 설사 이 일이 있었다 해도 어찌 범공의 고상한 덕행을 손상시키겠는가?

문정공(文正公)이 〈어가행(御街行)〉65) 곡조에 맞춰 지은 사66)가 있는데 그 사는 다음과 같다.

---

63) 서계총어(西溪叢語): 南宋 때 姚寬이 지은 책으로 典籍들의 같고 다른 점을 고증한 내용으로 되어 있다.

64) 문자비(文子悱): 명나라 蘇州府 長洲(지금 蘇州市에 속함) 사람이었던 文元發 (1529~1605)을 가리킨다. 자는 子悱이고 호는 湘南이며 河南衛輝府同知까지 벼슬을 했고 서화와 시문으로 이름이 있었다.

65) 어가행(御街行): 송나라 柳永의 〈御街〉 詞에서 비롯된 詞牌名으로 〈孤雁兒〉 라 불리기도 한다.

66) 이 사는 《范文正公集》 補編 권1에 〈秋日懷舊〉의 제목으로 수록되어 있다.

분분히 떨어지는 나뭇잎이 화단에 흩날리니	紛紛隆葉飄香砌
밤은 고요해	夜寂靜
싸늘한 소리 부서지누나	寒聲碎
주렴을 걷은 옥루(玉樓)는 비어 있고	珍珠簾捲玉樓空
맑은 밤하늘에 은하수는 땅으로 드리워져 있구나	天澹銀河垂地
해마다 이날 밤이면	年年今夜
달빛은 흰 비단 같은데	月華如練
항상 그 사람은 천 리 밖에 있구나	長是人千里

수심으로 이미 간장은 끊어져 취할 길이 없어라	愁腸已斷無繇醉
술이 들어가기도 전에	酒未到
눈물 먼저 되었네	先成淚
잔등(殘燈)은 깜빡거리는데 베개 비스듬히 베고 있노라니	殘燈明滅枕頭欹
홀로 자는 심정을 모두 알겠구나	諳盡孤眠滋味
이 모든 일들이	都來此事
미간(眉間)에 드러나고 마음속에 자리하니	眉間心上
피할 길이 없어라	無計相迴避

　범공은 일대에 훈덕(勳德)과 성망(聲望)이 있었으며 문사(文詞) 또한 이같이 정취가 있었다. 주 양구(朱良矩)[67]는 일찍이 양 용수(陽用修)[68]에게 다음과 같이 말한 적이 있다.

　"하늘에는 풍월(風月), 땅에는 화류(花柳), 사람에게는 가무(歌舞), 이것들

<hr>

67) 주양구(朱良矩): 명나라 때 사람인 朱方(1476~1556)을 가리킨다. 자는 良矩이고 호는 華溪이며 永康 金城川(지금의 浙江省 永康市 金川鄉)사람이었다. 여기에 인용된 말은 명나라 楊愼의 《詞品》 권3 〈韓范二公詞〉에 보인다.
68) 양용수(楊用修): 명나라 楊愼(1488~1559)을 가리킨다. 자는 用修이고 호는 升庵이며 新都(지금의 四川省 成都市新都區) 사람이었다. 명재상이었던 楊廷和의 아들로 명나라 三才子 중의 한 사람이다.

이 없다면 삼재(三才)가 될 수 없다."

[원문] 范文正

范文正守鄱陽, 喜樂籍一小鬟. 未幾召還, 作詩寄後政云:

"慶朔堂前花自栽, 便移官去未曾開. 年年憶著成離恨, 爲托東風管領回69)."

到京後, 以臙脂寄其人. 題詩云:

"江南有美人, 別後嘗相憶. 何以慰相思, 贈汝好顏色."

事載《西溪叢語》. 文子悱謂范公決無此事, 當時小人妒冒者爲之. 余謂便有此事, 何傷范公盛德?

文正公有《御街行》詞云:

"紛紛墜葉飄香砌. 夜寂靜, 寒聲70)碎. 珍珠71)簾捲玉樓空, 天澹72)銀河垂地. 年年今夜, 月華如練, 長是人千里. 愁腸已斷無繇醉. 酒未到, 先成73)淚. 殘燈明滅枕頭欹, 諳盡孤眠滋味. 都來此事, 眉間心上, 無計相迴避."

范公一時勳德重望, 而辭亦情致如此. 朱良矩嘗語楊用修云: "天之風月, 地之花柳, 與人之歌舞, 無此不成三才'."

---

69) 【校】爲托東風管領回:《情史》에는 "爲托東風管領回"로 되어 있고《西溪叢語》,
《堯山堂外紀》,《宋豔》에는 "只託春風管領來"로 되어 있으며《范文正公集》에는
"只托春風句來"로 되어 있고《能改齋漫錄》에는 이 두 구가 "年年長有離別恨
已託東風幹當來"로 되어 있다.

70) 【校】聲: [鳳], [岳], [類],《范文正公集》에는 "聲"으로 되어 있고 [影], [春]에는
"香"으로 되어 있다.

71) 【校】珍珠:《情史》에는 "珍珠"로 되어 있고《范文正公集》에는 "眞珠"로 되어
있다.

72) 【校】澹:《情史》에는 "澹"으로 되어 있고《范文正公集》에는 "淡"으로 되어 있다.

73) 【校】成: [鳳], [岳], [類], [春],《范文正公集》에는 "成"으로 되어 있고 [影]에는
"是"로 되어 있다.

179. (15-9) 조 청헌(趙淸獻)[74]

송나라 조 청헌(趙淸獻)[75] 공이 촉지(蜀地)를 관장하고 있을 때 어떤 기생이 살구꽃을 머리에 꽂고 있는 것을 보고 그녀에게 농담으로 말하기를 "쪽머리에 꽂힌 그 행화(杏花)는 정말 행운이구나!"라고 하자, 그 기생이 말하기를 "가지 끝의 매실은 어찌 매인(媒人)이 없습니까?"라고 했다. 날이 저물자 조 청헌은 숙직하는 늙은 병졸로 하여금 그 기생을 불러 오도록 했다. 거의 이경(二更)이 되어도 오지 않기에 다시 사람을 시켜 재촉하도록 했다. 조 청헌은 방안을 빙빙 돌다가 갑자기 큰 소리로 제 이름을 부르면서 말하기를 "조변(趙抃), 무례하면 안 돼!"라고 한 뒤에, 곧 명하여 심부름 간 사람을 막도록 했다. 그 늙은 병졸이 갑자기 휘장 뒤에서 나와 말하기를 "저는 상공께서 불과 한 시진(時辰)도 안 돼서 그 생각이 없어질 것이라 짐작하였기에 비록 명령은 받았지만 실은 가지는 않았습니다."라고 했다.

이 늙은 병졸이야말로 진정한 도학가(道學家)이니 청헌 공은 그만 못하다.

---

74) 이 이야기는 《堯山堂外紀》 권47, 《天中記》 권20, 《靑泥蓮花記》 권12 〈蜀妓〉, 명나라 劉宗周의 《人譜類記》 권下, 《宋豔》 권1, 《宋稗類鈔》 권10, 청나라 梁章鉅의 《巧對錄》와 《楹聯叢話》 등에 보인다. 《天中記》와 《宋豔》에서는 《蕙畝拾英集》에서 나왔다고 했고 《靑泥蓮花記》에서는 《鄭景望紀聞》에서 나왔다고 했다.
75) 조청헌(趙淸獻): 송나라 趙抃(1008~1084)을 가리킨다. 자는 閱道이고 시호는 淸獻이며 衢州(지금의 浙江省 衢州市)사람이었다. 진사 급제 이후 殿中侍御史 등을 역임했으며 강직해 당시 鐵面御史라고 불리었다. 王安石의 靑苗法에 반대하여 資政殿學士로 杭州 知州로 나왔다가 靑州 知州를 거쳐 熙寧 5년에 成都를 다스리게 되었다. 太子少保로 치사한 뒤 元豐 7년에 죽었다. 문집으로 《淸獻集》 10권이 있으며 蘇軾이 그를 위해 〈趙淸獻公神道碑〉를 짓기도 했다. 《宋史》 권316에 그에 대한 傳이 보인다.

[원문] 趙淸獻

趙淸獻公帥蜀, 有妓戴杏花, 淸獻戲語之曰: "髻上杏花眞有幸", 妓應聲曰: "枝頭梅子豈無媒!" 逼晚, 使直宿老兵呼之. 幾二鼓, 不復至, 復令人速之. 趙周行室中, 忽高聲自呼曰: "趙抃76)不得無禮!" 遂令止之. 老兵忽自幕後出曰: "某度相公不過一箇時辰, 此念息矣. 雖承命, 實未嘗往也."

此老兵乃眞道學, 淸獻公不如也.

180. (15-10) 구양문충(歐陽文忠)77)

북송 때 사람인 구양 문충(歐陽文忠)78)이 하남(河南)의 추관(推官)79)을 맡고 있었을 때 어떤 기생과 관계가 있었다. 그때 전 문희(錢文僖)80) 공은

---

76) 【校】抃:《宋史》에는 "扑"으로 되어 있고《情史》에는 "忭"으로 되어 있다.
77) 구양수에 관한 이야기는 송나라 錢世昭의《錢氏私志》에서 나온 이야기로《堯山堂外紀》권48,《古今說海》권110,《說郛》권45下에도 수록되어 있다. 뒤에 있는 소자첨에 관한 이야기는《古今詞話》에서 나온 이야기로《西湖遊覽志餘》권16, 송나라 周密의《增補武林舊事》권8,《漁隱叢話》後集 권39,《豔異編》권27〈秀蘭〉,《詩話總龜》後集 권33 등에 보인다.
78) 구양문충(歐陽文忠): 北宋 때 문학가로 唐宋八大家 중의 한 사람이었던 歐陽修 (1007~1072)를 가리킨다. 자가 永叔이고 호는 醉翁 또는 六一居士이며 吉安 永豐(지금의 江西省 永豐縣)사람이었다. 翰林學士, 兵部尚書 등을 역임했으며 太子少師로 치사했다. 시호가 文忠이므로 歐陽文忠이라 불리었으며 宋祁와 더불어《新唐書》를 수찬하기도 했고《新五代史》를 저술하기도 했다.
79) 추관(推官): 당나라 때부터 있었던 관직으로 송나라 때에는 三司 아래의 각 部에 추관 한 명씩을 두어 공무를 주관하게 했고 開封府 左·右廳에도 推官 한 명씩을 두어 교대로 안건을 심리하게 했으며 臨安府나 諸州의 幕職으로도 節度推官과 觀察推官이 있었다.

재상에서 면직되고 서경(西京) 유수(留守)[81]가 되었는데 매 성유(梅聖俞)[82]
와 사 희심(謝希深)[83] 그리고 윤 사로(尹師魯)[84]가 함께 그의 막료로 있었다.
구양수가 문재(文才)는 있지만 품행이 단정하지 못한 것을 안타깝게 여겨
그들이 공에게 함께 아뢰었기에 전 문희는 누차 구양수를 넌지시 타일렀으나
구양수는 그것을 마음에 두지 않았다. 하루는 전 문희가 후원에서 연회를
베풀었는데 손님들은 모였으나 구양수와 그 기생은 모두 오지 않았다.
시간이 좀 지나고 나서 비로소 도착하자 좌중에 있었던 사람들은 서로
바라보기만 했다. 전 문희가 기생을 꾸짖으며 말하기를 "어찌 늦었느냐!"라고
하자, 그 기생이 말하기를 "점심때 날이 무덥기에 물가에 있는 누각에 갔다가

---

80) 전문희(錢文僖): 北宋 때의 정치가이자 西崑體의 대표 시인이었던 錢惟演
(977~1034)을 가리킨다. 자는 希聖이고 시호는 文僖로 臨安(지금의 浙江省 杭
州市)사람이었다. 眞宗 때 直秘閣에 들어가 《冊府元龜》 수찬에 참가했고 翰林
學士, 同中書門下平章事, 泰寧軍節度使를 역임했으며 洛陽留守로 있을 때 歐陽
修, 梅堯臣 등과 같은 문사들이 그의 막하에 있었다.

81) 서경유수(西京留守): 북송 때 西京은 洛陽을 가리킨다. 留守은 황제가 순시를
나가거나 출정을 할 때 경성을 지키는 대신을 가리켰는데 나중에는 상설직
이 되어 陪京과 行都에 모두 留守를 두었고 대부분 지방 장관이 겸임했다.

82) 매성유(梅聖俞): 북송의 梅堯臣(1002~1060)을 가리킨다. 자는 聖俞이고 宣城(지
금의 安徽省 宣城市)사람이었다. 宣城의 옛 이름이 宛陵이었으므로 宛陵先生
이라 불리기도 했다. 50세가 넘어 進士를 받았고 國子監直講, 尙書屯田都官員
外郎 등의 벼슬을 지냈고 歐陽修와 친분이 있었으며 《新唐書》 수찬에도 참여
했다. 시풍이 현실에 치중했고 담백했으며 蘇舜欽과 더불어 '蘇梅'라 불리어
宋詩 풍격의 개창자로 손꼽힌다.

83) 사희심(謝希深): 북송의 謝絳을 가리킨다. 자는 希深이고 富陽(지금의 浙江省
富陽市)사람이었다. 蔡襄이 〈謝公堂記〉에서 그에 대해 "글이 법도를 삼가 지
키며 역사를 서술하는 것과 政令을 내리는 것은 유난히 고상하고 장중했다."
고 평가했다. 歐陽修가 그를 위해 〈尙書兵部員外郎知制誥謝公墓誌銘〉을 지어
주었다.

84) 윤사노(尹師魯): 북송의 산문가였던 尹洙(1001~1047)를 가리킨다. 자가 師魯이
고 河南先生이라 불리었으며 館閣校勘, 太子中允 등의 벼슬을 역임했다. 범중
엄이 당시 재상이었던 여이간의 노여움을 사 饒州로 좌천되었을 때 스스로
상소문을 올려 범중엄과 사제지간이자 친구 사이이므로 같이 죄를 받아야
된다고 하여 崇信軍節度掌書記로 폄적되기도 했다.

잠이 들었는데 깨어나서 보니 금비녀가 없어져 아직까지도 보이지 않습니다."라고 했다. 공이 말하기를 "구양 추관의 사 한 수를 얻는다면 네게 그것을 물어주겠다."라고 하기에 구양수가 바로 사를 지었다. 그 사[85]는 이러하다.

버드나무 저편에 가벼운 천둥 치고 연못에 비 내리니	柳外輕雷池上雨
연잎에 떨어져 부서지는 빗방울 소리 들리네	雨聲滴碎荷聲
자그마한 누각 서쪽 끝에 끊긴 무지개가 선명도 하다	小樓西角斷虹明
난간에 기댄 채	闌杆倚遍
한참을 서서 달 뜨기만 기다리네	佇待月華生

제비 날아와 단청 기둥에 둥지 틀고	燕子飛來棲畫棟
옥 같은 초승달은 발 아래 드리워져 있구나	玉鈎垂下簾旌
물결은 잔잔하여 돗자리 무늬처럼 평평하여라	涼波不動簟紋平
수정 베개 한 쌍	水晶雙枕
그 옆에는 떨어진 비녀가 가로놓여 있구나	旁有墮釵橫

좌중의 빈객들이 모두 칭찬을 했다. 이에 전 문희는 기생에게 명하여 술잔에 술을 가득 따라 구양수에게 상으로 주게 했으며 관아 금고에서 그 기생이 잃어버린 비녀를 물어주도록 했다.

구양수는 일찍이 다음과 같은 짧은 사를 지은 적이 있었다.

강남의 버드나무	江南柳
잎이 덜 자라 아직 그늘을 이루지 못하네	葉小未成陰

---

85) 이 사는 《文忠集》 권133 〈臨江仙〉 제1수로 수록되어 있다.

야들야들하니 사람들이 그 가지 차마 어찌 꺾겠느뇨	人爲絲輕那忍折
꾀꼬리도 여린 가지를 어여삐 여겨 앉아 울지 않는구나	鶯憐枝嫩不勝吟
그대로 남겨둔 채 봄 깊어질 때를 기다리네	留取待春深
열네다섯 살에	十四五
한가로이 비파(琵琶)를 안고 찾아와	間抱琵琶尋
대청에서 파전(簸錢)놀이 하고 당 아래서 뛰기도 했었네	堂上簸錢[86]堂下走
그때 봤을 적에도 이미 마음에 있었는데	恁時相見已留心
하물며 지금에 이르러서랴	何況到如今

이는 구양수가 시녀에게 준 사로 짐작되는데 그를 시기하는 사람은 공이 조카딸과 사통했다고 모함을 했다. 아! 사를 경솔하게 지으면 안 되는 것이 이와 같다.

소 자첨(蘇子瞻)[87]이 항주(杭州) 부직(副職)으로 있을 때, 관아의 막료들이 호수에서 성대한 연회를 베풀었는데 관기인 수란(秀蘭)은 목욕을 한 뒤에 피곤하여 누워 있다가 악영장(樂營將)[88]이 여러 번 재촉한 뒤에야 비로소 왔다. 당시 막료들 중에 수란에게 마음을 둔 자가 있었는데, 그는 수란에 대해 원망하기를 그치지 않았다. 자첨이 옆에서 수란을 위해 은밀히 그의 화를 풀게 하려고 했지만, 그는 끝내 화를 풀지 않았다. 그 당시에 석류꽃이

---

86) 파전(簸錢): 동전들을 손에 넣고 흔든 뒤에 바닥에 던져 동전의 앞면과 뒷면 의 다소로 승부를 겨루는 놀이다. 打錢, 擲錢, 攤錢이라고도 불렀다.

87) 소자첨(蘇子瞻): 북송의 蘇軾(1037~1101)을 가리킨다. 자는 子瞻이고 호는 東 坡居士였으며 眉州(지금의 四川省 眉山市)사람이었다. 哲宗 元祐 4년인 1089년 부터 1092년까지 知州로 杭州를 다스렸다. 자세한 내용은 《情史》 권6 정애류 〈溫都監女〉 '소동파' 각주에 보인다.

88) 악영장(樂營將): 악공이나 官妓를 관리하던 책임자를 가리킨다. 程大昌의 《演 繁露》 권6의 기록에 의하면 伶人의 우두머리를 시켜 樂營將을 하도록 했다고 한다.

활짝 피어 있었으므로 수란이 다른 사람의 손을 빌어 꽃가지 하나를 좌중에
바치자 그 막료는 더욱더 화를 냈다. 수란은 단지 머리를 숙이고 눈물만
흘릴 뿐이었다. 이에 자첨은 곡(曲) 하나를 짓고 〈하신량(賀新涼)〉[89]이라
이름하였으며 수란에게 이를 노래하게 하여 주흥을 돋우게 했다. 그 막료는
크게 기뻐하며 술을 실컷 마시고 자리를 파했다. 이 일은 구양수의 이야기와
자못 비슷하다. 소 자첨의 그 사는 이러하다.

어린 제비가 나는 화려한 집	乳燕飛華屋
고요히 사람이 없구나	悄無人
홰나무 그늘은 정오를 넘고	槐陰轉午
날은 저물어 서늘한데 막 목욕을 끝냈네	晚涼新浴
흰 비단 둥글부채 손에 쥐고 만지작만지작	手弄生綃白團扇
부채와 손이 옥과 같이 보이누나	扇手一時似玉
점점 졸다 기대더니 홀로 깊이 잠들었네	漸困倚 孤眠淸熟
발 밖에 누가 와서 규방 문을 밀었는가	簾外誰來推繡戶
공연히 요대(瑤臺)의 꿈을 깨게 했네	枉教人夢斷瑤臺曲
알고 보니	又卻是
바람이 대나무를 두드리는 소리였구나	風敲竹
반쯤 핀 석류꽃은 홍건(紅巾)을 오므려 놓은 듯	石榴半吐紅巾蹙
심상(尋常)한 꽃들이 다 질 때를 기다리다	待浮花 浪蕊都盡
그대의 한적한 외로움에 짝 되리라	伴君幽獨
농염한 꽃가지 하나를 자세히 보니	穠豔一枝細看取
꽃술은 천만 겹으로 묶어 놓은 듯하구나	芳心千重似束

---

89) 하신량(賀新涼): 소식이 秀蘭을 위해 지은 이 사 가운데 "晚涼新浴"이란 구절
이 있으므로 賀新涼이 詞牌名으로 쓰이게 되었고 나중에 와전되어 賀新郞이
라 불리기도 했다. 자세한 내용은 청나라 徐釚의 《詞苑叢談·紀事二·蘇子瞻
賀新涼》에 보인다.

추풍(秋風)에 놀라 푸른 잎만 남겨질까 두렵네	又恐被 秋風驚綠
그대를 기다렸다 이곳에 온다면	若待得君來向此
꽃 앞에 술은 마주하겠지만 차마 만질 수는 없겠구나	花前對酒不忍觸
향분 바른 얼굴의 눈물과 함께	共粉淚
꽃잎이 뚝뚝 떨어지네	雨簌簌

[원문] 歐陽文忠

歐陽文忠90)任河南推官, 染91)一妓. 時錢文僖公[名惟演罷政爲西京嵒守, 梅聖俞、 謝希深、 尹師魯同在幕下, 惜歐有才無行, 共白於公, 屢微諷而不之92)恤. 一日, 宴於後圃, 客集, 而歐與妓俱不至. 移時方來, 在坐相視以目. 公責妓云: "來何遲也93)!" 妓云: "中暑往凉堂睡着, 覺而失金釵, 猶未見." 公曰: "若得歐陽推官一詞, 當爲償汝." 歐卽度云:

"柳外輕雷池上雨, 雨聲滴碎荷聲. 小樓西角斷虹明. 闌杆倚遍, 竚待月華生94). 燕子飛來棲畫棟, 玉鈎垂下簾旌. 凉波不動簟紋平. 水晶雙枕, 旁有墮釵橫."
坐客皆善95). 遂命妓滿酌賞歐, 而令公庫償其失釵.

---

90) 【校】 歐陽文忠: 《情史》에는 "歐陽文忠"으로 되어 있고 《錢氏私志》, 《古今說海》, 《說郛》에는 "歐文忠"으로 되어 있다.

91) 【校】 染: 《情史》에는 "染"으로 되어 있고 《錢氏私志》, 《說郛》, 《古今說海》에는 "親"으로 되어 있다.

92) 【校】 之: [影], 《錢氏私志》, 《說郛》, 《古今說海》에는 "之"로 되어 있고 [鳳], [岳], [類], [春]에는 "知"로 되어 있다.

93) 【校】 忙: 《情史》에는 "來何遲也"로 되어 있고 《錢氏私志》, 《說郛》, 《古今說海》에는 "未至何也"로 되어 있다.

94) 【校】 生: [鳳], [岳], [類], [春]에는 "生"으로 되어 있고 [影]에는 "明"으로 되어 있으며 《錢氏私志》, 《說郛》, 《古今說海》, 《文忠集》에는 이 구가 "待得月華生"으로 되어 있다.

95) 【校】 坐客皆善: 《情史》에는 "坐客皆善"으로 되어 있고 《錢氏私志》, 《說郛》, 《古今說海》에는 "坐皆稱善"으로 되어 있다.

公嘗有小詞云:

"江南柳, 葉小未成陰. 人爲絲輕那忍折, 鶯憐枝嫩不勝吟. 留取待春深. 十四五, 間抱琵音畀琵尋. 堂上簸錢堂下走, 恁時相見已留心. 何況到如今."

意贈婢之詞也, 而忌者誣公爲盜甥[96]. 噫! 詞之不可輕作也如此.

蘇子瞻倅杭日, 府僚湖中高會, 官妓秀蘭以沐浴倦臥, 樂營將[97]督之再三乃來. 時府僚有屬意蘭者, 恚恨不已, 子瞻從旁爲之解, 終不釋[98]然. 時榴花盛開, 蘭以一枝藉手獻座中, 府僚愈怒. 蘭但低首垂淚而已. 子瞻乃作一曲, 名《賀新凉》, 命蘭歌以侑觴. 府僚大悅, 劇飮而罷. 事頗類此. 蘇詞云:

"乳燕飛華屋, 悄無人, 槐[99]陰轉午, 晚凉新浴. 手弄生綃白團扇, 扇手一時似玉. 漸困倚、孤眠清熟. 簾外誰來推繡戶? 枉敎人夢斷瑤臺曲. 又卻是, 風敲竹. 石榴半吐紅巾蹙. 待浮花、浪蕊都盡, 伴君幽獨. 穠豔一枝細看取, 芳心千重似束. 又恐被、秋風驚綠. 若待得君來向此, 花前對酒不忍觸. 共粉淚, 兩[100]籔籔."

---

96) 盜甥(도생): 구양수가 누나의 딸과 불륜이 있었다는 이야기를 가리킨다. 이런 이야기가 錢世昭의 《錢氏私志》와 송나라 王銍의 《默記》 등에 보인다.

97) 【校】樂營將: 《漁隱叢話》, 《豔異編》, 《詩話總龜》에는 "樂營將"으로 되어 있고 《情史》, 《堯山堂外紀》에는 "營將"으로 되어 있다.

98) 【校】釋: [鳳], [岳], [類], [春], 《堯山堂外紀》에는 "釋"으로 되어 있고 [影]에는 "什"으로 되어 있다.

99) 【校】槐: 《情史》, 《堯山堂外紀》에는 "槐"로 되어 있고 《東坡詞》에는 "桐"으로 되어 있다.

100) 【校】兩: [影], [春], 《堯山堂外紀》, 《東坡詞》에는 "兩"으로 되어 있고 [鳳], [岳], [類]에는 "雨"로 되어 있다.

181. (15-11) 미원장(米元章)[101]

송나라 미 원장[102]에게 결벽(潔癖)이 있었는데 어떤 사람은 그가 가장한 것이라고도 한다. 종실인 화원군왕(華源郡王) 조중어(趙仲御)[103]는 집에 가기(歌妓)가 많아 일찍이 미 원장을 시험해 보려 한 적이 있었다. 그는 연회를 크게 열어 빈객들을 부르고 따로 자리 하나를 마련해 미 원장을 접대했다. 그리고 여러 명의 병졸로 하여금 웃옷을 벗고 팔을 드러낸 채로 그에게 술과 음식을 바치도록 했다. 가기들은 다른 손님들을 둘러쌓고 있었으며 술잔과 접시들이 어지러이 널려 있었다. 한참 지나자 미 원장도 스스로 다른 손님들의 가운데로 옮겨 앉았다.

전하는 바에 의하면 결벽이 있었던 사람은 미 원장과 예 원진(倪元鎭)[104]

101) 이 이야기는 宋나라 莊綽의 《雞肋編》권上 〈米元章〉에 보인다. 뒤에 있는 倪元鎭의 이야기는 陶宗儀의 《南村輟耕錄》권27에는 〈病潔〉, 《古今譚槪》권2에는 〈倪雲林事〉, 《燕居筆記》下 권13에는 〈病潔〉이란 제목으로 실려 있다.

102) 미원장(米元章): 북송 때 서화가였던 米芾(1051~1107)을 가리킨다. 자는 元章이며 호는 襄陽漫士였고 吳 지방 사람이었다. 자질이 뛰어났고 성격이 초탈했으며 결벽증이 있었다. 唐나라 사람의 옷차림을 따라 했고 奇石을 많이 수장했다고 한다. 徽宗이 書畵博士를 하게 했으며 南宮舍人의 벼슬을 지내 米南宮이라고도 불리었고 행동거지가 미치광이 같다 하여 米顚이라 불리기도 했다. 그림에 있어서는 米點法이라는 독자적인 點描法을 창시해 원말 4대가와 명나라의 吳派에게 그 수법을 전했고 글씨에 있어서는 송4대가의 하나로 꼽히며 왕희지의 서풍을 이었다는 평가를 받는다.

103) 조중어(趙仲御, 1052~1122): 북송 太宗의 넷째 아들이었던 趙㻄의 후예이다. 어려서부터 남과 무리 짓지 않았고 經史와 典故에 통달했다고 한다. 武安節度使 등의 벼슬을 지냈으며 汝南郡王과 華原郡王으로 봉해졌으며 죽은 뒤에는 郇王으로 추봉되었다.

104) 예원진(倪元鎭): 원나라 때 서화가였던 倪瓚(1306~1374)을 가리킨다. 자는 元鎭이고 호는 雲林居士이며 無錫(지금의 江蘇省 無錫市)사람이다. 水墨山水畵가 뛰어나 太湖 풍경을 그린 작품이 많았고 후세 산수화에 큰 영향을 끼쳤다. 《明史·隱逸傳·倪瓚》에 따르면 倪瓚은 결벽증이 있어 세면도구가 손에

두 사람이었다. 원진은 여색에 있어서
마음에 들었던 이가 드물었다. 하루는
금릉(金陵)의 조(趙) 씨 성을 가진 가
기를 좋아해 그녀를 별장에 남겨서
묵도록 했다. 원진은 마음속으로 그녀
가 불결할 것이라고 의심하여 목욕을
하게 했다. 그 가기가 침상으로 돌아
온 뒤에 원진은 손으로 그녀의 정수리
부터 발꿈치까지 만지면서 냄새를 맡
다가 음부에 이르러 다시 목욕을 하게
했다. 이와 같이 여러 번을 하니 이미
훤하게 동이 터서 다시는 운우지정을
나눌 수 없었다.

명대(明代) 진홍수(陳洪綬), 〈미불배석도(米芾拜石圖)〉,
기석(奇石)에 절을 하는 미원장

정주인(情主人)은 말한다.

미 원장의 결벽은 그의 정을 이기지
못했고 예 원진의 정은 그의 결벽을 이기지 못했다. 하지만 정을 잊어버리지
못했던 것에서는 동일하다. 그러므로 내 생각에는 왕곤(王崑)이 얼굴을
돌이킨 것은 기생을 피하려 했던 것이고, 진열(陳烈)[105]이 담장을 넘은

서 떠난 적이 없었고 속된 사람들이 찾아왔다 가고 나면 반드시 그 사람이
있었던 자리를 세척했다고 한다.

105) 진열(陳烈, 1012~1041): 자는 季慈이고 福建 福州사람이었다. 진사 시험에 낙
제한 뒤에 道學을 강학했고 陳襄, 周希孟, 鄭穆과 더불어 海濱四先生이라 불
리었다. 송나라 王暐의 《道山淸話》에 따르면, 진열이 蔡襄이 베푸는 연회에
갔을 때 채양이 관기들을 시켜 그에게 술 시중을 들게 하여 술이 돌고 기
생들이 노래를 하자 그는 탁자에 술을 내던지고 놀라고 두려워하는 낯빛을
띠며 나무를 잡고 담장을 넘어서 도망을 갔다고 한다.

것은 기생을 회피해 도망간 것이며, 양충양(楊忠襄)[106]이 옷을 불태운 것은 기생으로 인해 맹세하기 위한 것이었다. 또한 문 징중(文徵仲)[107]이 냄새나는 발을 만지작거린 것은 진실로 기생으로부터 벗어나려고 그리했던 것이다. 이들은 모두 정이 지극한 자들이어서 부주의로 자신을 억제하지 못할까 진정으로 우려해 미리 피해 나간 것이다. 그러므로 노남자(魯男子)[108]의 정은 유하혜(柳下惠)[109]의 그것에 열 배이다. 이천(伊川)[110] 선생의 마음을

---

106) 양충양(楊忠襄): 남송의 楊邦乂(1085~1129)를 가리킨다. 자는 希稷이고 시호는 忠襄이며 吉州 吉水縣사람이었다. 建炎 3년에 溧縣 현령으로 있을 때 금나라 군대가 쳐들어오자 스스로 옷자락에 "차라리 趙氏(宋) 나라의 귀신이 될지언정 다른 나라의 신하가 되지 않겠노라.(寧爲趙氏鬼, 不做他邦臣.)"고 적은 뒤 순국했다고 한다. 《鶴林玉露》 권13의 기록에 따르면, 그가 젊은 날 관학에 있었을 적에 茶房과 술집에 발을 들여놓은 적이 없었는데 같은 방을 쓰는 이가 그의 지조를 망가뜨리려고 친구의 집에 가서 술을 마시자 하면서 그를 기방으로 끌고 갔다고 한다. 그는 처음에는 의심하지 않았지만 술잔이 몇 번 돌고 나서 기생이 진한 화장을 하고 나오자 매우 놀라 뛰쳐나온 뒤에 의관을 벗어 불로 태우면서 눈물을 흘리며 자책을 했다고 한다.

107) 문징중(文徵仲): 명나라 때 서화가이자 문학가였던 文徵明(1470~1559)을 가리킨다. 長州(지금의 江蘇省 蘇州市)사람으로 본명은 壁이고 자는 徵明이며 衡山居士라고 자호했다. 시문으로는 祝允明, 唐寅, 徐眞卿 등과 함께 吳中四才子로 불리었고, 그림으로는 沈周, 唐寅, 仇英 등과 더불어 吳門四家로 불리었다. 《四友齋叢說》 권18의 기록에 따르면, 錢同愛가 젊었을 때 石湖를 유람하자고 그를 초청해 미리 기생 하나를 배 안에 숨게 하고 배를 띄웠다. 배가 기슭을 떠난 뒤 기생을 불러내자 그는 황급히 돌아가겠다고 했지만 전동애는 오히려 호수 가운데로 빨리 가라고 명했다. 전동애는 결벽증이 있었는데 문징명은 진솔하고 옷차림에 신경을 쓰지 않았기에 발을 묶는 비단에 냄새가 심했다. 이에 그는 그것을 벗어 전동애의 머리에 씌우자 전동애는 참을 수 없어 결국 배를 대고 그를 돌아가게 해 주었다고 한다.

108) 노남자(魯男子): 《詩經・小雅・巷伯》의 毛傳에 다음과 같은 이야기가 나온다. 폭풍우가 내리는 밤에 魯나라 남자가 혼자 방에 있었는데 이웃에 사는 과부가 집이 무너지자 그 남자의 집으로 찾아와서 폭풍우를 피할 수 있게 자신을 들어가게 해 달라고 했다. 그 魯나라 남자가 거절하기에 여자가 이유를 물었더니, 남자는 남녀가 60세 되기 전에는 섞어서 살지 않는다고 말했다. 여자는 柳下惠가 자신의 몸으로 여자를 따뜻하게 해준 고사를 말하자 남자는 "유하혜는 되었지만 나는 안 되오이다. 나는 내 안 되는 것으로써 유하혜는 되었던 것을 본받으려하오이다."라고 대답했다. 이로 인해 여색을 가까이 하기를 거부하는 자를 일러 '魯男子'라고 부르게 되었다.

억지로 삼가야 한다는 주장은 명도(明道)111) 선생의 본심을 발명(發明)해야
한다는 것보다 훨씬 못하다.

[원문] 米元章

米元章有潔癖, 或言其矯. 宗室華源郡王仲御, 家多聲伎, 嘗欲驗之. 大會賓
客, 獨設一榻待之. 使數卒解衣袒臂, 奉其酒饌. 姬侍環於他客, 杯盤狼藉. 久之,
亦自遷坐於眾賓之間.

相傳有潔癖者, 米元章、倪元鎭二人. 元鎭於女色, 少所當意. 一日, 眷金陵
趙歌姬, 留宿別業. 心疑不潔, 俾之浴. 既歸榻, 以手自頂至踵, 且捫且嗅, 捫至陰,
復俾浴. 凡再四, 東方既白, 不復作巫山之夢. 情主人曰: "元章之癖, 不勝其情.
元鎭之情, 不勝其癖. 且其不能忘情則一也. 故吾謂王崐之回面, 避妓也; 陳烈之踰
牆, 逃妓也; 楊忠襄之焚衣, 誓妓也. 又徵仲之弄臭脚, 果以求脫妓也. 是皆情之至
者, 誠慮忽不自制, 故預違之. 故魯男子之情, 十倍於柳下惠. 伊川之强制, 萬不若

---

109) 유하혜(柳下惠): 춘추시대 노나라의 대부였던 展獲을 가리킨다. 식읍이 柳下
에 있었으며 시호가 惠였기에 柳下惠라고 이르게 되었다. 士師라는 관직을
지내면서 刑獄을 맡았는데 세 번 쫓겨나면서도 直道를 지키며 임금을 섬긴
일로 유명하다. 《荀子·大略》과 《詩經·小雅·巷伯》의 毛傳에 따르면, 그는
밤에 성문이 닫힌 뒤에 집이 없는 여자를 만난 뒤, 그가 동상을 입을까 걱정
되어 품에 안고 옷으로 감싸 주며 날이 밝을 때까지 操行을 지켰다고 한다.
110) 이천(伊川): 북송의 성리학자 程頤(1033~1107)를 가리킨다. 자는 正叔이고 洛
陽 伊川사람이었기에 伊川先生이라 불리었다. 秘書省 校書郎 등의 벼슬을 지
냈으며 그의 형인 程顥와 함께 理學의 기초를 닦았다. 居敬窮理와 格物致知
를 주장했으며 朱熹는 그의 사상을 받아들여 순수한 理學으로 발전시켰다.
111) 명도(明道): 북송의 성리학자 程顥(1032~1085)를 가리킨다. 자는 伯淳이고 호
가 明道였기에 明道先生이라 불리었으며 程頤의 형이었다. 理學의 선구자였
던 周敦頤에게 수학을 했으며 세상 만물이 본래 하나이므로 인생의 최고
경지는 자기의 本心을 발견하고 만물과 일체가 되는 것이라 주장했다. 외물
로부터 얻은 지식보다 자신의 마음을 수양하는 것을 강조했다. 백여 년 뒤
의 陸九淵과 王守仁이 그의 주장을 받아들여 心學으로 발전시켰다.

明道先生.

182. (15-12) 호주 군수의 막료들(湖州郡僚)112)

　　호주(湖州)113) 사람인 오(吳) 수재(秀才)에게 딸이 있었는데 그녀는 총명하
고 시사에 능했으며 용모도 아름다웠으나 집이 가난하여 부잣집 아들의
차지가 되었다. 어떤 사람이 그녀가 간음했다고 군서(郡署)에 투서를 하자
태수(太守)였던 왕 구령(王龜齡)114)은 그녀를 체포해 관아로 끌고 와서 송안
을 심리했다. 그녀는 복죄(伏罪)를 하고 징역을 받게 되었다. 군서의 관리들
은 그녀를 보려고 이원(理院)115)으로 함께 갔다. 술자리를 마련해 놓고
그 여자를 자리로 데려왔는데 그 풍모는 온 좌중을 탄복하게 했다. 곧
목에 씌운 칼을 벗기게 하고 술시중을 들도록 명령한 뒤에 그녀에게 이렇게
알렸다.

　　"네가 사를 지을 수 있다는 것을 알고 있으니 마땅히 한 수를 지어 자신을
제영하면 대제(待制)116)께 완곡하게 아뢰어 죄에서 벗어나게 할 것이다.

---

112) 이 이야기는 南宋 洪邁의 《夷堅志》 支志庚 권10 〈吳淑姬 嚴蕊〉에 보인다.
　　《靑泥蓮花記》 권12 〈吳淑姬〉,《艶異編》 권30 〈吳淑姬 嚴蕊〉,《稗史彙編》 권
　　48 〈吳淑姬能詩〉에도 수록되어 있다.
113) 호주(湖州): 지금의 浙江省 湖州市이다.
114) 왕구령(王龜齡): 남송 때 명신이자 시인이었던 王十朋(1112~1171)을 가리킨
　　다. 자는 龜齡이고 호는 梅溪이며 젊었을 때 秦檜가 정권을 독점해 누차 낙
　　제했으나 진회가 죽은 뒤 46세에 장원 급제했다. 절개로 이름을 떨쳤으며
　　강직하여 직간을 했던 것으로 유명하다.
115) 이원(理院): 형벌을 주관하는 관아를 이른다.
116) 대제(待制): 당나라 때부터 있었던 관직으로 송나라 때에는 保和殿, 龍圖閣 등
　　과 같은 殿이나 閣에 모두 待制의 벼슬을 두어 문물을 주관하게 했는데 官秩

그렇지 않으면 위태로울 것이다."

　그러자 여자는 곧바로 글제를 내려달라고 했다. 그때는 겨울의 끝자락인지라 눈이 녹아 봄날이 곧 올 것이기에 여자에게 명하여 이 풍경을 읊어보라고 했다. 여자는 붓을 잡자마자 〈장상사(長相思)〉[117] 곡조에 맞춰 바로 사를 지어냈다.

연기는 자욱하고 　　　　　　　　　　　　　　煙霏霏

눈은 뿌옇게 내려 　　　　　　　　　　　　　　雪霏霏

매화 가지에 쌓이는데 　　　　　　　　　　　　雪向梅花枝上堆

봄은 어디서 돌아오는가 　　　　　　　　　　　春從何處回

술 취한 눈을 뜨고 　　　　　　　　　　　　　　醉眼開

졸린 눈을 뜨고 보니 　　　　　　　　　　　　　睡眼開

매화나무 성근 그림자 비껴 있는데 봄은 어디 있는가　疎影橫斜[118]安在哉

새관(塞管)이 재촉해도 소용없어라 　　　　　　從教塞管[119]催

　여러 사람들은 감탄하고 칭찬하면서 그 여자로 인해 한껏 즐거워했다. 그리고 다음 날 왕 공에게 알려 그녀의 억울함을 말했다. 왕 구령은 돈후하고 솔직해 남이 자기를 속이는 것이라 의심하지도 않고 급히 석방을 하게

　　은 學士나 直學士 아래였다. 구체적인 내용은 《宋史·職官誌二》에 보인다.
117) 장상사(長相思): 南朝 양나라와 陳나라의 樂府에 있던 〈長相思〉 곡으로부터 비롯되어 본래 당나라 敎坊의 曲名이었다가 나중에 詞牌名으로 쓰이게 되었고 〈雙紅豆〉, 〈憶多嬌〉라 불리기도 한다.
118) 소영횡사(疎影橫斜): 북송의 林逋가 지은 매화를 노래한 시 〈山園小梅〉 가운데 "맑고 얕은 물에 비친 가로 비낀 성긴 그림자, 황혼녘 달빛 속에 그윽한 향기 떠도누나.(疏影橫斜水淸淺, 暗香浮動月黃昏.)"라는 구절에서 따온 말이다.
119) 새관(塞管): 북부 변경 지역 오랑캐의 악기로 머리 부분은 갈대로 만들었고 관은 대나무로 만들었으며 슬픈 소리를 냈다.

했다. 그 후 예를 갖춰서 그 여자를 맞이하려고 하는 사람이 없었다. 개경(介卿) 주석(周石)120)의 아들이 그녀를 사서 첩으로 삼고 이름을 숙희(淑姬)라고 했다. 그 당시 왕삼서(王三恕)가 대리로 사호(司戶)121)를 맡고 있었기에 마침 이 송사를 다스리게 되어 그 짧은 사를 소장하게 되었다.

왕 구령은 원래 돈후하고 솔직하여 남이 자기를 속이는 것이라 의심하지도 않았다. 설사 자신을 속이는 것을 분명히 알았어도 반드시 다른 사람의 손을 빌려서 그 여자를 풀어 주었을 것이다. 왜 그런가? 이런 명분은 반드시 속인들은 기꺼이 말하려 하는 것이 아니기에 일단 그것을 들어주어도 되기 때문이다.

[원문]　湖州郡僚

湖州吳秀才有女, 慧而能詩詞, 貌美. 家貧, 爲富氏122)子所據. 或投郡訴其姦淫. 王龜齡爲太守, 逮繫司理獄, 旣伏罪, 且受徒刑. 郡僚相與詣理院觀之, 仍123)具酒, 引使至席, 風格傾一坐. 遂命脫枷侍飮, 諭之曰: "知汝能長短句124), 宜以一章自詠, 當宛轉白待制, 爲汝解脫. 不然, 危矣." 女卽請題. 時冬末雪消, 春日且至,

---

120) 주석(周石): 남송 때의 사람으로 자는 개경(介卿)이고 紹興 연간에 鎭江 總領의 벼슬을 지냈다.
121) 사호(司戶): 民戶를 주관하는 관원으로 府에서는 戶曹參軍이라 했고 州에서는 司戶參軍이라 했으며 縣에서는 司戶라고 했다.
122) 【校】氏: 《情史》, 《艶異編》에는 "氏"로 되어 있고 《夷堅志》에는 "民"으로 되어 있다.
123) 【校】仍: [影], 《夷堅志》, 《艶異編》에는 "仍"으로 되어 있고 [鳳], [岳], [類], [春]에는 "乃"로 되어 있다.
124) 長短句(장단구): 詞曲의 구는 장단이 다르고 곡조가 달랐기에 長短句라고 불리기도 했다.

命道此景. 作《長相思》令, 捉筆立成. 曰:

"烟霏霏, 雪霏霏, 雪向梅花枝上堆, 春從何處回? 醉眼開, 睡眼開, 踈影橫斜安在哉? 從敎塞管催."

諸客賞嘆, 爲之盡歡. 明日以告王公, 言其冤. 王淳直不疑人欺, 亟使釋放. 其後無人肯禮娶. 周介卿石之子, 買以爲妾, 名曰淑姬. 王三恕時爲司戶攝理, 正治此獄, 小詞藏其處.

王固淳直, 不疑人欺. 即明知其欺, 亦必藉手釋放矣. 何也? 此等分上, 必非俗人肯說[125]者, 姑聽之可也.

183. (15-13) 구마라습(鳩摩羅什)[126]

구마라습(鳩摩羅什)[127]은 천축국(天竺國)의 승려였는데 후진(後秦)의 요흥(姚興)[128]이 그를 관문 안으로 맞이하여 국사로 대했다. 어느 날 갑자기 구마라습이 진왕(秦王)에게 자청하여 말하기를 "어떤 두 아이가 어깨로

---

125) 【校】 說: [影]에는 "說"로 되어 있고 [鳳], [岳], [類], [春]에는 "信"으로 되어 있다.

126) 이 이야기는 《晉書》 권65 〈鳩摩羅什傳〉에 보인다. 원나라 승려인 念常의 《佛祖通載》 권7, 《涇林雜記》 권1, 《古今譚概》 권32 〈小兒登肩〉 등에도 보인다. 《太平廣記》 권89와 《太平廣記鈔》 권13에도 《高僧傳》에서 나온 〈鳩摩羅什〉이 있는데 《情史》의 이 작품과 내용이 다르다. 단, 《太平廣記鈔》 眉批에 기재되어 있는 別傳의 내용은 《情史》와 같다.

127) 구마라습(鳩摩羅什, 344~413)은 東晉 때 後秦의 고승으로 역경 작업에 힘썼으며 三論宗의 祖師로 불린다. 그의 전으로는 南朝 梁나라 僧祐의 《出三藏記集》 권14의 〈鳩摩羅什傳〉, 양나라 승려인 慧皎의 《高僧傳》 권2의 〈晉長安鳩摩羅什〉 그리고 《晉書》 권95의 〈鳩摩羅什傳〉 등이 있다.

128) 요흥(姚興, 366~416): 十六國 시기 後秦의 왕으로 자는 子略이고 赤亭(지금의 甘肅省 隴西縣 서쪽) 사람이었다. 羌族이었고 394년부터 416년까지 재위했다.

올라와 색욕으로 장애가 되기에 여자가 필요하옵니다."라고 했다. 요흥이
그에게 궁녀를 바쳤더니 한 번 교합을 하고서 아들 둘을 낳았다. 여러
중들이 그를 본뜨려고 하자 구마라습은 바늘을 사발에 가득 모아서 숟가락을
들고 보통 음식과 다르지 않게 먹으며 말하기를 "나같이 할 수 있어야
아내를 둘 수 있다."라고 했다.

일설에 이런 이야기가 있다.

요흥이 구마라습에게 항상 말하기를 "대사께서는 총명하시고 초오(超悟)
하신 것이 천하에 둘도 없으십니다. 만약 어느 날 세상을 떠나신다면 어찌
불법의 후사를 끊게 할 수 있겠습니까?"라고 했다. 마침내 요흥은 그로
하여금 기녀 열 명을 억지로 받아들이도록 했다. 그로부터 구마라습은
따로 집채를 세우고 승방에 묵지 않았다.

[원문]　鳩摩羅什

鳩摩羅什, 天竺僧, 姚興迎之入關, 待以國師. 忽一日, 自請於秦王曰: "有二小
兒登肩, 慾障129)須婦人." 興進宮女, 一交而生二子. 諸僧欲效之, 什聚針盈鉢,
擧匕不異常食, 曰: "若能效我, 乃可蓄室."

一說興常謂什曰: "大師聰明超悟, 天下莫二. 若一日厭世, 何可令法種無嗣."
遂以妓女十人, 逼令受之. 自是別立廨舍, 不住僧房.

---

129) 慾障(욕장): 慾은 색욕을 이르는 말로 수행에 장애가 된다고 하여 이렇게
　　 부른 것이다.

184. (15-14) 뇌수에서 면사를 치는 여자(瀨女)130)

오자서(伍子胥)131)는 아버지와 형이 당한 재난을 피해 잠행하여 오(吳)나라에 이르렀지만 도중에 병에 걸려 율양(溧陽)132)에서 걸식을 하게 되었다. 마침 뇌수(瀨水)133) 강가에서 면사를 치고 있는 여자를 만났는데 그녀의 소쿠리 안에는 밥이 있었다. 오자서가 그 여자에게 "부인, 밥 한 끼를 얻어먹을 수 있겠습니까?"라고 묻자, 여자가 말하기를 "저는 홀로 어머니와 같이 살면서 서른 살인데도 시집을 가지 않았으니 밥을 드릴 수가 없습니다."라고 했다. 오자서가 말하기를 "부인께서는 조금의 밥으로 곤경에 빠진 사람을 구제하시는 것인데 어찌 꺼리십니까?"라고 했다. 여자는 그가 심상한 사람이 아니라는 것을 알고, 결국 허락한 뒤에 소쿠리를 열고 무릎 꿇은 채 그에게 밥을 주었다. 오자서가 밥을 두 번 뜨고 그치자 여자가 말하기를 "군자께서는 원대한 맹세를 품고 가시는데 어찌 배부르게 드시지 않습니까?"라고 했다. 오자서가 다 먹고 가면서 여자에게 또 일러 말하기를 "부인의 그릇을 가리시고 노출시키지 마십시오."라고 하자, 그 여자는 탄식을 하며 이렇게 말했다.

"아! 저는 홀로 어머니와 같이 살면서 삼십 년 동안 스스로 절개를 지켜 굳은 지조로 시집을 가려 하지 않았습니다. 사내에게 밥을 주고 예법과 도의를

---

130) 이 이야기는 《越絶書》〈越絶荊平王內傳第二〉와 東漢 趙曄의 《吳越春秋》 권1 〈吳太伯傳〉에 보인다.

131) 오자서(伍子胥, 기원전 559~484): 춘추시대 말기 오나라의 대부로 이름은 員이고 자는 子胥이다. 본래 초나라 사람으로 아버지는 伍奢이고 형은 伍尚이다. 초나라 平王이 태자가 제후와 손을 잡고 반란을 일으킬 것으로 의심하여 太子太傅였던 伍奢와 伍尚을 죽여 伍子胥만 오나라로 도망을 갔다. 자세한 이야기가 《史記 · 伍子胥列傳》에 보인다.

132) 율양(溧陽): 지금의 江蘇省 溧陽市이다. 溧水의 북쪽에 있기에 溧陽이라 불리었다.

133) 뇌수(瀨水): 지금의 江蘇省에 있는 溧水의 별명이다.

넘어선 것이 어찌 마땅하겠습니까? 저는 차마 그렇게 하지는 못합니다."

오자서가 가다가 뒤돌아보니 여자는 이미 뇌수에 스스로 몸을 던진 뒤었다.

자유는 말한다.

영웅을 알아보는 형안을 똑같이 지녔지만, 운이 있으면 홍불기(紅拂妓)[134]
가 되어 화려한 옷에 함께 말을 타고 동행을 하는데, 운이 없으면 면사를
치는 여자가 되어 찬바람 부는 뇌수에서 죽게 된다. 어떤 사람은 말하기를
이 여자는 죽지 않았어도 되었다고 했지만 결코 그렇지는 않다. 전광(田
光)[135] 선생은 "덕행이 높은 사람은 행동할 때 다른 사람이 의심하도록
하지 않는다."라는 말을 한 적이 있다. 부인의 그릇을 가리고 노출시키지
말라고 했으니 이 여자가 죽지 않으면 오자서는 비록 길을 떠나면서도
끝내 마음을 놓지 않았을 것이다. 예법과 도의를 넘어설 수 없는 것을
알면서도 유연히 무릎을 꿇고 밥을 올리며 더 들라고 권한 것은 오직 오자서가
심상한 사람이 아니라고 생각했기 때문이었을 뿐이다. 이미 그가 심상한

---

134) 홍불기(紅拂妓): 수나라 때 권신이었던 楊素의 家妓로 항상 붉은 색 拂子를
    들고 있었기에 紅拂妓라고 불리었다. 홍불기는 楊素를 뵈러 온 李靖을 보고
    비범한 인물인 것을 알아챈 뒤 남몰래 도망하여 李靖에게 의탁했다. 이후
    李靖은 李世民을 도와 큰 공을 세웠고 衛國公에 봉해졌다. 그에 대한 자세
    한 이야기는 《情史》권4 정협류 〈紅拂妓〉에 보인다.

135) 전광(田光, ?~기원전 227): 전국시대 연나라의 처사로 지금의 하북성 邢臺市
    新河縣 사람이다. 박식하면서도 용맹하여 연나라의 용사로 불리었다. 秦나
    라가 조나라를 멸망시킨 뒤 연나라 땅에 군대를 주둔시키자 연나라 태자였
    던 丹은 무서워하며 전광에게 진시황을 암살해 달라고 부탁한다. 전광이
    스스로 너무 노쇠했다고 사양을 하며 荊軻를 추천하자 丹은 그에게 그 일
    을 누설시키지 말라고 했다. 이에 전광은 "내 듣기로 덕행이 있는 사람은
    사람으로 하여금 의심하지 않게 행동한다고 하는데 지금 태자께서 제게 '아
    까 말한 것은 나라의 큰일이니 누설하지 마십시오.'라고 한 것은 저를 믿지
    못하시기 때문입니다. 사람으로 하여금 의심하게 행동한 것은 절개 있는
    협객답지 못한 일입니다."라고 말한 뒤 자살을 했다. 자세한 이야기는 《史
    記》권86 〈刺客列傳〉에 보인다.

사람이 아닌 것을 안 바에야 그의 마음을 안정시켜 일을 이루도록 하기 위해 어찌 또한 자신의 죽음을 아까워하겠는가? 이 여자는 비록 죽기까지 시집을 가지는 않았지만 어느새 이미 오자서에게 시집을 간 셈이었다.

[원문] 瀨女

伍胥違父兄之難, 潛行至吳, 疾於中道, 乞食溧陽. 適遇女子, 擊綿於瀨水之上, 筥中有飯. 子胥謂曰: "夫人可得一餐乎?" 女子曰: "妾獨與母居, 三十未嫁, 飯不可得." 子胥曰: "夫人振窮途少飯, 亦何嫌哉?" 女子知非恒人, 遂許之. 發其簞筥, 飯其壺漿, 長跪而與之. 子胥再餐而止. 女子曰: "君子有遠誓之行, 何不飽而餐之?" 子胥已餐而去. 又謂女子曰: "掩夫人之壺漿, 勿令其露." 女子嘆曰: "嗟乎! 妾獨與母居, 三十年自守, 貞明不願從適. 何宜饋飯而與丈夫, 越虧禮義? 妾不忍也." 子胥行, 反顧, 女子已自投於瀨水矣.

子猶曰: "同一識英雄俊眼, 幸則爲紅拂妓, 雄服連彎. 不幸則爲擊綿女, 寒風瀨水. 或言此女可以無死, 甚不然也. 田光先生有云: '長者爲行, 不使人疑.' 掩夫人之盎[136]漿, 勿令其露. 此女不死, 子胥雖行, 終未釋然也. 知禮義之不可越虧, 而猶然跪進盎漿, 勸勉加餐, 獨念子胥非恒人故耳. 既知其非恒人, 亦何惜一死, 以安其魂, 而定其事乎? 此女雖終身不嫁, 冥冥之中, 固已嫁子胥矣."

---

136) 【校】盎: [影]에는 "盎"으로 되어 있고 [鳳], [岳], [糒], [舂]에는 "壺"로 되어 있다.

초목은 생기가 돌아 싹이 난다. 정 또한 사람에게 있어서 생기인데 누구인들 싹 트지 않겠는가? 문왕(文王)과 공자(孔子) 같은 성현에게도 정이 있었다. 범 문징(范文正)과 조 청헌(趙淸獻) 같은 방정한 제공들에게도 정이 있었다. 소 자경(蘇子卿)과 호 담암(胡澹庵)과 같이 절개가 굳은 사람들에게도 정이 있었다. 이 위공(李衛公) 같은 호협한 사람에게도 정이 있었다. 임 화정(林和靖)과 미 원장(米元章) 같은 깨끗한 사람들에게도 정이 있었다. 정이 언제 사람을 그르치게 한 적이 있었는가? 사람이 스스로 정에 의해 잘못된 것일 뿐이다. 그렇게 되면 수심이 가득차고 쉽게 슬퍼하게 되니 삶의 재미가 진실로 사라져서 비록 나비가 어지러이 날고 꾀꼬리가 떠들썩하게 울지라도 봄기운 또한 깨진 것같이 느껴진다. 하지만 초목은 반드시 싹트지 않아도 된다고 기필해 말하는 것은 한겨울로 세상을 끝내고자 하는 것이다. 나는 그 가함을 아직 보지 못했다.

情史氏[137]曰: "草木之生意, 動而爲芽. 情亦人之生意也, 誰能不芽者? 文王、孔子之聖也而情. 文正、淸獻諸公之方正也而情. 子卿、澹菴之堅貞也而情. 衛公之豪俠也而情. 和靖、元章之淸且潔也而情. 情何嘗誤人哉? 人自爲情誤耳. 紅愁綠慘, 生趣固爲斬然. 即蝶嚷鶯喧, 春意亦覺破碎. 然必曰草木可不必芽, 是欲以隆冬結天地之局. 吾未見其可也!"

---

137) 【校】 情史氏: [影]에는 "情史氏"로 되어 있고 [鳳], [岳], [類], [奮]에는 "情主人" 으로 되어 있다.

16

情_정
報_보
類_류

'정보류'에서는 인과응보에 관한 사랑 이야기들을
싣고 있다. 세부적으로 보면 '사랑에 보답한 이야
기들(有情報)'과 '사랑을 저버린 자를 응보하는 이
야기들(負情報)'을 다루고 있다. 그 가운데 사랑하
여 보답한 이야기들(有情報)이 더 많이 실려 있다.
권말 '정사씨(情史氏)' 평론에서 콩을 심으면 콩이
나고 팥을 심으면 팥이 난다고 하면서 유정(有情)한
자는 양(陽)에 속하기 때문에 그 응보는 대부분 이
승에 있고 무정(無情)한 자는 음(陰)에 속하기 때문
에 그 응보는 대부분 저승에 있다고 하고 있다.

185. (16-1) 진주삼(珍珠衫)[1]

초(楚) 지방의 장사꾼 아무개는 나이가 스무 살 남짓이었다. 그의 처는 곱고 아름다웠으며 그들 부부간의 애정은 심히 두터웠다. 그는 월(粵)[2] 지방에서 장사를 했는데 오래 지나도록 돌아오지 않았다. 그의 집은 시장 가까이에 있는 누각에 있었다. 그의 아내는 창문 앞에 드리워 놓은 발 사이로 우연히 밖을 내다보다가 홀연 어떤 잘 생긴 남자를 보았다. 생김새가 남편과 비슷하여 발을 걷고 눈짓을 하다가 잘못 본 것을 깨닫고는 부끄러워 얼굴을 붉히며 피했다. 그 남자는 신안(新安)[3] 사람으로 2년 동안 객거를 하고 있었는데 누각 위에 있는 미인이 자기를 곁눈질하며 바라보고 있는 것을 보고는 심히 마음에 두게 되었다. 시장 동쪽에서 진주를 파는 할미에게 그 여자의 성명을 물은 뒤에 많은 재물을 주며 그녀와 통할 수 있는 방법을 알려 달라고 했더니 할미가 이렇게 말했다.

"무슨 뜻인지는 알겠습니다만 그 여자는 정결한 부인네니 가히 범할 수 없습니다. 평소에 그 여자의 얼굴을 보는 것이 드문데 어찌 낭군을 위해 계략을 세워줄 수 있겠습니까?"

신안에서 온 객이 끊임없이 애걸하자 할미가 말했다.

"내일 점심때가 지나서 낭군께서 은을 많이 가지고 그 집 건너편에 있는 전당포로 가서 저와 거래를 하며 흥정할 즈음이면 그 집 안에서 소리를 들을 수 있을 겁니다. 만약에 부인이 저를 불러 제가 그 집 대문에 발을

---

1) 이 이야기는 명나라 宋懋澄의 《九籥別集》 권2와 《情種》 권4에 〈珠衫〉이란 제목으로 보이며 《喫蔗》에는 〈珍珠衫記〉라는 제목으로 실려 있다. 《喻世明言》 1권 〈蔣興哥重會珍珠衫〉과 《燕居筆記》下 권11 〈珍珠衫〉의 本事이기도 하다.
2) 월(粵): 중국의 고대 민족명으로 百粵를 가리키는데 廣東, 廣西 지역에 많이 거주했으므로 그 지역을 兩粵 혹은 粵이라고 칭하게 되었다.
3) 신안(新安): 徽州의 옛 이름으로 지금의 安徽省 남부 지역이다.

들여놓을 수 있다면 혹시 기회가 있을지도 모릅니다. 하지만 바라는 것은 합환을 하는 것이니 시간을 따지지 마세요."

그 신안 객은 "예, 예"라고 하며 돌아갔다.

할미는 곧 주머니에 있는 큰 진주와 더불어 비녀와 귀걸이들 중에 진귀하고 기이한 것들을 고른 뒤에 다음 날 시장에 가서 한참을 신안 사람과 거짓으로 거래하는 척했다. 햇빛에 진주 색깔을 비춰 보이며 머리에 비녀를 꽂자 시장 사람들은 서로 다투어 보면서 떠들썩하게 웃어댔으니 그 소리는 부인이 사는 곳까지 울렸다. 그 부인은 과연 창 가까이로 와서 밖을 엿보더니 바로 시녀를 시켜 할미를 불러오도록 했다. 할미는 대바구니에 물건들을 거두며 말하기를 "이 젊은이가 참 사람을 성가시게 구네! 젊은이가 말한 그 값이라면 내가 벌써 팔았을 거요."라고 했다. 그리고 바로 누각으로 들어가서 여자에게 절하며 잠시 인사말을 건넨 뒤에 물건들을 꺼내 놓고 흥정 몇 마디를 주고받다가 바삐 물건들을 거두면서 말했다.

"제게 마침 급한 일이 있어 다른 곳에 가 봐야 하니 귀찮으시겠지만 이 물건들을 잠시 보관해 주세요. 조금 뒤에 천천히 와서 값을 의론하지요."

할미는 간 뒤로 며칠이 지나도록 오지 않았다. 어느 날 비가 내리는데 그 할미가 와서 말하기를 "제가 아끼는 딸에게 일이 있어서 며칠 동안 분주히 다니느라 기일을 어겼습니다. 오늘은 비도 오니 모든 패물들을 보세요."라고 했다. 여자가 작은 상자 안에서 각양각색의 신기한 물건들을 꺼내자 그 할미가 늘어놓은 칭찬은 한둘이 아니었다. 말이 다 끝나고 여자가 물건들을 모두 계산해 적절한 가격을 매기자 할미는 기뻐하며 말했다.

"생각하신 대로 값을 쳐주시면 정말 섭섭지는 않겠습니다. 전에는 신안에서 온 사람이 도리에 맞지 않게 값을 깎으며 공연히 이렇게 좋은 물건을 하찮게 여겼지요."

남편이 돌아오기를 기다린 뒤에 천천히 값의 절반을 지불하겠다고 여자가 거듭 청하자 할미는 "이웃에 살면서 어찌 의심하겠습니까?"라고 말했다. 여자는 싼 가격이라서 기쁘기도 하고 또한 값의 절반은 외상이라서 행운으로 여겼기에 할미를 남게 하여 술대접을 했다. 할미는 총명하고 기지가 있었으니 두 사람은 오직 늦게 알게 된 것을 한스러워하기만 했다. 다음 날 할미가 술을 가지고 찾아오자 한껏 마시며 매우 즐거워했다. 이로부터 여사는 하루도 할미 없이는 살 수 없게 되었다. 할미는 여자와 더욱 친해지자 항상 남녀 간의 정애에 관한 말로 그녀를 유인하니 여자는 나이가 젊었으므로 우수에 찬 기색을 얼굴에 드러내지 않을 수 없었다. 이에 그녀의 집에 묵도록 할미를 만류하자, 할미가 또한 말하기를 "제 집은 시끄럽고 떠들썩하여 이곳의 조용한 것이 좋으니 내일 밤에 이부자리를 가지고 여기로 오겠습니다."라고 했다. 그다음 날 여자는 할미를 위해 침상을 마련해 놓았다. 할미는 밤마다 오지 않은 날이 없었고 두 침대는 마주 놓여 있어 기침소리와 말소리가 들렸으며, 두 사람은 한밤중까지 속마음을 털어놓고 얘기하며 서로를 꺼리지 않았다.

신안 사람이 할미에게 그 여자와 만날 시기를 여러 번 물어도 할미는 번번이 말하기를 "아직은 아닙니다."라고 했다. 가을에 이르자 신안 사람은 할미에게 찾아가서 말했다.

"처음에 버드나무 아래에서 일을 계획할 때 버들잎이 나지 않아 버들가지 그늘이 드리울 때까지로 약속을 했는데 이미 그 열매들이 열렸습니다. 더 지나면 점차 잎은 떨어지고 금방 흰 눈이 가지를 뒤덮을 겁니다."

할미가 말하기를 "오늘 밤에 저를 따라 들어가되 모름지기 정신을 차려야 하니, 성패는 여기에 달려 있습니다. 그렇지 않으면 반년을 헛되이 버린 겁니다."라고 하며, 곧 그에게 계책을 가르쳐 주었다.

할미는 매번 밤이 어두울 때 여자의 집에 가곤 했었는데 그날 밤에는 몰래 신안 사람과 함께 들어가서 그를 침실 문밖에 숨게 했다. 할미와 여자는 방에서 술을 마시며 두 사람의 목소리가 매우 친밀하게 들리더니 웃음 잔치가 벌어졌다. 할미가 억지로 시녀에게 술을 먹여 시녀는 술기운을 이기지 못하고 취해 다른 곳에서 잠이 들었다. 두 사람만 남아 문을 닫은 채 술을 한껏 마셔 모두 조금씩 취기가 올랐다. 마침 불나방이 등불로 날아오자 할미는 부채로 그것을 잡는 척하며 내려쳤다. 등불이 꺼지자 문을 열고 불을 켜는 척하다가 다시 거짓으로 웃으면서 말하기를 "촛불을 가지고 가는 것을 잊었네요."라고 하며 되돌아오는 사이에 이미 몰래 신안 사람을 침상으로 이끌고 왔다. 잠시 후 할미는 밤이 깊어 불이 다 꺼졌다는 핑계를 대며 다시 문을 닫았다. 여자가 어두운 것이 무서워 다급히 할미를 부르자 할미는 말하기를 "제가 함께 휘장에 들어가 짝이 돼야겠네요."라고 하며, 곧 신안 사람을 여자의 침상으로 올라가게 했다. 여자는 여전히 할미인 줄로 알고 이불자락을 걷어 올리며 그의 몸을 만지면서 말하기를 "할미의 몸이 이렇게 매끄럽네!"라고 했다. 신안 사람은 아무런 말도 하지 않고 여자의 몸 위로 훌쩍 오르니 여자는 이미 정신이 나가서 그가 하는 대로 내버려 둘 뿐이었다. 운우의 즐거움이 끝나고 나서야 비로소 누구인지를 물었다. 이에 할미는 앞으로 가서 사죄를 하며 신안 사람이 연모하는 마음을 얘기했다. 여자는 이미 그들의 계책에 빠져 있었으므로 결국 그만둘 수 없게 되었으며, 이들은 부부보다 더 사랑하게 되었다. 1년이 다 될 즈음에는 신안 사람이 준 재물이 이미 천금에 달했다.

그러던 어느 날 신안 사람은 다른 사람과 동행하여 고향으로 돌아가려고 눈물을 흘리며 여자에게 말하기를 "이별한 후에는 그대가 그리워 번민할 터이니, 청컨대 그대를 보는 것처럼 여길 수 있도록 물건 하나를 주시오."라고 했다. 여자는 상자를 열어 진주 적삼 하나를 골라서 옷깃과 소매를 들어 신안 사람에게 입히며 말했다.

"가시는 길이 무더울 터인데 이 옷이 매우 시원할 겁니다. 이것을 속옷으로 입으시면 첩이 가까이 있는 것과 같을 것입니다."

신안 사람은 잘 있으라는 말을 하며 이별을 했다. 서로 약속하기를 내년에
는 함께 다른 곳으로 가기로 했다. 신안 사람은 한없이 좋았던 만남을
스스로 행운이라 여겼으므로 그 진주 적삼을 몸에서 뗀 적이 없었고 그것을
바라보기만 하면 눈물을 흘렸다.

그해에는 일 때문에 약속한 대로 가지 못했다. 그다음 해는 다시 월
지방에서 장사를 하게 되어 초 지방 사람과 같은 여관에서 묵었다. 이들은
서로 투합하여 자못 즐거워하며 평생 동안 있었던 은밀한 일들을 농담
삼아 이야기하게 되었다. 신안 사람이 스스로 말하기를 "이전에 그대의
고향에서 한 여자를 만나 이러저러했소이다."라고 했다. 그 초 지방 사람의
외가는 옛날에 월 지방에서 장사를 했기에 주인들은 모두 그 외가의 구교였
다. 그런 까닭에 그는 외가의 이름을 빌어서 장사를 했으므로 신안 사람은
그를 알아볼 수가 없었다. 초 지방 사람이 내심 놀라며 거짓으로 믿지
못하는 척하고 말하기를 "증거물이라도 있소이까?"라고 했다. 신안 사람은
진주 적삼을 꺼내서 흐느껴 울며 말하기를 "정인이 준 것이오. 그대가 고향으
로 돌아가는 편에 서신을 전해 주셨으면 하오이다."라고 했다. 초 지방
사람이 사절하며 말하기를 "제 사촌이니 감히 실례를 범할 수 없습니다."라고
하자, 신안 사람도 실언한 것을 후회하여 진주 적삼을 거두면서 사과했다.

초 지방 사람은 물건을 다 팔고 집으로 돌아가 아내에게 말했다.

"마침 당신의 친정집 문 앞을 지났는데 어머님께서 병이 심하시어 다급히
당신을 보고 싶어 하셨소. 내가 이미 가마를 문 앞에 구해 놓았으니 바로
속히 가는 것이 마땅하오."

또한 한 통의 서신을 주며 말하기를 "이는 어머님의 후사 처리에 관한
것이니 집에 이르거든 아버님께 알려 드리시오. 나는 막 돌아와서 미처
바로 갈 수가 없소."라고 했다. 여자는 친정집에 이르러 어머니의 안색에

전혀 병이 없는 것을 보고 매우 놀라서 서신을 뜯어보니 이혼 문서였다. 온 집안이 분통해 하였으나 무슨 이유에서인지는 몰랐다. 그의 아버지가 사위 집으로 가서 연고를 묻자, 사위가 말하기를 "진주 적삼을 돌려만 준다면 다시 만나겠습니다."라고 했다. 아버지가 돌아와서 사위의 말을 전하자 여자는 내심 부끄러워 죽으려고 했다. 그의 부모는 그 일에 대해 자세히 알지 못해 그녀를 잠시 위로하며 달랬다.

1년이 지나고 오 지방의 어떤 진사가 월 지방으로 벼슬살이를 하러 가는 도중에 초 지방을 지나면서 첩을 고르려 했다. 매파가 그 여자를 말하자 진사는 오십 냥의 금을 내고 그녀를 첩으로 들였다. 여자의 집에서 전 사위에게 이를 알리자 사위는 여자의 방에 있던 크고 작은 상자 열여섯 개를 골랐는데 모두가 금과 비단 그리고 귀한 진주였다. 그가 이를 봉해 아내에게 보내자 이를 들은 사람들 중에 놀라고 감탄하지 않은 자가 없었다.

또 1년이 지나 초 지방 사람은 다시 월 지방에 가서 장사를 하다가 우연히 물건 값이 바르게 계산되지 않아 주인과 말다툼을 하게 되었다. 그러다가 주인 늙은이를 떠밀었더니 그 늙은이는 땅에 넘어져 갑자기 죽어버렸다. 늙은이의 두 아들이 초 지방 사람을 관아에 송사(訟事)했는데 관원은 그의 전처를 첩으로 들인 바로 그 진사였다. 밤이 깊어 진사는 등불을 밝히고 소장을 살피는데 첩이 옆에서 시중을 들다가 옛 남편의 이름을 보자 울며 말하기를 "이 사람은 저의 외삼촌인데 오늘 이런 불행을 당했습니다. 원컨대 살 수 있도록 해 주십시오."라고 했다. 관원이 "송안은 머지않아 끝날 것이오." 라고 말했더니, 여자는 무릎을 꿇고 죽기를 청했다. 관원이 말하기를 "일어나 시오. 장차 찬찬히 처리하리라."라고 했다. 그다음 날 관원이 나가려 하자 여자는 다시 울며 말하기를 "일이 만약 이루어지지 않으면 살아서 뵙지는 않을 것입니다."라고 했다. 이에 관원은 늙은이의 두 아들에게 말하기를 "너희 아비의 상처는 드러나 있지 않으니 반드시 뼈를 닦아 검증을 해

봐야 한다."라고 하며 시신을 누택원(漏澤園)⁴)으로 옮겨 두려고 했다. 두 아들의 집은 천금의 재산이 있었고 아비의 시신을 훼손시키는 것을 수치로 여겼기에 머리를 조아리며 말하기를 "아버지가 돌아가신 상황이 매우 뚜렷하니 번거롭게 뼈를 바르고 깎지는 마십시오."라고 했다. "상흔이 보이지 않는데 어찌 법으로 치죄하겠는가?"라고 관원이 말하자 두 아들은 전과 같이 간청을 했다. 관원이 말하기를 "너희 아비는 이미 늙었으므로 죽은 것도 그의 분수이다. 내게 방법이 하나 있는데 족히 너희들의 한을 풀어줄 수 있을 것이니 내 말을 들을 수 있겠는가?"라고 하니 두 아들은 모두 시키는 대로 하겠다고 했다. 관원이 말하기를 "그 초 지방 사람에게 참최(斬衰)⁵)를 입게 하고 너희 아버지를 아버지라 부르도록 하게 하는 것이다. 장례와 제사는 모두 그에게 마련하게 하며 상여의 끈을 잡고 통곡하게 하고 너희들이 하는 대로 따라하게 하면, 너희 아버지도 통쾌하시지 않겠는가?"라고 했다. 두 아들은 머리를 조아리며 말하기를 "명하신 대로 하겠습니다."라고 했다. 초 지방 사람에게 이를 묻자 그는 죽음에서 구제될 수 있으므로 기뻐하여 또한 머리를 조아려 명령대로 하겠다고 했다. 일이 다 끝나고 첩은 관원에게 청하여 외삼촌과 만났는데 두 남녀가 서로 안고 통곡하는 것이 보통의 정을 넘어섰다. 관원이 이를 의심하여 사실을 물었더니 이들은 이전의 부부였다. 관원은 차마 볼 수 없어서 여자를 돌아가도록 넘겨주었고 전에 가져온 열여섯 개의 상자도 되돌려 주었으며 그들을 경내까지 호송해

---

4) 누택원(漏澤園): 본래 송나라 때부터 있었던 제도로 이름 없는 시신과 묘지를 살 돈이 없는 집의 시신을 매장하기 위해 관부에서 마련했던 공동묘지를 이르는데 시신을 부검하는 곳을 가리키기도 했다.

5) 참최(斬衰): 五服 중의 하나로 가장 중한 상복을 가리키며 斬縗라고도 쓴다. 굵은 삼베 천으로 만들며 左右 양측과 밑 부분을 꿰매지 않는다. 입는 기간은 3년이며 아들과 시집 안 간 딸이 부모상을 당했거나 며느리가 시부모상에, 처첩이 남편 상에 참최를 입었다. 先秦 때에는 諸侯가 天子를 위해서, 신하가 임금을 위해서도 斬衰를 입었다.

주었다. 초 지방 사람이 이미 재취를 한지라 전처는 돌아와서 오히려 첩이
되었다.

어떤 사람은 이렇게 말했다.

"신안 사람은 그 여자가 그리워 다시 초 지방으로 가는 도중에 도둑을
맞았다. 도착한 뒤에 그 여자가 보이지 않자 근심하고 분해하다가 심한
병이 들어 돌아가지 못하고 그의 처를 불렀다. 그의 처가 이르렀을 때에는
이미 남편은 죽어 있었다. 초 지방 사람이 재취한 여자는 바로 신안 사람의
처였다."

구약생(九籥生)6)이 말하기를 "만약 이렇다면 천도(天道)가 매우 가까이에
있는 것이니 세상에 도리를 어기는 사람이 없을 것이다."라고 했다. 소설로
〈진주삼기(珍珠衫記)〉가 있는데 성명은 모두 확실하지 않다.

지아비는 지어미를 저버리지 않았으나 지어미는 지아비를 저버렸으니
비록 쫓겨났어도 원망하지 않았으며 마침내 지아비를 중죄로부터 벗어나게
할 수 있었다. 지아비에게 보답한 것 또한 지극했도다! 비록 첩으로 강등되었
어도 달가워했다. 여자가 가져간 열여섯 개의 상자도 다시 되돌려 보냈으니
관원의 의협심도 칭찬받을 만하다. 할미의 교활함과 신안 사람의 음탕함은
모두 세상 사람들을 경계시키기에 족하다. 실재의 성명을 알지 못하는
것이 애석하다.

---

6) 구약생(九籥生): 명나라 宋懋澄을 가리킨다. 자는 幼淸이고 호는 稚源이며 별
   호는 九籥生으로 華亭(지금의 上海市 松江區)사람이었다. 萬曆 임자년에 擧人
   이 되었고 이른 시절에 兵法을 공부했으나 30세 이후에는 뜻을 바꾸고 學文
   을 하여 詩文이 모두 유명했다. 문집으로는 《九籥集》과 《九籥別集》등이 있
   으며 傳奇小說 작품으로 〈負情儂傳〉과 〈珠衫〉이 있다. 〈負情儂傳〉은 《情史》
   권14 정구류에 〈杜十娘〉으로 보인다.

1929년 소엽산방본(掃葉山房本), ≪전도금고기관(全圖今古奇觀)≫ 삽도
〈장흥가중회진주삼(蔣興哥重會珍珠衫)〉

[원문] 珍珠衫

　　楚中賈人某者, 年二十餘. 妻美而艶, 夫婦之愛甚篤. 某商于粵, 久不歸. 其家近市樓居. 婦偶當窗垂簾外望, 忽見美男子, 貌類其夫, 乃啟簾流眄, 既覺其誤, 怒然而避. 男子新安人, 客二年矣. 見樓上美人盼己, 深以爲念. 叩姓名于市東鬻珠老媼, 因遺重賄, 求計通之. 媼曰: "老婦知之矣. 此貞婦, 不可犯也. 尋常罕覷其面, 安能爲汝謀耶?" 新安客哀祈不已. 媼曰: "郎君明日午餘, 可多攜白鏹, 到彼對門典肆中, 與某交易, 爭較之際, 聲聞于內. 若蒙見召, 老婦得跨足其門, 或有機耳. 然期在合歡, 勿計歲月." 客唯唯去.

　　媼因選囊中大珠, 并簪珥之珍異者, 明旦[7]至肆中, 佯與新安交易良久, 于日中照弄珠色, 把插搔頭, 市人競觀喧笑, 聲徹婦所. 婦果臨窗來窺, 即命侍兒召媼. 媼收貨入笥, 曰: "阿郎好纏人. 如爾價, 老婦賣多時矣." 便過樓與婦作禮, 略敘

---

7) 【校】 旦: [影], ≪九籯別集≫에는 "旦"으로 되어 있고 [鳳], [岳], [類], [春]에는 "日"
　　로 되어 있다.

寒溫, 出貨商榷數語, 勿勿收拾, 曰: "老身適有急事他出, 煩爲簡置[8]), 少間徐來等
論." 既去, 數日不至. 一日雨中, 媼來曰: "老身愛女有事, 數日奔走負期. 今日雨中,
請觀一切纓絡." 婦人出篋中種種奇妙, 老媼宣[9])歎不一. 形容既畢, 婦綜核媼貨,
酬之有方. 媼喜曰: "如尊意所衡, 固無憾. 向者新安客高下不情, 徒負此丰標耳!"
婦復請遲價之半, 以俟夫歸. 媼曰: "鄰居復相疑耶?" 婦既喜價輕, 復幸[10])半賒,
留之飮酌. 媼機穎巧捷, 彼此惟恨相知之晚. 明日, 媼攜酒過, 傾倒極歡. 自此,
婦日不能無媼矣. 媼與婦益狎, 時進情語挑之. 婦年少, 未免愁歎之意形于顔色.
因留媼宿, 媼亦言"家中喧雜, 愛此中幽靜, 明夕當携臥具來此". 次日, 婦爲之下
榻[11]). 媼靡夕不至, 兩牀相向, 嗽語相聞, 中夜談心, 兩不相忌.

　　新安人數問媼期, 輒曰: "未未." 及至秋月, 過謂媼曰: "初謀柳下, 條葉未黃,
約及垂陰, 子已成實. 過此漸禿, 行將白雪侵枝矣!" 媼曰: "今夕隨老身入, 須着精
神, 成敗係此. 不然, 虛廢半年也." 因授之計.

　　媼每夜黑至婦家, 是夕, 陰與新安人同入, 而伏之寢門之外. 媼與婦酌于房,
兩聲甚戚, 笑劇加殷. 媼强侍兒酒, 侍兒不勝, 醉臥他所. 獨兩人閉門深飮, 各已微
酣. 適有飛蛾來火上, 媼佯以扇撲之, 燈滅, 僞啟門點燈, 復佯笑曰: "忘攜燭去."
折旋之際, 則已暗導其人于臥榻矣. 頃之, 辭以夜深火盡, 復閉門. 婦畏暗, 數數呼
媼. 媼曰: "老身當同帷作伴耳." 乃挾其人登婦牀, 婦猶以爲媼也, 啟被撫其身, 曰:

---

8) 【校】 簡置: 《情史》에는 "簡置"로 되어 있고 《九籥別集》, 《情種》에는 "收拾"으
　　로 되어 있다.

9) 【校】 宣: [影], 《九籥別集》, 《情種》에는 "宣"으로 되어 있고 [鳳], [岳], [類], [春]
　　에는 "讚"으로 되어 있다.

10) 【校】 幸: [影], [春], 《九籥別集》, 《情種》에는 "幸"으로 되어 있고 [鳳], [岳], [類]
　　에는 "喜"로 되어 있다.

11) 下榻(하탑): 後漢 때 樂安郡에 周璆라는 고상한 선비가 살았는데 군수들이 초
　　청해도 가지 않았다. 오직 陳蕃만 樂安 太守로 있을 때 그를 불러올 수 있었
　　다. 진번은 주구를 위해 침상 하나를 마련해 두고 그가 올 때에는 그 위에서
　　자게 했고 가고 나서는 그 침상을 매달아 걸어 두었다. 진번은 豫章 태수로
　　있을 때에도 손님을 접대하지 않았으나 오직 徐穉가 왔을 때만 침상 하나를
　　마련해 두었다가 그가 돌아간 뒤에 그것을 매달아 걸어 놓았다고 한다. 이로
　　인해 하탑은 침상을 내려놓는다는 의미로 손님을 예우하는 것을 이른다. 자
　　세한 내용은 《後漢書》 〈陳蕃傳〉과 〈徐穉傳〉에 보인다.

"姥體滑如是!" 其人不言, 騰身而上, 婦已神狂, 聽其輕薄而已. 歡畢, 始問爲何人. 媼乃前謝罪, 述新安客愛慕之意. 婦業墮術中, 遂不能捨, 相愛逾于夫婦. 將一年, 新安人贈費已及千金.

一日, 結伴欲返, 流涕謂婦曰: "別後煩思, 乞一物以當會面." 婦開箱簡[12]珍珠衫一件, 自提領袖, 爲其人服之. 曰: "道路苦熱, 極生淸凉. 幸爲君裏衣, 如妾得近體也." 其人珍重而別. 相約明年, 共載他徃. 新安人自慶極遇, 珍衫未嘗去體, 顧之輒淚.

是年, 爲事所梗. 明年, 復商于粵, 旅次適與楚人同館, 相得頗歡. 戲道生平隱事. 新安人自言"曾于君鄕遇一婦如此". 蓋楚人外氏, 故客粵中, 主人皆外氏舊交, 故楚人假外氏姓名作客, 新安人無自[13]物色也. 楚人內驚, 佯不信曰: "亦有證乎?" 新安人出珠衣, 泣曰: "歡所贈也, 君歸囊之便, 幸作書郵." 楚人辭曰: "僕之中表, 不敢得罪." 新安人亦悔失言, 收衣謝過.

楚人貨盡歸家, 謂婦曰: "適經汝門, 汝母病甚, 渴欲見汝. 我已覓轎門前, 便當速去." 復授一簡書曰: "此料理後事語. 至家, 與阿父相聞. 我初歸, 不及便來." 婦人至母家, 視母顏色初無恙, 因大驚, 發函視之, 則離婚書也. 闔門憤慟, 不知所出. 婦人父至婿家請故, 婿曰: "第還珍衫, 則復相見." 父歸, 述婿語, 婦人內慙欲死. 父母不詳其事, 姑慰解之.

暮年, 有吳中進士宦粵過楚, 擇妾, 媒以婦對. 進士出五十金致之. 婦人家告前婚, 婿簡婦房中大小十六箱, 皆金帛寶珠, 封畀妻去. 聞者莫不驚嗟.

居期年, 楚人復客粵, 偶與主人筭貨不直, 語競, 搏翁仆地, 翁暴死. 二子訟之官, 官即進士也. 夜深, 張燈簡狀, 妾侍側, 見前夫名氏, 哭曰: "是妾舅氏, 今遭不幸, 願丐生還." 官曰: "獄將成矣." 婦人長跪請死. 官曰: "起, 徐當處分." 明日欲出, 復泣曰: "事若不諧, 生勿得見矣." 官乃語二子: "若父傷未形, 須刷骨一驗." 欲移屍

---

12) 【校】 簡: [影]에는 "簡"으로 되어 있고 [鳳], [岳], [類], [春], 《九籥別集》, 《情種》 에는 "檢"으로 되어 있다. [影]에서는 思宗 朱由檢의 이름자인 '檢'자를 피휘하 기 위해 '檢'자를 모두 '簡'자로 썼다. 자세한 내용은 《情史》 권1 정정류 〈범 희주〉 '解題' 각주에 보인다.

13) 【校】 自: [影], 《九籥別集》, 《情種》에는 "自"로 되어 있고 [鳳], [岳], [類], [春]에 는 "目"으로 되어 있다.

置漏澤園. 二子家累千金, 耻虧父體, 叩頭言"父死狀甚張, 無煩剔剜". 官曰: "不見傷痕, 何以律罪?" 二子懇請如前. 官曰: "若父老矣, 死其分也. 我有一言, 足雪若憾, 若能聽否?" 二子咸請惟命. 官曰: "令楚人服斬衰, 呼若父爲父. 葬祭悉令經紀, 執拂躃踴, 一隨若行. 若父快否?" 二子叩頭曰: "如命." 擧問楚人, 楚人喜于拯死, 亦頓首如命. 事畢, 妾求與舅氏相見, 男女合抱, 痛哭蹤情. 官疑之, 因叩其實, 則故夫婦也. 官不忍, 仍使移歸, 出前所攜十六箱還婦, 且護之出境. 楚人已繼娶, 前婦歸, 反爲側室.

或曰, 新安人以念婦故, 再徃楚中, 道遭盜劫. 及至, 不見婦, 愁忿病劇不能歸, 乃召其妻. 妻至, 會夫已物故. 楚人所置後室, 即新安人妻也. 九籥生曰: "若此, 則天道太近, 世無非理人矣." 小說有《珍珠衫記》, 姓名俱未的.

夫不負婦, 而婦負夫, 故婦雖出不怨, 而卒能脱其重罪. 所以酬夫者, 亦至矣! 雖降爲側室, 所甘心焉. 十六箱去而復返, 令之義俠, 有足多者. 嫗之狡, 商之淫, 種種足以誡世. 惜不得眞姓名.

186. (16-2) 장홍홍(張紅紅)[14]

당나라 대력(大曆)[15] 연간에 장홍홍이란 재인(才人)[16]이 있었는데 그녀는

---

14) 이 이야기는 당나라 段安節의 《樂府雜錄》〈歌〉 부분에서 나온 이야기이다. 남송 王灼의 《碧雞漫志》 권5에는 〈西河長命女〉로 보이고 《太平御覽》 권573, 《紺珠集》 권5, 《說郛》 권100, 《古今說海》 권129, 《天中記》 권43 등에도 수록되어 있다. 《太平御覽》에는 주인공의 이름이 張紅으로 되어 있다. 이밖에도 《侍姬類偶》 권上에는 〈紅紅記曲〉, 《綠窗新話》 권下와 《繡谷春容》 雜錄 권5에는 〈張紅紅善記拍板〉, 《青泥蓮花記》 권3과 《亙史》 內紀烈餘 권10에는 〈張紅紅〉으로 보인다.

15) 대력(大曆): 당나라 代宗 李豫의 연호로 776년부터 779년까지이다.

본래 아버지와 더불어 길가에서 노래를 하며 걸식을 했었다. 장군인 위청(韋青)[17]의 집 앞을 지나다가 위청이 그녀의 노랫소리가 맑고 깨끗한 것을 듣고 그녀를 자세히 보니 미색도 있기에 곧 희첩으로 들이고 그녀의 아비는 뒤채에 머물게 하며 후하게 대접했다. 위청이 그녀에게 몸소 기예를 전수해 보니 총명함이 남달랐다.

청대(淸代) 왕홰(王翽), 《백미신영(百美新詠)》 가운데 〈장홍홍(張紅紅)〉

---

16) 재인(才人): 궁중 女官의 관직명으로 妃嬪에게 내리는 칭호로 많이 쓰였다. 한나라 때부터 있었으며 晉나라 때에는 官位가 千石 이하였고, 당나라 때에는 宮官 正五品이었다가 正四品으로 올랐다.

17) 위청(韋青): 본래 士人 출신이었는데 노래를 잘 불러 唐玄宗에게 추천되었으며 총애를 받아 金吾將軍의 벼슬까지 올랐다.

　일찍이 어떤 악공이 스스로 노래를 지은 적이 있었는데 이는 바로 옛날의
〈장명서하녀(長命西河女)〉18) 곡조에 박자를 가감한 것으로 자못 신선하고
묘한 데가 있었다. 황제에게 이 노래를 올리기 전에 먼저 위청에게 들어보게
했더니 위청은 장홍홍을 불러와 병풍 뒤에서 그것을 듣도록 했다. 이에
장홍홍은 적두(赤豆)의 수효로 그 박자를 기록했다. 악공이 노래를 마치자
위청은 병풍 안으로 들어가 장홍홍에게 묻기를 "어떻게 되었느냐?"라고
했더니, 그녀가 답하기를 "다 되었습니다."라고 했다. 위청이 나와서 말하기
를 "한 여(女) 제자(弟子)19)가 이 곡을 오래전부터 연습해 왔기에 신곡(新曲)
은 아니다."라고 하며 곧 병풍을 사이에 두고 노래를 하게 했더니 음절
하나도 틀리지 않았다. 악공은 매우 놀랍고 신기하여 곧 청해 만난 뒤에
탄복하기를 그치지 않았다. 장홍홍이 다시 말하기를 "이 노래는 원래 알맞지
않는 음절 하나가 있었는데 지금 이미 바로잡았습니다."라고 했다. 곧 황제의
귀에 들어가게 되어 황제는 다음 날 의춘원(宜春院)20)으로 장홍홍을 불러들
이고 남달리 총애했다. 그녀는 궁궐 안에서 곡낭자(曲娘子)라고 불리었고
얼마 되지 않아 재인이 되었다. 하루는 내사(內史)21)가 위청이 죽었다고

---

18) 장명서하녀(長命西河女): 곡명으로 《樂府詩集》 권80에서는 《樂苑》을 인용해
　　말하기를 "〈長命西河女〉는 羽調의 곡이다."라고 했다.

19) 제자(弟子): 옛날에 희극과 가무 배우를 지칭했던 말이다. 송나라 程大昌의
　　《演繁露》 권6에 이런 기록이 보인다. "開元 2년에 玄宗이 樂工 수백 명을 뽑
　　아 스스로 梨園에서 法曲을 가르치고 그들을 황제의 梨園弟子라고 불렀는데
　　지금 優女를 弟子라 하고 伶人의 우두머리를 시켜 樂營將을 하도록 한 것은
　　여기에서 비롯된 것이다."

20) 의춘원(宜春院): 당나라 때 장안에 있던 궁중의 官妓들이 살았던 곳이다. 당
　　나라 開元 2년(714)에 지어졌으며 京城 東面 東宮 안에 있었다.

21) 내사(內史): 中書省의 관원을 가리킨다. 수나라 文帝 때 中書省을 內史省으로
　　바꾸고 內史監과 內史令 각 한 명을 두었는데 煬帝 때 그것이 다시 內書省으
　　로 바뀌었다. 당나라 高祖 때 다시 內史省으로 바뀌었다가 또다시 中書省으
　　로 바뀌게 되었다. 자세한 내용은 《通志·職官三》과 《舊唐書·職官志二》에
　　보인다.

황제에게 아뢰자 황제는 장홍홍에게 이를 알려 주었다. 장홍홍은 곧 황제 앞에서 오열하며 이렇게 상주했다.

"첩은 본시 풍진에서 걸식하던 자였는데 하루아침에 늙은 아비는 죽어서 돌아갈 데를 얻게 되었고 이 몸도 입궁하였으니 모든 것은 위청으로부터 나온 것이옵니다. 첩은 차마 그의 은혜를 잊지 못하겠사옵니다."

그리고 통곡을 하더니 숨이 끊어졌다. 황제는 찬탄하며 그녀에게 곧 소의(昭儀)[22]의 봉호를 내렸다.

장홍홍은 위청을 만나지 못했다면 구걸하러 다니는 것을 면할 수 없었을 것이다. 위청을 만난 뒤에는 지극히 존귀한 자리에 이르렀다. 사람은 절기(絶技)가 있다면 반드시 묻히지 않는다고는 하지만 지음(知音)을 만나기가 어렵다는 것을 또한 알 수 있다. 처음에 위청에 의해 발탁되었고 마침내는 죽음으로써 그에게 보답했으니 장홍홍은 백아(伯牙)[23]의 거문고였음인가!

[원문] 張紅紅

　大曆中, 有才人張紅紅者, 本與其父歌于衢路丐食, 過將軍韋靑所居[24]. 靑聞其歌音嘹亮, 察之, 仍[25]有媚色, 遂納爲姬. 舍其父于後戶, 優給之. 乃自傳其藝,

---

22) 소의(昭儀): 昭顯女儀의 뜻을 취한 女官의 명칭이다. 한나라 원제 때부터 두었고 비빈의 첫 번째 등급이다. 위진 시대를 거쳐 명나라 때까지 있었으나 한나라 이후에는 지위가 낮아졌다.
23) 백아(伯牙): 춘추시대 때 초나라 사람으로 晉나라에 가서 上大夫를 지냈으며 古琴에 정통했다고 한다. 蔡邕의 《琴操 · 水仙操》에 그가 득음한 행적이 보인다. 《列子 · 湯問》와 《呂氏春秋 · 本味》에 知音인 鍾子期가 죽은 뒤에 거문고를 부수고 현을 끊고서 종신토록 거문고를 타지 않았다는 이야기가 실려 있다.
24) 所居(소거): 《太平御覽》에는 이 뒤에 "昭國坊 남문에 있었다.(在昭國坊南門也.)"라는 注가 달려있다.

穎悟絶倫. 嘗有樂工自撰歌, 卽古《長命西河女》, 而加減其節奏, 頗有新聲, 未進
聞, 先侑歌于靑. 靑召紅紅于屛風後聽之. 紅紅乃以小豆數合記其拍. 樂工歌罷,
靑入問紅紅: "如何?" 曰: "已得矣!" 靑出云: "有女弟子久曾習此, 非新曲也." 卽令隔
屛風歌之, 一聲不失. 樂工大驚異, 遂請相見, 驚服不已. 再云: "此曲先有一聲不穩,
今已正矣." 尋達上聽. 翊日, 召入宜春院, 寵澤隆異, 宮中號"曲娘子". 尋爲才人.
一日, 內史奏韋靑卒, 上告紅紅, 乃上前嗚咽奏云: "妾本風塵丐者, 一旦老父死有
所歸, 致身入內, 皆自韋靑. 妾不忍忘其恩." 乃一慟而絶. 上嘉歎之, 卽贈昭儀.

　　紅紅之未遇韋靑也, 不免行丐. 旣遇, 而遂達至尊. 雖曰人有絶技, 定不埋沒,
而亦見知音之難遇矣. 始蒙識拔, 卒以死報, 紅紅其伯牙氏之琴乎?

187. (16-3) 주정장(周廷章)[26]

　　명나라 천순(天順)[27] 연간에 임안위(臨安衛)[28]의 왕 지휘(指揮)[29]는 군대

---

25) 【校】仍: [影], 《樂府雜錄》에는 "仍"으로 되어 있고 [鳳], [岳], [類], [春]에는 "乃"
　　로 되어 있다.
26) 이 이야기는 명나라 祝允明의 《枝山野記》 권4에 보이는 이야기로 명나라 鐘
　　惺의 《名媛詩歸》 권27 王嬌鸞 條에 수록된 〈長恨歌〉 앞에 그 줄거리가 간략
　　하게 수록되어 있기도 한다. 《女聊齋志異》 권1에는 〈王嬌鸞〉이란 제목으로
　　실려 있으며 《警世通言》 제34권 〈王嬌鸞百年長恨〉으로 부연되기도 했다. 명
　　나라 吳敬所의 화본소설인 〈尋芳雅集〉과 줄거리가 흡사하지만 〈尋芳雅集〉에
　　서는 해피엔딩의 결말 구조로 되어 있다. 이 이야기는 명나라 胡文煥이 편찬
　　한 《遊覽粹編》 권5에 수록되어 있는 장편서사시 〈相思長恨歌〉에서 비롯되었
　　다는 설도 있다.
27) 천순(天順): 명나라 英宗 朱祁鎭의 연호로 1457년부터 1464년까지이다.
28) 임안위(臨安衛): 지금의 雲南省 建水縣 일대이다. 衛는 명나라 때 요충 지역에
　　두었던 군대 편성의 단위로 한 衛는 대개 5천 6백 명이었으며 그 장관은 都
　　司였고 五軍都督府에 예속되어 있었다. 보통 주둔한 지역명 뒤에 衛을 붙여

를 따라 광서[30])에 있는 오랑캐 묘족을 정벌하러 출정했다가 기한을 어겨 탄핵을 당해 하남성 남양위(南陽衛)[31])의 천호(千戶)[32])로 좌천되었다. 왕 지휘에게는 두 딸이 있었으니 장녀는 교란이고 차녀는 교봉이었다. 교봉은 이미 시집을 간 터라 오직 교란만이 그를 따라갔다. 교란은 어려서부터 경사(經史)에 통하여 왕 지휘의 문서들을 모두 대필했으므로 왕 지휘에게 극도의 사랑을 받았다. 왕 지휘의 처인 주(周)씨에게 조 씨 가문으로 시집간 여동생이 있었는데 가난한 데다가 과부가 되었기에 그녀를 맞이해 교란과 짝이 되게 하고 그녀를 조 이모라고 불렀다.

마침 청명절이라 교란과 조 이모는 여러 시녀들을 거느리고 뒤뜰에서 그네를 타고 있었다. 갑자기 사람 소리가 들리기에 놀라서 보았더니 담장이 헐어진 곳으로 한 미소년이 엿보면서 부러워하며 찬탄하고 있었다. 교란은 매우 놀라서 도망해 숨다가 비단 수건을 땅에 떨어뜨렸는데 생(生)이 담장을 뛰어넘고 들어와 그것을 주워 갔다. 그 비단 수건을 펴서 구경하고 있는 사이에 곧바로 한 시녀가 이를 찾으러 뜰로 들어왔다. 그녀가 몇 번을 왔다 갔다 하자 생이 웃으며 말하기를 "물건은 남의 손에 들어가 있는데 아직까지 뭘 찾으시오?"라고 하니, 시녀가 말하기를 "도련님께서 주우셨으면 돌려주십시오."라고 했다. 생이 묻기를 "이 손수건은 누구의 것이오?"라고 하자 시녀가 말하기를 "교란 아가씨의 것입니다. 주인어른께서 사랑하시는 따님이시죠."라고 했다. 생이 말하기를 "교란 아가씨가 친히 오신다면 바로 돌려 드리겠소."라고 했다. 시녀가 성씨와 집이 어디인가를 묻자 생이 이렇게

칭했는데 나중에는 이로써 그 지역의 명칭이 되기도 했다.

29) 지휘(指揮): 명나라 때 각 衛에서 두었던 무관인 指揮使를 가리킨다.

30) 광서(廣西): 지금의 廣西壯族自治區이다.

31) 남양위(河南衛): 지금의 河南省 南陽市이다.

32) 천호(千戶): 명나라 때 무관의 관직명으로 정직과 부직으로 나뉘었는데 정직은 정5품, 부직은 종5품이었다.

말했다.

"주 씨 성에 이름은 정장(廷章)이며 소주(蘇州) 오강(吳江) 사람이오. 부친께서 이 학당의 사교(司敎)이시기에 여기로 따라와 사는 것이오. 존택(尊宅)과는 오직 담장 하나를 사이에 두고 있지요. 오래전부터 듣자 하니 귀댁의 아가씨께서 문사(文事)에 통달하셨다고 하는데 소생에게 짧은 시 하나가 있으니 번거롭겠지만 한 번쯤 전달해 주시오. 회답을 받게 되면 손수건을 돌려 드리리다."

시녀는 손수건을 돌려받는 것에 급급하여 허락을 했다. 주정장은 담장을 넘어 나갔다가 잠시 뒤에 다시 와서 도화전(桃花箋)을 방승(方勝)33) 모양으로 접어 시녀에게 주었다. 시녀는 돌아가서 교란에게 이를 전했다. 개봉을 했더니 이런 절구가 보였다.

가인(佳人)에게서 나온 유난스레 향기로운 손수건	帕出佳人分外香
하늘이 정 많은 사내에게 주게 하셨네	天公敎付有情郎
님 그리워하는 시구를 은근히 전하니	殷勤寄取相思句
이를 홍실로 삼아 신방에 들려함이네	擬作紅絲34)入洞房

교란은 미소를 지으며 편지 종이를 가져다가 그 위에 답시를 지었다.

소첩은 옥같이 한 점의 흠도 없고	妾身一點玉無瑕
귀한 집 가문에서 태어났지요	産自侯門將相家
고요한 가운데 함께 달 보는 친인도 있으며	靜裏有親同對月

---

33) 방승(方勝): 두 개의 마름모꼴 모양을 서로 포개어 사슬처럼 이은 모양을 이른다.

34) 홍사(紅絲): 붉은 실이란 뜻으로 혼인을 주관하는 신인 月下老人이 이것을 남녀의 발목에 묶어 부부로 맺어 준다고 한다. 자세한 이야기는 당나라 李復言의 《續玄怪錄·定婚店》과 《情史》 권2 정연류 〈韋固〉에 보인다.

일없이 한가로이 혼자서 꽃구경도 하지요	閒中無事獨看花
벽오동(碧梧桐)엔 봉황만 이를 수 있으니	碧梧只許來奇鳳
취죽이 까마귀를 어찌 허용할 수 있나요	翠竹那容入老鴉
타향의 외로운 나그네에게 말씀 전하온데	寄語異鄉孤另客
마음을 삼 가닥처럼 이지러이 하지 마시옴길	莫將心事亂如麻

시녀가 시를 가지고 뜰에 이르자 주정장은 이미 담장이 헐어진 곳에서 기다리고 있었다. 이로부터 시문이 몇 차례 오갔다. 시녀는 사례를 받았기에 기꺼이 전달해 주었으며 다시는 비단 손수건 얘기를 꺼내지 않았다.

마침 단오절이라 왕 지휘가 뜰에서 술자리를 마련해 집 잔치를 벌이고 있자 주정장은 담장 밖에서 왔다 갔다 하면서 자리 한번 함께할 수 없음을 한스러워했다. 그날 밤 주정장은 다시 절구 한 수를 교란에게 보냈다. 그 시는 이러하다.

오색실 엮어 함께 묶으려 했고	配成綵線思同結
창포술 따라 함께 마시려 했네	傾就蒲觴35)擬共斟
안개가 상강(湘江)을 가로막아 내 님이 보이지 않으니	霧隔湘江歡不見
해바라기는 해를 향한 마음을 괜스레 갖고 있구나	錦葵空有向陽心

교란은 시를 읽고 탄식을 했는데 뜻하지 않게 조 이모가 이를 엿보고 그 시의 내력을 자세히 물었다. 그녀는 이모와 평소에 사이가 두터운지라 이를 상세하게 알려 주었다. 이모가 말하기를 "주생은 강남의 우수한 자제라서 가문이 서로 걸맞는데 어찌 중매를 보내 예물을 주고 백년가약을 맺지 않는가?"라고 하자 교란은 머리를 끄덕이며 맞다고 했다. 곧 시로 회답을

---

35) 포상(蒲觴): 창포로 담근 술을 가리킨다. 민간에서 단오절에 창포와 쑥 잎을 묶어 문 앞에 걸어 邪氣를 쫓았고 창포술을 마셔 몸을 보호했다.

했는데 그 말미에는 이런 구절이 있었다.

다정한 님께서 정말 사랑하는 마음이 있으시다면   多情果有相憐意
중매를 보내시어 말 한마디 전해 주시길   好倩冰人片語傳

이에 주정장은 거짓으로 아버지의 명이라 하며 왕 지휘에게 구혼을 했다. 왕 지휘도 주생을 중시는 했지만 사랑하는 딸을 타향으로 멀리 시집보내고 싶지 않았으므로 망설이며 허락을 하지 않았다. 드디어 주생은 계책을 세워 관아의 서재가 좁다는 핑계로 관서 후원을 빌려 공부하고자 했으며, 주 부인과 성씨가 같다는 이유로 고모로 모시게 해 달라고 청했다. 왕 지휘는 무인이라서 아부하는 것을 좋아했기에 이를 허락하고 주생의 음식까지 맡으려 했다. 곧 주정장이 후원에서 우거를 하게 되어 오라버니와 동생의 예로 교란을 대할 수 있게 되었으므로 이들은 정이 더욱 깊어졌다. 조 이모가 가운데에서 맹주로 자임해 그들은 먼저 혼인 맹세를 한 뒤 비로소 밀회의 약속을 정하게 되었다. 이로부터 이들은 정이 끈끈해져 서로 격이 없게 되었으니 애정은 부부들보다 더 깊었다.

약 반년이 지난 뒤, 주 사교는 승직(陞職)을 하여 임지로 갔으나 주생은 병을 핑계로 혼자 남았다. 또 반여 년이 지나자 사교는 병 때문에 관직을 그만두고 고향으로 돌아갔다. 주생은 이를 듣고 집으로 돌아가서 아버지를 뵈려고 했지만 마음속으로 교란을 연연해하여 스스로 정을 끊을 수 없었다. 교란이 그의 마음을 알아채고서 술자리를 마련해 떠나도록 권하며 말하기를 "낭군께서 사사로운 정에 연연해 공의(公義)를 잊으시면 스스로 자식의 도리를 잃게 될 뿐만 아니라 저도 연루시켜 부도(婦道)를 잃게 하시는 것입니다."라고 했다. 조 이모 또한 이렇게 말했다.

"지금 남몰래 만나는 것은 원래 장구한 계획이 아니었으니 도령께서는 고향에 잠시 돌아가 일단 양친을 뵙는 것이 좋겠습니다. 인사를 여쭈는 김에 아울러 혼인에 관한 일도 의론하여 빠른 시일 안에 서원(誓願)을 이루는 것이 어찌 좋지 않겠습니까?"

주생이 질질 끌며 결정을 내리지 못하자 교란은 조 이모로 하여금 주생이 귀성(歸省)하려 한다고 왕 지휘에게 말하도록 했다. 왕 지휘가 선물을 하며 전별을 하니 주생은 그때서야 비로소 어쩔 수 없이 여장을 꾸렸다. 그날 밤 교란은 주생을 불러 이전의 맹언(盟言)을 되풀이한 뒤에 서신을 통할 수 있도록 그의 거처를 물어 두었다.

다음 날 주생은 고향으로 돌아갔다. 사교는 이미 같은 마을에 사는 한 부잣집과 의혼을 한 터였다. 주생은 처음에 자못 거부를 했지만 그 여자가 매우 아름답다는 소리를 듣고서는 재물과 미색을 탐내어 이전의 맹세를 금방 잊어버렸다. 이들은 얼마 되지 않아 결혼을 했고 부부는 서로 마음이 맞아 매우 환락했으므로 다시는 교란이 누구인지도 모르게 되었다.

교란은 오래도록 주생의 소식을 듣지 못해 그를 그리워하다가 병이 났으며 인편이 있을 때마다 누차 서신으로 그를 불렀지만 전혀 회신이 없었다. 교란의 아버지는 그녀에게 배필을 골라 주려고 했으나 그녀는 응낙하지 않고 기필코 주생의 정확한 소식을 기다리려고만 했다. 이에 재물을 후하게 주고 병졸인 손구를 보내 특별히 오강(吳江)으로 가서 서신을 전하도록 했다. 거기에 고체시 한 편을 덧붙였으니 그 시는 대략 이러했다.

옛 청명 가절을 떠올리나니	憶昔淸明佳節時
님과 만나 지기(知己)가 되었지	與君邂逅成相知
서로의 마음을 자주 시로 나누며	嘲風弄月頻來往
사랑하는 마음 일어 그지없던 그리움	撥動風情無限思
현귀한 집 천금색(千金索)을 끊고서	侯門曳斷千金索[36]

손잡고 나란히 누각을 거닐었네	攜手挨肩遊畫閣
검은 머리로 생사(生死)의 인연을 맺고	好把靑絲結死生
산하(山河)에 맹세한 사랑은 얇지 않았지	盟山誓海情不薄

흰 구름은 아득하고 풀은 푸르디푸른데	白雲渺渺草靑靑
님은 어버이 그리는 정에 사랑을 떠나려 하는구나	才子思親欲別情
복숭아빛 얼굴은 금세 춘색(春色)을 잃고	頓覺桃臉無春色
서신 보내올 기러기 소리만 근심스레 듣고 있네	愁聽傳書雁幾聲

님이 가는 곳이 선경(仙境)은 아니지만	君行雖不排鸞馭
이내 마음은 부형이 전쟁터에 나가는 듯했었지	勝似征蠻父兄去
비통해 애간장 끊어지는 소리를 내며	悲悲切切斷腸聲
손잡고 옷자락 끌면서 옛 맹세를 되뇌었네	執手牽衣理前誓

님과 함께 난새와 봉새 같은 부부가 되었으니	與君成就鸞鳳友
소주로 가서서 화류(花柳)에 미련 두지 마시길	切莫蘇城戀花柳
님 가시던 날부터 미간을 찌푸린 채	自君之去妾攢眉
분칠도 게을리하고 머리단장도 하지 않네	脂粉慵調髮如帚

연을 맺고서 서로 떨어져 그리움 깊은데	姻緣兩地相思重
화조풍월(花鳥風月)을 뉘와 함께 하리오	雪月風花誰與共
부부 한창 나이에 가련하기도 하여라	可憐夫婦正當年
괜스레 매화에게 나비 꿈을 꾸게 하노니	空使梅花蝴蝶夢

| 바람 쐬며 달을 맞아도 즐거움 없고 | 臨風對月無歡好 |

---

36) 천금색(千金索): 매우 끊기 어려운 사슬이라는 뜻으로 벼슬아치 집안의 딸로서 제한적인 조건을 비유적으로 이른다.

처량한 베게 위에서 넋이 나간 듯	凄凉枕上魂顚倒
어느 날 밤 문득 그대가 장가가는 꿈꾸고	一宵忽夢汝娶親
아침에 보니 모르는 새에 근심으로 얼굴이 늙었구나	來朝不覺愁顏老

굳은 맹세는 천둥과 번개 되고	盟言願作神雷電
구천현녀(九天玄女)는 이를 두루 전해 주소서	九天玄女37)相傳遍
저승이 아닌 고향에 간 것뿐이건만	只歸故里未歸泉
어찌해 그 얼굴 다시 보기 어려운가	何故音容難得見

님의 마음은 거짓이었으나 내 마음은 참이니	才郞意假妾意眞
기별을 다시 넣어 이내 단심을 보내어라	再馳驛使陳丹心
가여워라 스물한 살의 꽃다운 용모	可憐三七羞花貌
적막한 규방에서 그리움을 금할 길이 없어라	寂寞香閨思不禁

조 이모 또한 편지를 써서 생질녀가 고통스럽도록 주생을 그리워하는 것과 돌아오기를 바라는 간절함을 상세히 적어 보냈다.

손구는 오강에 이르러 주정장이 연릉교 아래에 거주하고 있는 것과 다시 장가를 간 사실을 알게 되었다. 곧 그에게 만나기를 청하여 비로소 교란의 정의(情意)를 전했다. 주생은 한마디 대꾸도 없이 들어갔다가 다시 나와서 옛날의 비단 손수건을 맹세서와 함께 봉해 돌려줌으로써 교란으로 하여금 자기를 생각지 말도록 했다. 손구는 분연히 나와 사람들을 만날 때마다 이를 하소연했기에 주정장이 박정하다는 평판이 오(吳) 지방에 퍼졌다.

손구가 돌아가 이를 교란에게 알리자 그녀는 〈절명시〉 36수를 짓고 다시

---

37) 구천현녀(九天玄女): 도교의 여신으로 黃帝의 스승이며 聖母元君의 제자로 黃帝가 蚩尤를 멸망시키는 것을 도왔다고 한다. 자세한 이야기가 《雲笈七籤》 권114에 보인다.

수천 자로 된 〈장한가(長恨歌)〉를 지어 만날 때부터 헤어질 때까지의 일들을 자세히 적었는데 그 쓰인 언어는 몹시 분노에 차 있는 것들이었다. 다시 손구를 시켜 이를 보내려고 했지만 손구는 분노하여 가려 하지 않았다. 교란은 오래전부터 돌을 안고 낭떠러지에서 투신할 마음을 품고 있었지만 차마 스스로 죽어 사라질 수 없었으므로 기다리고 있었던 것뿐이었다. 마침 우연히도 그녀의 아버지가 오강현으로 보낼 공문서가 있었는데 그것은 위(衛)에 소속된 도망간 군인을 잡기 위한 것이었다. 이에 교란은 이전에 주생과 주고받던 시문들을 〈절명시〉와 〈장한가〉와 더불어 한 질(帙)로 모았다. 그리고 혼서(婚書) 두 장과 함께 한 개의 함(緘)에 합쳐 공문서 안에 넣고 관인을 찍어 현아로 보냈다. 하지만 그녀의 아버지는 이를 알지 못했다. 그날 밤 교란은 목욕을 하고 옷을 갈아입은 뒤에 옛날의 그 비단 손수건을 꺼내서 그것으로 목을 매고 죽었다.

오강현 현령은 공문을 뜯어서 교란의 시를 보고는 대단히 기이하게 여겨 직지(直指)38)인 번공지에게 아뢰었다. 번공지는 이를 보고 분노했으며 교란의 재화(才華)를 아깝게 여기고 주정장의 박정함을 증오했다. 사리(司理)에게 명하여 주정장을 은밀히 찾아내 매질해 죽이게 하니 이를 듣고 쾌재를 부르지 않은 자가 없었다. 주 사교 또한 근심으로 죽었다.

사랑하는 마음을 저버린 사람은 그를 죽이는 사람이 없다 해도 반드시 그를 견책하는 귀신이라도 있을 것이다. 귀신에게 견책을 받지 않고 사람에게 죽임을 당했으니 더욱더 인정(人情)의 공정함이 드러난다.

---

38) 직지(直指): 한나라 武帝 때 두었던 관직으로 지역을 순찰하고 政事를 다스렸으며 直指使者라고도 불리었다. 《警世通言 · 王嬌鸞百年長恨》에서는 樊公祉의 직책이 직지가 아닌 察院 즉 監察御史로 나온다.

[원문]　周廷章

　　天順間, 有臨安衛王指揮, 以從征廣西苗蠻違限被糾, 降調河南南陽衛千戶. 王有二女, 長嬌鸞, 次嬌鳳. 鳳已嫁, 惟鸞從行. 鸞幼通書史, 王之文移, 俱屬代筆, 鍾愛甚至. 王之妻周氏, 有妹嫁于曹, 貧而寡, 迎使伴鸞, 呼爲曹姨.

　　値清明節, 鸞與曹姨率諸婢戲鞦韆于後園. 忽聞人聲, 驚視, 則墻缺處有美少年窺視稱羨. 鸞大驚走匿, 遺羅帕于地, 生踰垣拾去. 方展玩間, 旋有侍女來園尋覓. 周折數次, 生笑曰: "物入人手, 尚何覓耶?" 侍女曰: "郎君收得, 乞以見還." 生問: "此帕誰人之物?" 侍兒曰: "鸞姐, 主人愛女也." 生曰: "若鸞姐自來, 當卽奉璧." 侍女叩生姓氏, 幷家遠近. 生曰: "周姓, 廷章名, 蘇州吳江人也. 父爲本學司敎, 隨任于此. 與尊府只一墻之隔. 久聞尊姐精于文事, 僕有小詩, 煩爲一致. 如得報言, 帕可還矣." 女急于得帕, 允之. 生踰垣而出, 少頃復至, 以桃花箋疊成方勝, 授女, 女返命. 鸞發緘, 得一絶云:

　　"帕出佳人分外香, 天公敎付有情郞. 殷勤寄取相思句, 擬作紅絲入洞房."

　　鸞微笑, 亦取箋答詩云:

　　"妾身一點玉無瑕, 産自侯門將相家. 靜裡有親同對月, 閒中無事獨看花. 碧梧只許來奇鳳, 翠竹那容入老鴉. 寄語異鄕孤另客, 莫將心事亂如麻." 侍兒捧詩至園, 則生已候于墻缺矣. 自此, 詩句徃返數次, 侍女得賂, 喜于傳送, 不復言羅帕之事.

　　適端陽節, 王治酒園中家宴, 生徍來墻外, 恨不得一與席末. 是晚, 生復寄一絶云:

　　"配成綵線思同結, 傾就蒲觴擬共斟. 霧隔湘江歡不見, 錦葵空有向陽心."

　　鸞閱詩嗟歎. 不意爲曹姨所窺, 細叩從來. 鸞與姨素厚, 因備述之. 姨曰: "周生江南之秀, 門戶相敵, 何不遣媒禮聘, 成百年之眷乎?" 鸞點頭稱是. 遂答詩, 末有 "多情果有相憐意, 好倩冰人[39] 片語傳"之句. 生乃僞托父命, 求婚于王. 王亦雅重生, 但愛女不欲遠嫁他鄕, 遲疑未許. 生遂設計, 托以衙齋窄狹, 假衛署後園肄業;

---

39) 冰人(빙인): 중매를 가리킨다. 《情史》 권2 정연류 〈崑山民〉 '冰人' 각주에 보인다.

且以周夫人同姓, 請拜爲姑. 王, 武人, 喜于奉承, 許之, 且願任饔飧. 周逯寓居園亭, 因得以兄妹之禮見鸞, 情愈親密. 而曹姨居間, 以盟主自任, 先立婚誓, 始訂幽期. 從此綢繆無間, 恩踰夫婦.

約半載, 周司教陞任去, 生托病獨留. 又半載餘, 而司教引疾還鄉. 生聞之, 欲謀歸覲, 而心戀鸞, 情不能自割. 鸞察其意, 因置酒勸駕. 且曰: "君戀私情, 而忘公義, 不惟君失子道, 累妾亦失婦道矣." 曹姨亦曰: "今暮夜之期, 原非久計, 公子不如暫歸故鄉, 且覲雙親. 倘于定省之間, 兼議婚姻之事, 早完誓願, 豈不美乎?" 周猶豫未決, 鸞使曹姨竟以生欲歸省爲言于王, 王致贐餞行. 生不得已, 始束裝. 是夜, 鸞邀生再伸前誓, 且詢生居址, 以便通信.

明日, 生歸, 而司教已與同里一富家議姻, 生始頗不欲, 已聞其女甚美, 貪財慕色, 頓忘前誓. 未幾畢姻, 夫婦相得甚懽, 不復知鸞爲何人矣.

鸞久不得生耗, 念之成疾, 每得便郵, 屢以書招之, 俱不報. 父欲爲鸞擇配, 鸞不可, 必欲俟生之信. 乃以重賂遣衛卒孫九, 專使吳江致書, 附古風一篇, 其略云:

"憶昔清明佳節時, 與君邂逅成相知. 嘲風弄月頻來徃, 撥動風情無限思. 侯門曳斷千金索, 攜手挨肩遊畫閣. 好把青絲結死生, 盟山誓海情不薄. 白雲渺渺草青青, 才子思親欲別情. 頓覺桃臉無春色, 愁聽傳書雁幾聲. 君行雖不排鸞馭, 勝似征蠻父兄去. 悲悲切切斷腸聲, 執手牽衣理前誓. 與君成就鸞鳳友, 切莫蘇城戀花柳. 自君之去妾攢眉, 脂粉慵調髮如帚. 姻緣兩地相思重, 雪月風花誰與共. 可憐夫婦正當年, 空使梅花蝴蝶夢. 臨風對月無歡好, 淒涼枕上魂顚倒. 一宵忽夢汝娶親, 來朝不覺愁顏老. 盟言願作神雷電, 九天玄女相傳遍. 只歸故里未歸泉, 何故音容難得見? 才郎意假妾意眞, 再馳驛使陳丹心. 可憐三七羞花貌, 寂寞香閨思不禁."

曹姨亦作書, 備述女甥相思之苦, 相望之切.

孫九至吳江, 得生居于延陵橋下, 知生再娶, 乃候面, 方致其情. 生一語不答, 入而復出, 以昔日羅帕并誓書封還, 使鸞勿念. 孫九憤然而去, 逢人訴之, 故生薄倖之名, 播于吳下.

孫九還報鸞, 鸞制《絕命詩》三十六首, 復爲《長恨歌》數千言, 備述合離之事,語甚憤激. 欲再遣孫九, 孫怒不肯行. 鸞久蓄抱石投崖之意, 特不忍自泯沒以死, 故有待耳. 偶値其父有公牘, 當投吳江縣, 勾本衛逃軍. 乃取從前倡和之詞并今日 《絶命詩》、《長恨歌》, 彙成一帙, 合同婚書二紙, 捻作一緘, 入於公牘中, 用印發郵, 乃父不知也. 其晚, 鸞沐浴更衣, 取昔日羅帕自縊而死.

吳江令發封, 得鸞詩, 大以爲奇, 爲聞于直指樊公祉. 公祉見之忿然, 深惜鸞才, 而恨廷章之薄倖. 命司理密訪其人, 榜殺之. 聞者無不稱快. 司敎亦以憂死.

負心之人, 不有人誅, 必有鬼譴. 惟不譴于鬼而誅于人, 尤見人情之公耳.

188. (16-4) 만 소경(滿少卿)[40]

만 소경(少卿)[41]이란 자의 이름은 전해지지 않는다. 집안 대대로 회남(淮南) 지방의 명문귀족이었으나 유독 만생만 걷잡을 수 없이 방탕하여 기분이 내키는 대로 사방을 노닐었다. 정포(鄭圃)[42]에 이르러 권세가에 몸을 의탁했다. 오래 지나자 주인이 귀찮아하는 것을 깨닫고, 곧 장안에 사는 한 오랜 친구를 찾아가 보니 그 친구는 이미 그곳을 떠나고 없었다. 중모(中牟)[43]로

---

40) 이 이야기는 남송 洪邁의 《夷堅志》補 권11에 〈滿少卿〉이란 제목으로 보이며 《廣艶異編》 권19와 《續艶異編》 권18에도 같은 제목으로 수록되어 있다. 《二刻拍案驚奇》 권11 〈滿少卿饑附飽颺 焦文姬生仇死報〉의 本事이기도 하다.

41) 소경(少卿): 주인공 만생이 鴻臚少卿을 지냈기에 그를 일러 소경이라 이른 것이다. 鴻臚는 본래 빈객을 접대하는 일을 맡은 관서였는데 東漢 이후에는 주로 제사와 의례 등을 주관했으며 그 장관의 정직을 鴻臚卿 혹은 鴻臚正卿이라 불렀고 그 부직을 鴻臚少卿이라 했다.

42) 정포(鄭圃): 옛날 지명으로 鄭나라의 圃田이라는 뜻이며 전하는 바에 따르면 列子가 살았던 곳이라 한다. 지금의 河南省 中牟縣 서남쪽에 있다.

43) 중모(中牟): 지금의 陜西省 西安市 中牟縣이다.

돌아와 머물 때에는 마침 아는 사람이 주부(主簿)[44]여서 그를 도와주기는
했지만 만족스럽지 못해 다시 서쪽으로 발길을 돌려 봉상(鳳翔)에 이르렀다.
엄동설한에 만생은 거처에서 굶주린 채로 누워 있었다. 이웃에 사는 초대랑
(焦大郎)은 그를 보고 불쌍히 여겨 밥을 주었으며 열흘이 지나도 싫어하지
않았다. 생은 뜻밖의 행운이라고 여겨 초대랑을 찾아가 감사했다. 초대랑이
말하기를 "나도 넉넉하지는 않소이다만, 그대가 객지에 머물면서 빈곤에
빠진 것이 불쌍하여 도와주려는 생각이지 다른 뜻은 없소이다."라고 했다.
생이 다시 절하며 말하기를 "요행히도 나중에 출세를 하게 되면 보답하는
것을 감히 잊지 않겠습니다."라고 했다. 이로부터 만생은 매일 그의 집을
찾아갔으며 그와 격 없이 가까워지게 되었다. 생은 술을 한 잔 마시고
방탕해져 그 집의 시집가지 않은 딸과 사통을 하게 되었다. 오래지 않아서
일이 누설되자 그는 부끄러워 몸 둘 바를 몰랐다. 초대랑이 그를 질책하며
말했다.

"내 본래 자네와 더불어 서로 모르는 사이인데도 구해 주었는데 어떻게
이같이 의롭지 못한가? 이것이 어찌 군자의 행동인가? 이왕 이렇게 된
바이니 후회한들 무슨 소용이 있겠는가! 내 딸 또한 잘못이 없는 것이
아니니, 만약 혼인을 할 수 있다면 나도 더 이상 말하지 않겠네."

만생은 머리를 조아리고 사죄하며 명을 따르겠다고 했다. 혼인을 한
뒤 부부는 서로 금슬이 좋았으며 매우 환락했다.

2년이 지나고 나서 만생은 진사 시험에 급제를 했다. 황제를 뵙고 나서
바로 돌아가 녹포(綠袍)를 입고 홰나무 홀을 든 채 장인 앞에서 무릎을
꿇고 예를 올렸다. 이웃 사람들은 다투어 양고기와 술을 가지고 축하를
하러 가서 부러워하며 칭송을 했다. 만생은 연이어 며칠 밤 내내 잔치를

---

44) 주부(主簿): 한나라 때부터 설치했던 관직으로 중앙과 군현의 관서에 모두
   있었으며 주요 직책은 문서 관리와 사무 처리였다.

하고서 관직을 받으려고 출발하기 전에 아내에게 말하기를 "좋은 벼슬을 받자마자 바로 당신을 맞이하러 와서 장인어른도 모시고 함께 동쪽으로 갈 것이오."라고 했다. 초대랑은 본래 시정인이었기에 만생이 부귀하게 된 것을 믿고 생계를 돌보지 않은 데다가 사위에게 재물을 후하게 주었기에 재산의 절반이 비게 되었다.

만생은 경도에 이르러 동해(東海)45)의 위관(尉官) 벼슬을 얻었다. 마침 종친 중에 어떤 사람이 경도에 있었는데 만생과 우연히 만나 과거에 급제한 것을 기뻐하면서 그를 끌고 고향으로 돌아가려 했다. 그가 심히 내키지 않아 구실을 대고 거절을 했더니, 종친이 욕하며 말하기를 "서생이 과거에 급제를 했는데 고향으로 돌아가 성묘를 하지 않을 수 있는가?"라고 했다. 그리고 하인에게 명하여 만생의 짐을 지고 우선 배에 올라타도록 하게 했으므로 만생은 어쩔 수 없이 고향으로 돌아가게 되었다. 집에 도착하고 한 달이 넘자 그의 숙부가 말했다.

"너는 부모님 모두가 돌아가시고 장년임에도 장가를 가지 않았으니 마땅히 대를 이을 생각을 해야 한다. 내 너를 위해 송도(宋都)에 있는 주종간(朱從簡) 대부의 차녀를 보아 두었는데 이제 일이 다 되었느니라. 네가 관직에 정식으로 나가려면 아직도 1년이 넘도록 있어야 하니 일단 혼사를 마치고 천천히 부임할 생각을 하거라."

숙부는 성품이 엄하고 꼿꼿했으며 높은 관직을 지낸 데다가 문중의 어른이었기에 만생은 평소 그를 경외하고 있었다. 그리하여 감히 숙부의 말을 거역하지 못하고 오직 '예, 예'라고 답을 했을 뿐이었다. 마음이 매우 초조하고 두려웠으나 며칠이 지나자 홀연 마음을 완전히 바꿔서 생각하기를 "저 초씨는 예로 맺은 것도 아니고 더군다나 가문도 빈천한데 어찌 나의 진정한

---

45) 동해(東海): 지금의 江蘇省 東海縣이다.

짝이리오! 나중에 그녀에게서 기별이 온다면 예로 물리쳐도 될 것이다."라고
했다. 곧 주씨에게 장가를 갔는데 그녀는 용모가 아름다운 데다 혼수도
자못 많아 만생은 매우 흡족해 했다. 초씨가 준 향주머니와 손수건은 모두
태워 버렸고 그녀가 찾아올 것을 항상 염려하여 아무런 소식도 전해 주지
않았다.

이렇게 거의 20년을 지내면서 만생은 공을 쌓고 승진을 하여 홍려소경(鴻
臚少卿)이 되어 제주(齊州)46)의 지주(知州)로 부임했다. 직무를 시작한 지
사흘 뒤, 그는 우연히 가솔들을 데리고 뒤뜰에서 산책을 하고 있었다. 그때
시녀 두 명이 별채의 우측 방에서 나와 만생과 마주치자마자 바로 빠른
걸음으로 피해 갔다. 만생이 쫓아가서 보니 한 부인이 관을 쓰고 어깨걸이를
걸친 채 휘장을 걷어 올리며 나왔는데 바로 초씨였다. 만생은 놀라고 두려워
어찌할 줄 몰랐다. 초씨는 눈물을 흘리면서 말하기를 "이별한 지 20년 동안
옛날의 그 끈끈했던 정을 조금도 생각하지 않았으니 당신은 정말 모진
사람이군요!"라고 했다. 만생은 어떻게 여기에 왔는지 그녀에게 물을 여유도
없이 그간의 일들을 모두 다 이실직고했더니 초씨가 이렇게 말했다.
"제가 당신의 일을 안 지는 오래되었습니다. 아버님은 이미 돌아가셨고
형제들은 불초하여 고향에는 의지할 데가 없으므로 몸을 의탁하기 위해
천리 길을 거쳐 하루 전에 막 여기에 도착했습니다. 문지기가 가로막기에
거듭 간청을 하여 겨우 발을 들일 수 있었습니다. 지금 외로운 이 한 몸은
막연하여 머물 곳이 없습니다. 당신에게는 이미 좋은 짝이 있으니 제가
측실이 되어 낭군과 귀부인을 모시는 일로 이 여생을 마칠 수 있다면 족하겠습
니다. 지난 일은 다시 따지지 않겠습니다."

말을 마치자 초씨는 통곡을 했다. 만생은 부드러운 말로 그녀를 위로했으

---

46) 제주(齊州): 지금의 山東省 濟南市이다.

며, 또한 밖으로 퍼질까 두려워하여 곧 이 일을 주씨에게 말했다. 주씨는 원래 현명하고 정숙했으므로 기꺼이 그녀를 맞이하여 자매처럼 대했다.

스무 날이 지나 만생은 약간 취한 채로 초씨의 방으로 가서 잠을 잤다. 다음 날 문이 열리지 않기에 하인이 황급히 가서 보았더니 안으로 문이 걸려 있는 채로 사람이 없는 듯이 적막했다. 벽을 부수고 들어가서 보니 만생은 이미 창문 아래에 죽어 있었고 입과 코에서는 피가 흘러나왔으며 초씨와 시녀들은 모두 보이지 않았다. 그날 밤 초씨가 주씨의 꿈속에 나타나 말했다.

"만생은 우리 집의 후은(厚恩)을 입었으나 이토록 정의를 저버렸습니다. 그가 떠난 뒤로 저는 한을 품고 죽었고 연이어 아버님께서도 돌아가셨습니다. 세월이 흘러 드디어 원한을 갚았습니다. 그는 이미 저승에 제소되어 잡혀갔고 그 사실도 밝혀졌습니다."

주씨는 미처 그녀에게 물어볼 겨를도 없이 꿈에서 깨어난 뒤, 단지 영구를 호송해 남쪽으로 돌아갔을 뿐이었다.

만생은 이렇게 그를 애련(哀憐)하게 생각하여 맺어준 교분으로 깊은 은혜를 받았으니 조상의 묘지를 성묘한 다음, 바로 그의 숙부에게 이를 아뢰었어야 했다. 송홍(宋弘)[47]은 능히 세조(世祖)의 명도 거역했는데 어찌하여 만생

---

47) 송홍(宋弘): 東漢 초년에 大司空을 지냈으며 청렴하고 강직했다. 세조 光武帝 는 그를 중히 여겨 宣平侯로 봉했다. 《後漢書》 권56 〈宋弘傳〉에 다음과 같은 고사가 보인다. 湖陽公主가 남편을 잃자 光武帝가 누나의 의사를 떠보려고 朝臣들에 대한 견해를 물었더니 湖陽公主는 "宋弘은 의용이 장중하고 덕행이 있어 군신들 중에 그만큼 되는 자가 없습니다."라고 했다. 이에 光武帝는 宋 弘을 召見하고 湖陽公主로 하여금 병풍 뒤에 숨어 있도록 했다. 光武帝가 "속 언이 이르기를 귀해지면 친구를 바꾸고 부유해지면 아내를 바꾼다 하는데 이것이 인지상정이 아니겠소?"라고 말하자 宋弘이 말하기를 "소신은 듣기로 빈천할 때 사귄 친구는 잊어서는 안 되고 함께 술지게미와 쌀겨를 끓여 먹 던 아내는 버리지 않는다고 들었습니다."라고 했다. 光武帝가 이를 듣고서 병

은 숙부에게 말 한마디 아뢰기가 어려웠다는 말인가? 설사 그렇게 못했다
해도 다행히 주씨가 현숙하여 질투하지 않았기에 그녀에게 어려운 사정을
호소해 초씨를 맞이하여 함께 살았다면 그나마 절반은 만회할 수 있었을
것이다. 아무 거리낌 없이 초씨를 저버려 저승의 징벌을 자초했으니 가련하
도다!

[원문] 滿少卿

　　滿生少卿者, 失其名. 世爲淮南望族. 生獨跅馳不羈, 浪游四方. 至鄭圃, 依豪
家. 久之, 覺主人倦客, 乃徃投長安一知舊, 則已罷去. 歸次中牟, 適故人爲主簿,
賙之, 不能足, 又轉而西抵鳳翔. 窮冬雪寒, 飢臥寓舍. 鄰生⁴⁸⁾焦大郎見而惻然,
飯之, 旬日不厭. 生感幸過望, 徃拜之. 大郎曰: "吾非有餘, 哀君逆旅披褐⁴⁹⁾, 故量
相濟. 非有他意." 生又拜: "幸異時或有進, 不敢忘報." 自是日詣其家, 親昵無間.
杯酒流宕, 輒通其室女. 旣而事露, 慚愧無所容. 大郎叱責之曰: "吾與汝本不相知,
過爲拯拔⁵⁰⁾, 何爲不義若此? 豈士君子行哉? 業已爾, 雖悔何及? 吾女亦不爲無過.
若能遂爲婚, 吾亦不復言." 生叩頭謝罪, 願從命. 旣成婚, 夫婦相得甚歡.
　　居二年, 中進士第. 甫⁵¹⁾唱名⁵²⁾卽歸, 綠袍槐簡⁵³⁾, 跪于外舅前. 隣里爭持羊

　　풍 뒤에 있었던 湖陽公主에게 말하기를 "일이 성사되지 못할 것 같습니다."라
　　고 했다.

48) 【校】 生: 《情史》에는 "生"으로 되어 있고 《夷堅志》, 《續艷異編》에는 "叟"로
　　되어 있다.

49) 【校】 披褐: 《情史》, 《續艷異編》에는 "披褐"로 되어 있고 《夷堅志》에는 "披猲"
　　으로 되어 있다. 披褐(피갈)은 짧은 무명옷을 걸친다는 뜻으로 가난하게 사
　　는 것을 의미한다.

50) 【校】 過爲拯拔: [影], [鳳], [岳], [類], 《夷堅志》, 《續艷異編》에는 "過爲拯拔"로 되
　　어 있고 [春]에는 "憐而拯汝"로 되어 있다.

51) 【校】 甫: [影], 《夷堅志》, 《續艷異編》에는 "甫"로 되어 있고 [春]에는 "南"으로
　　되어 있으며 [鳳], [岳], [類]에는 이 글자가 빠져 있다.

酒仕賀, 歃艷諛託. 生連夕燕飮, 然後調官54). 將戒行, 謂妻曰: "我得美官, 便來取
汝, 幷迎丈人俱東." 焦氏本市井人, 恃生富貴, 便不事生理, 且厚賺厥壻, 貲産半空.

生至京, 得東海尉. 會宗人有在京者, 與相遇, 喜其成名, 拉之還鄕. 生甚不欲,
託辭以拒. 宗人罵曰: "書生登科名, 可不歸展墳墓乎?" 命僕負其囊裝先赴舟, 生不
得已而行. 到家逾月, 其叔父曰: "汝父母俱亡, 壯而未娶, 宜思嗣續計. 吾爲汝求宋
都朱從簡大夫次女, 今事諧矣. 汝需次55)尙歲餘, 先須畢姻, 徐爲赴官計." 叔性嚴
毅, 歷顯官, 且爲族長, 生素敬畏, 不敢違抗, 但唯唯而已. 心殊窘懼. 數日, 忽幡然
改曰: "彼焦氏非以禮合, 況門戶寒微, 豈眞吾偶哉? 異時來通消息, 以禮遣之足矣!"
遂娶于朱. 朱女美好, 而奩具頗厚, 生亦甚適. 凡焦氏女所遺香囊巾帕, 悉焚棄之.
常慮其來, 而杳不聞問.

如是幾二十年, 累官鴻臚少卿, 出知齊州. 視印三日, 偶攜家人子散步後堂,
有兩靑衣自別院右舍出, 逢生輒趨避. 生追視之, 一婦人著冠帔, 褰帷出, 乃焦氏
也. 生惶懼失措. 焦泫然泣曰: "一別二十年, 向來婉變之情, 略不相念, 汝眞忍人
也!" 生不暇叩其所從來, 具以實告. 焦氏曰: "吾知之久矣. 吾父已死, 兄弟不肖,
鄕里無所依, 千里相投, 前一日方至此, 爲閽者所拒, 懇祈再三, 僅得托足. 今一身
孤單, 茫無棲泊. 汝旣有嘉耦, 吾得備側室, 竟此餘生, 以奉事君子及尊夫人足矣.
前事不復較也." 語畢長慟. 生軟語慰藉之, 且畏彰聞于外, 乃以語朱氏. 朱素賢淑,
欣然迎歸, 待之如妹.

越兩旬, 生微醉, 詣其室寢. 明日, 門不啓, 家人趨起視之, 則反局其戶, 寂若無
人. 破壁而入, 生已死牖下, 口鼻流血. 焦與靑衣皆不見. 是夕, 朱氏夢焦曰: "滿生
受我家厚恩, 而負心如此. 自其去後, 吾抱恨而死. 我父相繼淪沒. 年移歲遷, 方獲

---

52) 唱名(창명): 殿試가 끝난 뒤 황제가 급제한 진사들의 이름을 부르면서 召見하
는 것을 이른다.
53) 綠袍槐簡(녹포괴간): 綠袍는 과거에 급제했을 때 진사가 입던 푸른색 옷을 이
르며, 槐簡은 회화나무로 만든 笏을 가리킨다.
54) 調官(조관): 후보 관원이 자리가 나서 임용을 기다리는 것을 이른다.
55) 需次(수차): 관원이 관직을 제수받은 뒤 경력 순서로 결원에 보충되는 것을
이른다.

報怨. 已幽府申訴逮證矣!" 朱未及問而寤, 但護喪柩南還耳.

有此哀憐之交, 受恩深處, 展墓之次, 便當稟聞叔父. 豈宋弘能抗世祖之命, 而生顧難一言于叔父乎? 即不然, 幸朱賢淑不妬, 訴以苦情, 迎之雙棲, 猶可救半. 甘心負觚, 自招幽討. 悲夫!

189. (16-5) 왕괴(王魁)56)

왕괴는 과거에 낙방하고 실의에 빠져 산동(山東) 내주(萊州)로 갔다. 그의 친구가 그를 불러 북시(北市)로 놀러 가게 되었다. 깊숙한 골목에 있는 작은 집에 교(敫) 씨 성을 가진 여자가 있었는데 용모가 절색이었다. 여자가 왕괴에게 술을 따라주면서 말하기를 "제 이름이 계영(桂英)이고 술은 하늘의 미록(美祿)57)이니 족하(足下)께서 계영(桂英)58)을 얻고 하늘의 미록을 마시

---

56) 이 이야기는 송나라 羅燁의 《醉翁談錄》 辛集 권2에 〈王魁負心桂英死報〉라는 제목으로 보인다. 이 이외에도 《類說》 권34에는 〈王魁傳〉으로, 송나라 張邦幾의 《侍兒小名錄》에는 〈桂英〉으로, 송나라 李獻民의 《雲齋廣錄》 권6에는 〈王魁歌幷引〉으로, 《說郛》 권77上에는 〈桂英〉으로, 《山堂肆考》 권111에는 〈怨恨王魁〉로, 《燕居筆記》 권1에는 〈王魁負約〉으로, 瞿佑의 《香臺集》 권下에 〈桂英負屈〉로, 《青泥蓮花記》 권5에는 〈桂英〉으로, 그리고 《豔異編》 권30과 《女聊齋志異》 권1에는 〈王魁〉라는 제목으로, 《古今圖書集成·明倫匯編·閨媛典》 閨恨部 列傳二에는 〈桂英〉이라는 제목으로 실려 있다. 宋나라 官本雜劇으로는 〈王魁三鄕題〉, 戱文으로는 〈王魁〉, 원나라 雜劇으로는 〈海神廟王魁負桂英〉, 명나라 雜劇으로는 〈王魁不負心〉 등이 있다. 명나라 王玉峰은 傳奇 戱曲 작품인 〈焚香記〉로 각색하기도 했다. 이 이본들은 서로 다른 결말을 보여주는데 크게 나누면, 하나는 王魁가 배신하고 桂英이 복수하는 내용이며 다른 하나는 王魁가 의리를 지켜 桂英과 행복한 결말을 맺는 내용이다.

57) 미록(美祿): 《漢書·食貨志下》에 "술은 하늘이 내린 美祿이니 제왕은 이것으

는 것은 내년 봄에 과거에 급제할 징조입니다."라고 했다. 그리고 곧 목에
두르고 있던 얇은 비단 손수건을 풀어 거기에 시를 청했다. 왕생은 이런
시를 지었다.

> 기생과 함께한 술자리에 고운 노랫소리 들리는데　　　　謝氏筵59)中聞雅唱
> 어떤 이가 휘장 뒤에서 옥같이 낭랑한 소리를 내는 겐가　　何人鳧玉在簾幃
> 한마디 노랫소리가 가을의 푸른 하늘을 꿰뚫으니　　　　一聲透過秋空碧
> 몇 조각 흘러가는 구름은 감히 날지를 못하누나　　　　　幾片行雲不敢飛

　계영이 말하기를 "님께서는 오직 공부만 하십시오. 사시사철 필요한
것들은 제가 마련해 드리겠습니다."라고 했다. 이로부터 왕괴는 아침에
나갔다가 날이 저물면 돌아왔다.
　다음 해가 되어 현능(賢能)한 사람을 찾는다는 조서(詔書)가 내려지자
계영은 왕괴에게 경도로 가는 비용을 마련해 주었다. 막 떠나기 전에 내주
북쪽에 있는 망해신묘(望海神廟)에 이르러 왕괴가 맹세하며 말하기를 "저와
계영은 서로 저버리지 않을 것을 맹세합니다. 만약 다른 마음이 생기면

로 천하를 보양하고 제사를 지내 복을 기원하며 쇠약함과 아픔을 조리한다."
고 했다. 이로 인해 美祿이 술을 의미하게 되었다.

58) 계영(桂英):《晉書·郤詵傳》에 의하면 "郤詵이 누차 승진하여 雍州刺史가 되자
武帝가 궁에서 그를 전송하며 묻기를 '卿은 스스로를 어떻다고 생각하는가?'
라고 했더니 극선이 대답하기를 '신은 賢良對策科에 급제해 천하 일등이 되
었으나 계수나무 숲의 나뭇가지 하나, 곤산의 옥 조각 하나에 지나지 않습니
다.'라고 했다."한다. 이로 인해 계수나무 가지를 꺾는다(折桂)는 말이 과거
급제를 뜻하게 되었다. 여기에서 王魁가 과거 시험을 보기 전에 桂英을 만난
것은 이런 중의적 의미로 그가 급제할 길조라는 것이다.
59) 사씨연(謝氏筵): 謝氏는 東晉의 宰相이었던 謝安을 가리킨다. 謝安은 자가 安
石이고 호가 東山이며 만년에 會稽(지금의 浙江省 紹興市) 東山에서 은거하면
서 매일 잔치를 베풀고 詩酒와 山水를 즐겼는데 반드시 기녀들을 대동시켰다
고 한다. 여기에서 사씨연은 기녀들과 함께 하는 술자리를 뜻한다. 자세한
이야기는《晉書·謝安傳》과《世說新語·識鑒》등에 보인다.

신께서 마땅히 징벌해 주십시오."라고 했다. 왕괴는 경도에 이르러 이런
시를 지어 그에게 보냈다.

달과 구름을 조탁하는 일은 우리네만 못하니	琢月磨雲輸我輩
화류(花柳)를 거느리는 것이 남아로다	都花占柳是男兒
올 봄에 공명(功名)을 이루고 돌아간다면	前春我若功成去
연못 하나 만들어 원앙새를 잘 길러 보리라	好養鴛鴦作一池

그 뒤 왕괴는 천하제일(天下第一)로 급제를 했다. 계영은 시를 지어 축하했다.

희소식 전하려 문 두드리는 황급한 소리에	人來報喜敲門急
소식을 막 접한 저의 기쁨을 아시겠지요	賤妾初聞喜可知
준마는 과연 먼저 뛰어오르고	天馬果然先驟躍
신룡(神龍)은 이무기에 뒤지지 않는군요	神龍不肯後蛟螭

바다 속 운오(雲鼇)의 동굴은 비어 있고	海中空卻雲鼇[60]窟
달 속의 계수나뭇가지는 모두 없어졌네	月裡都無丹桂枝
한나라 대전에는 사마상여의 부만 올려져 있었고	漢殿獨呈司馬賦[61]
진나라 조정에선 송군(宋君)의 시만 칭송받았지	晉庭惟許宋君詩

---

60) 운오(雲鼇): 鼇는 전설 속에 나오는 산을 업는 큰 자라나 큰 거북을 가리키는
것으로 雲鼇는 과거에 급제한 자를 비유적으로 이르는 말이다.

61) 한전독정사마부(漢殿獨呈司馬賦): 司馬賦는 司馬相如의 賦를 이른다. 漢나라
武帝는 司馬相如가 梁孝王의 문하에 있으면서 諸侯王이 사냥하는 것을 묘사
한 〈子虛賦〉를 우연히 보고 매우 마음에 들었다. 하지만 옛 사람의 작품인
줄로 생각하고 작자를 만나 볼 수 없는 것을 한탄하다가 司馬相如가 지은 것
을 알고는 바로 그를 소견했다. 이에 司馬相如는 천자가 사냥하는 내용으로
다시 〈上林賦〉를 지었다. 武帝가 이를 보고 그를 郎官의 벼슬을 내렸다. 이
에 대한 자세한 내용이 《前漢書》 권57上 〈司馬相如傳〉에 보인다.

운뢰(雲雷)처럼 빠르게 장원을 하여 　　　　身登龍首雲雷疾

벽력(霹靂)이 내달리듯 명성은 세상에 알려졌네 　　名落人間霹靂馳

방문(榜文)이 붙고 거마를 따라 장원(壯元)이 나오니 　一榜神仙隨馭出

한길의 대신들도 모두다 발걸음을 천천히 하는구나 　九衢卿相盡行遲

연하(煙霞)의 풍광에 길 탄탄하니 돌아보지 마시길 　煙霞路穩休回首

조정의 기풍도 청정하니 바로 때를 만났구나 　　舜禹朝淸正得時

지아비 귀해지면 지어미 영화 누리는 건 천년의 이치 夫貴婦榮千古事

낭군은 재주 있고 이 몸은 용모 있어 짝 되기에 마땅하네 與郎才貌各相宜

거듭하여 시를 지어 보냈다.

경도는 노랫소리와 비단 옷자락으로 뒤덮인 땅 　上國笙歌錦繡鄕

선랑(仙郎)은 뜻을 이루어 거리낌이 없겠네 　　仙郎得意正跣狂

그 누가 알겠나 규방 안의 초췌한 이 몸을 　　誰知憔悴幽閨質

봄옷에 두른 중띠 나날이 늘어지는 것만 같구나 　日覺春衣絲帶長

또한 이런 시를 지었다.

경도 여인들은 몸단장도 때에 맞게 한다는데 　上都梳洗逐時宜

당신께서 보신다면 제 생각하시겠죠 　　　料得良人見卽思

언젠가 규방으로 돌아오시면 　　　　早晩歸來幽閣裡

장창(張敞)에게 제 눈썹도 그려 달라 하렵니다 須教張敞[62]畫新眉

---

62) 장창(張敞): 西漢 때 명신으로 자는 子高였다. 《漢書·張敞傳》에 따르면, 그는
　 아내를 위해 눈썹을 그려주기도 했는데 張敞이 그린 눈썹이 어여쁘다는 소
　 문이 長安에 돌자 有司가 상소문을 올려 그를 탄핵했다고 한다. 황제가 그에
　 게 이를 물었더니 張敞이 답하기를 '소신이 듣기로 규방 안에서는 부부 사이
　 에 눈썹을 그려주는 것보다 더한 일도 있다고 합니다.'라고 했다 한다.

　왕괴는 속으로 생각하기를 "과거에 급제한 명성이 이와 같은데 기생 하나 때문에 이름을 더럽힐 수 있겠는가?"라고 하며 끝내 답서를 다시 보내지 않았고, 그의 아버지 또한 이미 최씨와 혼인을 맺기로 약속했다. 왕괴가 서주(徐州)63) 첨판(僉判)64)의 벼슬을 받자 계영은 기뻐하며 말하기를 "서주는 이곳과 거리가 멀지 않으니 사람을 시켜 나를 오라고 할 것이야!"라고 했다. 그리고 다시 하인을 보내 급히 서신을 가지고 왕괴를 찾아가도록 했더니 왕괴는 마침 관청에 앉아서 일을 처리하고 있다가 크게 노해 꾸짖으며 서신을 받지 않았다. 계영은 말하기를 "왕괴가 이렇게 나를 저버렸으니 마땅히 죽음으로 복수하리라."라고 하고 칼을 휘둘러 스스로 목을 베었다.

　왕괴가 남경(南京)의 과거 시험장에 있을 때 어떤 사람이 촛불 아래서 나왔는데 바로 계영이었다. 왕괴가 "당신 본래 별일이 없었던 거요?"라고 말하자, 계영이 말하기를 "당신이 은정과 의리를 경멸하고 맹세를 저버려 나를 이 지경에 이르게 한 것이오."라고 했다. 왕괴가 "내 죄요. 당신을 위해 스님에게 밥 공양을 하고 불경을 송독하며 지전(紙錢)을 많이 태워 주면 나를 놓아줄 수 있겠소?"라고 말했다. 계영이 말하기를 "당신의 목숨을 거둬야 끝나지 다른 것은 모르오."라고 했다. 왕괴가 자결을 하려고 하자 그의 어머니가 말하기를 "너는 어찌하여 이같이 패역하려 하느냐?"라고 했다. 왕괴가 답하기를 "낮에 원혼을 만났는데 제게 죽으라고 핍박을 했습니다."라고 하자 그의 어머니는 도사인 마수소(馬守素)를 불러다가 여러 차례 초제(醮祭)를 지냈다. 마수소가 꿈에서 관부에 이르자 왕괴와 계영이 머리카락이 서로 묶인 채 서 있는 것이 보였다. 어떤 사람이 경고하기를 "당신은 알았으니 다시는 초제를 지내지 마시오."라고 했다. 며칠 뒤 왕괴는 결국

---

63) 서주(徐州): 지금의 江蘇省 徐州市이다.
64) 첨판(僉判): 簽判이라고도 했으며 簽書判官廳公事의 준말이다. 송나라 때 各州 지방 장관의 속관으로 지방 장관을 도와 정무와 문서를 담당했다.

죽었다.

[원문]　王魁

　　王魁下第失意, 入65)山東萊州. 友人招游北市. 深巷小宅, 有敫氏婦, 絕豔. 酌酒曰: "某名桂英, 酒乃天之美祿. 足下得桂英而飮天祿, 明春登第之兆." 乃取擁項羅巾請詩. 生題曰:

　　"謝氏筵中聞雅唱, 何人夔玉在簾幃. 一聲透過秋空碧, 幾片行雲不敢飛."

　　英曰: "君但爲學. 四時所須, 我爲辦之." 由是魁朝去暮來.

　　踰年, 有詔求賢, 英爲辦西遊之用. 將行, 至州北望海神廟盟曰: "吾與桂英, 誓不相負. 若生離異, 神當殛之!" 魁至京門, 寄詩曰:

　　"琢月磨雲輸我輩, 都花占柳是男兒. 前春我若功成去, 好養鴛鴦作一池."

　　後唱第爲天下第一. 英以詩賀云:

　　"人來報喜敲門急, 賤妾初聞喜可知. 天馬果然先驟躍, 神龍不肯後蛟螭.

　　海中空却雲鼇窟, 月裡都無丹桂枝. 漢殿獨呈司馬賦, 晉庭惟許宋君詩.

　　身登龍首雲雷疾, 名落人間霹靂馳. 一榜神仙隨馭出, 九衢卿相盡行遲.

　　煙霞路穩休回首, 舜禹朝淸正得時. 夫貴婦榮千古事, 與郞才貌各相宜."

　　復寄詩云:

　　"上國笙歌錦繡鄕, 仙郞得意正踈狂. 誰知憔悴幽閨質, 日覺春衣絲帶長."

　　又詩云:

　　"上都梳洗逐66)時宜, 料得良人見即思. 早晚歸來幽閣裡, 須教張敞畫新眉."

　　魁私念: 科名如此, 可以一娼玷辱? 竟不復答書. 而魁父已約崔氏爲親. 及魁

---

65)【校】入: [影],《類說》에는 "入"으로 되어 있고 [鳳], [岳], [類], [胄]에는 "適"으로 되어 있다.

66)【校】逐: [影],《類說》에는 "逐"으로 되어 있고 [鳳], [岳], [類], [胄]에는 "遂"로 되어 있다.

授徐州僉判, 英喜曰: "徐此去不遠, 當使人迫我矣!" 復遣僕馳書以往. 魁方坐廳決事, 大怒, 叱書不受. 英曰: "魁負我如此, 當以死報之." 揮刀自刎.

魁自南都[67]試院, 有人自燭下出, 乃英也. 魁曰: "汝固無恙乎?" 英曰: "君輕恩薄義, 負誓渝盟, 使我至此!" 魁曰: "我之罪也! 爲汝飯僧, 誦佛書, 多焚紙錢, 捨我可乎?" 英曰: "得君之命乃止, 不知其他!" 魁欲自刺. 母曰: "汝何悖亂如此?" 魁曰: "日與冤會, 逼迫以死." 母召道士馬守素屢醮. 守素夢至官府, 魁與桂髮相縶而立. 有人戒曰: "汝知, 則勿復醮矣." 後數日, 魁竟死.

190. (16-6) 손 조교의 딸(孫助敎女)[68]

대통(大桶) 장(張)씨란 자는 재산이 많은 것으로 경도(京都)[69]에서 으뜸이었다. 대개 부자가 돈을 다른 사람에게 맡기면 그 이자를 셈해 절반을 취했는데 이를 일러 행전(行錢)[70]이라고 했다. 부자들은 행전 보기를 마치 부하처럼 하였으니 간혹 그들이 행전의 집을 들를 때면 행전은 특별한 자리를 마련해 술을 베풀어 놓았다. 그 집의 아녀자들은 나와서 술을 권했으며 주인은 단지 서 있기만 했다. 부자가 겸양하며 앉도록 거듭 요구할

때에야 비로소 감히 자리에 앉을 수 있었다. 장씨 집 아들은 나이가 젊었는데 부모가 돌아가셔서 집안일을 주관하며 장가를 가지 않고 있었다. 그는 주(州)의 서쪽에 모셔져 있는 관구신(灌口神)[71]에게 제사를 지내고 돌아올 때 행전인 손 조교(助敎)[72]의 집을 지나치게 되었다. 손 조교가 술자리를 마련하고 술을 여러 잔 올리고 나자, 그의 시집가지 않은 딸이 나와서 술을 권했는데 용모가 절색이었다. 장씨가 그녀를 보고 말하기를 "내가 부인으로 맞이하고 싶소."라고 하자, 손 조교는 황공하여 승낙하지 않았다. 그리고 말하기를 "저는 공의 가노(家奴)입니다. 가노가 주인의 장인이 된다면 동네사람들이 이상하다 비웃을 것입니다."라고 했다. 장씨가 말하기를 "그렇지는 않소. 돈을 빌려 쓰는 그대가 재물이 모자라는 것뿐인데 내 어찌 감히 노복으로 대하겠소?"라고 했다. 장씨는 원래 호사스러웠으므로 팔에서 골동 옥팔찌를 곧바로 빼서 여자에게 주며 "택일을 하고 납폐를 보낼 것이다."라고 말한 뒤 술자리를 파하고 돌아갔다. 손 조교의 이웃들이 모두 와서 축하하며 말하기를 "백만금 부자의 마님이 될 딸을 두었습니다."라고 했다. 그 후 장씨는 다른 데로 의혼했으나 손 조교는 그와 맞설 수 없다 생각하여 감히 가서 묻지도 못했다. 장씨는 술을 빌어 농담을 한 것이지 실제로 마음이 있었던 것은 아니었다.

1년이 넘어 장씨는 다른 집 여자와 혼인을 했지만 손 조교의 딸은 시집을

---

71) 관구신(灌口神): 灌口二郎神을 가리킨다. 전하는 바에 의하면 秦나라 때 李冰과 그의 둘째 아들이 灌口(지금의 四川省 都江堰市 灌口鎭 일대)에서 離堆(지금의 四川省에 있는 都江堰)를 만들고 수해를 일으킨 용을 쇠사슬로 묶어 촉지 사람들에게 은혜를 주었기에 촉지 사람들이 사당을 짓고 제사를 지내며 그들을 신선으로 모셨다고 한다. 자세한 이야기가 송나라 曾敏行의 《獨醒雜誌》 권5와 《朱子語類》 권3 등에 보인다.

72) 조교(助敎): 옛날 學官의 관직으로 晉나라 咸寧 연간부터 있었고 國子祭酒와 博士가 생도를 가르치는 것을 도왔다. 그 이후에도 역대의 國學에서 대부분 經學助敎를 두어 國子助敎, 太學助敎, 四門助敎, 廣文助敎 등이 있었으며, 州郡의 縣學에는 經學助敎가 있었다.

가려 하지 않았다. 그의 어머니가 "장씨는 이미 장가를 갔단다."라고 말을
해도 여자는 대꾸하지 않고 마음속으로 생각하기를 "어찌 그렇게 약속을
해 놓고 다른 데로 장가를 갈 수 있는가?"라고 했다. 곧 손 조교는 다시
장씨와 그의 처가 신에게 치성을 드리고 돌아가는 기회를 타서 술을 마시도록
두 사람을 집으로 초청하고 딸로 하여금 그것을 엿보도록 했다. 그들이
간 뒤에 손 조교가 말하기를 "그에게 처가 있는 것을 네가 보았으니 시집을
가야 한다."라고 하자 여자는 말문이 막혀 방안으로 들어가서 이불을 뒤집어
쓴 채로 누워 있다가 잠시 뒤에 죽었다. 부모는 애통해 하며 이웃인 정삼이란
자를 불러와 이를 알리고 상구(喪具)를 마련하게 했다. 정삼은 송장(送葬)하
는 일을 업으로 삼고 있었으니 세간에서 소위 말하는 오작(仵作)73)을 하는
일에 종사하는 자였다. 정삼이 상구를 장만하고 나서 시체의 팔뚝에 옥팔찌
가 있는 것을 보고 탐이 나서 말하기를 "제게 주(州)의 서쪽에 묘지 하나가
있습니다."라고 하자, 손 조교가 감사하며 말하기를 "잘 알아서 편한 대로
하게. 나중에 값을 치르겠네."라고 했다. 손 조교는 통곡을 하며 시체를
차마 보지 못하고 급히 정삼을 가게 한 뒤에 곧바로 친족들과 더불어 딸의
영구를 보내고 돌아왔다.

　달빛 밝은 한밤중에 정삼이 관(棺)을 열고 옥팔찌를 빼려 하자 여자가
근심스런 모양을 하고 일어나 둘러보다가 정삼을 보고 말하기를 "제가
어떻게 여기에 있습니까?"라고 했다. 여자 또한 어려서부터 정삼을 알고
있었다. 정삼이 그녀를 으르며 말했다.

　"네 부모는 네가 시집은 가려 하지 않고 오로지 장씨만을 생각하다가
가문을 욕되게 할까 두려워 나를 시켜 너를 여기에 생매장하도록 하게
했다. 내 정말이지 차마 그렇게 할 수 없어서 관을 열어 보았더니 과연

73) 오작(仵作): 본래 官府에서 사망과 부상을 검사하는 衙役이었으나 남을 대신
　해 納棺을 하여 장례를 치르는 것을 생업으로 삼은 자를 가리키기도 했다.

네가 살아 있었던 것이다."

여자가 말하기를 "일단 집으로 돌아가게 보내 주세요."라고 하자, 정삼이 말하기를 "만약에 돌아간다면 너는 반드시 죽을 것이고 나 또한 벌을 받게 될 것이다."라고 했다. 여자는 어찌할 수 없어 정삼이 자기를 다른 곳으로 숨기고 처로 삼도록 내버려 두었다. 장례가 끝난 뒤에 이들은 주(州)의 동쪽으로 이사해 살았다. 정삼에게는 어미가 있었는데 그 또한 아들이 처를 얻어 기뻐했다. 그는 서민이기에 내력을 따질 겨를이 없었다.

수년이 지나도 여자는 매번 장씨에 관한 말만 나오면 유난히 화를 내고 원망을 하며 전에 했던 약속에 대해 그에게 가서 따져 물으려고 했다. 그때마다 정삼은 그녀를 타이르며 방비하고 막았다.

숭녕(崇寧)[74] 원년에 성서태비(聖瑞太妃)[75]가 세상을 떠났으므로 정삼은 태비의 영구를 따라 영안(永安)[76]으로 가야만 했다. 장차 떠날 즈음에 그의 어미에게 당부하여 말하기를 "제 처를 밖으로 나돌지 못하게 하세요."라고 했다.

하루가 지난 뒤 정삼의 어미가 낮잠을 잘 때 며느리 손씨는 밖으로 나와 말을 빌려서 곧장 장씨 집 대문 앞으로 갔다. 그리고 그 집 하인에게 말하기를 "손씨의 몇 번째 딸인데 아무개를 만나보고자 하오."라고 했다. 하인이 들어가서 이를 알리자 장씨는 놀라고 의아해하며 하인과 함께 그녀를 보러 나왔다. 손씨가 멀리서 장씨를 보자 앞으로 달려가 장씨의 옷을 끌어당기고 통곡을 하며 욕했다. 하인은 손씨가 부녀자이기에 감히 가서 말리지 못했다. 장씨가 그녀를 귀신으로 생각하고 놀라서 도망가려 하자 여자는 더욱 세게

---

74) 숭녕(崇寧): 송나라 徽宗 趙佶의 연호로 1102년부터 1106년까지이다.
75) 성서태비(聖瑞太妃): 송나라 神宗의 妃인 朱氏를 가리킨다. 哲宗의 어머니로 哲宗이 제위를 물려받은 뒤에 그녀를 聖瑞皇太妃로 받들었다.
76) 영안(永安): 지금의 河南省 鞏縣 서남쪽에 있었던 옛날 縣으로 북송 皇陵의 소재지이다.

장씨를 붙잡았다. 장씨가 그녀의 손을 내리치니 찢어져 피가 나왔고 떠밀려
땅에 넘어지자마자 바로 죽었다. 말을 빌려 준 자는 자기가 연루될까 두려워
정삼의 어미에게 가서 이를 알렸다. 정삼의 어미가 이를 유사(有司)에게
송사하여 유사가 정삼을 소환해 심문하자 정삼은 자세히 갖추어 진술을
했다. 정삼이 무덤을 파낸 것은 죽을죄이지만 사면을 받았다. 장씨의 죄는
죽어 마땅했다. 그는 비록 상주하여 용서받았기는 했지만 그래도 등에
장형을 맞고 마침내 근심과 두려움으로 옥중에서 죽었다. 당시 윤경(尹京)⁷⁷⁾
이었던 고도(顧道) 오식(吳拭)⁷⁸⁾이 이 이야기를 전했다.

노를 젓는 여자도 경대부의 정실부인이 될 수 있고 뽕잎을 따는 여자도
육궁(六宮)⁷⁹⁾을 주재할 수 있다. 처가 남편에 의해 귀하게 되는 것이지
남편이 어찌 처로 인해 귀하게 되겠는가? 백만 금이 있는 사람이 행전집
딸을 아내로 들일 수 없다는 것은 알아도 어찌 행전집의 원귀가 백만 금이
있는 집 자제를 죽일 수 있다는 것을 알겠는가? 아, 두려워할 만하도다!

[원문] 孫助教女

大桶⁸⁰⁾張氏者, 以財雄長京師. 凡富人以錢委人, 權其子而取其半, 謂之行
錢. 富人視行錢如部曲, 或過行錢之家, 設特位, 置酒, 婦人出勸, 主人乃立. 待富人

遜謝, 强令坐再三, 乃敢就位. 張氏子年少, 父母死, 主家事, 未娶. 因祀州西灌口
神81)歸, 過其行錢孫助敎家. 孫置酒, 酒數行, 其未嫁女出勸客, 姿容絶世. 張目之
曰: "我欲娶爲婦." 孫惶恐不可, 且曰: "我, 公家奴也. 奴爲郞主丈人, 隣里笑怪."
張曰: "不然, 顧主少錢物耳82), 豈敢相僕隷也?" 張固豪侈, 即取臂上古玉條脫83)與
女, 且曰: "擇日納幣也." 飮罷去. 孫隣里交來賀曰: "有女爲百萬主母矣." 其後,
張別議婚, 孫念勢不敵, 不敢佃問. 而張亦恃酒戲言, 非實有意也.

逾年, 張婚他族, 而孫女不肯嫁. 其母曰: "張已娶矣." 女不對, 而私曰: "豈有信
約如此, 而別娶乎?" 其父乃復因張與妻祝神回, 并邀飮其家, 而使女窺之. 既去,
曰: "汝見其有妻, 可嫁矣." 女語塞, 去房內蒙被臥, 俄頃即死. 父母哀慟, 呼其隣鄭
三者告之, 使治喪具. 鄭以送喪爲業, 世所謂作作行者也. 鄭辦喪具, 見其臂有玉條
脫, 心利之, 曰: "某有一園在州西." 孫謝之曰: "良便, 俟後相酬." 因號泣不忍視,
急揮去, 即與親族往送其殯而歸.

夜半月明, 鄭發棺欲取條脫, 女蹷然起, 顧見鄭, 曰: "我何故在此?" 亦幼識鄭,
鄭以言恐曰: "汝之父母, 恐汝不肯嫁而專念張氏, 辱其門戶, 使我生埋汝于此. 我
實不忍, 乃發棺, 而汝果生." 女曰: "第送我還家." 鄭曰: "若歸必死, 我亦罪矣."
女不得已, 聽鄭匿于他處以爲妻. 完其殯, 而徙居州東. 鄭有母, 亦喜其子之有婦.
彼小人, 不暇究所從來也.

積數年, 每語及張氏, 尤忿恚, 欲徃質問前約. 鄭每勸, 且防閑之.

崇寧元年, 聖瑞太妃上仙84), 鄭當從襲御至永安. 將行, 祝其母曰: "勿令婦出
遊." 居一日, 鄭母晝睡, 孫出, 倣馬直詣張氏門, 語其僕曰: "孫氏第幾女, 欲見某人."

---

81) 【校】灌口神: 《淸尊錄》, 《投轄錄》, 《古今說海》에는 "灌口神"으로 되어 있고
　　《情史》에는 "灌神"으로 되어 있다.
82) 【校】顧主少錢物耳: 《情史》에는 "顧主少錢物耳"로 되어 있고 《投轄錄》에는
　　"我自欲之 蓋煩主少錢物耳"로 되어 있으며 《淸尊錄》에는 "汝不過少錢物耳"로
　　되어 있고 《古今說海》에는 "煩主少錢物耳"로 되어 있다.
83) 條脫(조탈): 팔에 끼는 나선형 장신구를 이른다.
84) 上仙(상선): 하늘 위로 올라 신선이 되었다는 뜻으로 황제 혹은 황후가 사망
　　한 것을 완곡하게 이르는 말이다.

其僕恠通, 張驚異, 與其僕俱恠視焉. 孫氏望見張, 跳踉而前, 曳其衣, 且哭且罵. 其僕以婦女, 不敢恠解. 張以爲鬼也, 驚走. 女持之益急, 乃擘其手, 手破流血, 推撲地, 立死. 傭馬者恐累己, 恠報鄭母. 母訴之有司, 因追鄭對獄, 具狀. 鄭發塚罪死, 以赦得免. 張罪當死, 雖奏獲貸85), 猶杖脊86), 竟憂畏死獄中. 時吳拭87)顧道尹京云.

　　執楫之女, 可爲内子88). 採桑之婦, 可主六宫89). 妻以夫貴, 夫豈以妻貴乎? 但知百萬之主, 不可娶行錢家之女, 抑知行錢家之冤鬼, 能殺百萬之子也! 吁, 可畏夫!

---

85) 【校】貸: [影], 《清尊錄》, 《投轄錄》, 《古今說海》에는 "貸"로 되어 있고 [鳳], [岳], [類], [奮]에는 "有"로 되어 있다.

86) 杖脊(장척): 刑杖으로 등마루를 치를 형벌로 杖刑 가운데 가장 심한 것이다.

87) 【校】吳拭: 《清尊錄》, 《投轄錄》, 《古今說海》에는 "吳拭"으로 되어 있고 《情史》에는 "吳趣"로 되어 있다.

88) 執楫之女 可爲内子(집즙지녀 가위내자): 노를 젓는 여자도 卿大夫의 정실부인이 될 수 있다는 뜻이다. 劉向의 《列女傳》 권6에 〈趙津女娟〉에 따르면, 晉나라 卿大夫였던 趙簡子가 楚나라를 공격하러 漢水를 건너려 할 때 津吏가 술에 취해 있었기에 그 津吏의 딸이 노를 저어 趙簡子를 태워주었더니 趙簡子가 나중에 그를 부인으로 삼았다고 한다. 자세한 이야기는 《情史》 권2 정연류 〈趙簡子〉에도 수록되어 있다.

89) 採桑之婦 可主六宫(채상지부 가주육궁): 뽕잎을 따는 여자도 황후가 될 수 있다는 뜻이다. 《漢書》 권97上 外戚傳 第67上에 따르면 한나라 文帝의 황후인 竇漪房이 입궁해 황후 되기 전에 동생과 같이 뽕잎을 땄다고 한다.

191. (16-7) 염 이낭(念二娘)90)

여간(餘干)91)의 향민이었던 장(張) 씨 성을 가진 객상이 행상을 하려고 읍내에 들어갔다가 여관에 머물렀다. 그는 아름다운 옷을 입고 화려한 장신구로 꾸민 여인이 그의 잠자리를 모시겠다고 청하는 꿈을 꾸었다. 꿈에서 깨어났을 때에도 완연히 옆에 있었으며 날이 밝아서야 비로소 작별을 하고 갔다. 다음 날 밤 문을 막 닫고서 등불은 아직 끄지 않은 채로 있었는데 여인은 다시 그의 앞에 나타나 서 있었으며 그들은 거듭 잠자리를 함께했다. 자신의 내력을 스스로 말하기를 "저는 이웃집 여식입니다. 많은 말씀을 하지 말아 주십시오."라고 했다.

열흘이 지나서 장씨가 정신이 자못 멍해지자 주인이 의심스러워하며 그에게 알려 주기를 "옛날에 이곳에서 목매 죽은 여자가 있었는데 혹시 그 귀신에게 홀린 것은 아닐까요?"라고 했다. 장씨는 숨기며 말하지 않고 있다가 여자가 오자 그에게 모든 것을 말했다. 여자는 조금도 부끄러워하거나 꺼리기는 기색도 없이 답하기를 "그렇습니다."라고 했다. 장씨는 그와 더불어 친압하여 그다지 두려워하지 않은 채 그 자세한 사정을 완곡하게 물었다. 여자가 이렇게 답했다.

"저는 본디 기생으로, 손님이었던 양생과 더불어 평소 정이 두터웠습니다. 그는 2백 관(貫)을 내어 예에 따라 저를 맞이하겠노라 약속해 놓고 3년이

---

90) 이 이야기는 《夷堅志》丁志 권15에 〈張客奇遇〉라는 제목으로 보이며 여주인공의 이름은 卄二娘으로 되어 있다. 흡사한 이야기가 《耳談》 권10에도 보이는데 여주인공의 이름은 穆小瓊이다. 《靑泥蓮花記》 권13에는 〈念二娘〉이란 제목으로, 《廣艶異編》 권19에는 〈張客〉이란 제목으로 실려 있고 《秋涇筆乘》 권1에도 수록되어 있다. 《警世通言》 권34 〈王嬌鸞百年長恨〉의 入話로 부연되기도 했다.
91) 여간(餘干): 지금의 江西省 餘干縣이다.

지나도록 오지 않더군요. 저는 우울한 것이 병이 되어 살래야 살 수가
없는데다가 가족들 또한 저를 싫어하기에 울분을 이기지 못하고 목매 죽었습
니다. 가족들이 제가 살던 곳을 남에게 팔아 그곳은 지금 여관이 되었으니
이 방은 사실 옛날에 제가 머물던 곳이지요. 양생은 당신과 동향 사람인데
그를 아시는지요?"

장씨가 말하기를 "알고 있소. 요주(饒州)⁹² 시장 입구로 이사하여 처를
얻고 여관을 열었는데 뜻하는 대로 생활이 아주 잘 되고 있다 들었소."라고
했다. 여인은 한참을 탄식하다 말했다.

"제 일의 시종(始終)을 낭군께 맡겨야겠습니다. 기억하기로는 은 50냥이
침상 밑에 묻혀 있습니다. 다른 사람들은 아무도 모르니 도움이 되시도록
이를 취하십시오."

장씨가 땅을 팠더니 그만큼의 돈이 나왔으며 이로부터 여자는 대낮에
나타나기도 했다.

다른 날 여인이 은밀히 말하기를 "여기에 오래 머무는 것은 무익하니
저를 데리고 돌아가실 수 있겠습니까?" 라고 하자 장씨는 이를 응낙했다.
여자는 그로 하여금 위패에 '염이낭위(念二娘位)'라고 쓰게 한 뒤 이를 작은
상자 안에 넣어두도록 했다. 그리고 개봉해야 할 때를 당해 작은 소리로
부르면 바로 나타날 것이라고 말했다. 장씨는 모두 그의 말에 따랐다. 여관
주인이 장씨에게 이르기를 귀신의 기운이 이미 심해져 반드시 가는 길에
죽을 것이라고 했지만 장씨는 조금도 의심하지 않고 날마다 길을 가면서
그 여자와 함께 있지 않은 적이 없었다. 그는 집에 도착한 뒤 벽에 위패를
찬찬히 세웠다. 그의 처가 그것을 남편이 모시는 신인 줄로 알고 막 우러러
보고 있을 참에 곧 그 여자가 나타났다. 처가 놀라 남편에게 묻기를 "이

---

92) 요주(饒州): 지금의 江西省 鄱陽縣이다.

사람이 누구예요? 양갓집 딸을 도둑질해 와서 나를 연루시키지 말아요!'라고
하자 장씨는 사실대로 대답했다. 그의 처도 얻은 돈을 탐내어 캐묻지 않았다.

한 방에서 닷새 동안 지낸 뒤 여자가 빚 독촉을 하러 주(州)에 가기를
다시 청하자 장씨는 이를 허락했다. 성의 남쪽에 이르러 강을 건너려 하는데
그 여자가 나타나 말하기를 "당신에게 매우 송구스럽고 감사하지만 오래도록
함께할 수 없으니 어찌하겠습니까?'라고 했다. 장씨는 눈물을 흘리면서도
그가 한 말을 이해할 수 없었다. 성문 안으로 들어갈 때만 해도 평상시와
같았으나 여관에 들어갈 때에 이르러서는 여러 번 불러도 나타나지 않았다.
양생이 사는 곳을 다급히 찾아가 보았더니 그 집은 황폐해 있었다. 듣기로
양생은 원래 병이 없었는데 우연히 칠규(七竅)에서 피가 흘러나와 죽었다고
했다. 장씨는 놀라고 두려워 급히 돌아갔으며 그 후로는 끝내 여자를 만나지
못했다.

이 이야기는 《이견지(夷堅志)》93)에서 나왔다. 《이담(耳譚)》94)에도 이
이야기가 있지만 그 여인의 이름은 목소경(穆小瓊)으로 되어 있다.

[원문] 念二娘

餘干鄕民張客, 因行販入邑, 寓旅舍, 夢婦人鮮衣華飾求薦寢. 迨夢覺, 宛然
在旁, 到明, 始辭去. 次夕, 方闔戶, 燈猶未滅, 又立於前, 復共枕. 自述所從來,

---

93) 이견지(夷堅志): 남송 洪邁(1123~1202)의 筆記小說集이다. 夷堅은 《列子·湯問》
에 "夷堅이 듣고 그것을 기록했다."라는 구절에서 나온 것으로 고대의 博物者
였다. 《夷堅志》는 총 410권(현전 206권)으로 되어 있었고 송나라 사회에 대
한 다방면의 자료가 망라되어 있다.
94) 이담(耳譚): 명나라 王同軌의 筆記小說集으로 총 15권 546편 작품으로 되어
있다. 내용이 박잡하고 鬼怪와 奇聞逸事 등을 기술해 사회 현실을 반영시켰
다. 후대 '三言二拍'과 《聊齋志異》 등에도 영향을 끼쳤다.

曰: "我隣家女也, 無多言."

經旬日, 張意頗忽忽. 主人疑焉, 告曰: "此地昔有縊死婦人, 得非所惑乎?" 張祕不言, 須其來, 具以告之. 晷無慙諱色, 答曰: "是也." 張與之狎, 不甚畏, 委曲叩其詳. 曰: "我故倡⁹⁵⁾女, 與客楊生素厚. 楊以貲二百千, 約以禮娶我, 而三年不來⁹⁶⁾. 我悒悒成疾, 求生不能, 家人亦見厭, 不勝憤鬱, 投繯而死. 家以所居售人, 今爲旅舍, 此室實故棲也. 楊客與爾同鄉人, 亦識之否?" 張曰: "識之, 聞移饒州市門, 娶妻開邸, 生計絶如意." 婦人咨歎良久, 曰: "我當以始終託子矣. 憶有白金五十兩, 埋床下, 人莫之知, 可取以助君." 張發地得金如數. 婦人自是白晝亦出.

他日, 密語曰: "久留此無益, 能挈我歸乎?" 張許諾. 令書一牌曰"念二娘位", 藏于篋中. 遇所啟緘, 微呼便出⁹⁷⁾. 張悉從之. 邸人謂張鬼氣已深, 必殞於道路. 張殊不疑, 日日經行, 無不同處. 既到家, 徐於壁間設位. 妻謂其是所事神, 方瞻仰次, 婦人遽出. 妻驚問夫曰: "斯何人? 勿盜良家子累我!" 張以實對. 妻貪所得, 亦不致詰.

同室凡五日, 又求泟州中督債, 張許之. 至城南, 且渡江, 婦人出曰: "甚愧謝爾, 相從不久, 奈何?" 張泣下, 莫曉所云. 入城門, 亦如常. 乃就店, 呼之再三, 不可見. 亟訪楊客居, 見其家荒迫⁹⁸⁾殊甚. 曰⁹⁹⁾: "楊原無疾, 偶七竅流血而死." 張駭怖, 遄歸. 後竟無遇. 出《夷堅志》,《耳譚》亦有此事, 但其婦爲穆小瓊.

---

95) 【校】 倡: [影],《夷堅志》,《廣艷異編》에는 "倡"으로 되어 있고 [鳳], [岳], [類], [奎]에는 "娼"으로 되어 있다.

96) 【校】 楊以貲二百千 約以禮娶我 而三年不來: 《情史》에는 "楊以貲二百千 約以禮娶我 而三年不來"로 되어 있고 《廣艷異編》에는 "楊以貲二百千 約以禮娶我 而三年不結盟"으로 되어 있으며 《夷堅志》에는 "楊取我貲貨二百千 約以禮昏我 而三年不如盟"으로 되어 있다.

97) 【校】 遇所啟緘 微呼便出: 《情史》,《廣艷異編》에는 "遇所啟緘 微呼便出"로 되어 있고 《夷堅志》에는 "遇所至 啓緘微呼 便出相見"으로 되어 있다.

98) 【校】 荒迫: [影], [鳳], [岳], [類]에는 "荒迫"으로 되어 있고 《夷堅志》에는 "荒擾"로 되어 있으며 [奎],《廣艷異編》에는 "慌迫"으로 되어 있다.

99) 【校】 曰: 《情史》,《廣艷異編》에는 "曰"로 되어 있고 《夷堅志》에는 "鄰人曰"로 되어 있다.

192. (16-8) 엄무(嚴武)[100]

당(唐)나라 때 서천절도사(西川節度使)[101]였던 엄무(嚴武)[102]는 소싯적에 혈기를 믿고 협기를 부리곤 했다. 일찍이 경도(京都)에서 군사(軍使)[103]와 이웃해 산 적이 있었다. 군사의 딸이 아름다워 그녀를 엿보고는 여자의 좌우 시중들에게 뇌물을 주고 유인해 훔쳐 달아났다. 군사는 관부에 고소를 하고 또 조정에도 알렸다. 황제는 조서를 내려 만년현(萬年縣)[104]의 포적관(捕賊官)[105]을 파견해 역마를 타고 가 엄무를 쫓도록 했다. 엄무는 배를 타고 공현(鞏縣)[106]에서 내려가다가 그 소식을 듣고서 벗어나지 못할까 두려워, 여자에게 술을 먹이고는 비파(琵琶) 줄을 풀어 그것으로 목 졸라 죽인 뒤 강물에 빠뜨렸다. 다음 날 황제가 파견한 사자가 이르러 수색을 했으나 여자를 찾을 수 없었다. 이는 엄무가 젊었을 때의 일이었다.

엄무가 병에 걸려 위독해졌을 때에 이르러 아미산(峨嵋山)[107]에서 어떤

---

100) 이 이야기는 《太平廣記》 권130에 〈嚴武盜妾〉이라는 제목으로 전하며 그 文後에 《逸史》에서 나왔다고 했다. 송나라 李昌齡의 《樂善錄》 권3에도 수록되어 있고 《太平廣記鈔》 권18에는 〈嚴武〉라는 제목으로, 《廣豔異編》 권19와 《續艶異編》 권18에는 〈軍使女〉라는 제목으로 실려 있다.

101) 서천절도사(西川節度使): 劍南西川節度使의 준말로 당나라 때 지금의 四川省 지역에 설치했던 절도사이다.

102) 엄무(嚴武, 726~765): 자가 季鷹이고 華州 華陰(지금의 陝西省 華陰縣 일대) 사람이다. 어려서부터 호방하고 무용이 있었으며 劍南西川節度使, 檢校吏部尚書 등의 벼슬을 지냈다. 무관임에도 시를 지을 수 있었고 杜甫와 친분이 있었으며 《全唐詩》에 그의 시 6수가 전한다. 《舊唐書》 권117과 《新唐書》 권129에 그의 전이 실려 있다.

103) 군사(軍使): 軍中에서 상벌을 주관했던 관직이다.

104) 만년현(萬年縣): 지금의 江西省 萬年縣이다.

105) 포적관(捕賊官): 도적을 잡는 관리를 뜻한다.

106) 공현(鞏縣): 지금의 河南省 鞏義市이다.

107) 아미산(峨嵋山): 지금의 四川省 峨眉山市에 있는 산이다. 송나라 張君房의 《雲笈七籤》에 따르면, 道敎十大洞天 가운데 일곱 번째 洞天인 虛陵洞天이 있는

도사가 찾아왔다. 그가 평소 무축(巫祝)[108] 따위를 믿지 않았으므로 문지기
는 도사를 막고 들이지 않았다. 도사가 말하기를 "내 귀댁을 바라보니 귀신의
기운이 가득하기에 멀리서 찾아온 것이오."라고 했다. 문지기가 그를 안으로
들이자 계단에 이르기도 전에 도사는 저 혼자 큰 소리로 꾸짖으며 한참
동안 논변을 했다. 그리고 엄무에게 묻기를 "군께서는 묵은 원한을 산 적이
있는데 이를 알고 계신지요?"라고 하자, 엄무가 답하기를 "그런 일이 없소이
다."라고 했다. 도사가 말하기를 "계단 앞에 있는 억울하게 죽은 여자는
나이 열예닐곱에 목에 줄 하나가 매어져 있는데 누구입니까?"라고 하자,
엄무는 머리를 조아리며 "있소이다. 어찌해야 합니까?"라고 말했다. 도사가
말하기를 "저 여자가 군을 만나고 싶어 하니 살려 달라고 직접 간청하시는
것이 어떻습니까?"라고 했다. 곧 당(堂) 안을 쓸고는 엄무로 하여금 재계(齋
戒)를 하게 하고 홀(笏)을 똑바로 든 채 난간 안에 서게 했다. 한 시동만
난간 밖에서 시중을 들게 하고 도사는 당 밖에 앉아서 법술을 부렸다.
또한 동쪽 누각을 쓸게 한 뒤, 발을 드리워 놓고 여자가 오기를 기다렸다.
한참이 지나 누각 안에서 소리가 들리기에 도사가 "낭자, 나오십시오."라고
했더니 여자는 머리를 풀어헤치고 목에 줄이 묶인 채 발을 걷어 올리고
나왔다. 당 문에 이르러 머리를 묶고 엄무에게 절을 올리자 엄무는 놀라고
부끄러워 얼굴을 가렸다. 여자가 이렇게 말했다.

"첩이 비록 행실이 올바르지는 못했지만 공을 저버린 것이 없었는데
공께서는 어찌해 그리 잔인하셨습니까? 설사 죄를 모면하려고 했다 해도
어찌 모질게 죽이기까지 하셨습니까? 억울함을 품고 있은 지 이미 오래되었

곳이라 한다.
108) 무축(巫祝): 귀신에 관한 일에 종사하는 사람을 巫라 하고 제사를 지낼 때
賛詞를 하는 사람을 祝이라 한다. 占卜과 제사를 관장하는 사람들을 아울러
巫祝이라 했다.

는데 상제께 고하여 풀 수 있게 되었습니다."

엄무는 뉘우쳐 사죄를 하며 면하게 해 달라고 했고 도사도 간청을 했다. 그러나 여자는 "이 일은 상제를 거쳐 온 지 이미 30년이 되었습니다. 기한이 내일 저녁까지이니 말을 하셔봤자 소용이 없습니다."라고 말한 뒤, 몸을 돌려 누각으로 돌아가더니 발에 이르기도 전에 형체가 사라져 버렸다. 도사는 인사를 하고 떠났으며 엄무는 곧 집안일을 정리한 뒤, 다음 날 저녁에 죽었다.

[원문] 嚴武

唐西川節度使嚴武, 少時仗氣任俠. 嘗于京師, 與軍使鄰居. 軍使女美, 窺見之, 賂左右誘而竊之以逃. 軍使告官, 且以上聞. 詔遣萬年縣捕賊官乘遞追逐. 武舟自夔縣, 聞懼不免[109], 飲女酒, 解琵琶絃以縊之, 沉于河. 明日, 詔使[110]至, 搜之不得. 此武少時事也.

及病甚, 有道士從峨嵋山來謁. 武素不信巫祝之類, 門者拒之. 道士曰: "吾望君府, 鬼祟氣橫, 所以遠來." 門者納之, 未至階, 自爲呵叱, 論辨久之. 謂武曰: "君有宿冤, 君知之乎?" 武曰: "無之." 道士曰: "階前冤女, 年十六七, 頸繫一絃者, 誰乎?" 武叩首曰: "有之, 奈何?" 道士曰: "彼云欲面, 盡自求解?" 乃灑掃堂中, 令武齋戒正笏立檻內, 一童獨侍檻外. 道士坐于堂外行法. 另灑掃東閣, 垂簾以俟女至. 良久, 閣中有聲. 道士曰: "娘子可出." 其女被髮頸絃, 褰簾而出. 及堂門, 約發拜武, 武驚慚掩面. 女曰: "妾雖失行, 無負于公. 公何太忍! 縱欲逃罪, 何必忍殺? 含冤已久, 訴帝得伸." 武悔謝求免, 道士亦爲之請. 女曰: "事經上帝, 已三十年矣. 期在明晚,

---

109) 【校】武舟自夔縣 聞懼不免: 《情史》에는 "武舟自夔縣 聞懼不免"으로 되어 있고 《太平廣記》에는 "嚴武自夔縣 方雇船而下 聞制使將至 懼不免"으로 되어 있다.

110) 【校】詔使: 《情史》에는 "詔使"로 되어 있고 《太平廣記》에는 "制使"로 되어 있다. 詔使(조사)와 制使(제사)는 황제가 파견하는 特使를 가리킨다.

言無益也." 遂轉身還閣. 未至簾而失其形矣. 道士謝去, 武乃處置家事, 明晩遂卒.

193. (16-9) 원걸의 아내(袁乞妻)[111]

오흥(吳興) 사람 원걸(袁乞)의 처가 임종할 때 그녀가 원걸의 손을 잡고 말하기를 "내가 죽고 나면 당신은 다시 아내를 맞이하지 않을까요?"라고 하니, 원걸은 "차마 그렇게는 하지 못하오."라고 말했다. 얼마 지나지 않아 그는 탈복을 한 뒤에 다시 아내를 맞이했다. 원걸은 대낮에 죽은 아내를 보았는데 그녀가 말하기를 "당신은 전에 맹세를 해 놓고 어찌 그 말을 저버렸습니까?"라고 [112]한 뒤, 곧 칼로 원걸의 양물을 잘라 버렸다. 원걸은 비록 죽지는 않았지만 남자의 본성을 영원히 잃게 되었다. 이 이야기는 《이원(異苑)》에 나온다.

[원문] 袁乞妻

吳興袁乞妻臨終, 執乞手云: "我死, 君再娶不?" 乞言: "不忍也." 既而服竟更娶. 乞白日見其死婦語之云: "君先結誓, 何負言?" 因以刀割其陽. 雖不致死, 人性永廢. 出《異苑》.

---

111) 이 이야기는 남조 송나라 劉敬叔의 《異苑》 권6에서 나온 이야기로 《太平廣記》 권322에 〈袁乞〉이라는 제목으로 수록되어 있고 《廣博物志》 권15에도 보인다.

112) 이원(異苑): 남조 송나라 劉敬叔의 志怪小說集으로 총 382條가 수록되어 있다. 《異苑》는 주로 神仙鬼怪와 奇聞異事 등을 기록한 책으로 서술이 간단하여 다른 志怪類의 저작보다 서사성이 떨어진다.

194. (16-10) 장 부인(張夫人)113)

　장자능(張子能)의 부인 정씨는 아름답고 고왔으나 장자능이 태상박사(太常博士)114)로 있을 때 병으로 죽었다. 그녀가 임종에 이르러 장자능과 결별하며 말하기를 "당신은 반드시 다시 처를 얻고 더 이상 나를 생각하지도 않을 겁니다."라고 하자, 장자능이 울면서 말하기를 "어찌 차마 그렇게 하겠소."라고 했다. 정씨가 말하기를 "사람의 말을 어찌 의지할 수 있겠습니까? 왜 하늘에 대고 맹세하지 않으세요."라고 하자, 장자능이 답하기를 "내가 만약 약속을 저버린다면 장차 고자가 될 것이오."라고 했다. 정씨는 "제가 죽으면 얼굴이 변해 무서워질 것이니 시신을 빈 방에 안치해 주시고 한 사람도 지켜보게 하지 마시며 하루가 지난 뒤에 염(斂)을 해 입관하시는 것이 좋겠습니다."라고 재차 말하고 나서 조금 있다가 숨이 끊어졌다. 장자능은 차마 시체를 옮기지 못하고 단지 나이 먹은 한 시녀를 시켜 시신 옆에 잠자리를 마련해 자도록 했다. 한밤중에 이르러 시체가 갑자기 길게 탄식하기에 시녀가 그것을 엿보았더니 입을 떡 벌리고 있는 야차(夜叉)115)였다. 시녀는 나가지 못하고 두려움에 떨며 간담이 서늘해져 큰소리로 외쳤다. 집안사람들은 벽에 구멍을 뚫어 그것을 보고는 숙직하고 있는 여러 명의 병졸들을 모두 불러와 몽둥이 들고 문밖에 둘러서 있도록 했다. 야차는 방 안을 백 바퀴 돌고서야 비로소 멈추더니 다시 침상으로 가서 이불을

---

113) 이 이야기는《夷堅志》甲志 권2에 〈張夫人〉의 제목으로 보이고《樂善錄》권 6에도 간략하게 수록되어 있다.
114) 태상박사(太常博士): 太常寺의 속관으로 주로 경전을 가르치는 일과 국가 정사에 관한 자문을 맡았으며 후대의 國子博士와 비슷했다.
115) 야차(夜叉): 범어의 음역으로 불경에 나오는 추악한 모습의 귀신이다. 용맹하고 포악해 사람을 잡아먹었는데 나중에 불법의 교화를 받아 護法神이 되어 天龍八部 중의 하나가 되었다.

덮고 누웠다. 한참이 지나서야 집안사람들은 용기를 내어 문을 열고 들어가
서 보았는데 시신은 원래 모습과 다름이 없었다. 3년 뒤 장자능은 대사성(大司
成)116)이 되었다. 우승(右丞)인 등순인(鄧洵仁)117)이 딸을 그에게 시집보내
려고 하였으나 장자능은 이를 극력으로 사양했다. 등순인은 바야흐로 황제의
총애를 받고 있었기에 성지를 얻어 내어 두 사람을 결혼시켰다. 혼례를
올린 날 밤, 황제는 침상에 거는 진주 휘장을 그들에게 하사하기도 했는데
그 값어치는 50만 민(緡)118)에 달했다. 하지만 그로부터 장자능은 자꾸
우울해져 즐겁지가 않았다. 하루는 낮잠을 자고 있다가 정씨를 보았는데
그녀가 창 밑에서 장자능에게 욕하며 말했다.

"옛날에 약속이 어떠했는데 모질게도 그것을 저버렸습니까? 내게 다행히
아들 둘이 있습니다. 설사 아들이 없다고 하더라도 어찌하여 첩을 사들이지
않고, 반드시 정실을 맞이하려고 합니까? 장차 재앙이 생길 것입니다."

그런 뒤에 정씨는 침상으로 재빨리 올라오더니 손으로 장자능의 양물(陽
物)을 쳤다. 장자능은 아파서 급히 집안사람들을 불렀다. 그들이 와서 보았으
나 아무도 없었다. 그로부터 장자능은 고자와 같아졌다.

[원문] 張夫人

　　張子能夫人鄭氏, 美而艶. 張爲太常博士, 鄭以疾殂, 臨終與訣曰: "君必別娶,

---

116) 대사성(大司成): 당나라 高宗이 龍朔 2년에 國子監을 司成館으로 개칭하고
　　祭酒를 大司成으로 개칭한 바 있다. 이후 大司成은 國子監 祭酒의 별칭으로
　　쓰였고 유학의 훈도와 세자의 교육을 맡았다.
117) 등순인(鄧洵仁): 북송 후기 사람으로 神宗 때 御史中丞이었던 鄧綰의 아들이
　　며 尙書右丞 등을 역임했다.
118) 민(緡): 돈을 세는 양사로 一緡은 千文이다. 南北朝 이후 엽전 하나를 一文
　　이라 했다.

不復念我矣." 張泣曰: "何忍爲此." 鄭曰: "人言那可憑? 盍指天爲誓." 曰: "吾苟負約, 當化爲厲." 鄭曰: "我死當有變相, 可怖畏, 宜置尸空室中, 勿令一人守視, 經日然後斂也." 言之至再, 少焉氣絶. 張不忍徙, 猶遣一老婢設榻其傍. 至夜中, 尸忽長歎, 窺之呀然一夜叉也. 婢旣不可出, 震栗膽喪, 大聲叫號. 家人穴壁觀之, 盡呼直宿數卒, 持杖環立於戶外. 夜叉行百匝, 乃止. 復詣寢牀, 擧被自覆而臥. 久之, 家人乃敢啟戶入視, 則依然故形矣. 後三年, 張爲大司成[119], 鄧洵仁右丞欲嫁以女, 張力辭. 鄧公方有寵, 取中旨[120]令合婚. 成禮之夕, 賜眞珠寢帳, 其直五十萬緡. 然自是多鬱鬱不樂. 嘗晝寢, 見鄭氏自牕下罵曰: "舊約如何, 而忍負之? 我幸有二子[121], 縱無子, 胡不買妾, 必欲正娶何也? 禍將作矣." 遽登榻, 以手拊其陰. 張覺痛, 疾呼家人, 至無所見. 自是若閹然.

195. (16-11) 육씨 집 딸(陸氏女)[122]

구주(衢州) 사람인 정(鄭) 아무개는 어려서부터 총명하고 활달했으며 글도 잘 지었다. 회계(會稽) 육(陸) 씨를 아내로 맞이했는데 그녀 또한 어여쁘

---

119) 【校】大司成: 《夷堅志》에는 "大司成"으로 되어 있고 《情史》에는 "大司丞"으로 되어 있다.

120) 中旨(중지): 황제의 명령을 가리킨다. 唐宋 이후로는 中書門下를 거치지 않고 內廷에서 직접 내린 칙령을 가리켰다.

121) 【校】子: 《情史》에는 "子"로 되어 있고 《夷堅志》, 《樂善錄》에는 "女"로 되어 있다.

122) 이 이야기는 《夷堅志》甲志 권2에 〈陸氏負約〉이라는 제목으로 보이며 《樂善錄》 권6에도 간략하게 수록되어 있다. 원나라 무명씨의 《湖海新聞夷堅續誌》 권2에는 〈陸氏再嫁〉라는 제목으로, 명나라 梅鼎祚의 《才鬼記》 권9에는 〈陸氏負約〉으로 수록되어 있다. 《二刻拍案驚奇》 권11 〈滿少卿饑附飽颺 焦文姬生仇死報〉의 入話도 이 이야기를 바탕으로 삼고 있다.

고 명랑했다. 이들 부부는 서로 정이 끈끈해 일찍이 정씨는 잠자리에서 육씨에게 이렇게 말한 적이 있었다.

"우리 두 사람의 사랑은 지극도 하오. 만일에 내가 죽으면 당신은 다시 시집을 가지 마오. 당신이 죽으면 내 또한 그러리다."

육씨가 답하기를 "바야흐로 백년해로하기를 바라고 있는데 어찌 그런 불길한 말씀을 하십니까?"라고 했다. 이들은 10년을 살면서 아들 둘을 낳았다. 정생이 병에 걸려 부모 앞에서 전에 육씨에게 했던 그 말을 다시 하자, 육씨는 단지 고개를 숙이고 슬피 울 뿐이었다. 마침내 정씨가 죽자 몇 달도 지나지 않아서 중매쟁이가 찾아오니 육씨는 그와 더불어 왕래했으며 시부모가 이를 나무라도 듣지를 않았다. 그러다가 막 탈복을 한 뒤에 정씨의 재물을 모두 다 옮기고 소주(蘇州)의 증(曾) 공조(工曹)[123]에게 시집을 갔다. 혼례를 올린 지 막 이레가 되었을 때 증생은 조사(漕司)[124]의 공문을 받고 다른 군으로 가서 고핵을 받게 되었다. 그가 간 지 이삼일 뒤, 육씨는 저녁에 대청 앞을 걷고 있었는데 급신(急信)을 전하는 한 사람이 대청 앞으로 와서 절을 하며 정씨 나리에게서 서신이 왔다고 했다. 육씨가 그것을 가져다 보니 봉투 밖에는 "시육시(示陸氏)[육씨는 보시오]"라는 세 글자가 씌어져 있었고 분명히 전 남편의 필적이었으며 급신을 가져온 사람은 갑자기 보이지 않았다. 정씨가 서신을 뜯어서 읽어 보았더니 다음과 같은 말이 있었다.

---

123) 공조(工曹): 官署名으로 北魏 때 처음 설치되었다가 나중에 폐지되었고 북송 徽宗 崇寧 3년에 다시 開封府 六曹의 가운데 하나로 설치되었다. 주로 경도의 工程勞作에 관한 일을 관장했으며 이후 다른 州郡에도 설치되었는데 그 장관은 工曹參軍이었다.

124) 조사(漕司): 부세를 재촉해 징수하고 이를 조정에 바치는 일과 錢糧의 出納, 그리고 漕運에 관한 일을 관리하던 관서와 관원을 이른다. 북송 때에는 轉運司라고 했고 남송 때에는 漕司라고 했으며 원나라 때에는 漕運司라고 칭했다.

결발(結髮)을 한 지 십 년 된 부부	十年結髮夫妻
평생 제사를 올려야 할 사람	一生祭祀之主
아침부터 저녁까지 함께 즐거워했고	朝連暮以同懽
재물에 여유가 있으면 함께 모으곤 했었지	資有餘而共聚
갑자기 세상을 떠나 다시 올 수 없게 되자	忽人幻以長往
다른 이를 사모하여 경솔하게 허락했네	慕他人而輕許
내 논밭을 내버려 둔 채	遺棄我之田疇
모아 둔 재물을 다른 집으로 옮겼구나	移積蓄于別戶
내 두 아들을 가엾게 여기지도 않았고	不恤我之二子
내 부모를 생각지도 않았지	不念我之雙親
의로움은 지어미 되기에 부족하고	義不足以爲人婦
자애로움은 어미 되기에 부족하여라	慈不足以爲人母
내 이를 하늘에 고소하여	吾以訴諸上蒼
명부(冥府)에서 대질해 도리를 바로 잡으리	行理對于冥府

육씨는 한탄하며 울울해 하더니 사흘 만에 죽었다.

[원문] 陸氏女

衢州人鄭某, 幼明曠能文. 娶會稽陸氏女, 亦姿媚明爽, 伉儷綢繆. 鄭嘗于枕席間語陸曰: "吾二人相歡至矣. 即我脫不幸, 汝無復嫁. 汝死, 我亦如之." 對曰: "方期百年偕老, 何不祥如是." 凡十年, 生二男, 而鄭生疾病, 對父母復申前言, 陸氏但俛首悲泣, 鄭竟死. 未數月, 而媒妁來, 陸氏相與周旋, 舅姑責之, 不聽, 纔釋服, 盡移[125]其貲, 適蘇州曾工曹. 成婚方七日, 曾生奉漕檄考試他郡. 行信宿, 陸氏晚步廳前, 有急足拜于廳前, 稱鄭官人有書. 陸取視, 外題"示陸氏"三字, 宛然前夫手

---

125) 【校】移: 《情史》에는 "移"로 되어 있고 《夷堅志》, 《樂善錄》에는 "携"로 되어 있다.

跡也. 急足忽126)不見. 啟緘讀之, 其辭云: "十年結髮夫妻, 一生祭祀之主. 朝連暮
以同懽, 資127)有餘而共聚. 忽大幻以長往, 慕他人而輕許. 遺棄我之田疇, 移積
蓄128)于別戶. 不恤我之二子, 不念我之雙親. 義不足以爲人婦, 慈不足以爲人母.
吾以訴諸上蒼, 行理對于冥府." 陸氏嘆恨不懌, 三日而亡.

196. (16-12) 목주 여자 조씨(睦州趙氏)

목주(睦州)129) 상인 손(孫)씨는 비단을 팔아 생활하는 자였다. 조(趙)
씨 성을 가진 여자를 맞이했는데 금슬이 매우 좋았다. 서로 화목하게 지낸
지 거의 다섯 해가 되었을 때 손씨가 갑자기 가슴에 병이 나서 일어나지
못하게 되자 부부는 서로 마주 보며 밤낮으로 눈물만 흘렸다. 개가를 하지
않겠다고 아내가 맹세를 했더니 남편은 그것을 못 박아 두기 위해 이렇게
말했다.

"당신의 뜻이 진실로 결연하다면 내가 당신의 팔뚝을 깨물어 증표로
삼도록 해야 하오."

아내는 마지못해 팔을 내밀었고 손씨는 그녀의 팔을 깨물었다. 얼마
지나지 않아 그녀의 남편이 죽자 조씨는 상처가 아직 낫지도 않았는데
곧 다른 남자의 납폐를 받았다. 수레에 오르는 저녁에 남편의 신주에 제사를
올리며 작별을 하려고 막 엎드려 절을 하는데 상처가 갑자기 터져 갈라지며

---

126) 【校】 忽: 《情史》에는 "忽"로 되어 있고 《夷堅志》에는 "已"로 되어 있다.
127) 【校】 資: 《情史》에는 "資"로 되어 있고 《夷堅志》에는 "俸"으로 되어 있다.
128) 【校】 積蓄: 《情史》에는 "積蓄"으로 되어 있고 《夷堅志》에는 "資財"로 되어
    있다.
129) 목주(睦州): 隋나라 때부터 있었던 州로 지금의 杭州 新安縣 일대이다.

피가 샘솟듯 그치지 않았다. 조금 있다가 소리를 한 번 지르더니 숨이
끊어졌다.

[원문] 睦州趙氏

　　睦州孫賈者, 以販帛資生. 娶趙氏, 琴瑟甚洽. 相諧幾五載, 孫忽膺疾不起,
日夕流涕相對. 婦許以誓不改適, 夫堅之曰: "汝志果決, 當許我嚙臂爲記." 婦勉引
臂, 嚙之. 未幾夫死. 瘡瘢未實, 即納聘. 登車之夕, 祭辭靈席, 甫下拜, 瘡忽迸裂,
血泉涌不止. 須臾, 一號而絶.

197. (16-13) 위영(韋英)[130]

　　후위(後魏) 때 낙양(洛陽)의 부재리(阜財里)에 있던 개선사(開善寺)는 경도
사람인 위영(韋英)의 집이었다. 위영이 일찍 죽자 그의 처 양(梁)씨는 장사(葬
事)도 치르지 않고 시집을 가서 하내(河內)[131] 사람인 향자집(向子集)을 다시
남편으로 삼았다. 비록 개가라고는 했지만 여전히 위영의 집에서 살았다.
위영이 양씨가 시집간 것을 듣고 백주 대낮에 돌아왔는데 말을 타고 여러
사람을 거느리고서 뜰 앞에 이르러 큰 소리로 외치며 말하기를 "여보, 당신이
나를 잊었군!"이라고 했다. 향자집이 놀라고 두려워 활시위를 당겨 활을

쏘자마자 위영은 쓰러져 바로 복숭아나무로 된 인형으로 변했고, 그가 타고 온 말도 띠로 된 말로 변했으며, 따랐던 종자들은 모두 부들로 된 인형이 되었다. 양씨는 두려워 그의 집을 시사(施舍)하여 절로 삼도록 했다.

재취하고 재가하는 것은 모두 다 일상사일 뿐이다. 남자는 부모를 섬기고 자식을 키우는 것에 쫓기며 여자는 입고 먹는 것에 쫓긴다. 만약 가족들이 의탁할 데가 없다면 죽어도 눈을 감지 못할 터인데 또한 복수를 하겠는가? 무릇 다시 혼인을 해서 보복을 당한 사람들은 반드시 다시 혼인을 하지 않아도 될 자들이었다. 다시 혼인을 하지 않아도 되는데 다시 혼인을 한 박정함이라면 어찌 상대가 죽을 때까지 기다리겠는가? 살아서도 이미 정분이 깊지 않았는데 죽어서 어찌 그리워하겠는가? 이런 까닭에 대저 다시 혼인을 해서 보복을 당한 자들은 반드시 또한 정이 극히 두터워 상대가 그를 놓아줄 수 없었던 자들이었다. 정분이 두텁다면 정으로 통할 수 있는데 반드시 맹세를 강요할 필요가 있겠는가? 맹세는 귀신에게 다다를 수 있는데 어찌 기만할 수 있는가? 양물을 잘라 못 쓰게 했고 음부를 쳐서 그것을 끊어 놓았으며 죽어서도 질투를 했으니 그 살아 있을 때를 가히 알 수 있다. 하지만 신의를 저버린 자에게 보복을 해 맹세를 가벼이 하는 자로 하여금 경계할 수 있도록 알려 주었으니 또한 통쾌한 일이다. 사내가 즐거움을 얻는 도구를 이미 잃었는데 아내를 맞이한들 무엇하겠는가? 장자능의 부인도 첩을 사서 들이는 것을 금하지 않았으니 신의가 있는 지아비가 쉽게 될 수 있음을 알 수 있다. 조씨는 상처가 낫기도 전에 시집을 갔으니 얼마나 성급한가! 양씨는 장사를 치르지도 않고 시집을 갔으니 얼마나 박정한가! 육씨는 두 아들을 버린 채 전 남편의 재물을 가지고 시집을 갔으니 얼마나 모진가! 절부(節婦)는 진실로 흔히 볼 수 없지만 이것은 너무 심했으니 보복을 당한 것도 또한 마땅하지 아니한가?

[원문] 韋英

　　後魏洛陽阜財里[132]), 有開善寺, 京兆人韋英宅也. 英早卒. 其妻梁氏不治喪而嫁, 更納河內向子集爲夫. 雖云改嫁, 仍居英宅. 英聞梁[133])嫁, 白日來歸, 乘馬將數人至于庭前, 呼曰: "阿梁, 卿忘我也!" 子集驚怖, 張弓射之, 應弦而倒, 即變爲桃人; 所騎馬, 亦化爲茅馬; 從者數輩, 盡爲蒲人. 梁氏惶懼, 捨宅爲寺.

　　再娶再嫁, 皆常事耳. 男迫事育, 女迫衣食. 苟室家無托, 死目[134])不瞑, 又可報乎? 凡再而得報者, 必其可以無再者也. 可以無再而再, 薄豈俟死後哉? 生既交薄, 死何念焉. 故夫再而得報者, 又必厚極而不能相釋者也. 厚可情通, 何必强誓. 誓可達鬼, 其可欺乎? 割陽而陽廢, 拊陰而陰絕, 死能爲妒, 其生可知. 然以報大耳兒[135]), 使輕誓者知警, 亦快事也. 歡具已失, 娶何爲哉? 張夫人不禁買妾, 乃知義夫易辦耳. 趙瘡瘢未實而嫁, 何亟也! 梁不治喪而嫁, 何薄也! 陸棄二男移貲而嫁, 何忍也! 節婦固不多見, 茲有甚焉, 得報不亦宜乎?

---

132) 【校】 阜財里: [影], 《太平廣記》에는 "阜財里"로 되어 있고 《洛陽伽藍記》에는 "準財里"로 되어 있으며 [鳳], [岳], [春]에는 "阜射里"로 되어 있다.

133) 【校】 梁: [鳳], [岳], [春], 《太平廣記》에는 "梁"으로 되어 있고 《洛陽伽藍記》에는 "梁氏"로 되어 있으며 [影]에는 "良"으로 되어 있다.

134) 【校】 目: [影], [岳]에는 "目"으로 되어 있고 [鳳], [春]에는 "且"로 되어 있다.

135) 大耳兒(대이아): 원래 삼국시대 촉나라 劉備(161~223)를 가리켜 이른 말로 신의를 저버린 배신자의 대칭으로 쓰였으며 大耳翁이라하기도 한다. 《三國志·蜀志·先主傳》에 의하면, 유비는 귀가 커 스스로도 볼 수 있었으므로 大耳兒라고 불리었다 한다. 《後漢書·呂布傳》에 다음과 같은 기록이 보인다. 여포가 하비에서 조조에게 잡혔는데 인재가 필요했던 조조가 여포를 묶은 줄을 풀라고 명하자 여포의 도움을 여러 차례 받은 유비가 여포를 도와주기는커녕 오히려 조조에게 말하기를 "안 됩니다. 명공께서 여포가 丁建陽과 동탁을 섬겨 그들이 어떻게 되었는지를 보지 못하셨습니까?"라고 했다. 그러자 여포가 유비에게 말하기를 "귀가 큰 놈을 가장 믿으면 안 되겠구나!"라고 했다. 결국 여포는 白門樓에서 목매 죽임을 당했다.

198. (16-14) 유자연(劉自然)[136]

당나라 천우(天祐)[137] 연간 진주(秦州)에 유자연(劉自然)이란 자가 있었는데 그는 의군(義軍)을 주관하고 있었다. 연수(連帥)[138]였던 이계숭(李繼崇)이 촉지를 지키려고 향병(鄕兵)을 소집할 때 성기현(成紀縣)[139]의 백성인 황지감이라는 자의 처가 아름다운 머리채를 지니고 있기에 유자연은 그것을 갖고 싶어 했다. 그래서 황지감에게 말하기를 "네 아내의 머리 타래를 내게 줄 수 있다면 이번에 가는 병역을 바로 면하게 될 것이다."라고 했다. 황지감의 처가 말했다.

"저는 이 약한 몸을 낭군에게 의탁하고 있습니다. 머리카락은 다시 자라지만 사람은 죽으면 영원히 이별하게 되니 만약 낭군께서 남쪽으로 원정을 갔다가 돌아오지 않으신다면 내게 아름다운 머리 타래가 있은들 무엇하겠습니까?"

그의 처는 말을 마친 뒤 머리 타래를 잡아 가위로 잘랐다. 황지감은 마음이 심히 아프고 가여웠지만 징용에 쫓겨서 마침내 유자연에게 아내의 머리 타래를 바쳤다. 그러나 황지감은 결국 수자리를 면치 못하고 얼마 되지 않아 금사곡(金沙谷)[140] 전투에서 죽었다. 그의 처가 밤낮으로 하늘에

---

136) 이 이야기는 五代 王仁裕의 《玉堂閒話》에는 〈劉自然〉으로, 後蜀 何光遠의 《鑑誡錄》 권10에는 〈見世報〉라는 제목으로 보인다. 《太平廣記》 권134와 《太平廣記鈔》 권18에는 〈劉自然〉이라는 제목으로 수록되어 있으며 《徹戒錄》에서 나왔다고 했다.

137) 천우(天祐): 당나라 昭宗과 哀帝의 연호로 904년부터 907년까지이다.

138) 연수(連帥): 지방의 고급 장관을 이르던 말로 당나라 때에는 대개 觀察使나 按察使를 가리켰다.

139) 성기현(成紀縣): 지금의 甘肅省 秦安縣 북쪽에 있다.

140) 금사곡(金沙谷): 《資治通鑑》 권269 〈後梁紀四〉에 秦州 군사가 金沙谷에서 前蜀 王建의 양자 王宗綰에게 전패했다는 기록이 보인다.

빌면서 울며 호소하니 그해에 유자연 또한 죽었다. 그 뒤 황지감 집의
당나귀가 갑자기 새끼 한 마리를 낳았는데 왼쪽 옆구리 아래에 '유자연'이란
글자가 있었다. 읍내 사람들이 이 일을 전해 마침내 군수(郡守)에게 이르니
군수는 유자연의 처와 아들을 불러서 변식(辨識)하도록 했다. 유자연의
맏아들이 말하기를 "제 아비는 생전에 술과 음식을 좋아하셨으니 만약에
저 당나귀가 먹고 마실 수 있다면 곧 제 아비일 것입니다."라고 했다. 당나귀는
바로 술 서너 되를 마시고 고기 서너 덩어리를 먹은 뒤에 세차게 내달리면서
긴 소리로 울며 눈물을 뚝뚝 흘렸다. 유자연의 아들은 큰돈을 주고 아버지를
되찾아 가겠노라 청했으나 황지감의 처는 이를 받아들이지 않고 날마다
채찍으로 때리면서 말하기를 "아직도 내 남편의 원수를 갚기에 족하지
못하다."라고 했다. 그 후 상란(喪亂)을 겪어서 그 당나귀가 어떻게 되었는지
는 알 수 없다. 유자연의 아들은 마침내 부끄러워하고 한스러워하다가
죽었다.

　징병은 법으로 정해진 것이요 변방을 지키다가 죽은 것은 운명인데 유자연
에게 무슨 잘못이 있겠는가? 단지 머리 타래 하나만으로 그 부부의 마음을
상하게 하여 몸은 짐승이 되었고 자손 후세까지 재앙이 미쳤다. 아! 이것이
그가 받은 업보인데 어찌 머리 타래 하나가 그런 가치가 있는가?

[원문]　劉自然

　唐天祐中, 秦州有劉自然者, 主管義軍. 連帥李繼崇[141]點鄕兵捍蜀, 成紀縣

---

141) 【校】連帥李繼崇: 《情史》, 《太平廣記》에는 "連帥李繼宗"으로 되어 있으나
《鑑誡錄》에 "李中令(繼崇)"으로 되어 있고 《資治通鑑》 권269 〈後梁紀四〉에

百姓黃知感者, 妻有美髮, 自然欲之[142]. 謂[143]知感曰: "能致妻髮, 即免是行."
知感之妻曰: "我以弱質託於君, 髮可再生, 人死永訣矣. 君若南征不返, 我有美髮
何爲焉?" 言訖, 攬髮剪之. 知感深懷痛愍, 旣迫于差點, 遂獻于劉. 知感[144]竟亦不
免絲戍, 尋歿于金沙之陣. 黃妻晝夜禱天號訴[145], 是歲, 自然亦亡. 後黃家牝驢忽
產一駒, 左脅下有字云"劉自然". 邑人傳之, 遂達于郡守. 郡守召其妻、子識認.
劉自然長子曰: "某父生平好飮酒食, 若能飮啖, 即是某父也." 驢遂飮酒數升, 啖肉
數臠. 食畢, 奮迅長鳴, 淚下數行. 劉子請備千百贖之, 黃妻不納, 日加鞭捶, 曰:
"猶未足以報吾夫也!" 後經喪亂, 不知所終. 劉子竟慚憾而死.

　　斂兵, 法也. 戍而死, 命也. 自然何尤焉? 特以一髮故, 傷其夫婦之心, 身爲行
禽, 殃及宗嗣. 嗚呼! 此其食報, 豈直一髮乎哉?

情史氏曰

　　속언에 이르기를 '콩을 심으면 콩이 나고 팥을 심으면 팥이 난다.'고
했다. 이는 베푸는 것이 있으면 틀림없이 돌아오는 것이 있음을 말한 것이다.

岐王 李茂貞의 조카인 李繼崇이 秦州 節度使로 있었다는 기록으로 볼 때 "李
繼崇"이 되어야 한다.

142) 【校】成紀縣百姓黃知感者 妻有美髮 自然欲之:《鑑誡錄》에는 "成紀縣百姓黃知
感詣劉求免, 自然許之. 自然之妻謂其夫曰: 黃知感之妻美髮, 儻得爲妾之髮也, 即
與免之."로 되어 있다.

143) 【校】謂: [鳳], [岳], [類], [春],《鑑誡錄》,《太平廣記》에는 "謂"자가 있고 [影]에
는 "謂"자가 빠져 있다.

144) 【校】遂獻於劉 知感竟亦不免絲戍: [影],《太平廣記》에는 "遂獻於劉 知感竟亦不
免絲戍"로 되어 있고 [鳳], [岳], [類], [春]에는 "遂獻于劉自然 竟亦不免絲戍"로
되어 있다.

145) 【校】黃妻晝夜禱天號訴:《太平廣記》에는 "黃妻晝夜禱天號訴"로 되어 있고《情
史》에는 "黃妻晝夜禱天師訴"로 되어 있으며《鑑誡錄》에는 "黃妻但有靈祠陳狀
咒詛"로 되어 있다.

정(情)을 베풀었는데 보답이 없다면 세상에 누가 정에 힘을 쓰겠는가? 유정(有情)한 자는 양(陽)에 속하기 때문에 그 응보는 대부분 이승에 있으며, 무정(無情)한 자는 음(陰)에 속하기 때문에 그 응보는 대부분 저승에 있다.

情史氏曰: "諺云: '種瓜得瓜, 種豆得豆.' 此言施報之不爽也. 情而無報, 天下誰勸于情哉? 有情者, 陽之屬, 故其報多在明. 無情者, 陰之屬, 故其報多在冥."

情史 中 - 중국인의 사랑이야기 -

초판 인쇄 2015년 10월 15일
초판 발행 2015년 10월 25일

評 輯 者| 馮夢龍
역 주 자| 유정일
펴 낸 이| 하운근
펴 낸 곳| 學古房

주　　소| 경기도 고양시 덕양구 통일로 140 삼송테크노밸리 A동 B224
전　　화| (02)353-9908 편집부(02)356-9903
팩　　스| (02)6959-8234
홈페이지| http://hakgobang.co.kr/
전자우편| hakgobang@naver.com,　hakgobang@chol.com
등록번호| 제311-1994-000001호

ISBN　　978-89-6071-548-6　94820
　　　　978-89-6071-546-2　(세트)

값 : 36,000원

이 도서의 국립중앙도서관 출판시도서목록(CIP)은 서지정보유통지원시스템 홈페이지
(http://seoji.nl.go.kr)와 국가자료공동목록시스템(http://www.nl.go.kr/kolisnet)에서 이용하실 수
있습니다.(CIP제어번호: CIP2015022435)